KB269090

나목의 꿈

나목의 꿈

한국 현대소설의 지평

이태동 지음

민음사

머리말

비평은 문학 그 자체에 대한 하나의 절대적인 반성이다. 다른 말로 하면 비평은 본질적으로 하나의 활동, 이를테면, 지식인의 역사적이고 주관적인 존재에 깊이 관여한 일련의 지적 활동이다.
—— 롤랑 바르트

문학은 언어를 초월한다. 영문학을 공부하면서도 한국 문학 작품을 읽고 글쓰기를 시작한 지 벌써 삼십 년이 다 되었다. 삼십 년이란 세월은 "시대정신"이 몇 번이고 바뀔 정도로 긴 세월이지만, 바쁘게 사는 사람들에게는 짧게만 느껴질 것이다. 모국어의 아름다움에 눈을 뜨고, 그 속에서 외국어에서 와는 전혀 다른 자유로운 즐거움을 느끼고 틈틈이 비평 작업을 시작한 것이 어제 같지만, 어느덧 저문 강에 이르렀다. 그래서 밀레의 「만종」에서처럼, 지금까지 주요 문예지를 비롯해서 여러 곳에 써놓은 글의 정수만을 골라서 추수하듯 기도하는 마음으로 정리할 필요를 느꼈다. 그러나 책의 부피와 균형 관계로 ≪현대문학≫과 ≪문예중앙≫에 발표한 최인훈의 『회색인』 및 『화두』에 대한 글과 ≪문학과사회≫에 실렸던 이문열의 『변경』에 대한 글이 빠진 것은 매우 안타까운 일이다.

그동안 나는 한국 현대소설 가운데 대표적인 작품들을 선별해서 문학사의 퍼스펙티브 속에서 연구하고 분석했다. 물론 이 작업이 나의 능력 부족으로 충분한 진폭은 갖지 못해 미완성이란 느낌을 지울 수 없지만, 나름대로의 평가 기준을 갖고 심층적인 비평 중심의 현대소설사로서 구색을 갖춘 것은 다행스러운 일이 아닐 수 없다. 왜냐하면 가능한 많은 작가들의 작품을 평면적으로 나열하는 형식으로 문학사를 기술하는 시대는 지났기 때문이다. 실제로 롤랑 바르트는 "문학의 존재는 의미화의 과정에 있지 의미화되어진 것에 있지 않다."라고 말했고, 폴 드만은 "만일 평론가의 문학적인 해석이 훌륭한 것이라면 그것이 곧 문학사가 될 수 있다."라고 말하지 않았던가.

나는 이 비평적인 작업을 보다 효과적이고 균형 있게 하기 위해서 작품을 있는 그대로 보고 그 속에 숨은 의미를 밝히는 전통적인 해석학적 방법을 주로 사용하였으나, 다양하고 복합적인 접근 방법을 등한히 하지는 않았다. 여기에서 취급한 작품들은 획일적인 인간 경험과 미학을 지니고 있지 않기 때문에 어느 하나의 논리만으로서는 만족할 만한 결과를 얻을 수 없기 때문이다. 물론 이것은 어디까지나 분석 대상이 된 작품 하나하나에 대한 나의 비평적인 반응이다. "비평적 반응이란 어떤 의미에서 그 작품의 의미로서 생각할 수 있다."라는 힐러스 밀러의 말을 빌리지 않더라도 해당 작품의 특성에 따라 상이한 비평적 접근 방법의 사용은 그 작품의 숨은 의미를 가능한 빠짐 없이 조명하는 데 절대 필요하다.

필자가 이 책에서 다루고 있는 대부분의 작품에서 발견한 비평적인 결과는 우리 문학의 감정 구조가 서구 사상의 중심을 이루고 있는 기독교나 플라톤이 말한 이데아에 기초를 두고 있기보다는 불교에서 말하는 인연의 그물이나 혹은 그것을 초월하면서 그 속에 머물고 있는 이른바 "멋"이라는 이름의 "낯설게 하기"와 같은 한국적인 지적 전통에 바탕을 두고 있다는 점이다. 그래서 여기서 논의한 작품들은 서구의 그것과는 달리 변증법적인 구조를 바탕으로 한 플롯보다 강심(江心) 밑으로 흐르는 물결이나 혹은 "그물에 걸리지 않는 바람"과도 같이 해체된 "놀이"의 움직임을 보이고 있다. 다시 말해, 이 책에서 살펴본 작품들의 주제와 구조는 최인훈의 『회색인』의 경우에서와 같이 그것이 사회적인 문제를 취급하든 혹은 존재 문제를 취급하든 억압적인 것을 풀어내거나 아니면 그것에서 벗어나려는 움직임을 보이고 있는 것이다. 그래서 많은 작품 속에 반복적으로 나타난 사건이나 정서적 현상이 서로 유사한 면을 지니고 있기는 하나 결코 동일한 것이 아니고 은하수에 흐르는 별들처럼 뚜렷하고 "낯선" 개성을 지니고 있다. 그러나 만일 발터 벤야민의 지적처럼 역사의 신이 미래를 향해서 나아가는 것이 변증법적일 뿐만 아니라 그의 얼굴을 과거로 향해 돌리고 있는 모습 또한 더없이 변증법이라면 여기에도 예외는 얼마든지 있다.

끝으로 우리 문학을 읽고 연구할 수 있는 계기를 마련해 주신 이어령 선생님, 나의 작은 노력의 결과를 언제나 빛나게 해주시고 생의 분기점에 이르러 나의 비평 작업을 정리할 수 있도록 책을 내어주신 박맹호 사장님께 진심으로 감사하며, 아울러 관대한 이들 두 분과 함께 같이 시대를 살았다는 것을 하나의 축복으로 생각한다. 이 밖에도 책을 정성껏 만들어준 박상순 주간과 편집부 여러분께 진심으로 감사한다.

2005년 2월
이태동

차례

케임브리지에서 같이 머물렀던 박 교수에게

한국 현대소설과 그 단층적 구조
서론

경험이란 하나의 시스템이다. 그것은 결코 단순히 지각으로 이루어진 하나의 랩소디[狂想曲]가 아니다. 체계적인 통일성이 없으면 경험도 과학도 존재할 수 없다.
—— 칸트

1

신문학 이래 오늘의 한국 문학은 시대와 사회의 변화에 따라 초기의 그것과 다른 성격의 일면을 보이고 있다. 그러나 문학은 단일 순간에 일어나는 진공상태의 경험만을 담고 있는 것이 아니라, 상호 간에 유기적인 관계를 맺고 있는 사회의 공간에서 일정한 시간의 진폭을 가지고 일어나는 다양한 경험을 복합적으로 수용하고 있는 '역사의 장(場)'과도 같은 하나의 시스템이다. 이것은 공시적이고 통시적인 여러 가닥의 질서를 안고 있는 문학사를 두고 생각해 볼 때 더욱더 그러하다. 그래서 우리들이 문학사의 어느 한 부분을 잘라 단면도를 얻는다 하더라도, 그 속에서 우리들은 문학사적인 여러 가지 질서와 전통을 발견할 수 있을 것이다.

오늘의 한국 소설이 어떻게 흘러가고 있는가에 대한 퍼스펙티브를 얻기 위해, 편의상 현대소설사에서 오늘과 가장 가까운 한 시점을 논의의 구심으로 잡아보면, 거기에는 한국 소설 문학의 전통의 계승과 변혁을 새로운 차원에서 이룩한 김동리, 이상 그리고 염상섭 등의 작가가 자리하고 있다. 이들은 물론 서로 다른 소재와 개성을 가지고 현대문학사에 새로운 전통을 이룩한 작가들이다. 그러나 그들이 모두 다 현실을 부조리한 상황으로 보고, 그것을 극복하기 위한 처절한 갈등과 인간 의식을 보이고 있다는 점에서 '한국 문학에 내재적으로 흐르는 어떤 통일된 주제 의식'을 공통적으로 발견할 수 있다.

그러나 중요한 것은 이들 세 작가와 그 다음 세대에 오는 작가들이 한국 문학의 전통을 어떻게 이어가며 어떻게 확대해 가는가 하는 것이다. 이러한 문제를 살펴보려고 할 때 반드시 밝혀야 할 것은 문학의 '영향'과 '전통'에 관한 문제이다. 문학사에서 영향에 관한 문제가 나올 때 가장 손쉽게 생각하는 것은 '이전(轉移)'에 관한 것이다. 이것은 두 작품의 텍스트 가운데서 발견할 수 있는 유사한 점을 평행선상에 올려놓고 생각하는 것이다. 그러면 두 작품이 텍스트적인 유사성을 가졌다고 해서 그것을 엄격한 의미에서의 문학적 영향성이라 말할 수 있겠는가. 클라우디오 기엔이 말한 바와 같이 "모든 평행 현상이 영향에서 나오지 않는 것과 마찬가지로 영향은 눈에 뜨일 만큼의 평행 현상을 취하지 않는다."[1] 그렇다면 문학에 있어서 영향 문제를 논의하는 데 가장 설득력 있는 이론은 무엇인가. 기엔은 작품의 창작 과정에서 일어나는 유전에 관한 이론을 제시하고 있다. 만일 어떤 작가가 다른 작가의 작품을 읽으면서, 이 작품에서 오는 충격과 자극을 받아 새로운 작품을 창조하고 싶은 욕망을 느낄 때, 이 욕망을 우리들은 보다 설득력 있는 '문학적 영향'이라고 말할 수 있으리라. 기엔은 이러한 유전적인 의지를 실러의 말을 빌어 설명하면서 시에 있어서 음악과도 같은 무드라고 했다.[2] 그래서 우리들이 문학에 있어서 작가와 작가, 작품과 작품 사이의 영향을 논할 경우에 평행 문제의 설정을 주장한다고 해도, 그것은 두 작품의 분석적인 비교를 통해서 설명하려고 할 것이 아니라, 앞에서 말한 창조적인 무드인 음악이 작용하는 심리적 상태에 대한 파악을 기초로 삼아야 할 것이다.

그러면 문학에 있어서 영향과 전통의 관계는 어떠한가. 다시 기엔의 이론을 집약적으로 살펴보자. 만일 X와 Y라는 작가 혹은 작품 사이에 어떠한 문

---

1) Claudio Guillen, *Literature as System*, Princeton University Press, 1971, 35쪽.
2) 앞의 책, 35쪽~36쪽.

학적 영향이 생기면, 그것은 인습(convention) 및 전통(tradition)과 유기적인 관계를 맺는다. 만일 X가 Y에 의해 영향을 받을 경우에는 거기에 유전적-심리적 요소가 문학적인 요소와 혼합되는 현상을 일으킨다. 이러한 현상은 곧 영향이 인습 및 전통과 관계를 맺고 그것을 발전시켜 나가는 메커니즘을 형성한다.

만일 우리들이 A가 B, C와 유사하다고 가정하자. 그러면 우리들은 여기서 작품과 작품 사이에 평행 관계가 있다는 것을 발견하게 된다. 이러한 현상은 모티브처럼 주제적인 면에 제한을 받거나 혹은 텍스트적인 면에의 미세한 경우도 있고 혹은 장르와 모드의 전체적인 구조를 포함하는 경우도 있다. 이때 우리들은 A, B, C와 상호 관계를 독립된 데이터로서 보는 것이 아니라, 과학에 있어서의 '장(場)'이나 혹은 시스템과 동일한 문학적인 어떤 것을 검토하게 된다. 우리들의 프레임워크는 A, B, C가 그 속에서 의미 있게 결합하는 보다 큰 관찰의 영역이 된다.[3]

그래서 독립된 작가와 작가와의 관계를 살펴보는 것은 인습까지도 포함하는 이른바 '전통'이라는 종합적인 문학적 체계를 연구하는 결과가 된다.

2

김동리는 김상일이 지적한 바와 같이 "샤먼을 소재로 하여 의식의 발생사를 보여"주고 있기 때문에 그의 문학을 현대문학의 하나의 기점으로 정해도 큰 무리가 없겠다.[4] 김동리는 「무녀도」와 「황토기」 및 「등신불」 등과 같은 작품에서 한국 문학 속에 고대로부터 흐르는 현실 긍정적인 주제 의식을 성

---

3) 앞의 책, 59쪽~60쪽.
4) 김상일, 「현대문학의 맹점」, ≪현대문학≫ 104호, 292쪽~295쪽.

공적으로 형상화하고 있다. 「무녀도」는 주제적인 면에 있어서나 언어적인 면에 있어서 구비문학의 흐름을 타고 신라 시대부터 내려오는 토착적인 민족 문학 정신을 원형적으로 수용하고 있으며 「심청전」이 지니고 있는 것과 유사한 '여성' 및 '물'의 모티브까지 지니고 있다. 그러나 이 작품은 표면적으로 평행선상에 나타난 원형적 이미지에서뿐만 아니라, 작품의 구조적인 면에 있어서도 고대에서부터 찾아볼 수 있는 '통일된 주제 의식'을 지니고 있다. 「무녀도」에 나타난 샤머니즘과 기독교의 갈등은 신라 시대의 민간신앙과 그 당시 새로 들어온 불교 사이에 일어난 갈등과 유사한 패턴을 지니고 있다. 비록 이 작품의 마지막 부분에서 모화가 강물 속으로 빠져 들어가는 것이 위에서 말한 주제 의식과 서로 상치된다고 생각할 수도 있겠지만, 인류학과 심층 심리학에서 강물이 '생명의 바다'에 대한 보편적인 상징[5]이라는 사실을 기억한다면, 그것은 하늘과 비교해서 인간에 가까운 현실이다. 또 비록 모화가 기적적(奇蹟的)이고, 이적적(異蹟的)인 현상을 기대했다고 하더라도, 그것은 어디까지나 무가(巫歌)와 칼날 위에서 추는 일종의 '실존무(實存舞)'를 통해서다. 「등신불」에서도 주인공이 전쟁이라는 현실의 온갖 어려움을 다 겪은 후 찾아간 고찰(古刹) 정원사 속의 금부처는 초월한 세계에 앉아 있는 해탈의 웃음을 머금은 자비로운 모습의 부처가 아니라 현실에 대한 무서운 애착을 가진 만적의 참혹한 등신불이었다. 「황토기」에서도 김동리가 보여주고자 한 것은 다름 아닌 억쇠와 득보의 뜨거운 정열과 억센 힘이리라. 다시 말하면 이들 주인공들이 그들의 어려움을 극복하는 길을 찾으려는 곳은 다른 곳이 아니라 뜨겁고 불타는 그들 자신의 피 속이다.

　이러한 민족 문학의 전통은 오늘날 역사적 상황에 의해 굴절되고 있지만 이청준, 최인호, 한승원, 이정환, 그리고 오정희와 같은 작가들의 피 속에서 확대되어 흐르고 있다. 이청준은 김동리와는 달리 그의 작품의 배경을 역사적인 현실 위에다 설정하고 부조리한 사회현상과 타락한 세계를 지배하고 있

---

5) Otto Rank, *The Myth of the Bith of the Hore*, Philip Freund ed., 153쪽.

16

는 모순된 자연주의적인 법칙과 기계적으로 움직이는 역사의 마멸 현상에서 일어나는 비극적 인간상을 '그로테스크 시학'을 통해 감동적으로 묘사하고 있다. 그러나 그의 작품 세계의 뿌리의 한 가닥은 「가수(假睡)」 및 「이어도」 등과 같은 작품에서 볼 수 있듯이 생명주의자인 김동리의 그것과 유사한 '생명의 바다'에 있다.

한승원의 문학 역시 위에서 논의한 민족 문학의 전통을 튼튼하게 이어가고 있다. 그의 대표작인 「목선」과 「폐촌」은 계급 간의 투쟁 및 이데올로기의 갈등 속에 빚어진 민족의 비극적인 역사를 주제로 다루고 있지만, 이 작품의 심층 구조가 지니고 있는 또 하나의 중요한 주제는 한국 문학 속에 내재적으로 흐르는 원시적인 생명 의식이다. 싱싱하게 살아 있는 토착적인 언어로 그린 「폐촌」의 변강쇠와 미륵네는 건강하고 생명력이 강한 원시적인 인물로서 한국적인 샤머니즘을 밀도 짙게 형상화하고 있다. 특히 생명력의 뿌리를 해송 숲 우거진 언덕과 개펄에서 찾으려는 것은 샤머니즘 문맥 속에서 얻은 상징주의다.

최인호의 문학의 경우를 생각해 보자. 표면적으로 그는 샤머니즘을 중심으로 하는 한국 문학의 전통과 단절되어 있는 듯 보이지만, 1970년대부터 활약한 작가들 가운데 누구 못지않게 위에서 말한 민족 문학의 전통을 가장 많이 수용하고 있는 작가이다. 현대 기계 문명이 쌓아올린 '무쇠탈'의 성벽을 뚫고 퇴색해 가는 인간 의식을 되찾기 위한 상징적 수단으로 내세우는 관능은 샤머니즘을 중심으로 이어지는 민족 문학의 전통에 깊이 뿌리박고 있는 것이 아닌가 한다. 최인호 문학의 구심인 「타인의 방」의 경우, 작가는 이 작품에서 이상의 「날개」의 프레임을 사용해서 신과 연결되어 있는 자연의 마스크를 쓴 '아내'와 순수한 인간의 자아인 '주인공' 사이에 일어나는 운명적인 갈등 관계를 상징적으로 나타내고 있다. 그는 이러한 신화적인 인간 상황을 하나의 아날로지로 사용해서 인간이 현대 문명의 벽을 상징하는 아파트 속에서 어떻게 질식해 가고 있는가를 충격적으로 묘사하고 있다. 그러나 작가가 이 작품 속에서 근본적으로 말하고자 하는 것은, 죽음과도 같이 차가운 이 벽

속을 살아 있는 공간으로 만드는 것은 다름 아닌 뜨거운 열기라는 것이다. 주인공이 제한된 생(生)의 시공(時空)의 상징인 '타인의 방'에 처음 들어왔을 때 주위의 모든 것은 죽어 있는 듯했다. 그러나 욕실에서 더운 물이 나오고 에너지가 들어 있는 설탕물을 마시며 스위치에 불을 넣었을 때, 비로소 그 자신이 주위에 있는 모든 사물, 즉 무생물을 지배하면서 살아 있는 기분을 느낀다. 그러나 그가 설탕물을 다 마시고 스위치의 불을 내렸을 때, 모든 사물들은 어둠 속에서 모반을 한다. 그는 그들과 합쳐지고 싶었으나 죽음이 그의 다리에서부터 오는 것을 느낀다. 그래서 신의 상징인 친정아버지에게 다녀온 아내는 죽은 그를 새로 생긴 골동품처럼 '다락 잡동사니' 속에 집어넣어 버린다.

위의 작품에서 보듯이 최인호는 인간의 열에너지와 살아 있는 감각만이 생에 있어서 가장 중요한 것이라 생각하고 그것을 그의 소설 공간에다 충전시켰다. 작품 「술꾼」에서 존재의 궤도의 한 지점을 상징하는 '술집'에서 술을 마시며, 또 그 술 냄새라는 감각 속의 인식의 길을 통해서 소년이 그의 아버지를 찾아가듯이 우리들은 신을 찾아가고 있는 것이 아닌가. 연작으로 쓴 「황진이」에서 그는 비록 소설의 배경을 현재가 아닌 과거로 옮겨놓았지만, 생명력의 상징인 '물'이 불교적인 해탈의 정신보다 삶에 있어서 더욱 중요하고 절실하다는 것을 설득력 있게 전달하고 있다. 근작인 「돌의 초상」은 표면적으로 볼 때 근래에 사회문제화 되고 있는 노인 문제를 다루고 있는 듯하나, 핵심적인 주제는 생명력과 관계가 있는 힘과 정력을 시간에 의해 상실 당했을 때 인간이 무생물인 돌이나 다름없는 형상이 된다는 것을 그것과 대조를 이루는 아름다운 꽃과 젊은이들의 이미지 속에 선명하게 부각시키고 있다. 「두레박을 올려라」 속의 주인공이 텔레비전으로 상징되는 현대 문명으로부터 탈출해서 어느 여자와 자유로이 동거 생활을 위해 찾은 곳은, 황진이가 스님을 만나고 오는 길에 지팡이를 짚고 걸어가는 미친 녀석에게 생명수를 퍼주는 생명의 샘으로 비유된다. 그래서 이 샘이 「무녀도」의 낭이의 집과 심층적으로 연결되고 있다는 것을 읽을 수 있으면, 그의 문학이 한국적인 샤머니즘과 깊은 관계를 맺고 있다는 것을 알 수 있다. 한국적인 샤머니즘의 정신적인 맥이 없었으면, 최인호는 결코 「황진이」에서 생명력이 충만한 달빛의 세계를 그렇게 훌륭히 그리지 못했을 것이다. 그리고 현대 문명 속에서의 인간의 생존 문제를 죽음과 삶이라는 두 개의 도르래 위에서 탐색하고 있는 조해일의 세계도 앞에서 논의한 생명력에 뿌리를 둔 민족 문학적인 전통과 무관한 것이 아닌 듯하다. 그의 수작 「매일 죽는 사람」의 세계를 지배하는 힘은 다름 아닌 기계다. 다시 말하면 이 작품 속에 나온 주인공은 영화 촬영을 위한 엑스트라 가운데 한 사람이었기 때문에 카메라의 움직임에 따라 그는 매일 죽어야만 했고, 실제로 죽임을 당할 뻔했다. 그러나 이러한 기계문명이 지배하는 죽음의 전장에서 맨발이 된 한쪽 발을 통해서 땅으로부터 찾아오고 있는 죽음을 딛고 일어설 수 있는 그의 또 다른 발은 그의 아내의 둥근 배 속에서 어둠을 뚫고 자라나고 있는 새로운 생명과 연결되어 있다.

그리고 「저녁의 게임」, 「비어 있는 들」, 「목련초」에서 여인의 피 속에 흐르는 '불의 강'을 예술로 승화시킨 오정희의 작품의 내면 구조 역시 김동리의 샤머니즘으로 연결되는 맥(脈)이다.

3

이상은 유교적인 전통과 기독교 및 도스토예프스키를 비롯한 기타 서구 작가들의 세례를 받았기 때문인지, 앞에서 논의한 샤머니즘을 중심으로 한 한국 문학의 전통에 대해 반역을 시도했다. 그의 대표작인 「날개」에서 볼 수 있듯이 그는 인간의 육체를 '자연'과 일치시키고, 그것이 인간의 순수 자아가 아니라는 것을 처절한 자의식의 확대를 통해서 증언하고 있다. 그는 참된 인간의 자아를 정신적인 어떤 것, 즉 '천재'와 일치시키고, 그것이 육체 속에 유폐되어 있다고 생각했다. 그래서 그는 핏줄기라는 이름의 거미줄로부터 순수 자아를 탈출시키기 위해 처절한 갈등과 자기 학대를 한다. 그의 작품은 성

(性)에 관한 장면과 이미지를 많이 담고 있다. 그러나 그는 그것을 긍정하기 위해서라기보다 그것에 반항하기 위해서 그렇게도 어둡게 묘사한 것이다. 그가 '아내'와의 제행(諸行)을 스스럽게 생각한 것은 존재의 전 영역에서 나타나고 있는 아이러니한 현실 때문이리라.

이렇게 이상이 자연주의와 상징주의를 혼합시킨 문맥 속에서 닫힌 인간 상황을 자의식의 표백을 통해 부각시킨 그의 새로운 문학 전통은 황순원, 손창섭, 최인훈, 서정인, 송상옥, 김승옥 등과 같은 작가들의 문학 속에 심층적으로 흐르고 있다.

황순원을 이상 문학의 맥과 연결 지으려는 것은 위험한 일일지도 모른다. 우선 황순원의 문학은 이상의 그것만큼 어둡지 않고 밝다. 다시 말하면 그의 소설 공간에는 황토색 짙은 유년 시절의 아름다움과 미학적 현현(顯現)을 통한 초월주의, 그리고 실존주의 의식이 선명하게 나타나 있다. 그러나 그가 소년 소녀들을 중심적인 작중인물로 설정하지 않고, 성인들의 세계를 그의 문학 속에 수용할 때는 이상 문학과 다소 유사한 양상을 띠고 있다. 이것은 그의 문학 일부가 이상과 같은 나르시시즘에 뿌리를 두고, 추미(醜美)의 개념을 통해 자연적인 것과 인간적인 것을 미리 구별 지으려는 노력에서 비롯된다.

손창섭의 문학이 이상 문학의 전통을 확대시키고 있다는 것은, 비록 「잉여인간」과 같은 작품에서는 여인의 애정을 바탕으로 한 밝은 빛이 보이지만, 초기 작품의 주제와 무드가 지극히 우울하며 소설의 공간이 어둡고 좁은 방이라는 점에 있다. 「혈서」에 나타난 다락방 이미지와 창애와 준석을 얽어매고 있는 거미줄 이미지는 이상이 본 존재의 현실을 또 다른 차원에서 이야기해 주고 있다. 그러나 그의 작품 가운데는 휴머니즘과 사회성을 융합한 한국 특유의 '낭만적 리얼리즘'이 자리하고 있다.

최인훈은 지적인 그의 개성을 유지하면서 의식의 흐름 등과 같은 이상 문학의 미학과 주제의 일부를 상징주의의 문맥 속에서 여과시킨 후 그의 독특한 소설 공간에다 성공적으로 이식했다. 그러나 그는 자신의 탁월한 개인적 재능과 상상력을 통해 이상이 이룩한 주지주의적인 문학을 확대 발전시켜 한국 현대소설을 새로운 차원으로 끌어올렸다. 최인훈 문학 세계의 일반적인 구조는 '광장'과 '밀실'이라는 두 지점을 축으로 해서 그 사이를 움직이는 '역사적인 반복 과정'을 그 내용으로 하고 있다. 그러나 그의 데뷔작인 「그레이 구락부 전말기」와 「수(囚)」 등과 같은 작품의 구조는 비록 열려 있는 창을 지니고 있지만, 이상의 「날개」를 연상케 한다. 그리고 주제 면에서도 후기에 와서 많은 변모를 보이고 있지만, 모순된 존재 양상에 대한 우울한 지식인의 시선을 안고 있다. 「광장」에서 최인훈은 인간의 본질인 우정과 사랑 그리고 생명력에 대해서 대단히 극적인 태도를 보이고 있음은 물론 그것을 존재의 마지막 보루로 생각했지만, 비극적인 이데올로기 분쟁으로 인해 주인공 이명준이 설 땅이 없다는 현실을 우리들에게 보여주고 있다는 점에서 이상 문학의 여운을 지니고 있다. 또 그의 대표 단편인 「라울전(傳)」과 「웃음소리」는 인간의 믿음과 신의 배반을 과거와 현재에 있을 수 있는 비극적인 인간의 실존적 드라마를 통해 무섭게 고발하면서, 인간이 믿고 기대야 할 것은 인간 자신밖에 없다는 것을 충격적으로 형상화하고 있다. 그는 이들 작품 가운데서 이상의 스타일만큼 소피스티케이트하지 않지만, 독자들로 하여금 사물을 깊이 생각하게끔 하는 무거운 언어를 통해 작품의 주제 의식을 고전에서만 발견할 수 있는 예술의 단계까지 끌어올리고 있다.

서정인은 비록 리얼리즘의 작품을 쓰고 있지만, 삶을 무의미하게 보는 그의 우울한 시선에서 우리들은 또 하나의 이상의 그림자를 읽을 수 있다. 그의 소설 공간은 이상의 그것처럼 폐쇄된 것은 아니다. 그러나 그의 대부분의 주인공들은 비록 다소 넓은 소설 공간을 움직이고 있다고 하더라도, 그들은 어김없이 자연법칙과 환경의 힘에 묶여 있다. 「후송」의 성 중위는 자의식이 강한 지식인으로 군대라는 부조리한 상황에 얽매여 있다. 그는 모든 것을 파괴하는 죽음의 총성 가운데서 자신이 의미 없는 전쟁에 관계하고 있는 충격적인 사실을 깨닫고 그곳을 탈출하고자 한다. 그러나 어둠 속으로부터의 탈출은 그의 소설의 전체적인 문맥에서 볼 때 결코 성공하지 못하리라. 비록 그가 "서로 다른 많은 환자들을 싣고" 남쪽을 향해 "캄캄한 간이역을 떠나 어둠 속"을 달리고 있지만, 그것은 "새로운 그러나 단순한 또 하나의 다른 세계"로 향하고 있을 뿐이다. 그와 더불어 같이 신천지를 향해 탈출하려던 앨은 "백동 장식이 있는" 관 속에 잠들고 있었다. 그러나 이상의 색채를 가장 많이 풍기고 있는 작품은 「강」이다. 「강」은 그가 즐겨 사용하는 길의 이미지를 중심으로 구축되어 있지만, 이 작품에 나오는 대학생과 어두운 여관방에다 등불을 켜주는 공부 잘하는 소년은 모두가 반인간적인 요소들에 의해 "박제가 되어버린 천재"들의 얼굴이다. 왜냐하면 그들은 죽음의 미립자인 "눈"과 "검은 얼굴에 분칠을 허옇게 하고 있는" 술집 여자의 거미줄에 얽혀 어둠 속에서 침식당하고 있기 때문이다. 그가 후기에 와서 자연주의를 바탕으로 한 독특한 리얼리즘을 창조한 것은 이상의 시선과 유사한 우울한 눈으로 바라본 의미 없는 비극적 상황 속에서 고통받으며 살아가는 사람들의 아픔을 서로 나누어 가지는 데서 출발했으리라.

송상옥 역시 이상 문학의 전통을 이어받아 우리 문학 속에서 보기 드문 독특한 실존주의 문학을 창조했다. 정창범에 의하면, 송상옥은 그의 초기 창작 활동에 있어서 "다양한 전개"를 하고 있다고 하나, 그의 문학 세계는 흑색 이미지를 중심으로 통일성을 이루면서, 이상과 연관 지을 수 있는 처절한 실존 의식을 지니고 있다.

「바닥없는 함정」은 백인과 흑인이 나오는 미국 영화 한 편을 프레임으로 해서 인간과 신, 그리고 저주받은 인간 현실을 상징적으로 나타내고 있다. 지극히 압축된 어둠의 미학과 하드보일드한 언어를 통해 신에 의해서 열려져 있는 '창'마저 거부하고 인간의 힘으로 주어진 인간 상황과의 대결을 통해 실존적인 '빛'과 변증법적인 발전을 구하고 있다.

「흑색 그리스도」 역시 우리들의 삶의 공간이 하늘로 열려져 있지 않고 영원히 닫혀 있다는 무신론적인 견해와, 정조를 지키지 않고 타락한 여성의 관능 문제에 있어서 지극히 반항적이며 혐오를 느끼고 있다는 점에서 이상의 여운을 적지 않게 지니고 있는 듯하다. 이 작품은 '의식의 흐름'과 다층적 이미지의 탁월한 결합을 통해 암흑적인 존재의 현실에 대한 반항적 자의식과 여성 및 성(性) 이미지가 지니고 있는 모순된 양면성을 지극히 현대적인 감각으로 부각시키는데 성공하고 있다. 이 작품의 구성은 자의식이 강한 주인공이 아침에 일어나 일터에 갔다 돌아와서 자리에 누울 때까지의 시간 동안 초라한 집과 여러 세대가 사는 하숙집 주변에서 일어나는 아주 평범한 일련의 사건으로 되어 있다. 비록 소설 속의 시간과 공간은 이렇게 제한되어 있으나 '의식의 흐름'은 우리들에게 주인공의 우울한 과거와 현재는 물론 삶에 대한 변화무쌍한 그의 의식의 진화 과정을 구상과 비구상의 화폭을 통해 복합적인 차원으로 보여주고 있다. 주인공은 이상의 주인공들처럼 정조를 지키지 못하는 여자에 대해서 냉소적으로 반항한다. 여성과 부조리한 삶에 대한 주인공의 반항 의식의 출발은 그가 답답한 삶의 공간을 벗어나고자 "산과 바다가 맞닿는 절벽" 위에 누워서 먼 바다와 하늘을 보고 있는 동안 형이 죽자 결국 집을 떠나고 만 형수가 찾아와 육체를 드러내어 보이며 자신을 유혹하는 과거의 풍경에서부터 시작된다. 그는 이렇게 부도덕한 형수가 지니고 있는 성(性)에 대한 증오 때문에, 그의 눈 가까이 보이는 여자들을 파괴하고나 저주한다. 그리고 죽음을 재촉하듯 머리털이 빠지는 현상을 여자가 지닌 무서운 병과 관련지으면서 여자에 대한 그의 파괴 본능을 정당화하려 한다. 그래서 그의 의식은 한순간 여자는 죽어야만 한다는 생각에 지배되고 있다.

그러나 죽음에 대한 의식은 그로 하여금 주일학교에서 예수의 부활을 열렬히 설교하던 장로가 시간과 더불어 외롭고 무기력하게 된 결과, 군에서 지뢰를 밟아 죽은 전우, 그리고 형의 마지막 모습 들을 생각하게 한다. 지뢰를 밟아서 죽은 전우의 시체는 흑색이었고, 또 자기 머리 위에 '흑색 그리스도'조차 보이지 않는다는 사실을 깨닫고, 또 자기 주변에서 삶을 포기한 여인의 죽음을 보고 황무지에서지만 그는 죽음보다 삶을 긍정한다. 결론 부분에서 송상옥은 존재하는 것은 죽음보다 값진 것이며 그대로의 의미가 있다면서 실존주의자로 변신한다. 그러나 그는 현실이 만족할 만한 상태이기 때문에 받아들인 것이 아니라, 인간이 가진 것은 그러한 현실밖에 없고 그 현실과 더불어 살아야만 한다는 사실을 알았기 때문이다. 그러나 중요한 것은 그가 여자와의 관계에서 파괴가 창조를 낳는다는 숨은 진리를 발견했다는 점이다.

그는 이러한 존재의 역설적 구조를 여자와 자신의 관계에서뿐만 아니라, 탈모 현상을 일으킬 만큼 독성이 강한 병균마저 지닌 곳에서 아이러니하게도 새로운 생명이 잉태되고 태어난다는 놀라운 발견을 통해 밝혀주고 있다. 비록 그는 이상의 영향을 평행선상에서 직접 받은 것은 아니지만, 한국 문학에 흐르는 '음악'의 호흡을 통해 그의 인자(因子)의 일부분을 체내에 지니고 있다가 자신의 체험과 상상력을 통해 새로운 형태로 창조해서 그 방향을 개척해 가고 있는 결과가 아닌가 한다.

그러나 김승옥만큼 이상 문학의 전통을 새로운 차원으로 발전시킨 작가도 드물다. 그는 이상이 지니고 있었던 생에 대한 우울한 그림자를 자신의 새로운 감각과 경험에다 성공적으로 융합시켜 한국 소설 문학에 새로운 전기를 마련했다. 만일 그가 없었더라면 1970년대의 한국 소설 문학은 다른 방향으로 갔을지도 모른다. 그러면 그의 문학 가운데 이상의 요소는 무엇인가. 그것은 서정인의 세계를 논하면서 밝혔듯이, 인간의 순결과 양심이 반인간적인 자연적이고 환경적인 힘에 의해 침식되거나 파괴되는 데 대한 애환 섞인 인간 의식이다. 이러한 요소들이 조용한 음악의 물결처럼 김승옥의 맑은 소설 공간의 어디에서나 나타나고 있다는 것을 우리들은 쉽게 찾아볼 수 있다. 「무진기행」은 이것에 대한 가장 좋은 예가 될 수 있다. 「무진기행」에 나타나는 소금기 섞인 바닷바람과 시야를 흐리게 하는 안개, 세무서장의 속물적인 가치관, 폐병을 앓던 골방, 「어떤 개인 날」 대신에 유행가인 「목포의 눈물」을 불러야 하는 하인숙, 태양이 뜨거운 양철 지붕 위로 6월의 태양이 뜨겁게 내리쬐는 정적 속의 대낮, 혀를 빼문 개들의 교미, 그리고 서서히 힘을 잃고 해체되어 가는 통금 사이렌 소리 등은 모두 다 별처럼 깨끗하고 선명한 인간 가치를 흐리게 만들고 침식시키는 혼탁한 대기의 압력이다. 참혹하고 부조리한 삶의 현실에 대한 소년의 이니시에이션을 충격적으로 그린 「건(乾)」의 경우도 마찬가지다. 김승옥은 이 작품에서 아직 때 묻지 않은 순결한 소년이 지니고 있는 삶에 대한 아름다운 기대가 전쟁과 형이 지니고 있는 동물적인 본능, 그리고 비본질적인 돈에 대한 욕구 때문에 눈이 먼 아버지의 행동에 의해 얼마나 무자비하게 파괴되어 버리는가를 밝고 어두운 이미지들을 통해 시정적(詩情的)으로 부각하고 있다. 빨치산의 죽음, 불타는 시가지, 그리고 소년이 부끄러움 속에서 좋아했던 영희와 윤희 누나의 순결이 짓밟혀진 폐가 등은 외부적 힘이 아름다운 삶에 대한 소년의 꿈과 순결성을 얼마나 처참하게 빼앗아 갔는가를 처절하게 고발하고 있다. 그러나 위에서 논의한 것과 같이 김승옥은 이상 문학의 전통을 그대로 계승하고 있는 것은 아니다. 우선 삶의 비극적 현실을 민감하고 차가운 자의식으로 보는 점에 있어서는 이상의 주제 의식을 높은 수위에까지 수용하고 있으나, 이상과는 달리 맑게 빛나는 감각적인 언어와 깨끗하고 선명한 밝은 이미지들을 통해 본질적인 인간 가치를 타락한 기성 사회에서 존재하는 악으로부터 미학적으로 구원하고 있다.

4

　염상섭은 김동리와 이상과는 달리 한국 현대 문학사에 있어서 새로운 리얼리즘의 지평을 연 작가다. 그가 판소리 이후의 서민 문학의 전통을 자신의 문학 속에 수용했든지 안 했든지 간에 그의 문학은 역사의식과 민중의식에 깊이 뿌리박고 있는 합리주의적인 사실주의 문학이다. 곽종원은 염상섭의 문학을 "한국 사실주의 문학의 효시"라고 하면서 다음과 같이 썼다.

　염상섭 역시 우리나라 신문학 초기의 문학 활동이나 신문학 개척 사업에 있어서 빠뜨릴 수 없는 존재임에 분명하다. 춘원이 계몽주의적 이상주의적 문학관을 가지고 신문학 개발에 절대적인 기여를 남겼다면 동인과 상섭은 전혀 상반되는 두 가지 점에서 춘원의 그러한 노력에 협조하여 자기 자신들의 새로운 문학을 형성하였다고 볼 수 있다. 동인이 보다 더 예술적인 이상주의와 탐미적 유미주의에 몰두함으로써 우리나라 신문학의 질적 향상과 예술성의 세련미를 고양시켰다면,

염상섭은 보다 더 문학적 주관주의를 극복하고 이 나라 산문문학의 통폐인 과장, 감정의 노출, 합리적 태도의 결여 등을 뛰어넘어 최초의 산문정신 속에 이입시킨 작가라고 볼 수 있다.[6]

그러나 염상섭은 한국 현대 문학사에서 감정의 절제와 합리적인 태도를 바탕으로 한 성숙한 산문정신만을 개척한 것이 아니라, 한국 문학사에다 역사적인 사회의식을 새로운 차원에서 구현한 최초의 리얼리즘 작가이다. 이러한 그의 문학적 특색을 가장 훌륭하게 나타내주고 있는 작품은 누구나 쉽게 기억하고 있는 『삼대』이다. 작품 『삼대』는 그 제목이 말해 주듯이, 한국의 어느 전통적 지주 가정에서 삼대에 걸쳐 일어나고 있는 변천 과정을 역사적인 전환기의 문맥 속에서 다루고 있다. 그래서 『삼대』라는 작품의 가족 구조는 가족 문제만을 취급한 것이 아니라, 사회와 역사의 변천 과정을 비추는 하나의 거울의 기능은 물론, 역사적이고 사회적인 힘이 어떻게 개인과 가족이란 집단에 작용하고 있는가를 집약적으로 보여주고 있다. 그러나 『삼대』에 있어서 부자간의 갈등이 그리고 있는 가장 핵심적인 주제는 기계적인 역사의 반복 과정 속에서 인간이 그것을 벗어나기 위해 얼마나 처절하게 갈등하며 또 지극히 제한된 범위지만 자연 가운데서 인간 가치의 영역을 어떻게 확대시켜 나갈 수 있었는가 하는 가능성에 관한 것이 아닌가 한다. 그가 『삼대』에서 제시하고 있는 것은 반인간적인 본능, 허위적인 가면 및 '돈'의 사슬에 묶인 할아버지와 아버지에 대한 과거의 역사가 아니라, 사랑과 우정 그리고 휴머니즘과 같은 인간 가치를 믿는 아들이 창조한 새로운 역사이다.

염상섭이 이러한 문학적 전통은 안수길, 박경리, 선우휘, 이호철, 최일남, 서정인, 홍성원, 이청준, 윤흥길, 박태순, 이문구, 김원일, 조세희, 황석영, 송영, 조선작, 김주영 등과 같은 작가들의 문학에 이어지고 있다. 그러나 이러한 리얼리즘 전통은 획일적으로 발전해 온 것이 아니라, 작가의 개성과 경험,

---

6) 곽종원, 『한국사실주의 문학의 효시 — 삼대』, 삼중당, 1976, 300쪽.

그리고 개개인의 소설 미학에 따라 다양하게 확산되어 왔다. 그러나 여러 가닥의 흐름 중에 미학적으로 가장 눈에 띄는 것이 두 가지 있다. 하나는 박경리, 선우휘, 이호철, 이청준, 황석영 등의 대표작들에서 볼 수 있는 역사적 발전 내지 인간 의식의 진화의 모형을 따른 것이고, 다른 하나는 최일남, 남정현 그리고 김주영 등의 작품에서 볼 수 있는 사회적 규범에 따른 해학과 풍자를 중심으로 한 이른바 '세태소설'이다.

선우휘의 문학은 후기에 와서 다소 미학적인 변모를 보여왔지만, 그의 문학의 정수라고 할 수 있는 『불꽃』은, 비록 소설의 사회적 배경은 달리하고 있지만, 염상섭의 『삼대』가 지닌 역사의식을 중심으로 한 소설 구조를 가장 훌륭하게 발전시킨 것이다. 이 작품은 『삼대』에서처럼 할아버지와 아버지 그리고 아들 사이에서 일어나는 역사적 움직임의 발전과 변화를 단층적으로 나타내 주고 있지 않지만, 삼대가 반인간적인 힘에 압박받는 비극적인 민족의 현대사 속에서 연속적으로 나타나고 있다. 그러나 『불꽃』에 나타난 삼대는 세대 간에 일어나는 역사적인 변화를 서로 비교하면서 사건을 전개하고 있는 것이 아니라, 의로운 사람들이 평행선상에서 시차를 달리하면서, 그러나 연속적이며 기계적으로 움직이는 반인간적인 역사의 굴레를 벗어나기 위해 처절한 휴머니즘으로 항거한다. 3·1 독립운동을 하다 희생된 현의 아버지를 위해 개가(改嫁)를 하지 않고, 본능적인 욕망을 이기기 위해 다리에 무수한 은장도 상흔을 내면서 "눈물과 피와 땀이 엉킨 삼십여 년의 인종의 삶"을 살아온 어머니, "구타, 학대, 잔인, 오만, 비굴, 허위의 범벅"인 외인부대를 탈출해서 얼어붙은 중국의 대지를 욕정과 굶주림과 더불어 싸우면서 고향인 'P 고을'로 돌아온 현이 벌이는 공산주의 인민재판에 대한 항거와 불꽃 속의 죽음, 기준을 잃고 "이어져 뻗어가는 혈통"보다 더 크고 값진 인간 가치를 구하기 위해 희생된 할아버지의 위대한 죽음 등은 모두 다 기계적인 역사의 과정에서 인간의 영역을 확대시킨 '기념비'들이다.

이호철은 『불꽃』의 선우휘와 달리 6·25를 전후한 비극적인 사회상을 배경으로 해서 '서정적 리얼리즘'을 창조하고 있다. 그의 소설 구조는 선우휘의 그것을 침묵 속에서 역으로 뒤집어 놓은 것이다. 다시 말하면 이호철은 선보다 악의 분위기를 소설의 표면 위에 지배적으로 나타나게 하거나, 어둠과 밝음을 유기적으로 결합시켜 회색의 미학을 가져오고 있다. 그에게 동인문학상을 가져다 준 「닳아지는 살들」은 위에서 이야기한 그의 소설 미학을 통해 염상섭으로부터 내려오는 한국 리얼리즘을 새로운 예술적 차원으로 승화시켰다. 체호프의 「벚꽃 동산」을 연상시키는 이 작품의 무대 공간에는 묵은 세대를 중심으로 몰락해 가는 회색빛 먼지가 내려앉고 있다. 현역에서 은퇴한 과거의 은행가였던 유복한 아버지와 그 주변에 살고 있는 아들과 딸과 며느리는 권태와 타성, 그리고 무기력으로 어둠 속에서 침몰해 가고 있다. 이 작품 속의 인물들은 술에 만취해서 돌아오는 맏아들 이외에는 몰락한 집안의 울타리에서 벗어나지 못한다. 그들이 하는 일이란 오지 않는 사람이 올 때까지 어두운 거실과 침실을 힘없이 오르내리면서 후회와 눈물, 그리고 무기력의 늪 속에서 몰락해 가는 부르주아 가정의 식구들 사이에 회색빛 악(惡)의 꽃을 피우는 것뿐이다. 『불꽃』의 총성에는 "영겁의 정적을 깨뜨리고 거기 새로운 생명"의 날개가 퍼덕이지만, "닳아지는 살들"의 쇠붙이를 치는 쇠망치 소리에는 시체의 관에 못질하는 죽음의 망치 소리와 같은 여운마저 들어 있다.

서정인과 이청준은 앞에서 이야기한 바와 같이 각각 상이한 한국 문학의 전통을 이어가지만, 그러한 전통과 미학을 지금까지 이야기한 리얼리즘 전통의 흐름 속에 성공적으로 융합시켜 한국 현대문학사에 이른바 '낭만적 리얼리즘'의 장을 열고 있다. 서정인은 이상과 더불어 결정론적인 자연주의의 입장에서 고통스럽게 살아가는 인간을 비극적으로 보고 있다. 그가 삶의 아픔을 그렇게 비극적으로 보았기 때문에 고통을 겪는 사람들의 아픔을 서로 나눌 수 있는 그의 독특한 리얼리즘을 창조할 수 있었다고 하겠다. 이청준은 비록 김동리 문학에서부터 흐르는 생명주의를 그의 소설에 수용하고 있지만, 그것은 어디까지나 부조리한 역사의 찰과상 속에서 고통 받는 사람들에게 삶에 대하여 진화된 인간 의식을 부여하기 위한 휴머니즘의 궁극적 수단으로서 제시한 것이다.

　황석영은 1970년대 국토 건설과 근대화 작업을 일으키는 원동력이 된 변두리 사람들 사이에 일어나는 갈등과 아픔, 애환, 그리고 건강한 인간의 힘을 바탕으로 개성 있는 탁월한 리얼리즘 문학을 이룩했다. 그래서 그의 문학이 지닌 힘은 아무도 눈을 주지 않았던 사회 저변의 의로운 인간 풍경을 상류 사회의 그것보다 더욱 맑고 깨끗하게 그릴 수 있다는 데에 있다. 그가 맑은 회색빛으로 이렇게 훌륭한 언어 예술을 창조할 수 있었다는 것은 그가 염상섭 이후 여러 작가들이 발전시켜 온 산문정신을 지성과 양심의 끌질로 갈고 닦았기 때문이리라. 그는 염상섭 이후 다른 사실주의 작가들처럼 반인간적인 사회의 부조리와 싸우며 인간 가치를 구하기 위해 치열하게 갈등을 하였지만 또한 어떻게 선량한 인간이 타락한 사회의 힘에 의해 희생되어 사라져가는가를 시정적으로, 그러나 눈물 없이 그리고 있다. 1970년대 한국 리얼리즘을 새로운 모습으로 발전시키는 데 지혜와 용기, 동정과 인간애를 예술적으로 결합시키는 기수로서 그의 역할은 실로 크다 하겠다. 그의 리얼리즘 예술이 얼마나 훌륭했는가는 그와 같은 시대를 살아가는 다른 작가들이 「객지」와 「한씨연대기」 그리고 「삼포 가는 길」 등과 유사한 작품을 변두리에서 살아가는 사람들의 이야기를 소재로 써왔지만 그의 작품처럼 마음에 깨끗한 감동을 줄 수 없었다는 것으로 충분히 증명될 수 있다.

　그러면 최일남과 김주영이 개척한 리얼리즘의 방향은 어떠한가. 최일남은 가난한 사람들의 생활이 그의 소설에 중요한 소재로 사용되고 있으나, 그들 가운데서 어떤 역사의식을 찾기보다는 가난한 소시민들의 애환과 우직함, 그리고 그들의 불균형한 행동을 「타령(打令)」에서 볼 수 있는 것처럼 가벼운 풍자와 코믹터치, 그리고 소박한 시정의 미학으로 격조 높게 승화시키고 있다. 그래서 그의 소설을 읽을 때 분노와 불안보다는 조용한 미소를 소리 없이 혼자서 머금게 된다.

　김주영은 김승옥을 연상시키는 어린 아이들의 순결을 바탕으로 보다 날카로운 해학과 풍자를 창조하고 있다.

5

　지금까지 우리들은 한국 현대문학 속에 흐르는 세 가지 흐름을 현실과 인간 긍정이라는 통일된 주제 의식과 더불어 단층적인 접근을 통해 살펴보았다. 그러나 앞에서 보아왔듯이 어느 작가이든 완전히 독립된 계열에 속할 수가 없다. 다시 말하면 그들의 문학의 형성은 한 가닥의 문학적 전통만을 이어받을 수는 없는 것이다. 만일 그들이 어떤 특정한 계열의 문학적 전통을 확대 발전시켜 나갈 수 있는 문학적 행위를 할 수 있었다면 그것은 다른 두 가지의 문학적 전통으로부터 간접적인 도움을 받았기 때문이리라. 이것의 가장 좋은 예가 이청준과 서정인의 문학이다. 어찌 이것뿐이랴. 자연주의와 상징주의를 융합한 황순원, 상징주의와 실존주의 문학을 결합한 최인훈, 그리고 이문열의 문학도 마찬가지이다. 이러한 현상이 일어나는 것은 서두에서 밝힌 바와 같이 문학적 경험이란 단일 순간의 진공상태에서 얻어지는 것이 아니라, 정치·경제 및 사회적 힘이 동시에 작용하는 통시적이고 공시적인 '역사의 장'에서 일어나기 때문이다. 기엔 교수는 문학사를 통시적으로 일어나는 사건을 몽타주 형식으로 엮고 그것을 사회사와 정치사로 이루어진 필름을 배경으로 해서 설명하려 하는 것은 최선의 방법이 못 된다고 했다. 그러나 그는 문학사를 다른 역사와 독립된 구조를 가진 것으로 보더라도, 그것이 사회사나 정치사와 전혀 관련이 없는 것으로 기술한다는 것은 타당하지 못할 뿐 아니라 적지 않은 모순을 지니고 있다고 했다.[7] 사회적이고 역사적인 힘을 배제하기를 주장하는 김동리 문학 역시 역사적인 힘이 없었으면 이루어질 수 없었을는지 모른다. 그는 「무녀도」와 「황토기」 그리고 「사반의 십자가」 등의 작품을 쓰게 된 동기를 "당시 일제의 질곡 속에서 얼어붙은 민족의 혼"을 일깨우기 위해서였다고 말하지 않았는가.[8] 그가 「을화」를 액자소설 형식을 취하지 않고 역사적인 시간의 공백 속에서 썼다면 「무녀도」가 우리들에게 주

---

7) Guillen, *Literature as System*, 498쪽.
8) 졸고, 「김동리 문학과 휴머니즘」, ≪한국문학≫, 1978년 6월호.

었던 예술적인 감동을 결코 가능할 수 없다는 것을 우리들은 너무나 잘 알고
있다. 황석영 문학 역시 1970년대의 산업사회에서 오는 사회적인 힘이 없었
다면 일어날 수 없었을지도 모른다. 만일 시대적인 도움 없이 일어났다고 하
더라도, 그것은 오늘날과 같이 독자들의 공감을 얻지 못했을 것이다. 이러한
경우는 앞에서 열거한 대부분의 리얼리즘 작가들의 문학에 대해서도 적용될
수 있을 것이다.

 문학은 오늘날 역사적 구조주의 비평가들이 밝힌 것처럼 변하지 않는 단일
개체가 아니라 시간과 역사의 흐름에 따라 변하는 여러 가닥의 경험으로 이
루어진 하나의 시스템이다.

자의식의 표백과 반어적 의미
이상의 문학 세계

발달하지도 않고 발전하지 아니하고 이것이 분노이다.
　── 「이상한 가역반응」 중에서

　　한국 문학사에서 이상만큼 비평적 논란의 대상이 되어 온 작가는 없다. 이 상의 문학을 긍정적으로 이해하려 했던 이어령은 이상을 '순수의식'의 개척자로 본 반면, 부정적 측면에 섰던 정명환은 소위 '인간 조건'에 대한 의식 문제에 대해서는 이어령과 의견을 같이했으나, 이상 문학을 프랑스 작가, 특히 사르트르와 블랑쇼 등 실존주의 작가들과 비교하면서, 그의 문학을 생성이 없는 부정의 일관과 도덕성이 상실된 문학이라고 지적했다.

　　그런데 오늘날 우리 비평계가 가는 방향으로 봐서, 이상 문학에 대한 두 가지 상반된 비평적 견해는 앞으로도 상당히 오랫동안 계속되리라 예측된다. 그러나 어떤 작가이든 올바른 평가는 작품을 충분히 이해한 후에야 가능하게 된다. 작품이 이상의 경우처럼 난해하면 할수록 이러한 작업은 더욱 절실해지리라 믿는다. 더욱이 이상 생전에 그의 시나 "소설이 이해할 수 없다고 비난을 받을 때면…… 곡마단의 피에로─ '뺨 맞는 그 자식'처럼" 그의 독특한 너털웃음을 터뜨리며 "허허……그럴 테지" 하고 고독한 체념을 하였다고 하니 말이다.

　　그리하여 필자는 이상 문학의 가치 평가에 앞서, 그것이 지닌 상징성과 심층 구조를 그의 문학의 구심점이 되는 「날개」를 중심으로 다시 한번 살펴보고자 한다.

앞에서 언급한 비평가들이 지적한 것처럼, 이상의 문학은 인간 조건에 대한 인간 의식의 표백 현상을 기록한 데서부터 비롯되었다. 그렇다면 그의 세계에서 가장 문제가 되는 것은 「날개」에서 '나'라고 말하는 자아다.

그런데 우리들은 자아란 말을 주어진 문맥에 따라 여러 가지로 쓴다. 즉 그것을 보편적으로 쓰면 사회적이고 물리적인 외면적 현실에 대응하는 인간 개념이 된다. 그러나 또 다른 차원에서 보면, 이것은 육체적인 현실에 대해 이데아와 같은 정신적인 면을 중심으로 한 인간 가치를 나타내는 말이 되겠다.

이상에게 있어 '자아'라는 개념은 전자가 아닌 후자인 듯하다. 다시 말하면 그는 인간을 순수 자아와 비순수 자아, 즉 본질적인 것과 일상적인 것(예를 들면 자연적인 것)으로 이분해서 보고 있는 듯하다. "이런 여인의 반—그것은 온갖 것의 반이요—만을 설계한다는 말이요, 그런 생활 속에 한 발만 들여놓고 흡사 두 개의 태양처럼 아주 쳐다보면서 낄낄거리는 것이요."

그래서 「날개」의 서문에서 자신을 "박제가 되어 버린 천재"라고 말할 때는 '이데아'와 같은 순수 자아가 자연적인 요소인 육체 속에 유폐되어 있다는 것을 상징적으로 의식한 말이 되리라.

이런 측면에서 보면, 「날개」에서 이상의 관심은 그가 의식한 순수한 자아인 내면적 현실을 현상적인 자연적 요소로써 이뤄진 감옥으로부터 영원히 해방시키려는 데 있다. 그래서 그는 어렸을 때부터 마음속에 숨겨왔던 자아의 이미지를 밖으로 표출시키기 위해 그림에 관심을 두었고, 시 「오감도」 등에서는 거울 속에 갇혀 있는 자아의 이미지를 밖으로 탈출시키기 위해 수많은 '기교와 절망'을 거듭했다. 그러나 이러한 그의 노력과 절망 그리고 분노를 가장 성공적으로 표현한 것은 아마도 「날개」인 것 같다.

「날개」에서 이상은 앞에서 말한 바와 같이 그의 의식 속에서 인간을 둘로 양분했지만, 처음부터 비순수 자아를 부정한 것은 아니다. 그는 그것을 바탕으로 해서 얻을 수 있는 감각적인 힘을 통해서 변증법적 발전, 즉 '생성'이라고까지 말할 수 있는 초월적인 희열을 느끼려고 한다. 그러나 육체에서 오는 감각적인 빛이란 너무나 순간적이고 다시금 "이상한 가역반응"으로 되돌아와서 캄캄한 어둠에 빠지게 되었을 때, 그는 절망한 나머지 반항을 하게 된다.

肉身이 흐느적 흐느적 疲勞했을 때만, 정신은 은화처럼 맑소. 니코친이 내 횟배 앓는 뱃속으로 스미면 머릿 속에 으레히 백지가 준비되는 법이오. 그 위에다 나는 위트와 파라독스를 바둑 布石처럼 늘어놓소. 可憎할 상식이 병이오.

이러한 사실은 또한 「오감도」에 나타나 있는 시 「나비」에서도 뚜렷이 볼 수 있다.

　　찢어진壁紙에죽어가는나비를본다.　　그것은幽界에絡繹되는秘密한通話口다. 어느날거울가운데의 鬚髥에죽어가는나비를본다.　날개축처진나비는입김에어리는가 난한이슬을먹는다.　通話口를손바닥으로꼭막으면서내가죽으면앉았다일어나든가나 비로날아가리라.　이런말이決코밖으로새어나가지는않게한다.

「날개」에서 '나'라고 하는 주인공은 자신의 순수 자아를 구원하는 길을 자의식적으로 모색하기 위해 인간 가치와 인간 조건과의 상호 관계에 관한 지도를 그리고 있다고 말할 수 있다. 그는 의식의 현장을 상징하는 33번지에 있는 일종의 유곽 속에 성냥갑처럼 동일한 모양을 한 방 하나를 두 칸으로 나누어 살고 있다. 이렇게 "한 번지에 열여덟 가구가 죽—어깨를 맞대고 늘어서서 창호가 똑같고 아궁이 모양이 똑같은 곳"에 그가 살고 있다 함은 자신의 순수 자아 '천재'가 비순수 자아인 육체적인 부분 속에 갇혀서 살고 있음을 보편적으로 나타낸 것이리라. 우리들의 영혼이 육체 속에 갇혀 있듯이 나 '천재'는 순수 자아를 의미하고 그 속에 갇혀 있는 비순수 자아는 육체의 집을 상징한다. 그래서 그는 "이 방 가운데 장지로 말미암아 두 칸으로 나뉘어 있었다는 그것이 내 운명의 상징이었던 것을 누가 알랴." 하고 말하고 있다.
　그의 방은 햇볕이 들지 않지만 아내의 방에 볕이 든다는 것은 아이러니하게도 순수한 자아를 구원해 줄 수 있는 길이 생명을 가져오는 육체적인 부분에 있다는 것을 우리들에게 암시해 준다. 왜냐하면 햇빛은 벽 넘어 존재하는 영원이라는 죽음이 없는 '개방된 시공'의 세계에서 오는 빛을 상징하기 때문이다. 그래서 햇빛의 이미지는 곧 속박되고 제한된 '폐쇄된 시공'과 자유롭고 영원하며 개방된 시공으로 연결시켜 주는 향기의 이미지와 곧 이어진다.

안해가 외출만 하면 나는 얼른 아랫방으로 와서 그 동쪽으로 난 들창을 열어 놓으면 볕살이 안해의 화장대를 비쳐 가지각색 병들이 아롱이 지면서 찬란하게 빛나고 이렇게 빛나는 것을 보는 것은 다시 없는 내 오락이다. 나는 쪼꼬만 '돋보기'를 꺼내 가지고 안해만이 사용하는 지리가미를 끄실려가면서 불장난을 하고 논다. 평행광선을 굴절시켜서 한 초점에 모아가지고 초점이 따끈따끈해지다가 마지막에는 종이를 끄실르기 시작하고 가느다란 연기를 내이면서 드디어 구녕을 뚫어 놓는 데까지 이르고 얼마 안 되는 동안에 초조한 맛이 죽고 싶을 만치 내게는 재미있었다.

평행으로 오는 햇빛을 굴절시켜 초점을 모아 불을 일으키는 것은 성 의식(性儀式)의 현장처럼 두 개의 세계가 일치되는 점을 의미한다고 생각된다. 그러나 그는 종이가 곧 타서 구멍이 뚫어져 재가 되자, 쾌감의 불꽃은 꺼져 버린다는 것을 발견한다. 그래서 그는 다음으로 사물이 그 속에 갇혀 있는 거울을 가지고 얼마간 호기심에 찬 장난을 하다 말고, 그의 "유희심이 육체적인 데서 정신적인 데로 비약한다."라고 말하면서 화장품 병을 찾아 "센슈얼한 향기"를 맡으며 아내의 체취의 소재와 그 속성에 대해 눈을 뜨기 시작한다.

이렇게 그가 햇빛으로 일으킨 불꽃과 향기에 대해 호기심을 가지고 장난을 하는 순간은 우리가 유년 시절을 보낸 후 처음으로 자아를 육신의 세계에서 해방시키기 위해서 낭만적인 육성에 귀를 기울인 순간이 아닌가 생각된다. 왜냐하면 소설의 첫 부분에서 자기의 방을 자기의 체온에 쾌적하다고 말하고,

또 그가 비록 아내와 같이 살고 있다고 이야기하지만, 그가 아내와 잠을 같이 잔 것은 그가 아내의 방에서 맡는 냄새의 쾌감을 통해서 아내의 존재를 인식한 후의 일이기 때문이다. 또 그가 아내와 성관계를 처음 맺은 것은 그녀가 주는 돈의 성격을 확인하기 위해서다. 돈은 위에서 언급한 제행(諸行)의 결과인 동시에 그것의 매개체가 되기 때문에 의식 관계에서 얻어진 것의 상징이 될 수 있다. 돈은 물질 그 자체가 아니라 육체의 노역을 통해서 얻어진 빚이 이내 가역반응을 일으켜 다시 물질로 환원되는 것을 상징한다.

그가 순간적인 쾌감을 가지고 "금고처럼 생긴 벙어리"에 은화를 집어넣는다는 것이 주는 상징적인 의미는 이것에 대한 사실과 연관성이 있는 것이 아닌가 한다. 또 돈에 대한 연구는 곧 아내에 대한 연구로서, 그는 돈이 주는 쾌감을 직접적인 경험을 통해서 밝혀보고자 한다. 이러한 그의 행위는 곧 자아 발견을 위한 행위라고 말할 수 있겠다. 다시 말하면 돈을 통해서 아내의 성격을 파악하려고 하는 반면, 그것을 통해 순수 자아를 벽 속에서 해방시켜 보려고 시도한다. 그래서 그는 그의 아내가 몸을 팔아서 그에게 준 은화를 지폐로 바꾸어서 밖으로 나간다. 그는 거리를 한참 쏘다니다 피곤에 지쳐 돌아와서 돈을 아내의 손에 쥐어주고 처음으로 그 쾌감이 무엇인가를 발견한다.

그 돈 5원을 안해 손에 쥐어주고 넘어졌을 때에 느낄 수 있었던 쾌감을 나는 무엇이라고 설명할 수가 없었다. 그러나 내객들이 내 안해에게 돈 놓고 가는 심리며 내 안해가 내게 돈 놓고 가는 심리의 비밀을 나는 알아 낸 것 같아서 여간 즐거운 것이 아니다. 나는 속으로 빙그레 웃었다. 이런 것을 모르고 오늘까지 지내온 내 자신이 어떻게 우스꽝스러워 보이는지 몰랐다.

그가 돈을 가지고 밖으로 나가 본 세상은 그가 생각한 것과 같은 이상 세계는 아니었다. 그가 꿈꾸었던 이상적인 세계는 아내와 가졌던 의식 행위의 순간에서만 발견할 수 있다는 것을 경험으로 안다. 그래서 그는 돈을 갖고 밖으로 나갔다 들어오면서 그것을 아내 손에 쥐어주고 잠자는 일을 되풀이하고자 한다.

그러나 그의 행위가 그녀의 일에 방해되었을 때, 그는 배척당하게 된다. 그의 아내는 그에게 아스피린 대신에 아달린을 먹여 볕이 들어오지 않는 그의 방에서 나오지 못하도록 한다. 그래서 비순수 자아인 자연적이고 맹목적인 운동 과정이 순수 자아를 압박하는 것을 그는 체험한다. 여기서 아스피린과 아달린에 대해 이상이 혼미를 거듭하면서 이야기하는 것은 인간 조건에 대한 의문과 회의가 아닌가 한다. 그러나 그는 흘려버린 시간과 아내와의 경험 때문에 다시 유년 시절처럼 자신의 방에 평화롭게 더 이상 머물 수 없도록 추방된 상태에 있게 된다.

그래서 그가 추방되기 이전 상태로 돌아가기 위해 순간적으로 회귀하는 일에 있어서도 아내의 방, 즉 아내와의 순간적인 접촉을 거쳐야만 이루어질 수 있다는 사실을 알게 된다. 그러나 그가 비인간적 아내에 대해서 발견한 것은 그를 잠자게 만드는 '아스피린과 아달린'이다. 그래서 그는 순수 자아인 나와 비순수 자아인 아내와의 모순된 구조를 육체적인 경험을 통해서 실제로 체험하게 된다. "우리 부부는 숙명적으로 발이 맞지 않는 절름발이인 것이다. 내나 아내나 제 거동에 로직을 붙일 필요는 없다. 사실은 사실대로 오해는 오해대로 그저 끝없이 발을 절뚝거리면서 세상을 살아가면 되는 것이다."

그래서 이상은 순수 자아가 아내로 대표되는 비순수 자아에 묶여서 그 힘으로 살아야 하고, 그것이 주는 쾌락으로 순간적인 해방의 기분을 얻으려는 운명에 대해 분노했다. 그래서 그는 동물적이고 비인간적인 요소를 떠난 인간적인 힘, 즉 순수한 인간의 힘으로 그 자신이 갇혀 있는 현실을 초월하고 싶었던 것이다. 이러한 사실은 그가 다시 그의 육체적인 속성으로 잠만 자게 하는 모순된 아내에게로 돌아가느냐 않느냐를 분간하기 어려울 때 일어나는 마지막 장면에서 감동적으로 나타나 있다.

이때 뚜우 하고 정오 사이렌이 울었다. 사람들은 모두 네 활개를 펴고 닭처럼 푸드덕거리는 것 같고 온갖 유리와 강철과 대리석과 지폐와 잉크가 부글부글 끓고 수선을 떨고 하는 것 같은 찰나 그야말로 현란을 극한 정오이다.

　나는 불현듯이 겨드랑이가 가렵다. 아하 그것은 내 인공의 날개가 돋았던 자국이다. 오늘은 없는 날개, 머릿속에서 희망과 야심이 말소된 페이지가 딕셔너리 넘어가듯 번뜩였다.

　나는 걷던 걸음을 멈추고 그리고 어디 한번 이렇게 외쳐 보고 싶었다.

　날개야 다시 돋아라, 날자, 날자, 날자 한번만 날자꾸나, 한번만 더 날아 보자꾸나.

시계 위에서의 대낮, 정오는 한밤의 자정 시각과 동일하게 표시되지만, 밝고 어두운 것이 그 차이다. 밝은 면이 정신적인 인간 가치를 상징한다면, 어두운 것은 동물적인 어두운 현실을 나타낸다고 하겠다. 어둠 속에서 두 개의 시곗바늘이 마주치는 것이 섹스의 심벌이라고 하면 정오의 사이렌 소리는 동물적인 것과의 부딪침이 없이, 순수하고 밝은 정신적인 면만으로 결합된 두 개의 세계가 합쳐져서 초월적인 현현(顯現)의 세계를 향해 문을 여는 소리의 상징이다. 이것은 아내와 동물적인 교접 없이 그가 지향하는 높은 세계로 비상하고 싶다는 희망을 간접적으로 나타낸 것이라고 하겠다. 그래서 그가 인공으로 이루어진 대낮의 사이렌 소리를 들었을 때, 자연의 힘으로 이루어지지 않고 순수한 인간적인 자아의 힘으로 만들어진 날개를 가졌던 것만 같은 어린 시절이 그는 그리웠던 것이다. 다시 말하면 돋보기로 햇빛을 굴절시켜 지리가미를 태우고 화장품 병 냄새 속에서 육체의 체취를 맡기 이전, 햇빛이 비쳐오는 곳으로 날고 싶었던 희망과 야심에 불탔던 그 시절이 그리웠던 것이다. 어느 평론가는 「날개」가 날아가고 싶은 지향점을 베풀어 주는 구체적인 것이 없다고 지적했지만, 햇빛이 비쳐 오는 곳이 그가 날고 싶어 했던 곳이 아닌가 생각된다. 그는 외출을 하면서 항시 새로운 출발을 할 수 있는 서울역을 찾았으며 또 마지막 그가 사이렌 소리를 들었을 때, 역시 평지보다 높은 "미스꼬시 옥상"에 있었던 것이다. 또 문학에서 유년 시절은 잃어버린 낙원에 대한 이미지로 사용되기 때문에 그의 지향점이 구체적으로 명시되지 않았다고 해서 잃어버린 낙원과는 아무런 관계가 없다고 볼 수는 없을 듯하다. 또 그는 인간적이고 동물적 성행위가 일어난 것은 낙원에서 우리 조상들이 죄를 범한 이후부터 일어난 일이란 것을 인식하고 있었던 것 같다. 그가 「실락원」이란 제목의 수필을 쓴 것과 「환시기」의 서두에서 볼 수 있듯이 낙원 상실과 죄와 벌에 대한 신화를 시 형식으로 나타내는 데 관심이 컸다는 사실을 잊지 말아야 하겠다.

太昔에 左右를 難하는 天痴 있더니
그 不吉한 子孫이 百代를 겪으며
이에 가지가지 天刑病者를 낳았더라.

　다시 말하면, 그가 날고자 하는 지점은 '박제'가 되기 이전 상태, 즉 순수 자아가 비순수 자아에 의해 유폐되어 순수한 인간 가치만으로 충만했던 때를 말한다. 그래서 이재선 역시 「날개」의 비상은 확실히 "시간적 과거를 향해서 나는 비상이며 과거적인 경험의 재생 또는 재구성과 밀접히 연관되어 있다."라고 말했다. 그는 프루스트적인 회상의 힘으로 과거를 다시 포착해서 "유동적인 영원의 세계"로 다시 돌아가 순수한 그 자신을 재포착하고 싶었던 것이다.
　그러면 「날개」에서 보인 이상의 권태롭고 절망적인 자세는 무엇인가? 그의 권태가 반드시 '생성'을 모르는 부정적인 자세인가? 아니면 다른 의미를 가지고 있는가? 다시 말하면, 위에서 살펴본 「날개」에서의 자기 분열과 그것에 따르는 부정적 태도는 다만 부정을 위한 부정인가? 필자의 생각으로는 이러한 그의 태도는 '심심풀이'로만 해석되는 부정적인 것이 아니라, 복잡하고 무섭기까지 한 '인간 조건'을 이해하기 위해서 마스크를 쓴 지성적이고 반어적인 태도가 아닌가 한다. 키르케고르는 아이러니하거나 혹은 부정적인 자기 분열 상태는 개인의 실존을 확인하는 일부분이기 때문에 헤겔과 마르크스적인 변증법으로서 이것을 피할 수 없다[1]고 말했고, 니체는 "개인의 진리는 아무런 보호 없이 나타내기는 너무나 복잡하고 무서워서 그것을 직접적으로 나타낼 수 없기 때문에 마스크를 썼다"라고 했고, 예이츠는 "그 자신과 싸워, 자신을 '또 다른 자아(otherself)' 에 복종시켜 그의 참된 퍼스낼리티를 이해하기 위해 마스크를 썼다"라고 말했다.[2]

이러한 측면에서 보면 이상은 '부정의 생성'을 몰랐던 것도 아닌 듯하다. 그는 어디까지나 모순된 인간 조건과 자아의 갈등을 반어적인 기교로서 포착하려고 했던 것이다. 「오감도」의 「시 제일호」와 「시 제삼호」는 이러한 사실을 우리에게 보다 명확하게 보여주고 있다.

十三人의兒孩가逃路로疾走하오.
(길은막다른골목이適當하오)
第一의兒孩가무섭다고그리오.
第二의兒孩가무섭다고그리오.
第三의兒孩가무섭다고그리오.

---

1) 왜냐하면 개별적 자아와 보편적인 자아의 패러독시컬한 갈등 관계는, 비록 보편적인 자아가 순간적으로 인식된다 하더라도 그대로 남아 있어야만 하기 때문이다. 진리란 주관적으로 생각하는 사람에게만 주어진다. 왜냐하면 주관적으로 생각하는 사람은 자신이 보편적인 진리를 내면적으로 이해함에 따라 점점 더 격리되고, 또 자신의 제한된 가변적 성격을 확인함에 따라 순수한 지식을 점점 더 많이 수용할 수 있기 때문이다. 보편적인 진리란 실존하는 개체에게만 이해될 수 있기 때문에, 올바른 커뮤니케이션은 객관적인 일반 개념을 직접적으로 말하는 것이 될 수 없다. 그래서 키르케고르에게 있어서는 전달 형식이 무엇보다 중요하게 된다. 즉 어떤 주관적인 진리와 무가치하지 않은 어떤 객관적인 대체물을 전달하려면, 그것의 전달 모드는 반드시 간접적이고, 예술적이며 사람의 눈을 속이는 정도까지 되는 것이라야만 한다. 키르케고르는 슐레겔처럼, 제2의 모델 형태를 소크라테스적인 아이러니에서 발견했다. 독자들은 간접적으로 말하는 작가의 연극적인 수단에 의해 속임을 당해서, 긍정적인 환영(幻影)으로부터 벗어나, 부정적인 진리에 도달한다. 키르케고르는 자기 자신의 경험을 예로 들면서, 자신이 그의 근본적인 사유에 대해 세상을 속여, 그것으로 하여금 자기 저서에 나타난 윤리적이고 종교적인 통찰력을 미적으로 전달하는 일에 있어서 놀라지 않고 수정할 수 있도록 하기 위한 한 사람으로서의 자세를 어떻게 보였는가를 설명하고 있다. Richard Ellmann and Charles Feidelson Jr., ed., *The Modern Tradition: Background of Modern Literature*, 668쪽.

2) 앞의 책, 388쪽.

第四의兒孩가무섭다고그리오.

第五의兒孩가무섭다고그리오.

第六의兒孩가무섭다고그리오.

第七의兒孩가무섭다고그리오.

第八의兒孩가무섭다고그리오.

第九의兒孩가무섭다고그리오.

第十의兒孩가무섭다고그리오.

第十一의兒孩가무섭다고그리오.

第十二의兒孩가무섭다고그리오.

第十三의兒孩가무섭다고그리오.

十三人의兒孩는무서운兒孩와무서워하는兒孩와그렇게뿐이모였소. (다른 事
情은없는것이차라리나았소)

그中에一人의兒孩가무서운兒孩라도좋소.

그中에二人의兒孩가무서운兒孩라도좋소.

그中에三人의兒孩가무서워하는兒孩라도좋소.

그中에一人의兒孩가무서워하는兒孩라도좋소.

(길은뚫린골목이라도敵黨하오)

十三人의兒孩가逃路를疾走하지아니하여도좋소.

　13이란 숫자가 '최후의 만찬'에 합석한 그리스도 이하 13인을 지칭하든가 혹은 이재선이 지적하듯 '十三人의 兒孩'가 13번을 치는 비현실적인 시계와 관련된 지하실에서 서로 갈등을 일으키며 탈출하려는 인간 행렬을 상징하든 지 간에 이 시의 첫 부분에서는 '十三人의 兒孩'가 질주하는 도로는 막다른 골목이라 말하고 있다. 마지막 부분에서는 길은 '뚫린 골목'이라 말하고 그러 나 '十三人의 兒孩'는 도로를 질주하지 아니하여도 좋다고 한다. 사물의 반 어적인 의미를 생각하고 있는 이상에게 있어서는 뚫린 골목길을 질주하지 않 는다는 것은 막다른 골목길을 달리는 것과 마찬가지의 의미가 된다. 다시 말하면 이상에게 있어서 행동하는 것은 행동하지 않는 것이고 행동하지 않는다는 것은 행동하는 것이다. 이에 대한 보다 자세한 이론은 「시 제삼호」에서 더욱 명확히 나타나 있다.

> 싸움하는사람은즉싸움하지아니하던사람이고또싸움하는사람은싸움하지아니하는 사람이었기도하니까싸움하는사람이싸움하는구경을하고싶거든싸움하지아니하던사 람이싸움하는것을구경하든지싸움하지아니하는사람이싸움하는구경을하든지싸움하 지아니하던사람이나싸움하지아니하는사람이싸움하지아니하는것을구경하든지하였 으면그만이다.

문제가 있다면 그가 '부정적인 생성'을 인식하지 못한 것이 아니라 그와 같은 모순된 인간 현실을 그의 지성과 자의식이 수용할 수 없었던 것이다. 그는 이미 "육신이 흐느적흐느적 하도록 피로했을 때만 정신이 은화처럼 맑소"란 사실도 알았으며 빈대에 물린 자리를 피가 나도록 긁어서 '그윽한 쾌감'을 느낄 줄도 알았다. 또 아내와의 교접을 통해서 순간적으로 느끼는 쾌감이 무엇인 줄도 그는 알았다. 그러나 그는 이와 같은 동물적인 인간 조건을 충족시켜서 순간적인 쾌감을 얻기 위해 자신을 죽음과 비슷한 상태로 몰아넣어야만 하는 것이 스스럽고 싫었다.

> 女王蜂과 未亡人─世上의 하고 많은 女人이 本質的으로 이미 未亡人인 이가 있으리까? 아니! 女人의 全部가 그 日常에 있어서 개개 '未亡人'이라는 내 論理가 뜻밖에도 女性에 對한 冒瀆이 되오? 굳빠이.

또 그는 그렇게 힘겹게 얻은 쾌감이란 순간적이고 곧 모든 것이 원상태로 돌아가는 '이상한 가역반응'이 싫어서 체념의 분노를 하지 않을 수 없었다.

> 도스토예프스키 精神이란 자칫하면 낭비인 것 같소. 유고를 佛蘭西의 빵 한

조각이라고는 누가 그랬는지 弔言인 듯 싶소. 그러나 人生 惑은 그 模型에 있어서 디테일 때문에 속는다거나 해서야 되겠소? 禍를 보지마오. 테입이 끊어지면 피가 나오. 傷채기도 머지 않아 완쾌될 줄 믿소. 굳빠이.

결론적으로 그는 생성을 위한 변증법의 모순된 구조와 고칠 수 없는 자연의 법칙을 자신에게 허용하기에는 너무나 자의식이 강했고 지성적이었다. 다시 말하면, 그의 권태와 반어적인 부정적 태도는 인간 조건과 비순수 자아가 일으키는 역학 작용에 대한 분노의 간접적인 표현이 아닌가 한다. 이것은 자신이 "거미처럼 수성(獸性)에 매달려 살아야만 하는 운명"에 대해서 얼마나 분노했는가를 「지주회시」에서 처절하게 나타내고 있다. 또 그가 "19세기를 봉쇄해 버리오"라고 말한 것은 자신을 거미줄처럼 얽어매고 있는 비순수 자아인 자연적이고 유전적인 수성에 대한 법칙이 발견된 19세기 과학에 대한 분노의 자의식인 듯하다. 이러한 의미에서 볼 때 그가 여자의 정조에 대해서 준엄하다는 것은 순수한 자아 내지 인간 가치를 비순수 자아인 수성의 가치와 대비시켜서 그것을 보존하자는 뜻으로 해석할 수 있겠다.

그러나 이상의 비극은 그 자신이 순수 자아와 비순수 자아 간에 이루어진 조화를 발견하지 못하고 우리들의 반(半) 육체적인 면을 참된 인간적인 요소가 아닌 것으로 부정하는 데 있다. 그래서 "20세기를 생활하는데 19세기밖에는 없는 그는 자신을 영원한 절름발이"라고 말해야만 했다. 그러나 그의 부정은 부정으로만 끝나는 부정이 아니라 '지성의 극치'를 보여주는 일종의 반어적인 침묵 속의 분노이다.

지금까지 보아온 것처럼 이상은 「날개」에서 인간 조건 문제와 더불어 자아인 '나'와 '아내'를 결정론적인 입장에서 이분(二分)하고 순수한 인간 가치와 자연적인 가치와의 비극적인 갈등 관계를 살펴보았다고 하겠다. 그러나 필자가 '날개'에서 이러한 문제를 분석해 본 것은 인간의 숙명적인 패배를 연구하기 위해서가 아니다.

오히려 이것은 인간의 의지와 자연의 의지와의 갈등 문제를 살펴보고 인간적인 자아 의지가 지니고 있는 의미가 얼마나 위대한 것이며, 또 그것이 인간 발전을 위해서 얼마나 필요하다는 것을 재인식하는 데 있다고 하겠다. 개선의 방법이란 최악의 현실을 적나라하게 이해하는 곳에서 찾을 수 있기 때문이다.

우의적 풍경과 향수의 의미
이태준의 문학 세계

모든 감정은 각기 하나의 선험적인 대상에 결합되어 있다. 따라서 후자의 제시는 전자의 현상학이다.
　　── 발터 벤야민, 「독일 비극의 근원」 중에서

1

상허 이태준은 정지용과 더불어 한국 근대문학을 완성한 사람들 가운데 하나라 일컬어진다. 그러나 그는 식민지 시대와 이어서 찾아온 혼돈된 ’해방 공간’에서 왕성한 창작 활동을 하다가 1946년, 그러니까 그의 나이 48세가 되던 해 이북으로 넘어간 후 분단의 장벽 때문에 우리에게로 돌아오지 않았다.

6·25 동란이 일어났을 때 그는 이북 종군 작가단에 가담하여 서울로 내려와서 포화 속에 낙동강 전선까지 다녀가는 등 폐허가 된 남쪽 땅을 밟았으나, 9·28 수복 때 다시 북으로 돌아갔다고 한다.

그러나 그는 약속의 땅이라고 생각했던 이북에 가서도 결코 그가 그렇게 희구하던 유토피아를 발견하지 못했던 것 같다. 최태응의 「이태준 비극」과 선우휘의 「남북 문인들 문제」 등과 같은 증언에 의하면, 이태준은 평양까지 올라갔던 한국군에게 은밀히 귀순 의사를 밝혔다고 했다. 그러나 국군들은 그를 구출하는 데 성공하지 못했다고 한다. 그 후 1955년 김일성에 의해 남로당 계열의 숙청이 시작되자 그는 「문학 분야에서의 부르주아 사상과 투쟁……」에서 비판을 받아 함남일보사의 교정원으로 추방되었다가 함흥 시멘트 벽돌 공장의 파철 수집 노동자로 전락했다. 그러다가 그는 1964년 북한 중앙당 문화부 창작 제1실 전속 작가로 갔다는 증언이 있지만, 그 후 그에 대한 소식은 묘연하다. 아마 그곳에 가서도 지금쯤 이렇다고 할 만한 작품을 남기지 못하고 숨을 거둔 지 오래일지도 모른다.

이태준은 이렇게 1930년대에 '고아'나 다름없는 상황에서도 불우했던 역경을 극복하고 우리 문단에 혜성처럼 나타나 한국 근대소설을 거의 완성 단계로 끌어올리는 데 견인차 역할을 했지만, 원숙한 단계에서 그의 재능을 충분히 발휘하지 못하고 '분단의 벽'에 갇혀 이렇게 비극적인 종말을 거두게 된 것은 지극히 슬픈 일이 아닐 수 없다. 평론가 김치수는 불행한 시대를 살다 간 그의 비극을 두고 다음과 같이 쓰고 있다.

그의 생애를 돌이켜보면 그것은 바로 우리 역사의 비극성을 그대로 표현하는 것 같아서 그 개인의 선택을 탓할 수 없다는 생각도 든다. 그의 선택이 우연이었는지 필연이었는지는 이제 아무도 대답해 줄 수 없는 이 마당에 그는 지금 어디서 잠들고 있을까? (……) 그가 고아 의식을 극복하기 위해 그 많은 대가를 치렀음에도 불구하고 오늘날 그에게 남아 있는 것은 무덤 없는 죽음인가, 이름 없는 재능인가?[1]

그러나 비록 이태준은 '해방의 공간' 이후 들끓었던 이념의 물결에 의해 시간의 지평선 너머로 실려가 버렸지만, 열려지고 있는 듯한 분단의 문과 함께 그의 이름은 다시 살아나서 해방을 전후로 한 우리 근대문학사에 지울 수 없는 크나큰 획을 긋고 있음에 틀림이 없다.

물론 김치수의 지적대로 "어쩌면 그의 작가적인 생명은 1930년대 후반에 끊어졌을지도 모른다. 그의 문학 세계에 대한 올바른 평가는 그의 모든 작품

---

1) 김치수, 「이태준 평전」, 『이태준』(지학사, 1990), 363쪽.

이 모두 읽혀질 때 가능할 것이다."[2] 그러나 한 작가의 개별적인 작품, 특히 그의 대표작은 그의 문학 세계와 '소설의 집'을 들여다 볼 수 있는 '창'의 역할을 한다는 사실을 염두에 둔다면 그의 몇몇 대표작들을 살펴보는 일은 그의 작품 세계를 연구하고 평가하는 데 하나의 훌륭한 척도가 되는 동시에 길잡이가 될 것이다.

그래서 여기에서는 그의 문학의 정수에 해당되는 단편 몇 편을 중심으로 그의 문학 세계가 무엇을 나타내고 또 무엇을 지향하고 있는가를 깊은 애정을 가지고 살펴보고자 한다.

2

이태준은 해방이 되던 다음 날인 8월 16일 고향인 철원 땅에서 일본이 패전했다는 소식을 듣고 곧장 상경해서 종각 옆 어느 빌딩 앞에서 백철을 만나 흥분된 기분으로 "나도 이제 회고적인 감격 스타일이 아니고 미래를 투시하는 대작 로망을 집필하고 싶은 야심을 갖고 싶다."라고 말했다. 이태준의 이러한 말은 흥분한 상태에서 은연중에 한 말이지만 그의 관심이 언제나 '역사적 비전'에 머물고 있다는 것을 나타내고 있는 듯하다. 그는 자신이 해방 전에 쓴 작품들이 '회고적 감격 스타일'로 이루어졌다고 자의식적인 고백을 했지만 그것은 그가 생각했던 미래의 작가적인 비전, 즉 역사의 상상력과 전혀 무관한 것이 아니라, 끊을 수 없이 밀접한 관계를 지니고 있는 듯하다. 이와 같은 사실은 그가 민족적인 정서를 정확히 표현하려고 했던 그의 탁월한 단편들이 '회고적인 감격 스타일'로 쓰였기 때문에, 그것에는 향토색 짙은 우울한 향수가 짙게 흐르고 침묵 속에 숨은 저항 의식과 투철한 도덕성이 빽빽이 점철되어 있다.

---

2) 앞의 책, 363쪽.

이태준 작품에 숨겨진 저항 의식은 일제 식민지 시대의 부조리한 사회 상황에 대한 것으로서 그의 도덕적인 비전과 합쳐져서, 단테가 칸 그란데 델라 스칼라(Can Grande della Scalla)에게 보낸 편지에서 자신의 시가 지닌 네 개의 차원에 대해서 이야기하면서 제시한 우의적 구성과 닮은 틀을 제공하고 있다. 여기서 말하는 네 개의 차원이란 축어적(주인공이 저 세상에서 겪는 경험), 도덕적(그의 영혼의 궁극적 운명), 우의적(그가 겪은 것들이 그리스도 생애의 이런저런 측면의 재현인 차원), 신비적(그의 드라마가 인류 전체의 최후 심판을 향한 진행의 전조인 차원) 등의 차원들을 말한다.'[3]

도덕적 차원이 '영혼의 궁극적 운명'에 관한 것이라면, 그것을 실현하는 것은 잃어버린 낙원을 다시 찾는 역사의 끝이 될 것이다. 그렇다면 영혼의 궁극적인 목적을 실현하기 위해 처절하게 노력하거나 부조리한 현상에 대해 저항하는 마스크를 쓴 성스러운 희생자들은 우의적인 차원으로 나타낼 수 있을 것이다.

이태준의 단편들에 나타난 여러 작중인물들은 대부분 대개 식민지적인 역사적 상황에 의해 파괴되거나 외상을 입고 있기 때문에 심리적으로 파괴되어 단절되지 않았을 때의 통일된 전체성을 희구하고 있다. 이러한 시각에서 볼 때 잔해나 파편 혹은 성스러운 희생자들로 이루어진 세계에서 통일된 과거를 생각하고 그리워하는 것은 단순히 회고적인 행위가 아니라 미래 속에서 잃어버린 낙원을 구원하는 일, 즉 역사 속에서 구원을 찾으려는 의식적인 노력과 일치할 수 있다. 발터 벤야민도 추억과 회상은 무의식적인 행위가 아니라 의식적인 행위가 깊은 관계가 있다고 생각했다.

이태준 문학의 구심이자 그의 출세작인 「오몽녀」의 경우부터 한번 생각해 보기로 하자.

김윤식과 김치수가 김동인의 「감자」에 비유한 이 작품은 단순히 자연법칙

---

3) Fredric Jameson, Marxism and Form(Princeton University Press, 1974), 60~61쪽.

에 지배를 받는 복녀와는 다소 다른 면을 지니고 있다. 오몽녀는 그 이름이 나타내듯이 꿈을 가지고 있고 본능적으로 행동을 하는 듯하지만, 그녀의 행동은 수동적이라기보다도 능동적이다. 그리고 이 작품의 끝에 가서도 오몽녀는 복녀의 비극적인 종말과는 달리 자기에게 부딪친 비도덕인 덫을 벗어나서 건강한 사내 금돌이와 희망의 땅이 있는 해삼 위로 탈출하는 데 성공을 한다.

얼핏 보기에 이 작품은 순수한 자연주의적인 것처럼 보이지만, 칡넝쿨처럼 얽혀 난맥상을 보이는 위험스러운 상황 속에서도 자신이 부딪친 어려움을 어떻게 해서든지 극복하는 의지를 보인다는 점에서는 리얼리즘에 속한다고 하겠다.

그러나 이 작품이 지니고 있는 가장 중심적인 주제는 아마도 우의적인 성격에 있는 것 같다. 토착적이고 서민적인 한국인의 딸을 상징하는 오몽녀의 움직임은 조국을 일본 제국주의자들에게 빼앗기고 궁핍한 식민지 시대에 살면서 안으로 생명력을 억압하는 낡은 인습에 묶여서 억압과 굶주림에 시달린 나머지 고향을 떠나 이국땅으로 떠나갔던 가난한 우리 민족의 삶과 역사를 우의적으로 나타내 주고 있는 듯하다.

김치수도 "그녀가 가정에 정착하지 못하고 이곳저곳 떠돌아다니며 유랑 생활을 한다는 것은 어쩌면 일제에게 조국을 빼앗기고 삶의 터전을 잃어버린 수많은 사람들이 간도 등지의 유랑민으로 전락한 모습의 상징일 수도 있다"[4] 라고 말했다.

오몽녀의 삶의 형태가 유교적인 시각에서 볼 때는 도덕성을 잃은 사람의 모습으로 나타나 보일지 모르지만, 리얼리즘의 시각에서 보면 그녀의 삶은 낡은 인습과 가난으로 말미암아 파괴된 상처 입은 희생자의 삶이다. 그래서 그녀가 어떻게 해서든지 그녀의 건강한 삶을 위협하고 파괴하는 억압과 인습의 굴레에서 벗어나려고 하는 것은 당연하고 정당하다.

오몽녀가 눈멀고 늙은 지참봉과 부부 관계를 맺은 것은 순수한 사랑을 바

---

4) 김치수, 『이태준』, 274쪽.

탕으로 한 대등한 관계에서 이루어진 것이 아니라, 가난으로 말미암아 나이 불과 아홉 살 때에 그에게 팔려갔기 때문이었다.

두 아이의 아버지이며 일본 경찰 앞잡이인 남 순사와의 관계도 오몽녀의 충동에 의해서 이루어진 것이 아니라, 그의 강압에 의한 것이다.

오몽녀가 겪은 비극적인 삶의 현실은 식민지 시대에 폐허가 된 우리 민족의 역사적 현실과도 같다. 비록 오몽녀가 병적인 이들과 육체적인 관계를 맺은 것은 불륜이라고 하더라도, 그것은 그녀가 생존하기 위한 유일한 길이란 것을 우리는 이해해야만 한다. 그러므로 그녀가 모든 억압적인 사슬을 과감하게 끊고 건강한 생명력을 가진 청년 금돌이와 배를 타고 새로운 땅을 향해 항해하는 것을 볼 때 오히려 우리는 그녀에게서 새로운 도덕성을 발견하게 된다.

이태준의 또 다른 대표작이자 그의 작가적인 재능을 가장 잘 나타내 주고 있는 「복덕방」의 경우도 마찬가지다. 다시 말하면, 이 작품 역시 우리 민족이 식민지 시대의 전환기적인 삶을 살아야만 했던 수난의 역사를 짙은 도덕성을 바탕으로 해서 우의적으로 나타낸 것이다.

한일 합방 이전에 훈련원 참의로 있던 서 참의가 시대적인 변화에 순응해서 생존하기 위해 복덕방을 경영해야만 하는 사실이 그렇고, 그와 대조적인 인물인 안 초시가 고루한 자존심에 매달려서 현실적인 삶을 살지 못하고 환상적인 삶을 살려고 하다가 낭패를 당해 자살을 해야만 하는 것 또한 그러하다.

어찌 이것뿐이랴. 아버지와의 인륜을 배반하고 아버지의 죽음으로부터 돈을 벌려고 하면서도 자신의 하잘것없는 명예를 지키려고 하다가 서 참의의 도덕적인 위협에 아버지의 장례식을 화려하고 경건하게 치러야만 했던 발레리나 안경화의 슬픈 행각 등은 모두 다 식민지 시대의 충격으로 붕괴된 봉건 사회의 파편들이다.

그런데 이 작품의 주제도 도덕성에 철저한 바탕을 두고 있기 때문에, 그것을 가진 사람은 살아남고 그것을 가지지 못한 사람들은 패배자의 길을 걷는다. 서 참의는 훈련원 시절을 그리워하며 나라를 잃고 복덕방 거간 노릇을 해야만 하는 자신의 처지에 대해서 눈물을 흘리며 고통스러워 하지만, 현실을 있는 그대로 받아들이면서 그 속에서 고통을 받고 살아가는 사람들과 더불어 우정과 인간애를 나눈다.

반면 안 초시는 아름다운 과거에 대한 추억도 없이 변화된 환경에 대처해서 그에게 부닥친 어려움을 능동적으로 극복하지 못하고 언제나 불만과 불평 속에서 살아간다. 그리고 그가 바라는 일은 화투패를 떠보는 데서 엿볼 수 있듯이 뜻밖의 행운이나 요행만을 기대하는 것이다. 그 결과 그는 현실에 대해 불평을 하는 것과는 걸맞지 않게 일본에 가서 무희로서 성공을 하고 돌아온 딸에게 의존해서 비루하게 살아간다. 그러다가 복덕방에서 만난 박희안으로부터 일제가 대륙 진출을 위해 황해 연변에 신항구를 개척한다는 정보를 잘못 듣고 그 부근에 있던 땅에 투기를 했다가 실패하고 궁지에 몰리게 되자 스스로 목숨을 끊고 만다.

서 참의는 안 초시가 살아 있을 때는 그를 놀리기도 하고 우정 있는 능명까지도 했지만, 그의 죽음 앞에서는 그 누구보다 경건했다. 그래서 그는 물질주의로 타락한 안경화의 번쩍이는 명예를 담보로 해서 그녀 아버지의 장례식을 제대로 치르게 함으로써 퇴색되어 가는 인간의 도덕성 회복을 무섭게 주장한다.

그는 도덕성이 있는 곳에 물질이 아닌 인간애가 담긴 영혼의 길이 있다는 것을 알았던 것 같다. 왜냐하면 다른 무엇보다 삶과 죽음, 그리고 생명을 이어가는 핏줄기와 관계된 인류의 도덕은 서두에서도 언급된 것같이 인간으로 하여금 전체적인 통일성에 대해 귀속감을 느끼고 역사 및 역사적 비전과의 관계를 기억하고 지키게 하는 유일한 단서고 길이기 때문이다.

작품 「돌다리」는 식민지 시대에 위협을 받고 있는 민족의 전통과 그 뿌리와 깊은 관계가 있는 역사의식을 대단히 명확하고 감동적으로 드러내고 있다.

시골 지주의 아들인 창섭이 의사가 되어 서울에서 개업한 후 병원을 확장하기 위해 고향인 시골로 내려와서 아버지에게 농토를 팔자고 요청을 한다.

이 말을 듣자 아버지는 아들에게 단순한 부의 증식과 육체적인 안락을 위해 그가 조상으로부터 물려받아 그 위에서 일생을 두고 비옥하게 가꾸어 놓은 땅을 팔 수 없다고 단호하게 거절한다. 창섭의 아버지가 땅을 팔 수 없다고 아들의 간청을 거부하고서 자신의 뿌리와 바탕에 대해 위협마저 느끼면서 땅과 관계된 도덕관을 설파한 극적인 이야기는 역사를 통한 건강한 유토피아의 꿈을 실현하기 위해서는 시금석과도 같은 것이 된다.

　　"천금이 쏟아진대두 난 땅은 못 팔겠다. 내 아버지께서 손수 이룩하시는 걸 내 눈으로 본 밭이구, 내 할머님께서 손수 피땀을 흘려 모으신 돈으로 장만하신 논들이야. 돈 있다구 어디가 느르지논 같은 게 있구, 독시장밭 같은 걸 사? 느르지 논둑에 선 느티나문 할아버님께서 심으신 거구 저 사랑마당에 은행나무는 아버님께서 심으신 거다. 그 나무 밑에를 설 때마다 난 그 어른들 동상(銅像)이나 다름없이 경건한 마음이 솟아 우러러보군 헌다. 땅이란 걸 어떻게 일시 이해를 따져 사구 팔구 허느냐? 땅이 없어봐라, 집이 어딨으며 나라가 어딨는 줄 아니? 땅이란 천지 만물의 근거야. 돈 있다구 땅이 뭔지도 모르고 욕심만 내 문서쪽으로만 사 모기만 하는 사람들, 돈놀이처럼 변리만 생각허구 제 조상들과 그 땅과 어떤 인연이란 건 도시 생각지 않구 헌신짝 버리듯 하는 사람들, 다 내 눈엔 괴이한 사람들루밖엔 뵈지 않드라……"

　　"팔지 않으면 그만 아닙니까?"

　　"나 죽은 뒤에 누가 거두니? 너두 이제두 말했지만 너 문서 쪽만 쥐구 서울 앉아 지주 노릇만 허게? 그 따위 지주하구 작은 틈에서 땅들만 얼말 골른지 아니? 안 된다. 팔 테다. 나 죽을 임시엔 다 팔 테다, 돈에 팔 줄 아니? 사람한테 팔 테다. 건너 용문이는 우리 느르지 논 같은 건 한 해만 부쳐 보구 죽어도 농군으로 태났던 걸 한허지 않겠다구 했다. 독시장밭을 내논다구 해봐라, 문보나 덕길이 같은 사람은 길바닥에 나 앉드라도 집을 팔아 살려고 덤빌 게다. 그런 사람들이 땅 임자 안 되구 누가 돼야 옳으냐? 그러니 아주 말이 난 김에 내 유언이다. 그런 사람들 무슨 돈으로 땅값을 한 몫 내겠니? 몇몇 해구 그 땅 소출을 팔아 연년이 깊아나가게 할 테니 너두 땅값을랑 그렇게 받어갈 줄 미리 알구 있거라. 그리고 네 모가 먼저 가면 내가 묻을 거구, 내가 먼저 가게 되면 네 모만은 네가 서울로 그때 다려가렴. 난 샘말서 이렇게 야인(野人)으로나, 죄 없는 밥을 먹다 야인인 채 묻힐 걸 흡족히 여긴다.”

즉 아들 창섭이는 땅이 상징하는 근원과의 단절을 나타내고, 아버지는 홍수가 져서 흙탕물이 흘러도 움직이지 않는 ‘돌다리’에 관한 역사를 이야기하면서 근원과 현재와의 연속 관계를 나타냄은 물론 과거와 현재의 시간적인 차원을 넘어 인간적인 삶의 전체적인 통합 구조를 이해하려고 했다. 이와 같은 사실은 노인이 그의 아버지가 놓았던 돌다리를 두고 다음과 같이 생각하는 데서 더욱 명확하게 나타나고 있다.

“비가 아무리 쏟아져도, 어떤 한정을 넘는 법은 없다. 물이 분수 없이 늘어 떠나려 갔던 게 아니라, 자갈이 밀려 내려와 물구멍이 좁아졌든지, 그렇지 않으면 어느 받침돌만 제대로 보살펴 준다면 만 년을 간들 무너질 리 없을 게다. 그저 늘 보살펴야 허는 거다. 사람이란 하늘 밑에 사는 날까지 하루라도 천리(天理)에 방심을 해선 안 되는 거다……”

노인이 이렇게 생각한 것은 물의 흐름이 시간의 흐름을 상징하고, ‘돌다리’는 시간을 건너는 수단인 동시에 현재의 시간과 과거의 시간을 이어주는 통합된 존재의 뿌리를 나타내주기 때문인 것 같다.

그러나 이태준 문학 세계 가운데 우의성을 가장 탁월하게 나타낸 작품들은 아마도 순결한 희생자의 이미지를 지니고 있는 그로테스크한 인물들이 서식하는 「달밤」, 「봄」, 「불우선생」, 「손거부」, 「아담의 후예」 그리고 「촌뜨기」와 같은 작품들이다. 여기서 말하는 순결한 희생자와 같은 인물들은 인간의 구원적인 순결을 나타내고 있지만, 그들은 식민지적인 상황에 의해 희생된 자들이다. 그들은 때때로 배우처럼 보이지만 그것보다는 상처 입은 희생자들이다. 그래서 그들은 항상 추방당한 성자와도 같고 또 경우에 따라서는 반어적이고 그로테스크한 면을 지니고 있는 광대와도 같다. 그들은 억압적인 식민지 사회에서 소외를 당하는 국외자로서 현실에 대해 처절한 저항은 하지 않지만, 웃지 못할 웃음과 소멸의 페이소스 속에서 반어적인 태도를 보인다.

「달밤」의 주인공 황수건은 바보스러운 광대의 모습을 한 패배자처럼 보이지만, 그가 가진 순결과 다소 반어적인 태도 때문에 우리는 그가 완전한 패배자가 아니라는 인상을 강하게 받는다.

작품 「봄」의 주인공은 시골에서 땅을 갈다가 빚에 쪼들려 서울로 왔으나 더욱더 궁핍해져서 아내마저 잃고 딸아이와 함께 외롭게 산다. 어느 봄날 공원으로 벚꽃 놀이를 갔다가 다른 아이들의 행복해하는 모습을 보고 부러워서 그의 딸에게 주려고 벚꽃 가지를 하나 꺾다가 경비원에게 심한 봉변을 당하고 집으로 돌아와서 화풀이를 하다가 더욱 큰 손해를 본다.

이들 이외에 한말의 혼란기와 식민지 시대에 이곳저곳 여관방을 전전하며 굶주린 생활을 하지만 부조리한 시대적인 상황에 대해서 비분강개하는 불우선생, 착하기만 하고 머리가 좀 모자라는 듯하지만 순진한 정열로서 이룰 수 없는 대망의 꿈을 항상 꾸는 손 거부, 뭍으로 간 딸을 기다리기 위해 부둣가에서 거지처럼 생활을 하다가 어느 서양 사람의 도움으로 편안한 밥을 먹여 주는 양로원에 수용되어 있던 어느 날 곡마단 음악소리를 듣고 향수에 젖어 그곳을 탈출하는 「아담의 후예」의 주인공 안 영감, 그리고 가진 논밭이 없어서 몇 해에 걸쳐 화전민 노릇을 하며 산짐승을 잡아먹으며 구차한 생활을 하다가 산짐승을 잡기 위해 그가 파놓은 함정에 사냥 나왔던 순사부장이 빠지자 유치장에 이십여 일 동안 갇혀 있다가 나와서 가족들과 뿔뿔이 헤어져서 유랑의 길을 걷는 순박하기만 하고 저능한 촌뜨기 등은 모두 다 위에서 말한 식민지적인 상황에 희생된 자의 이미지를 지니고 있는 그로테스크한 인물들이다.

프로이트가 말한 바와 같이 그들이 이와 같은 정신적인 의상을 입은 듯이 신경증적인 반복을 보이는 것은 외부 환경에서 받은 심한 충격이 의식에 의해 차단되거나 완전히 흡수되지 못했기 때문에 그 충격을 완화하기 위해 그것을 뚫고 나온 현상들이다.

그래서 그들에 대한 이야기는 앞에서도 밝힌 상징적인 성격을 지니고 있다기보다는 우의적인 성격을 강하게 지니고서 식민지 시대에 있어서 우리 민족의 수난사를 소설로써 형상화하고 있다. 왜냐하면 상징은 쓰러지는 가운데 구원의 빛을 띤 '자연'의 얼굴을 보이는 반면에 우의의 경우, 보는 사람의 눈앞에 얼어붙은 풍경처럼 펼쳐지는…… 역사의 사상(死相)을 보이기 때문이다.

"그 얼굴, 아니 그 해골 속에서는 온갖 시기적절하지 못한 것, 고통스러운 것, 무위로 돌아간 것 등의 역사의 모습을 드러낸다……. 또 여기서는 인생 전반의 성격뿐만 아니라 개인의 전기적인 역사성까지도 가장 자연스럽고 유기적으로 부패된 형태로서 불길한 조짐처럼 표현되는 것이다." 그리고 이것은 "어떤 이유에서건 사물의 의미, 정신, 진정한 인간 실존으로부터 완전히 분리되어 버린 세계의 지배적인 표현 양식"[5]이기 때문에 식민지 시대에 우리의 일그러진 모습을 표현하는 데 대단히 적절한 형태가 되고 있다. 이렇게 그가 대부분의 작품에서 상징이 아닌 우의적인 성격의 글을 쓰게 된 것은 그의 작품이 낭만적이거나 초월적인 세계가 아니라, 통합적인 역사적 현실에 그 뿌리를 두고 있다는 것을 또한 말해준다.

그의 작품이 얼마나 현실에 그 기초를 두고 있고 또 얼마큼 큰 도덕적인 의지와 사랑의 힘으로 유토피아를 건설하려고 했던가는 「까마귀」, 「바다」, 「코스모스 피는 정원」, 그리고 「애정의 금렵구」 등에서도 잘 나타나고 있다.

「까마귀」는 어느 가난한 작가가 별장에서 만나 사랑을 느낀 폐병 앓는 여인에게 까마귀 배 속에 귀신이 들어 있어 무섭다는 말을 듣자 까마귀가 귀신

---

5) Walter Benjamin, *Schriften* 1, Edited by T. W. Adorno and Gretel Adorno. Vol. 2 (Suhrkamp Verlag, 1955), 289~290쪽 참조.

을 몸에 지니고 있지 않으며, 죽음은 물론 저세상과 아무런 상관이 없다는 사실을 밝히기 위해서 까마귀의 배를 갈라 그곳에 귀신이 아닌 창자가 있다는 것을 보여준다는 이야기다.

그는 슬거머니 겁이 나기도 했으나 뭉어리 돌을 집어 공중엣놈들을 위협하며 도랑에서 다시 덥풀 올려 솟은 놈을 쫓아들어가며 곧은 발길로 먹투시를 차 내던졌다. 화살은 빠져 떨어지고 까마귀만 여남은 간 밖에 나가떨어지며 킥 —— 하고 삐들적거렸다. 다시 쫓아가 발길을 들었으나 그때 벌써 까마귀는 적을 볼 줄도 모르고 덮어누르는 죽음과 싸울 뿐이었다. 그는 두근거리는 가슴으로 이 검은 새의 죽음의 고민을 내려다보며 그 병든 처녀의 임종을 상상해 보았다. 슬픈 일이었다. 그는 이내 자기 방으로 돌아왔고, 나중에 정자지기를 시켜 그 죽은 까마귀를 목을 매어 어느 나뭇가지에 걸게 하였다. 그리고 어서 그 아가씨가 나타나면 곧 훌륭한 외과의사처럼 그 검은 시체를 해부하여 까마귀의 뱃속에도 다른 날짐승과 똑같이 단순한 조류(鳥類)의 내장이 있을뿐, 결코 그런 무슨 부적이거나 칼이거나 푸른 불이 들어 있지 않다는 것을 증명하리라 하였다.

아마도 작가가 이 작품에서 말하려는 바는 까마귀가 귀신의 세계를 나타내는 상징이 아니라 인간이 애정을 가지고 친숙할 수 있는 검은 새로서 그녀의 죽음을 애도하듯 그녀가 죽어서 타고 가는 영구차 위에 앉아 까악까악 하고 그것의 독특한 슬픈 울음을 운다는 것이다.

「바다」는 바닷가 갯마을에 사는 옥순이란 처녀가 배를 타는 왈룡과 오래 전부터 정혼을 한 사이지만, 경제적인 사정 때문에 결혼식을 미루어 오다가 결국 고기잡이를 나갔던 왈룡이가 심한 풍랑을 만나 배가 뒤집혀져 익사하는 데서 오는 비극을 다룬 작품이다.

고기잡이를 나갔던 왈룡이가 바다에서 돌아오지 않고 아버지의 빚이 눈덩이처럼 쌓이게 되자 마을 구장의 주선으로 청진에 있는 어느 청요리집으로 가서 일을 하기로 하고, 첫달 월급으로 아버지 빚을 갚지만, 배기미[梨津]

가는 배에 오르기 전에 자신의 순결함을 나타내듯 사용하지 않은 비누 하나를 바닷가에 있는 바윗돌에 올려놓고 바다에 몸을 던진다.

　날씨는 아름답기보다 고요하였다. 잔물결 하나 일지 않았다. 해당화가 반이나 모래밭에 떨어진 것은 며칠 전의 바람엔 듯하였다. 웅웅거리는 꿀벌의 소리, 반짝 반짝거리는 금모래, 정신이 다 아릿해지는 해당화 향기, 옥순은 깜빡 잠이 들듯한 피곤과 정신의 마취를 느끼곤 하였다.
　구름이 뭉게뭉게, 무슨 아름다운 동리처럼, 꽃밭처럼, 아득한 골짜기처럼 피어 올랐다. 가깝거니 하고 쳐다보면 까맣게 바다 저 편이었다. 그 구름 동리, 그 구름 꽃밭, 그 구름 골짜기에 가면 꼭 왈룡이가 있을 것 같았다. 가만히 귀를 옹송 거리면 왈룡이의 부르는 소리조차 들려오는 것도 같았다.

　여기서 옥순의 투신자살은 앞서간 왈룡의 환상으로 이루어진 것처럼 낭만 적으로 묘사되고 있으나, 그녀의 결심은 어디까지나 '영혼의 숙명'이 요구하 는 순수한 사랑의 실천으로서 유토피아적인 도덕성을 스스로 실천하기 위한 절대적인 저항 의지이다.

　그가 「코스모스 피는 정원」과 「애정의 금렵구」 등에서와 같이 물질적이고 허위적인 사랑보다는 영혼의 사랑이 같이하는 도덕성과 그것을 실현하기 위 한 인간의 고통과 아픔이 담긴 애정 소설을 쓰는 데 많은 정열을 쏟은 것은 식민지 시대의 파괴적이고 억압적인 상황을 극복하고, 유토피아적인 비전의 실현 과정과 깊은 관계가 있는 것이 아닌가 한다.

3

　위에서 살펴본 바와 같이 어느 누구든지 이태준의 작품 세계를 조금만 깊게 파고 들어가 보면 그것이 일제 식민지 시대의 억압적인 힘에 의해 파괴된 한국 역사의 황량한 풍경을 리얼하게 의식적으로 그리고 있다는 것을 쉽게 알 수 있을 것이다.

식민지 시대에 우리의 민족 정신이 얼마나 억압받았는가는 그의 데뷔작인 「오몽녀」를 개작해야만 했던 것으로도 충분히 증명이 되고도 남음이 있다. 그가 식민지 시대의 역사적 상황에 의해 폐허가 된 조국의 풍경을 짙은 페이소스를 가지고 묘사한 것은 단순히 감상적인 절망 때문만이 아니다. 우리가 그의 작품에 깊게 스며 있는 짙은 향수에서 느낄 수 있듯이 그것은 파편처럼 부서져 폐허가 된 상황을 극복하고 전체적이고 통합된 세계, 즉 식민지 시대 이전에 우리 민족이 가졌던 자유로운 생명을 꽃피울 수 있던 자율적이고 유기적인 세계를 다시금 구원하고자 하는 욕망을 나타내고 있다. 다시 말하면, 향수는 무의식적인 기억과 구별되며 또 충만함이 있던 과거를 기억하려는 의식적인 행위로서, 현재의 상황에 대해 억제할 수 없는 불만과 깊은 관계가 있기 때문에 그것은 현실을 극복하려는 의식적인 마음의 움직임이라고도 말할 수 있겠다.

이태준이 해방 이전에 자신이 쓴 우수한 단편들을 두고 '회고적 감격 스타일'이라고 말한 것은 결국 일제의 압박과 설움으로부터 해방된 기쁨 때문에 그가 너무나 흥분한 나머지 자신의 작업에 대해 너무나 자의식적인 반응을 보인 결과로 나온 것이 아닌가 한다.

해방 전 그러니까 1930년대에 그가 발표한 여러 편의 아름다운 작품들은 우의적인 성격을 강하게 띠면서도 향수 짙은 우울한 분위기 또한 가지는데, 이는 그것들이 결코 감상적인 '회고'를 위한 '회고적 감격 스타일'로 씌어지지 않고, 식민지 시대의 억압으로부터 민족 정신을 벗어나게 하고 잃어버린 도덕성과 생명력을 다시 회복하게 해서 그것을 통해 유토피아를 다시금 건설하고자 하는 목적이 그 밑에 깔고 있음을 말해 준다. 왜냐하면 발터 벤야민이 말한 것처럼, 그의 작품들 전편에 깔려 있는 우울한 분위기는 '아마 일종의 유토피아 혹은 과거를 떨쳐버리기보다는 흡수해 들인 유토피아적 존재, 다시 말하면 일순간이나마 사물의 세계에서 이루어진 존재의 충만감 같은 것에 대한 배경'[6]이 되기 때문이다.

---

6) 앞의 책, 372~373쪽 참조.

자연과의 친화

김동리와 최인훈의 경우

근원 가까이 거주하는 이는 그 자리를 어렵게 떠난다.
— 횔덜린, 「방랑」 중에서

1

어느 나라든지 그 나라 나름대로의 독특한 문화적인 특성이 있다. 문학의
경우도 예외는 아니다. 19세기 프랑스 평론가 텐느에 의하면 작가를 형성하
는 데는 민족과 풍토 그리고 역사적인 순간이 있다고 한다. 이것을 은유적으
로 말하면 민족은 내면적인 샘이고, 환경은 외부로부터 오는 압력이고, 순간
은 이미 획득한 충격이다. 그는 이렇게 작품 뒤에 작가가 있고 그 작가를 형
성하는 것을 세 가지 요소로 설명하고 있지만, 이것들은 작품을 형성하는 데
독립적으로 작용하는 것이 아니라, 하나의 촉매 작용에서처럼 상호 불가분의
관계에 있다. 플로베르는 이러한 이론적인 주장이 결정론적인 색채를 너무나
강하게 지니고 있기 때문에, 상상력이 요구하는 개인적인 자아를 감소시킨다
고 말하였지만, 그것대로의 설득력과 타당성을 가지고 있다는 사실 또한 부
정할 수 없다.

그런데 작가가 작품을 쓰는 데 있어서 내면적인 원동력이 된다고 말하는
민족이라는 개념은 한국인 특유의 감정 구조로써 표현할 수 있고, 또 한국인
이 처해 있는 지정학적인 위치와 밀접한 관계가 있다. 김동욱이 그의 탁월한

논문 「한국문학의 기저(基低)」에서 밝힌 다음과 같은 말은 위의 사실을 뒷받침해 주고 있다.

> 논자에 따라 우리의 민족 이동이 아사달족 → 진번족 → 한족으로 잡건, 고구려족의 파상적인 이동이든 간에 (……) 이 민족 이동의 성격은 살기 좋은 낙원으로부터의 축출이 아니라, 지정학적인 위치로 보아 보다 살기 좋은 땅에의 정주이기 때문에, 신화에 내재한 비극성이 희박한 것 같다. 해모수의 양국 신화나 주몽·온신의 도피 신화도 그들은 보다 아름다운 땅에 정착하여 새로운 창조를 시작하고 있는 것으로 보아 현실 긍정적이다. 이는 남방으로 내려올수록 온난 비옥하다는 현실성 위에 서 있는 것이다.[1]

민족 문학의 효시이자 그 전통적인 기저를 이루고 있는 건국 신화가 이렇게 '현실 긍정적'이 된 것은 지정학적인 요소와 밀접한 관계가 있다는 그의 지적은 한국 신화와 무속이 범신론적인 차원에서 자연과의 친화를 나타내고 있다는 사실과도 결코 무관하지 않다. 시각에 따라 다르겠지만, 단군 신화의 중심적인 주제는 초월적인 세계를 상징하는 환웅에 있는 것이 아니라, 지상이라는 현실 세계를 상징하는 웅녀의 인간적인 변신 과정에 있기 때문이다. 이러한 사실은 이 신화가 지니고 있는 다른 특징과 함께 한국 문학의 특징을 원형적으로 설정하고 있는 듯하다. 물론 우주적인 차원에서 동서양을 막론하고 건국 신화에는 많은 유사점을 지닐 수 있다. 그래서 환웅과 웅녀, 그리고 마늘과 쑥 이야기가 나오는 단군 신화와 소벌공(蘇伐公)이 발견했던 알에서 나왔다는 신라 시조 박혁거세의 신화에는 그리스 문화의 기원을 말해 주는 레다와 백조의 신화와 유사한 점이 있는 것이다.

그러나 한국 신화는 동물적인 것을 억제하는 지혜와 사랑을 신으로부터 피속에서 전수받는 일원론을 중심으로 하고 있고, 서양의 그것은 사랑과 갈등

---

1) 김동욱, 「한국문학의 기저」, 김열규, 소재영, 조동일, 황패강 엮음, 『고전문학을 찾아서』 (문학과지성사, 1976), 8~9쪽.

이라는 이원론적인 구조로 되어 있다. 그리스 신화의 제우스는 백조로 변신하고 레다를 급습해서 낳은 알에서 트로이 전쟁의 원인이 된 헬레네와, 남편인 아가멤논을 죽인 클리타임네스트라를 낳았다. 그래서 그리스의 신은 파괴적인 불을 통해서 자신을 계시했지만, 단군은 사랑과 인내 그리고 기다림을 통해서 자신을 나타내려고 했다.

이러한 한국 정신의 원류가 지닌 두 가지 특징은 텐느가 말하는 이른바 역사적인 시간의 자극을 받아 많은 변모를 해서 표면에 나타나지 않았지만, 민족 문학의 전통 속에 심층적으로 흐르고 있는 듯하다. 토착적인 한국 정신은 웅녀로 상징되는 현실 세계를 긍정적으로 받아들이면서 현실 속에서 낙원을 추구하며 자연과 친화하려는 뜻을 담고 있다. 비록 중국으로부터 들어온 체계화된 형이상학적이고 추상적인 자연 사상과 불교 철학에 의해 많이 굴절되었지만, 그것은 무속과 민요 그리고 민중 문학을 중심으로 한 저항적인 리얼리즘 정신 속에서도 면면히 이어지고 있는 듯하다.

한국의 무가(巫歌)는 언뜻 보면 낭만적인 성격만을 지니고 있는 듯 보이나, 서양 문학에서 볼 수 있는 로망스와는 달리 웅녀와 유사한 이미지를 지닌 무녀(巫女)를 중심으로 나타나기 때문에, 그것은 인간적인 리얼한 상황에 깊이 뿌리박고 있다고 말할 수 있겠다. 그렇다면 우리는 김윤식이 한국 문학의 특징이라고 지적한 '여성 편향'[2]을 김소월과 김영랑, 한용운 그리고 기타 한국 시에 전통적으로 나타난 '님'에서만 찾을 수가 있는 것이 아니라, 원형적인 민족 신화와 그 전통적인 문맥의 흐름 속에서 찾아볼 수 있는 것이 아닌가 생각된다.

또 천지인(天·地·人)의 삼재사상(三才思想)을 설명하는 '건도성남(乾道成男)·곤도성녀(坤道成女)'에서 볼 수 있듯이 여성이 하늘이 아닌 땅을 상징한다고 보면, 민족 문학의 뿌리는 낭만적인 색채뿐만 아니라 리얼리즘적인 요소를 적지 않게 지니고 있는 것으로 나타난다.

---

2) 김윤식, 「한국문학의 연속성 문제」, 앞의 책, 134쪽.

그런데 민족 문학이 조선조에 와서 주자학의 영향을 받고 있었으나, 민간 전승으로 이어져온 전설이나 혹은 민중에 의해 쓰인 문학은 언제나 사대부와 부권적인 억압에서 벗어나려는 '풀이'와 '해체'의 형태를 취하는 경우가 많다. 이러한 측면에서 볼 때 무속적인 색채를 강하게 지니고 있는 『심청전』이나 『춘향전』이 여성 중심으로 이루어지고 있다는 것은 주목할 만하다. 『심청전』에서는 생명을 나타내는 물의 이미지가 지배적으로 나타나 있는데 이는 인간을 구원하는 길은 하늘이 아니라 땅이고, 자연 그 자체임을 나타낸다고 볼 수 있다. 무속신은 결코 하늘의 신이 아니고 자연신이란 사실도 이러한 사실을 크게 뒷받침해 주고 있다. 우리 문학 속에서 무가나 민요 등이 유교 사상보다 불교 사상을 많이 흡수해서 융합하고 있는 이유는 불교가 천명(天命) 사상을 중심으로 한 추상적이고 이성적인 억압적인 구조를 지니고 있기보다는 억압받지 않은 자연 현상과 유사한 구조를 지닌 윤회 사상에 그 기초를 두고 있기 때문이 아닌가 한다. 이것은 근대에 와서 다시 치열한 역사적인 시간과 외래 문화의 억압적인 영향을 받아 소멸되거나 내부적으로 침잠해 들어갔지만, 한국 문학 작품의 기본 구조는 언제나 억압 상황에서 벗어나려는 양상을 보인다.

전통이란 민족과 풍토가 존재하는 한 단절될 수 없는 것이기에 신문학이 일어난 후에도 한국 문학 작품에 계속해서 나타나고 있다. 그래서 한국 현대 문학 작품 속의 지배적인 감정 구조는 서구 사상에 중심을 이루고 있는 『성서』를 중심으로 한 기독교 정신이나, 플라톤적인 '이데아'에 그 기초를 두고 있다기보다는, 불교에서 말하는 인연의 그물이나 혹은 그것을 뛰어넘으면서도 그 속에 머물고 있는 이른바 '멋'이라는 이름의 '낯설게 하기'의 양상을 지니고 있다.

많은 수의 한국 작품들은 서구의 그것들과는 달리 변증법적인 구조를 바탕으로 한 플롯보다는 강심 밑으로 흐르는 물결이나 '그물에 걸리지 않는 바람'과도 같이 해체된 '놀이'의 움직임을 가지고 있다. 생명을 중심으로 하는 한국 문학 작품의 주제와 구조는 대부분의 경우, 그것이 사회적인 문제를 취급하든지 존재론적인 문제를 취급하든지 간에 억압적인 것을 풀어내거나 아니면 억압적인 것에서 벗어나려고 하는 움직임을 그 내용으로 하고 있다. 그래서 많은 작품 속에서 반복적으로 나타난 사건이나 정서적인 현상이 서로 유사한 면을 지니고 있기는 하나 결코 동일한 것이 아니고 은하수에 흐르는 별들처럼 뚜렷하며 '낯선' 개성을 지니고 있다.

2

적지 않은 국문학자들과 평론가들은 판소리와 민요 그리고 리얼리즘적인 고전 소설 등에 많은 관심을 보였지만, 토착적인 고전 문학의 전통을 현대 문학 속에 가장 성공적으로 수용한 김동리 문학을 지나치게 폄하하는 경향이 없지 않았다. 이것은 작가 김동리에 대한 정치적인 성향 때문이기도 하겠지만, 서구의 리얼리즘적인 입장을 취하는 비평가들이 불교 사상이 결합된 토착적인 무속 신앙을 합리적이지 못하고 황당무계하며 허무주의에 빠져 있다고 보았기 때문이다.

그러나 우리가 그것을 하나의 토속적인 상징 체계로 본다면, 그것이 초월적인 세계보다는 현실을 긍정하는 자연 숭배 내지 자연과 친화하려는 의지를 형상화하고 있을 뿐만 아니라 신본주의 사상이 아니라 인본주의 사상과 이어진다는 사실을 깨닫게 될 것이다.

김동리와 문학적인 입장을 달리하는 고은이 김동리의 작품을 두고 '한국 소설의 원점'이라고 지적하며 "아무리 우리 소설이 서구의 소설 전통에서 배워온 것이라 해도 그것이 우리들의 토양에 완전무결하게 착륙한 것은 동리 문학부터"라고 말한 것도 이러한 사실을 염두에 두고 한 말인 듯하다. 그래서 이 글은 김동리의 「무녀도」와 최인훈의 『광장』 및 『회색인』에 지배적으로 나타나는 자연과의 친화라는 한국 문학 작품들의 특색을 살펴보고자 한다.

김동리의 작품 「무녀도」는 중국으로부터 들어온 주자학과 근대화의 물결을 타고 서양으로부터 들어온 과학 문명에 의해서 추방된 무속을 중심적인 소재로 다루고 있다. 그래서 지금까지 많은 비평가들은 이 작품을 여러 측면에서 다루고 있지만, 무속을 허무주의와 관련된 시대에 뒤떨어진 반이성적인 낡은 미신으로 보아왔다. 비록 김치수 같은 비평가는 이 작품에 나타나는 소멸의 미학이라는 '비극미'까지 언급했지만, 무속에 대해서는 언급을 유보하고 있다. 만일 우리가 무속을 허무 의식에의 탐닉이나 무지의 표상으로서만 볼 것 같으면 더 이상 할 말이 없을 것이다. 그러나 이 작품에 나타난 샤머니즘은 앞에서 언급한 '자연과의 친화'와 관계가 깊은 민족의 '얼과 넋'이 담겨 있는 샤머니즘이다. 이러한 사실은 김동리 자신이 「무녀도」에서 사용한 샤머니즘에 대해 그 진의를 밝힌 데서 선명하게 드러나 있다.

「무녀도」의 모티브는 그 당시 내가 직면했던 민족적 상황이다. 당시의 침략자 일제는 우리 민족이 가진 모든 민족적인 것을 말살하려 들었다. 그 가운데서도 내가 가장 충격을 받은 것은 우리의 말과 글을 말살시키려 했던 점이다. (……) 이에 대한 나의 울분과 원한은 무엇으로도 형언할 길이 없었다. 나는 나의 문학을 통해서라도 우리 민족의 얼과 넋을 영원히 전해야 하리라고 결심했다.

여기서, 그러면 우리 민족의 가장 근본적인 것은 무엇일까 하고 나는 생각했다. 민족의 근원적인 얼과 넋은 무엇일까…….

그것은 물론 유교도 불교도 들어오기 이전의 상고 시대로 소급할 수밖에 없었다. 거기서 내가 만난 것이 샤머니즘이었다.

나는 우선 우리나라 무교(巫敎)에 대해 조사해 보았다. 고대의 그것은 충분히 연구할 만한 정신 자원임엔 틀림이 없었으나, 그 뒤 불교, 유교, 기독교 등 완성된 외래 종교에 의하여 민속 내지 토속으로 밀려나가면서 개화가 되고 기독교가 밀어닥치자 경멸과 증오의 대상인 미신으로 추락하고 말았다.

민족의 근원적인 얼과 넋을 찾는다는 모티브였기 때문에 미신으로 추락된 샤머니즘을 대상으로 할 수는 없었다. 그것의 종교로서의 기능과 본질을 찾아야만 했다. 그러기 위해서는 다른 완성 종교와 대비시키는 길을 취할 수밖에 없다고 생각했다. 여기서 나는 내가 어릴 적부터 의지해 오던 기독교를 택하기로 작정했던 것이다.

그러나 내가 샤머니즘에 붙이려는 문학적 의미는 여기 그치지 않았다. 나는 일찌기 세계 문학 전집이란 것과 서양 철학이란 것을 중심하고 이에 관계되는 책들을 광범하게 읽어왔다. 그리하여 그들의 소위 세기말이란 것과 20세기란 것의 의미를 나대로 이해하고 있었다.

사람들은 그 당시도 흔히 20세기의 '불안과 혼돈'을 말하고, 제1차 세계대전의 무서운 살육과 파괴를 말하고 있었지만 그것의 세기말의 위기 '허무와 절망'에 연결되고 있다는 사실을 어느덧 잊고 있는 듯했다.(그 뒤 또 한 차례의 세계대전이 지나가고 핵무기가 등장하고 우주 시대가 시도되고 하는 따위, 이 모두가 같은 원리 속에 있지만.)[3]

이렇게 김동리가 「무녀도」에서 샤머니즘을 단순한 미신으로 생각하지 않고 자연과의 친화라는 한국인의 '얼과 넋'이 담겨 있는 토착적인 종교로 보았기 때문에 그것은 서양에서 들어온 기독교와의 갈등에서 '문학적인 의미'를 가지게 된다. 여기서 김동리는 기독교가 들어옴에 따라 샤머니즘이 빛을 잃고 소멸되어 가는 과정을 묘사하고 있지만, 그것은 일제 식민지에 의해 억압받아 황폐화된 민족의 토착 정신은 물론 이성 중심주의에서 비롯된 과학 문명에 의해 자연과 생명력 또한 파괴되어 가는 풍경의 묘사이기도 하다. 그런데 중요한 것은 김동리가 자연과 친화하려는 토착적인 샤머니즘을 니체가 말한 디오니소스적인 원리와 같은 문맥에다 놓고 그것이 지니고 있는 가치를 형상화해서 극적으로 부각시키고 있는 점이다.

이 작품에서 모화와 아들 욱이의 갈등이 샤머니즘과 기독교의 갈등으로만 보이지만, 그것은 거기에 머무르지 않고 그 이상의 상징적인 의미를 지니고

---

3) 김동리, 「무속과 나의 문학」, 『을화』(문학사상사, 1986), 277~278쪽.

있다. 그리고 그것은 대지를 나타내는 여성과 하늘을 나타내는 남성과의 갈등을 나타낸다고 볼 수 있겠다. 작품의 주인공이 욱이라는 남성이 아니고 그를 낳은 무당 모화로 되어 있고, 작품이 끝난 후에 '살아남은 자' 역시 남성이 아닌 여성, 즉 '수국 용신님의 딸' 낭이라는 사실은 작품이 나타내고자 하는 근본적인 주제가 하늘이 아닌 땅의 생명력의 확인과 긍정에 관한 것이라고 볼 수가 있겠다. 예수교가 들어온 후 영험을 잃었다며 모화가 굿을 하면서 『심청전』에서처럼 다른 곳이 아닌 강물 속으로 뛰어 들어가 사라지는 것 또한 하늘이 아닌 자연, 즉 생명력을 지키고 확인하는 과정인 듯하다. 왜냐하면 물은 언제나 생명력을 상징하고 있기 때문이다.

> 모화는 김씨 부인이 처음 태어났을 때부터 물에 빠져 죽을 때까지의 사연을 한참씩 넋두리하다가는 화랑이들의 장고, 피리, 해금에 맞추어 춤을 덩실거렸다. 그녀의 음성은 언제보다도 더 구슬펐고 몸뚱이는 뼈도 살도 없는 율동으로 화한 듯 너울거렸고 취한 양 얼이 빠진 양 구경하는 여인들의 숨결은 모화의 쾌자자락따라 오르내렸다. 모화의 쾌자자락은 모화의 숨결을 따라 나부끼는 듯했고, 모화의 숨결은 한 많은 김씨 부인의 혼령을 받아 청승에 자지러진 채, 비밀을 품고 조용이 굽어돌아 흐르는 강물과 함께 자리를 옮겨가는 하늘의 별들을 삼킨 듯했다. (······)
> 모화의 몸은 그 넋두리와 함께 일단 물속에 잠겨져 버렸다. 그러나 모화의 머리는 지금까지의 덩실거리던 춤의 율동 그대로 물 위로 솟았다 잠겼다를 몇 차례나 거듭하고 있었다. 그녀의 춤과 물의 너울은 같은 박자 같은 율동으로 어우러지며 흘러내리기 시작했다. 처음엔 쾌자자락이 보이더니 그것마저 잠겨버리고 넋대만 물 위에 빙빙 돌다가 그것도 물과 함께 흘러내리기 시작했다.[4]

모화가 죽음 앞에서도 정숙하고 침착한 모습을 보이는 것은 굿을 통해서

---

4) 김동리, 『무녀도』(지학사, 1993), 34쪽.

수국 용신님과 접할 수 있다고 생각했기 때문인지 모른다. 굿은 일종의 '풀이'로서 인간이 어떤 대상을 믿고 그 자신이 처해 있는 실존적 상황과 극한적으로 대결함으로부터 오는 희열, 즉 신적인 경험이라고 한다면, 현실, 즉 땅과 생명을 상징하는 '수국 용신님'에 대한 그의 믿음과 집착이 칼날 위에서 춤을 추듯 자신을 신으로 만들 만큼 처절한 것임을 알 수 있다.

그런데 김동리가 「무녀도」에서 토착적인 샤머니즘을 통해서 탐색하고 있는 자연과의 친화는 언뜻 보기에는 시대에 뒤떨어진 닫힌 공간을 취급하고 있는 듯하다. 그래서 그의 문학을 잘 이해하지 못하는 사람은 그가 시대적 상황과 사회적인 현실을 외면한 작가라고 비난해 왔다. 그러나 샤머니즘은 그 자신이 밝혔듯이 신본주의가 아닌 실존주의적인 리얼리즘의 색채를 인본주의 내지 생명주의와 깊은 관계가 있는 자연과의 친화를 표현하기 위한 상징적 은유로 사용한 것이다. 이것은 작가 자신이 밝혔듯 세기말의 징후, 즉 1·2차 세계대전 같은 무서운 살육과 파괴를 가져오고 인류의 생존을 위협하는 핵무기의 사용을 가져온 이성 중심주의에 대한 상징적인 저항의 몸짓이라고 할 수 있겠다.

이러한 점에서 볼 때 김동리가 샤머니즘을 문제시하고 있다고 해서 그것을 비이성적인 무의식과 결합시키는 것은 잘못된 견해이다. 동구권이 무너지고 산업화로 인한 자연 파괴가 크나큰 문제로 대두된 지금에 와서 그의 문학이 재평가되고 있는 것은 위의 논지를 뒷받침해 주고 있다. 김동리의 소설 공간은 도시가 아닌 닫혀진 오지(奧地)인 전원이고 그의 주인공이 샤머니즘의 사제인 무당인 반면, 최인훈의 소설 공간은 동족 상잔의 한국전쟁과 더불어 역사의 수레바퀴가 깊은 자국을 남기고 지나간 황량한 도시이고 그의 주인공은 전쟁터에서 살아남은 실향민이다.

3

최인훈의 대표작 『광장』의 주인공인 이명준이 그의 삶의 행복을 빼앗아갔던 이데올로기적인 갈등에서 벗어나 귀착하려던 것은 다른 아무것도 아닌 생명을 잉태하는 사랑이었다. 그가 이상적인 삶의 광장을 찾아 남북한을 오르내렸던 것은 인간이 설 수 있는 '광장'을 탐색하기 위함이었는데, 그가 '광장'이라는 이름으로 추구하려고 했던 것은 이데올로기도 아니고 금전적인 부(富)도 아니며, 모든 갈등을 해결할 수 있는 순수한 인간 가치인 사랑과 진정한 자유이다. 끝끝내 자기를 받아주지 않았던 윤애라는 여인에게 한 다음과 같은 말들이 이를 뒷받침해 주고 있다.

……알몸으로 날 믿어줘, 윤애가 날 믿으면 나는 변신할 수 있어. 무슨 일이든지 하겠어.[5]

그 후 불행한 사회적인 상황 때문에 헤어져야만 했지만 오랜 방황 끝에 붉은 깃발 아래의 발레리나였던 은혜를 만나 순수하게 사랑하려 했다는 것 또한 위의 사실을 크게 뒷받침해 준다. 오래전에 헤어졌던 은혜와 처참하게 불타는 전쟁터에서 다시 해후하고, 이데올로기를 초월한 적나라한 알몸뚱이로 생명을 상징하는 부채꼴 모양의 동굴에서 사랑다운 사랑을 나누면서 삶의 행복을 최초로 느꼈다는 것, 은혜가 전사한 후 그의 배의 돛대가 부러졌다는 것을 알고 전쟁 포로로 잡혔다가 제3국으로 가는 도중 바다에 몸을 던진 것은 『심청전』과 『무녀도』와 연결되는 모티프를 지닌다. 이것은 모두 이성 중심주의적인 이데올로기보다 자연과의 친화와 심층적으로 같은 문맥 속에 있는 생명으로의 귀의 또는 그것의 확인이라고 볼 수 있을 것이다. 대부분의 비평가들은 이명준이 바다로 몸을 던진 것을 허무적인 도피라고 지적했다.

---

5) 최인훈, 『광장/구운몽』(문학과지성사, 1976), 115쪽.

하지만 생명을 상징하는 물에 대한 한국 문학의 전통적인 문맥과 그가 배에서 뛰어내리기 전후 상황을 보면, 위에서 언급한 견해가 설득력이 있음을 발견하게 될 것이다. 이명준은 이 작품의 마지막 장면인 배의 갑판에 있는 "의자에 걸터앉아서 부채를 쭉 편다."

　　바다가 있고, 갈매기가 있는 그림이 그려져 있다. 부채를 접었다 폈다 하다가, 스스로 눈을 감는다. 머릿속에 허허한 벌판이 끝없이 열리며, 희미한 모습이 해돋이처럼 차츰 떠올라온다.
　　……펼쳐진 부채가 있다. 부채의 끝 넓은 테두리 쪽을, 철학과 학생 이명준이 걸어간다. 가을이다. 겨드랑이에 낀 대학신문을 꺼내 들여다본다. 약간 자랑스러운 듯이. 여자를 깔보지는 않아도, 알 수 없는 동물이라고 여기고 있다.
　　책을 모으고 미이라를 구경하러 다닌다.[6]

"바다가 있고 갈매기가 있는 그림이 그려져" 있는 부채는 생명을 잉태하는 그 무엇을 상징한다. 부채의 끝 부분에서 바다가 생겨나고 갈매기도 난다. 부채를 접었다 폈다 하는 동작은 윤회적인 생명의 현상을 암시하고 있는 듯하다. 이것은 부채의 한쪽 끝에서 다른 쪽 끝으로 걸어가면 다시 부채가 접히기 때문이다. 이러한 상징적인 문맥에서 볼 때, 이명준이 이러한 모양의 바다로 뛰어 들어간 것은 투신자살이라고 보기보다는 생명의 근원으로 되돌아가서 물속에 비친 자신의 그림자의 실체가 무엇인가 확인하는 상징적인 의미를 지니고 있다고 하겠다. 다시 말하면 『광장』에서 이명준이 바다로 뛰어든 것은 상징적인 문맥에서 생을 부정한 것이 아니라, 긍정한 것으로 해석할 수 있겠다. 왜냐하면 개인의 광장은 밀실이기 때문이다.

---

6) 앞의 책, 198~199쪽.

4

　자연과의 친화를 중심으로 한 전통 속에 있고, 또 그 연장선에 있는 생명 의식 및 그것과 관련이 있는 사랑에 관한 주제는 최인훈의 다음 작품이자 또 하나의 대표작인 『회색인』에서 잘 나타나고 있다. 이 작품의 주인공 독고준 역시 『광장』의 이명준처럼 이데올로기의 분쟁에 의해 정신적으로 심한 외상을 입은 인물이다. 그의 고향은 아름다운 해안에 있는 원산이었으나, 한국전쟁으로 말미암아 낙원으로 생각하던 남쪽으로 내려와서 부조리한 사회 환경 속에서 격심한 경제적인 어려움을 겪는다.

　그런데 이 작품은 그의 대부분의 작품이 그러하듯 관념적인 성격이 대단히 짙다. 그러나 그의 관념은 관념으로 끝나지 않고, 지금까지 우리가 추구해 왔던 한국 문학의 전통적인 특색을 현대적인 문맥 속에서 형상화하고 있다. 이 작품의 근본적인 주제 의식은 닫혀진 상황 속에서 인간을 구원하기 위해 필요한 ‘사랑과 시간’에 관한 것이다. 이러한 점은 조셉 콘래드의 작품 『암흑의 핵심』에서와 같이 계몽주의적 이성주의라는 탈을 쓴 서구 제국주의가 동양의 약소 민족에게 끼친 반윤리적이고 비도덕적인 문제 및 그것과 관계된 이성 중심주의적인 혁명 이론과 갈등 관계를 이루면서 대화적 논술 과정에서 진행되고 있다. 이와 같은 갈등적인 논술은 혁명에 대해서 서로가 다른 입장을 취하는 두 사람의 인물을 통해서 전개된다. 한 사람은 문학을 공부하는 우울한 지식인이자 인문주의자다. 반면 다른 한 사람은 아직도 경험이 부족한 이상주의자이자 유물사관 논자인 것이다.

　　학은 문득 생각난 듯이 말했다.
　　“그렇다면 행동해야 될 것이 아닌가?”
　　“그렇기 때문에 나는 행동하지 않으려는 거야.”
　　“논리가 맞지 않는데?”
　　“알라딘의 램프는 아무 데도 없어. 우리 앞에 홀연히 나타날 궁전은 기대할 수 없어.”

“그렇다면?”

“사랑과 시간이야.”

“비겁한 도피다!”

“용감한 패배도 마찬가지지.”

“패배를 거쳐서 사람은 자란다.”

“무책임한 소리 말아. 자기 자신이 받는 피해는 둘째치고라도 남에게 끼친 피해는 무얼로 보상하나?”

“앉아서 굶어 죽자는 식이군.”

“극단적인 비유는 오류를 저지르기 쉽지. 내 뜻은 한국의 상황에서는 혁명도 불가능하다는 말이야. 개인적인 용기의 유무보다 훨씬 복잡해.”[7]

주인공인 준이 절친한 친구 사이면서도 학의 주장에 이러한 태도를 보인 것은 고향인 북에서 겪었던 그의 참담하고 슬픈 경험과 현재의 부조리한 주변 환경 때문이었다. 그는 김학과는 달리 고향 마을에 있을 때, 소련의 팽창주의에 의한 ‘강간’을 당한 듯한 북한 공산주의자들 손에 그의 가정이 산산조각 난 것을 보았을 뿐만 아니라, 그 자신도 미군 폭격기에 의해 죽을 뻔한 경험을 가진 외롭고 가난한 실향민이다.

그는 자신과 가족이 북에서 겪었던 슬픈 비극은 물론 그가 남쪽에서 본 ‘드라마가 없는’ 치졸한 정치적인 비극이 단순히 민족 내부의 계급적 갈등으로 빚어진 현상이 아니라, 한반도를 둘러싸고 있는 강대국들의 제국주의 정책과 깊은 함수 관계가 있다고 마음속 깊이 뼈저리게 느꼈다. 그래서 그는 자신뿐만 아니라 한국이 기계 문명의 확대에 기인한다고 생각되는 제국주의적인 억압에서 벗어날 수 있는 길을 전통적인 한국 문화의 바탕이 되고 있는 ‘사랑과 시간’ 그리고 생명을 상징하는 고향에서 찾으려고 한다. 그래서 소설

---

7) 최인훈, 『회색인』(문학과지성사, 1977), 19~20쪽.

『회색인』 전체를 통해서 흐르고 있는 갈등은 로고스 중심주의와 깊은 관계가 있는 제국주의 및 기독교 사상과, '사랑'에 바탕을 둔 민족주의 및 불교 사상 사이에서 조용히, 그러나 뚜렷하게 나타나고 있다.

준은 우울한 자신과 민족이 처해 있는 혼돈스럽고 비극적인 상황에 대한 자의식적인 시선 속에서 내면적인 독백으로 말하는 듯하지만, 서양의 지배적인 문화와 대조되는 우리 문화의 특성을 비교 문화적인 차원에서 분명히 나타내고 있다. 그에 의하면 우리 민족 문화의 원형은 서양인들에 의해서 강요당하거나 수입된 로고스에 뿌리를 둔 분석적인 문화가 아니라, '사랑과 시간'에 기초를 둔 '멋'의 문화이다. 그래서 만일 우리나라가 로고스에 중심을 둔 서양이나 서양 문물을 배워서 강국이 된 일본의 식민지가 되지 않고, 우리가 식민지를 거느리는 위치에 서게 되었다면, 우리 문화는 '국민사'와 '인간사'적 입장에서 다르게 평가되었을 것이라고 준은 생각한다.

서양 예술처럼 단순한 것도 없다. 그것은 줄곧 이 유일한 라이트 모티브인 "신과 인간의 씨름"을 한없이 변화시킨 수많은 변주곡에 다름 아니다. 성경에 나오는 탕자의 기본 계기인 "안주→방랑→귀향"의 공식에 살을 붙인 것들이다. 미학은 간단하다. 서양 예술은 항상 삼박자로 춤춘다. 왜 예술뿐이랴. 헤겔의 철학은 방대한 「왈츠 전집」을 연상시킨다. 그가 만일 작곡가가 되었더라면 틀림없이 요한 슈트라우스가 되었을 것이다. 정반합(正反合), 정반합, 정반…… 이런 식이다. 이것은 서양 문화의 밑바닥을 흐르는 "원선율"이다. 그들의 문화의 어느 곳을 취하든 우리는 이 가락을 가려낼 수 있다. 이것이야말로 동양 음악이 전혀 알지 못하는 골격이다. 국악만 해도 그렇다. 국악이란 끝도 중턱도 하물며 시작도 없는 허망한 가락이다. 거기가 거기고 거기가 거기다. 홀연히 일었다가 그윽하게 사라지는 신비한 목소리. 국악이 전달하는 그윽한 맛을 서양 음악은 알지 못한다. 서양 미술은 그 바탕에 있는 생활을 노골적으로 느끼게 하고 심포니는 사상을 전달할 뿐이다. 심포니처럼 현학적인 음악도 없다. 그 증거로 이른바 해설이라는 게 가능하다. 그러나 국악을 해설한다는 소리는 못 들었고 아마 무의미하다. 우리 음악의 전통은 소리 없는 소리. 소리 없기 위한 소리다. 우리 예술의 전통은 로고스에 뿌리를 둔 미학에 있지 않고 선(禪)의 미학 위에 있다. 로고스와 분석에 대한 철저한 불신임이다.[8]

제국주의와 식민지를 가져오게 한 로고스 중심적인 기독교 사상에 반대하는 최인훈의 목소리는 준의 예술론에만 한정된 것이 아니다. 그는 그것을 황노인의 시점을 통해 한국 문화의 기층을 이루고 있는 불교 사상과 날카롭게 대비시키고 있다.

불교밖에는 없지 않겠나? 이천 년 동안 줄곧 내려온 커다란 줄기야. 비록 지금 보기에는 약해 보일지 모르지만, 그렇지 않아. 돌파구만 생기면 언제든지 뿜어 나올 수 있는 우리들의 저력이야. 불교가 보잘 것 없는 종교라면 덮어놓고 우길 수야 없겠지만, 비할 수 없이 높고 깊은 진리인 데야 결론은 확실하지 않아? 이보다 확실한 이치가 어디 있을까? 기독교가 서양에서 시작하지 않았지만, 이천 년 동안에 그들의 것이 되었듯이, 불교도 우리 것이야. 아니, 우리야. 바로 우리야. 불교에 인연이란 말이 있어. 나는 이 말을 사랑해. 우리가 한국 사람으로 태어나서 동포가 되었다는 것도 인연이고, 부모 형제간이 되었다는 것도 인연이야. 이 인연이란 사상은, 자기에게 가장 가까운 타자에게 왜 제일 친밀감을 느끼는가 하는 인간적인 정을 잘 풀이해 주고 있어. 기독교에는 이런 뉘앙스가 없어. 모든 사람이 하나님의 자녀인 바에는 내 부모 내 형제, 내 동포라고 좀더 정이 간다는 것은 교리상으로는 용납할 틈이 없어. 그러니까 기독교에서의 개인은 완전히 수학적인 동질성을 가지고 있어. 이것은 신의 시점 위주기 때문에 그래. 그러나 인연의 사상을 따른다면 이 세상 사람은 똑같은 사람이 하나도 없어. 이것은 그 개인의 시점에서 보기 때문이야. 이 세상에 수증기 알처럼 똑같은 남들이란 게 정말 있을까? 부모가 아니면 형제, 처자, 이웃, 친척, 한 마을 사람, 한 직장 사람,

---

8) 앞의 책, 121~122쪽.

동포인 한 사람—이렇게 인연에 의하여 착색이 된 개인이라는 게 구체적 진리가 아닌가? 물론 불교는, 인연의 사슬을 끊고 공(空)으로 화하는 데서, 즉 신의 입장에 서는 데서 타인에 대한 사랑이 나온다고 말하고 있어. 그러나 공(空)을 깨닫는다 하더라도, 현실의 인간이 서는 자리는 그래도 인간인 것이지 신은 아니야. 사람이 깨닫는다는 것은 비인(非人)이 되는 것이 아니라, 진인(眞人)이 되는 것이야. 마치 석가모니가 법을 알리기 위해서 이 세상에 현신한 것처럼, 깨달은 사람도 인간을 사랑하기 위해서는 인간 세상에 머무는 길밖에는 없어. 불경에 보면, 보살은 중생을 건지기 위하여 스스로의 성불을 미루었다고 했어. 보살도 인연에 매여 있는 거야. 사랑은 어느 때 어느 장소에서 가장 가까운 사람을 사랑하는 것인지, 추상적인 남을 사랑하라는 말이 아니야.[9]

민족 정신의 정수가 화석처럼 깊이 묻어 있는 민족 문화에 대한 작가 최인훈의 관심은 위에서 다소 길게 인용한 황 노인의 말에서만 반영된 것이 아니다. 김학이 황 노인을 만나서 한국 문학의 특성과 그 진수에서 얻은 지식은 일반론에 속한다.

그런데 서두에서 밝힌 생명과 생명력에 관한 토착적인 한국 문학의 전통적인 특색은 작가 자신의 초상이기도 한 경험을 통해 현대적인 문맥에서 구체화하고 있다. 준은 지나친 이성에서 비롯하고 소련과 미국의 패권주의가 가져온 파괴적인 갈등에서 벗어날 수 있는 길을 우리 민족의 원형과 잠재력을 꽃피울 수 있는 '사랑과 시간' 그리고 그것과 근원적으로 밀접한 관계가 있는 고향 의식에서 찾는다. 이 작품 전체를 통해서 지속적으로 드러나는 준의 '고향 생각'은 그가 혈연관계와 잃어버린 씨족을 찾는 모티프와 연결되었을 뿐만 아니라, 한국인의 민족주의와도 깊은 관계가 있다. 다시 말하면 '고향 생각'과 씨족을 찾는 모티프는 한국 문학의 심층적인 주제 의식인 자연과의 친화 및 생명 사상에 이어지고 있는 것이다. 그래서 준이 존재의 원점인 고향

---

9) 앞의 책, 213~214쪽.

을 생각하면, 그는 연이어서 그것과 구조적으로는 물론 신화적으로 밀접한 관계가 있는 생명의 뿌리인 원초적인 성적 경험과 뜨거운 사랑의 표현이 그의 기억과 마음을 더욱 절실하게 사로잡는다. 특히 그가 혼자서 고독을 뼈저리게 느낄 때나 혹은 이념 간의 갈등을 심하게 느낄 때는, '미 제국주의자'들의 비행기가 학교 다녀오는 그를 폭격했을 때 그를 구해준 어떤 여인의 살 냄새를 떠올린다.

공습, 닫혀진 문이 열렸다. 준의 누님 또래의 여자가 나타났다. 그녀는 달려 나오면서 준의 팔을 잡았다. (……) 준과 여자가 가까운 방공호에 다다랐을 때에는 와랑거리는 폭격기의 엔진 소리가 하늘을 덮었다. 방공호에는 이미 사람들이 있었다. 그들 위로 자꾸 밀려들었다. ㄱ자로 구부러진 호(壕) 속은 캄캄했다. 준과 그녀는 아직도 손을 잡고 있었다. (……) 사람들의 훈김과 정오 가까운 열기로 굴속은 숨이 막혔다. 폭음이 점점 멀어져 간다.

그때 부드러운 팔이 그의 몸을 강하게 안았다. 뺨이 와 닿는 뜨거운 뺨을 느꼈다. 준은 놀라움과 흥분으로 숨이 막혔다. 살 냄새. 멀어졌던 폭음이 다시 들려왔다. 준의 고막에 그 소리는 어렴풋했다. 뺨에 닿는 뜨거운 살. 몸을 끌어안은 팔의 힘. 가슴과 어깨로 밀려드는 뭉클한 감촉이 그를 걷잡을 수 없이 헝클어지게 만들었다. (……) 폭음, 더운 공기. 더운 뺨. 더운 살. 폭음. 갑자기 아주 가까이에서 땅이 울렸다. 어둠 속에서 사람들이 한꺼번에 웅성거렸다. 폭음, 또 한 번 굴을 울렸다. 아우성 소리. 폭음. 살 냄새…….[10]

독고준의 마음이 이렇게 움직이는 것은 그가 생각하고 있는 낙원이나 '신'이 추상적이고 이념적인 곳에 있는 것이 아니라, 생명을 태어나게 만든 고향과 또 그것의 축소된 이미지인 태반(胎盤)을 상징하는 듯한 방공호 속에서 그로 하여금 사춘기적인 성적 충동을 느낄 수 있을 정도로 짙은 살 냄새를

---

10) 앞의 책, 58~59쪽.

말도록 하는 여인의 사랑에 있다고 느꼈기 때문이다. 이것은 최인훈이 쉴 사이 없이 계속적으로 강조하고 있는 원주민의 자유와 혈통으로 연결된 가족주의 그리고 그것의 연장선 위에 있는 민족주의를 구조적으로 또 한 번 뒷받침해 주고 있다.

준은 생명과 사랑이 있는 곳, 즉 그를 태어나게 만든 고향과 폭격 가운데서도 그를 구해준 살 냄새와 그의 아름다운 모습을 항상 마음에 품고 있고, 북쪽에서 처절하게 경험한 폭력적인 억압 때문에 피를 흘리는 혁명보다는 '사랑과 시간'을 믿고 그것을 실천하는 사람으로 자신을 우리들에게 부각시키고 있다.

물론 준도 혁명이란 "불가능을 의지로 이겨내는 것"이라고 말하면서, 서양에서 일어나는 혁명은 피를 흘렸지만, 거기에는 그것대로 인간의 권리를 쟁취하는 아름다운 비극적 드라마가 있었다고 말한다. 그러나 그는 한국적인 상황은 '몽매한 역사' 즉 외세의 식민지주의에 의해 형성된 것이기 때문에, '비극적인 드라마'가 없다고 본다. 그래서 준은 자신뿐만 아니라 우리 민족이 갇혀 있는 수인(囚人)이 되어버렸다고 말한다. 그러나 또 다른 시각에서 준은 혁명이 불가능한 의지로 이겨내는 것이라고 하더라도, 그것은 피를 요구하는 모순을 지닌 서양의 비극적 드라마이지, 우리 것이 아니라고 생각한다. 그래서 그는 혁명보다는 생명을 창조하는 아름다운 자연의 질서를 따르며 기다림의 시간을 보내는 것도 바람직한 일이라고 생각한다. 그는 혁명을 해서 어떤 사실을 벗어나는 것도 좋지만 동양적인 인연의 사슬에 매여, 번뇌하며 사는 것 또한 좋은 일이 아닌가 하고 생각한다.

그 시대가 만들어 낸 전체감(全體感)이란 것도 한 세대가 지나면 얼마나 맥빠진 것이겠는가. 아니 그러나 사람은 인연의 사슬에 매이면서 살게 마련이 아닌가. 해탈하려는 것, 그 인연의 사슬 밖으로 벗어나려는 것이 바로 번뇌의 원인이 아니겠는가. 그렇다. 해탈하지 말자. 사슬에 매인 채로 사는 것. 무슨 큰 발견을 한 듯이 가슴이 울렁거렸다. 그렇다. 해탈은 석가모니 한 사람에게나 맡기고 인간은 열심히 번뇌에 살아야 옳지 않겠는가. 번뇌의 기쁨. 번뇌의 아름다움. 우리 동양 사람은 이 가장 아름다운 인간의 표적을 그 얼마나 학대했는가.[11]

11

독고준의 이러한 생각과 철학은 남쪽으로 내려와 누이를 배반하고 새로이 결혼한 후 특혜 융자로 치부를 해서 도당에 돈을 대는 현성호를 만났을 때에도 모호하긴 하지만 변함없이 나타났다. 그는 어느 초라한 적산가옥 2층에 하숙을 하고 살면서 등록금 걱정을 하고 있을 무렵 글을 쓰다 말고 벽장문을 열고 누이의 짐에서 나온 일기장과 비망록 노트를 읽다가 매부의 노동당원증을 발견한다. 준은 그것을 보았을 때, "누이에 대한 그리움과 부실한 남자에 대한 미움으로" 가득 차서, 러시아 작가 도스토예프스키의 『죄와 벌』에 나오는 주인공 라스콜리니코프라는 가난한 학생이 전당포 주인인 노파를 살해하는 장면을 문득 떠올린다. 그러나 그는 중용의 길을 택한다. 먼저 그는 현성호를 만나서 인사를 하고 그의 어려움을 이야기한 후 도움을 청하려고 한다. 그러나 현성호가 약속 시간에 나타나지 않자, 그는 자기가 그의 공산당원증을 가지고 있다고 말한다. 준은 그와 타협하기 싫었으나, 그에게 치명적일 수 있다고 말한다. "그와 타협하기 싫었으나, 그에게 치명적일 수 있는" 이북에서의 그의 당증 때문에 준은 그의 집으로 들어가서 '공모'하듯 함께 살며 생활의 도움을 받는다.

준은 현성호의 집에 머물고 있는 동안 미국에서 그림 공부를 하고 돌아온 이유정에게 이끌려서 정열적으로 입을 맞추려 하지만, 그녀는 '단단한 치열(齒列)'로 그것을 막는다. 유정은 그를 따뜻한 손길로 껴안아 주었지만, 그에게 완전히 몸을 맡기지 않으려고 한다. 그래서 그는 다음 날 서울 근교에 있

---

11) 앞의 책, 81~82쪽.

는 한국적인 시정에 넘친 전원인 P 마을을 찾아 독고라는 그의 족보를 찾아 헤맨다. 그의 할아버지가 한말에 W 시로 떠나기 전에 살던 고향 마을로 가서 종가를 찾으려고 했으나 실패한다.

그는 방황 끝에 다시 떠나온 하숙집으로 가서 그가 사랑을 느낀 정숙하고 우아한 '그리스도의 소녀' 김순임을 만나 욕정을 느끼지만, 현기증을 느끼면서 애써 자제한다. 그가 기독교에 의지하고 있는 김순임에게 이러한 태도를 취하는 것은 김학과는 다른 성격을 가지고 있기 때문이다.

그 후 현성호의 집으로 다시 돌아온 독고준이 아프리카 토인들의 원형에 바탕을 둔 전위적인 그림을 그리는 이유정의 화실을 들어갔을 때, 예술의 본질과 완벽한 조화가 무엇인가를 나타내는 모차르트 음악의 흐름 속에서 그는 다시 그녀에게서 부드러운 애정이 '라일락 꽃 무더기처럼' 피어오름을 느낀다.

언뜻 보면, 독고준이 성녀와도 같은 김순임을 끝까지 사랑하지 못하고 누이를 배반한 매형의 처제인 이유정에게 뜨거운 사랑을 느끼고 그녀의 방을 찾는 것은 그가 타락한 것으로 보이게 한다. 그러나 우리가 그의 사상의 근원이 로고스 중심에 있지 않고, '사랑과 시간'에 있다는 것을 기억하면, 그가 왜 그와 같은 입장을 취하는가를 쉽게 이해할 수 있을 것이다. 준이 현성호의 당구대에서 큐로 흰 공을 벽에 부딪치게 해서 다른 붉은 공을 맞추듯이, 그는 유정을 사랑하고 그 사랑을 통해서 현성호에 대한 그의 증오심을 시간 속에서 지워버리려 했을지도 모른다. 그것이 소설이 끝난 후 실제로 일어나든지 아니면 그의 상상력 속에 머물든지는 그렇게 중요한 문제가 아닌 것 같다.

그는 현실적이고 관능적인 사랑 속에서 생명이 잉태하고, 또 생명의 연속 과정 속에서만 인간을 구원하는 길이 있다고 믿었을지도 모른다. 그가 도시를 떠나 평화롭고 한적한 농촌 마을을 찾아 혈연으로 연결된 '족보의 철학사'를 읽으려고 했던 것은 이러한 사실을 뒷받침해 주고 있다.

그와 핏줄을 같이하는 수많은 사람들을 새로 찾아내는 것이다. 참으로 혈연이라는 것이야말로 신화가 아니고 무언가. 수백 년을 두고 내려오는 유전자들의 행렬. 항렬이란 말은 그럴싸하다. 그것은 돌림자의 모자이크가 아니라 서로 닮은 버릇을 가진 생식 세포들의 꾸준한 항해(航海)의 선열(船列)이다. 그중에서 내가 차지하는 자리, 그것이 우리들의 값이었다. 항렬 속에 한 자리를 차지하고 있는 이 우주에서의 나의 위치는 든든한 것이었다. 한 포기 들꽃을 피우기 위하여 얼마나 많은 이슬과 햇빛이 필요했던가를 생각한다면 필경 한 편의 철학시에 이르고야 말 것이다. 하물며 사람이야. 족보를 떠받든 옛사람들은 틀림없는 시인이었다. 그 수많은 독고(獨孤)의 연속. ○→○→○→○→○→○→○→○→○→○→○→…… 그것은 역사요 우주요 신비이다. 고이 간직한 족보 책을 아주까리 등잔 밑에서 조심스럽게 펼쳐드는 순간 그들의 눈앞에는 시적인 환상의 세계가 열렸을 것이다.[12]

준은 이유정에게서 어릴 때 공습을 피해 들어간 방공호에서 힘껏 안아주던 살 냄새나는 그 여인의 모습을 발견했을지도 모른다. 이유정은 그가 증오하는 현성호의 울타리에 있는 여인이지만, 아름다운 마음씨를 가졌음에는 틀림이 없다. 선은 악 속에 있고, 추한 것은 아름다운 것 속에, 사랑은 증오 속에, 그리고 죽음은 삶 속에 있다는 모순된 신비를 생각하면, 독고준이 이유정을 사랑하는 마음으로 찾은 것은 이해할 만하다. 이것뿐이 아니다. 이남에서 현성호의 위협과 자유를 속박하는 공산당원증이 독고준에게 "희한한 자유를 가져다준 것"은 물론 심야에 남한에 있는 스파이에게 북한의 암호를 송신하는 목소리가 이유정의 목소리와 일치되듯 들리고, 그 암호 또한 그에게 무한히 깊은 '자유'처럼 들리는 것도 회색인으로의 그의 몸짓과 깊은 관계가 있는 듯하다.

영구차에 단 혼자 앉아서 아버지를 무덤으로 보내는 길가에서 아이들은 딱지치기를 하고 있었다. 그때부터 아이들은 도덕적으로 저열하고 잔인한 꼬마 동물

---

12) 앞의 책, 294~295쪽.

이라는 믿음을 가지게 되었다. 이사를 할 때마다 들고 다니던 헌 보따리 속에서 당증을 발견하고 두려운 기쁨을 가누며 음모를 생각한 저녁이 있었다. 그 모든 것이 이 아름다운 목소리에서 생겼다. 사람이 철수한 도시를 걸어가면서 그는 그 까닭을 알 수 없었다. 그 집 뜰 안에 피었던 꽃의 뜻을 나는 알지 못했다. 지금은 알 수 있다. 그것들은 다 하나였다. 그 여름의 하늘. 구름. 은빛의 새들. 땅 위에 흐르는 피. 텅 빈 거리. 도시의 화재. 잔인한 아이들. 그것들은 다 하나였다. 김학 이는 그러한 것들을 간단히 해결한다. 그것은 정치의 악(惡)이라고[13]

독고준에게는 이러한 현상이 '정치의 악'만이 아니었다. 모든 것에 대해 남 다른 통찰력을 가진 그는 모든 사물과 현상 속에 선과 악, 창조와 파괴라는 복합 구조가 있다는 것을 처절한 경험을 통해서 발견한다. 다시 말하면 그는 삶과 존재하는 모든 것 속에 '정치의 악' 이상의 것이 내재해 있다는 것을 감 지하게 된다. 사실, 독고준 그 자신 역시 신이 아닌 현실적인 인간으로서 살 아남기 위해서, 자기와 치열한 갈등을 하면서도 현의 집에 머물고 있다는 것 이, 선과 악, 진실과 허위의 명암이 교차되는 영역에 발을 디디고 서 있는 것 을 의미한다.

물론 독자들은 그가 부조리한 사회적 현실과 용감히 싸우지 않는다고 비난 할 것이다. 그러나 그는 결코 궁극적인 해결책을 가져오지 않으면서 피를 흘 리는 비극적인 드라마를 원치 않았다. 무엇보다 상황적 현실에 대한 그의 인 식이 그로 하여금 혁명적인 드라마를 불가능하게 만들었다. 대신 그 불가능 을 사랑의 힘으로 뛰어넘으려고 했다. 그래서 그는 이유정의 방으로 가는 듯 했다. 왜냐하면 풀 수 없는 무슨 암호와도 같이 들리는 여인의 사랑스러운 목소리는 생명을 창조하는 성(性)을 위한 의식을 상징하는 듯이 '凹凸을 이 루는 계단' 아래 있는 그녀의 방에서 들려오기 때문이다.

물론 하나의 환희 속의 죽음과 허무를 가져오는 육체적인 관계를 전제로

---

13) 앞의 책, 363~364쪽.

하고 있다. 그러나 주인공 준은 데리다가 말한 이른바 절대적인 '중심' 즉 신이 부재한 시대에 인간을 구원하는 유일한 단서의 길이 온갖 모순된 어려움 속에서도 인간 개체가 그들의 종족을 보존하고 이어가기 위한 '사랑과 시간' 속에 있다고 믿은 것 같다.

지금까지 한국 고대 신화에서 발견된 자연과의 친화에서 비롯된 사랑과 인내에 관한 주제 의식은 문학사 속에서 단절되지 않고 현대에까지 이어져서 김동리와 최인훈의 소설에 지배적으로 나타나고 있다. 이러한 특색은 이들의 작품에서만 한정되어 나타나는 것은 아니다. 그것은 우리 시대의 또 한 사람의 대표적인 작가인 이청준의 작품들 가운데서도 현저하게 나타나고 있다. 문학을 보는 시각에 따라, 이러한 주제 의식을 무의식에 함몰될 수 있는 도피적인 것으로 잘못 해석될 수 있는 가능성을 지니고 있다. 그러나 상징적인 차원에서 볼 때, 이것은 생명의 근원인 자연과의 친화와 함께 인본주의 사상을 나타내고 있다. 이러한 한국 문학의 특색이 낭만주의 형식을 취하든 리얼리즘의 형식을 취하든지 간에, 그것은 우리 문학의 기저에 흐르고 있음에 틀림이 없다. 그리고 앞으로도 계속될 것이다.

문학의 인식 작용과 야누스의 얼굴
최인훈의 문학 세계

외적 운명이 필연으로 바뀜.

마침내 떨어지는 탈.

—「가면고(假面考)」 중에서

1

1960년대 이후 누구 못지않게 우수한 소설을 써 왔던 최인훈은 최근에 와서 「옛날 옛적에 훠어이 훠이」, 「봄이 오면 산에 들에」, 그리고 「둥둥 낙랑」과 같은 몇 편의 중요한 희곡 작품을 발표했다. 그가 희곡을 쓰게 된 동기는 희곡이란 장르가 그가 지금까지 구해 온 세계를 확대시키고 보다 효과적으로 형상화하기에 무엇보다 편리했기 때문이라고 말했다. 물론 그러했으리라. 그러나 그것보다는 그의 소설이 초기의 D. H. 로렌스나 혹은 제임스 조이스의 경우처럼 몇몇 평론가들로부터 부당한 평가를 받았기 때문이 아닌가 한다. 왜냐하면 그의 소설은 송재영이 지적한 바와 같이 '아직도 이 땅에 깊이 뿌리박혀 있는 사실주의에 대한 맹목적인 신봉, 이와 아울러 반사실주의적인 것에 대한 신경질적이며 고루한 불신감 탓으로' 응분의 대접을 받지 못했기 때문이다.

평론가들이 문학 작품을 평가할 때 가장 위험한 것은 작품에 대한 올바른 이해 없이 편견을 가지는 것이다. 그래서 이미 한국 현대문학사에 커다란 산맥을 이루고 있는 최인훈 문학을 위해 해야 할 작업은 인상적인 평가보다 그의 문학의 문맥과 구조를 올바르게 이해하는 데 있다고 하겠다. 사실 그의 작품을 올바르게 읽지 못하게 된 원인은 그의 작품이 다소 난해하기 때문이기도 하다.

그러나 다행히도 그가 최근에 발표한 희곡, 특히 「둥둥 낙랑」은 그가 잠재해 있는 상징 세계가 어떠한 것인가를 구조적으로 밝혀주는데 큰 도움이 되고 있다.

무대예술에 대한 전문적인 지식이 없는 필자가 여기서 그의 희곡에 대해서 논의하려는 것은 무대 위에서 공연되는 살아 있는 극예술의 기술적인 문제가 아니라, 최인훈 문학 세계의 문맥을 올바르게 읽을 수 있는 소우주 내지 반영체로서의 관점에서다.

그의 희곡을 논의하기 전에 우선 사실주의 비평가들이 이른바 '반(反)사실주의' 문학이라 공격한 묵시적(apocalyptic)인 요소를 지닌 그의 상징주의의 뜻과 그것의 당위성을 그의 문학론과 몇몇 그의 대표작을 통해서 밝혀 보기로 하자.

흔히 우리들은 최인훈을 반사실주의자라고 말한다. 물론 우리들이 사실주의의 한계를 어디에다 두느냐에 따라 다르겠지만 그의 작품은 일견 반사실주의로만 이루어진 것처럼 보인다. 그러나 자세히 살펴보면 그는 고차원적 사실주의와 상징주의를 문학이라는 현실 속에 융합시켜 나가면서 자신의 문학 세계를 창조해 나가고 있다.

우리 문단의 어느 누구 못지않게 많은 독서량과 해박한 지식을 가진 최인훈이 "소설이 존재하는 유일한 이유는 그것이 인생을 표현하는 데 있다"[1]고 한 현대소설의 건축가인 헨리 제임스의 소설론을 읽지 않았을 리는 없다. 만일 그렇다면 최인훈은 헨리 제임스처럼 우리들이 일반적으로 이해하고 있는

---

1) Henry James, *The Art of Fiction and Other Essays*, ed., Morris Roberts(New York: Oxford University Press), 1948, 5쪽.

사실주의 개념과 다른 차원에서의 사실주의를 이해하고 그것에다 전통적인 상징주의 체계를 융합한 것이 아닌가 한다. 여기서, 일반적 사실주의 개념과 다른 차원의 사실주의 개념은 '사실'보다 '진리'를 중요시 하는 것이다. '의식의 흐름'의 창시자이기도 한 사실주의자 헨리 제임스의 이론을 다시 빌려서 말한다면, 인생의 본질을 표현하는 데는 객관적이고 표면적인 사실보다 내면적인 실상이 더욱 중요하다. 그러나 우리들이 기억해야만 하는 것은 이 내면적 현실은 사실에 근거를 두지 않는 공상 세계가 아니라, T. S. 엘리엇이 언급한 것처럼 현실에 기초를 둔 합리적인 경험의 세계이다. 다시 말해 이것은 땅 위에 끈을 매어둔 경험의 풍선처럼 현실적이고 인간적인 제약을 받는 마음이 보고 느끼는 경험의 세계이다. 이러한 경험은 우리들이 인간의 조건에서 풀려나온 '자유로운 경험', 즉 상상적 혹은 지적 현실을 그 내용으로 하고 있다.

최인훈 작품 속에 이러한 고차원적인 리얼리즘의 요소가 있으면서도 반사실주의 문학으로 문단의 일부 층에게 냉정하게 외면을 당한 것은 그의 주인공들이 우리들의 아픈 현실에 깊이 뛰어들어 가서, 보다 나은 역사의 발전을 위해서 치열하게 대결하지 못하고 다만 현실도피적인 인상을 보이고 있기 때문이라고 한다.

그러나 예술가가 현실 세계로부터 소외 내지 자아 세계로 침잠한다는 것은 우리들이 표면적으로만 이해하고 있는 것과는 다른 뜻을 지니고 있다. 바꿔 말하면 예술가가 현실 사회에서 소외감을 느끼고 자기 세계의 밀실로 들어가 문을 닫아 버리거나, 혹은 보헤미안으로 유랑의 길을 걷는 것은, 진부하고 평범하며 생명력이 없는 침체된 사회를 부정하고, 새로운 가치를 지닌 사회를 찾기 위한 정신적 내지 인식론적 추구의 뜻을 지니고 있는 것이다. 그러므로 창조적인 상상력을 가진 예술가들이, 새로운 모럴과 가치를 탐색하기 위해 상상력의 세계로 끝없이 날개를 펴는 것만이 새로운 문화 창조를 가능하게 하는 유일한 길이라 생각한다. 결국 미학(aestheticics)이란 말이 어원적으로 그리스어의 지각(知覺)이란 뜻을 가지고 있듯이 예술이란 침체되어 있는 사회의 도덕과 사회의 관습을 인간의 의식과 지성의 개발을 통해서 계속적으로 발전시키려는 인간 정신의 '기호' 활동이다. 그래서 최인훈은 「문학과 현실」[2] 에서 역사와 현실 그리고 순수 인식[想像力]과의 관계를 이야기하면서, '문학은 현실에 대립하는 개념이 아니라, 현실의 한 계기이며, 현실은 문학을 그 속에 계기로 가지고 있는 다층적 개념'이라고 말하고, 이것을 생(生)에 있어서의 '행위와 인식'이라는 문맥 속에서 파악하려고 했던 것은 위에서 필자가 지적한 바와 같은 의미이리라. 최인훈이 기회 있을 때마다 강조한 것처럼, 문학은 어디까지나 '기호 행동'이며, '기호 행동'으로서의 주어진 기능을 다 한다는 말은 의식과 인식을 최대한으로 계발하고 확대하는 것이다. '기호 행동'이 단순한 관념의 유희가 아닌 것은 '현실 행동'이란 '기호 행동' 즉 인식 작용에 수반해서 일어나는 것이기 때문이다. 새로운 의식과 인식 작용이 없으면 의미 있는 새로운 행동이 어떻게 일어날 수가 있을까? 인간의 변증법적인 발전은 '순수 행위'와 '순수 인식'과의 갈등 관계에서 이루어진다. 이러한 문맥에서 볼 때 최인훈이 예술가로서 보인 순수 인식은 결국 터부로서, '악'으로서 기능하는 것이 아니라, '미래'를 향한 '진보'로서 기능한다.

여기서 우리는 문학의 비극적인 이율배반의 운명을 발견하게 된다. 즉 문학은 그 매재(媒材) 때문에 뛰어나게 현실적이어야 하면서 예술이 되기 위하여는 현실을 부정해야 한다는 사실이다.

(……) 역사의 각기 시대에서의 부정의 의미로 주의를 돌려보자. 거기서 우리는 정지된 사회에서의 '부정'의 계기는 '악'으로서, '터부'로서 기능하였으며, 발전하는 사회에서의 '부정'의 동기는 '미래'로서 '진보'로서 기능함을 보았다.

그러므로, 문학예술에서 예술적 조작으로서 행해지는 부정도 이러한 두 가지 방향을 취할 수 있다고 필자는 생각한다. 다시 말하면 문학자의 예술을

---

2) 최인훈, 「문학과 현실」, 『문학을 찾아서』(현암사, 1970), 52~60쪽.

통한 참여는 터부로서의 예술이냐, 진보로서의 예술이냐로 갈라질 수 있다. 터부로서의 예술도 현실을 부정한다는 의미에서 우선 예술임에는 틀림없지만 그것이 역사의 지평을 닫힌 것으로 간주하고 환상의 초월 속에 머무를 때, 그것은 필연적으로 생의 진실과 어긋나게 되며 감동을 주는 힘을 상실한다. 그리고 그 결과로서 갇힌 사회의 종교처럼 현실 긍정의 기능으로 작용한다. 진보로서의 문학예술은 자기 매재인 언어의 현실 결박성을 십자가로서 인수하고 현실의 각각의 변동에 스스로를 맡김으로써 불리한 '예술로서' 조건을 역용하여 자신을 미래를 향한 기(旗)로서 정립한다.

참여냐 아니냐의 문제는 그러므로 자기가 인간을 미래로 열려진 지평으로 인식하느냐 닫혀진 지평 속에서 환상의 초월만이 가능한 존재로서 보느냐는 데에 귀착된다. 얼핏 생각에 개체로서의 인간은 한정된 역사적 시간이라는 닫혀진 지평 속에 살고 있는 것 같지만 인간은 그렇게만 본다면 인간에게서 '부정'의 계기를 간과하는 것이며, 인간은 갇혀 있음에도 불구하고 탈출하려는 존재이며, 그렇지 않다면 물체에 지나지 않으므로 인간이 인간이기 위해서는 부단히 현실을 부정하며 나날이 새롭게 사는 길 밖에 없을 것이다.

최인훈 작품 세계의 양극은 누구나 다 알다시피 '광장'과 '밀실'이다. 그런데 이것은 대부분의 문학에 공통분모로 나타나는 이상과 현실 사이에 존재하는 공간 개념을 미분화한 것이다. 다시 말하면 그의 소설 공간은 좁은 의미에서는 '광장'과 '밀실' 사이에서 이루어지고 있지만, 이상과 현실이라는 문맥을 동시에 안고 있다. 그래서 최인훈이 일생을 걸고 추구하는 노력은 이러한 현실과 이상 사이를 언어로서 채우거나 다리를 놓아보자는 것이다. 왜냐하면 언어 예술은 현실의 기점에서 영원의 이상 세계를 향해 투사한 상상력 내지 인식 작용을 '기호'로서 형상화 한 것이기 때문이다.

그런데 최인훈은 그가 지향하는 이상 세계와 현실 세계의 조합이 상상력을 구체화한 예술로써 이루어질 수 있다고 생각했기 때문에 그의 소설이 사변적이 된 것은 당연한 결과다. 인간이 현실로부터 이상을 추구하는 과정은 인간의 자아, 즉 인간의 실체를 발견하려는 편력이다. 그래서 최인훈 문학의 과정은 인간의 가면을 벗기는 데 있고, 그 귀착점이 영원의 세계와 일치되는 우주에 뿌리를 둔 사랑과 생명력에 있는 것은 위에서 말한 그의 주제 의식 때문이리라.

2

　이러한 소설 구조는 최인훈의 데뷔작이자, 그의 문학 세계의 구심점인 「GREY 구락부 전말기」에서부터 잉태해 있다. 주인공 현은 제임스 조이스의 스티븐처럼 주어진 운명의 길을 따라 소외된 자아 탐색을 위한 모험을 시작한다. 다시 말하면 현은 인간의 마음 가운데서 갈구하고 있는 궁극적인 어떤 것을 충족해 주고 영원한 인간을 구현하기 위한 삶을 찾으려고 한다. 그래서 자아 발견을 위해 '밀실'에서 책에 몰두한 다음, 그는 바깥 세계인 '광장'을 동경한다. 그는 바다 건너 지구 저쪽에 있는 아름다운 낭만의 항구 도시 마르세유로 코발트색 지중해 물결을 헤치며 가보고 싶어 한다. 그러나 그는 곧 "코스모스의 한 무더기 같은 양산받은 여자"의 모습을 부두에서 볼 수 있는 마르세유 항에 갈 수 없게 되고 움직임의 길이 막히게 될 때 다시금 '밀실'의 상징인 'GREY 구락부'의 아지트를 찾아간다. 그러나 어두운 'GREY 구락부' 집 역시 밖으로 향한 창이 나 있듯이, 현이 찾아간 세계는 현실 도피의 세계가 아니라, 자아를 발견하기 위한 탐색과 정의 한 지점이다. 왜냐하면 그는 'GREY 구락부'에 소속되어 부엉이처럼 어두운 '밀실'에서 얼마간 생활하고 있지만, 그곳은 그들이 현실을 도피하기 위한 것이 아니라, 진부한 현실 사회를 개조하기 위한 창조의 꿈을 꾸고 있는 곳이기 때문이다. 그들은 그곳에서 항시 밖으로 열린 '창'을 내다보며 새로운 이상 사회를 위해 시적이고 인식론적인 계기를 마련하고 있다.

들어봐. 그레이 구락부는 기실 무정부주의와 테러리즘을 내세우는 비밀결사의 세포였어.

놀래? 농담이라고? 키티, 인간이란 복잡한 짐승이야. 크롬웰의 민환 비서가 저 밀턴이었던 일을 키티도 알지. 바이런이 희랍에서 죽은 것은, 하이네가 혁명의 동조자였던 것은 다 무엇일까? 시인은 힘을 찬미해. 시인의 깊은 마음속에는 제왕의 꿈이 숨어 있는 거야. 플라톤이 정치학을 누누이 풀이한 건 무슨 생각에서일까? 사람이란 아주 복잡한거야.

해방되고 연이어 일어난 저, 정계 거물 암살범들의 뒤가 이내 아리송한 채로 있는 건 다 아는 일인데, 어떤 측에선 공산당인 줄로 짐작도 했지만 그도 아니었단 말야. 바로 우리 결사의 손이었어. 우린 플라톤 공화국을 이념으로 시인하면서, 테러를 마다하지 않어. 마르크스의 유토피아를 인정하면서 사람의 기계화는 반대야. 지금 학계의 인사들 중에도…… 아 이건 쓸데없는 말이고…… 자 그런데 바로 키티에게 정말 사람으로서 깊은 사죄를 먼저 하면서 줄여서 말하면, 키티를 모임에 넣은 것은 눈속임이었어. 무쇠의 육중한 빛깔에 엷은 복숭아 빛을 빌어다 가리개를 한 것이었어. 노여워 말아. 아니 그건 바라서는 안 되고…… 헌데 이 조직의 일부가 잡혔어. 세포가 검거됐단 말야. 우리 세포와 가장 가까웠던 조직이야.

그러나 중요한 것은 이 'GREY 구락부'로부터 현을 다시 광장으로 탈출시킨 것은 다른 것이 아닌 여자의 사랑이다. M과 K 그리고 C와 현이 구성한 '그레이 구락부'가 무너지기 시작한 것은 그들의 세포가 경찰에 체포되면서부터가 아니라, 키티가 이 구락부에 들어오면서부터 시작된 것이다. 그들은 예수와 성경의 이야기보다는 '존재의 막다른 골목의 담벼락에 붙은 문'인 키티가 나누어 주는 사랑의 땅콩을 좋아했다. 이것은 현이 난로와 창문 사이를 서성거리면서, 창가에 활활 타고 있는 불길을 한 시간이고 두 시간이고 바라보는 행위와 연결된다. 밀실을 탈출해 바깥 세계로 나올 수 있는 문은 키티, 여자에 대한 사랑이었다. 현이 'GREY 구락부'에서 찾고 있는 생의 가치는 정치적인 이념이 아닌 생명과 사랑 그리고 삶 그 자체란 사실을 키티를 통해서 발견하게 된다. 다시 말해서 생에 있어서 중요한 것은 새로운 사회를 건설하기 위한 '이데올로기'이고, 또 인간적인 사랑을 단순한 눈가림으로 생각했던 것이 역전된 사실을 그는 시간과 경험을 통해서 깨닫게 된다. 키티가 강조한 것은 정치적이 혁명을 위한 밀실 속의 음모가 아니라 적나라한 생명과 삶에 대한 사랑 그 자체다.

짐승처럼 이상한 소리를 지르며, 키티의 두 손이 탁상의 부엉이 다리를 움켜잡은 것과 그 부엉이가 깃소리 요란하게 현의 얼굴을 향해 덮쳐온 것과, 현이 두 손으로 피가 번지는 얼굴을 감싼 것이 말하자면 모두 한꺼번에 일어났다. 키티는 그대로 마루 위에 까무러쳐버렸다. 그러나 현의 웃음은 멎지 않았다. 그는 낭자하게 부엉이 깃털이 흩어진 마룻바닥을 내려다보며, 얼굴에서 흐르는 피는 아랑곳없이 웃는 것이다.

그러나 "소설의 방법으로 인생을 생각하고 인생의 방법으로 소설을 생각하려고" 했던 최인훈은 자신의 문학 세계를 삶의 존재 양식인 연기적이고 계기적인 패턴을 따라 구성해 나갔다. 개작이라는 끌질로 "예술로서의 언어 표현의 본질인 의식과 현실의 갈등이라는 과정"을 다소나마 해결하려고 했던 그의 대표작 「광장」에서 작품의 배경과 작중 인물이 움직이는 무대는 사회이고 플롯은 사회와 개인의 갈등 관계로 전개되고 있다. 그러나 대부분의 예술가들의 경우와 같이 이명준이 걸어가는 인생의 핵심적인 의미는 작가 자신도 일본어 판 서문에서 밝히듯이 자아의 발견인 듯싶다.

이 세상을 살아가는 사람은 누구나 저마다 짐작을 갖고 살아간다. 그런데 이 짐작은 얼마쯤 뚜렷한 때도 있지만 그렇지 못한 때도 있다. 사람은 초목이나 짐승과는 달라서 이 짐작을 나면서부터 몸에 지니고 나오는 것은 아니다. 살아가는 동안에 저편에서 가르쳐주고 제가 깨달아간다는 것이 사람의 삶의 어려움이다.

　그래서 주인공 이명준은 짐작이라는 자아 발견의 빛을 찾아, 카오스의 광장을 헤매다 생명의 바다로 뛰어내렸다고 할 수 있겠다. 이러한 문맥은 이명준이 철학을 전공하였다는 것도 그렇고, '크레파스보다 진한 푸른 바다'를 항해한다는 뜻에서도 그러하다. 또 이 작품의 구조는 앞에서 논의한 「GREY 구락부 전말기」에서처럼 '광장'과 '밀실'로 되어 있다. 이것은 최인훈이 지적한 것처럼 인간은 바깥 세계로 나오지 않고는 살지 못하듯이 내면 세계로 물러서지 않고는 살지 못하는 동물이기 때문이다. 그래서 "광장은 대가의 밀실이며, 밀실은 개인의 광장"이란 말도 여기서 비롯하게 된다. 이명준이 이상적인 삶의 광장을 찾아 사선을 넘다시피 남북한을 오르내렸던 것은 인간이 설 수 있는 광장을 탐색하기 위함이다. 그가 탐색하려고 한 것은 이데올로기도, 금전적인 부도 아니고, 다만 참된 인간 가치, 즉 의식과 현실 사이의 갈등을 해결할 수 있는 사랑과 진정한 인간의 자유이다. 그래서 그는 인간이 서로 사랑하여 결실을 맺으려고 하는 일에 있어서도 비인간적인 사회적 이해타산이 개입되야만 하는 것이 싫었다. "……알몸으로 날 믿어 줘, 윤애가 날 믿으면 나는 변신할 수 있다. 무슨 일이든지 하겠어." 이렇게 그는 자기 애인에게 호소했지만 윤애는 끝끝내 그를 받아주지 않았다.

　그러나 그 후 오랜 방황 끝에 기타의 다른 요소가 개입되지 않고 순수하게 사랑할 수 있는 붉은 깃발 아래의 발레리나였던 은혜를 만났으나 사회적인 상황 때문에 헤어져야만 했다. 처절하게 불타던 낙동강 전쟁터에서 다시 해후를 하게 된다. 그들은 이데올로기를 초월한 적나라한 알몸뚱이로 생명의 고향을 상징하는 부채꼴 모양의 동굴에서 사랑다운 사랑을 누렸으나 은혜는 전사하고 말았다. 그래서 이명준의 배는 마지막 돛대가 부러진 셈이 된다.

　그는 그 당시의 남과 북의 사회 속을 살면서 사회라는 공동체란 것이 그가 추구하는 인간 가치, 즉 참된 사랑을 넓히기보다는 이들을 축소시키고 남아 있는 순수의 가치마저 파괴하는 것을 보았을 때, 그는 또 다른 세계의 지평을 찾아 새로운 출발을 해야만 했던 것이다. 그가 이러한 또 하나의 편력을 통해 구하려고 한 것은 '이데올로기'도 '메시아가 왔다는 풍문'도 아니다. 그가 갈망한 것은 인생을 풍문 듣듯이 살아가는 것이 아니라 그 '풍문에 만족하지 않고' 능동적으로 자기의 운명을 만나려고 하는 것이다. 그가 중립국 배를 타고 가는 것은 여러 가지 측면에서 볼 수 있겠지만, 일종의 도피라기보다는 참다운 인간 가치를 찾아 정착할 수 있는 곳을 탐색하는 길이라고 할 수 있겠다. 왜냐하면 예술작품은 현실만으로 이루어진 것이 아니라, 상상력과 비전의 혼합체로서 재창조된 것이기 때문이다. 그렇다면 이명준이 중립국으로 가다 바닷물 속을 뛰어 들어간 것을 단순히 자살로만 말할 수는 없겠다. 몇몇 독자나 비평가들은 이것을 현실 도피라 보고, 작품의 도덕적인 흠이 된다고 말했다. 그러나 이명준이 포로 수송선에서 바다 밑으로 뛰어내린 것은 우리들이 평면적으로만 이해하고 있는 자살이 아닌 듯하다. 상징적인 차원에서 볼 때 그는 죽은 것이 아니다. 「광장」의 다음 작품인 「구운몽」에서 이명준이 독고민으로 변신해서 관 속에서부터 일어난 것과 똑같다고는 보지 않아도, 그는 작가의 상징 체계 속에서는 영원히 죽지 않았다. 다만 작가는 이명준이란 잠수부를 상상의 공방에서 제작해서 삶의 바다 속에 내려 보냈다. 다시 말하면 이명준은 짐작으로만 알고 있던 위대한 그 어떤 진리를 그 현장을 찾아 확인하려던 것이었다. 이명준이 바다로 뛰어내리기 전의 상황을 보면 우리는 이와 같은 사실을 보다 설득력 있게 이해할 수 있을 것이다.

　「광장」의 마지막 장면에서 이명준은 자기 자신을 잃은 듯이 배가 지나가는 물이랑 머리 위를 나는 갈매기를 바라본다.

　　희망의 뱃길, 새 삶의 길이 아닌가. 왜 이렇게 허전한다. 게다가 무라지와 늙은 뱃사람은 캘커타에서 술까지 살 것이다. 왜 이런가. 일어서서 난간을 잡고 아래를 내려다보았다. 배꼬리에서 바닷물이 커다란 소용돌이를 만들면서 뒤로 기다란 물이랑을 파간다. 거대한 새끼가 꼬이듯 틀어대는 어리가 쏜살같이 튀어나오면서, 그의 얼굴을 향해 뻗어 왔다. 기겁하면서 비키려 했으나, 그보다 빨리, 물체는 그의 머리 위를 지나서 뒤로 빠져버렸다. 돌아다봤다. 갈매기였다. 배꼬리 쪽에서 내리꽂히기와 치솟기를 부려본 것이리라. 그들이었다. 배를 탄 이후 그를 괴롭히

는 그림자는, 그들의 빠른 움직임 때문에 어떤 인물이 자기를 엿보고 있다가, 뒤
돌아보면 싹 숨고 마는 환각을 주어왔던 것이다. 그는 붙잡고 있는 난간에 이마
를 기댔다. 머릿속에 환히 트이듯, 심한 현기증으로 한참을 움직이지 못했다. 그
러자 울컥 메스꺼웠다. 난간 밖으로 목을 내밀기가 바쁘게 희멀건 것이 저 아래
물이랑 속으로 떨어져 갔다.

바다와 바닷물 이것이 생명의 근원을 상징한다고 생각하면, 바닷물에서 솟
구치는 갈매기는 그곳에서 잉태하는 생명을 상징한다고 말할 수 있으리라.
그가 윤애의 애인을 죽이려고 했을 때 나타났던 생명의 그림자 말이다. 이명
준이 이러한 생명을 보고 메스껍다고 말한 것은 이러한 사실을 탁월하게 표
현한 것이라 하겠다. "세포가 풀려나듯" 뱃길에서 흩어지는 물과 갈매기는
곧 이명준이 침대에서 손에 들고 온 부채의 이미지와 연결된다.

의자에 걸터앉아서 부채를 쭉 폈다. 바다가 있고, 갈매기가 있는 그림이 그려
져 있다. 부채를 접었다 폈다 하다가, 스스로 눈을 감는다. 머릿속으로 허허한 벌
판이 끝없이 열리며, 희미한 모습이 해돋이처럼 차츰 떠올라 온다. ……펼쳐진 부
채가 있다. 부채의 끝 넓은 테두리 쪽을, 철학과 학생 이명준이 걸어간다. 가을이
다. 겨드랑이에 낀 대학 신문을 꺼내 들여다본다. 약간 자랑스러운 듯이. 여자를
깔보지는 않아도 알 수 없는 동물이라고 여기고 있다. 책을 모으고 미라를 구경
하러 다닌다.

"바다가 있고 갈매기가 있는 그림이 그려져" 있는 부채는 생명의 근원인
그 무엇을 상징한다. 부채의 끝부분에서 바다가 생겨나고 갈매기도 날게 된
다. 부채를 접었다 폈다 하는 동장은 사이클적인 생명의 현상을 암시하는 것
이라 할 수 있겠다. 이것은 부채의 한쪽 끝에서 다른 쪽 끝으로 걸어가면 다
시 부채가 접히기 때문이다. 이러한 문맥에서 볼 때, 이명준이 바다로 뛰어
들어간 것은 자살이라기보다는 생명의 근원으로 되돌아가서 물속에 비친 자

신의 그림자의 실체가 무엇인가를 확인한다는 상징적인 의미를 지니고 있다. 다시 말해서 「광장」에서 이명준이 바다로 뛰어든 것은 생에 대한 부정이 아니라 긍정이다. 왜냐하면 '개인의 광장은 밀실'이기 때문이다.

3

위에서 살펴본 이명준의 마지막 상황에서와 같이 최인훈 소설 공간에 있어서 밀실은 인간의 내면 세계만을 의미하는 것이 아니라, 삶과 죽음이 일치되는 존재의 원점과도 같은 것이다. 그래서 최인훈 소설은 언제나 밀실에서 출발해서 존재의 공간인 광장을 거쳐 다시금 밀실로 회귀하는 과정을 반복한다. 이러한 반복의 궤적은 거시적으로 보면 소설가의 일생의 공간이 되고 미시적으로 보면 소설가의 하루가 된다. 인간의 일생이란 시공을 존재론적인 입장에서 보면 자기 완성 내지 자아 발견의 항로이다. 그래서 이러한 삶의 과정은 생물학적이나 물리적으로 보면 단순한 시간 개념으로 채워지지만 인식론적으로 보면 창조적인 관념과 상상력으로서 메워진다. 사실 인간의 일생에서 생물학적인 요소를 제거한다면 남는 것은 사유와 관념, 그리고 상상력의 전개가 전부일 것이다. 연작으로 쓰인 「회색인」과 「서유기」가 서두와 결말만 구체적인 현실로 이야기하고 기타 전 작품을 환상과 관념 계단으로 채운 것은 이러한 이유 때문이다. 그러나 주인공 독고준의 뇌리를 항시 점령하고 있는 것은 존재의 원점에 대한 향수이다. 그래서 주인공은 자신과 사회 환경과의 갈등 문제를 관념적으로 전개하고 있지만, 그의 생각의 뿌리는 "북한의 고향집. 항구 도시에 면한 작은 마을. 멀리 제련소 굴뚝이 바라보이고 왼편으로 눈을 돌리면 저 아래로 Y 만의 해안선이 레이스 주름처럼 땅을 몰고 돌아온 제방. 과수원을 하는 집"으로 향하고 있다. 그러나 이것보다 그의 기억을 더욱 절실하게 사로잡는 것은 그의 유년 시절에 뜨거운 태양 아래 전쟁으로 폐허가 된 방공호에서 만나 하얀 얼굴의 소녀와의 순간적으로 체험했던 사춘기의 원초적인 성(性)에 대한 경험과 사랑이다.

그러나 중요한 것은 그의 사랑의 대상들은 현실적으로는 도달하기에 불가능한 위치에 놓여 있다는 것이다. 그래서 그의 사랑은 그와 현실 세계와의 갈등 관계를 일으키고 있지만, 그것을 인간의 인식론적인 추구의 문맥 속에 넣고서 생각해 보면 창조적이고 시적인 기능을 하게 되어 궁극적으로 보다 나은 사회를 발견하는 이념적인 바탕이 될 뿐만 아니라 인간을 구원하는 힘이 된다.

4

「가면고」는 「회색인」과 「서유기」에서 사변적인 접근 방법으로 탐색한 인간의 궁극적인 문제에 대한 논의를 보다 성숙한 예술적인 차원에서 극적으로 표현하였다. 이 작품의 주인공 민 역시 최인훈 작품의 대부분의 인물처럼, 허위적인 가면을 벗고 진정한 자기 얼굴을 찾기 위한 정신적인 편력을 계속한다. 민은 전쟁터에 갔다 온 제대 군인이었다. 그런데 중요한 것은 민이 「가면고」의 소설 공간에서 미라에게 육체적인 사랑을 강요하고 'The psychic society'라는 심령학회를 찾아다니는 한편, '현대 발레단'을 위해 「신데렐라 공주」라는 무용극을 쓰게 된 것이 전쟁을 끝마치고 돌아온 허탈한 마음을 메우기 위해서 이루어진 사실이다. "본 케이스는 청년기의 보상(補償), 싸움에 다녀온 젊은이들이 그동안의 공백을 메워보려는 정신적 현상의 하나임." 최인훈은 전쟁이라는 뜨겁고 치열한 싸움을 답답한 '존재의 벽'을 무너뜨리기 위한 인간의 육체적인 투쟁이며 반항이라고 보았기 때문이다. M 소위가 전쟁터를 누비면서 그의 머릿속에서 생각한 것은 애인의 가슴에 박혀 있는 까만 기미였다. 이것은 「회색인」의 독고준이 6·25 동란의 폐허 속에서 경험한 '폭격, 더운 공기, 더운 뺨, 더운 살, 폭음'이 지닌 의미와 같은 것이다.

군에서 나왔을 때 민은 너그러운 심경을 느끼고 있었다…… 화약과 사람의 살점이 범벅이 돼서 몸부림치던 저 도살장 속에서 보낸 내 청춘을 헛되게 해서는 안 된다. 그 생활을 내 생애의 공백 기간으로 셈할 것이 아니라, 천금을 주고도 사지 못할 비싼 겪음으로 살려야 한다. 아, 나는 이 시대에 살 수 있는 세금을 치른 거야…….

그래서 민이 자기 완성을 위해 자신의 초상화를 그리는 과정은 존재의 인식 과정의 그것처럼 지극히 단계적이다. 전쟁터에서 돌아온 민이 맨 처음 자신을 구원하기 위해 찾은 것은 미라의 육체였다. 그러나 그에게 자기 중심적인 미라가 정신적인 반응을 보이지 않을 때 그는 미라가 그리던 초상화의 화폭을 찢고 만다.

그 후 민은 자기에게 있어서 자아 완성의 단 하나의 구원의 길이란 "몸과 마음이 다 같이 살 수 있는" 것이라야 한다는 위대한 진리를 발견하게 된다. 민이 「무용론」과 「신데렐라 공주」라는 무용극을 쓴 것은 그가 직관과 체험으로 발견한 이러한 진리 때문이었으리라. 왜냐하면 춤은 "사람의 몸이라는 원시의 수단을 가지고, 공간의 조형에다 시간까지를 포함"시킬 뿐 아니라, 영(靈)과 육(肉)을 일치시킬 수 있기 때문이다. '신데렐라' 주인공 역을 맡게 될 무희인 정림은 미라와는 달리 "외적 운명을 내적 필연으로" 바꿀 줄 아는 사람으로서, 자기 세계를 고집하지 않고 민과 대화를 바라는 여자라는 사실은, '춤'이 결국 영과 육 사이의 대화가 될 수 있다는 것을 상징적으로 말해준다. 그래서 그는 「신데렐라 공주」라는 무용극을 안무하는 일을 하는 동시에, 심령학회를 찾아가 영과 육을 결합시킬 수 있는 길을 모색한다.

"아뢰옵기 두렵사오나, 왕자께서 바라시는 것은, 가장 높은 것과 가장 낮은 것이 합하여 하나가 된, 바라문의 얼굴을 가지고자, 지금 쓰고 계신 탈을 벗으실 길은 없는가 하는 물음이시옵니까?"

"그렇다. 바로 그것이다."

마술사는 다시 말을 끊고 한참 침묵하였다.

"왜 대답이 없는가?"

재촉하는 나의 목소리에 비웃음에 가까운 울림이 있었다.

"네 있사옵니다."

나는 그의 입을 지켜볼 뿐이다. 눈으로는 여전히 비웃으면서.

"있사옵니다. 그러나 왕자께서 여태껏 하신 방법과는 전혀 다른 방법이옵니다."

이 말에는 나도 움직였다.

"내 방법과는 다르다?"

"그렇습니다. 왕자께서는 전혀 상극이 되는 두 가지를 안에서 맺으심으로서 탈을 벗으시고자 하였으나, 저의 방법은 그 두 가지를 밖에서 묶는 것이옵니다."

"무슨 뜻인가……?"

"지금 왕자께서는 가장 높으신 것은 가졌으되 가장 낮은 것을 갖지 못하셨습니다."

"오 그렇다. 그 가장 낮은 것이 문제다."

"그것은, 배움을 가진 사람에게는 마침내 가질 수 없는 물건입니다. 그것은 다만 일생을 배움을 모르고 지낸 자, 혹은 전혀 배움과는 떨어진 자리에 있는 여인에게만 있는 것입니다."

"옳다…… 말하라."

"그러므로, 다문고 왕자께옵서 갖지 못한 그 한 가지를 왕자의 얼굴에 보태시면 소원이 이루어질 것이 아닙니까. 얼굴을 벗는 것과 전혀 거꾸로 가는 길입니다."

"그 길을 묻고 있는 것이거늘!"

"네 그것은…….:"

"무엇인가 빨리 말하라!"

"네 그것은, 그러한 가장 낮은 것을 지닌 사람의 얼굴 가죽을 벗겨서 왕자의 얼굴에 붙이는 것입니다."

나는 뚫어질 듯이 마술사를 노려보다가, 어느덧 눈길은 곳 아닌 한 곳을 헤매고 있었다.

"그럴 수 있는가?"

"있사옵니다. 이는 오랜 비법이오며, 그 옛날 마하나니 왕이 그 죽은 왕비의 얼굴을 자기 시녀의 얼굴에 씌워서 오랜 기쁨을 누린 것은, 알려진 이야기옵니다. 다만 한 가지, 왕자께서 가지신 높은 것과 벗긴 얼굴의 주인이 가진 낮은 것이 서로 빈틈없이 그 높음과 낮음의 도가 똑같은 경우에만 비법이 힘을 쓰게 돼, 벗겨 낸 얼굴이 왕자의 얼굴에 붙게 되는 것입니다."

이때 나는 자기가 찾던 것이 분명히 손아귀에 잡혀지는 것을 느꼈다.

그래서 그는 코밑수염 마술사를 통해 신비스러운 불교적인 정신세계인 다비라 국(國) 서울에까지 모험적인 여행을 한다. 주인공 민은 드디어 다비라 국에서 그가 지금까지 추구해 온 마음과 얼굴이 하나가 되는 마가녀의 얼굴을, 육체를 상징하는 코끼리를 지휘하는 '왕녀 마가녀'에게서 발견한다. 그녀의 얼굴은 「봄이 오면 산에 들에」의 달래가 쓴 '가면'과도 같이 높은 것과 가장 낮은 것이 합하여 하나가 된 얼굴이었다.

그가 이러한 통일된 얼굴, 즉 자기의 참된 얼굴을 발견하는 길은 육체적인 '전쟁의 흥분'이 아니라 외적 운명이 내적 필연으로 바꿔질 수 있도록, '남'을 위한 사랑으로 자기 부정을 해야만 한다는 사실을 신비스러운 지혜의 세계에서 터득하고 그것을 실천하기 위해 환속한다.

그러나 최인훈은 환속의 세계에서 또다시 씌워진 허위적인 탈을 벗기 위해 운명적인 자기 갈등을 인식 작용과 더불어 계속해야만 했다.

5

그러나 이러한 그의 인식 세계를 구현하기 위해 최인훈이 현실에다 바탕을 둔 고차원적인 리얼리즘과 "인간과 우주, 현실과 미래를 연결 지으려는" 상징주의를 그의 소설 가운데서 융합하려고 했을 때, 몇몇 평론가와 독자들의 이해 부족 때문에 강박관념을 느낀 듯 하다.

그래서 그는 인식과 행위, 다시 말하면 관념과 액션이 괴리를 보이지 않고 일치되는 소설 이전의 문학 장르인 희곡을 쓰게 되고, 그가 선택한 소재마저 '인식과 행위'가 미분화된 민속적인 고대 신화로 이루어졌다.

역사의 과거에서 행위와 인식은 밀접하게 관련 지워져 있었으며 순수 행위, 순수 인식이라는 발상을 시작한 것은 그리 오래된 일이 아니다. 고대로 올라갈수록 양자는 유착돼 있으며 모순은 화해의 상태를 유지하고 있다. 고대·중세의 사회에서 인정되는 제 학문의 일원적 체계, 각기의 미분화적 형태와 그러한 학문 혹은 예술과 정치, 종교와의 이중 삼중의 결합과 중복은, 적어도 행위와 인식의 분리가 본질적인 분석만으로는 달걀과 암탉의 문제처럼 순환을 거듭할 뿐이며, 시간적인 변화 속에서 관찰하는 것이 필요함을 말해 준다.

「옛날 옛적에 훠어이 훠이」는 평안북도에 내려오는 전설을 최인훈의 상상력으로서 작품화한 것이다. 이 글은 바람 소리와 부엉이 소리를 통해 영원의 자연 세계와 대화를 나누며, 바늘 구멍에 실을 꿰듯이 핏줄기를 이어가는 아내와 미끄러운 얼음길을 걸어서 식량을 구해 오는 굶주린 남편과 앞으로 태어날 어린 아기에 대한 이야기로부터 시작된다. 그러나 아내가 아기를 낳았을 때 남편은 자식을 좁쌀이 담긴 부대 자루로 눌러 죽인다. 왜냐하면 관가에서 용마(龍馬)가 울었다는 소리를 듣고 용마와 장수 아기를 잡아 죽이러 오고 있었기 때문이다. 그 당시 옛날 옛적 사람들은 용마가 울면 하늘에서 장수를 보낸다고 믿었다. 그러나 아이를 눌러 죽인 후, 그렇게도 찾아 헤맸던 용마가 울며 무대 위의 사립문 앞에 나타나 아내와 남편과 그리고 아기 세 식구는 말을 타고 꽃을 던지며 하늘로 올라간다. 이때 마을 사람들은 승천하는 그들에게 말한다. "가거든 옥황상제께 여쭤주게. 우리 마을에 다시는 장수를 보내지 맙시사구." "훠어이, 다시는 오지 말아, 훠어이 훠이"

이 작품의 상징 구조는 극작가 최인훈이 밝혔듯이 "예수의 생애—절대자의 내세, 난세에서의 삶은 생활, 순교, 승천의 그것과 같으며, 구약성서 출애굽기의 유월절의 유래와도 동형이다." 그러면 우리들은 「옛날 옛적에 훠어이 훠이」의 이러한 상징 구조를 그의 문학 세계의 문맥에서 어떻게 읽어야만 되는가. 날개가 달린 용마의 울음소리는 내세에 대한 인식론적인 비전과 환상을 음향으로 형상화한 것이다. 그런데 새로운 세계의 창조를 위한 이러한 영적인 힘을 육화시키는 것이 장수 아기라는 새로운 생명의 탄생이다. 왜냐하면 신화적인 문맥에서 볼 때 말은 D. H. 로렌스가 지적한 바와 같이 생명력의 상징이기 때문이다. 그래서 이 작품은 하늘에서 오는 직관과 상상력으로서 새로운 세계를 창조하는 예술가가 진부하고 고루한 기계적인 현실 사회와 갈등을 일으켜 소외되거나 추방되는 비극을 원형적으로 각색한 것이리라.

그러나 최인훈의 이러한 주제를 가장 성공적으로 나타낸 것은 그가 1978년 ≪세계의 문학≫ 봄호에 발표한 「둥둥 낙랑둥」이란 작품이다. 왜냐하면 어떠 의미에서 최인훈의 예술은 이 희곡 작품에서 그 절정을 보이고 있기 때문이다.

작품 「둥둥 낙랑둥」은 이상일이 지적한 것처럼, 이광수 이래 고정 관념으로 자리 잡고 있는 호동과 낙랑 공주의 이야기를 우선 끝난 곳에서 시작함으로서 뒤집어놓고, 고구려 왕비와 낙랑 공주를 쌍둥이 자매로서 설정시켜 '현실'과 '꿈'을 극화시킨 것이다. 호동이라는 서사적인 현실과 낙랑 공주라는 환상적인 꿈을 날줄과 씨줄로 만들어 엮은 이 작품은 결국 최인훈이 지금까지 추구해 온 야누스의 얼굴과도 같은 두 개의 세계, 즉 현실 세계와 인식 세계와의 거리를 좁히고 그 갈등을 다소라도 해결해 보자는 처절하고 극적인 노력의 결과이다. 그래서 최인훈의 희곡만을 보고 읽는 관객이나 독자들은 산문작가인 그가 어떻게 극시인이 될 수 있는가 질문하겠지만, 지금까지 최인훈이 자아의 실체를 발견하기 위해 길고도 긴 여로를 걸어온 것을 이해하면 쉽게 그 해답을 얻을 수 있을 것이다. 다시 말하면 그가 한국 연극계에 뛰어들어 참신한 매력을 부여하고, 시적 요소를 무대 위에 확산시킨 것은 그가 일생을 두고 자아 발견을 위해 추구해 온 인식론적인 탐색의 결과이다. 그런데 「둥둥 낙랑둥」이 극예술로서 크게 성공한 것은 죽은 자매인 낙랑 공주의 환상과 고구려 시조 주몽의 제단의 사제라는 두 개의 얼굴을 쓴 왕비의 자결과 낙랑 공주가 죽음을 무릅쓴 호동 왕자에 대한 사랑의 힘 때문에 신비의 북, 자명고를 찢어 고구려와 낙랑을 통일하게 한 것이다. 두 개의 얼굴을 지닌 고구려의 왕비의 갈등은 곧 개인과 집단, 자유와 속박, 그리고 인간 가치와 비인간적인 가치와의 갈등을 형상화한 것이다. 그러나 무엇보다 중요한 것은 최인훈이 자신의 상징 세계를 구현하기 위해 낙랑과 자명고에 관한 신화를 사용한 것이다. 자명고는 '용마의 울음소리처럼' 현실 세계 저쪽에 또 하나의 세계가 존재한다는 것을 알려주는 북이지만, 아이러니하게도 이것은 그 북이 지닌 모양처럼 두 개의 세계를 갈라놓는 '소리의 벽'이다. 낙랑 공주가 자기를 버리는 헌신적인 사랑의 힘으로 '자명고'를 찢었다는 것은 결국 갈등하는 두 개의 세계 사이에 닫혀 있는 문을 여는 결과가 되어, 최인훈이 지금까지 추구해 온 '행위와 인식'의 통일을 이루면서, 인간에게 있어서 구원의 길이 무엇인가를 극적으로 제시해 주고 있다. 이 전설의 북은 낙랑 왕국에만 있는 유일한 것이라 생각되겠지만, 우리들의 주위를 맑은 눈으로 살펴보면, 어디에서나 존재할 수 있는 것이다. 그래서 이 북의 이미지는 호동 왕자의 눈앞에 다시 나타난다. 이 극의 끝 부분에 가서 고구려 왕은 고구려를 상징하는 흰 북과 낙랑을 상징하는 검은 북을 호동 앞에 두고, 인간의 본질적인 가치와 비본질적인 가치 가운데 하나를 선택하도록 강요한다. 그러나 호동은 자신과 낙랑 공주의 사랑을 상징하는 검은 북을 무서우리만큼 인간적인 양심의 힘을 쳐서 자신의 목숨을 잃는다. 호동은 자기가 치는 검은 북 소리가 자기를 위해 희생된 낙랑 공주의 영혼에 전해질 것이라 믿었으리라.

왕비가 검은 북을 치고 낙랑 공주에 대한 사랑을 위해 목숨을 버리는 호동 왕자를 보았을 때, 그녀는 주몽의 제단을 섬기는 무당의 탈을 벗고, 낙랑 공주의 얼굴만으로 변신해서, 칼로 가슴을 찔러 자결한다.

그래서 호동과 왕비는 두 개의 세계, 즉 현실과 영원의 세계는 사랑의 힘

<u>으로</u> 하늘이란 상징을 통해 하나의 세계로 통일된다.

하늘에서 사닥다리가 단 위로 내려온다. 사닥다리를 밟고 거지 차림의 하늘의 사자(使者)인 백골이 내려온다.
　　……
　　……
　　……
단 위에서 계단을 타고 휘장 뒤로 가서 먼저 왕자의 머리를 바랑에 주워 넣고, 다음에 왕비의 목을 쳐 바랑에 쳐넣는다. 왕자의 머리를 집어넣을 때나 왕비의 머리를 집어넣을 때나 모두 넝마뭉치가 아니면 식은 밥 덩어리 주워 넣듯 시큰둥 주워 넣고 하늘로 올라간다.
　　……
　　……
　　……
변개가 치고 천둥이 울린다.
비가 후둑후둑 내리기 시작한다.
　　……
　　……풍년이 왔네, 풍년이 왔네.

서두에서 필자가 밝혔듯이 작품 「둥둥 낙랑둥」은 최인훈이 지금까지 그의 상상 세계에서 무엇을 추구해 왔는가를 극적인 행동으로 우리들에게 보여주고 있다. 작가이자 극시인인 최인훈이 추구한 문학 세계는 정치 소설의 세계나 혹은 상상적인 이데올로기 그 자체를 구현한 것이 아니라, 참된 인간 가치와 인간의 참된 얼굴의 실체가 무엇인가를 사랑의 힘으로 탐색한 인식론적 서사시의 세계이다.

최인훈을 두고 평론가 송재영이 '깨어 있는 작가'라고 한 것은, 그가 이렇게 상상력과 인식의 힘으로 창조적인 미래의 문을 항상 두드리고 있기 때문이다.

실존적 현실과 미학적 현현(顯現)

황순원의 문학 세계

그림은 목탄지에 연필로 그린 것들이었다. 한 장 한 장 넘겨가는 동안 나는 단순한 선들 속에 어떤 공통된 요소가 들어 있음을 느꼈다. 무엇인가 그림 속에서 불타고 있는 것이었다.

── 「소리 그림자」 중에서

1

작가 황순원은 8·15 해방 전까지 써서 모은 창작집 「기러기」의 책머리에서 일제 암흑기에 햇빛을 볼 수 있었던 작품은 「별」과 「그늘」만이었다고 밝히면서 "밤에나 나오는 불과 빛을 등진 그늘만이 먼저 햇빛을 보았다는 건 어떤 비꼬인 사실이 아닐 수 없다."라고 말했다. 이러한 그의 말은 작가가 처해 있었던 상황을 이야기하는 것이지만, 그의 문학 세계를 간접적으로 조명하는 의미 깊은 뜻을 지니고 있다. 그가 중견 작가로서 성공을 한 1957년에 쓴 자서전적인 형식의 일인칭 시점의 작품 「내일」에서 그 자신을 '낭만주의자'라고 밝힌 것처럼, 그의 작품 세계는 낭만주의와 깊은 관계가 있는 상징주의 경향이 짙다. 그러나 그의 작품 세계는 현실과 유리된 추상적인 상징주의적 세계가 아니라 자연주의적 현실에 깊이 뿌리를 둔 실존주의적 경향을 띤 상징주의적 작품 세계다. 다시 말하면 그의 작품 세계는 「어둠 속에 찍힌 판화」의 이미지에서 단적으로 볼 수 있듯이, 카오스 상태의 어둠 속에서 별과 같이 영원히 빛나는 절대적인 인간 가치와 그것과 일치되는 이상적 질서를 추구하기 때문에 그것은 처절한 삶의 현실을 바탕으로 해서 자연주의와 상징주의, 그리고 실존주의를 융합한 그의 특유의 문학적 전통을 이룩하고 있다. 그러나 그의 문학은 1970년대에 와서 리얼리즘 문학이 지니고 있는 역사의식과 사회적인 현실감각이 없어서 '바라직하지 못한 문학의 한 예'가 된다고 지적받기도 했다.

물론 그의 문학에는 사회적 리얼리즘이 지니고 있는 보다 강렬한 사회의식과 변증법적인 역사적 발전이 현저하게 나타나 있지 않다. 그러나 그의 문학은 리얼리즘 문학의 일부분인 자연주의와 낭만주의를 융합한 상징주의와 실존주의적 경향을 지니고 있기 때문에 적지 않은 사회 비평이 그 속에 담겨 있는가 하면, 역사의 내면 구조인 신화가 있고, 삶에 대한 뜨거운 진실이 있으며, 인간 정신을 주장하는 강한 모럴리티가 있다.

그래서 그의 몇몇 대표작을 중점적으로 살펴본 후, 황순원 문학이 결코 인간 현실과 유리되지 않은 건강한 문학이라는 사실을 자연주의와 낭만주의를 결합한 상징주의 및 실존주의적인 문맥 속에서 밝혀보고 그의 문학이 우리들에게 던져 준 문제가 무엇인가를 검토해 보고자 한다.

2

황순원은 그의 초기 단편, 특히 「별」, 「산골아이」, 「닭제(祭)」 그리고 「소나기」 등과 같은 우수한 작품에서 유년기의 소년 소녀들의 이야기를 많이 다루고 있다. 그러나 그것은 결코 낙원의 세계가 아니라, 공포와 죽음의 그림자가 드리워진 우울한 자연주의적 세계이다. 다시 말하면 이들 초기 작품들은 몇몇 비평가들이 지적한 바와 같이 환상적인 동화의 세계에 집착하려는 것이 아니라, 목가적이고 서정적인 빛으로 충만했던 세계가 살벌하고 공허한 현실 세계로 무너지는 과정에서 일어나는 삶의 경험을 상징적으로 묘사하고 있다.

그의 초기의 대표작 가운데 하나인 「별」은 유종호가 지적한 것처럼 "사내아이의 망모(亡母)에 대한 미화와 집착, 미화된 어머니의 이미지를 깨뜨리는 누이에 대한 혐오감, 그리고 그를 통해 깨닫는 미추 의식의 각성, 혐오의 대상이 보여주는 호의에 대한 반발 등 인간 심리의 델리커시가 섬세한 문장 속에 감동적으로 포착"[1]되고 있다. 그래서 이 작품은 망모가 상징하는 미지의 아름다운 세계가 어머니를 닮은 '눈앞에 있는' 못생긴 '누이'라는 현실에 의해 무너지는 것에 대한 환멸과 분노와 아쉬움, 그리고 누이의 결혼과 죽음을 통한 생의 변천과 소멸 과정에 대한 충격적인 경험을 입사의식의 차원에서 직간접적으로 다루고 있다.

「산골아이」 역시 얼핏 보면 산골에 사는 소년의 낭만을 토착적인 서정으로 표현한 것같이 보이지만, 자연주의적인 삶의 구조에 대한 입사의식을 민간전승의 신화를 통해서 보편화시키고 있다. 이 작품은 할머니가 소년에게 옛이야기를 하는 형식으로 플롯을 전개시키고 있으나, 할머니가 동굴 속에서 동면하기 위해 준비하는 곰처럼 도토리를 먹는 소년에게 들려준, 여우의 탈을 쓴 '꽃 같은 색시'에 관한 이야기와 눈 오는 밤 꿈속에서 소년이 호랑이와 싸운 아버지를 공포 속에서 보았다는 이야기는 아무런 의미 없는 동화가 아니라, 소년이 앞으로 부닥쳐야 할 어려운 삶의 현실을 그 속에 담고 있는 '살아 있는 이야기'이다.

그의 대표작 중 하나인 「소나기」 역시 표면적으로만 볼 때는 사랑이 움트는 어떤 소년과 소녀 간에 일어난 미묘한 감정만을 취급한 듯하나 앞에서 살펴본 작품들과 동일한 계열에 속한다. 그래서 우리들은 이 작품의 상징적 구성과 이미지의 결합을 주의 깊게 살펴볼 필요가 있다. 이 작품의 플롯은 주인공인 소년이 개울가로 나와 징검다리 위에 앉아 물장난을 하는 윤 초시네 증손자 딸을 먼 시선을 통해 서로 만나는 것에서부터 시작된다. 소녀는 세수를 하다 말고 거울같이 투명한 물속에 비친 자신의 얼굴을 잡으려는 듯이 물을 움켜쥐곤 한다. 그러다 소녀는 물속에서 조약돌 하나를 집어 "이 바보"란 소리와 함께 자신을 알아달라는 수줍은 욕망에서 돌팔매질을 한 후, 가을 햇

빛이 쏟아지는 갈밭 속으로 사라진다. 다음 날 소년은 개울가로 나와보았으나, 소녀는 그림자도 보이지 않는다. 그날부터 소년은 가슴 한구석에 어딘가 허전함을 느낀다. 이때부터 소년은 소녀가 던져 준 조약돌을 주무르는 버릇이 생기게 된다. 어느 날 소년은 소녀가 하던 것처럼 두 손으로 물속에 비친 자신의 얼굴을 움켜잡으려 한다. 이때 소년은 어느새 소녀가 와서 자기를 보고 있다는 사실을 물속에 비친 그림자를 통해서 알고 달아난다. 그는 수줍어 도망치다 징검다리를 헛짚어 넘어지게 된다. 그러나 다시 일어나 코피를 흘리며 메밀밭 속으로 사라진다.

어느 토요일 그들이 개울가에서 서로 만나게 되었을 때, 소녀가 '비단조개'를 소년에게 보이면서 말을 건넨다. 그 후 그들은 황금빛으로 물든 가을 들판을 달려 산과 들판을 가르는 수로처럼 흐르는 봇도랑물을 건너 산 밑까지 간다. 거기서 다시 가을꽃을 꺾으며 산 중턱까지 오른다. 그러다 산속에서 갑자기 심한 소나기를 만나 그들은 마을로 내려와야만 한다. 산을 내려오며 그들은 비를 피하기 위해 허물어진 원두막집에 들어가 마른 수숫단 속에서 서로 몸을 가까이 한다. 비가 그친 후 내려오는 길에 소녀를 업고 물이 불은 봇도랑을 건넌다. 그들이 다시 개울가로 왔을 때 하늘은 완전히 활짝 개었다. 그 후 소년은 개울가로 나와 보았지만, 오랫동안 소녀를 보지 못한다. 그러다 어느 날 그가 소녀를 다시 보았을 때 소녀가 그날 산속에서 맞은 소나기로 앓게 되어 나오지 못했다는 사실과 아직도 몸이 아프다는 사실을 알게 된다. 이때 소녀는 소년에게 분홍색 스웨터 앞자락을 내보이며 무슨 물이 묻었다고 말한다. 소나기를 맞았던 그날 소년의 등에 업혀 빗물에 불은 봇도랑물을 건너다 묻은 풀물이었다. 그리고 소녀는 제사를 지내려고 아침에 땄다는 대추를 한 줌 소년에게 건넨다. 소년은 얼굴을 붉힌다. 이튿날 밤 그는 낮에 보아 두었던 덕쇠 할아버지의 호두밭으로 가서 호두를 몰래 훔쳐 따 소녀에게 주려고 했으나, 어른들로부터 윤 초시네가 양평읍으로 이사를 가게 되었다는 사실을 알게 된다. 그래서 소년은 자리에 누워 호두를 만지작거리며 마음을 졸이고 있는데, 마을에 다녀온 아버지로부터 윤 초시네가 말할 수 없이 기울어졌다는 사실과 윤 초시네 증손자 딸이 죽었다는 슬픈 소식을 듣게 된다. 그 소녀가 죽을 때 '자기가 입던 옷을 그대로 입혀서 묻어'달라는 이야기와 함께.

이 작품은 아름다운 전원을 배경으로 해서 조춘(早春)의 소녀와 소년을 소설 공간 위에 등장시키고 있으나, 그 아름다운 표면 뒤에 숨어 있는 공포와 죽음에 대한 '이니시에이션' 문제를 자연주의적 문맥 속에 격조 높게 처리하고 있다. 이 작품의 주제에 의한 이러한 시선은 작품의 내면구조에 의해 뒷받침되고 있다. 우선 시간적으로 볼 때 몰락해 가는 윤 초시네 증손자 딸인 소녀는 소학교 5학년으로 유년 시절의 '낙원'에서부터 추방당하고 있다. 그리고 작품 속에 나타난 계절 또한 여름이 지난 가을이다. 들판에는 흰 수염과도 같은 갈꽃이 가득히 피었고 죽음을 상징하는 우상을 닮은 허수아비가 서 있다. 또 다른 한편 공간적인 차원에서 볼 때, 산 밑까지 뻗어 있는 황금빛 들판이 유년 시절의 낙원을 상징하고 산은 그 다음으로 오는 험난한 생을 나타낸다. 이러한 사실은 소년과 소녀가 더없이 맑은 가을 햇살을 받으며 벅찬 가슴으로 그림같이 아름다운 가을 들판을 치달린 후, 산을 타다 무서운 소나기를 만났다는 상징적인 뜻으로 뒷받침된다. 다시 말해 그들이 산 밑까지 갔을 때 한없이 맑던 가을 하늘이 갑자기 먹장구름이 몰고 온 죽음의 '보랏빛' 비를 맞게 되었다는 것은 아름답고 목가적인 생의 뒷면에 숨어 있는 죽음을 온몸으로 체험한 것을 상징적으로 나타내고 있는 듯하다.

참 먹장구름 한 장이 머리 위에 와 있다. 갑자기 사면이 소란스러워진 것 같다. 바람이 우수수 소리를 내며 지나간다. 삽시간에 주위가 보랏빛으로 변했다.
산마루를 넘는데 떡갈나무에서 빗방울이 떨어지는 소리가 난다. 굵은 빗방울이었다. 목덜미가 선뜩선뜩했다. 그러자 눈앞을 가로막는 빗줄기.

이처럼 황순원은 위에서 살펴 본 초기의 몇몇 단편에서 자연법칙에 지배되는 비극적인 인간 상황을 취급하고 있으나, 그의 단단한 언어가 간접적으로 말해 주는 것처럼, 그러한 상황을 감상적으로 슬퍼하지 않고, 그것에 대해 반항하고 극복하려는 인간 의지를 훌륭하게 보이고 있다. 여기서 그는 자연주의적인 인간 상황과 인간 정신을 성공적으로 결합시킨 상징주의 문학을 창조하고 있다.

작품 「별」에서 누이라는 현실이 '미화된 어머니의 이미지'를 깨뜨리고 있으나 사내아이는 그것에 대해 감상적인 태도를 취하지 않고 분노로써 대항한다. 그리고 누이가 자연법칙에 의해 죽었을 때도 그는 누이의 죽음 그 자체에 대해서는 슬퍼하지만 절망하지 않고 누이가 어두운 밤하늘의 별이 되었으리라고 믿는 마음의 자세를 가진다. 그리고 그는 또한 어둠 속에서 언제나 새로운 질서를 가져다주는 인간 정신의 고향인 어머니에 대한 사랑과 믿음을 버리지 않는다. 그가 어머니 별과 비교해서 누이의 별을 부정하는 것은 누이라는 현실을 부정하는 것이 아니라, 누이가 상징하는 부도덕하고 부조리한 현실에 대한 반항의 뜻이 부분적으로 숨어 있는 것이 아닐까. 그가 인간 정신의 바탕 위에 세워진 사회의 도덕적 규범과 가치를 위반한 누나에 대해서 분노를 느끼는 것도 이러한 문맥에서 읽을 수 있으리라. 그러나 무엇보다 상징적으로 중요한 것은 누이의 죽음에 대한 슬픈 감정만으로 끝난 것이 아니라, 누이를 생각하는 아름다운 낭만적 감정에서 솟아나는 눈물을 통해서 순간적이지만 그의 상상 세계에서 절대적으로 존재하는 어머니 별을 만났다는 사실이다.

이러한 그의 문학 정신의 맥은 작품 「그늘」에 나타난 한국의 전통적인 인간 정신을 상징하는 '구슬' 이미지와 연결된다. 주인공인 어느 청년 화가가 어두운 목로상에서, 사냥해 온 짐승을 숯불에 굽고 있는 연인의 그림을 그리려다, 우연히 어느 낯선 남도 사내를 만나 술을 나누며 주머니에서 조상 대대로 내려오던 주영 구슬을 그에게 보이려다 땅에 떨어뜨린다. 그러나 그들은 다같이 그 구슬이 어둠 속에서 깨어지지 않았다는 사실을 발견하고 눈물을 지으며 웃는다. 여기에 나타난 구슬은 '별'과 같은 이미지이며, 그들이 눈물을 지으며 무엇을 깨닫는 듯 웃는 감정은 「별」의 사내아이가 어머니 별을 두고 느끼는 감정과 크게 유사한 현현(顯現, epiphany)의 순간이다.

　사실 청년의 눈에는 눈물이 괴어 있었다. 그러다가 청년은 무심코 구슬을 쥐어 주는 남도 사내를 보고 "노형은 웃지도 않았는데 웬 눈물이요?" 했다. 남도 사내의 눈도 어느새 눈물로 빛나고 있었다. 청년은 그늘 속에 희미하게 빛나는 온전한 구슬 알들을 남도 사내에게서 받아들고는 그냥 눈물 섞인 웃음을 웃곤웃곤 하였다.

　이러한 상징주의적인 정신의 흐름은 「산골아이」에 나타난 구슬 이미지에까지 이어져 나타나고 있다. 여우의 탈을 쓴 '꽃 같은 색시'와 글방 소년과의 이야기는 민속적인 설화이지만, 그것은 구슬의 이미지를 통해 자연주의와 상징주의를 융합하고 있다. 여기서 구슬 이미지는 황순원이 즐겨 사용하는 이데아의 이미지인 '별'과 크게 다른 것이 없으리라. 글방 총각이 영혼의 구체화된 구슬을 삼켜서 몸속에 지니자 건강한 인간으로 다시 살아나고, 꽃같이 예쁜 색시는 짐승으로 퇴화한다는 것은, 구슬이 본질적인 영혼 현실에 대한 마스크란 사실을 자연주의적인 바탕 위에서 우리 조상들의 정신적 경험의 잔여인 신화를 통해 상징적으로 나타내 준다. 「소나기」 역시 작품의 심층 구조에서 보면 크게 다를 것이 없다고 하겠다.

　즉 황순원은 이 작품 속에서 자연주의적인 현상만을 다룬 것이 아니라, 그것을 통해서 일어나는 상징적인 문맥을 구축하고 있다. 그러면 소년과 소녀가 '쪽빛으로 한껏 갠' 어지러운 가을 하늘을 바라보며 황금빛 들판을 치닫고, 칡덩굴에 얽힌 등꽃 모양의 꽃을 꺾으며 산을 타는 것은 어떠한 상징적 의미를 지니고 있을까? 비록 무의식적이지만 그들이 이렇게 산을 타는 것은 무엇인가 허전한 마음을 메우기 위한 것으로 설명할 수 있다.

　다시 말하면 그들이 징검다리에 걸터앉아 개울물 속에 비친 자신의 그림자를 물속 아닌 가을의 들판에서 찾으려는 것은 자기 탐구를 위한 상징적 움직임이라 하겠다. 왜냐하면 그들이 움직이는 행동의 구심이자 원심은 개울물에 비친 나르시시즘의 환영에서 출발하고 있기 때문이다. 소녀가 들여다보던 구슬 이미지와 같은 성격의 영상을 소년에게서 찾은 것이리라. 소년이 물속에서 자신의 얼굴을 보고 있을 때 소녀가 나타난 것은 이러한 사실을 크게 뒷받침해 준다고 하겠다. 또 소녀가 소년과 대화의 말문을 열 때 사용한 비단조개의 이미지 역시 연결된다고 볼 수 있다. 비단조개에 묻어 있는 아름다운 무늬는 곧 소녀의 가슴 속에 서리어 있는 본질적인 것에 대한 사랑의 이미지가 될 수 있으리라. 소년과 소녀가 황금빛 들판을 달리고, 산을 타며 갖가지 꽃을 꺾는 것은 방랑적인 의미를 지니고서 서로의 가슴 속에 서리어 있는 무지갯빛 무늬를 찾기 위함이리라. 비록 소나기가 소녀의 분홍빛 스웨터 앞자락에 소년의 '물'을 묻혀 주었지만, 비단조개처럼 아름다운 사랑의 꿈을 안은 순결한 소녀에게 불행한 죽음을 가져온 것은 자연의 힘이 인간에게 가한 가혹한 외상이다.

그러나 애절하게 어린 나이로 요절한 소녀가 그의 옷에 묻은 사랑의 '물'을 죽음의 극한까지 뻗히려고 하는 사실은, 이 작품에 나타난 인간 상황이 기계적인 자연법칙에 의해 제한을 받고 있으나 상상력을 통해 절대적인 인간 가치를 영원히 구원해서 확대하려는 처절한 인간 의식을 이들에게 의미 깊게 보여주고 있다.

3

자연주의와 상징주의를 혼합한 이러한 주제는 「별과 같이 살다」와 「카인의 후예」 등과 같은 성인이 된 사람들을 주제로 한 작품 가운데서 시대적인 배경과 함께 더욱 구체적으로 나타나 있다. 「별과 같이 살다」의 곰녀는 가난한 농가에서 태어났다는 잘못밖에 없지만, 자연주의적인 사회의 힘에 희생되어, 하녀에서 창녀로, 끝내는 어느 늙은이의 소실로 전락을 한다. 그러나 곰녀는 자연주의적인 환경 가운데서도 어디까지나 이기적이고 동물적인 자신의 욕망을 버리고, '신의 의지'라고 할 수 있는 역사적인 힘이 구체화된 인간애(人間愛)에 복종해서 어려움에 처해 있는 다른 사람들을 이해하고 도우는 일에 남은 생을 바친다. 「카인의 후예」는 해방 직후 이데올로기 분쟁과 그로 인한 살벌하고 비극적인 사회 환경이 인간에게 어떻게 작용하는가를 역사적인 배경 속에서 다루고 있다.

그러나 중요한 것은 이 작품의 주인공들이 자연주의적인 작품에서처럼 환경의 힘이나 자연법칙에 의해서 직간접적으로 희생되지만 여기에는 인간 가치를 회복하기 위한 세대 간의 처절한 대결이 있다. 구세대에 속하는 도섭 영감은 자연적이고 사회적인 힘의 도구가 되어 의지를 상실한 채 「카인의 후예」로서 그의 수성(獸性)을 나타내고 있지만 다른 한편으로 딸 오작녀와 아들 삼득이는 아버지의 이러한 행동을 침묵으로 반항하며 사랑의 힘으로 인간을 자연법칙의 넋으로부터 구원하려 한다. 천이두가 지적한 바와 같이 곰녀와 같은 길 위에 서 있는 오작녀는 역사적인 조건에 굴복하지 않는 '강렬한 원시적 생명력[2]'과 연관성이 있는 사랑의 힘에 깊이 뿌리박고 있는 인간으로서 그 기능을 다하고 있다. 그래서 여기서 또한 역사적인 조건과 인간 가치의 갈등이 일어나고 이 작품은 자연주의와 상징주의를 결합하는 현장이 되고 있다.

그러나 그의 대표작인 「나무들 비탈에 서다」는 이러한 그의 주제를 사회적인 리얼리즘과 실존주의적인 인간 의식을 융합시켜 보다 현실적인 경험의 차원에서 수용하고 있다. 우선 이 작품의 배경이 되고 있는 전쟁은 부조리한 현실로서 앞에서 우리들이 살펴본 자연주의적인 소설 공간과 크게 다를 것이 없다. 다른 것이 있다면 초기 단편의 작품 배경이 신에 의해서 주어진 자연주의적 환경이라면, 이 작품 가운데 나타난 현실의 구조는 신에 의해서 주어진 부조리한 인간 조건과 인간이 만들어낸 모순된 사회적 힘이 결합한 전쟁이라는 상황을 바탕으로 하고 있다는 점이다. 그래서 어떤 의미에서 「나무들 비탈에 서다」는 부조리한 삶의 현실과 그 속에 숨어 있는 처절한 폭력에 대

---

2) 천이두, 「황순원의 문학」, 『황순원선집』, 어문각, 542쪽.

한 주인공들의 이니시에이션에 관한 스토리라 말할 수 있다. 물론 시간의 힘이 동호를 비롯한 여러 젊은 병사들의 꿈을 서서히 부숴버리겠지만, 전쟁은 그것을 가속화했다.

이 작품의 주인공 중 한 사람인 동호는 전쟁에 참가할 때까지 삶의 부조리한 현실을 몰랐다. 그는 사회적인 힘에 밀려 의미 없는 전쟁을 치르면서 '어른'들이 마시는 술도 배우고 여자의 육체도 알게 된다. 그보다 전쟁에 먼저 참가한 현태는 동호를 어른으로 만든다는 뜻에서 그러한 행위를 가르쳐 준다. 그는 애인 숙이에 대한 죄의식으로 얼마 동안 불안해하나 '어른'들의 습성을 계속함으로서 그가 지니고 있던 자의식적 결박성, 즉 수줍어하고 불안해하는 '인간의 순결'을 상실한다. 그러나 불안정한 자신, 다시 말하면 순결한 자신의 얼굴이 그의 마음속에서 고개를 들 때마다 그는 괴로움에서 벗어나기 위해 술을 마시고 다시금 옥주를 찾아 자신의 양심을 그녀의 육체로서 마비시킨다. 그러나 이러한 자신의 타락한 모습을 어둠 속에서 객관적으로 보았을 때, 그는 잃었던 자아를 다시 찾고 자신에 대해 분로한 끝에 죽음으로 대결한다.

동호는 어떤 알지 못할 힘에 떼밀치우듯이 발걸음을 떼었다. 그러나 곧 서버렸다. 한 상념이 그의 뇌리를 할퀴고 지나갔던 것이다. 육신처럼 야속한 건 없어요. 이 몸뚱아리가 희미하게나마 남아 있는 그의 모습을 아주 지워버리는 수가 있어요. 나두 모르게 무서워질 때가 있어요. 동호는 자기 가슴 속에 모래가 확 뿌려지는 듯함을 느꼈다. 삽시간에 그 모래 한 알 한 알이 뜨거운 열기를 띠고 달아올랐다. 그는 종잡을 수 없는 어떤 분노에 몸이 굳어졌다.

동호는 추운 겨울날 이동한 부대가 주둔하고 있는 추풍령을 떠나 좁은 산 협길을 걸어 소도고미까지 옥주를 만나러 갔을 때, 옥주가 청년 단장과 교섭하는 것을 어둠 속에서 목격하게 된다. 동호가 그들을 향해 총을 쏜 것은 그들의 행위 때문만이 아니라 그들 가운데서 자신의 모습을 발견했기 때문이리라. 그가 "육신처럼 야속한 건 없어요. 이 몸뚱아리가 희미하게나마 남아 있는 그의 모습을 아주 지워버리는 수가 있어요.”라는 옥주의 말을 기억한 것은 자기 자신에 대한 소리이리라. 동호에게 있어서 옥주와의 육체관계는 희미하게나마 남아 있는 숙이의 모습을 지워버린다는 사실을 깨달았기 때문이리라. 역설적인 논리지만 그에게 있어서 죽음만이 인간의 꿈과 인간 가치의 상실로 타락해 가는 자신을 구할 수 있는 유일한 길이었으리라. 다시 말하면 그는 모든 것을 파괴하는 황폐한 전쟁의 상황 속에서 죽음으로서 인간 가치와 인간의 존엄성을 지킨 것이다. 헤밍웨이의 말처럼 그는 전쟁의 파편에 의해 파괴되었지만 패배자는 아니었다.

동호의 시체를 발견한 것은 그로부터 두 시간쯤 뒤에 다음 차례 초병 교대가 있었을 때였다. 밤이라 검은 피가 흰 눈 위에 꽉 얼어붙어 있었다. 왼쪽 손목의 동맥을 끊은 것이었다. 오른손 옆에 깨진 유리조각 하나가 눈에 얼마큼 파묻혀 있었다. 그 얼굴이 눈처럼 희었다.

그러나 이러한 사실 못지않게 동호에게 충격을 준 것은 김 하사가 죽을 때 고향의 부모에게 한 줌의 흙을 보내주듯, 숙이에게 보낸 백지의 편지처럼 모든 것은 무(無)로 끝나며 의존하고 기대할 것이 아무것도 없다는 비극적인 실존 상황이었다. 동호는 현태가 말한 것처럼 전쟁이라는 파괴적인 환경의 힘과 꿈의 현실 사이에 존재하는 삶의 구조가 주는 환멸의 충격과 인간적인 자의식의 갈등 속에 희생된 자이다.

그러면 이 작품의 다른 주인공인 현태의 경우는 어떠한가. 현태는 동호보다 전쟁터에 먼저 밀려나온 사람이다. 그는 전방 수색 지대에 잠자듯 누워 있는 초가집에서 혼자 있는 여인을 살해한 경험이 있고 '저격 능선' 전투에서 심한 부상을 입고 야전 병원에서 삼 주일간 치료를 받고 돌아온 병사이다. 그는 전쟁 속에서 경험한 잔인하리만큼 비극적인 인간 상황과 외로움을 그의 의지로써 극복하기보다는 폭력에서 오는 야만적인 희열과 술, 그리고 여자에게 의존했다. 표면적으로 볼 때 그는 전쟁터에서 모든 어려움을 아무런 두려움 없이 이겨내는 용기 있는 사람으로 보이지만 언제나 자신보다는 위에서 말한 다른 것에 의존했다. 그의 이러한 습성은 부유한 가정에 태어나 부모의 그늘 밑에서 자랐기 때문인지도 모른다. 그러나 그는 술과 여자의 육체 등에 탐닉해서 전쟁과 양심, 그리고 존재에서 오는 공포를 이기고 자신의 삶을 확인하려고 한다.

그러나 이러한 태도는 그에게 비록 순간적인 희열을 가져다줄 수 있을지 모르지만, 그의 주변에 있는 사람들을 죽음의 벼랑으로 데려갔다. 그는 제대를 한 후 부산으로 돌아와 전상자(戰傷者)로서의 아픔을 잊기 위해 술을 마시고 방탕한 생활을 한다. 이때 그는 자신을 이기지 못하고 그의 전우인 윤구의 약혼녀 미란과 관계를 맺은 후 그녀를 죽음으로 몰아넣었고, 동호가 자살한 이유를 알기 위해 찾아온 숙이의 처녀성을 빼앗았으며, 낙원동 평양집에서 정조를 지키며 벙어리처럼 살고 있던 계향이를 죽게 하였다. 그가 이렇게 자기 파괴적인 반항을 한 것은 그가 너무나 강했기 때문이 아니라 인간으로서 너무나 약했기 때문이다. 그가 그 무인 지대의 초가집에서 여인을 살해한 죄의식을 자신의 인간적인 힘으로 극복하지 못하고 카오스 상태의 생활을 한 것은 자신이 약하다는 점을 자기 입으로 말한 것은 동호의 애인인 숙이를 정복하기 전 충격적인 장면에서다.

"그일 죽인 건 당신예요. 전에 그렇지 않던 그일 그렇게 만든 건 당신예요. 그래서 당신은 날 피하고 있었던 거지 뭐예요. 비겁해요. 술 안 먹군 할 말도 못하는 술주정뱅이, 술주정뱅이……."
창백해진 그네 얼굴에 눈만이 발갛게 충혈돼 있었다.
현태는 자신이 냉연해져 있음을 느꼈다. 새로 컵에 술을 부어 마셨다.
"내가 그 친굴 그렇게 만들었다구요? 그렇다면 되레 나는 강자일 수 있겠죠. 그런데 지금 나더러 비겁한 사내라구 했잖았어요? 실은 내가 이렇게 비겁자나 술주정뱅이가 된 건……."

그가 그렇게 비겁하고 약한 사람이 된 것은 자신이 말한 것처럼 병사로서 수색 지대에서 살해한 여인에 대한 전상자로서의 아픔 때문이다. 그러나 그가 전상자가 된 것은 주위의 무서운 압력을 인간 의지로써 이기지 못하고 불투명한 주변의 대상을 파괴하려는 '카인의 후예'로서 원시적인 기능을 본능적으로만 수행하려고 하는 데 있다. 황순원의 견해는 전쟁이 일어나고 전상을 입고 또 그 아픔과 삶에 대한 불안을 잊기 위해서 또 다른 타인에게 상처를 입히며 자기 파괴적인 행위를 일으키는 카인의 후예의 속성은 비극적인 인간 갈등의 악순환을 일으킨다는 것이다. 황순원은 「일월」에서 전쟁이 일어나는 원인을 작중인물의 입을 통해서 보다 직접적으로 이야기하고 있지만 이 작품에서 역시 양면성을 띠고 있는 뛰어난 미학적 이미지를 통해서 극적으로 말해 주고 있다.

이 작품의 비극은 주인공들이 처음부터 고독과 그들의 주변에서 오는 압력을 인간적인 힘으로 비탈에 서 있는 나무처럼 견디지 못하고 있다는 데서 시작된 것이다. 수색 지대에서 "앞으로 향한 총대를 꽉 옆구리에 끼고 투명하고 고즈넉하고…… 투명한 공간"을 한 발자국씩 조심조심 발을 디디면서 느꼈던 압력은 하오의 정적처럼 투명한 유리벽 속에서 느끼는 압박, 즉 무의 공간 속에 존재하는 데서 오는 압력이다. 그러나 이러한 무에 대한 불안과 압박을 실존적인 인내와 절제로써 견디지 못하고 무의 공간의 벽인 존재의 유리벽을 파괴했을 때 존재의 균형은 파괴되고 그 파편은 인간에게 박혀 전상을 입었다. 그리고 만일 인간이 그 전상을 인간적인 의지로 스스로 이겨내지 못할 때, 그것은 사회에서 파괴적인 연쇄반응을 일으킨다는 것이다. 현태가 나무가 서 있는 비탈로 내려가 초가집에서 불쌍한 여인을 짓밟고 끝내는 그녀를 살해해 버린 것은 그녀에 대한 두려움 때문이기도 하겠지만, 황순원 세계의 전체적인 문맥에서 볼 때, 수색 지대의 투명한 무의 공간에서 오는 압력과 두려움을 본능에서 오는 파괴적인 힘으로 극복하기 위해서였다. 물론 그것은 현태가 자신의 행위를 정당화하기 위한 자기변명으로 말한 바와 같이, 지붕의 무게를 감당하기 힘든 듯 납작하게 엎드려 있는 초가집 속에 있는 여인이 주변의 무서움과 고독을 혼자 힘으로 이겨내지 못하고 현태에게 매달렸기 때문이다.

내가 내려가니까 그 여잔 별루 항거하는 빛두 없었어. 일어나 나오려는데 손을 와 잡지 않겠어? 하지만 해치우구 말았어. 그것뿐야.

현태는 자기의 문제를 잘 알고 있는 사람이었다. 그것을 실천하지 못했을 뿐이었다. 그러나 다른 사람이 고독과 어려움을 실존적으로 이겨내지 못하는 것을 보았을 때, 자신을 보지 못하고 분노한 끝에 그들을 짓밟아 버린다. 현태가 무인 지대인 수색 지대에서 혼자 살던 그 여인은 물론, 미란과 숙이를 짓밟아 버리는 것은 그들에 대한 증오가 그 자신이 지니고 있는 파괴 본능과 더불어 복합적으로 나타난 결과이다. 그가 평양집 계향이에게 이끌렸던 것은 그녀가 이 작품 속에 나오는 다른 모든 여인들과는 달리 자신의 감정을 숨기고 외로움을 남에게 의존하지 않고 스스로 극복하고 있었기 때문이다.

가끔 현태는 이 백치 같은 소녀가 보고 싶어지는 때가 있었다. 열아홉 살이라는 이 소녀의 얼굴에는 도무지 감정의 움직임이 나타나지 않는 것이었다. 분이 잘 먹은 새하얀 살갗 안에 모든 감정은 차갑게 사장돼 있는 듯했다. 어쩌다 입가에 웃음을 떠올릴 적에도 내면의 감정이나 의사와는 아무런 관련이 없이 다만 기계적으로 입술이 약간 벌려지는 느낌을 주곤 했다. 그리고 입술 새로 드러나는 희고 잔 촘촘한 이가 한층 차갑게 보일 뿐이었다.

현태가 계향이를 만난 것은 제대를 하고 대학을 마친 후 부친 회사에 자리를 잡고 열심히 일에만 열중하다, 어느 날 차창 밖으로 허름한 옷을 입은 여인이 두 살 나는 계집아이를 안고 지나가는 것을 보고 다시금 전상자의 아픔을 느끼고 무절제한 타성의 늪 속으로 빠져 들어가기 직전이었다. 그 후부터 그가 계향이를 찾는 것은 자신의 본능을 충족시키기 위해서보다 계향이의 표

116

정 없는 얼굴과 자기 절제가 생각나는 기회가 있을 때였다. 그가 죽은 동호의 애인인 숙이에게서 지나친 감정과 무엇인가 타인에게 의존하려는 태도를 발견했을 때마다 계향이를 다시 찾아 그녀의 석고처럼 굳은 얼굴의 표정을 보았다.

그러나 현태는 계향을 끝까지 닮지 못했다. 그는 주변에서 자기보다 더욱 심한 전쟁의 상처를 입고 병원에까지 입원했으나 정신적이고 육체적인 아픔을 스스로의 힘으로 처절하게 견디어내며 고독을 이기고 일어서고 있는 선우 이등상사와 석기를 보았다. 또 윤구가 자기 애인의 죽음과 친구의 도덕적인 배반 등을 비롯해 온갖 경제적이고 사회적인 어려움을 인간 의지로써 의연히 극복하는 모습을 보고 타성의 늪에서 벗어나려고 했다. 그러나 끝끝내 본능적으로 일어나는 파괴 의식과 같은 자연적인 힘에 의해 좌절되고 만다. 그는 윤구에게서 받은 돈으로 석기의 시야를 밝히는 안경까지 사서 주고, 다옥동 군참새집 결투에서의 무기력하고 무책임했던 자신에 대해 반성한다. 그러나 순간적으로 일어나는 복수심과 살의에서 자신을 구하지 못하고 다시금 인간을 살해하는 칼을 사고, 그것으로 결국 계향이마저 죽게 한다. 계향은 그가 처음에 생각한 것처럼 감정이 없는 백치는 아니었다. 다만 그녀는 감정을 인간적인 의지로써 이겨내었을 뿐이다. 계향이가 현태의 육체적인 학대에 못 이겨 죽고 싶다고 말했을 때, 현태는 그녀마저 '자기의 휴식처'가 되지 못한다고 느꼈다. 그러나 계향은 현태가 생각한 것과는 달리 인간의 극한적인 힘인 죽음으로써 자신의 인간 가치를 지켰다.

그러나 의미 없는 전쟁의 깊은 상처를 처절한 인간 의지로써 극복한 사람은 동호와 계향이와 같은 죽은 자들만이 아니었다. 윤구는 황무지를 개척해서 새로운 생명을 상징하는 흰 병아리를 키우면서 자신이 설 땅을 마련했고, 윤구 못지않게 짓밟힌 숙이는 윤구의 작업장으로 찾아와서, 비록 그가 증오하는 현태의 씨를 몸에 지니고 있었지만 비탈에 꿋꿋이 서 있는 나무들처럼 혼자 힘으로 그 일을 마지막까지 감당하려고 한다. 틀림없이 숙이는 동호가 죽으면서 보내 준 '백지의 편지'처럼 그녀가 믿을 것은 그녀 자신밖에 없다는 것을 경험으로 발견한다.

4

「일월」은 위에서 살펴본 「나무들 비탈에 서다」의 주제를 또 다른 차원에서 발전시켜 나가고 있다. 표면적으로 볼 때 이 작품은 「움직이는 성(城)」처럼 계급의식에 대한 갈등 문제를 사회학적인 문맥 속에서 심각하게 다루고 있다. 그러나 치밀한 구성과 탁월한 상징적 이미지는 이 작품을 심층적인 면에 있어서 자연적인 것과 인간적인 것과의 갈등 문제를 위에서 살펴본 작품과 유사한 문맥 속에서 다루고 있게 한다. 「일월」의 작품 배경과 공간의 중심부를 차지하고 있는 백정들과 그들의 후예가 겪고 있는 인간적인 갈등은 「나무들 비탈에 서다」의 학살과 살육의 현장인 이데올로기 전쟁에 참가한 주인공들의 행위와 거기에 잇따른 전상자로서의 아픔, 그것과 크게 다를 것이 없겠다. 왜냐하면 황순원은 「일월」에서 소를 인간을 포함한 모든 생명체의 근원과 일치하는 것으로 사용했기 때문이다.

'중국 고대 전설상의 제왕 신농씨는 머리는 소머리 몸은 사람. 소를 신성시한 데서 비롯한 증거'

'우리나라 신라 시대의 벼슬이름——角干 角O 등 소뿔을 관직명에 붙인 것으로 미루어 우리 민족도 소를 숭배했던 것 같음'

'구약성서 출애굽기에 금송아지를 만들어 경배했다는 기록 있음'

'서양에서는 물, 달, 소를 생식의 상징으로 보고 있음. 물을 남성의 정수로, 이 물의 간만과 관계있는 달을 또한 생성의 심볼로 봄. 달 자체가 둥글었다 이울었다, 없어졌다 생겼다 하는 점과 아울러, 그리고 초승달과 소뿔이 닮고 소뿔 둘을 합치면 둥근 달이 된다고 하여 소를 역시 생식의 심볼로 봄'

이 작품의 주인공인 젊은 건축가 인철은 그의 아버지 상진과 형 인호의 대화에서 자신이 백정의 후예(카인의 후예)라는 사실과 자기 가문의 비극적인 '작은 역사'를 듣게 된다. 즉 그는 그의 아버지가 백정의 아들이기 때문에 주변 사람들로부터 부당한 멸시와 천대를 받아온 끝에 고모와 아내마저 잃는 비극을 당하게 되자, 분디나뭇골 고향 마을을 떠나 서울로 올라와서 어떻게 돈을 벌은 후, 골동품과 같은 외형적인 것으로 자신의 과거 신분을 숨기며 살아왔다는 가혹한 사실을 알게 되었다. 그러나 인철은 사회적인 출세를 위하여 자신의 핏줄기가 밝혀질까 두려워 아버지와 모든 인연을 단절해 버리는 형 인호와는 달리, 아버지가 이미 취한 태도를 너무 탓하지 않기로 하고, 지금부터의 '자신의 방향'을 정하는 것이 무엇보다 중요하다고 생각한다. 인철은 자신이 걸어야 할 올바른 방향을 정하기 위하여, 참여자로서 혹은 '관객의 입장'에서 여러 방향으로 길을 모색한다. 황순원이 그를 건축 설계사로 설정한 것은 그가 이러한 길, 즉 인간이 보편적으로 택할 수 있는 '길'을 모색하는 사람이란 것을 암시하기 위한 것이리라.

그래서 우선 그는 분디나뭇골로 내려가서 그의 큰아버지인 본돌 영감의 최후와 조상 대대로 물려받은, 피를 상징하는 붉은 보자기 속에 싼 칼을 신성시하는 모습을 보고, 그들의 살육 행위를 건전하지 못한 실존적인 차원에서 정당화하는 것으로 파악한다. 그리고 그곳에서 만난 기룡이라는 사촌에게서 백정의 아들의 번민이 어떠한 것이며, 그것을 어떻게 극복하는가 하는 경험 철학을 듣게 된다. 그리고 다른 한편으로 그의 주변에는 백정의 아들이란 자의식과 상처의 아픔을 이기기 위한 여러 가지 방법이 간접적으로 제시된다. 아버지는 가족에 대한 애정과 인간 가치를 희생시켜서라도, 돈을 벌고 재산을 모은다는 물질적인 욕망을 통해서 자신의 아픔과 실체를 잊으려고 했고, 아버지의 애정을 잃은 어머니는 가정의 죄악을 피하기 위해 기독교에 의존한다고 말하며 산속으로 들어가 가정과 단절된 생활을 한다. 그의 이복동생인 인주 또한 아버지와 어머니에 대한 상처와 충격 때문에 애정 있는 결혼보다는 연극의 좋은 배역과 몸을 바꾸려 했고, 동생 인문은 동물에 대한 사랑으

로 그것을 이기려고 했다. 그러나 인철 자신이 '카인의 후예'로서 느끼는 아
픔을 잊기 위해서 취한 행동은 나미와의 관계이다. 순간적인 충동으로 그는
능동적인 애정으로 접근해 오는 나미와의 육체적인 관계를 통해서 자신의 아
픔과 인간적인 자의식을 극복해 보려고 했으나, 살의라는 동물적인 충동에
지배되어 소를 살육한 결과로 마음의 상처를 입은 얼굴이 떠올라 자신을 억
제한다.

자꾸 인철의 머릿속을 검은 파도가 밀려와서 부서지고, 밀려와서는 부서지고,
그 속에 그늘 지워진 사내의 빛나는 눈, 잘못 찾아왔습니다. 내겐 사촌이 없습니
다. 친척이라곤 하나도 없습니다.

그래서 인철은 다시 술을 마시고 한동안 방황을 하게 되나, 또다시 자신과
대결하기 위해서 도수장으로 기룡이를 찾아간다. 드디어 그는 기룡이와의 대
화를 통해서 그의 고민과 백정들이 신성시하는 칼의 신화를 자세히 알게 된
다. 기룡은 6·25 동란 때 의용군으로 나갔다 돌아와 형과 동생이 이웃 빨갱
이에게 살해된 것을 알고, 자신이 물려받은 칼로 살인한 자의 아버지를 찔렀
다. 그러나 기룡이의 아버지는 아들 대신 자기가 살인을 저질렀다고 했다. 기
룡이는 철이 들면서부터 비록 "아버지의 대를 이을 생각은 없었으나 아버지
가 그의 죄의식을 덜기 위해 노력했을 때, 계속 그에게 가중되는 무엇인가를
감당하기 어려워"서 다시금 소를 살육하는 백정의 길을 택했다고 했다. 다시
말하면 기룡은 「나무들 비탈에 서다」에 나오는 전상자들과 똑같은 아픔을
느끼고, 그것을 극복하고 잊어버리기 위해서 계속적으로 살육 행위를 한다고
말하며, 자기의 경험에 전쟁과 같은 살육 행위는 고독 때문에 일어난다고 했
다. 그러나 그는 고독을 자신과 대결하는 힘으로써 참고 견디어야만 된다고
말했다. 그러나 인철은 고독을 이기고 백정의 아들이 지닌 아픔과 죄의식을
이기는 방법을 나미와 다혜의 사랑에서 발견했다. 다혜는 다소 수동적인 태
도를 취했지만, 나미는 적극적인 방법으로 삶의 방향을 모색하는 여인이었다.

그래서 그녀는 인철에게서 다혜보다 더욱 적극적으로 애정을 구했다. 우선 그녀가 인철로 하여금 새로운 집을 설계하도록 한 것은 삶의 방향을 인철과 공동으로 모색하고자 하는 뜻이라 하겠다. 그래서 그들의 관계가 원만하지 못해서 헤어질 때 나미는 언제나 인철에게 건축 설계가 완성될 때 다시 연락 해서 만나자고 했다. 그래서 그가 여러 가지 모형을 종합하고 조화해서 나미의 집을 완성해 감에 따라, 그들의 관계는 원만해져 가고, 반면 본능적이고 물질적인 기타 다른 방법으로 인간의 고독과 아픔을 극복하려는 사람들은 파탄과 죽음으로 끝난다. 인간에 대한 애정을 버리고 인간 가치를 팔면서 돈을 벌려고 하는 인철의 아버지가 자신의 잘못을 뉘우치고 자살을 하게 되는 것도 이 무렵의 일이다.

그러면 인철과 나미가 찾는 삶의 방향은 무엇인가. 그것은 인간에 대한 애정과 미래에 대한 사상의 종합으로서 인철이가 설계한 집 2층 홀에서 가진 파티에서 구체화되어 나타난다. 버지니아 울프의 델러웨이 부인이 베푸는 파티에서처럼 이곳에 모인 사람들은 대부분 과거의 잘못과 외상적인 아픔을 이해와 사랑으로써 위로한다. 이곳에 초대된 사람들은 인간적인 사랑과 반성 이외의 것은 아무것도 바라지 않는 듯한 인상을 준다. 이곳에서 황순원이 강조하려고 하는 것은 나미의 적극적인 사랑과 누님처럼 따뜻한 다혜의 수동적인 사랑의 비교보다는, 존재하는 데서 오는 아픔과 고독을 스스로 이겨낼 수 있는 사람들의 사랑과 이해, 그리고 반성과 동정 그 자체인 듯하다. 그래서 인철은 '카인의 후예'인 인간의 구원 문제는 예수의 가르침처럼 "산으로 도피하는 데 있는 것이 아니고, 사람들 속으로 내려가는 데 있는 것"이라 생각하고 기룡이에게 자기가 발견한 삶의 방향을 말해 주기 위해 그는 그곳을 떠난다.

인간이 소외당한 자기 자신을 도루 찾으려면 우선 각자의 외로움을 참고 견디는 데서부터 시작할 거야. (……) 기룡의 말이었다. (……) 그건 그렇다. 하지만 그 외로움이란 인간과 인간이 격리돼 있는 상태에서만 오는 게 아니지 않는가.

(……) 기룡을 만나야 한다. 만나 얘기해야 한다.

5

「일월」에서 '카인의 후예'라고 하는 인간의 굴레 때문에 생긴 오랜 방황과 번민, 그리고 집요한 관찰 끝에 발견한 인철의 '삶의 방향'과 그의 어린 동생 인문이 직관적으로 느낀 생명에 대한 본원적인 애정은 그의 문학의 정수라고 할 수 있는 『탈』에 와서 새로운 미학적 차원으로 확대되었다. 창작집 『탈』은 장인의 끌질로 다듬은 듯이 주옥과도 같이 아름다운, 지극히 세련된 20여 편의 단편을 수록하고 있다.

그러나 이 창작집은 주제 면에서 안팎으로 너무나 완전한 통일성을 이루고 있기 때문에 J. 조이스의 『더블린 사람들』처럼 단편집이라기보다 독특한 구성을 가진 하나의 장편소설과도 같다. 다시 말하면 『탈』은 그 속에 담겨 있는 「주검의 장소」에서 보여주고 있는 것처럼 부조리한 상황에 대한 인간 의식의 확대라는 동일한 주제를 상이한 여러 개의 삽화와 마스크 속에 수용하고 있다. 그러나 무엇보다 우리들의 주목을 끄는 것은 황순원이 『탈』에 와서 삶의 경험이나 스타일 면에서 현대적 감각을 보이면서 적지 않은 새로운 시도를 하고 있다는 점이다. 여기서 그는 이전의 작품들과는 달리 자연주의적 경향을 점차 벗어나면서 리얼리즘과 상징주의를 성공적으로 융합시키고 있다.

이를테면, 초기의 「닭제(祭)」와 같은 작품에서 그는 이니시에이션 단계에서의 인간의 육체와 정신을 나타내는 '뱀'과 '제비' 그리고 금지된 선을 상징하는 '붉은 댕기' 등과 같은 원형적인 이미지를 사용해서 인간 의식의 확대에 대한 변증법적인 과정을 신화적인 문맥 속에서 나타내고 있다. 또 「나무들 비탈에 서다」와 「일월」 등과 같은 작품은 인간의 파괴적이고 본능적인 행위를 통해서 오는 인간 경험을 실존적인 인간 경험과 대응시키면서 자연주의적인 문맥 속에 비판적인 색채를 띠며 객관화시키고 있지만, 작품집 『탈』은 사회적 현실과 건전한 모럴 및 성숙한 인간 경험과 관조를 통해서 오는 삶의 의지와 미학적 현현(顯現)의 빛을 찾고 있다. 짙은 사회의식과 역사적 인간의 의무를 강하게 묻고 있는 「온기 있는 파편」에서 그는 개인주의를 벗어난 인간의 유대 의식을 인간의 본원적인 사랑 및 정의감과 희극적인 터치로 연결지으면서 파괴적이고 본능적이 아닌, 의롭고 정의로운 능동적인 행위를 통해 실존적인 정신의 빛을 찾고 있다. 자유당 독재를 무너뜨린 4·19 의거의 대열에 참가했던 준오는 총부리에서 불이 뿜자 서로 한 몸같이 꽉 끼고 있던 친구의 어깨로부터 팔을 풀고 으슥한 뒷골목으로 도망친 후 안전하다고 생각했지만 날아온 유탄에 맞아 부상을 당한다.

그러나 그는 처절할 만큼 순수한 인간애만을 위해 총탄의 비를 뚫고 달려온 어느 창녀로부터 구원을 받는다. 그 후 그는 '전체의 한 덩어리에서'부터 벗어난 죄의식과 부끄러움에 사로잡혀 자기의 생명을 희생적으로 구해 준 그 용감한 창녀를 찾는다. 준오는 그녀가 부조리한 사회적인 힘에 의해 희생된 여인임을 알고 놀라며 자신의 고마움을 표시하려고 한다. 그러나 그녀는 준오가 무의식적으로 보인 귀족적인 인간 자세에 대해 분노를 느낀다. 그 후 준오는 계속 자신의 비겁한 행동에 대해 불안해하며 지내다가, 그녀와 연관된 마지막 기회에 불의의 폭력에 대해 능동적으로 항거를 하는 순간 건전한 삶의 기쁨을 실존적으로 느낀다.

말로는 통할 것 같지 않았다. 억울했다. 준오는 발을 땅에 버티고 몸을 뒤로 채면서 마구 주먹을 휘둘러댔다. 어쿠, 하며 두 손으로 얼굴을 감싸는 상대방의 배를 이번에는 발길로 냅다 찼다. 그러고는 흩어지는 사람들 틈새를 뚫고 있는 힘을 다해 내달리기 시작했다. 오래간만에 전신에 어떤 탄력 같은 것을 준오는 느꼈다.

그러나 사회적인 리얼리즘과 원초적이고 본원적인 인간애, 그리고 처절한 인간 의지를 결합시킨 『탈』 속의 작품 풍경들은 짧은 소설 공간이지만 적지 않게 다양하다. 「어머니가 있는 유월의 대화」는 6·25 동란으로 피난 오는 임진강 뱃전에서 아기의 울음을 멈추기 위해서 어린 생명을 강물 속으로 집 어 던져 버린 어머니가 "퉁퉁 불은 양쪽 젖을 가위로 잘라" 버리는 위대한 아픔을 간결한 대화체로 감동적으로 보여주고 있는가 하면, 「원색 오뚜기」와 「탈」과 같은 작품은 전쟁과 자연법칙, 그리고 시간과 기계 문명에 대항하는 불요불굴의 처절한 인간 의지를 뜨겁게 느껴지게끔 한다. 특히 전쟁시(戰爭 詩)만큼 밀도 짙은 「탈」은 아무리 '정글 법칙'이 인간에게 아픈 외상(外傷)을 가할 지라도 '인간의 집'을 지으려는 욕망을 결코 꺾지 못한다는 것을 전쟁터 에서 한 팔을 잃고 돌아온 어느 목수의 집념을 통해서 충격적으로 보여주고 있다.

또 「겨울 개나리」와 「뿌리」가 순수한 인간(어린이와 늙은이) 사이에 물 흐 르듯 신비스럽게 흐르는 생명에 대한 숭고한 사랑을 봄에 피는 밝은 빛깔의 작은 꽃과 아기를 안고 돌로 굳어져 있는 마리아 상과도 같은 조각으로 객관 화시켜 조형적으로 부각시키고 있는가 하면, 독백 형식의 독특한 구성을 보 이고 있는 작품 「자연」은 남녀 두 사람 사이의 정신과 육체의 이상적인 결 합이란 자연의 힘이 아닌 인간 의지로써만 가능하다는 점을 습관적인 것을 극복하는 특수한 경험 및 '끊어진 연과 별이 부딪치는' 것과 같은 탁월한 이 미지 등을 통해서 말해 주고 있다. 그러나 인간에 대한 구원의 길을 알리기 위해 온몸으로 종을 치는 소년들의 맑은 웃음과 순수한 인간의 예술에 의한 미학적 현현을 통해서 과거와 현재를 연결지우는 「소리 그림자」와 이러한 구원의 길을 외면하고 파괴시키는 오늘의 마비된 불신 사회를 고발한 「주검 의 장소」는 다른 어느 작품보다 황순원의 작가적 재능을 가장 훌륭하게 나타 내주고 있다.

지금까지 살펴본 바와 같이 황순원 문학은 결코 시대적 현실과 유리된 문 학이 아니라, 역사적인 배경 속에 자연주의와 리얼리즘을 함축성 있게 수용한 후, 거기에다 낭만주의적이고 초월적인 인간 정신과 인간 가치를 확대시켜 양 면성을 가진 실존적 색채가 짙은 상징주의 문학을 이룩했다. 다시 말하면, 그

의 문학의 빛은 황무지적인 인간 상황과 부조리한 인간 조건을 극복하면서
꽃피운 인간 정신의 확대에서 오는 미학적 현현의 빛이다. 이것은 아마 그가
예술을 통해서 어둠 속에서 발견한 수많은 별들의 빛이리라. 그래서 우리들은
그가 「신들의 주사위」에서 보여줄 불타는 빛의 의미가 더욱 기대된다.

이데올로기와 휴머니즘 사이

선우휘의 문학 세계

이미 무너져가는 난파선의 돛대 꼭대기에 올라, 계속 물 위에 떠 있는 사람처럼,
그러나 그곳에서 나는 구조의 신호를 보낼 기회를 갖는 것이다.
—— 발터 벤야민

사람은 누구나 명성을 좋아한다. 그러나 그들이 누리고자 하는 명성은 살아 있을 때의 것이지 결코 사후의 명성이 아니리라. 그러나 사후의 명성은 살아 있을 때의 그것보다 더욱 얻기가 어렵다. 왜냐하면 그것은 속된 의미의 정치라든가 혹은 순간적으로 유리하게 작용하는 시대적인 상황에 의해 얻을 수가 없고, 역사와 시간에 의해 무서운 시험을 받고 살아남아야 하기 때문이다.

이것은 선우휘의 경우에도 예외는 될 수 없다. 선우휘의 문학과 생애가 어떻게 평가될 것인지 아직 더 오랜 시간을 두고 기다려 보아야 하겠지만, 그가 몸담고 있었던 조선일보사와 몇몇 뜻있는 문단의 중진들이 힘을 모아 간행한 문학 선집은 선우휘 문학에 대해 살아 있는 자들의 애정과 아쉬움이 아직도 대단한 것임을 말해 주고 있다.

선우휘가 살아 있을 때 그의 명성은 부침이 심했다. 그가 「불꽃」을 처음 발표했을 때 그의 명성은 정말 불꽃처럼 타올랐다. 그러나 「불꽃」 이후의 그의 작품이 발표되었을 때, 강렬한 리얼리즘에 목마른 자들은 그의 글에 역사성이 사라졌다고 개탄한다. 더욱이 1970, 80년대에 와서 일부 사람들은 그를 진보주의적인 비전을 제시하지 못하는 보수주의자로 낙인을 찍기까지 했다. 그러나 선우휘는 처음부터 혁명가도 아니었고 이념주의자도 아니었다. 그는

작가였고 휴머니스트였다. 일부 사람들은 그를 가면을 쓴 변신주의자라고 말하지만, 그는 처음부터 인간을 인간으로 보고 결코 역사의 도구로 보지 않으려고 했다.

지금까지 그의 문학에 대한 평가는 우리가 처해 있는 불완전한 역사적 상황에 기초를 두고 이루어졌다. 이러한 평가는 정말 완전무결하고 객관적이었던가. 혹시 우리는 그의 작품에서 인간보다는 역사와 상황적인 인식을 지나치게 찾으려고 하지 않았던가. 어떻게 생각하면, 그의 문학은 실향민의 문학과도 같은 것이었다. 다시 말하면, 선우휘 문학은 이 땅에서 일어난 이데올로기적인 갈등에서 탄생한 것이지만, 또 그것 때문에 희생된 문학이었다. 그는 고향인 평북 정주에서 떠나면서 실향민이 되었고, 또 그곳을 다시 자유롭게 찾을 수 없는 비극적인 시대적 상황 때문에, 그의 문학 역시 있는 그대로 이해되지 못하고 실향민 내지 이방인의 문학이 될 위험에 놓여 있었던 것이다.

얼핏 보면 선우휘 소설에는 역사성이 많은 것 같다. 그러나 그의 작품에 나타난 역사는 리얼리스트들과 콜링우드와 같은 역사학자들이 말하는 인간의 역사가 아니라 맹목적으로 움직이는 기계적인 역사이다.

그의 출세작이자 그의 문학의 구심점인 「불꽃」에서 나타나고 있는, 삼대에 걸친 갈등은 기계적으로 움직이고 있는 역사와 인간, 이데올로기와 인간 사이에서 일어나고 있다. 확실히 그렇다. 「불꽃」의 주인공 고현은 결코 인간이 이상적인 목표를 가지고 만들었다고 생각할 수 없는 역사, 즉 식민지 시대와 민족 분단의 시대를 함께 살아오면서 "할아버지가 살아온 도피와 체념의 생활, 그리고 그의 아버지가 살아온 참여와 반항의 두 갈림길"에서 무척이나 괴로워한다. 그 결과 그는 오늘날 한국적인 인텔리가 그러하듯 한동안 삶에 대한 방향감각을 잃고 방황을 하며, 반(反)인간적인 역사의 흐름에 수동적이고 회의적인 태도를 취한다. 그러나 상황이 급박하여 더 이상 도피할 수 없는 막다른 골목에 다다랐을 때 그는 기계적으로 굴러오는 이데올로기라는 이름의 거대한 역사적인 힘과 처절하게 대결한다. 현은 수없이 참고, 주저 속에 외면을 계속해 오다 마침내 자기의 목숨 때문에 할아버지가 험한 계곡에서 연호가 쏜 총탄에 맞고, 맑은 햇살 속에 은빛 수염을 번쩍이며 거인다운 최후를 마치는 것을 보자, 그는 어깨에 총상을 입으면서도, 능동적인 마지막 선택을 한다. 현이 녹슬었던 정적을 깨뜨리고 거기 새로운 '생명의 날개'를 퍼덕이게 만든 능동적인 행동을 취했을 때, 그의 가슴속에서는 인간만이 느낄 수 있는 정열의 불꽃이 타오른다. 현은 드디어 전신을 태우며 작렬하는 정열의 힘으로 자신이 맹목적으로 움직이는 기계적인 산물이 아니라 인간임을 확인하는 자유를 느낀다. 그렇다면 삼대를 살아온 고현 가의 사람들은 틀림없이 모두 다 의로운 사람들로서, 시차는 달리하지만 평행선상에서 연속적이며 기계적으로 움직이는 반인간적인 역사의 굴레를 벗어나기 위해 휴머니즘으로 처절히 항거한다. 3·1 운동을 하다 산화한 현의 아버지는 물론, 끝끝내 개가하지 않고, 본능적인 욕망을 이기기 위해 무수한 은장도 상처를 허벅지에 내면서 인종의 세월을 보낸 어머니, "구타, 학대, 잔인, 오만, 비굴, 허위의 범벅"인 외인부대를 탈출해서 얼어붙은 중국 대지를 욕정과 굶주림과 더불어 싸우면서 고향인 P 고을로 돌아온 현의, 인민재판에 대한 항거와 불꽃 속의 죽음, "기준을 잃고 이어져 뻗어가는 혈통"보다 더 크고 값진 인간 가치를 위해 희생된 할아버지의 장렬한 죽음 등은 모두 다 기계적으로 반복되는 역사의 과정에서 인간의 영역을 확대시킨 인간의 얼굴들이다.

「불꽃」 이전에 발표된 작품이지만, 시대적인 배경은 「불꽃」 이후로 되어 있는 「테러리스트」 역시 부조리한 사회 상황과 대결하는 인간적인 용기를 다룬 작품이다. 6·25 이후 좌절감과 자기 연민의 우울증에 빠져 있던 우리 문학에 새로운 충격을 가져다주었던 이 작품에 나타난 걸과 길주, 그리고 학구와 같은 서북 청년들은 인간에 대한 애정보다는 이데올로기라는 이름 하에 폭력을 강요하던 이북이 싫어서 남한으로 탈출했으나, 남한 역시 부패한 정치로 인해 폭력이 난무했다. 그래서 걸은 다른 무엇보다 두고 온 고향을 도로 찾기 위한 싸움에 참여할 기회를 찾고 있었으나, 오히려 그에게 은혜를 입은 부패한 정치인으로부터 배반당하고 테러까지 받는다. 그는 정치 테러리스트들로부터 목숨을 잃을 위험한 상황에 놓여 있었으나 그들 가운데 있던 서북 청년 동지인 길주의 도움으로 살아남는다. 이 작품에서 선우휘는 실향민의 슬픔과 애환 그리고 폭력 뒤에 오는 허무감을 스피디한 언어로써 탁월하게 그리고 있을 뿐만 아니라, 공산당의 테러와 비교되는 정치 현실에 대한 준엄한 비판 속에 불꽃처럼 뜨거운 형제애와 그것을 실현하기 위한 용기 있는 행동 의지를 보여준다.

「화재」 또한 주제 면에서 「불꽃」과 동일선상에 놓여 있는 작품으로, 주인공인 면이 그의 아버지에 대해 이유 있는 반항을 한다. 그가 아버지가 관장으로 있는 '마의 집'인 K 관에 불을 지르는 것은 K 관이 인간 스스로 자기 운명을 개척하려는 신념을 파괴하는 허망한 미신의 소굴이었을 뿐만 아니라, 의지할 곳 없는 가난하고 무지한 사람을 착취하는 타락한 인간의 온상이었기 때문이다. 면은 전쟁터에서 부상을 당해 절름발이가 되어 고독했지만, 그것보다 그의 아버지가, 그가 어렸을 때의 모습을 잃고 악의 상징이 되었기 때문에 더욱 고독했다. 그는 아버지가 불량한 통조림을 만들어 군에 납품을 해서 돈을 모으는 것을 보았을 때, 아버지의 부정한 행위와, 적의 흉탄에 맞아 형체도 없이 산화돼 버린 김 일병과 다른 무수한 희생자들의 얼굴이 떠올라 견딜 수 없었고, 더욱이 그가 그의 아버지의 그늘 밑에 있다는 사실을 혐오했다. 그러나 그는 그 속에서 악에 물들거나 좌절하지 않고, 그것에 스스로 저항해서 K 관의 파괴를 통해 상실된 인간성을 구하려는 노력을 보이고 있다.

위에서 살펴본 인물들의 능동적인 행동 의지와 결단은 「도전」, 「아버지」, 「마덕창대인」 등과 같은 작품에서 다시 구체적으로 나타난다. 「도전」의 주인공은, 스스로 자신의 운명을 개척하려는 자세를 버리고 관상이나 숙명론에 빠진 기회주의적인 정치인에게 반항하며, 인간으로서의 모럴리티를 강조한다.

흥. 운명. 이것도 이미 사주에 나타나 있었다고 할 것인지 모르지.
그러나 적어도 그건 인간이 할 소린 못 돼.

「아버지」는 정치인인 아버지가 속물로 타락해서 사람이 아닌 '물소'처럼 행동하는 것에 대한 아들의 반항을 희극적인 터치로 다루고 있는가 하면, 「마덕창대인」은 한 사람의 인간이 소인이 아닌 대인으로서 부끄러움이 없는 일생을 마친 것을 감동적으로 그리고 있다. 이 작품의 주인공인 이종혁은 젊은 나이에 판단 부족으로 대한제국의 군관에서 일본군 장교가 된다. 그러나 그가 연해주에서 한국인인 '로단'의 처절한 죽음과 3·1 운동의 불길을 보고 난 후, 심한 갈등 끝에 일본 군복을 벗고 독립운동가로 변신한 후 감옥에 투옥된다. 그는 과거 일본군 장교로서의 행적 때문에 특사를 받아 출옥을 할 수 있었지만, 스스로 자신의 죄를 속죄하고 감옥에서 고통받는 가난한 민중들을 위해서 오 년 동안의 형기를 마치고 나와 외로운 죽음을 맞는다. 그에게 호의를 베풀어준 일본인 교회사(敎誨師)에 대한 마덕창대인의 무저항 정신은 잘못된 역사에 대한 위대한 인간의 반항이다.

「독백」은 소설로서는 크게 성공한 작품은 되지 못하지만, 인간의 능동적인 행동 의지와 자연의 역사가 아닌 인간의 역사, 즉 인간이 자기 운명을 신의 도움 없이 스스로 개척할 수 있는 능력을 가졌다는 사실을 철학적으로 확인해 주는 배경막이 되고 있다.

그런데 선우휘는 기계적인 역사의 움직임에 대해 저항하며 참된 인간 가치를 지키기 위해 그의 인물들로 하여금 능동적인 행동을 취하도록 하였지만, 그는 추상적인 이데올로기 때문에 귀중한 생명을 무참하게 살해해야만 하는 행위에 대해서는 회의적인 태도를 취했다. 「불꽃」의 고현은 능동적인 행동을 취한 후 새로운 자유를 느꼈다고 말하지만, 그는 원래 "남에게 손가락 하나 가뜻하지 않으려" 했던 자신을 생각하면서, 아무런 원한도 없이 이데올로기 때문에 옛 친구 연호를 죽였다고 외친다. 이것은 연호가 죄인이 아니라는 사실을 말하는 것이 아니다. 선우휘가 아무리 옳은 행위라도 인간의 살해에 대해 회의적인 태도를 취하는 것은, 시저를 암살한 브루투스가 아무리 정당한 일을 했다고 하더라도, 그가 사람을 죽였다는 데는 도덕적인 문제가 있다고 주장한 셰익스피어의 주장과, 사회악의 상징인 전당포 노파를 살해한 라스콜리니코프에 형벌을 가하는 것을 잊지 않았던 도스토예프스키의 자세와 전적으로 일치된다.

선우휘 자신도 그를 실향민으로 만든 공산당과 싸우기 위해 군인이 되었지만, 전쟁이나 이념적인 갈등으로 인한 살육이 얼마나 어리석고 참혹한가를 휴머니즘적인 색채가 짙은 「견제」와 「보복」 등의 작품에서 리얼하게 묘사하고 있다. 다시 말하면, 「견제」는 눈에 보이지 않는 추상적인 이데올로기를 위한 혁명과 전쟁이 인간에게 얼마나 쓰라린 상처를 가져왔는가를 희극과 비극의 복합적인 시점을 통해 고발하고 있다. 이 작품에서 주인공은 전쟁이 얼마나 어처구니없는 행위인가 생각하고 쓴웃음을 웃었지만, 그는 전쟁이 어린 이들에게 가져온 고통을 덜어주기 위해 가진 것을 모두 다 주는 데 인색하지 않다. 「보복」은 이유 없는 살육이 잔인한 보복을 부르고, 그 보복이 많은 사람들을 파멸의 구렁텅이로 몰아넣는다는 사실을 참혹한 살인 장면으로 엮어진 어두운 풍경을 통해 무섭게 증언하고 있다. 그리고 「승패」에서 작가는 투철한 이념적 의식으로 철저하게 굳어진 기계적인 인간과 아직까지 인간에게 결코 애정을 잃지 않는 주인공을 비교하면서, 죽이지 못하는 것이 패배주의라는 등식에 대해서 심각한 의문을 제기한다. 그래서 선우휘는 이미 불행한 시대에 살고 있으면서 동족끼리 증오하고 해치는 것은 스스로를 죽이거나 상처를 입히는 것과 같다는 사실을 「거울」과 같은 작품에서 성공적으로 형상화하고 있다. 이 작품에 나오는, 이발사와 거울 속에 비친 이발사는 같은 사람이란 사실을 여기서 새삼 강조할 필요는 없다.

「오리와 계급장」은 주인공의 잃어버린 고향에 대한 향수를 미묘하게 그린 작품으로, 전후에 느끼는 상실감을 격조 높게 부각시키고 있다. 아직까지 군복을 입은 주인공은 전원에서 오리를 키우는 은퇴한 테러리스트들과 조용한 대화를 통해 전쟁으로 상실된 자신의 인생을 못내 아쉬워한다. 과거 이북에서 우파 테러리스트였던 춘봉 형님과 열렬한 좌익분자였던 김 선생이 함께 어울려 오리를 키우면서 공동체를 형성하고, 그들의 제자인 대령을 초대해서 마을 사람들과 지서장에게 소개하고 자랑스러워하는 것은 바로 이데올로기 이전에 그들이 누릴 수 있었던 소박한 고향 풍경과도 같은 것이다.

「불꽃」의 고현이 오랜 도피와 주저 끝에 능동적인 행동을 보였지만 결코 살인을 원치 않았던 것처럼, 선우휘는 후기 작품에 와서도 민족간의 적대 관계나 살육보다도, 면면히 이어질 한국인의 핏줄과 형제애를 소중히 생각하고 그것을 위해 글쓰기를 계속했다. 작품 「한국인」에 나오는 소장과 참모장 그리고 주인공인 정훈장교가 엄격한 규율 하에서 교육을 받고 있는 병사를 병영 밖으로 내보내어 시골서 그의 아버지와 같이 찾아온 아내와 함께 잠을 재워 '씨'를 받게 하는 일화는 해학적인 차원을 넘는 휴머니티의 대작전이다.

또 자기 스스로 대표작이라고 이야기했던 「단독강화」에서, 작가는 우리 민족이 우리들의 의지와는 전혀 관계가 없는 전쟁을 치러야 하는 비극을 뜨겁고 처절한 감동적인 형제애를 통해서 드라마틱하게 전개하고 있다. 눈 덮인 산 속에서 만난 나이 어린 인민군과 아군. 그들은 굶주렸지만, 서로가 같은 핏줄을 받은 형제란 사실을 알게 되자, 서로 겨누어야 할 총부리를 버리고 우정 있는 설득을 통해 단독강화를 한다. 그러나 그들이 서로를 해치지 않고 돌아갈 순간, 중공군을 마주치고 서로를 구하려다 차가운 흰 눈 속에 붉은 피를 쏟으며 장렬한 최후를 마친다.

그러나 공산주의라는 이데올로기가 선우휘에게 충격적인 경험과 실망을 가져다준 것은 이뿐만이 아니다. 그는 「열세 살 소년」이란 작품에서 붉은 이념이 어린아이를 어린이답게 만들지 못하고 경직된 기계적인 인간으로 만들어 맹목적인 역사의 수레바퀴에 희생되게 만든 잔인함을 눈물로써 고발하고 있다.

그들이 어린 홍길이를 잘못 가르쳐 차가운 작은 어른으로 만든 것이 잘못인 것과는 또 달리, 어쩌면 내가 홍길이를 필요 이상으로 환원시키고 있는 것이 아닐까? 어린애는 어디까지나 어린애다워야 한다는 자기 생각이 과연 옳은 것일까. 천진과 유치는 다른 것이 아닐까.

그러나 그러한 의혹의 판가름을 내기 이전에 나는 일그러진 사회 상황으로 말미암아, 전쟁이라는 필요악으로 말미암아, 이즘의 메커니즘으로 말미암아 어린애들이 천진성을 잃어야 한다는 것이 무엇보다 싫었다. 그것은 견딜 수 없이 싫었다.

이성으로 판단하기 이전에 그것은 생리적으로 싫었다.

어찌 이것뿐이랴. 분단의 비극적 현실은 한 사람의 성실한 인간의 실존적인 삶을 박탈해서 자포자기 상태 속에 선택의 자유를 잃게 만들고 있는 것을 작가는 보았다. 그래서 선우휘는 「도박」이란 작품 속에서 마르크스주의자들이 신봉하고 있는 역사의 신이 정당한 논리에서 움직이지 않고 적지 않은 모순을 지니고 있다는 사실을 남과 북으로 갈라진 민족의 비극적 현실을 통해 설득력 있게 구체화시키고 있다. 여기서 선우휘는 이 나라의 역사가 역사를 창조하려는 사람들의 손에 의해 움직이지 않고 슬픔과 패배감만을 가져오는 도박과 같은 기회에 의존해야만 하는 현실을 실향민의 처절한 경험 속에서 찾아내고 있다.

이 작품의 내레이터는 유년 시절에 도박에 대해 신비스러운 호감을 가졌으나, 그것이 결코 합리적인 것이 되지 못한다는 사실을, 인간의 존엄성을 잃지 않고 근엄하게 살아가는 아버지의 성실한 생활 태도에서 배웠다. 그러나 해방이 되고 북한 땅이 공산화됨에 따라, 아버지는 평생 동안 피땀으로 이룩한 전답을 추상적인 이념 때문에 빼앗기고, 식민지 통치 하에서 독립운동을 하던 칠촌 아저씨마저 남쪽으로 도망을 가야만 했던 슬픈 현실을 보아야 했다. 게다가 맏아들과 둘째 아들까지 이남으로 보내고 나자, 막내아들과 이북에 남아 있어야 하는 운명 때문에 도박에 관심을 기울이게 된다. 그러나 아버지가 셋째 아들과 더불어 화투를 치며 도박을 하는 것은 '도덕·윤리·종교의 견지'에서도 결코 나쁘다고 할 수 없다. 왜냐하면 그의 도박은 어느 쪽도 택할 수 없는 선택의 딜레마에서 오는 심리적인 갈등의 표현이기 때문이다. 물론 그의 도박은 동전의 양면처럼 어느 한쪽이 나타나는 것은 확실하다. 그러나 그는 이데올로기를 넘어서서 인간의 존엄성과 휴머니즘의 영역에 뿌리를 두고 있기 때문에, 동전의 어느 쪽도 쉽게 택할 수 없다. 이것은 아버지의 딜레마이자 우리 민족의 비극이다. 그렇다면, 역사가 결코 합리적인 방향으로 움직이지 않고, 역사의 방향을 예언한 마르크스주의자들이 신봉하는 이데올로기가 그 모순을 드러내고 있을 때, 인간과 인간에 대한 사랑에 바탕을 두고 역사를 개척하려는 사람은 어떻게 될까. 그들은 아버지처럼 그들의 작업을 중단하고 선택의 기로에 서서 그들의 본질적인 삶을 잃어버려야만 하는 상황에 놓이게 된다.

그것은 던져지면 어느 쪽이 나올까?
어느 쪽이 나와도 부친에게 있어서 잃은 가치와 딴 가치는 같고 따라서 그 슬픔은 동일할 것이다.

「도박」에 나오는 아버지의 딜레마가 곧 선우휘의 딜레마였다. 그는 기계적으로 움직이는 역사로부터 인간 가치를 구원하기 위해 능동적인 태도를 요구했지만, 그는 본질적으로 경직된 투철한 이념이나 비정스러운 투쟁보다, 인간과 인간에 대한 사랑에 문학적 바탕을 두고 있기 때문에, 그는 고민했고 또한 뭇사람들에게서 많은 오해와 비판을 받았다. 우리는 그를 비판하기에 앞서, 그가 전투에 참가해서 무수히 많은 생명들이 피를 흘리며 죽어가는 모습을 보고 증언하는 정훈장교였다는 사실을 기억해야만 한다. 이러한 시점에서 볼 때 그가 초기와는 달리 후기에 와서 심각한 이데올로기적인 갈등과 역사의 방향에 대해 우울한 시선을 던지게 된 것은 결코 우연한 일이 아니다. 선우휘는 도식적인 이데올로기를 실천하는 혁명가도 아니고 역사주의자도 아니다. 그는 다만 한 사람의 작가로서, 맹목적으로 움직이는 잔인한 역사의 흐름 속에서 인간 가치를 구원하기 위한 휴머니스트이다. 그에게 작가 이상을 강요하는 것은 작가로서의 그를 부인하는 것이다. 이제 그의 인간과 문학을 평가하는 비평적 작업은 그를, 추상적인 이데올로기를 실현하기 위한 역사의 수레바퀴를 돌리는 거인 아닌, 한 사람의 인간, 한 사람의 작가로서 인식하는 데서부터 출발해야 할 것이다.

비극적 유머와 욕망과 현실 사이

손창섭의 문학 세계

인간의 무의식적인 행동 혹은 본능적인 충동에 관한 역사, 즉 행동이 그것을 인도하는 지식에 얼마나 뒤떨어져 있는가에 관한 이야기를 쓰라.
—— 토마스 하디, 「창작일기」 중에서

1

손창섭은 1965년 이래 ≪한국일보≫에 『봉술낭』이라는 역사소설 한 편을 연재한 것 이외에는 오랫동안 무거운 침묵을 지키고 있다. 그의 이러한 침묵은 그가 이미 조국을 떠나 부인의 모국인 일본에 건너가서 살고 있기 때문에 더욱 더 오랫동안 지속될 가능성마저 지니고 있다. 그래서 그의 문학은 안타깝게도 그의 시대를 크게 초월하지 못하고 문학사에서 '1950년대 문학'이라고 기록될 위험성마저 지니고 있다.

그러나 그는 비록 적지 않은 작가적인 취약점을 가지고 있으나, 어떤 의미에서 그의 문학은 문학사에서 전통적으로나 혹은 미학적인 측면에서 그가 활동하던 시대를 초월할 만한 기념비적인 것임에는 틀림이 없다. 그는 이상이 개척한 자의식과 반항적인 문학 전통을 1950년대 전후의 쓰라린 경험으로 부각되었던 부조리한 현실 상황과 지식인의 갈등 문제를 통해 독특한 개성을 지닌 '낭만적 리얼리즘'의 차원으로 확대 심화시켜 나갔다. 그 결과 부조리한 현실을 보는 작가의 자의식적인 눈과 탁월한 반항 의식의 미학은 1960년대 혜성처럼 나타난 이청준, 김승옥, 서정인 그리고 송상옥 등과 같은 작가들과

1970년대 이래 활약하고 있는 황석영, 최인호, 조해일, 조선작 등과 같은 작가들에게 적지 않은 영향을 끼쳤다.

그러나 그의 문학이 시대적인 한계를 초월하게 한 것은 그의 독특한 주제의식과 그것을 표현하는 탁월한 소설 미학이다.

일반적으로 말해서 그의 소설 가운데 가장 지배적인 주제의 하나는 인간의 욕망과 지식 그리고 실천적인 행동 사이의 간격과 불일치에서 일어나는 비극이 부조리한 사회적인 상황과 어떠한 관계를 지니고 있는가를 구조적으로 밝히는 것에 있다.

> S의 외형이 이런 꼬락서닐 게야. 그의 내부 세계 또한 규격 미달의 불구 상태일 것은 거의 뻔한 노릇이다.
>
> 그것은 의식 세계의 단적 표현인, 그의 소설이란 것을 읽어 보면 족히 짐작할 수 있는 일이다. 그 속에는 첫줄 첫마디에서부터 끝줄 끝마디까지 음산한 신음 소리로 가득 차 있는 것이다. 그러나 그 작중인물들을 유심히 뜯어보면, 결코 모두들 앓고만 있는 것은 아니다. 그들의 대부분은 이미 정신적인 질병에 대한 면역성을 가지고 있는 자들이다. 도대체가 앓고 있지도 않는 사람들이 줄곧 신음 소리를 연발하며 살고 있다는 것은 참말 어이없는 일이 아닐 수 없다.
>
> 즉 그것은 더 말할 나위도 없이 작가의 육체적 정신적 기형성에 연유한 것으로서, 여기에 그의 비극적인 유머가 있는 것이다. 이러한 그의 유머는 작품을 통해서보다도, 실생활 면에 노출될 때, 더욱 비극적인 색채를 가미하게 되는 것이다.
>
> 아마도 그가 격에 맞지 않는 문학을 스스로 필생의 업으로 택하게 된 것은 자신의 비극적인 유우머의 정체를 기어이 밝혀 보자는 절실한 욕구에서인지 모른다.
>
> ──「신(神)의 희작(戱作)」에서

그래서 그의 데뷔작 「공휴일」을 비롯하여 거의 대부분 작품은 무감각한 의식의 진공상태 속에서 표류하는 욕망과 행동의 괴리에서 빚어지는 '비극적인 유머'로써 이루어지고 있다. 「공휴일」의 플롯은 지극히 자의식이 강한 주인공 도일이 그의 애인인 아미에게 뜻하지 않았던 배반을 당하고 나서 선택의 자유를 상실한 채 무감각한 상태에서 세속적인 금순이와 약혼을 하고 이어서 일어난 예측하지 못했던 일련의 희비극적인 사건과 충격으로 인해 숱한 망설임 끝에 약혼을 파기할 결심을 하고 일어선다는 내용으로 구성되어 있다. 세속과 반(反)인간적인 가치에 몸을 내맡기기를 거부하고 자의식적인 권태와 무관심의 늪 속에서 행동 의지를 거세당한 도일은 그의 대부분의 작품에 원형이 되고 있다. 그러면 왜 도일이가 그렇게 행동 의지를 상실하고 어머니와 여동생 도숙이의 미소와 사랑마저 의심하게 되는 냉소적인 현대인의 원형이 되었는가. 그것은 그를 둘러싸고 있는 사회 환경, 즉 사회적인 힘에 의해 심한 충격을 받았기 때문이다. 즉 그를 이와 같은 인간형으로 만든 것은 기계처럼 되풀이되는 생활을 반복하게끔 요구하는 은행원의 생활과 그를 배반하고 "이미 미국 유학의 장래가 약속되어 있다고 하는 모 미국 기관에 봉직 중인 청년에게 나비 모양으로 날아가"버린 아미에게서 받은 충격 때문이기도 했다.

「비 오는 날」의 원구는 도일과 다소 다른 상황에 놓여 있으나 도일처럼 행동을 하지 못하는 사람이다. 그는 그의 친구 동옥으로부터 불쌍한 예술가인 자기 동생 동옥과 결혼해 달라고 요청을 받는다. 그래서 그는 동옥을 빗속의 수렁에서부터 구해야겠다는 의식을 가지고 있었으나 그 일을 실천에 옮기지 못한다. 그 결과 동옥의 아름다운 인간 가치는 악의 손에 의해서 파괴되고 만다. 그래서 원구는 일찍 결심을 하지 못한 결과로 빗물이 흘러내리는 폐가의 주인들에게 동옥이가 팔려갔다는 말을 듣고 자기가 그녀를 팔아버린 결과를 가져 왔다고 후회하면서 자신을 힐책한다. 이러한 주제를 보다 극적인 차원에서 밀도 짙게 표현한 「혈서」의 달수 역시 자신의 행동력 부족 때문에 준석에 의해서 도마 위에서 식칼로 무참히도 손가락을 잘리고 창애의 순결이 짓밟히는 모습을 눈물로써 보게 된다. 「혈서」에서 일어난 비극의 시작과 끝은 비현실적인 규홍이와 달수가 간질병을 앓으며 석상처럼 앉아 있는 창애를 불쌍한 여인으로 생각을 하나 그녀에 대해서 적극적인 사랑과 약속을 하지 못했기 때문에 비롯된 것이다. 규홍은 아버지가 법률 공부를 하도록 보내 준 돈으로 발표되지도 발표할 수도 없는 시를 추운 밤 남포등 아래서 쓰고 있는 사람이다. 달수는 그에게 부닥친 현실과는 달리 “장래라는 무한대한 미지수에 대하여 약속 없는 기대를 품어 볼 수 있는 기대”를 소유하고 있는 인물이다.

「미해결의 장」의 주인공의 자조와 연민 속의 무기력한 행동, 「유실몽」의 춘자를 능동적으로 구해 주지 못하고 하숙에 가자고 하는 소년을 따라 어둠 속을 헤치고 가는 ‘나’라는 주인공, 잡지와 신문을 뒤적이거나 아편을 태우면서 막연히 하루하루를 보내는 동옥, 그리고 행동을 일찍 결정하지 못하고 비분강개를 하다 아내의 죽음을 본 「잉여인간」의 채익준과 천봉우는 모두 다 도일의 마스크를 쓰고 있는 인간형들이다.

손창섭 문학 세계에서 이와 같이 행동 의지가 박제된 인물들이 서식하게 된 것은 도일이 처해 있는 사회 환경과 동일한 것은 아니지만, 의미 없는 전쟁과 타락된 사회의 가치관 그리고 부조리한 인간의 운명이 그들에게 처절하게 가한 충격의 파편과 인간이라는 자의식 때문이다. 그들의 대부분은 6·25 동란에 의해 정신적 육체적 외상을 입은 자들이고 인간 가치와 도덕적인 의미를 망각하고 행동하는 그들 주변의 행동파 속물들이 연출한 비본질적이고 물신주의적인 사회 환경에 의해 행동의 의미를 상실한 자들이다. 그러나 그들이 행동하기를 거부하고 ‘모멸과 연민’의 늪 속에 빠져서 신음하는 것은 부조리한 사회 환경에 대한 일종의 반항이다. 이를테면 「미해결의 장」의 주인공이 생활에 대한 의욕을 상실하게 된 것은 위선적인 그의 아버지가 비본질적인 출세를 위한 공부만을 하도록 강요하고 그의 애인인 광순이가 자기와 가족들의 생계를 위해서 몸을 파는 광경을 보았기 때문이다.

그러면 그들이 분노와 자학, 모멸과 연민의 반항적인 태도로 회색빛 어둠 가운데서 찾으려고 했던 것은 무엇인가. 그들이 찾으려고 했던 것은 이어령이 지적했듯이 “관념상의 미추가 능히 반영될 수 없는 부정과 수인(囚人)의 미학”에서 오는 ‘유리알처럼 투명한 미소’의 빛이다. 「미소」는 이러한 그의 부정의 형이상학을 관념의 독백 형식으로 표현하고 있지만, 대부분의 그의 소설에서는 이것을 인물로서 구체화하고 있다. 「미해결의 장」의 '나'라는 주인공이 광순이가 가족들의 생계를 위해 몸을 팔고 있는 현장으로 찾아가 몇 푼의 돈을 얻어 굶주림을 채우는 것은 그녀가 돈과 함께 건네주는 허위적인 것을 초월한 미소 때문이다. 그래서 그의 「미해결의 장」에 나타난 광순은 물론 「비 오는 날」의 어린 화가 동옥, 「혈서」의 창애, 「유실몽」의 춘자, 「광야」의 춘화, 「잉여인간」의 인숙, 그리고 「낙서족」의 상희 등은 "스산한 가을비 뿌리는 무한한 회색 바탕의 내면 세계"의 빛이 되는 '투명한 미소'를 머금고 있는 광원들이다.

그러나 중요한 것은 그의 소설의 주인공들이 하나같이 행동을 하지 않을 때 그림 등으로 구체화되어 어둠 속에 간간이 나타나는 '구원의 빛'을 지닌 대상들을 박탈당하는 것이다. 그래서 손창섭은 비록 자신의 주인공들이 무엇 때문에 행동의 의지를 상실하고 무의지의 늪 속에 빠져 '자의식의 수인'이 되었는가를 구상적으로 밝히고 있으면서도 이들의 무기력한 태도에 대한 준열한 비판을 독자들로부터 강하게 요구하고 있다. 만일에 '인간동물원'의 통역관이 '창'을 등지고 앉아 창틀 너머로 보이는 하늘의 빛과 유혹을 냉소적인 태도로 끝까지 외면해 버린다면 '인간동물원'에 갇혀 있는 수인들은 결코 동물적인 차원을 넘지 못할 것이다. 그러나 손창섭은 또한 「낙서족」에서 볼 수 있듯이 과학적인 이성보다는 본능적인 충동에 따라 소영웅적으로 행동하는 저돌적인 인간형 역시 그렇게 원하지 않았다. 그가 마음속에 이상적으로 생각하고 있는 인간형은 「잉여인간」의 주인공인 치과 의사 만기와 같은 사람이다. 치과 의사 만기는 지극히 어렵고 타락한 상황 속에서도 인간의 본질적인 가치와 존엄성을 상실하지 않고 균형 잡힌 인격과 타인에 대한 인간애를 가지고서 어두운 사회를 실천적으로 극복하고 있는 건설적인 인물이다.

2

그러나 위에서 논의한 주제 못지않게 중요한 것은 그의 문학 속에 나타난 '비극적인 유머'이다. 사실 그의 문학의 많은 부분은 그 자신이 밝힌 것처럼 유머로 되어 있기 때문에 이것의 정체와 기능을 밝히지 않고서 그의 문학을 올바르게 이해한다는 것은 거의 불가능한 일이다.

서두에서 인용했듯이 그의 '비극적 유머'는 "육체적이고 정신적인 기형성에서 연유한" 것이다. 그가 육체적이고 정신적인 기형아가 된 것은 자신이 처해 있던 부조리한 비극적 사회 환경 때문이다.

…… 그렇게도 절실히 내가 필요한 것들을 남들만이 모두 차지하고 있었다. 뿐만 아니라 그들은, 나도 가질 권리가 있는 그런 것들을 독점한 채, 분여하려 하지 않았다. 여기서 그것들을 뺏기 위한 나의 타인과의 투쟁은 더욱 격렬해질 수밖에 없었다. 이 격렬한 대인 투쟁에서 내가 비로소 타인을 자각했을 때, 나의 눈앞을 가로막고 선 타인의 정체는 '이기와 위선에 찬 적'이었다. 이것이 어이없게도 처음으로 내가 발견한 '남'이었던 것이다.

이와 같이 새로운 '나'와 '남'의 발견은 결과적으로 나에게 인간 및 사회에 관한 불신과 반발심을 길러 주었고, 심지어는 신에 대한 원망마저 품게 하였던 것이다. 이리하여 나의 '인간'은 비뚤어진 반항 의식으로 성장했고 걷잡을 수 없는 피해의식에 사로잡히는 결과가 되고 만 것이다. 만신창이의 적의만 남는 불구의 패잔병이었다. 이러한 패잔병이 현실 사회에 쉽사리 용납될 리가 없었다. 어딜 가나 멸시와 배척을 당할 뿐이었다. 이렇듯 나와의 공론과 공감을 허용하지 않는 기성 사회, 기성 권위에 대한, 억압된 나의 인간적 자기 발산이 문학 형태로 나타난 것이 말하자면 나의 소설이라 하겠다.

——「아마추어 작가의 변」

이렇게 그의 문학이 부조리한 사회에서 억압된 작가의 '인간적 자기 발산'

의 형태로 나타났기 때문에, 그것이 '자연 냉소와 자조, 실의와 체념, 위장된 시니시즘, 허위와 불신, 질서의 상실, 애정 촉각의 마비, 생활의 분열' 같은 것들의 그림자가 진하게 어린 테마를 더 많이 담게 되었다 함은 그것이 '블랙 유머'의 요소를 풍부하게 담고 있다는 말이 되겠다. 블랙 유머는 원래 심리학에서 나온 말로 뇌에서부터 생겨나서 우울증을 일으키는 검은 담즙을 나타내는 것이다. 그래서 만일 어떤 사람에게 블랙 유머, 즉 검은 담즙이 생기면 기형적인 인간의 형태로 나타나게 된다고 한다. 그래서 억압을 받아 우울증이 생기면 블랙 유머를 밖으로 발산을 해야 마음의 평화와 심리적 안정을 가질 수 있는 것이다. 이것은 마치 격한 감정과 긴장을 눈물을 흘리거나 웃음으로 풀어버리는 경우와 마찬가지다.

20세기에 들어와서 젊은 작가들은 의미 없는 전쟁과 기계 문명의 압박, 모순된 사회적 관습, 그리고 부조리한 우주의 현실을 공격하고 고통받는 인간의 억압된 감정을 순간적으로나마 해방시키기 위해서, 희극과 비극, 눈물과 웃음, 공포와 전율 등의 감정을 혼합해서 나타내는 독특한 미학적 표현을 가지게 되었다. 그래서 1939년 프랑스의 브르통은 이 독특한 문학적 표현을 '블랙 유머'라고 이름 지었다. 그 후 부조리극을 일으킨 핀터와 이오네스코와 상실된 인간 회복을 주장한 미국의 전후 유대계 소설가들을 통해서 큰 변모를 보여 왔다. 그래서 매튜 윈스턴 같은 비평가는 이것을 '부조리 블랙 유머'와 '그로테스크 블랙 유머' 등으로 나누었다. 그 가운데서 그로테스크 블랙 유머는 신체가 불구자가 된 인물들을 그 표현 수단으로 많이 사용하고 있다. 그래서 블랙 유머에서는 사람이 동물 혹은 무생물이 되거나, 또는 동물과 무생물적인 요소를 많이 지니거나 그것과 유사한 형태로 나타나는 경우가 많다.

그리고 절단된 신체적인 부분을 과장해서 왜곡되게 표현하는 경우가 많다. 신체가 제 기능을 다하지 못하면 웃음이 나오기도 하지만, 그것은 또한 우리들에게 두려움을 가져다준다. 그래서 어떤 인물이 다리가 절단된 것을 보았을 때 위에서 말한 위협적인 공포가 가중되는 것이다. 그러나 불구자가 된 작중인물이 자기의 흉한 모습에 대해 전혀 괴로워하지 않거나 절단된 부분이 움직일 때는 어떤 희극적인 요소가 첨가된다. 그로테스크 블랙 유머에서 육체에 대한 가장 큰 위협은 죽음이다. 그래서 여기에서 죽음이 지배적으로 나타나는 경우가 많다. 그러나 그것은 지극히 무서운 형태로 나타나고 결코 죽음에 대한 숭고미나 그것에 대한 존엄성은 부여하지 않는다. 죽음은 육체와 정신의 최종적인 결별이기 때문에 베르그송적인 의미에서 볼 것 같으면 웃음과 공포를 동시에 일으키는 가장 부조리한 형태이다.

사람이 미치면 정신과 육체가 또한 분리된다. 그래서 미친 사람이 그로테스크 유머의 중심인물이 된다. 이성적인 사고와 매너리즘이 결핍된 미친 사람을 보면 우습지만, 분리되고 해체된 카오스 상태를 들여다보는 통찰력은 놀라우리만큼 무섭다. 이렇게 블랙 유머에서 작가들이 공포와 희극적인 분위기를 동시에 창조해 내는 것은 앞에서 말한 그들의 공격 대상에 대해서 감상적인 요소를 제거하거나 차단하면서 반항하고 공격하기 위해서며, 또한 거기에서 오는 초월적인 감정을 통해 억압된 상황에서 벗어나 순간적이지만 완전한 자유를 향유하고 상실된 자아를 회복하자는 것이다.

이러한 블랙 유머 미학의 관점에서 손창섭 문학을 조명해 볼 때, 그것은 새로운 차원을 지니고 있다고 하겠다. 우선 그의 소설 가운데 어디에서나 쉽게 나타나는 신체적인 불구자는 앞에서 말한 블랙 유머의 요소를 풍부하게 지니고 있다. 「비 오는 날」의 동옥과 「혈서」의 준석이는 각각 상이한 충격을 우리들에게 주고 있지만, '블랙 유머'에서 우리들이 기대하고 있는 효과는 다양하게 지니고 있다.

탁월한 예술가의 재능을 지니고서 외인부대의 군인들의 얼굴을 그리며 어둠을 살아가는 아름다운 동옥의 다리 하나가 "어린애 손목만큼 짧고 가늘다"는 부분을 읽을 때 우리들이 원구와 더불어 받는 충격은 실로 무서운 것이다. 그녀의 이러한 신체적 불구가 미추 의식이 섞인 공포를 우리들에게 가져오지만, 그것은 또한 우리들 마음속에 말 못할 연민의 페이소스를 일으킨다. "유머의 비밀은 분명히 독자들의 연민을 일깨우는 이러한 예술로 이루어져 있다." 또 「혈서」에서 준석이가 달수의 손가락을 도마 위에서 식칼로 참혹하게 자른 후 "한쪽 다리 대신 사용하는 지팡이로 언 땅을 울리며 어둠 속으로 사라져"가는 모습은 악마의 그것처럼 무섭다.

그러나 예리한 독자라면 거기에 또한 희극적인 검은 그림자가 드리워져 있음을 느끼게 될 것이다. 또 얼음장같이 차가운 냉방에 석상처럼 앉아 있는 간질병 환자 창애의 모습, 세속적인 가치와 결혼이란 이름의 사회계약으로 묶여 희극적인 죽음을 당하는 '피해자'인 병준, 그리고 인간의 동물적인 속성을 확대시켜 독자들에게 기괴한 충격을 준 「인간동물원초」의 여러 호모 섹스광들은 모두 다 블랙 유머를 온몸으로 나타내는 대표적인 인물들이다.

그러나 그의 후기 작품에 속하는 「낙서족」과 「공포」 그리고 「신의 희작」 등과 같은 작품의 주인공들은 풍자적인 색채가 보다 짙은, 이른바 '부조리 블랙 유머'의 성격을 강하게 나타내고 있다. 일반적으로 그들은 어떤 합리적인 생활 태도와 과학적인 사유를 포기함으로써, 억압적인 인간 상황과 부조리한 인간 조건을 폭로하고 고발하려고 한다. 「낙서족」의 박도현의 마치 돈키호테와 같은 저돌적이고 만화적인 애국 활동은 물론 여러 비평가들이 지적한 바와 같이 부분적으로 인간의 파괴 본능과 영웅 심리적인 노출증이 작용하고 있다.

그러나 무모한 소치한적인 그의 행동은 어디까지나 그를 부당하게 억압하는 부조리한 사회 환경과 모순된 인간 조건에 반항하기 위한 '블랙 유머'의 하나의 모드이다. 박도현은 우선 그가 태어난 사회 조건부터 불행하다. 그의 아버지는 일찍부터 조국 광복을 위해 중국으로 망명하고 없었기 때문에, 그는 독립 자금을 구하기 위해서 국내로 들어온 아버지를 어느 날 밤 할아버지 산소에서 어머니와 더불어 만난 것 이외에는 한번도 직접 보지 못했다. 그러나 그의 아버지는 낭만적인 소년에게 투쟁에 대한 상상력과 모험심을 자극했기 때문에, 그는 아버지를 위협하는 경찰에게 복수한다는 의협심으로 은행에 독립단으로 가장한 협박 전화를 건다. 그 결과, 그는 경찰의 감시를 받게 되어 거기에서 벗어나기 위해 일본으로 밀항해 들어가 공부를 계속하려고 한다.

그러나 그의 아버지가 독립 투사이고 그의 삼촌이 사회주의자란 사실 때문에 그는 계속 일본 경찰의 감시를 받게 된다. 그래서 그는 질식할 것만 같은 주위 환경의 압박을 피하기 위해 수없이 하숙을 옮기고 끝내는 공원의 변소에까지 가서 잠을 자기도 한다. 그가 일본 경찰의 눈길을 피해 자유가 있는 영역을 조금이라도 확보하려는 노력은 실로 처절하다. 그가 가련하고 착한 일본 여인 다마야 노리코를 일본인에 대한 복수라는 이름으로 능욕하고 결국 죽음에까지 몰아넣은 것은 그가 경찰의 추격을 받고 어두운 밤거리에서 오줌 줄기로 낙서를 하는 행위와 유사한 심리에서 연유한 것이다. 그의 파괴적이고 자기 노출적인 충동은 언제나 그에게 가해 오는 외부적인 압박에 비례해서 나타났다. 비록 그의 저항이 소영웅의 유아적인 희작으로 나타나, 그것이 지닌 가치를 전락시킬 위험성을 지니고 있지만, 그는 자신을 질식시키는 압박감과, 그것으로 인해서 분출된 '검은 담즙'을 발산할 출구가 필요했던 것이다. 또 작가가 저돌적이고 무모한(?) 행동을 계산 없이 하는 박도현과 대칭을 이루는 거의 완전에 가까운 상희라는 인간형을 설정하고 있으나, 그의 돈키호테적인 행동에는 어디까지나 부조리한 사회 현실과 의미 없는 인간 조건에 대한 처절한 반항 의식이 블랙 유머 마스크 속에 숨어 있다.

작품 「공포」역시 탁월한 블랙 유머를 나타내 주고 있다. 이 작품은 겉으로 얼핏 보기에는 이야기의 진실성 내지 박진감 때문에 지극히 어색한 소극(笑劇)같이 보이지만, 위에서 말한 유머의 미학적 측면에서 볼 것 같으면 대단히 성공한 작품이다. 주인공 오인성의 아들 병우는 아직 성인은 되지 않은 소년이지만 국민학교 시절부터 알아왔던 부랑아인 장대와 손가락을 잘라 혈맹 관계를 맺고 웃을 수 없는 작은 폭력 행위를 저지르고 다니며 집에 늦게 들어온다.

하루는 병우가 도둑질을 하라는 장대의 명령을 거역했다는 이유로 손가락 하나를 무참히도 잘리고 붕대를 손에 감은 채 집으로 돌아온다. 오인성 부처는 그의 아들로부터 손가락이 잘리게 된 연유를 듣고, 무척 걱정한 끝에 고향인 진주로 그를 피신시킨다. 그러자 장대와 그를 따르는 부랑아 소년 무리들은 병우가 그를 배반했다는 이유로 복수하기 위해 집 주위를 서성이며 오인성 가정에 적지 않는 압박을 가한다. 그래서 오인성은 마지못해 경찰에 이 사건을 신고 했으나, 만족할 만한 해결을 보지 못하고 계속 공포 분위기 속에서 압박감을 느낀다. 그래서 그는 장대를 다시 만나 돈을 주며 다른 방법으로 설득하려고 했으나 전혀 듣지 않고, 오인성에게 그들과 더불어 혈맹 관계를 맺도록 요구한다. 그래서 병우 아버지는 별달리 피할 수 있는 방법이 없어 강변 모래밭에서 장대와 서로 손가락을 잘라 피를 마시며 어울리지 않는 동지의 혈맹 관계를 맺는다. 그러나 손가락을 자른 다음 순간 공포의 긴장에서 순간적으로 해방되어 그의 마음 한구석에서 "은근한 자랑과 우쭐해지는 기분"마저 무의식적으로 느끼게 된다. 이 작품은 앞에서 지적한 바와 같이 핍진성이 대단히 부족하지만, 그것의 부족 때문에 희극적인 감동을 창조해 내고 있다. 그래서 이 작품은 희극적인 요소와 위협적인 공포 분위기를 심리학적인 문맥 속에 성공적으로 융합하여 뛰어난 블랙 유머를 만들어내고 있다. 특히 서로 융합될 수 없는 소년과 어른의 견해를 폭력이란 수단으로 무리하게 결합하여 상호간에 이질적인 세계의 구조를 불일치로 노출시키며 희극적인 효과를 나타낸 손창섭의 작가적인 재능은 탁월하다 하지 않을 수 없다.

그리고 「신의 희작」에서 그가 자기 모멸적인 낙서에 가까운 초상화를 그리고 근친상간에 가까운 범죄를 어머니와 더불어 범했다는 공모 의식과 성인이 되기까지 만성적으로 그를 괴롭혔던 야뇨증을 대담하게 표현한 것은 인간에 대한 부정과 혐오에의 기록이 아니라, 그가 태어난 사회 환경과 타락한 기성세대 및 신이 만든 부조리한 인간 조건에 대한 자의식적인 분노와 반항을 처절하게 나타낸 블랙 유머다.

이러한 그의 비현대성, 비문화성, 비일반성은 그의 정신과 육체의 기본 형성 요소인 기형성과 불구성에서 돋아난 가지〔枝〕로서, 그의 생활과 문학에 비극을 동시에 투영해 온 근원인 것이다. 그렇다면 그는 그러한 비극을 연출하기 위한 의미로만 존재하는 것일까. 신은 이 세상 만물 중 어느 것 하나 의미 없이 만든 것이 없다고 하니 말이다. 여기서 S는 너무나 저주스럽고 짓궂은 신의 의도와 미소를 발견하고, 새로운 도전을 결의하지 않을 수 없는 것이다. 그 자체가 이미 하나의 완전한 난센스인 도전을.

──「신의 희작」에서

그러나 그의 '비극적 유머'의 미학은 위에서 말한 인물의 설정 가운데서만 있는 것이 아니라, 밀도 짙은 스타일과 소설의 분위기 속에도 있다. 일반적으로 그의 소설 공간은 권태와 침체, 체념과 좌절의 회색빛 속에서 혼류(混流)하고 있으나, 그것과 반대되는 충격적인 이미지가 있다. 다시 말하면 클리셰에 가까울 정도로 그의 초기 작품 가운데 어디에서나 쉽게 찾아 볼 수 있는 무섭게도 붉은 선혈, 잔혹하리만큼 처절한 외상, 어둠 속에 섬광처럼 빛나는 분노의 눈빛이 그것이다. 이러한 그의 스타일은 다소 과장된 것이기는 하나 독자들의 주의를 환기시켜 혐오와 연민, 망각된 인간의 유대 의식과 자기 고발 및 능동적 충동을 창조하기 위한 충격요법으로 사용한 전략적인 장치이다.

그래서 평범한 인물보다 예술가를 택하여 사회에서 일어날 수 있는 여러 가지 움직임을 보이지 않게 구체화하고, 예수와 같은 전형적인 희생자를 창조하기 위해서 사용한 다락방 이미지의 구성과 손창섭 문학의 핵심적인 미학의 하나인 블랙 유머를 이해하지 못한다면, 그의 문학을 멜로드라마라고 생각하는 오류를 범하기 쉽다. 그는 비록 손가락을 자르는 실수와 다락방 이미지를 너무 자주 사용했으나, 그의 문학은 현실적인 의미가 없는 멜로드라마는 결코 아니다.

그는 어느 작품에서나 사회의 질병을 고치는 의사로서의 작가적인 기능을 다하고 있었다는 것을 잊지 말아야겠다. 그는 인간을 혐오한 것이 아니라 「잉여인간」에서 볼 수 있듯이 누구보다 인간을 사랑한 사람이었다.

우리는 그가 이제 오랜 침묵을 깨고 다시금 「잉여인간」의 그 치과 의사처럼 다시금 작가적인 개업을 시작해 주었으면 하는 마음 간절하다.

『토지』와 역사적 상상력

박경리의 문학 세계

니체의 디오니소스 연구에 나타난 중심된 사상은 역사가 인생의 모든 의미에 대한 해답을 지니고 있다는 가정이다.
—— 레이널드 보르자가

1

자유에 대한 갈망과 수난의 계절이었던 1970년대의 한국 문학은 다른 어느 시대보다도 강력한 리얼리즘을 중심으로 발전해 왔다. 이러한 문학사적인 현상은 1970년대 초에 발표한 황석영의 「객지」와 1970년대 말에 3부까지 완성한 박경리의 『토지』에서 그 절정의 꽃을 피웠다.

「객지」와 『토지』는 다같이 투철한 역사의식을 지니고 있다는 점에 있어서 크게 유사하다. 그러나 이 두 작품이 지니고 있는 시간의 진폭과 역사적 배경은 서로 상이하다. 「객지」의 소설 공간은 지극히 압축된 현실의 공간이지만, 『토지』의 그것은 무한히 확대된 역사의 공간이다.

그래서 『토지』는 대하소설이라고 하지만, 그것은 소설 공간을 지나치게 확대시키고 있기 때문에 적지 않은 위험을 지니고 있다. 이를테면 독자들이 이렇게 방대한 대하소설의 폭을 수용할 수 있는가 없는가 하는 문제를 떠나서라도, 소설의 공간을 지나치게 확대시키면, 거대한 시간의 흐름과 수많은 역사의 장을 압축시켜 담고 있는 '모래시계'와도 같은 예술의 형식을 파괴해 버리는 결과를 가져오기 쉽다.

그러나 『토지』가 비록 이러한 문제점을 안고 있지만, 문학 작품으로 크게 성공할 수 있었던 것은 박경리의 투철한 역사의식 때문이라 하겠다. 다시 말하면 박경리는 이 작품에서 역사적 시간과 상황 가운데서의 인간, 즉 역사적 힘의 창조자로서 혹은 역사적 힘의 산물로서의 인간, 진보하는 사회의 일부분으로서의 인간을 뚜렷하게 묘사하고 있다.

그래서 박경리가 『토지』에서 역사적 사실을 많이 사용한 것은 위에서 말한 그의 역사적 상상력을 리얼리즘 바탕 위에서 보다 극적으로 구체화하기 위해서이다. 그러면 박경리가 그의 작가적인 목적을 달성하기 위해서 역사를 어떻게 사용하였으며 또 작품 『토지』가 그의 역사의식을 어떻게 구현하고 있는가를 살펴보자.

우선 역사와 인간과의 관계를 문학 작품 가운데서 밝히기 위해 무엇보다 중요한 것은 작가가 지니고 있는 역사관과 그것을 나타내고자 하는 소설의 성격과 직접적으로 연관성이 있는 시간적인 배경을 적절히 선택하는 문제이다. 『토지』와 같은 역사소설의 시간적인 배경으로 가장 이상적인 것은 역사적인 힘이 가장 뚜렷하게 나타나는 새로운 문화와 전통 문화가 치열한 갈등 관계에 놓이는 전환기나 혹은 전쟁 및 혁명을 전후로 한 역사적인 격동기의 시대이다. 그래서 박경리가 『토지』의 시대적 배경을 「객지」의 그것과 같이 현대의 순간으로 하지 않고 봉건지주 계급의 몰락, 민중 봉기의 동학란, 그리고 이어서 국권 상실 및 자본주의 제도의 발생 등과 같은 일련의 역사적 사건과 대변혁이 일어났던 구한말을 택한 것은 이와 같은 이유 때문이다.

전통적인 것과 새로운 것, 두 가지 문화가 커다란 대조를 이루고 있는 시대는 박경리에게 역사의 힘에 의해 변화하는 사회적인 현상을 연구하는 데 탁월한 기초를 마련해 주고 있다. 구한말은 봉건지주 계급과 토지를 경작하는 농민, 그리고 양반과 동학군의 민중들 사이에 갈등이 일어나기 시작한 시대일 뿐만 아니라, 전통적인 고유의 풍습과 서구적인 풍습이 대조를 보여주던 시대이다.

『토지』의 이러한 역사적 배경 가운데 내재해 있는 두 가지 역사적인 힘의 대조는 구시대의 유물인 유교적인 가치 관념에 얽매어 몰락해 가는 최 참판 댁과, 김개주와 윤보를 중심으로 그들 주변에서 움직이는 보다 건강하고 호전적이며, 적극적인 민중들과의 갈등 관계에서 더욱 확대된다. 그래서 『토지』에 나오는 인물들은 셰익스피어 극의 인물들처럼 변화하는 역사적인 시간과 시대적인 상황에 전혀 영향을 받지 않는, 인간의 본질적인 감정과 행동, 그리고 심리적인 동기를 중심으로 한 절대적인 세계에 존재하는 것이 아니라, 어떤 특정한 역사적인 시간과 장소에 한정된 범위 내에서 존재한다. 다시 말하면 구한말의 시대적인 배경을 지니고서 수구파의 최치수와 개화파의 이동진이 이 작품 속에서 갈등 관계를 이루고 나타났으며, 개화의 바람을 타고 주체성을 잃은 채 서구 문물을 맹목적으로 따르는 희극적인 인물 조준구가 나타난다. 특히 조준구의 희극적인 행위는 두 개의 문화가 그 자신과 그의 주변에서 갈등을 일으키고 있었기 때문에 생겨난 현상이다.

그래서 우리는 조준구에게서 전통 문화와 서구 문화의 갈등 관계를 볼 수 있을 뿐만 아니라, 봉건주의 사회가 자본주의 사회로 이행해 가는 역사적인 과정 또한 희극적으로 보게 된다. 그러나 최서희와 길상이 그리고 공 노인이 조준구와는 달리 경제적으로 성공을 할 수 있었던 것은 물론 그들이 인간적으로 상실했기 때문이기도 하겠지만, 지리적인 상황이나 시대적으로 조준구의 시대보다 자본주의 시대에 가까워서, 적응하기 쉬웠기 때문이기도 하겠다.

그러나 새로운 것과 전통적인 것, 고루하고 낡은 유교 사상과 진보주의적인 자유주의 사상의 숨은 갈등과 거기에서 오는 역사적인 발전을 가장 중심적으로 구체화하고 있는 인물은 윤씨 부인이다. 윤씨 부인은 역사적인 힘의 산물이자 또한 희생자이다. 윤씨 부인을 통해 두 개의 역사적인 힘이 교차해서 지나갔기 때문에, 그녀는 그것을 내면적으로 수용해야만 하는 무거운 짐을 지고 살았다. 그러나 그것만이 아니었다. 그녀는 또 다른 역사적인 힘이라고 말할 수 있는 자연적인 재난인 역병에 걸려 죽음까지 당한다. 윤씨 부인의 친정은 천주교라는 서학을 믿었기 때문에 대원군의 천주교 탄압으로 인해 가족들이 몰살당하게 되었고, 병약하긴 했지만 비명에 간 남편의 명복을 빌기 위해서 연곡사에 백일기도를 갔다가 동학군의 용장 김개주에 의해 겁탈을 당해, 사생아인 환이를 낳은 후 죽을 때까지 견딜 수 없으리만큼 처절한 마음고생을 한다.

윤씨 부인은 비록 폭력과 강압에 의한 불륜의 관계를 통해 중인 출신 김개주의 아들 환이를 낳았지만, 그것은 윤씨 부인 가운데서 압축되고 긴장된 어떤 '역사의 장'을 만든다. 그 결과 윤씨 부인은 자신의 피 속에서 두 개의 역사적인 힘, 즉 전통적인 최참판 댁의 피와 불륜의 관계에서 온 것이지만 김개주의 피 사이에서 처절한 내면적 갈등을 겪는다.

치수도 자식이며 환이도 자식이다. 서로가 불운한 형제는 윤씨 부인에게 있어 무서운 고문의 도구요, 끊지 못할 혈육이요, 가슴에 사무치게 살아하는 아들이다. 십 년 이십 년 세월 동안 윤씨 부인은 저울의 추였으며 어느 편에도 기울 수 없는 양켠 먼 거리에 두 아들은 존재하고 있었다. 치수를 가까이 하지 못한 것은 물론 죄의식 때문이다. 그보다 젖꼭지 한번 물리지 않고 버린 자식에 대한 연민 탓이기도 했었다. 환이를 돌보지 못한 일 역시 치수에 대한 의무와 애정 탓이 아니었던가. 결국 십 년 이십 년 세월 동안 윤씨 부인은 어느 편에도 기울 수 없는 저울추가 되어 살아 왔었다. 치수의 눈을 피하여 환이를 도망가게 하면서도 피신까지는 마련치 못한 이유가 바로 그것이었다. 뻗쳐줄 어머니의 손길을 결박당한 채 감내해 온 긴 세월이 윤씨는 아직도 많이 남아 있는가를 생각해 보는 것이다.

윤씨 부인을 이렇게 양분해 놓은 수성(獸性)과 신성(神性)을 반반씩 지닌 것과 같은 얼굴을 하고 김개주가 동학의 무리를 이끌고 다시 평사리 마을로 들어와 그녀를 찾아와서 환이가 헌연(軒然) 장부가 되었다는 소식을 전했으나, 말 한마디 하지 않고 침묵 속에서 그를 돌려보낸다. 그러나 그녀의 마음속은 두 개의 역사적인 힘과 가치관 사이에서 얼마나 처절하게 찢어졌을까.

윤씨 부인은 무쇠 같은 여인이었지만, 문 의원으로부터 자기에게 그토록 무서운 시련을 가져다 준 김개주가 전주 감영에서 효수되었다는 말을 들었을 때 한 줄기의 뜨거운 눈물을 흘린다. 여기서 무엇보다 중요한 것은 윤씨 부인이 표면적으로는 새로운 피를 지닌 김개주와 환이를 거부했었지만, 내면적으로 그들을 받아들였다는 것이다. 윤씨 부인의 이러한 마음가짐은 비록 도덕적인 면만은 거부했지만 역사의 흐름을 수용하고 또 미래를 향해 움직이는 역사의 힘에 편승하고 있음은 물론 움직이는 운동량을 보인 것으로 해석할 수 있겠다. 그녀는 끝내 또 하나의 무서운 자연적인 역사의 힘에 의해 희생되지만, 반인간적인 유교의 질곡 속에서 참된 인간 가치를 구하고 지키기 위해 끝까지 싸워온 여인이었다.

그러나 윤씨 부인과 대조적으로 새로운 역사의 흐름에 반대하는 인물은 수구의 유교 사상과 개화의 물결 속에서 무기력하게 죽은 고답적인 유학자이자 대지주인 최치수이다. 전통적인 유교 사상을 철두철미하게 신봉하고 있는 그는 동기와 숨은 사연이야 어떻게 되었든 간에, 어머니인 윤씨 부인의 비밀을 받아들이고 용서할 수가 없었다. 그래서 그는 어머니에 대한 무용한 심적 증오 때문에 그녀에게는 냉담한 아들이었다. 그것으로 인해 여자를 증오하게 된 그는 그의 부인인 별당 아씨까지 사랑하지 못하는 위인이 되었다. 이러한 심리적인 압박과 증오 때문에 서울로 올라가서 홍등가를 전전하면서 여자들을 학대하는 일에 몰두하가 자신의 몸까지 망가뜨리는 결과를 가져온다.

다음 치수는 준구를 제물포까지 끌고가서 청인(淸人)들을 상대한다는 천기방에서 욕을 보였다. 치수의 그런 식으로 준구를 괴롭히는 행동은 상당히 집요하고 잔인했다. 그런데 자신은 그런 여자를 서슴없이 상대하면서 조금도 쾌락을 느끼는 것 같지는 않았다. 그런 행위는 무엇을 향한 투쟁인 것처럼 광폭했고 파괴적인 것이었다. 어쩌면 그는 속 밑바닥에서부터 여자에 대한 혐오로 가득 차 있는 것같이 보였다. 여자를 짓밟아 주지 않고는 못 견디겠다는 심리가 추잡한 방탕으로 폭발되었으며 준구를 괴롭히는 것은 부수적인 일로 생각하는 것 같기도 했다…… 서울에 머문 지 반 년가량, 치수의 몸은 망가졌다. 허깨비가 되어 마을로 돌아온 그를 목숨이나마 건져 준 사람은 문 의원이었다. 그러나 문 의원은 윤씨 부인에게 다시 자손을 볼 수 없으리라는 선언을 했다.

최치수가 일본 사람들로부터 구해 온 총을 가지고 환이를 사냥하기 위해서 길을 떠나게 된 것은 또한 유교적인 전통 윤리를 파괴한 어머니와 자기 부인이 별당 아씨에게 복수를 하기 위한 것이지만, 낡은 질서와 전통적인 가치를 수호하기 위해 처절한 결심으로 이루어진 행위이다.

그러나 그는 밀려오는 역사의 힘을 막을 수 없었다. 윤씨 부인과 환이에 대해 복수하려는 그의 노력은 결국 좌절되고, 개화의 물결을 타고 일본 세력을 등에 업고 평사리 마을을 찾아온 조준구 일파에 의해 무참히 살해되고 만다. 그 후 윤씨 부인과 최치수를 잃은 최 참판 댁은 외세의 앞잡이인 조준구에 의해 몰락하고 오랜 세월을 두고 지켜왔던 평사리의 최씨 집마저 조준구와 그의 가족에 의해 점령되고 만다.

2

그러나 박경리의 『토지』는 역사를 작품의 시대적인 배경으로만 그의 역사적 상상력을 구현한 것은 아니다. 『토지』의 내면적인 구조인 플롯 역시 역사주의적인 내용과 상상력을 풍부하게 담고 있다. 이 작품의 플롯은 윤씨 부인을 중심으로 시작되어 역사적인 전개를 보이고 있다. 그래서 역사적인 견해에서 보면 윤씨 부인은 이 작품에서 토지의 이미지에 상응하는 역사의 장인 동시에 역사 창조의 모태이다. 비록 전설이지만 최 참판댁은 재물을 모으기 위하여 선대에서 지은 업고 때문에 자손이 귀하게 되었다. 그래서 윤씨 부인의 병약한 남편마저 비운으로 불의의 죽음을 당한다.

최 참판댁 가문의 핏줄이 이렇게 연약해지고 쇠퇴해 가다 최치수의 죽음으로 남자의 핏줄이 끊어져 버리는 것은 딜타이나 혹은 스팽글러의 유기적인 역사주의적 관점에서 역사가 움직이는 방향과 일정한 진폭을 가진 하나의 역사가 닫히는 현상을 압축해서 구체적으로 보여주고 있다. 윤씨 부인이 최치수보다 오래 살아남고 또 최치수의 딸이 살아남았다고 해서 최 참판댁 가문이 몰락하지 않은 것은 아니다. 전통적인 의미에서 남자인 최치수의 죽음으로 최씨의 혈족은 몰락한 것이다. 윤씨 부인과 최서희는 대지적인 이미지를 지니고 있는 토지처럼 그 위에다 또 하나의 생명과 역사를 창조하고 이어가는 자궁 및 그 바탕의 기능을 하고 있다.

만일 역사적인 힘이 최 참판댁의 씨족을 완전히 멸한다는 의미에서 두 여자마저 소설의 공간에서 없애 버린다면, 플롯이 단절되어 버려 작품 속에서 역사가 존재할 수 없으리라. 또 최 참판댁은 이조 말엽 민족적인 상황을 상징적으로 조명하고 있기 때문에, 한민족의 피밭과의 뿌리가 없게 되면 결국 우리 민족은 존재하지 않는다는 결과가 된다. 그래서 수많은 생명을 죽음으로 휩쓸어 가는 역병과 대화재와 같은 역사적인 힘이 평사리 마을과 간도를 스쳐가지만, 그 황무지 가운데서도 핏줄기의 근원이며 내일의 씨밭인 서희만은 남겨놓는다.

그런데 중요한 것은 최씨 가문의 몰락 직전에 야성적인 김개주가 강인한 여성인 윤씨 부인의 태반에다 싱싱한 핏줄을 접목시킨다는 점이다. 그것은 부도덕한 면 때문에 성공을 하지 못했지만 정열의 힘으로 새로운 역사를 움직여 보려는 우주적인 노력이라 하겠다. 서희와 그의 하인이었던 길상과의 결혼과 사회 계약은 윤씨 부인과 김개주, 그리고 그녀의 비극적인 어머니인 별당 아씨와 환이의 관계 같은 문맥에서 진화해 온 것이다. 다시 말하면 이들의 생애와 운명은 역사적인 발전의 안팎을 핵심적으로 나타내 주고 있다. 최서희가 그의 종이었던 길상이와 결혼을 해서 새로운 역사를 창조할 수 있었던 것은 그들보다 앞서 걸어간 세대들이 이룩한 역사적인 힘의 원심 작용의 결과에 힘입은 것이리라.

그런데 또 다른 역사적인 시점에서 보면, 『토지』의 플롯은 윤씨 부인을 기점으로 한, 삼대를 통해서 확대되면서 다양한 역사적인 발전을 보여주고 있다. 우선 이 삼대를 통해서 『토지』의 소설 공간의 확대와 더불어 폐쇄된 상태가 점차적으로 열려지고, 압박받던 인간 가치와 평등 사상이 확대되어 간다. 이러한 역사적인 발전 단계는 시대적인 배경에서 온 것이기도 하지만, 낡은 것과 새로운 것과의 교체 상태에서 일어난 사적인 현상이리라.

일대에 있어서 미망인인 윤씨 부인과 김개주, 그리고 이대에 있어서 성불구자인 남편을 가진 별당 아씨와 환이와의 사회적 관계는 거의 불가능하였지만, 삼대에 와서 서희와 길상이와의 관계는 성숙된 관계로 역사적인 발전을 보이고 있다. 서희는 허식적인 유교적 관념과 환상에서 벗어나, 현실과 인간 가치에 바탕을 두고 오랫동안 연모했던 나약한 이상현을 버리고 굳건한 인간 의지를 지닌 길상이와 평등한 관계에서 결혼을 하고 그를 떳떳하게 남편으로 섬긴다.

그리고 그 다음 세대로 내려와서는 양반인 이상현과 서희의 몸종이었던 봉순이 사이에서 사생아로 태어난 아이가 다시금 부유한 계층이 된 서희의 아들 환국이, 윤국이와 더불어 섞여 놀면서 서희의 딸처럼 된다. 또 서희가 간도에서 돌아온 후 농민들과 이웃 사람들을 대하는 그녀의 혁신적인 태도와, 그녀가 치료를 받았던 박 의사에 대해 개인으로서가 아니라, 민중의 고통을 덜어주는 의사라는 직업을 가졌기 때문에 남다른 호의와 애정을 보이는 태도는 모두 다 역사의 발전과 더불어 온 인간 가치의 확대이다.

또 플롯이 역사적 발전 과정을 압축하고 수용해서 나타내는 또 하나의 중요한 면은 생명력과 민중에 관한 문제이다. 최 참판댁이 몰락하고 최서희가 천민 출신이지만 건강하고 용기 있는 길상이와 결혼해서 평사리를 재건하는 것은 앞에서도 밝힌 바와 같이 피와 생명력의 혁명과 밀접한 관계를 가지고 있다 하겠다. 그러나 이것은 어디까지나 작품의 표면에서 눈으로 볼 수 있는 현상에 지나지 않는다. 이것은 상징적인 차원에서 몰락한 조국을 일으켜 세우는 데 있어서의 근원적인 힘은, 생명의 뿌리이자 또한 생명력 그 자체를 의미하는 민중 가운데 있다는 것을 나타내고 있다.

『토지』 가운데 나타난 민중은 곧 동학란으로 흡수되고 이들은 다시 조국의 광복을 위해서 투쟁한 독립군과 연결된다. 또 환이나 해관 스님이 윤도집에게 밝인 것처럼, 그들은 양반들과는 달리 하늘보다는 땅을 믿고, 신의 힘에 의존하지 않고 자신의 힘으로서 이 땅 위에 낙토를 건설하고자 했다. 동학혁명에서 하늘을 믿는 것은 어디까지나 '위장'이고 그들이 믿는 것은 현실이다. 그래서 전봉준과 김개주는 비록 실패는 했지만, 이 땅 위에 유토피아를 건설하기 위한 신념을 가지고 역사의 수레바퀴를 움직이려고 노력했다. 실학이 일어나기 전 양반들은 '영신'을 믿는 도피적인 사상에 크게 지배되었으나, 현실을 극복하고자 하는 민족 정신은 민중들 가운데 집요하게 이어져갔다. 천형의 업고를 짊어진 환이의 처절한 일생의 행각과 고전 문학의 리얼리즘의 색채에서 굴절되어 나타난 것처럼, 한국의 토착적인 민족 정신은 어디까지나 현실에 깊이 천착하고 있다. 다시 말하여 박경리는 우리 민중들이 신에 의해 낙원으로부터 추방당했지만, 현실을 극복하려는 정신이 그들 가운데 있다는 것을 발견했다.

이러한 박경리의 작가적인 통찰력은 김동욱의 논리에 의해 크게 뒷받침되고 있다. 김동욱은 우리 민족의 이러한 실존적인 민족 정신을 가지게 된 것을 역사와 지리적인 측면과 관련지어 설명하고 있다. 그에 의하면 우리 민족은 북방에서 쫓겨 왔고, 북방 민족에 의해 계속 짓밟혀 왔기 때문에 지리적으로 앞으로 더 나아갈 수 없는 위치에 놓여 있어서, 추방된 현실의 땅 위에서 낙원을 건설하기 위해 노력하지 않을 수 없었다는 것이다.[1] 그러나 여기서 무엇보다 중요한 것은 우리 민족이 현실을 극복하기 위해 다른 무엇보다 인간 그 자신에게 의존해야 했기 때문에 생명력을 가장 소중하게 생각했다는 것이다. 왜냐하면 여기에서 우리 민족의 실존적인 토착 정신이 다이너미즘의 원천인 '생명주의'와 관계를 맺고 있기 때문이다. 『토지』에서 동학혁명이 민간신앙, 즉 생명력에 바탕을 둔 범신론적인 샤머니즘과 접합을 할 수 있었던 것은 이와 같은 문맥에서이리라.[2]

<hr>

1) 김동욱, 「한국문학의 기저」, 『고전문학을 찾아서』, 김열규 외 편, 문학과지성사, 8~9쪽.
2) 이태동, 이만열 외, 「소설 『토지』를 말한다」, 《월간조선》, 1980년 7월호, 325~333쪽.

3

그러나 『토지』 가운데 나타난 역사의식은 혈연으로 맺어진 관계의 진화 과정에서뿐만 아니라 사회 문화적인 면에서도 구조적으로 나타나고 있다. 박경리는 대지주였던 최 참판댁의 몰락 과정을 그리면서 부분적이지만 고고한 선비 정신과 고답적인 그들의 문화가 사라지는 것에 대한 아쉬움과 향수를 나타내고 있다. 박경리는 실용적인 면에서 선비의 문화를 못마땅하게 생각하고 공격하는 자세를 취하지만, 그것이 지니고 있는 고답적인 아름다움과 격조 높은 자세를 객관적으로 묘사하는 것을 잊지 않았다.

"그리고 보면 빈말이 아니겠다."

"나라 망하고 충신이 난들 무엇 하리오'"

"낙화의 처절한 자태는 한결 아름다운 법이니까."

    ……

    ……

"양반이 썩었고 체통만 태산 같다 하지만 그놈의 체통이 있어 짐승으로 떨어지지 않아! 그것들이 천민으로 멀어지기까지는, 홍 오히려 짐승 편이 슬기롭지. 제 먹이를 위해 혼자 피투성이 싸움이라도 하지만 우룽이라는 것은 수가 많아야, 무리를 지어서 비로소 그 속에 끼어들어 칼이든 쇠스랑이든 휘두르며 피 맛을 보고 너부죽한 아가리를 벌리며 웃는 거야. 비겁하고 천한 것들이 옳고 그르고를 알어? 용감하고 잽싸고 심장으로 느껴? 홍, 혼자 일어서서 저도 당당한 인간임을 과시하고 양반한테 대항해 오는 놈이 있다면 내 천 석쯤 떼어주지."

"있다면 어떻게 헐 텐가? 무엇이든 지나치면 옹졸해지는 법, 물론 상민들이 모두 그렇다는 건 아닐세. 선비등리라고 모두가 다 지조 있는 인물이 아닌 것같이, 개중에 오늘같이 어지러운 세상에는 글자로써 꺼멓게 먹칠이 된 식자의 머리보다 천만 가지 이치는 모르더라도 한 가지 이치에 눈을 뜬 상민들의 외곬으로 치닫는 행동이 필요하지 않을까 그 뜻이야."

이것은 박경리가 발자크처럼 민중의 집단적인 행동이 얼마간 값진 귀족 문화를 파괴할 것이라는 우려하고 있음을 나타내고 있다. 그러나 『토지』에서 박경리는 양반 문화를 절대적으로 옹호한 것은 아니다. 다만 여기서 그는 진보와 상실의 균형을 유지하고자 하는 이상적인 욕망을 나타내고 있을 뿐이다. 역사적으로 현재의 것이 아무리 의미 깊고, 반면 과거의 것이 아무리 쓸모없다고 하더라도, 우리들이 후회와 향수에 다소나마 젖지 않고 영원히 지나가 버린 과거의 시간을 생각한다는 것은 그리 쉬운 일이 아니다. 작가가 지금은 사라지고 없는 갖가지 풍부한 서민 풍습과 방언 및 양반 문화까지 포함해서 한국의 민속 문화를 채집하여 리얼리스틱하게 언어로써 복원하고자 한 것은 작품의 밀도 때문이기도 하겠지만, 이와 같은 이유 때문이 아닌가 한다. 시간이란 모든 것을 근본적으로 변화시키고 또 과거는 다시금 돌이킬 수 없는 것이라는 의식이 『토지』에서 낭만적인 향수의 분위기와 선율을 일으키게 하고 있다.

그러나 박경리는 양반 지주들이 보다 많은 땅을 소유하고자 하는 욕망 가운데서 노비와 농민들을 착취하는 반문화적인 바버리즘(barbarism)을 발견했다. 이를테면 최 참판의 어머니는 더 많은 살림을 모으기 위하여 다음과 같은 짓을 했다고 구전으로 전한다.

최 참판의 어머니에 대한 여러 가지 일화 중 된장 속의 구더기를 장벌렌데 어떠냐 하면서 빨아먹고 버렸다는 둥 오밤중에 노비를 모조리 강가로 내몰아서 밤이 새도록 후리질을 시켜, 잡힌 물고기를 장에 가서 팔아 오게 했다는 둥 겨울이 되면 늑대 같은 안늙은이가 잠 한숨 자지 않고 방방이 돌아다니면서 아궁이마다 불을 지폈는지 안 지폈는지 살폈으며 냉방에서 떨며 새우잠을 잔 노비들을 날도 새기 전에 두드려 깨워 나뭇단 실어 장에 팔려 보내고 산에 나무하러 보냈다는 둥 메주 쑬 때는 메주 먹는다고 밥을 안 주었다는 둥 모두 지독한 구두쇠임을 나타낸 것들이었다.

또 양반의 뼈대를 가졌다고 하는 조준구와 김평산은 최 참판댁의 토지를 불의의 수단으로 탈취하기 위해 최치수를 살해하고 혼자 남은 최서희를 곱등이인 자기 아들과 결혼시키고자 하는 갖은 음모와 비인간적인 행위를 자행한다. 역사의 물결에 휩쓸려 침몰한, 타락하고 부패한 봉건적 지주계급의 상징인 조준구가 웃지 못할 희극적인 인물로서 인간 가치를 박탈당하고, 미개인보다 더욱 비천한 인간 이하의 존재로 떨어지게 되는 것은 탐욕스러운 물질의 소유욕 때문에 비롯된 결과이다. 그와 부인이 부모를 잃은 어린 서희를 학대하고, 그의 음모를 도왔고 그의 생명을 구해준 칠성이까지 약속한 얼마간의 땅을 주지 않기 위해 끝내 죽음으로까지 몰아넣는 것은 어디까지나 재물에 대한 소유욕 때문에 빚어진 반인간적인 행위이다. 비록 용이의 아내인 임이네는 칠성이같이 양반은 아니지만, 박경리가 그들을 조준구 못지않게 부도덕한 인간으로 탐욕에 허덕이는 동물에 가깝도록 묘사한 것은 위에서와 같은 문맥에서 생각해 볼 수 있다.

그런데 박경리가 윤씨 부인에 대해 자화상의 이미지를 지닌 듯이 깊은 애정을 보인 것은 그녀가 물질에 대한 지나친 욕심을 버리고 노비들에게 땅을 주기도 하고 종 문서를 태워 그들을 자유로운 몸으로 만들어 주는 일과 이웃 농부들에 대한 깊은 이해를 통해 자기의 이기심을 인간애로 승화시킬 수 있는 가능성을 가졌기 때문이었다. 또 서희가 처음에 독립군 자금을 내기를 거부하고 길상이를 소유하고자 하는 욕망에 사로잡혀 있을 때 작가는 그녀를 대단히 불만족스럽게 묘사하고 있으나, 그녀가 남편인 길상이로 하여금 자기의 '동아줄'에서 벗어나 조국의 광복 운동에 참여하도록 하고, 그 후 남원으로 내려와서 독립군에게 군자금을 보내는 한편, 그녀 주변에 있는 선량한 노비와 상민들을 돕은 일에 인색하지 않고 사회적인 일을 하기 위해서 뛰어난 지혜를 보이는 모습을 그릴 때는 유토피아를 내다보듯 비교적 만족스러운 태도를 보이고 있다.

그러나 자본주의 제도의 바탕이 되고 있는 소유의 의미와 사회를 위해서 자기를 부정하는 데서 오는 도덕적인 아름다움과 "원시인들의 내면 그리고 인간의 존엄성"을 또 다른 역사적인 차원에서 구체화한 것은 복잡한 거미줄처럼 뒤엉킨 최 참판댁을 중심으로 한 제1의 플롯과 대조를 이루면서 평행선 상에서 전개되는, 용이와 월선이 그리고 임이네를 중심으로 한 제2의 플롯이다. 용이는 어떻게 보면 자기 아내에 대해 너무나 무기력하게 보이지만, 사회적인 신분의 제약 때문에 결혼을 하지 못한 월선이에게 보인 변함없는 사랑은 물론, 불행한 이웃 사람들에 대한 인간적인 애정과 희생 정신은 최치수나 조준구와 같은 양반들의 이기심과 대조를 이루면서 원시인의 내면과 인간의 존엄성이 본질적인 의미에서 무엇을 의미하는가를 우리에게 감동적으로 보여주고 있다. 특히 우리들은 원시종교를 믿는 무당의 딸 월선이의 용이에 대한 숭고한 사랑과 자신의 연적인 임이네에 대한 인간적인 따뜻한 이해, 그리고 용이와 아들인 홍이에 대한 헌신적인 깊은 애정은 인간이 이기심을 버리고 그의 위대한 존엄성의 바탕 위에 건설한 유토피아에서 볼 수 있는 참된 휴머니티이다.

월선이는 일생 동안 용이는 물론 용이의 아들마저 가까이 할 수 없는 비극적인 상황에서 갖은 비바람을 다 겪고 살아갔지만, 죽음을 맞이했을 때 그녀는, 탐욕스러운 임이네가 죽음 앞에서 보였던 비천하고 발악적인 모습과는 대조적으로 인간의 존엄성을 해치지 않는 숭고한 아름다움을 우리들에게 보여주고 있다.

"임자."

"야."

"가만히."

이불자락을 걷고 여자를 안아 무릎 위에 올린다. 쪽에서 가느다란 은비녀가 방바닥에 떨어진다.

"내 몸이 참제?"

"아니요."

"우리 많이 살았다."

“야.”

내려다보고 올려다본다. 눈만 살아 있다. 월선의 사지는 마치 새털처럼 가볍게 용이의 옷깃조자 잡을 힘이 없다.

“니 여한이 없제?”

“야, 없습니다.”

“그라믄 됐다. 나도 여한이 없다.”

용이와 월선이 외에 “원시인의 내면, 그리고 인간의 존엄성”을 구체적으로 나타내고 있는 인물로서는 윤보와 봉순이를 들 수가 있다. 윤보는 용이와 함께 또 다른 측면에서 최치수나 조준구 같은 무기력하고 이기적인 인물들과 대조를 이루고 있다. 윤보가 곰보로서 얼굴이 못생긴 것은 세련되지 못하고 거친 ‘원시인의 내면’을 상징적으로 나타내주고 있지만, 그는 인간으로서 존엄성을 지키기 위해서, 의로운 일을 위해서는 항상 용감했고 또 자기를 희생할 줄 아는 인물이었다. 우선 윤보는 처자가 없을 뿐 아니라 재산으로 가진 것은 아무것도 없는 목수였다. 그리고 그는 굶주린 농민들을 탐관오리의 착취에서 구하고 새로운 사회를 건설하기 위해 동학당에 참가해서 싸웠으며, 국권이 일제에 의해 상실되었을 때는 개인적인 위험을 무릅쓰고 의병에 가담해서 목숨을 바쳤다. 그가 기근이던 평사리 마을을 찾아왔을 때는 굶주린 농민들과 위기에 처해 있던 서희를 구하기 위하여 민중 봉기를 일으키기도 했다. 그리고 그는 또한 가난한 평사리 마을 사람의 아들을 서울로 데리고 가서 목수 일을 가르치는 등 교육에도 헌신적인 관심을 가졌다.

윤보는 『토지』에서 길상이, 환이와 함께 아직까지 존재하지 않고 잠재해 있는, 현재의 문을 두드리고, 그것을 무너뜨리기를 원하는, 헤겔이 말하는 이른바 ‘숨은 정신’, 즉 ‘역사적인 개인’의 대표자들이다. 그들에게 있어서 현 세계는 낡은 것과는 다른 새로운 핵을 지니고 있는 껍질이다. 봉순이 역시 자신의 모든 소유욕을 버리고 서희와 기타 다른 사람들을 위해 자신의 모든 것을 바치는, 인간의 미덕과 존엄성을 보인 인물이다. 그는 어릴 때부터 길상이를 사랑했으나, 그녀에게 있어서 당시에 하나의 정부(政府)이었던 최 참판댁과 서희를 위해서 그를 잊으려고 했다. 그가 기화라는 기생이 되어 공 노인을 도와 최 참판댁의 땅을 일본인의 앞잡이 노릇을 하던 조준구에게서 도로 찾는 일에 중요한 역할을 한 것은 이미 개인을 떠나 사회적인 인간으로 기능을 다하는 것이다. 또 봉순이가 나중에 심한 정신적 갈등과 고통 끝에 정신적인 질환을 앓고 있었으나, 서희의 보호를 결코 받지 않으려고 한 것은 용이가 간도에서 서희와 국밥 장수를 하는 월선이의 도움을 받지 않고 자립을 하기 위해 겨울 산판으로 가서 주갑이와 우정을 나누면서 힘겨운 고생을 이겨 내는 것처럼, 인간의 존엄성을 마지막까지 지키기 위함이었으리라. '오광대' 유랑극단을 따라 어딘가 멀리 떠나기를 갈망하고 노래와 춤에 남다른 재능을 보였듯이, 무한한 인간적 가능성을 가졌던 봉순이는 서희와는 다른 측면에서 인간 가치를 지키면서 역사적 상상력을 구현한 인물이다.

4

　역사적 상상력을 형성화한 『토지』의 마지막 또 하나의 구성은 작품의 제목이 나타내는 토착적인 대지의 이미지와 관련된 것이다. 박경리는 오늘의 한국 사회와 민족의 개성 및 정신을 이해하는 길은 그것의 기원과 역사적인 상상력을 검토하는 데서만 가능하다고 생각한 것 같다. 그래서 그는 한국을 상징하는 대지를 민족의 바탕이자 민족 정신을 형성하는 토양으로 설정하고 있다. 비록 『토지』의 소설 공간은 「삼국지」의 그것처럼 수많은 인물들이 태어나서 바람에 휩쓸리며 잠시 머물다 사라지는 무대 같은 곳이지만, 박경리는 이 토지 위에 수많은 다양한 인물들에게 생명을 불어넣은 후 상호간에 밀접한 관계를 맺고 살아가도록 했다.

　미국의 시인 휘트먼이 토지 위에 자라고 있는 수많은 풀잎들은 모두 민중의 생명을 상징하고 그 뿌리는 우주적인 정신과 관련을 맺고서 집단적인 미국 정신을 형성하고 있다는 것을 시적으로 표현했듯이, 이 작품에 나타난 수많은 인물들은 하나의 민족적인 집단을 이루고서 토지와는 한국의 토양과 그것이 창조하고 있는 민족 정신과 유기적인 관계를 깊이 맺고 있다. 그래서 이 작품에 나타난 민중은 토지이고 토지는 곧 민중이라는 형이상학적인 견해에 도달할 수 있다. 그런데 역사소설에서 이러한 토지의 중요한 점은 작품의 표면에 나타난 현상이 눈에 보이지 않는 역사적 내면 과정을 어떻게 거쳐서 발전하고 전개되는가를 구조적으로 밝혀주고 있기 때문이다.

이외에도 작품 『토지』는 이 땅에 태어난 수많은 사람들의 역사적 사명이 무엇이며, 또 그들이 어떠한 역사적 심판을 받는가를 리얼하게 묘사하고 있다. 삼대 이상을 거치는 『토지』의 소설 공간은 우리에게 역사에 반역한 사람들은 조준구나 칠성이처럼 패망을 하고, 그 결과는 유전적인 차원에서 다음 세대에까지 영향을 미친다는 것과, 이와 반면 역사를 창조한 토지의 구성원들은 시간이 지남에 따라 생물학적으로 혹은 사회적으로 발전한다는 무서운 사실을 명확하게 보여준다.

그러나 『토지』는 어디까지나 문학이지 역사가 아니다. 이 작품 가운데 나타난 변화는 어떠한 추상적인 역사의 힘에 의해서 일어난 것이 아니라, 인간과 인간, 그리고 구체적인 사건과의 밀접한 관계의 갈등 속에서 이루어진 것이다. 이만열이 지적한 것처럼 박경리가 근대사에 관계된 많은 논문을 읽고, 사회과학과 역사적인 지식을 작가 자신의 상상력 속에 용해시켜 "필요할 때마다 연대의 고증 없이 도입"[3]하고 있는 것은 문학이 역사를 소재로 한 픽션이기 때문이다. 비록 『토지』는 역사를 사용하고 있지만, 박경리가 이 작품에서 우리들에게 보여주려고 한 것은 역사 그 자체가 아니라, 역사적 사실의 뼈에다 상상력으로 이루어진 피와 살의 옷을 입힌 역사의 내면 구조이다. 그래서 그는 역사보다 인간과 인간성에다 작가적인 초점을 두고, 역사 속에서의 인간의 위치와 그 기능, 즉 인간이 역사적인 힘에 의해서 어떠한 영향을

---

3) 이태동, 이만열 외, 「소설 『토지』를 말한다」, ≪월간조선≫, 1980년 7월호, 326쪽.

받으며, 또 인간이 역사를 위해서 무엇을 할 수 있는가를 이 작품 가운데서 밝히고 있다.

『토지』가 지나치게 방대한 소설 공간 때문에 문학 작품으로서 적지 않은 위험을 지니고 있지만, 이것을 초월할 수 있었던 것은 박경리가 여기에서 인간의 휴머니티를 중심으로 한 투철한 역사의식을 밀도 짙은 현실의 문맥 속에서 객관적으로 드라마틱하게 구체화시킬 수 있었기 때문이다.

전상자의 아픔과 풍자 문학

서기원의 초기 작품들

어둠이 떨리고 천천히 물러가면서 그 신비를 드러내 보였다. 어둠의 공포가 사라
지고 태어나는 희망이 깃들었다.
　　── 에밀 졸라, 『클라우드의 고백』 중에서

문학이 역사의 내면 구조라면, 그것은 작가가 살아온 시대의 경험을 그의
작품 속에 밀도 짙은 언어로 형상화할 수 있기 때문일 것이다. 서기원은 스
스로 「비전문」[1]이란 글에서 밝혔듯이 전업 작가로서 문학에만 전념하지 못
하고 많은 시간을 저널리스트로서 또는 행정부의 고급 관료로서 보내야만 했
다. 그러나 그의 문학은 그가 살았던 시대를 묘사하는 데 있어 주목할 만한
개성적인 특성을 보여 한국 문학사 속에서 1950년대 작가로서 흔들림 없는
위치를 구축하고 있다.

서기원은 선우휘, 오상원, 오영수, 이범선, 그리고 하근찬 등과 같은 1950년
대 작가들과 같이 참혹했던 동족상잔의 비극과 전후(戰後)의 아픔을 밀도 짙
게 다루었으나, 그것을 누구보다도 지적으로 표현하는 데에 성공했다. 사실,
그의 대부분의 작품들은 지적으로 너무나 소피스티케이트하기 때문에 일반
독자들이 쉽게 이해할 수 없을 만큼의 희극적인 요소와 페이소스가 짙은 풍
자적인 웃음을 담고 있다. 그러나 그의 스타일은 「상속자」나 「연가」와 같이
서정적인 것에서부터 「암사지도」와 「이 성숙한 밤의 포옹」 등에서 볼 수 있

---

1) 서기원, 「비전문」, 『현대한국문학전집 7』(신구문화사, 1981), 474~476쪽 참조.

164

는 냉혹하리만큼 리얼한 것에 이르기까지 전 음계를 포함하고 있다.

일반적으로 말해, 서기원은 그의 대부분의 초기 작품에서 전쟁과 그것이 빚어낸 참상이 인간의 삶을 어떻게 황폐화하고 있는가를 자연주의적인 시각에서 적나라하게 묘사하고 있다. 여기서 말하는 그의 자연주의의 틀은 결코 닫혀 있는 것이 아니라 리얼리즘 문학의 성격을 강하게 지니면서 열려 있다. 그래서 그가 초기 작품에서 취급하고 있는 주제는 극한적인 상황에서 인간이 인습적이고 자연주의적인 억압으로부터 벗어나 인간다운 자유인이 되는 문제에 관한 것이다.

비록 작품 발표 연대는 데뷔작인 「암사지도」보다 늦었지만, 시대적인 배경으로 보아 앞선 작품 「상속자」는 이러한 그의 작품 세계의 구심점이 되고 있다. 그의 대표작들 가운데 하나로 평가될 수 있는 이 아름답고 서정적인 작품의 주인공인 '소년'은 일찍이 아버지를 잃고 할아버지 밑에서 간질병을 앓고 있는 사촌 석배와 함께 살고 있다. 소년은 질식할 것만 같은 어두운 집 안 분위기가 싫어서 집안의 전통적인 유물인 낡은 가죽 가방 속의 잡동사니 속에서 구멍이 뚫린 옥환(玉環)을 훔쳐 폐가가 된 그의 고향집을 떠나 열린 세상으로 도망하게 된다. 이 작품에서 소년이 자기와 너무나 닮은 사촌 석배가 흙탕물에 빠져 죽는 순간, 거미줄과 같이 그를 얽어매고 있는 억압적인 혈연의 사슬을 뒤로하고 어둠의 집을 탈출하는 장면은 분명히 제2의 탄생을 의미하는 것이다. 이 작품에서 나타나고 있는 주제는 그의 또 다른 작품 「음모가족」에서도 찾아볼 수 있다. 비록 작품의 배경은 서로 다르지만, 「상속자」에 등장하는 '소년'의 마스크를 쓰고 있는 듯한 「음모가족」의 주인공 돈식이 죽어가는 늙은 아버지의 완강한 저항에도 불구하고 조상들이 묻혀 있고 또 묻혀야 할 칠봉산을 팔아 그를 얽어매고 있는 모든 사슬을 끊고 죽음의 세계가 아닌 현실 세계에서 새로운 출발을 시작하는 모습은 이 작품 역시 「상속자」의 구조와 같은 문맥에 있음을 시사한다.

그의 데뷔작이자 대표작인 「암사지도」의 경우도 마찬가지이다. 이 작품은 치열했던 한국 전쟁의 싸움터에서 살아 돌아온 형남과 상덕이라는 두 젊은이가 윤리적인 모든 인간 가치가 무너져버린 허탈한 전후의 도시 공간에서 현실적이고 순간적인 삶의 쾌감만을 쫓아 아무런 자각 없이 방황하는 듯한 윤주라는 여인을 공유하는 비정상적이고 부도덕한 모습을 자학적으로 리얼하게 묘사하고 있다. 그래서 이 작품의 소설 공간은 고착된 자연 법칙이 인간에게 어떻게 작용하는가 실험하는 실험실에 가깝다고 할 수 있다. 왜냐하면 이 작품은 상덕이가 윤주와 동거 생활을 시작하는 것에서부터 시작해서 전우라는 이름으로 '동정과 증오' 속에서 형남과 더불어 그녀를 성적으로 나누어 가진다는 사실 그 자체가 성적 본능이라는 자연 법칙에 지배되는 '동물적 인간'이 지닌 누추한 모습을 적나라하게 보여주고 있기 때문이다. 이처럼 「암사지도」의 근본적인 목적은 황폐화된 작중인물들의 부도덕한 행위를 유발한 원인을 과학적으로 분석하는 데 있다. 그러나 우리가 이 작품이 단순히 퇴폐적인 전후의 사회 현실을 묘사하려는 것 이외에도, 강대국에 의해 분단된 조국의 현실을 나타내고 있는 듯한 은유적인 의미를 담고 있다는 것을 읽을 수 있다면, 이 작품이 단순히 비도덕적인 자연주의적인 것에만 머물지 않음을 볼 수 있다. 우선 이 작품의 주인공들이 이렇게 무모한 행동을 하게 된 것은, 강대국의 대리전이나 다름없는 한국 전쟁 때의 폭격으로 인해 '지붕이 무너진 집'의 황폐한 좁은 공간에서 살아야 함은, 물론 그들을 압박해 오는 경제적인 이유 때문이었다. 윤주가 상덕과 불시에 동거 생활을 했던 것도 전쟁의 상처로 인한 경제적인 이유 때문이다. 상덕이가 형남에게 윤주를 공유하자고 제안한 것도 따지고 보면 전쟁터에서 입은 심리적인 상처와 전우애 못지않은 경제적인 압박감으로 보인다. 즉 학원 강사 생활을 하던 상덕이가 실직한 후, 그와 윤주는 브라크와 루오를 좋아했던 화가 지망생이었지만 결국에는 극장 간판장이가 되어 생활비를 벌 수밖에 없었던 형남에게 의지해야 했던 것도 경제적인 원인에 의한 것이었다.

그는 상덕이 말한 대로 돈 뭉치를 윤주 앞에 내 놓았다. "이걸루 이달은 어떻게 부려봐요…… 그리고 상덕은 용돈도 이 안에서 뽑아봐요." 하고 그녀의 동정을 유심히 살폈다. 그네는 시무룩해서 돈을 싼 헌 신문지에서 눈을 떼지 않았다. 삼면 기사인 듯 자주적인 표제가 보였다. "상덕에게 주려고 했는데, 마침 생각난 김에 이렇게 하니 달리 마음을 쓰진 말구……." 그는 실상 거짓말을 하는 것은 아니었는데, 꼭 마음에 없는 소리를 너저분하게 지껄이는 그런 꺼림칙한 느낌인 것이다. "……공연한 자선이 아니었다는 걸, 그리고 지금도 아니라는 걸 내게 똑 똑히 알으켜 주시는 거죠?" 그녀는 또박또박 떼어가며 말했다. "미스 최! 그런 당치도 않은!" "그만두세요. 이 돈이 말하자면 날 사시겠다는 표시죠?"[2]

여기서 우리가 서기원을 실존주의자인 카뮈보다는 자연주의자인 졸라에 비유한다면, 그가 이 작품에서 묘사하고자 했던 것은 작품의 인물들이 자연 법칙의 거미줄에 묶여 동물로 전락하는 퇴폐적인 면만이 아니었다는 사실을 알 수 있다. 오히려 그것은 전상자(戰傷者)들의 실상을 적나라하게 묘사해서 자연 법칙의 희생자로서의 인간의 처절한 무력감이 경제적인 압박에 의해 더욱 확대된다는 것을 나타내기 위함이다. 그래서 서기원은 콩쿠르 형제처럼 소설이 하층계급에 비유되는 전상자들의 병든 상태를 진단하는 클리닉으로써 그들의 상태를 치유할 수 있도록 하기 위해 사회적인 공감과 동정심을 불러일으킬 수 있는 장이 되기를 희망하고 있는 듯하다.

그런데 작품 「암사지도」가 앞서 언급했던 것처럼 닫힌 작품이 아니라는 것은 윤주가 마지막에 보인 인간적인 태도에서 잘 드러나고 있다. 윤주는 상덕과 형남에게 번갈아 가면서 몸을 섞은 후 임신한 것을 알게 되자, 그들로부터 몸속의 아이를 지울 것을 강요당한다. 그러나 그들의 주장을 완강히 거절하고 아기를 몸속에 지닌 채 상덕의 집을 뛰쳐나오고 만다. 물론 그녀의 이 같은 몸짓은 인간을 부도덕한 늪과 살인의 현장으로부터 구원하고자 하는 굳은 의지의 표현으로 볼 수 있다.

---

2) 서기원, 『암사지도』(민음사, 1995), 21쪽.

"애비 없는 앨 어쩔라구 그러지?" 상덕이 이지러진 얼굴로 말했다. "죽이든 살리든 내 맘대로 하니까요!" 두어 발짝 거닐다가 돌아서며 윤주는 쏘아붙였다. "미스 최! 이봐" 형남이 다급히 말문을 열려는데, "그만두세요, 애 아버지가 분명한들 난 하자는 대로 했을지 몰라요… 모르시겠어요? 두 분 다 아버진 아니에요, 아시겠어요…… 굿바이! 신사 여러분들이여!" 그리고는 덥석덥석 사내 걸음으로 걷기 시작했다."[3]

이러한 사실은 홍사중이 윤주라는 인물을 "영원한 모성(母性), 곧 근원적인 생명의 사랑 그 자체"[4]의 상징 내지는 "어떠한 더러움에도 물들지 않는 어떠한 황폐 속에도 무너지지 않는…… 이를테면 구원의 가능성"[5]에 대한 상징이라고 지적했던 것에 의해 뒷받침되고 있다.

또한 이것은 「암사지도」의 주제를 보다 폭넓은 캔버스에 구체적으로 확대시켜 그에게 현대문학상을 가져다주었던 작품 「잉태기」에서도 잘 나타나 있다. 이 작품의 중심인물인 도섭과 승숙은 「암사지도」의 상덕과 형남, 그리고 윤주처럼 정글 법칙이 지배하는 한국 전쟁의 희생자로 볼 수 있다. 도섭의 경우, 앞날이 유망했던 법대생이었지만, 전쟁터에서 자신이 지프차에 태우고 다녔던 장교에 의해 총상을 입었던 승숙이라는 비극적인 여인을 구해서 동거생활에 들어가게 된다. 그 후 도섭은 전쟁터에서 능욕을 당하지 않고 총상만 입은 승숙에 대한 자의식적인 의심과 전쟁터에서 입은 정신적인 상처 때문에 귀향을 하지만, 끝내 고시 공부를 중단하고 만다. 결국 그는 택시 운전사로 전락할 뿐만 아니라, 승숙과 건강하고 앞을 내다볼 수 있는 결혼 생활을 하지 못하게 된다. 반면 도섭에게 학대를 받으며 집 안에만 갇혀 있던 승숙은 같은 집에 세를 들고 있던 불건전하고 수상쩍은 남자 대학생의 유혹에 빠져

---

3) 앞의 책, 33쪽.
4) 홍사중, 「파격의 포트레이얼—서기원론」, 『현대 한국 문학전집 7』(신구문화사, 1981), 454쪽.
5) 홍사중, 「황량한 마음의 풍경—이 성숙한 밤의 포옹」, 앞의 책, 471쪽.

임신을 하고 만다. 그 결과 딜레마에 빠진 승숙은 스스로 목숨을 끊으려고까지 했지만, 배 속의 아이가 움직이는 것을 느끼고 죽음의 유혹을 거부하며 그 아이와 같이 하려는 처절한 자세를 보인다.

"저는 애를 뱄습니다. 그래서 죽는 것은 아닙니다……" 이렇게 첫머리가 절로 써졌다. 다음을 이으려고 연필을 세웠을 때, 무엇이 배 속에서 움찔했다. 다음 순간 뱃가죽 안에서 밖으로 치닫는 것이 있었다. 그것은 처음인 경험이었다. 그녀는 발작하듯 몸을 뒤틀어 모로 돌렸다.
그녀는 갑자기 울상이 되어 입술을 비틀면서 다시 배를 아래로 깔고 힘껏 눌러댔다. "움직이지 마라!"
그러나 아이는 배 속에서 발길로 걷어찼다. 고놈은 틀림없이 발길로 내 뱃가죽을 걷어찼다. 가는 막대기 같은 것이 분명 머리통은 아닐 거야…….
그녀는 배와 허리에 주었던 힘을 다시 풀고, 새우처럼 몸을 꼬부리고 베개 위에 얼굴을 문대었다. 그녀의 어깨와 목덜미에는 소리를 죽이려는 흐느낌이 잔물결을 일으키고 있었다. 그녀는 공책을 움켜쥔 채 흡사 제단 앞에 꿇어앉아 이마를 땅에 비비면서 기도하는 몸매로 언제까지나 울고 있었다.[6]

「잉태기」의 주인공들이 전장(戰場)의 상처를 입고 살아가는 공간은 이렇게 "태내(胎內)만큼이나 어둡고 심판보다도 깊다." 그러나 도섭이 우리에게 보여주고 있는 인간애와 함께 승숙이 새로이 세상 밖으로 나오려는 배 속의 어린아이에 대해 느끼는 신비스러운 사랑과 의지는 죽음의 늪 속으로 침몰하려는 자신을 어둠에서 구하는 처절한 모습을 보여주기에 충분하다.
이처럼 서기원의 세계가 닫혀져 있지 않다는 것은 그가 「조준」에서처럼 무질서하고 퇴폐적인 늪에서 벗어나기 위해 적극적인 자세를 보여주는 데서도 뚜렷이 나타난다. 자본주의의 불행한 산물과도 같이 퇴폐적이고 사치스러

---

6) 서기원, 「잉태기」, 『암사지도』(민음사, 1995), 332~333쪽.

운 룸펜 생활을 즐기는 창하는 황폐하고 무질서한 생활 속에서 노루 사냥을 하는 등 연약한 자를 짓밟으려는 모습을 보였다. 하지만 그는 결국 이성적인 태도로 진실된 삶을 살려는 승배에 의해 여우로 오인되어 죽음으로 심판을 받게 된다.

그의 대표작 가운데 하나인 「이 성숙한 밤의 포옹」 역시 전체적인 분위기는 참담하고 우울하지만, 결코 닫혀 있는 세계만은 아니다. 이 작품은 전쟁터에서 싸우고 있던 주인공이자 화자가 그의 애인인 상희의 폐병이 악화되었다는 소식을 듣고, 탈영을 해서 그녀에게로 가는 과정에서 일어나는 처절한 방황과 심리적인 갈등을 암울한 분위기 속에서 리얼하게 묘사하고 있다. 여기서 주인공이 상희를 바로 찾아가지 못하고 방황하는 것은 그가 전쟁터에서 행했던 범죄적인 행위에 대한 자의식 때문이었다. 그는 전쟁터에서 인간의 이성적인 힘이 정지되어 자기 자신을 지탱할 수 있는 힘을 상실하게 된다. 전쟁터에서 동물적인 충동에 지배된 그는 시골 처녀를 겁탈한 후 그 자신이 노출될 것을 두려워한 나머지 그녀를 살해했던 과거를 갖게 된다. 그가 인간 의지가 있는 건강한 자기와의 싸움에서 이기지 못하고 동물적인 자연 법칙에 지배되어 사창가를 벗어나지 못한 채, 인간 의식이 박탈당한 진공 상태인 선구의 방에서 기식(寄食)을 하는 것은 이러한 전쟁의 상처로 인해 마비된 심리적 갈등 때문이라 할 수 있겠다. 그가 이처럼 상희에게 바로 가지 못하고, 안료를 담아 선구의 침대 밑에 놓아둔 수많은 술병과도 같이 정신적인 파탄을 일으키며 순간적으로 본능적인 쾌락에 의존하며 살아가는 모습을 보이고 있는 것은 그가 오물과도 같이 무기력한 인간임을 말해 주고 있다.

그러나 결국 화자인 ‘나’는 벽 너머에서 선구가 그의 창부인 진숙이를 성적으로 희롱하면서 죽음의 문제를 두고 나누는 희극적인 대화를 듣고, 죽음이나 다름없는 생활에서 벗어나 용기를 내어 상희를 찾아가기 위해 비를 맞으며 ‘성숙한 밤’의 어둠을 뚫는다. 마치 「암사지도」에 등장하는 윤주의 마스크를 쓰고 있는 듯한 상희가 병사들이 전쟁에 의해 파괴되어가는 것처럼 폐병에 의해 죽어가는데도, 주인공이 죽음의 집과도 같은 선구의 방에서 벗어나 그녀를 찾아가는 것은 순수한 인간 가치를 구원하기 위한 처절한 움직임이라 할 수 있다.

그의 초기작 가운데 작가 스스로가 무척 아낀다고 하는 「박명기(薄明記)」 역시 위에서 언급한 작품들과 같은 문맥 속에 있다. 이 작품의 주인공은 한국 전쟁 중에 장교에 의해 총살을 당하기 전, 권총을 든 인민군 장교의 강압에 못 이겨 형을 총검으로 찌르고 정신을 잃고 있는 순간 그의 형이 장교에 의해 총살당하는 것을 보았던 인물로, 후에 소낙비가 내린 참호 속에 떨어진 파편에 의해 눈이 멀게 된다. 그는 전상자로서 장님이 되어 귀향한 후, 심장병으로 인한 중풍 환자였던 아버지와 더불어 과년한 누이동생 진숙에게 의존해서 겨우 호구지책을 이어갈 정도로 암담한 생활을 하게 된다. 불행히도 눈이 보이지 않아 실수로 부엌에서 아버지에게 쉰밥을 준 그는 아버지의 죽음마저 맞이하게 된다.

이 작품 역시 줄거리는 이렇게 단순하지만, 작가는 목탄화와 같은 그의 특유의 언어와 그림을 통해서 전쟁이 개인과 가정 생활을 얼마나 황폐하게 만들었는가를 신의 죽음을 반어적으로 나타내는 교회당의 종소리와 찬송가 속에서 리얼하게 묘사하고 있다. 그러나 이 작품 역시 그의 앞선 여러 작품들과 마찬가지로 완전히 닫혀 있는 것이 아니다. 즉 작품은 병자들을 부양하면서 오빠의 병을 치료하기 위해 약을 사오고 죽어가는 아버지를 구원하기 위해 의사를 찾아나서는 진숙이라는 인물에 의해 열려 있다. 작가는 소설이 끝난 후 그녀의 운명이 어떻게 되었는지에 대해서 분명히 밝히지는 않고 있지만, 우리는 그녀가 살아 남아 건강한 삶을 살아갈 수 있으리란 점을 짐작하게 된다.

서기원은 이렇게 한국 전쟁이 끝난 1950년대, 그러니까 모든 가치관이 전쟁으로 인해 무너지고 부서지는 시대에 작가 생활을 시작했기 때문에 강대국 간의 이념의 갈등으로 인해 빚어진 의미 없는 전쟁이 우리 민족에게 가져다준 처절한 참상과 피해를 적나라하게 고발하는 데 최우선의 목적을 두고 있는 것 같다.

그러나 그의 관심은 그것에만 한정된 것이 아니었다. 작품 「야화(夜話)」는 그 당시 우리 민족이 겪고 있던 경제적인 빈곤이 인간을 얼마나 비인간적으로 만들고 있는가를 독특한 시각에서 충격적으로 고발하고 있다. 일에 대한 보람이나 아무런 기쁨 없이 기계적으로 생활하는 무능력한 보험 회사 직원의 후회스러운 삶과, 가난한 삶을 이기기 어려워 자식이 세상에 나오는 것조차 걱정스러워 갓 낳은 핏덩이를 살해해서 매장하는 빈민촌 아낙네의 비참한 삶을 병렬적으로 대조시킨 이 작품은 앞에서도 밝힌 바와 같이 단순히 자연 법칙에 얽매인 인간의 동물적인 모습을 그리기 위한 것이 아니라, 실업과 경제적인 압박이 인간을 이와 같은 원시 상태로 몰아갈 수 있다는 것을 환기해서 사회로 하여금 그들의 환경을 개선하도록 유도하기 위한 것으로 볼 수 있다. 비록 이 작품의 배경이 직접적인 전쟁은 아니지만, 여기에 나타난 당시의 한국적인 상황은 이 작품이 한국 전쟁과 밀접한 관계가 있음을 보이지 않게 나타내고 있다.

죽은 애인을 찾아가는 기차 여행을 전후의 슬픔으로 형상화한 시정 어린 작품 「연가」의 주제는 물론, 「반공일」의 주제 또한 결코 예외가 아니다. 치밀한 화폭에 전후 풍경을 밀도 짙게 담은 작품 「반공일」에는 화자와 함께 살고 있는 K라는 제대 군인의 눈을 통해서 궁핍하지만 낭만적인 당시의 쓸쓸한 도시 모습이 나타나고 있다. 그러나 이 작품에서 중요한 것은 전후 서울의 거리 모습이 아니라, 화자인 주인공이 K라는 전우와 나누는 감동적인 우정이다. 가족끼리만 살기에도 어려운 냉혹한 전후의 현실에서 주인공이 K라는 옛 전우를 자신의 집으로 데리고 와서 함께 머물도록 했던 것은 그 시대에 볼 수 있는 미덕이자 이 작품이 가지고 있는 가치이다.

이 작품을 포함해서 서기원의 여러 작품에서 나타나고 있는 그 뜨거운 우정은 어디에서 오는 것인가. 이것은 생텍쥐페리가 경험으로 지적했듯이 공동적인 목적을 위해서 모험적인 행동을 할 때, 깨달음을 통해 공통의 희생, 공통의 유대 관계로부터 생겨난 우정과 같은 것이 아닐까. 앙드레 모루아가 『인간의 대지』를 분석하면서 다음과 같이 말한 것은 위의 사실을 뒷받침해 주고 있다. "함대에서, 군대에서, 공장에서, 또 선박에서 타인과 결속되어 있는 사람은 자신을 망각하고 있는 자신을 발견하게 된다. 우리들과 동떨어져 있는 공동 목적으로 우리들의 형제들과 결속되었을 때, 그제야 비로소 우리는 숨을 쉰다. 또 같은 경험에 의하여 사랑한다는 것은 서로를 쳐다보는 것이 아니라, 다 함께 같은 방향을 쳐다보는 것임을 깨닫게 된다. 같은 끈으로 묶여져 함께 같은 정상을 향하지 않는다면 동지가 아니다……."[7]

전후를 배경으로 한 서기원의 여러 작품들이 각박하고 냉혹한 현실을 다루고 있으면서도 이처럼 열려 있을 수 있는 것은 전장을 배경으로 한 작품에서의 주인공들이 어떤 공통적인 목적, 즉 휴머니즘을 위한 영웅적인 행동을 통해서 스스로의 참모습을 발견하고 우정 있는 끈으로 서로를 결속했기 때문이다. 전장을 배경으로 한 뜨거운 휴머니즘과 우정 그리고 사랑은 「오늘과 내일」, 「전야제」, 그리고 「달빛과 기아」 등과 같은 작품에서도 훌륭하게 나타나 있다.

「오늘과 내일」에서는 미군의 첩보병인 주인공이 첩보 활동을 위해 공산군의 침입으로 버리고 떠나왔던 D 읍의 고향집으로 들어간다. 거기서 그는 포탄에 맞아 허물어진 벽 틈 사이에서 중풍이 든 노인을 발견한다. 그러나 함께 갔던 비인간적인 동료 첩보원이 노인을 죽이려 하자, 주인공은 그를 쏘아 죽인 후, 노인을 등에 업고 빗발치는 총탄 속을 빠져 나온다.

전쟁 속에서 나타난 인간애를 바탕으로 구성되어 있는 장편 「전야제」의 경우는 위의 작품보다 소설 공간이 크게 확대되었지만 전쟁의 풍경을 짙은 물감으로 밀도 짙게 그리고 있다. 강대국을 위한 대리전이나 다름없는 한국 전쟁의 실상을 의식적인 차원에서 정직하게 다루고 있는 이 작품에서 젊은 대학생들이 싸움터인 전방과 후방에서 겪게 되는 처절한 경험과 우정은 전쟁터에 핀 들국화만큼이나 아름답다. 이 작품에서 영규는 이유 없이 무의미하게 사람을 죽이는 전쟁과 상응하는 폐병으로 죽어가고 있기 때문에 곧 적에

---

7) 앙드레 모루아, 송재영 옮김, 『프루스트에서 카뮈까지』(문학과지성사, 1996), 255쪽.

의해 점령당할 위험 지역에 머무르기를 주장한다. 영규가 인민군에게 포로가 되었다가 도망쳐온 성호에게 자신의 애인인 지숙을 맡기고 피난을 부탁했던 것은 보통 전쟁 소설에서는 볼 수 없는 휴머니즘으로서 이것은 서기원만의 몫이다.

    "영규, 그건 잘못이야. 생각해 봐. 여기까지 점령당하지 않는다 치더라도, 또 양식이나 땔 것을 광으로 가득 채워 놨대도 안 될 얘기지." 성호의 안타까운 목소리가 들렸다. 영규는 대답이 없었다. 지숙은 오빠를 생각하고 있었다. 오빠는 죽을 친구가 아니라고 하던 성호의 말을 되살려 보았다. 그러고는 이제 오빠로부터 성호에게로 옮겨진 자신의 미래를 상상해 보았다.
    (……) "자, 짐을 대강 꾸려 보세요." 성호가 어머니께 말했다. 포성의 꼬리가 철썩하고 천장에 와 부딪쳤다. 어디든지 자리만 잡으면 성호를 다시 숨어 살지 않을 곳으로 내보내야 한다고 지숙은 다짐했다. 그녀 자신의 욕심 때문이 아니라 성호를 정녕 위하는 길이 그것밖엔 없다고 믿어졌다. 어쩐지 자기의 말이라면 모두 들어줄 듯싶었다. "지숙, 들어와서 영규한테 인사를 해야지." 성호가 방문을 열고 반쯤 가린 얼굴로 말했다. 그녀는 눈물이 맺힌 속눈썹을 껌벅이고 마주 웃어 보였다.[8]

한국 전쟁 당시 공산군이 점령한 서울의 모습을 숨김없이 그리는 데 성공한 「기아와 달빛」은 전후(戰後) 사회를 배경으로 한 위의 작품과는 달리, 공산군의 점령지에서 벌어지고 있는 사건을 다루고 있다. 이 작품에서 인민군이 서울을 점령했을 때 피난을 가지 못하고 하숙집에 숨어 지내던 주인공 '나'는 식량 사정이 어려워지자 그곳을 탈출해서 그가 배반했던 옛 애인인 석희를 찾아간다. 그녀는 비록 공산당원이 되었지만, 그를 구해 주기 위해 인민군과 함께 북쪽으로 가지 않는다. 이 작품에서는 닫힌 공간에서 남자가 본능

---

8) 서기원, 「전야제(前夜祭)」, 『현대 한국문학 전집 7』(신구문화사, 1966), 330쪽.

적인 욕망에 지배되어 숙희에게 접근하지만 그녀는 그와 달리, 자연적인 본능을 억제하고 마지막 순간까지 인간적인 존엄을 지키는 모습을 보여주고 있다. 즉 석희 역시 「암사지도」의 윤주, 「이 성숙한 밤의 포옹」의 상희처럼 갇혀 있던 주인공 '나'를 구원해 주는 여인상을 나타내고 있는 것이다.

서기원 소설에서 여성이 구원의 역할을 하는 것은 앞에서 논의한 바와 같이 여성이 "영원한 모성이자 근원적인 생명의 사랑 그 자체"이기 때문일 수도 있다. 그러나 또 다른 측면에서 보면, 그것은 서기원의 소설에 나타나는 여성들이 남성들과는 달리, 전쟁터에서 귀향한 전상자가 아닌 이유로 이성적인 힘을 견지하고 있어서 미래의 문을 열 수 있는 가능성을 지니고 있기 때문으로도 볼 수 있을 것이다.

지금까지 살펴본 바와 같이 전후의 황폐한 사회상을 고발하는 그의 작품 전편에 깔려 있는 희극적인 색채는 그로 하여금 1950년대 작가라는 명칭을 뛰어넘게 한다. 그는 대부분의 1950년대 작가들과는 달리 전후 문학의 한계를 벗어나서 『마록열전(馬鹿列傳)』과 같은 유니크한 풍자문학을 일으켰다.

익살스러운 일종의 코미디로 분류할 수 있는 『마록열전』의 주인공들은 마치 돈키호테처럼 비현실적이고 순결한 반항적 희생자들로서 그들이 지니고 있는 순진성 때문에 실패하고 좌절한다. 그러나 그들의 좌절은 단순한 패배가 아니다. 그 좌절의 저변에는 현실에 대한 반어적인 저항과 자기 비판이 깔려 있다. 이것은 '마록'이라는 말이 바보의 뜻을 담고 있지만, 동시에 순결함을 나타내고 있다는 사실과도 깊은 관계가 있겠다.

「마록열전 1」의 마록은 일제 시대에 조국의 광복을 위해 순국한 양반 가문의 후예이지만 핏줄을 이어갈 자식을 두지 못하고 있다. 그는 씨받이를 두어 소생을 얻으려고 노력하지만 실패하여 좌절하게 된다. 이러한 과정에서 그는 핏줄을 이어가야만 된다고 생각하는 그의 조부가 일제와 싸우다가 장렬하게 전사한 사실이 일제와 그 앞잡이들에 의해 왜곡되었다는 것을 강조하다가 감옥에 갇히게 된다. 결국 그것이 원인이 되어 그를 고문하며 취조했던 일진회 회원이었던 이방의 조부가 그의 조부 대신 순국 열사로 둔갑하게 된다. 이처럼 이 작품은 한편으로 스스로 독립된 존재로서 자기 자신의 능력에 의존하지 않고 과거의 조상에만 의존하려는 한국인의 의식 구조를 비판하고 있다. 그런가 하면 다른 한편으로는 사가(史家)들이 권력의 시녀가 되어 역사를 왜곡한 것을 풍자하고 있다. 그래서 주인공 마록의 반항적인 좌절은 자신뿐만 아니라 그가 살고 있는 부패한 사회 현상을 함께 비판하고 있다.

「마록열전 2」는 한국 전쟁 당시 주인공 마록삼의 웃지 못할 군 생활을 통해 강대국에 의한 의미 없는 동족상잔을 희화화하고 있다. 이 작품에서 한국 전쟁 당시 대학생이었던 주인공은 한강이 끊어지기 전 일찍 서울을 빠져나가지 못해 한강을 헤엄쳐 건넌 후 빨갱이로 오인되어 어려움을 겪지만 고향 친구를 만나 풀려난 후, 통역장교가 되는 행운 아닌 행운을 얻게 된다. 그는 서툰 영어 때문에 많은 어려움을 겪지만 백두산 호랑이인 김석원 장군을 만나 평양 포로수용소 소장까지 된다. 그러나 그는 수용소장으로 부임한 후 의용군으로 나갔다가 잡혀온 친구들을 석방한 것이 문제가 되어 군법회의에 회부되어 큰 위기를 겪게 되지만, 또다시 김석원 장군에 의해 벌거숭이로 추방되어 생명을 구원받는다. 여기서 '벌거숭이'가 된 것은 슬퍼할 만큼 부끄럽지만 의미 없는 전쟁 게임을 하는 군으로부터의 해방을 의미하는 듯해서 매우 흥미롭다.

계속해서 「마록열전 3」은 청백리의 증손인 마준이 생활고를 이기지 못해 가문의 전통인 지조를 꺾고 낭패를 당하는 모습을 서기원 특유의 희극적인 스타일로 그리고 있다. 이 작품에서도 역시 서기원은 주인공 마준이가 벼랑 끝의 현실에 부딪쳐 지조를 잃은 것에 대한 벌로써 찾아오는 좌절을 당파 싸움을 하며 매관매직에만 몰두하던 부패한 세도가의 입을 통해 반어적으로 표현하고 있다. 마준은 심사숙고 끝에 당대의 세도가인 대감을 찾아가 청백리 가문의 후광으로 벼슬자리를 얻게 되는 듯했으나 강직하고 저항적인 선비가 상소를 위해 궐 밖에서 도끼로 스스로 목숨을 끊었다는 말을 들은 세도가가 그 선비를 충신이라 칭하고 벼슬자리를 내린다는 아이러니한 명령에 당혹해 한다.

한 놈이 광화문을 향해 도끼를 높이 쳐들고 달려들었다. 바로 최지열이 아닌가. 문짝을 찍어 쳐부술 줄 알았는데, 웬걸 제 머리통을 제 손으로 까고 있지 않은가. 먼눈에도 유혈이 낭자했다. 사람들이 우르르 몰려들어 최치열의 사지를 떼 내어 가마니에 눕혔다. 박 진사가 군중을 향해 몇 마디 외치자 곡성이 진동하는 것이었다. "충신이로군, 저자의 성명을 알아오너라." 대감은 좀 떨리는 음성으로 일렀다. "동대문 밖에 사는 최치열이란 자라고 합니다." 보고를 받은 김 대감은 "최가가 죽지 않았다면 정읍 현감을 제수한다고 전해라. 과연 충신이로고." 그런 다음 "금위대장, 도끼로 제 이마를 까는 자들이라 염려할 것 없고, 저녁 무렵 해서 술과 고기를 후히 대접하여 해산시키도록 하오." 여유작작하게 말하고는 그 특색 있는 웃음소리를 높이 울리는 것이었다. 곁에서는 안경을 낀 사관(史官)이 열심히 붓을 움직이는 것이었다.[9]

「마록열전 4」의 화자인 주인공 마명인은 암행어사의 탈과 언어를 빌려 우리 시대의 무사 안일한 언론, 대학, 문단 등과 같은 문화계의 어두운 병폐를 날카롭게 파헤쳐 어두운 현실을 폭로하고 고발했다.

마지막 편인 「마록열전 5」는 식민지 시대에 일제의 밀정 노릇을 하던 반민족주의자 주인공 마영의 기행(奇行)을 통해서 시대적인 고뇌와 아픔을 희극적으로 부각시키고 있다. 마준은 비록 종로경찰서의 기노시타의 끄나풀 노릇을 하고 있지만, 자식들에게 사상적으로 비판을 받았기 때문인지, 총독부와 깊은 관계를 맺고 있는 중추원 참의의 아들이며 사회주의자인 아들을 뛰어난 기지를 사용해서 구출하도록 한다. 이 작품이 이렇게 독자들의 기대를 역전시켜 희극적인 놀라움을 불러일으키는 것은 좌우익이 치열한 갈등을 펼쳤던 1970년 우리 사회의 당혹스러운 실상을 그의 내면에서 숨쉬고 있는 순진한 민족적인 양심을 통해 풍자적이지만 은유적으로 나타내기 위함인 듯하다.

그러나 『마록열전』은 풍자에만 한정된 것이 아니다. 따지고 보면 그것은

---

9) 서기원, 「마록열전 4」, 『마록열전』(창작과비평사, 1988), 73~74쪽.

해학적 희극(antic comedy)이다. 그가 이와 같은 작품을 쓰게 된 것은 그에게 부닥친 현실이 "지나치게 내공적인 언어유희"로만 글을 쓰기에는 너무나 복잡 미묘할 뿐만 아니라, 주변의 환경 역시 그에게 억압적이었기 때문일 것이다. 『마록열전』에 나타난 그의 풍자는 단순히 웃음을 일으키기 위한 것만은 아니다. 서기원의 풍자는 마치 스위프트의 그것처럼 병든 사회를 개혁하기 위한 비판 의식을 담고 있다. 다시 말하면, 이 해학적인 작품에 나타나고 있는 사회의식은 그의 전후 작품에서 전상자들의 아픔에 대한 사회적인 관심을 요구하는 것과 목적을 같이하는 것이라고 말할 수 있겠다.

지금까지 살펴본 서기원의 『마록열전』에 나타난 과거의 어법과 그 사회상을 배경으로 부조리한 현대 사회를 시니컬하게 조명한 비판적 퍼스펙티브는 정상적인 역사적 자료를 사용하고 있다는 점에서 차이가 있지만, 개혁과 혁명을 시도했다가 아나크로니스트들의 독소(毒素)에 의해 무참히 좌절한 풍운아들을 그린 『김옥균』과 『조광조』, 그리고 실학파인 정약용 및 순박하고 정직한 도공(陶工)들이 등장하는 천주교 박해 사건을 구체적으로 형상화한 『조선백자 마리아상』에서 굴절되어 지속적으로 나타나고 있다.

서기원이 그의 후기 작품에서 조국의 근대사를 탐색하며 근대사에서 역사적 상상력을 갖고 사회를 변혁시키려는 혁명아들의 의지를 격조 있게 조명한 것은 「암사지도」 등에서와 같이 그가 본 전후 한국의 비참한 현실을 언어의 힘을 통해 그 절망의 늪에서 구원하고자 하기 위함인 듯하다.

그러나 그가 현대사의 변혁기에 중요한 공직에 있으면서 쓴 일련의 역사 소설에 대한 필자의 언급은 이것으로 충분하지 못하다. 그의 후기 작품에 대한 보다 심도 있는 천착은 다음 기회로 미루기로 한다.

대덜러스의 욕망
이어령의 문학 세계

본 적이 있는가? 어느 아침에 하늘로 날아가던 새들이
일제히 방향을 바꾸어 급선회하는 그 삽상한 변화를.
까맣게 사라져 가던 점들이 황금빛으로 번쩍이면서,
가깝게 다가오고 있는 그 긴장.
── 「일제히 방향을 바꾸고 날아가는 새떼처럼」 중에서

1

이병주는 한국의 문예평론은 이어령을 통해서 비로소 문학이 되었다고 말
했다.[1] 그는 이러한 시각을 뒷받침하기 위해 이어령이 쓴 「우상 파괴론」을
그 예로 들었다.

그러나 그는 불행히도 이어령이 그의 재능을 세상에 처음 알린 「날개를
잃은 증인」이라는 이상 론을 언급하지 않았다. 이어령의 유명한 「이상 론」은
그의 나이 불과 스물하나에 쓴 것이지만, 이 글을 읽어본 사람이면 누구나
이 글이 당시 침체되고 뒤떨어졌던 비평계에 신선한 충격을 주고도 남음이
있다는 것을 쉽게 인식할 수 있을 것이다.

사실, 책읽기에 숙련된 형안을 가진 사람에게도 이상의 작품은 아직까지
읽기가 어렵고 난해하기만 하다. 그럼에도 불구하고 이어령은 그 젊은 나이
에 스스로 천재라고 자처하던 이상의 거울 뒷면을 꿰뚫어 보고, '지식의 열매'
를 훔쳐보듯 그의 문학이 지닌 비밀의 뜻을 우리들에게 보여주었다. 그러나

---

1) 이병주, 『이어령의 지성채집』(나남, 1986), 431쪽.

그것만이 아니었다. 이 비평문은 그것이 지닌 참신한 언어와 현란한 수사학 뿐만이 아니라 치밀한 구성과 지성의 빛으로 넘쳐흐르고 있다.

그러나 무엇보다 중요한 것은 이어령이 우리 문학사에서 처음으로 자의식의 존재 가치를 이상의 작품 가운데서 발견하고 그것을 그의 문학적인 출발로 삼았다는 것이다. 그는 이상의 슬픈 죽음을 "왜경의 가혹한 학대와 음산한 감방의 공기와 병균의 잠식에서 입은 육체적인 죽음"이 아니라 오해받은 예술과 인격으로 인한 정신적인 죽음으로 보고, 그 자신은 이상처럼 "홍진의 상식과 낡은 관습에 그대로 추종하는 아나크로니스트들의 독소적 분비물이 그의 정신을 무참히도 매몰"하는 것을 허락하지 않았다. 그래서 그는 이상을 문학사 속에서 제자리를 찾아 앉혀둠과 동시에, 마치 대덜러스처럼 이상이 가지려고 했던 인공의 날개를 글쓰기의 힘으로 만들어서 아나크로니스트들이 세워 놓은 미궁을 탈출하려고 했다. 그가 이상의 모든 작품들 가운데서 「날개」의 마지막 부분을 "가장 감동적이고 열정적"이라고 말한 것도, 그곳에서 '새로운 탄생의 순간'을 느꼈기 때문일 것 같다.

이때 뚜우 하고 정오 사이렌이 울렸다. 사람들은 네 활개를 펴고 닭처럼 푸드덕거리는 것 같고 온갖 유리와 강철과 대리석과 지폐와 잉크가 부글부글 끓고 수선을 떨고 하는 것 같은 찰라. 그야말로 현란을 위한 극한 정오다.

나는 불현듯이 겨드랑이 가렵다. 아하 그것은 내 인공의 날개가 돋았던 자국이다. 오늘은 없는 날개.

머릿속에서 희망과 야심의 말소된 페이지가 딕셔너리 넘어가듯 번뜩였다.

나는 걷던 걸음을 멈추고 어디 한번 이렇게 외쳐보고 싶었다.

날개야 다시 돋아라, 날자, 날자, 날자, 한번만 날자꾸나. 한번만 더 날아 보자꾸나.

비록 이어령은 문학사 속에서 이상의 다음 세대에 속하는 사람이지만, 그 역시 "아나크로니스트의 독소적인 분비물이 항상 그의 정신을 매몰"시키려는 위협을 느껴왔고 지금도 그렇게 느낄지도 모른다. 그러나 그는 이상보다 강하고 건강하다. 이러한 사실은 그가 이상의 「날개」를 탁월하게 분석한 것에서도 나타나고 있는 것처럼 남다르게 예리한 자의식을 가지고 있지만, 그것의 수인(囚人)이 되지 않고 그것에서 벗어날 수 있는 것으로서 증명이 되고 있다.

자의식 가운데 포착된 인간의 현실, 인간의 운명 가운데 무엇인가를 하나 자기가 선택한다는 것은 바로 그러한 자의식이 명령한 것이요, 그리하여 그 자의식으로부터 해방되는 것이다. 자기는 그때 다시 돌아온다.
자의식의 거울로부터 다시 자기 스스로의 얼굴로 돌아오는 것이다.
거기에서부터 행동의 선택이 있고 행동의 자유가 시작된다.[2]

그래서 그는 「제3세대 선언」에서 밝힌 것처럼, "모든 울분과 공허를 자취방을 드나드는 늙은 쥐를 두들겨 잡는 것으로나 달래던 때에" 22세의 젊음이라는 패기를 가지고 「우상 파괴론」을 쓰면서 일급 평론가로서 그의 날개를 펼쳤던 것이다.

2

이상의 영향을 받은 듯한 그의 날갯짓은 여기에만 한정된 것이 아니다.
그것은 지금까지 그의 글 어느 곳에서나 쉴 사이 없이 숨 쉬며 나타나고 있다. 이를테면, 그가 1970년대에 쓴 비평, 즉 '이육사의 시적 구조'를 탐색한 「자기확대의 상상력」이란 글도 따지고 보면, 그 근원을 그의 이상 론에

---

2) 이어령, 「한국소설의 어제와 오늘」, 앞의 책, 258쪽.

나타난 날개의 이미지에서 찾아볼 수 있을 듯하다.

그는 이육사가 그의 시에서 사용한 '황혼'의 이미지를 '골방'이라는 축소된 자의식의 공간 이미지로 해석하고 있다. 다시 말하면, 그는 육사의 '황혼'을 닫힌 "가을이나 겨울이 아니라 신록처럼 재생하고 있는 5월의 황혼이며, 헤어지는 것이 아니라 내일에 만나는 것이며, 닫아버리는 것이 아니라 열게 하는 것"으로 보고 있다. 이러한 시적 구조는 그가 '황혼'과 '골방'의 이미지를, 조르주 풀레가 분석한 엠마 보바리 부인의 의식 공간의 수축과 확대를 형상화한 양산 꼭지의 이미지와 비교할 때 더욱 선명하게 나타난다.

사슬에서 풀려난 그레이하운드가 원을 그리며 벌판을 뛰어다닐 때 엠마의 마음도 그 개처럼 확산되어 그 시선은 좌우로 떠돌다가 지평선까지 뻗쳐간다. (……) 그러나 엠마의 마음은 자신에게로 돌아오고 그녀의 시선은 잔디를 찌르고 있는 상아의 양산 꼭지에 머무른다. 마음은 지평선에서 양산의 꼭지의 점으로 축소되고 엠마는 이렇게 탄식한다.

'아, 대체 어떻게 하다가 나는 결혼하게 되었는가?' 벌판은 확대된 공간이며 양산의 뾰족한 끝은 더 이상 축소 불가능한 점이다. 엠마의 마음이 그레이하운드를 따라 지평선으로 자유분방하게 확대되었을 때와는 달리 이 축소된 점으로 돌아왔을 때의 그녀는 현실의 절망적인 고독에 빠지게 된다. 우리가 엠마의 의식 공간을 역으로 진행시켜 보면, 이육사의 골방과 황혼의 대응 관계를 손쉽게 파악할 수 있을 것이다.

골방은 엠마의 양산 끝으로 찌른 뾰족한 점이며, 그 점의 의식은 바다에 떠 있는 갈매기처럼 외로운 인간의 현실 의식이 될 것이다. 다만 엠마의 의식이 확산(벌판)에서 축소(양산 끝)로 돌아오고 있는 데 비해서 육사의 황혼은 축소(골방)에서 확대된 공간으로 나가고 있다.[3]

---

3) 이어령, 「자기확대의 상상력: 이육사의 시적구조」, 앞의 책, 273~274쪽.

여기서 풀레가 양산 끝을 축소의 이미지로 사용한 것은 그것이 펼쳐진 양산의 모양과 대조를 이루기 때문이다. 그런데 양산이 그 뾰족 점을 중심으로 펴졌다가 접혀지는 것은 새의 날개깃의 수축과 확대에 대한 하나의 훌륭한 비유가 될 수 있다.

이어령이 풀레가 분석한 보바리 부인의 의식 공간에 대해 남다른 관심을 가지고 육사의 시를 분석한 것은 그것이 그의 마음속에 항상 움직이고 있는 날갯짓을 위한 욕망과 의식적으로 혹은 무의식적으로 일치하고 있기 때문일지도 모른다.

3

그런데 이태준의 대덜러스적인 욕망이 가장 선명하게 나타난 곳은 이어령의 비평문보다 소설이다. 그것은 소설이 논리가 아니고 경험에 바탕을 두고 있기 때문일 것이다. 그가 1966년 「장군의 수염」에 이어 두 번째 ≪사상계≫에 발표한 「무익조(無翼鳥)」는 그 제목이 말해 주듯 날개의 이미지와 대단히 밀접한 관계를 지니고 있다. 이 작품이 1960년대에 쓰였다는 것을 감안한다면 형식적인 면에서나 주제적인 면에서, 대단히 리버럴하고 전위적인 모습을 보이고 있다. 우선 형식적인 면에서 이 작품은 전통적인 직설법의 원형인 서한문체를 사용하고 있지만, 주제의 표현 방식이 "먼지 낀 10년 전 묵은 신문철의 곰팡내" 등이 나타내고 있는 아나크로니스트적인 상황에서 벗어나고자 하는 날개 등과 같은 이미지 등으로 이루어지고 있다.

6·25 전쟁과 같은 부조리한 상황에서 벗어나기 위해서 미국으로 '망명 유학'을 갔다가 돌아와서 도서관에서 묵은 신문철을 뒤지는 화자는 물론, 그가 미국 시카고 대학에 있는 윌리라는 친구에게 편지로 이야기하는 대상이 되고 있는 박준도 모두 다, 날개를 가지고 푸른 하늘을 날려고 하다가 좌절된 무익조의 이미지가 투영된 존재들이다.

화자의 관찰과 경험에 의하면 이야기 속의 이야기의 주인공인 공군 대위 박준은 어렸을 때부터 인간의 위엄을 지키면서 부조리한 현실과 의연히 대결해서 살아남을 수 있다고 믿었던 인물이었다. 실제로 그는 화자가 미국으로 망명 유학을 떠날 때 날개를 상징하는 공군 제복을 입고 그의 환송회에 나타나서 죽음에서 도망치는 유일한 방법은 "죽음에 곧장 대드는 길밖에 없다"라고 말했다. 그는 항상 어금니를 꽉 다물고 웃는 모습을 보였기 때문에, 결코 죽음 앞에서도 비명을 지르지 않는 사람일 것으로 믿었다. 또 그가 얼마나 진취적인 사람이었는가는 화자가 말하는 유년 시절의 경험을 통해서도 쉽게 알 수가 있다. 화자는 화자이기 이전에 "정승을 지낸 할아버지의 손자이고 무덤 속에 누워 있는 사람들의 한 전령으로 이 세상을 사는 존재로서 혈통이라는 배턴을 쥐고 아슬아슬하게 뛰어가는 주자"에 불과했지만, 그는 바닷가의 '뱃놈 아이들'과 싸워서 이길 수 있는 강인한 용기를 보였다. 화자가 박준을 맨 처음 만나게 된 것은 그가 아버지의 권고로 서해안의 어느 어촌 마을로 요양을 갔다가 그것에 있는 아이들에게 '서울뜨기'라고 놀림을 당하며 그가 가진 것을 모두 다 빼앗기고 있을 때였다.

그때 박준은 어디서 나타나서 어금니를 꽉 물고 그들을 물리쳐 주었기 때문에, 그에게서 싱싱한 해초 냄새까지 맡을 수가 있었다.

나는 여름의 바다와 박준을 동시에 본 것입니다. 그것은 서재나 유모의 침방에서나 주일 학교의 마루방에서는 한번도 맛본 일이 없던 새로운 세계였던 것입니다. 나는 박준이 있는 학급으로 옮겼고 학교가 끝나면 바닷가에서 줄곧 함께 지냈습니다. 내 건강을 좋아지고 있습니다.

해초 냄새를 풍기는 박준에게 나는 그만 홀려버리고 만 것입니다.

이것만이 아니었다. "털 빠진 겨울 낙타 오버를 버리고 새것을 하나 구해 입도록 하기 위해서 아무도 보지 않을 때 그것을 면도날로 찢어버린 것 때문에 무서운 벌을 받았지만, 그는 그것을 영웅적인 인간의 의지로 극복하는 의지를 보였었다.”

그래서 화자는 망명 유학을 가서 시카고 거리를 거닐면서 자신이 한국인이라는 사실을 부정하고, 또 “남루하고 슬픈 조국의 뉴스를 들을 때마다 그것과 아무런 상관이 없는 사람이라고 우기고” 싶었지만, 박준을 생각할 때만은 자신을 거부할 수 없어서, 필머하우스가 있는 고층 건물가를 지날 때 한 마리의 ‘키위〔無翼鳥〕’가 됨을 느꼈다.

그러나 당시 한국의 상황은 박준으로 하여금 인간적인 용기로써 그의 날개를 펴도록 허락하지 않았다. 그래서 화자가 미국에서 돌아와 곰팡내 나는 묵은 신문철을 뒤져서 박준의 비행기 추락 사고에 관한 기사를 읽는다. 그러나 그는 행방불명이 되었다고 하는 박준이 죽을 때는 그의 훈련병들과는 달리 비행 공포증을 극복하고 하늘은 나는 조종사가 되었을 때처럼 비명을 지르지 않았을 것이라고 생각한다.

그러나 얼마 있지 않아서 박 대위가 추락한 비행기에서 나와 부러진 다리를 끌고 산골짜기를 사흘 동안 헤맨 끝에 살아났다는 소식을 듣고 그를 만나 인간 승리에 관한 이야기를 듣고자 한다. 그러나 그가 상이군인이 된 박준을 만났을 때는 옛날의 해초 냄새를 더 이상 맡을 수가 없었다. 그는 그에게서 어금니를 무는 모습도 볼 수 없었고, 정치적인 폭력 조직의 도구가 되어 신체적으로는 물론 정신적으로 무너져서, 묵은 신문철의 매캐한 곰팡내와 고서(古書) 냄새가 풍겨옴을 느낀다. 그러면 그렇게 건강하게 하늘을 날던 조종사 박준을 이렇게 만든 것은 그와 박준이 처해 있던 한국적인 상황 때문이다. 신문 보도는 추락한 비행기에 탄 박준과 훈련병들이 전부 즉사했다고 말했지만, 그는 즉사하지 않고 추락한 비행기 속에서 심한 상처를 입은 채 살아 있었다. 그 당시 괴롭고 암울했던 한국적 상황을 말하듯 그가 즉사하지 않고 추락한 비행기에서 빠져나오지 못하는 훈련병이 살려달라고 부르는 소리를 외면하고 박준답지 않게 돌아서게 만든 상황이 그로 하여금 날개 잃은 키위로 만들었다.

"'박 대위…… 난 미국에서 키위처럼 세상을 살았다. 네가 정말 부러웠어. 그런
데 박 대위! 내가 돌아왔을 때는 이미 네가 죽어 있었구나. 슬픔보다도 나는 분
했었다. 정말 분했었다."

갑자기 박 대위도 날 끌어안으면서 "헉" 하고 흐느끼기 시작했습니다.

(중략)

"이봐, 자네, 지금 키위…… 키위…… 라고 했지…… 난 날개 없는 키위가 된
거야. 발이 부러진 것은 참을 수 있었지만, 그때의 일이 나를 미치게 한다. 더 이
상 묻지 마…… 거짓말이야. 어쩔래! 훈련병은 즉사하지 않았다. 살아 있었지. 살
아 있었단 말야. 공포에 질릴 눈으로 날 쳐다보고 있었으니까! 그는 말도 하지
못했어. 그러나 난 그를 업고 내려올 만큼 여유가 없었네. 나 혼자 캐너피에서부
터 기어 나와 도망치려 하니까 그놈은 원망스런 눈으로 날 쳐다보지 않던가. "데
려가 주세요. 나를 버리지 마세요. 죽기 싫어요. 대위님……."

그는 그렇게 말하고 있는 것 같았어.

그러나 나는 무엇에 홀린 듯이 밑으로 편편한 땅이 있는 곳으로 내려가야 한
다는 유혹을 뿌리치질 못했어. 혼자 도망친 거야. 죽음은 정말 검은 빛이더군. 검
은 빛 속에서 바늘귀만 하게 뚫린 하늘 공백을 찾아 나는 기어 내려가고 있었던
거야. 비겁자! 못난 키위…… 난 뒤돌아보았어. 훈련병을 데려오려고…… 그러나
웬일인지 자꾸 그는 죽었고, 그를 끌어낸다 하더라도 도중에서 죽고 말 것이라는
생각이 들더군…… 자기 변명이었지…… 다시 기어 내려가려는데 비행기의 잔해
밖으로 축 늘어진 그의 손이 흔들리지 않던가! 그 손을 나를 부르고 있었던 거야.
그러나 나는 '아니다. 아니다 저건 부러진 손이 그냥 바라에 흔들리는 것이다.'라
고 외치면서 도망치고 있었어……."

날려고 하다가 추락한 비행기도 비행기려니와 그 추락한 비행기 주변에서
일어나는 상황이 박준을 날개 잃은 사람으로 만들었다. 이러한 상황에서 작
가가 박준에게 요구하는 것은 조셉 콘라드처럼 극한 상황에서 인간적인 성실
성과 비극적인 영웅주의를 보이도록 하는 것이다. 그러나 박준에게 부닥친

현실, 즉 혼미스럽고 부조리한 전후의 상황이 그로 하여금 영웅적인 행동을 하는 것을 허락하지 않았다. 그래서 이러한 상황의 관찰자이기도 한 화자는 박준의 운명을 "날개를 달고 하늘을 날고 싶어서" 스승 몰래 미완성 비행기를 훔쳐 날려고 하다 낭떠러지에 떨어져 죽어간 레오나르도 다빈치의 조수 이스트로에 비유하고 있다. 그는 우리가 살고 있는 오늘의 현실은 신이나 영웅들이 십자가에 못박히지만 예수처럼 부활하거나 인간의 존엄성을 확인하는 비극적인 인간 승리를 하지 못하고, "비명을 지르면서 하나의 키위새로, 영원히 땅에 엎드려 사는 하나의 키위, 하나의 평범한 인간으로 탄생"하게끔 한다고 고발하고 있다.

이처럼 이 작품의 화자와 그의 친구 박준은 이상의 「날개」의 주인공 '나'의 또 다른 얼굴들임에 틀림없다.

4

1969년 이어령이 ≪세대≫에 발표한 「환각의 다리」 역시 주제나 형식면에서 「날개」가 지니고 있는 의미를 또 다른 상황과 풍경 속에서 새롭게 구체화하고 있다. 다시 말하면, 이 작품은 4·19와 5·16이라는 역사의 소용돌이 속에서 전현수라는 이름을 가진 젊은이의 사랑과 의로움에 대한 욕망과 좌절을 '메타픽션'과도 유사한 전위적인 형식 속에서 독특하게 전개시키고 있다.

이 작품의 주인공인, 삶의 신비에 눈뜨기 시작한 사미는 교실과 집에서 불문학 교재인 스탕달의 『바니나 바니니』를 번역해서 읽으면서, 작품 속에 나타난 여주인공 바니나의 운명과 자신의 운명을 포개어놓고, 자신의 애인인 현수와의 만남과 헤어짐을 '의식의 흐름'의 기법을 통해서 우리들에게 극적으로 전달해 주고 있다.

효자동에 위치한 부유한 외과 병원 집 딸인 사미는 4·19 혁명이 시작되는 날 경무대로 가는 길에서 심한 부상을 입고 병원으로 실려 와서 누운 현수라는 젊은 대학생에게 수혈을 하다가 그에게 깊은 사랑을 느낀다. 그래서 사미는 외부적 사회 상황에 대해서는 전혀 관심이 없는 김석훈이라는 외과 의사로부터 안락하고 행복한 가정 생활을 보장하는 구혼을 집요하게 받고 있었지만, 그녀가 읽고 있는 스탕달 작품의 바니나가 “오렌지 나무가 심어져 있는 테라스에 면한 창문을 통해” 골방으로 들어와 숨어 있던 상처 입어 피를 흘리던 탈옥수 미실릴리를 사랑하게 되는 것처럼 외상 입은 현수가 흘리는 피를 슬픔과 아픔으로 바라볼 만큼 그를 사랑하게 된다. 그래서 사미는 현수와 호흡을 같이하며 그와 함께 낡은 것을 버리고 새로운 것을 창조하기 위해 데모대들처럼 그와 함께 무엇인가 “떠들고 싶은 충동”을 느낀다. 그래서 사미는 그에게 구혼까지 한다.

그러나 현수는 사미와 결혼해서 최은호 외과 병원의 데릴사위로 들어가서 사육을 당하듯이 편안하게 사는 일상적인 삶의 선택을 거부하고 보다 나은 이상 사회를 건설하고자 하는 욕망을 버리지 못한다.

그가 이러한 자세를 취하게 된 것은 그가 S 대학을 다니면서 가정교사 노릇을 하기 위해 입주했던 어느 의사 집에서의 경험 때문이었다. 어머니를 가난 때문에 잃어버린 현수가 “가난을 복수하기 위해” 찾은 병원 집 의사는 무면허 돌팔이 의사였고, 그 돌팔이 의사를 찾은 환자들은 모두 다 슬픈 표정을 하고 있었다. 그래서 그는 “새로운 땅에 새로운 병원을 세워야 한다는 생각”에 최루탄 속을 뛰어들었고, 목이 쉬도록 소리를 지른 후 “곤봉과 구둣발과 기마대의 말발굽”에 얻어맞고 짓밟혀 사미가 보게 되는 피를 흘려야만 했었다.

그래서 그는 그 병원에서 상처를 치료하고 회복기에 들어서게 되자 새로운 생명력에서 오는 해방감을 느끼면서, 사미와 더불어 “영원히 5월만 계속되는 뜰”이 있는 집을 설계하지만, 5월이 되어 깁스를 풀게 되자, 그 앞에 열려 있는 미래 때문이라고 하면서 사미 곁을 떠난다.

그 후 사미는 현수가 4·19 때 상처 입은 것을 훈장으로 삼아 학생회장이 되어 정치 활동에 참여하고 있는 것을 보고 그의 젊음을 낭비하지 말라고 말한다. 사미는 그를 구해야만 된다는 생각에 도전적인 마음으로 현수의 일행을 따라 바닷가로 가서 그들이 낡은 외투를 벗어버리고 시대정신에 맞게 살아야만 된다는 주장과 그 목소리를 듣는다.

그런데 5·16 군사혁명이 일어나게 되자 현수는 이미 탈퇴했지만 그가 조직했던 단체, 즉 "새로운 땅에 새로운 병원"을 세우도록 말해 준 그 단체가 "낡은 볼셰비키 비슷한 외투"를 걸치고 다닌 것이 원인이 되어 체포를 하자, 자기 혼자 안전 지대에 머물 수 없다는 의무감에서 그들과 고통을 함께 하기 위하여 감옥으로 찾아간다. 그가 그들과 함께 감옥 생활을 하기로 결심한 것은 그가 배신자라는 오해를 받을까봐 두려웠기 때문이 아니라, "그들과 함께 고통을 나눌 때만이 진정으로 그들이 잘못된 길을 걸어가고 있었다는 것을, 새로운 땅은 그런 데에 있지 않았다는 것을 그들에게 알려"주기 위함이었다.

나는 그들과 함께 있지 않으면 안 돼! 한 사람의 사랑보다는 나는 그 돌팔이 의사에게 모여들었던 그 많은 환자를 사랑해야 할 의무 쪽을 택해야겠어. 애정은 봄바람처럼 감미롭기는 하나 아주 짧은 것이며 의무는 보잘 것 없이 춥고 손이 시려도 그 밤은 또 길고 또 길지.

이 긴 밤을 위해 나는 젊음을 장작불처럼 불태우지 않으면 안 돼.

현수가 형무소에 들어간 뒤 한 달쯤 되어 사미는 죄수복을 입은 그를 찾아가서 그의 친구들이 모든 죄를 그에게 다 뒤집어씌우려고 하니, 사실대로만 밝히라고 간청한 후, 자신은 죽어가는 아버지의 성화에 못 이겨 전혀 애정을 느끼지 않는 김석훈과 결혼하게 된다고 말한다. 그때 현수는 면회 시간의 마지막 삼 분 동안 사미에게 "새로운 땅을, 그녀의 방에서 창을 열고 내려다보면 제라늄 같은 꽃들이 피어 있는 정원이 보이는 그렇게 조용한 사미의 방에서 구해보려고 무척 애썼다는 것"과 그녀의 순수한 눈동자와 경찰서 뒤뜰에 지천으로 피어 있는 봄꽃들이 그로 하여금 다른 친구들처럼 "권력의 시궁창이나 값싼 영웅심의 구름" 속으로 빠져들지 않고 인간으로서 그의 의무를 다

하도록 하는 용기를 주었다고 말한다.

이와 같은 「환각의 다리」의 플롯과 감동적인 장면들은 사미가 프린트물로 읽고 있는 스탕달의 『바니나 바니니』에 나오는 유사한 장면과 함께 '콜라주' 형식으로 펼쳐졌다가 그것이 끝나자마자 닫혀져버린다. 여기서 사용된 스탕달의 작품인 풍경들은 사미가 현수와 가졌던 비극적인 사랑을 이야기하게끔 하는 틀을 제공하고 있음은 물론 소설의 거울과 그 거울에 비치는 대상의 역할을 동시에 하고 있다.

그 결과 작품 「환각의 다리」는 최근 포스트모더니즘 소설에서 말하는 '자기 반영성(self-reflexivity)'의 성격을 강하게 나타낸다. 다시 말하면, 존 바스나 보르헤스처럼 이어령은 아리스토텔레스적인 외부 자연을 모방하는 전통적인 사실주의 소설 양식이 고갈되었기 때문에, 소설의 '인공성'과 '텍스트성' 같은 것을 염두에 둔 듯하다. 그리고 이 작품의 많은 부분에서 『바니나 바니니』의 장면들을 인용한 것이 실제 이 작품의 작중인물들이 자연적인 현실을 모방한 것 못지않게 리얼하게 느껴지는 것은 보르헤스의 '도서관 이론' 때문이 아닌가 한다. 존 바스는 보르헤스의 단편 중에서 「바벨탑의 도서관」에 대해서 다음과 같이 말하고 있다.

가장 인기 있는 그의 단편소설 중의 하나에 나오는 무궁무진한 장서를 소유한 도서관은 고갈된 문학의 이미지를 각별히 적절히 묘사하고 있다. 즉 '바벨탑 도서관'에는 있을 수 있는 모든 문자와 공간에 대한 알파벳의 조합이 소장되어 있고, 여기에는 당신이나 나의 논박이나 변명, 실제로 있을 미래의 역사, 그리고 비록 그가 말하고 있지는 않으나 여기에는 트론의 백과사전뿐만 아니라 다른 모든 세계의 백과사전도 포함되어 있다. 왜냐하면 마치 루크레티우스의 우주와 마찬가지로 자연계의 기본 요소와 그 결합 형태는 유사하지만(비록 방대한 숫자이긴 하지만) 각 기본 요소와 그 결합 요소의 결합 형태의 개개 건수는 마치 그 도서관 장서처럼 무궁무진하기 때문이다.[4]

이렇게 작가가 이 작품을 쓸 때 소설의 주인공으로 하여금 현실만을 이야기하게 한 것이 아니라, 스탕달의 소설을 많이 모방한 것은 어떻게 생각하면 형이상학과 인식론의 허무주의가 완전한 사실주의의 불가능을 가져왔기 때문일지도 모른다. 작가의 견해로 보아 비록 동서양의 차이는 있겠지만, 스탕달이『바니나 바니니』를 쓸 때의 사회 상황이「환각의 다리」를 쓸 때의 사회 상황과 크게 달라진 것이 없기 때문에, 작가는 스탕달의 소설에 나타난 극한적인 '어두운 상황'을 '패러디'한 것일 수도 있다. 그러나 이어령은 포스트모더니즘 소설 기법이 정립되기 이전에 이 작품을 썼기 때문에, 그가 스탕달 소설을 액자소설의 틀에 해당되는 하나의 형식으로 사용한 것은 부조리한 인간 현실을 보다 치열하게 조명하기 위해 두 개의 거울을 비추려는 것과 마찬가지라고 말할 수 있겠다.

그런데 이러한 형식이 뒷받침하고 있는 이 작품의 주제는 작가 이어령이 크게 영향을 입은「날개」의 그것과 같은 문맥에 있거나 그 연장선상에 있는 듯하다. 즉「환각의 다리」의 중심인물들은「무익조」처럼 날개 잃은 상태이지만, 그가 어릴 때 바다와 보리밭을 보았듯이 닫혀진 상황에서 머무르지 않고 열려진 공간을 찾아 멀리 날고자 하는 의욕을 강하게 보이고 있다. 비록 상징적인 표현이지만, 사미가 석호에게 말한 것처럼 그녀는 외과 의사인 죽어가는 아버지에 의해 두 다리를 절단당해 혼자서 땅을 디디고 일어설 만한 다리를 잃었다지만, 환자가 다리 절단 수술을 하고 마취에서 깨어났을 때처럼 다리가 붙어 있는 것으로 생각하고, 현수를 향해 '순수한 애정'의 세계를 추구한다. 현수의 경우도 마찬가지다. 그가 불온한 사상 때문에 투옥된 친구들을 배신하지 않고 그들과 아픔을 같이 하겠다는 의무감에서 허위 자백을 하며 감옥으로 가려고 할 때, 사미가 그러한 행동을 '환각의 다리' 같다고 말하지만, 그는 그녀와 인식을 달리하고 의무라는 이름으로 '환각의 다리'를 현실로 전환하고자 했다.

---

4) John Bath, "The Literature of Exhaustion", Raymond Federman ed., *Surfiction: Now and Tomorrow*(Chicago, 1975), 31~32쪽.

　그렇다면 작가가 여기서 두 사람의 중심인물을 통해 말하고자 한 '환각의 다리'는 무엇을 의미할까? 그것은 K 교수가 사미에게 설명하는 바와 같이 메를로 퐁띠가 말하는 '인식의 현상학'과도 같은 것이다.

　"인간의 신경 그리고 그 육체는 하나의 기계가 아니라는 것을 그는 환각의 다리라는 체험을 통해 증명하려 했던 거야. 기계론적인 심리학을 반박한 것이라고 요약할 수 있어. 세계는 그냥 있는 게 아냐. 있도록 내가 만들어내는 거지. 그 의지와 지향성에 있으니까 다리는 없어져도 있는 것처럼 느껴지는 것이란 말야.
　다리가 있고 우리가 그것을 느끼는 게 아니라 우리가 느끼는 지각이 있기 때문에 다리는 거기에 있는 거야. (……) 어쨌든 '환각의 다리'는 우리들에게 새로운 의미를 가르쳐주고 있어. 의미를 가지고 있는 한 다리를 떼 내도 우리는 그 다리를 상실치 않는다는 말이야."

　비록 사미와 현수가 부닥친 현실이 어둠 속에서 날개를 잃은 것과도 같은 닫힌 상황 바로 그것이지만, 그들은 「날개」의 마지막 장면에서처럼 인공의 날개를 그들의 상상력 속에서 펼쳐 보인다. 현수는 감옥에 갇혀 있지만, 사미 집 창문에서 5월의 푸름이 항상 머물 수 있는 날을 보기 위해 오늘의 어려움을 견디고 있다. 사미는 마음에도 없는 석훈과 결혼을 해야만 하는 어둠 속에 머물고 있지만 현수에 대한 변하지 않는 사랑과 더불어 오는 여명의 빛과 소리를 보고 듣는다.
　그래서 이 작품에서 나타난 외부적인 상황은 부조리하고 암울하지만 사랑의 힘으로 그것을 박차고 멀리 날고자 하는 욕망은 무한하다.
　이어령은 1960년대에 『장군의 수염』을 비롯하여 여기서 논의한 두 편의 작품, 「무익조」와 「환각의 다리」 그리고 1980년대에 『둥지 속의 날개』 등과 같은 문제작을 썼다. 이들 작품들 주제는 한결같이 낡은 외투를 벗고 새로운 세계를 향해 날려는 인간의 욕망과 좌절을 그 내용으로 하고 있다. 이러한 주제를 우리들에게 실어다주는 형식 또한 언제나 그 시대에 앞설 만큼 전위

192

적인 면을 보이고 있다. 그의 이러한 문학적 현상은 그가 우리 문단에 첫발을 내디딜 때 가지고 나온 그의 탁월한 이상 론은 물론 「우상 파괴론」과 결코 무관하지 않다. 그것은 그의 날갯짓의 확대된 연장선상에 놓여 있다. 그가 아이가 아니고 어른이 되었을 때도 '바람개비'를 유난히 좋아했던 것도 그의 꿈이 그 속에서 잉태되었기 때문이 아닌가 한다.

그는 이상의 영향을 누구보다 많이 받았지만, 결코 "홍진의 상실과 낡은 관습에 그대로 추종하는 아나크로니스트들의 독소적 분비물이 그의 정신을 매몰"시키기를 결코 허락하지 않는 날개를 가진 한국인 '대덜러스'임에 틀림없다.

분단 시대의 리얼리즘
이호철의 문학 세계

숙명의 아픔이 전제되지 않는 예술가 의식에서의 예술성 일변의 천착이나 집착은 무의미하다.
— 「소설 작가의 자세」 중에서

1

이문구가 이호철을 두고, 우리 문단의 '큰 산'이라고 말했듯이 그를 오늘날 한국의 대표적인 리얼리스트라고 부르는 데 이의를 제의할 사람은 별로 없을 것이다. 이호철이 「탈향(脫鄕)」과 「나상(裸像)」을 가지고 우리들에게 얼굴을 보였던 1950년대 이후, 우리가 처해 있는 비극적 상황에 대한 반항으로 많은 작가들이 사회적 리얼리즘을 지향하는 글을 써냈지만, 이호철 문학을 능가하는 경우는 드물었다.

그가 이렇게 우리 문학사에서 새로운 '리얼리즘의 장'을 열 만큼 큰 작가적인 위치를 구축한 것은 사반세기에 걸친 그의 작품량 때문만이 아니라, 분단 국가의 탈향민이 겪은 처절한 경험에 바탕을 둔 성실한 리얼리즘과, 산문으로서는 지극히 표현하기 힘든 미묘한 감정의 영역을 포착하는 그의 독특한 소설 미학 때문이라 하겠다.

그는 1950년 원산중학을 졸업한 어린 나이로 단신 월남하여 부산에서 부두 노동 및 제면소 직공, 그리고 외인부대 경비원 등으로 전전하면서 탈향민의 슬픔과 고통을 뼈아프게 경험했고, 그 후 사십 대에 와서는 "본의 아니게 두 차례 옥고"를 치렀다. 그러나 그는 이러한 경험을 그의 문학 속에 수용하는 과정에서, 그것을 생경한 사실로만 나열하는 데 그치지 않았다. 다시 말하면 그는 그의 경험을 상상력과 질박하고 낮은 '음조'를 가진 그의 독특한 언어를 통해 굴절시킨 후 새로운 문학적 현실로 변용시키는 데 성공했다. 그래서 이호철은 그 자신이 말한 것처럼 사회적이고 역사적인 현실에 뿌리를 둔 "소설가를 희생하면서까지…… 예술가가 되려고" 하지 않았고 "예술가를 희생하면서까지 소설가"가 되려고 하지 않았다.

소설가가 예술가를 짐짝으로 여기고 팽개칠 때 그것은 망조이다. 남은 것은 바삭바삭하게 건조한 논리의 무더기뿐이다. 그러나 짐짝으로 여기건 안 여기건 예술가는 소설가와 더불어 집요하게 도사리고 있게 마련이다. 소설가는 제 일만 꾸준히 하면 된다. 골치 아프고 지저분한 현실 속에 들어 앉아, 좌우로 살피고 분류하고 스스로 마련한 인식 방법으로 현실을 주워 올리면 된다. 그 다음엔 예술가가 동원되기를 기다려야 한다. 그 후의 성부(成否)는 소설가로서도 어쩌는 도리가 없다.

그러나 …… 역시 작가가 최소한으로 할 일은 예술가 이전의 소설가가 할 일이고, 그 할 일을 우선 충실히 해놓아야 한다. 그래야만 예술가도 거창한 불길로, 작은 규모가 아니라 큰 규모로 타오를 것이다.

이호철이 「닳아지는 살들」을 비롯하여 「판문店」, 「큰 산」, 「이단자」, 「문」 등과 같은 훌륭한 단편들과 『월남한 사람들』, 『소시민』, 『서울은 만원이다』 등과 같은 장편을 쓸 수 있었던 것은 위에서 그가 말한 이른바 독특한 의미의 '소설가'와 '예술가'를 그의 작가적 의식 속에 동시에 수용할 수 있었기 때문이라 하겠다.

그래서 우선 그는 소설가로서 언제나 현실 깊이 천착하고 있었기 때문에 그의 작품 세계는 그가 "지나온 삼십 년간의 발자취와 궤적에 초점"을 맞추고 있다. 그러나 그의 문학의 구심은 실향민의 아픔과 고뇌 그리고 회복 의지에 있다고 하겠다. 그래서 마치 조수처럼 밀려갔다 밀려드는 이데올로기 싸움에 의해 황폐하게 뒤집혀진 6·25 전 고향 원산의 살벌한 풍경과 그곳을 탈출하던 주인공들의 모습을 낮은 음조의 회화로 그린 「만조」를 제외한 대부분의 그의 초기 작품들은 월남한 사람들의 애환과 고향에 대한 그리움, 그리고 처절한 귀향 의지로 가득 차 있다. 그를 문단에 데뷔시킨 작품 「탈향」은 대표적인 예다. 바다 쪽으로 향해 위험하게 질주하다 멈추곤 하는 화차 속에서 잠을 자고, 낮이면 부두에서 힘겨운 노동을 하며 살아가는 작가를 닮은 월남한 젊은 청년 몇 사람은 갖은 고생을 겪으면서도 오늘의 어려움을 귀향 의지로 극복하고 있다. 그러나 비록 낮은 음조이지만, 작품 속에서 위험하게 표현되고 있는 감상적인 눈물과 슬픔은 칠흑의 어둠 속에서 달려온 화차에 치어 팔을 잃고 가라앉은 비명을 지른 광석이의 충격적인 죽음의 외상과 고향을 떠나온 사람들끼리의 뜨거운 형제애, 그리고 잃어버린 고향을 되찾으려는 처절하고 굳은 의지에 상쇄되고 있다. 또 이 작품은 이호철 문학 세계의 원형으로서, 광석이가 화차에 치어 팔을 잃고 죽는 모습을 통해 자연주의적인 환경의 힘이 얼마나 무서운가 하는 것을 극적으로 리얼하게 보여주면서, 그러한 잔혹한 현실을 형제애라는 유대감의 띠로 극복하려는 하원이 쪽과, 그 대열을 떠나서 세속적으로 타락하는 두찬이의 행동 때문에 일어난 간접적인 결과라는 점은 이러한 문맥에서 대단히 중요한 사실이다.

「나상」과 그의 대표작 중의 하나인 「판문점」은 「탈향」과는 다소 다른 면모를 보이고 있으나, 그 거리는 그렇게 멀지 않다. 「나상」과 「판문점」의 작중인물들은 다같이 분단 시대의 민족적 비극을 주제화시키고 있으면서, 그 주제의 핵심을 두 가지로 크게 나누고 있다. 하나는 남과 북에 살고 있는 사람이 다 같은 형제로서 애정을 나누고 싶어 하지만, 전쟁을 일으키게까지 만든 이데올로기라는 무서운 외부적인 힘에 의해서 얼마나 무섭게 지배를 받는가 하는 것을 압축된 소설 공간 속에서 리얼하게 고발하는 것이고, 다른 하나는 이러한 외부적인 힘을 용기 있게 극복하려고 노력하지 않고 자연적인 인간 조건과 부조리한 사회 상황의 부패한 늪 속으로 빠져 들어가는 인간형을 풍자하고 있다. 많은 평가들이 이호철 소설을 전기와 후기로 나누어 많은 변화를 보이고 있다고 주장하고 있으나, 그의 문학의 근본적인 프레임은 이렇게 그의 초기 작품에 선명하게 나타나 있다. 「나상」에서 철이가 보인 행동 규범과 그의 형이 보인 행동 규범을 비교해 보자. 철이 형은 세속적인 규범에서 벗어나 현실을 죽음으로써 극복하려는 인간형인 반면, 철이는 그렇지 못하다. 그래서 그는 살아서 고향에 돌아왔지만 마음이 예전처럼 평화롭지 못하다.

"자, 나는 다시 이렇게 범연한 고장으로 돌아왔구, 다시 그 오연함이란 것을 되찾아 입었다. 그런데 그 전보다 좀 편치 않다. 뒷받침할 의지라는 것이 자꾸 다른 것을 생각하기 때문이다. 나로선 아마 손해일지도 모르지."

작품 「판문점」은 「나상」과 유사한 주제를 가지고 있지만, 그의 작가적인 재능을 뛰어나게 보인 수작이다. 이 작품은 주인공인 신문기자의 판문점 기행을 다룬 것이지만, 그의 시선은 판문점 풍경에만 한정되지 않고, 분단 국가의 현실을 외면한 채 타성과 안일 속에 함몰해 가는 후방의 풍경을 조심스럽게 고발하고 있다. 치밀하지만, 놀랄 만큼 자연스러운 구성을 가지고 있는 작품 「판문점」은 분단 시대의 우리 현실을 비쳐주는 만화경과도 같은 기능을 하고 있다. 주인공인 기자 진수는 그의 형이나 형수가 판문점을 다만 무서운 곳으로만 외면하고, 나태한 행복 속에 도취하고 있는 모습과 분단된 남의 나라의 비극을 구경삼아 찾아오는 외국인들의 무관심한 풍경을 살벌한 판문점의 그것과 성공적으로 대조시켜 놓고 있다. 그러나 이 작품의 가장 성공적인 장면은 진수가 북에서 온 여기자와 비어 있는 지프차 속의 힘의 공백 지대에서 지나가는 소나기를 피하면서 상호 간의 방어적인 태도를 풀고 사랑하는 사람들 사이에서만 나눌 수 있는 자유로운 감정을 보이는 것이다. 비가 개서 그들이 밖으로 나왔을 때, 진수와 그녀는 무서운 뭇 시선들 때문에 서로 남남처럼 헤어져야만 했다. 그러나 진수는 집으로 돌아와 꿈속에서까지 그녀를 그리워하게 된다.

 ……폭이 넓은 푸른 강물이 급하게 흘러가고 푸른 옷을 입은 그녀가 노래를 부르면서 그 물에 떠내려가고 있었다. 강둑에 선 그를 올려다보고 안타까운 표정으로 물속에서 손을 빼내어 흔들었다. 소곤대는 목소리로 급하게 조잘대었다.
 들키지는 않았어요. 당신은 오른편으로 나가고 난 왼편으로 나가기를 잘했어요. 나는 정말 와들와들 떨었지요. 그러나 그것은 바로 우리 현실이야요. 너무 통달한 체하지 마세요. 비가 지나가자 눈부시게 활짝 개었잖아요. 가을 햇빛이 정말 눈부시더군요. 빗물이 수증기가 되어 소리를 지르면서 올라가고, 그러나 하늘은 흠뻑 그것을 빨아들여 구름 한 점 없이 맑았었잖아요. 언제쯤 우리에게도 그렇게 사악 구름이 가실 때가 오려는지요.

 그런데 형과 형수가 조카를 데리고 행복을 누리듯 살아가는 풍경은 앞에서 언급한 무너져가는 사실 이외에 다층적인 의미를 지니고서 진수가 북에서 온 그 여자와 꿈속에서 만나는 장면과 포개지고 있다. 다시 말하면, 형의 따뜻한 가정생활은 얼마간 욕망의 늪 속으로 빠져 들어가고 있으나, 그것은 진수가 그녀와 다시 만나서 행복한 결혼 생활을 하고자 하는 욕망을 자극시키고 순간적인 행복과 자유스러운 분위기 속에서 발견했던 아름다운 영상을 회상하게끔 하고 있다. 진수의 그녀에 대한 그리움은 통일에 대한 우리 민족의 그리움과 갈망을 압축한 것이라는 것을 여기서 새삼스럽게 말할 필요도 없겠다.

 「판문점」에 나타난 주제 가운데 한 가닥은 그의 대표적인 장편 「소시민」과 그에게 동인문학상을 가져다준 「닳아지는 살들」의 소설 공간으로 확대되어 갔다. 부산 피난 시절 제면소 직공으로 일하면서 겪은 그의 경험을 바탕으로 하고 있는 작품 「소시민」은 전시에 겪는 소시민의 공포와 전상(戰傷)의 아픔보다는 부조리한 사회 상황과 본능적이 인간 조건, 모순된 환경의 힘에 의해 소외되고 파괴되어 가는 지식인의 모습과 타락한 소시민적 가치가 지배하는 무질서한 사회적 현실을 순결한 주인공의 시선을 통해 적나라하게 묘사하고 있다.

「닳아지는 살들」은 확대된 소설 공간을 가진 「소시민」과는 달리 좁은 극장의 무대처럼 지극히 제한된 소설 공간과 압축된 구성의 소설 미학을 보이고 있다. 이 작품 속에 나타난 몰락해 가는 부르주아 가정의 식구들은 이북으로 시집가자 돌아오지 않는 맏딸을 구하기 위해 어떠한 행동도 하지 않고, 그냥 그녀가 자정에 돌아오기를 기다리며 회색빛 먼지 속에 권태와 타성 그리고 후회의 눈물과 무기력한 구토의 늪 속으로 무너져 침몰되어 간다. 그래서 그들이 기다리던 '이북으로 시집간 언니'는 돌아오지 않고, 백치에 가까운 아버지와 술주정뱅이 선재와 더불어 불륜의 꽃을 피우던 식모가 하루가 끝난 마지막 시간인 밤 12시에, '언니'의 마스크를 쓰고 무대 위에 등장한다.

「닳아지는 살들」에 나타난 이 식모는 「소시민」에서 주인공이 전선에서 돌아왔을 때, 그 당시 사회를 지배하는 중심 세력으로 등장한 김씨와 식모 천안 색시와 평행선상에 놓여 있다.

그러나 시대적인 변화와 사회적인 변천에 따라 그의 문학적인 주제와 스타일은 모순된 사회 상황과 비극적인 분단 국가의 현실을 외면한 채 허위적인 가치에 의해 지배되는 소시민들의 모습과 생태를 희화적인 스타일과 해학적인 터치로서 풍자했다. 그는 이미 「소시민」에서 우리들에게 회화적인 스타일의 일면을 보여주었지만, 절정의 꽃을 피운 것은 「부시장 부임지로 안 가다」, 「퇴역선임하사」, 「여벌집」과 같은 세밀한 전통적인 사실주의 작품들에서다. 「생일초대」와 「이단자」 계열의 작품 역시 민족적 비극과 부조리한 사회적 현실을 외면한 채 소시민적인 타성에 빠져 있는 왜소한 사람들의 세태를 독자들이 쉽게 알아볼 수 없는 미묘한 소설 미학의 음악을 통해 소리 없이 풍자하면서, 조용한 놀라움으로서 무기력한 타당성에 빠져 있는 우리들을 잠깨우고 있다. 그가 말한 '이단자'들이란 진정한 의미에서의 이단자가 아니라, 진부하고 안일한 허위적인 가치에 묻혀 있는 사회적인 규범에서 벗어나 새롭고 올바른 사회를 건설하고자 타성의 벽을 무너뜨리려는 용기 있는 사람들을 말한다. 이호철은 이러한 사람들을 이단시 하는 사회를 병든 사회로 진단하는 과정에서 타성적인 인간의 심리의 벽을 파고드는 특이한 작가적 솜씨를 보이고 있다.

그러나 그의 문학 세계에서 또 하나 눈에 뜨이는 특색은 앞에서도 되풀이해서 밝혀온 형제들 간의 뜨거운 애정과 튼튼하고 질긴 인간적인 유대 의식이다. 그의 소설 공간 어디에서나 쉽게 찾아볼 수 있는 형제 관계는 소설 구성의 문제를 떠나서도 분단 시대의 우리들의 아픔을 톨스토이가 주장한 이른바 '개선론적 리얼리즘', 즉 역사의 수레바퀴를 인간의 힘으로 움직이기 위한 휴머니티의 결속 문제와 깊은 관계를 지니고 있다고 하겠다. 견디기 어려웠던 그의 수인(囚人) 생활의 경험을 바탕으로 해서 쓴 「문」이란 작품은 이러한 그의 주제 의식을 다른 어느 작품에서보다 성공적으로 구체화하고 있다. 이 작품은 절대자인 신에 대한 반항의 원죄 때문에 유형당한 인간의 운명적인 '벽'과 그것을 초월하고자 하는 인간의 욕망에 대한 상징성을 강하게 나타내고 있지만, 그것보다 주어진 인간 상황과 조건 가운데 어떻게 살아가야 보다 인간적이며 윤리적인가 하는 것을 실제적인 인간 경험과 심리학을 통해서 진지하게 말해 주고 있다. 이호철은 평화로운 마음과 침착한 태도를 가진 삶을 사는 방법은 초월적인 자유의 '문'만을 동경하는 데 있는 것이 아니라, 누추하고 고달픈 현실 속이지만 형제들 간의 뜨거운 사랑과 우정에 있다는 점을 경험으로 말해 주고 있다. 다시 말하면, 이호철에게 있어서 구원의 길은 문 밖에 있는 절대자에게 있는 것이 아니라, 문 안의 벽 속에 있는 우리들의 형제인 인간 가운데 있다는 것을 말해 주고 있다. 작품 「문」은 이러한 주제 의식 이외에 외세에 의한 분단 민족의 아픔과 그것을 극복하기 위해 우리들이 어떠한 자세를 취해야만 되는가 하는 상징적인 의미를 또한 싣고 있기 때문에 우리들에게 주는 감동과 충격은 실로 크다고 하겠다.

2

　그러나 지금까지 살펴본 그의 주제 의식은 앞에서 논의해 온 바와 같이 그의 소설 미학이 없었더라면, 효과적으로 전달되지 못했을 것이다. 그의 소설 미학 가운데 우리들의 눈에 쉽게 발견될 수 있는 것은 일찍이 유종호가 지적한 '대조 감각'과 정독을 하는 감각 있는 독자라면 누구나 쉽게 발견할 수 있는 분위기와 무드의 효과이다. 작품 가운데서 상이한 두 가지 도덕적인 규범에 기초를 둔 인물과 풍경들을 비교하고 대조하면서 묘사하는 것은 여느 '리얼리즘' 소설에서도 쉽게 찾아 볼 수 있는 방법이다. 그러나 이호철이 그의 작품 가운데 사용한 대조의 미학은 두 가지 점에서 크게 돋보인다. 하나는 대조의 방법이 상징적인 색채를 띠면서 주제와 유기적으로 결합하고 있다는 것이다. 일반적으로 그의 대조 방법은 「큰 산」 등과 같은 작품에서 선명하게 나타나 있듯이 질서의 무질서, 그리고 무질서의 원인에 대한 상징적인 물음 등으로 구체화되고 있다. 그는 타락한 인간형과 타락하지 않은 인간형을 변동 사회의 등고선 지도 위에서 회화적으로 대조하고 있지만, 그 비교의 대상은 남과 북 또는 분단 시대와 분단 이전 시대에 관한 것이다. 작품 「큰 산」에서 온 누리를 깨끗하게 만드는 흰 눈과 시야를 어둡게 하는 비와 대조하고, 깨끗한 흰 눈이 덮인 돌담의 아름다움을 파괴하는 보기 흉한 '고무신' 짝과 분단 이전 유년 시절의 아름다운 들판 풍경을 더럽혔던 '지까다비' 신짝을 도둑과 외인들에 대한 상징으로 비교하면서 포착한 것은 모두가 외세에 의한 민족적 상처와 그것을 제거하고자 하는 강한 욕망을 형상화한 것이다. 분단 시대의 외세에 의해 막혀 있는 현실에 비유한 구름에 덮인 '큰 산'의 위용을 비교, 대조하고 있는 것은 단순한 기상도의 묘사의 범위를 넘어서서 분단 시대에 우리들이 무엇을 해야 할 것인가 하는 것을 강렬한 암시를 통해 제시하면서, 마음 든든한 안정감과 민족의 뿌리에 대해 경이적인 놀라움의 효과를 우리에게 충격적으로 던져준다. 비 갠 후 민족의 뿌리인 조국 강토의 모습은 실로 눈부시다.

　그 '큰 산'은 청빛이었다. 서쪽 하늘에 늘 덩더룻이 웅장하게 퍼져 있었다. 아침저녁으로 혹은 네 철을 따라 표정은 늘 달랐지만, 근원은 뿌리 깊게 일관해 있었다. 해 뜨기 전 새벽에는 청청한 빛으로 싱싱하고, 첫 햇빛이 쬐면 산머리에서부터 백금색으로 빛나고, 햇빛 속의 한낮에는 머얼리 물러앉은 청빛이었다……그 '큰 산'은 늘 우리 모든 사람의 마음속에 형태 없는 넉넉함으로 자리해 있었던 것이다.

　그 '큰 산'이 그곳에 그렇게 그 모습으로 뿌리 깊게 웅거해 있다는 것이, 늘 우리들 존재의 어떤 근원을 이루고 있었던 것이다.

　그런데 특히 우리들의 주목을 요구하는 것은 그가 대조한 두 가지 대상 혹은 장면들이 단절된 상태에 놓여 있지 않고, 눈에 보이지 않는 미학적인 끈으로 연결되거나 결합되어 있다는 것이다. 그래서 얼핏 보면 서로 대조한 장면과 그 매듭, 그리고 그것에 따른 주제의 의미를 파악하기가 대단히 힘들 경우가 있다. 이러한 도식을 배제한 미학적인 모호성은 그의 작품을 단순한 현실적인 이야기로부터 예술적인 차원으로 승화시키고 있다. 그러면 어떠한 미학이 위에서 말한 두 가지 단절된 요소를 결합하고 있는가. 그것은 그의 소설 미학 가운데 가장 중요한 낮은 음계의 유머와 감상적인 요소를 배제한 '서정적 리얼리즘'이다. 유머는 희극과 비극, 즉 눈물과 웃음의 경계선에 위치하고 있기 때문에 감상적인 요소를 차단한 '서정적 리얼리즘'과 밀접한 관계를 가지고 있다. 작품 「소시민」을 비롯하여 초기의 몇몇 작품에서 보인 눈물과 웃음의 혼성적인 배합은 「부시장 부임지로 안 가다」, 「퇴역선임하사」, 「생일초대」 그리고 「여벌집」과 같은 작품 등에 나타난 탁월한 유머와 맥을 같이하면서 그의 소설 미학의 기조를 이루고 있다. 그가 작중 인물과 사건 및 장면을 정확하게 묘사하는 단단한 리얼리즘을 지향하는 치밀한 산문을 쓰고 있으면서도 시의 영역인 '미묘한 감정'을 포착할 수 있는 것은 그의 특유한 유머에서 창출된 서정 때문이다.

　그의 소설 미학 가운데 또 다른 하나의 중요한 요소인 분위기와 무드의 창조는 그의 작품 가운데서 유머와 유사한 기능을 하고 있다. 우선 그것은 주제와 형식, 독자와 작품을 유기적으로 결합한다. 그리고 그것은 단절된 위험성이 큰 선과 악, 질서와 무질서의 구획 지대를 보이지 않는 색채의 끝으로 연결 짓는다. 작품「판문점」에서의 소낙비와 북에서 온 여기자의 울음, 그리고「닳아지는 살들」에서 무너지는 소리의 음향 효과가 가져오는 분위기 효과가 없었다면, 이들 작품의 부분 부분들은 그렇게 밀도 짙게 결집되지 못했을 것이다.

그러나 이것 못지않게 중요한 것은 이호철이 독특한 분위기를 창조하기 위해 채색한 회색빛이다. 이것은 독자들로 하여금 그의 작품 가운데서 단순히 산문적으로만 보이는 여러 장면들이 지니고 있는 드라마와 그것이 지니고 있는 깊은 의미에 대한 이해를 강요하는 데 대단히 중요한 기능을 한다. 작가 이호철이 지니고 있는 이러한 유니크한 서정적 스타일과 밀도 짙은 분위기 묘사는 그의 주제 가운데 중요한 몫을 차지하고 있는, 톨스토이가 말한 이른바 인간을 하나로 묶는 유대를 강화시키는 동정적(同情的)인 감정을 전달하는 데 중요한 기능을 한다.

아마 이호철이 분단 시대의 대표적인 리얼리스트로서 우리 현대문학사에 중요한 위치를 차지하고 있는 것도 이러한 그의 개성적인 소설 미학 때문이리라. 어떤 의미에서 그가 일생을 두고 추구해 온 문학적인 목적이 단절된 두 개의 상황을 결합하기 위한 것에 있다고 생각하면 그의 이러한 소설 미학은 그의 주제 의식과 함께 대단히 심각하고 큰 의미를 지니고 있다고 하겠다. 그는 현실에 깊이 천착한 섬세하고 질박하며 또한 대단히 정확한 리얼리스트이면서, 유기적인 철학을 이해하고 있는 서정적 리얼리스트이기도 하다. 그는 철저한 산문 소설가이기를 표면적으로 주장하고 있지만, 그의 내면 세계에서는 '예술가'를 만나고 싶어 하는 욕망이 언제나 불타고 있다.

그의 문학적 이상이 결합과 통일의 미학에 두고 있다는 것을 아무리 강조해도 지나침이 없겠다. 왜냐하면 통일 의지는 그의 주변 어디에서나 쉽게 찾아볼 수 있기 때문이다.

이호철이 오늘날 의식 있는 폭넓은 독자를 가지고 있고, 또 뜻있는 젊은
작가들로부터 남다른 존경을 받는 것도, 그의 소설 가운데서 보인 도덕적인
윤리를 자신의 행동과 통일된 선상에서 일치시키려고 노력하고 있기 때문이
라 하겠다.

무의미 속의 의미
서정인의 문학 세계

예술이란 인생에 가장 가까운 것이다. 그것은 우리들의 개인 영역의 범위를 넘어서
존재하는 우리 형제들과의 경험을 증대시키고 접촉을 확대시키는 하나의 방법이다.
　　── 조지 엘리엇

1

　서정인은 1962년 ≪사상계≫에 지식인에게 부닥친 시대적인 상황과 자아
의 갈등 문제를 현대적인 문맥 속에서 부각시킨 「후송」을 발표한 이래, 그는
현역 작가로서 지금까지 우리들에게 자연주의와 상징주의를 혼합시킨 독특한
작품 세계를 보여주고 있다. 그는 작가 생활 기간에 비해 비교적 과작을 남
긴 작가이다. 그러나 예술적인 측면에서 보면, 『강』과 『가위』라는 창작집 두
권을 가지고서도 오늘을 살아가는 다른 어느 작가들에 조금도 손색이 없음은
물론 '하늘을 우러러 한 점 부끄럼이' 없는 작가이다. 그러면, 어떻게 그는 이
러한 작가적인 위치를 확보할 수 있었을까? 아마 그것은 다음 두 가지로 크
게 요약할 수 있겠다. 하나는 그가 대부분의 오늘날의 리얼리즘 작가들과 마
찬가지로 사회에 대한 작가의 기능을 잊지 않았다는 것이고 다른 하나는 그
의 작품이 반인간적인 사회의 부조리 현상을 차가운 눈으로 고발하고 허위적
인 인간의 '탈'을 투시하는 내용을 다루고 있지만, 그러한 현상을 표면적으로
만 취급하지 않고, 사회의 '모럴리티' 문제를 넘어서 본원적인 인간의 존재
문제까지 그의 시선을 확대해 나갔다는 데 있다. 비록 몇몇 작품의 소재 문

제에 있어서 삶의 선택을 보다 선별적으로 하였으면 하는 아쉬움도 없지 않지만 사회의 문제와 인간의 존재 문제에 대한 깊은 물음을 미학적으로 융합한 것은 서정인만의 훌륭한 재산이라 하지 않을 수 없다. 그가 모순된 사회 구조를 결정론적인 측면에서 다루었기 때문에 그의 소설 무대에는 최인훈이 말한 것처럼 '삶의 우울한 그림자'가 드리워져 있다. 그러나 이러한 '우울한 그림자'는 비록 그의 작품 세계를 다소 어둡게 만들고는 있지만, 그것은 리얼리즘 문학이 자칫 잘못하면 빠지기 쉬운 '멜로드라마'의 늪에서 그의 예술을 성공적으로 구해 주고 있다.

서정인은 어느 한 편의 장편 속에 주제를 집약시키지는 않았지만, 그가 지금까지 써온 「후송」, 「강」, 「나주댁」, 「원무」 등과 같은 일련의 단편소설 가운데 흐르는 주제는 우주 가운데 인간이 처해 있는 비극적인 상황에 대한 객관적 인식과 그것에서 비롯되는 인간에 대한 애정 문제와 인간들 사이의 결속 문제에 관한 것이다.

서정인의 작품이 이렇게 두 가지 양면성을 띨 수 있는 것은 그의 독특한 문체와 치밀한 구성으로 이루어진 소설 미학 때문이다. 사실 그는 자서전적인 경험과 시대적인 부조리 현상을 뛰어난 감수성으로 묘사하는 것으로서 작품을 써왔다. 그런데 그의 몇몇 우수한 작품에서는 작품의 소재로서 삶의 선택이 탁월하고, 구성과 언어의 끌질이 장인(匠人)에 가까운 것이었기 때문에 이들 작품들은 단순히 사실적인 묘사의 범위를 넘어서서 상호 침윤하는 상징적인 의미를 띠게 되었다. 다시 말하면 그의 단편들은 앞에서도 이야기한 것처럼 시대적인 상황 내지 인간의 환경에 대한 일련의 스케치가 될 뿐만 아니라, 또한 인간 운명에 대한 상징적인 기록이 되고 있다. 그러나 무엇보다 중요한 것은 그의 소설이 무의미 속에서 새로운 의미를 찾는 예술과 현실 문제를 조화 있게 다루고 있는 것이다. 그는 '창조의 신'처럼, 자기의 작품을 완전한 예술의 형식이라고 하는 이른바 극적인 형식(dramatic form)으로 만들어 놓고 눈에 보이지 않게 작품 속 깊숙이 혹은 작품 밖에 숨어 있다. 그 결과 그는 사건을 주관적인 시점에서 이야기하지 않고 존재의 반어적인 문맥을 통해서 오생근이 말한 이른바 "타락된 가치관이 지배되는 현실적인 삶의 쓸쓸함과 무의미"를 우리들에게 예리하게 보여주고 있다. 그는 작품 가운데서 흑백을 구분하는 사건을 통해서 어떤 도덕적인 의미를 직접적으로 전달하지 않고 보편적인 사건을 있는 그대로 정직하게 묘사하는 예술적 행위를 통해서 경직된 마음의 문을 열어주면서 미학적으로 새로운 의미를 창조하려 하고 있다. 이러한 사실은 『가위』의 후기에서 쓴 문학의 기능에 대한 작가 자신의 글에서도 잘 나타나 있다.

문학은 한 우물을 파는 사람이 단지 너무 깊이 팠기 때문에 스스로 판 우물 속에서 도저히 헤어 나오지 못할 때 그 사람에게 그 우물에서 솟아나올 슬기의 샘물을 파헤쳐 주는 것이 아니라 그에게 남이 될 수 있는 힘을 주어서 제 모습을 제 모습대로 바라볼 수 있게 하여 그의 굳어진 마음을 부드럽게 해주고 닫혀진 영혼을 열어주고 비열해진 정신을 끌어올려 준다. 우물을 파는 사람들이 모두 맑은 샘물을 얻는다면 문학은 없어도 좋다.

삼천 년을 살아오는 동안에 그러한 사람들은 다섯 손가락을 다 꼽기가 힘들 만큼 있어 왔다. 그러한 사람들에게는 문학이 필요 없다. 그 사람들이 바로 문학이었다.

2

어떤 의미에서 보면 그가 소설의 장면 묘사를 사실적인 회화에 가까우리만큼 훌륭하게 하고 지나친 군더더기를 철저히 제거하고 지극히 세련된 문장을 쓰는 것은 예술에 대한 그의 신념에서 잉태한 듯하다.

그래서 그가 창작 활동을 통해서 카오스 상태의 현실에다 새로운 비전과 질서를 부여하는 예술을 창조하려 한 것은 작가가 '맑은 샘물'이라고 표현한 중세를 영혼, 즉 자아를 찾으려는 소외된 국외자의 유랑의 길과 평행을 이룬다.

그의 데뷔작이자 대표작인 「후송」의 주인공인 성 중위는 「분노의 포도」의 주인공 앨처럼 그 자신 예술가는 아니지만 작가의 마스크를 쓰고 부조리한 현실을 벗어나 자아를 회복하기 위해 '또 하나의 다른 세계'로 길을 떠나는 이미지를 안고 있다. 이 작품의 중점되는 사건은 포병 장교인 주인공 성 중위가 귀에 이상한 소리가 나는 증세를 가지고 있고 그것 때문에 후송 병원으로 탈출해 가는 것으로 압축된다. 성 중위는 중동부 전선에서 45구경 권총으로 빈 깡통을 무분별하게 쏘다 자신의 귀에 소리가 나는 것을 의식하게 된다. 그래서 그는 총소리가 나는 곳에서 될 수 있는 대로 멀리 후송되기를 원한다. 그는 부산에 있는 병원으로 가는 후송 열차를 타기 위해 '나'와 '타인' 그리고 군대 조직이라는 집단 사이에 가로놓여진 모순된 편견의 장벽을 힘겹게 넘는다. 성 중위의 귀에서 소리가 나는 것은 여러 비평가들이 지적한 것처럼 자아 회복을 위한 '자각 증상'내지 자의식에서 오는 양심의 소리이다. 17후송병원의 군의관이 그의 증상을 두고 포병 장교에게 흔히 있는 '신경외상'이라고 하지만 그것은 무의미한 현실 가운데서 잃어버린 자아를 다시 찾아야만 한다는 강박관념에서 오는 욕망의 지속적인 절규다. 이러한 사실은 그가 그것대로 존재할 이유가 있고 또 자화상의 이미지마저 지니고 있는 '빈 깡통'을 자신의 쾌감 때문에 총질을 해야만 한다든가 혹은 아무런 의미 없는 빈 깡통을 보고 광란적으로 총을 쏘는 것과도 같은 바보들의 장난인 전쟁에 자신이 참가하고 있다는 것을 자의식적이고 외상적인 경험을 통해 의식한 후부터 귀에서 소리가 났다는 것으로 입증해 주고 있다.

　"총을 쏜 다음부터 시작했습니다. 구경 45권총 말입니다. 세 박스를, 그러니까 백오십 발을 선 자리에서 다 쏘아 없앴지요. 총열의 과열도 생각지 않고 그냥 쏘아 댔습니다. 무엇이 있었냐구요? 아무것도 없었습니다. 먹고 버린 빈 깡통이 하나 뒹굴고 있었지요. 그리고 주위에는 아무도 없었습니다. 나밖에는."
　빈 깡통을 본 순간, 그는 그것을 없애버리고 싶었었다. 버려져서 뒹구는 빈 깡통이었다. 그는 그것을 향해서 연방 탄창을 갈아 끼우며 방아쇠를 당겼었다. 탄환이 떨어지고 어깨가 무거웠으며 피로가 온몸을 습격해 왔었다. 그러나 그의 마음은 후련해져 있었다.

"그때부터 계속해서 소리가 났습니까?" 격발 반동은 쾌감을 주었다. 충격이 어깨에 전해질 때마다 쾌감이 전신으로 퍼져 나갔다. 상쾌한 고통이 폭음과 더불어 짜릿하게 전신을 파고들었다. 격발할 때마다 총구와 깡통은 동시에 튀어 올랐다. 격발은 반복되었다. 쾌감도 따라 올랐다. 탄환이 떨어지자 격발은 그쳤다. 갑자기 피로하여졌다. 빈 깡통은 보기 흉하게 어지러져 있다.

"그때부터 소리가 계속해서 났느냔 말이에요."

군의관이 소리를 높여 재차 물었다.

"그렇습니다."

귀에서 소리가 나는 이러한 '자각 증상'은 자기 회복을 위한 진통이라는 점에서 그것이 지닌 상징적 의미는 실로 크다 하겠다. 그러나 이러한 자기 발견을 위한 불안에서 오는 내면의 소리가 '후송'이라는 탈출의 동기가 되었다는 것은 그의 작품 세계의 주제 면에서나 혹은 형식면에서 대단히 중요하다.

왜냐하면 「후송」뿐만 아니라 대부분의 그의 작품은 주인공들이 허위적인 가치로부터의 탈출을 중심 내용으로 하고 있기 때문이다. 그러나 그가 탈출하고자 하는 것은 인간을 살해하는 무의미한 전쟁과 부조리한 사회 환경만이 아니었다. 작품의 저변에는 언제나 죽음에 대한 불안과 모순된 존재에 대한 물음이 아울러 깃들어 있다. 이러한 사실은 그가 포(砲)들이 "밤낮으로 불을 뿜으며 둔중한 폭음으로 빈 벌판을 울리는" 전선을 뒤로 두고 후송 병원으로 가기 위해 차량을 타고 어둠을 통해 후방 지역으로 빠져나올 때부터 나타나 있다.

성 중위는 반쯤 닫힌 차창에 머리를 기대고 밖을 내다보았다. 시야를 막은 산은 없는데 시야는 어디쯤에선가 제한을 당했다. 어둠이 깔려 오고 있었다. 크고 넓게 그리고 조용하게 어둠은 벌판의 계곡으로 기어오고 있었다. 죽음의 손길처럼 천천히 그러나 정확하게 밤의 장막은 다가오고 있었다. 밤, 밤이.

그것은 죽음과 삶의 차이를 없애버린다. 보라, 저 허물어져간 퇴색한 묘비도 사라져가고 새로이 진지를 편성하는 구릿빛 포병의 영구히 약동할 듯한 육신도 사라져가지 않는가…… 삶이 영원한 죽음 속으로 사라져 가고 있지 않은가……

죽음에 대한 성중위의 강박관념은 이곳에서뿐만이 아니다. 그가 사단 군의관과 후송해야 할 이유를 이야기할 때, 그는 "꼭 죽을 것 같다는 예감"이 든다고 이야기하고, "어느 구석엔가 죽음이 도사리고 앉아서" 자기 방비가 약한 틈을 타서 달려들 것 같아서 무심히 지나다가도 까닭 모를 긴장을 한다고 말하고, 그가 귀에서 소리가 나는 증상 때문에 수도 육군에 가서 '오디오미터' 테스트실에서 죽음의 '가스실'을 생각했다. 그가 후송되는 기간 동안 병원에서 읽고 있었던 책의 주인공 L의 죽음을 자기 자신의 죽음처럼 생각하고 후송 병원 병실을 죽음의 바다를 헤쳐 나가는 불 밝힌 배에 비유하고 있다.

병실에는 불이 저 쪽 끝에 하나만 켜져 있었다. 긴 병실, 불빛이 희미해진 곳에 그는 서서 병실 안을 관망하였다. 그것은 선실이었다. 하루의 긴 항해가 끝나고 피곤한 선원들이 그들이 해먹 속에 엎드려 고향에 편지를 쓰고 혹은 누워 아내의 사진을 꺼내 보고 있었다. 성 중위는 그의 침대 위에 걸터앉았다. 반은 밝았고 반은 어두웠다. L이 들어 있는 그의 트렁크가 침대와 침대 사이에서 희끄무레하게 빛나고 있었다. 트렁크에 붙은 하얀 쇠붙이는 차갑게 반짝였다. 그것은 관 모서리에 달린 백동 장식이었다. 그리고 그 관 속에는 L이 잠들고 있었다. 그는 여전히 웃고 있었다.

또 서울에 나갔다가 병원으로 돌아오는 길에 자기를 태워주지 않고 과속으로 달리던 차가 뒤집어지는 것을 보고 만일 자신이 그 차를 탔었으면 어떻게 되었을까 하는 생각에 "죽음이 그를 스치고 지나간 듯한 느낌"을 가졌다. 드디어 성 중위가 부산으로 가는 후송 야간열차를 탔을 때 옆구리에 적십자를 단 하얀 열차는 그 속이 아무리 쓸쓸하더라도 그 속에서 내다본 어둠은 그가 보고 느끼며 체험해 온 부조리한 사회 환경과 융합되어 죽음의 이미지로 나타나 있다. 그래서 그가 비록 또 하나의 다른 세계인 부산으로 가는 후송 열차를 탔다고 하더라도 어둠 속에서 그를 삼켜버릴 것만 같은 죽음을 집요하게 의식하고 있다.

「물결이 놀던 날」은 비록 작품 배경을 달리하고 있지만 「후송」에서 보인 자연주의적인 결정론과 인간 의식에 관한 문제를 바다의 조수와 시계의 이미지 등을 통해 상징적으로 나타내고 있다. 성 중위의 변신이기도 한 현수는 제대를 하고 부산에서 군대 조직과는 다른 사회 풍경 속에 놓이게 된다. 그러나 그는 성 중위가 후송을 할 때 느꼈던 것과 유사한 자연의 힘이 인간을 지배하고 있다는 것을 눈으로 보고 느낀다.

작가는 현수와 석호라는 "두 인물의 액션 위에 골고루 분배"하고 있다고 말했지만, 현수가 비록 소설 공간에서 액션을 취하고 있더라도 어디까지나 석호와 대칭 관계를 이루면서도 석호의 움직임에 대해 객관적인 시선을 던지는 관찰자의 입장에 서 있다. 석호는 인간관계에 있어서 현수와는 다른 가치관을 가지고 있다는 것은 사실이다.

이를테면 여자에 대해서 아직까지 경험이 없는 현수가 공작다방의 명자 때문에 열병을 앓고 있지만 벙어리처럼 말을 못하고 있을 때 그는 현수에게 "그럼 말야, 우선 같이 차를 마셔라. 될 수 있는 대로 으슥한 다방이 좋다. 그러고는 같이 점심을 먹어. 저녁도 좋구. 물론 중국집으로 가야지. 그 다음에 영화나 하나 보면 된다. 그러면 다 되는 거야. 이 녀석아."라고 충고를 하는가 하면, 자기가 세 들어 사는 집 주인인 뱃사람의 부인 삼학정 마담과 불륜의 애정 관계를 맺는 것도 그러하다. 그러나 작가가 작품에서 강조하고자 하는 것은 현수와 다른 가치관만이 아니다. 그것은 석호가 환경의 힘에 어떻게 지배되어 왔으며 또 부조리한 사회적인 힘이 인간을 어떻게 일그러뜨렸는가 하는 것이다. 비록 석호는 강한 성격을 가졌지만 그의 성격 가운데는 운명적인 요소가 있다는 것을 강조되고 있는 반면, 그 인간적인 힘마저 부조리한 어떤 우주적인 힘이나 외부적인 환경의 힘에 의해 짓밟히고 있다.

　석호에게는 무엇인가 사람을 끄는 힘이 있었다. 그것은 그의 강한 성격 탓이었을까? 그랬을지도 몰랐다. 남의 생각보다는 자기의 생각을 믿고 남의 의견을 좇아서 성공하는 것보다는 자기의 의견대로 하다가 실패하는 것을 당연한 것으로 여기는 완강한 성격——바보와 같은 생리가 그에게는 있었다. 그에게 후회가 없는 것은 아니었으나 그의 후회는 현수의 것과는 성질이 달랐다. 그의 후회는 그의 다음 행동에 조금도 방해가 되지 않았다. 그리고 그의 실패에는 항상 훌륭한 변명이 준비되어 있었다. ……그는 실패하고 후회한다. 그러나 그의 실패는 그 누가 일을 했어도 실패할 수밖에 없는 그런 실패가 된다. 따라서 그의 후회는 인간의 생태의 불완전성에 대한 것이지 자기 자신의 결함에 대한 것이 아니다. 그런데 중요한 것은 석호의 의견대로 하다가 실패했을 경우 그 결과가 당연한 것으로 느껴질 뿐만 아니라 그 과정도 과히 서운하거나 불쾌하지 않다는 점이다.

석호가 이러한 성격을 가지게 된 것은 이북에서 태어나 어린 시절부터 고아 아닌 고아로서 시련을 받았기 때문이리라. 그의 어머니는 그를 낳자마자 죽었고 그는 곧 아버지의 집으로 옮겨왔다. 그러나 일 년이면 반 이상이나 서울에 가 있었다. 그런데 "그의 아버지를 서울에 두고 삼팔선이 굳어졌다." 그래서 그는 자기의 어머니가 죽었다는 것을 믿지 않고 서울에 가면 아버지와 어머니를 만나볼 수 있을 것이라 믿고 마을 아저씨를 따라 풀이 무성한 6월에 임진강을 건너 월남했다. 그 후 갖은 어려움을 겪고 고생을 하다 아버지를 독립문 근처에 있는 어느 양옥집에서 찾았으나 그의 아버지와 어머니는 그의 기대와는 달랐다. 석호는 온갖 시련과 어려움을 겪고 낮에는 일을 하고 밤에는 야간학교를 다녔으나 주간부에의 미련과 유혹을 쉽사리 떨쳐버릴 수 없었다. 그러나 드디어 야간부를 그만두고 군대에 지원입대를 했다. 그러자 곧 삼팔선이 터졌다. 그는 배치된 부대를 따라 진주로 후퇴했다. 그 후 두만강 부근으로 진격을 했다가, 다시 후퇴를 할 때 서울에 들러 서대문 영천에 있는 집에 들러보았다. 그러나 그의 집은 간 곳이 없고 "하얀 시멘트 담벽은 반쯤 무너진 채 시커멓게 그을려 있었다." 그 후 휴전이 성립되고 장교로 얼마간 근무하다 군복을 벗은 후 직장을 구하지 못해 노점을 벌이고 넥타이 장수를 하게 되었다. 그는 피곤한 일과를 보내고 밤 10시경에 점포를 거두고 매일 찾아가게 되는 삼학정이란 돼지 갈비집에서 마담을 만났다. 그래서 마담의 심상치 않은 호의로 마담이 사는 집으로 이사를 오게 된다. 이사를 온 후 두 사람이 미움과 사랑의 세월 속에서 냉전의 '상호 견인' 작용을 하다 바람이 불고 물결이 높던 어느 날, 석호의 방파제는 남편을 바닷물 위에 띄워 놓은 선원의 아내, '메두사'의 힘에 무너지고 그는 그녀의 영향력에 휩싸인다. 그래서 석호는 지금까지 지키고 있었던 개인적인 인간 가치를 상실하고 어떤 의미에서 메두사인 삼학정 마담 아주머니와 타락한 가치 속에 매몰되어 버린 정신적인 죽음을 당한다.

부인은 아름다웠다. 그러나 어머닌 아니었어. 어머닌 죽은 모양이야. 나를 낳자마자 죽었어. 틀림없이 석호의 한 손이 마담의 머리채에서 풀렸다. 풀린 손이 내려오면서 머리칼을 쓰다듬었다. 목덜미 언저리까지 흘러 내려와선 마담의 어깨를 붙잡고 있는 그의 왼손 위로 겹쳐졌다. 석호는 마주친 그의 두 손을 꼭 붙잡았다. 숨진 어머니의 가슴 위에 나는 매달려 있었을까. 박 하사는 엎드려 있었지. 개인호 흙벽을 두 손으로 안은 채, 이마를 오른손 팔목 위에 감긴 시계만이 초침은 분명히 소리를 내고 있었으니까. 짤깍 짤깍. 조용두 했지. 석호는 자신의 숨소리를 들을 수 있었다. 그의 숨소리에 겹쳐서 마담의 숨소리도 들려왔고 그 가슴의 동계도 전달되어 왔다. 자식, 그렇게도 시계를 자랑하더니. 어머닌 어떻게 눈을 감았을까. 내가 시계를 풀어서 워카발루 밟아 버렸을 때 소대장은 날 노려보았지. 난 정말 그렇게 밖에는 할 수 없었는데. 시계가 미웠으니까. 시계가. 살아 있는 시계가. 소대장은 내가 슬퍼서 우는 줄 알았을 거야. 시계를 두고 간 박 하사가 가련했을 뿐이었는데, 석호는 그의 두 팔에 힘을 주었다. 츳츳, 네 에민 참 불쌍한 사람이었단다. 핏덩이가 캥겨서 어떻게 눈을 감았노, 아버진 노려보고 있었을까? 누구를? 둘 다 아무것도 몰랐을 텐데. 알 만한 사람은 죽어 있었구 살아 있는 사람은 너무 어렸을 테니까. 그는 마담을 꼭 껴안았다. 그의 빈 가슴 속을 상대방의 그것으로 메꾸려는 듯이. 마담은 그의 속으로 파고들었다. 여자의 두 손은 그의 등을 놀라운 힘으로 끌어당겼다. 펼쳐지지 않은 낙하산. 가슴은 항상 따발총으로 시작되었어. 저 진저리나는 오륙발 점사. 개천둑만 열심히 지켜보고 있었는데. 화집점두 그 근처에 있었구. 엉뚱하게 두 포플러나무 곁에서. 사자는 슬프지 않았다. 죽어 버렸으니까. 슬픈건 사자에서 예상되는 자기 자신의 죽음이었어. (중략)

석호는 갑자기 할 일이 없어져 버렸다. 정오를 알리는 사이렌 소리가 멀리서 들려왔다.

그러나 석호와는 대조적으로 현수는 명자와의 관계에서 성공하지 못한다. 그러나 자의식이 강한 현수는 불협화음이 있는 관계를 힘으로 강요하지 않았다. 그는 결론을 전제로 하지 않았다. 그는 명자와의 관계에서 세속적인 실패는 했지만, 그녀와 정신적으로 맞지 않는 관계에서 벗어날 수 있었기 때문에 사이렌이 우는 영점에서 다시금 보다 나은 삶, 즉 자아를 발견하기 위한 새 출발을 할 수 있었다.

시계를 찾자. 시계는 잠자고 있을 거다…… 태엽을 감아 주지 않았으니까…… 벌써 며칠쨀가……
슭슭. 사이렌 소리가 바람 속에 엷게 파묻혀 갔다.

3

순결한 인간 가치가 타락한 물질적인 가치관이 지배적인 환경의 힘에 의해서 어떻게 파괴하고 마멸되고 있는가 하는 자연주의적인 요소는 시간과 더불어 그의 사회생활이 확대되면서 더욱 심화되어 갔다. 그의 대표작 중의 하나인 「강」과 「나주댁」, 그리고 「남문통」 등은 건전하고 순결한 인간이 부패한 사회 환경의 힘에 의해 어떻게 부식되거나 침식되어 가는가 하는 과정을 뛰어난 사실주의 미학을 통해 성공적으로 부각하고 있다. 특히 이들 작품은 강한 사회 비평적인 색채를 보이고 있다. 그러나 그것이 표면적으로만 드러나 있지 않고 작품의 패턴은 물론 구성과 유기적인 관계를 맺고 우리들의 마음에 감동의 파문을 일게 하는 미학을 지니고 있다. 「강」은 앞에서 이야기한 주제를 뛰어난 상징과 구성 그리고 지극히 세련된 스타일을 통해 극적으로 표현하는 데 있어서 놀라운 재능을 보여준다. 작품의 스토리는 한 집에 하숙을 하고 있는 늙은 대학생 김 씨와 세무서직원 이 씨 그리고 얼마 전까지 국민학교 선생이었던 병역 기피자 박 씨가 진눈깨비가 내리는 날 시골 완행버스를 타고 순하리라는 마을로 가서 혼사를 치르는 김자방 집을 방문하고 막차를 놓치고 여관에 들어가 술을 마시고 하룻밤을 잔다는 지극히 평범한 사건이다. 스토리는 간단하지만 이 작품이 지니고 있는 상징적 이미지 때문에 심각한 의미를 지니고 있다. 인생이 정착할 곳 없는 지루한 나그네 길임을 암시하는 것은 세 사람의 하숙생이 죽음의 입자들을 상징하는 진눈깨비 속에서 움직이는 지루한 완행버스 여행으로 충분하다.

그러나 우리들의 관심의 대상이 되는 것은 이들 일행 중 "뻐스 창쪽으로 앉은 얼굴빛이 창백한 대학생"과 그가 술주정뱅이들의 유행가 속에 하룻밤을 자는 여관 '서울집'에서 남포불을 켜서 기둥에 걸어 주고 방을 치워주는 소년이다. 늙은 대학생은 술집 겸 여인숙이라는 좋지 못한 환경에서 심부름을 하면서 훌륭한 재질을 낭비하고 있는 남폿불 소년과의 대화 속에서 늙은 대학생 김 씨는 해체되어 버린 자신의 이미지를 발견하고 어려웠던 지난 시절로 한참 거슬러 올라가다 말고 곤하게 잠이 든다. 그러나 그의 주변에 있던 세무사 주사 이 씨, 타락한 선생인 박 씨와 함께 술상을 벌이고 있던 여자는 대학생을 그냥 그대로 두지 않았다. 대학생이 낮에 버스를 타고 온 여행에 너무 피로한 데다 유부녀를 안고 도는 세무서 주사와 타락한 선생과 함께 마

신 술 때문에 곤하게 잠이 든 사이에 술집 여자가 찾아와서 소년이 켜놓고
간 남포불을 꺼 버리고 대학생 곁에 눕는다.

　　"꼬마야, 꼬마야."
　　아무 대답이 없다. 문을 흔들어본다. 역시 불 켜진 방 앞으로 간다. 그리고 방
문을 연다.
　　(……)
　　남폿불이 피시식 소리를 낸다.
　　그녀는 고개를 숙이고 살며시 바람을 불어 넣는다. 밖에서는 눈이 소복소복 쌓
이고 있다. 그녀가 남겨 논 발자국을 하얗게 지우면서

　　대학생이 상징하는 젊음과 지성적인 가치는 소년이 켜놓은 남폿불을 꺼버
린 "검은 얼굴에 분칠을 허옇게 하고 있는" 여자에게 침식당해 죽음의 시간
이 내리는 눈 속에 말없이 매몰되어 버리며 짙은 페이소스를 일으키게 하는
슬픈 현실이다.
　　「나주댁」은 사회 발전의 기틀이 되고 내일의 인간 사회를 짊어지고 나갈
학생들의 거울이 될 가치관을 지니고 몸소 실천해야 할 젊고 유능한 지성인
교사가 처해 있는 부조리한 상황에 대한 분노와 고독감에서 술을 마시게 되
고 그것이 그에게 동물적인 충동을 가하게 되어 세속적이고 관능적인 가치의
상징인 백치처럼 웃는 동일옥의 나주댁을 두고 위선적이고 타락한 교장 선생
과 웃지 못할 사랑의 경쟁을 벌이는 장면을 희화적으로 풍자하고 있다. 그러
나 「강」에서처럼 젊은이를 비롯한 뭇사람들이 퇴색하는 과정을 어두움 속에
서 미학적으로 처리하고 있기 때문에 우리들로 하여금 가벼운 웃음보다 우울
한 그림자 속에서 미학적으로 감동의 물결을 일으키게 한다. 「남문통」 역시
술과 관능적 세계의 이면에 숨어 있는 악의 문제를 위의 두 작품과 유사한
방법으로 묘사하고 있으나 소년이 술을 배우는 모습과 부조리한 삶에 대한
분노를 견디기 위해 술에 취해 자신을 잃어가는 그늘진 골목의 여인의 모습

을 날카로운 시선으로 무리 없이 클로즈업하고 있다.

또「우리 동네」는 술이 어떻게 애정 있는 부모간의 인간관계마저 경제적인 동물의 관계로 퇴영시키고 있는가를 아들과 어머니가 행하는 화투 놀이와 같은 뛰어난 이미지를 통해 성공적으로 부각하고 있어서 작가의 눈이 얼마나 차갑고 밝게 불타고 있는가를 증명해 주고도 남음이 있다.

4

그러나 서정인의 문학이 위에서 살펴본 것과 같이 암담한 면만 가졌으면 그는 오늘날과 같은 작가적인 위치를 견지하지 못했으리라. 그는「금산사 가는 길에서」,「겨울 나그네」그리고「가위」등과 같은 작품에서 보여준 것과 같이 우주 가운데 인간이 처해 있는 상황을 대단히 비극적으로 묘사하고 있지만, 제한된 시간과 공간 속에서나마 인간의 고통을 줄이고 올바르게 생존할 수 있는 길을 어둠 속의 불빛처럼 제시하고 있다.

따지고 보면 그는 어둡고 부조리한 사회적 현실을 주관적인 설명 없이 객관적으로 묘사한 예술적 행위로 보다 나은 사회정의를 구현하기 위해 희생자들에 대한 동정을 자극하는 것을 그 목적으로 하고 있지만, 그의 작품 세계에는 반드시 도피적인 희생자나 패배자들만이 서식하고 있는 것은 아니다. 서정인은 자연주의적인 측면에서 인간이 이 우주 가운데 믿을 수 있는 것은 인간밖에 없는 것이라고 믿었다. 그래서 그는「겨울 나그네」에서 외로운 사람들이 찾는 것은 사람뿐이었고 '금산사로 가는 길'의 눈발 속에서 의지할 수 있는 것은 젊은이와 늙은이 두 사람의 체온뿐이었다. 그들이 '금산사 1킬로미터'라는 이정표 가까이에서 죽은 것은 사람들이 모여 사는 마을에서부터 떨어져 고립해 있었기 때문이다. 그래서 서정인은 서로가 믿고 도우며 의지하고 살아갈 수 있는 인간 사회를 건설하기 위해, 다른 사람의 고통을 덜어주려고 노력하는 헌신적인 인물을 창조하는 것을 잊지 않았다.

이러한 계열에 속하는 작품은 「가을비」, 「밤과 낮」, 「산」, 「원무」 그리고 「여인숙」과 같은 작품들이다. 「가을비」에서 서정인은 윤 간호원의 시선을 통해 병원 안팎에서 신음하는 사람들이 얼마나 많으며, 그들에게 필요한 것이 무엇인가를 우리들에게 감동적으로 전해 주고 있다. 윤 간호원은 가난한 농부의 딸로 태어나 '입신적인 의지와 투쟁'으로 간호 학교를 졸업하고 간호원이 되었다. 그래서 "병원이라는 말조차 비현실적인 것으로 들릴 만큼 사치스러웠던 그녀에게 이제 그것의 주인인 의사 선생님과 같이 극장에 가기를 원하게 되었다. 삶은 고통이 아니라 기쁨이었다." 그러나 그녀는 고통스러웠던 과거를 잊지 않고 육 년 전 전방 부대로 전출되기 위해서 밤 11시 기차를 타기 전 무허가 하숙옥에서 그녀에게 5,000원을 주었던 남자가 고달픈 다리미 월부 장수가 되어 다시 찾아왔을 때 그녀는 그의 아픔을 덜어 주기 위해 몸까지 허락해 주었다. 그 후 피곤한 몸으로 기숙사로 돌아와 자리에 눕고 싶었으나 백 간호원 대신 병실로 가서 환자들을 돌보아 준다.

그녀는 허기지고 고단해서 눕고 싶었다. 그녀는 머리를 흔들고 책상 위에 있는 손전등을 집어 들었다. 그리고 밖으로 나갔다. 이 씨가 꼼짝도 않고 앉아서 먹던 사과쪽을 눈앞에다 대고 물끄러미 들여다보고 있었다. 입원실은 커다란 홀이었다. 병상이 넉 줄로 늘어서 있었다. 그녀가 들어가자 맨 갓줄에서 한 사내가 벌떡 일어나 앉았다.

"윤 간호원님요, 아세피링 좀 주소"

"머리 아파요?"

"예, 마 골이 깨질라 안 캅니꺼."

"어제는 배가 아파서 약을 먹었죠?"

"맞심더, 어제는 설사를 했거던요. 막 줄줄 쌌심더."

"조금 참아보세요."

"아세피링이 없는 기요? 그라모 마 과니찡이라도 주소. 할 수 있는기요. 형편대로 해야지러. 머리는 마 낼 아픕시더."

"배도 조금 참아 보세요."

"보소, 보소, 둘 다 안 줄라 카는기요? 보소, 그랄 수가 있는 기요? 둘 중에 하나는 줘야 될 기 아닌기요, 보소, 보소, 예? 허허헝."

그는 주먹으로 눈물을 닦으면서 울었다.

"조금 기다리세요."

그녀는 다음으로 갔다. 그 다음 두 사람은 꼼짝도 않고 죽은 듯이 누워 있었다. 한 사람은 반듯이, 또 한 사람은 모로, 그들은 그녀가 지나가도 움직이지 않았다. 그녀는 다음 사람에게로 갔다. 다음 사람은 누운 채 머리만 꼿꼿이 세웠다. 앳된 목소리로 그가 말했다.

"간호원님. 세코날 좀 주세요. 잠이 안 와요. 잠이 안 와서 죽겠어요."

"그럼 지금이 몇 신데 벌써 잠이 와요? 조금 기다려 보세요. 그럼 잠이 오겠지요."

"아, 그렇군요. 그럼 이따 12시에…… 아시겠죠? 부탁합니다."

"그놈의 자석 세코날 주지 마소. 글마가 약 주모 묵는 줄 아요? 탁 빼각꼬 속에 든 희컨 가리는 땅바닥에 톡톡 털오 뿔고 도로 빈 껍질만 딱 마쳐노요. 그래가 나중에 즈 애인 만나모 그놈 입에 탁 털어넣고 죽는 체키 헐라칸다요."

돌아보았더니, 한 집 건너 다음 다음에서 그런 소리가 들려왔다. 그는 침대 끝에 걸터앉아서 두 다리를 대롱거리고 있었다. 그 사이에 있는 사람은 양쪽에서야 싸우건 말건 높다란 천장을 멀뚱멀뚱 쳐다보면서 열심히 혼잣말을 중얼거리고 있었다. 그녀는 그들 셋을 그렇게 다 두고 다음으로 갔다.

"아. 오늘 밤에만 모으면 열 개가 된다. 열 개! 앞으로 열 개만 더 모아애지. 휴."

등 뒤에서 그런 소리가 들려 왔다. 그녀는 그가 진짜로 빈 캡슐만 가지고 있기를 바랐다. 그래 저쪽 구석, 칸을 막아 놓은 '특등실'에서 날카로운 고함 소리가 났다. 주로 모음들이, 그중에서도 특히 음성 모음들이 묘하게 모인 소리였다. 그것의 높낮이는 그곳에 내린 밤의 장막을 원시의 숲으로 만들기에 충분했다. 그것은 문명을 잊어버린 목소리, 짐승의 울부짖음이었다. 그 소리는 끊어졌다가 다시

간헐적으로 들려왔다. 그러나 그 방 안에서 그 소리에 주의를 주는 사람은 아무도 없었다. 아마 그들은 모두 자기들의 일에 태산같이 바빴던 모양이었다. 그녀는 그들이 그렇게 모두 제가끔의 일에 얽매여 있어서 아무런 '이상이 없음'을 하나씩 확인해 나갔다.

「산」은 바닷바람이 상쾌하게 부는 어느 날씨 좋은 날, 섬에 위치한 항주 중학교로 부임해 가는 어느 교사가 배 위에서 우연히 만난 어느 젊은 여선생을 나중 학교 부근 모래밭에서 다시 해후한 후 이루어지는 짤막한 정사를 다룬 작품이다. 남 선생이 그녀와 더불어 덕산을 올라가서 그녀의 슬픈 과거와 아픔에 귀를 기울인다. 하룻밤을 같이 보내고 그녀와 헤어져 혼자서 내려오는 것은 불륜의 관계를 맺은 타락의 행위가 아니라 오르기 힘든 인생 산맥을 그녀 혼자 힘겹게 오르는 것을 도와주고 그녀의 아픔을 서로 나누고 위로하는 상징적인 의미를 지니고 있다.

「원무」는 허구적이고 이기적인 가치를 위해서 참된 인간관계를 파괴하거나 외면해 버리는 세속적인 석민과, 허영과 허위적인 자존심 그리고 타락한 가치 속에 파묻힌 원희를 날카롭게 풍자하고 있다. 그러나 이 작품의 중심적인 주제는 우연히 만난 상처 입은 사람들이 서로의 아픔을 풀어주거나 나누어주는 인간관계에 관한 것이다. 이 작품의 여러 희생자들 가운데 서정인이 특히 강조한 인물은 성수의원의 간호원 순이다. 그녀가 병원의 환자들을 돌볼 뿐만 아니라 원장의 고종사촌인 고아 아닌 고아 탈영병 박일호에게 보인 따뜻한 사랑과 동생의 선생인 어느 무명 시인에 대한 깊은 이해는 우리 사회에서 무엇보다 필요한 휴머니즘이다.

「여인숙」은 서정인의 또 하나의 수준 높은 작품으로서 인생의 풍경을 다루고 있다. 창녀인 유미와 눈이 오는 추운 겨울 거리에서 밤늦게까지 귤을 파는 아저씨 사이에 나누는 따뜻한 체온과 인간애는 상류사회에서 허위적인 가치 때문에 광란하는 인간들을 부끄럽게 하고 있다.

그러나 흰 돛단배들이 푸른 바다 위에 떠 있는 조망이 내려다보이는 포구를 배경으로 묘사한 「뒷개」에 와서 서정인의 주인공들은 부조리한 환경의 힘에 침식되거나 마멸되는 수동적인 희생자로 머무르지 않고 능동적으로 행동하는 인물로 발전하는 면모를 보여주고 있다. 도박에서 손을 씻기로 결심하고 서울로 올라간 주인공 '사내'는 새로운 사회를 건설하는 집 짓는 공사장에서 벽돌을 나르고 흙을 버무리는 일을 하다 현장 감독과 싸워 고소를 당한다. 그래서 그는 멀리 떠나기 위한 돈을 구하기 위해 고향 '뒷개'로 내려와 성격이 다른 두 가지 돈을 사이에 두고 마을 유지인 주색잡기 창태와 살인 행위가 없는 대결을 한다. 처자가 있는 창태는 영이가 국민학교밖에 나오지 않고 혼기를 놓쳐 가며 공부시킨 동생 영순이를 얻기 위해 돈에 급한 사내를 오십만 원으로 매수하려 한다. 그러나 사내는 창태의 돈보다 영이가 갯지렁이를 주워서 모아 부은 곗돈 오십만 원을 가져가려 한다. 창태가 사내를 매수하기 위해 탁자 위에 올려놓은 돈의 부피와 동생인 영이가 저축한 돈의 부피가 같다는 것은 무위도식하는 부르주아와 노동자의 힘과의 역사적인 대결을 암시하고 있지만 인간 의지의 힘과 인간 승리가 얼마나 위대하다는 것을 또한 미학적인 감동을 통해 의미 깊게 전달해 주고 있다.

5

　지금까지 우리들은 서정인의 작품 세계의 주제와 그 발전 과정을 면밀하게 살펴보았다. 그의 작품 세계는 맨 처음 우주 가운데서 인간의 위치를 비극적인 문맥에서 인식하고, 그것과 상징적으로 상응하는 부조리한 사회를 묘사하면서 사회악이 지배하는 환경의 힘에 침식되거나 희생되어가는 모습을 회화적인 문체를 통해 시정적으로 표현했다. 그러나 후기 작품에 와서는 소설의 인물들이 자아를 찾아 '미로'를 헤매다 해체되어 버리는 수동적이고 비극적인 태도를 버리고 직접 사회에 참여해서 고통받는 사람들의 아픔을 서로 나누고 그것을 극복하는 일에 능동적으로 참여한다.

서정인은 이러한 작업을 하기 위해서 사회의 저변, 즉 아름다운 것보다는 추한 것을 묘사해서 고통받는 사람들을 위한 사회적인 동정을 불러일으켜야 했기 때문에 몇몇 작품에 있어서 소재 선택이 너무나 평이하고 같은 사건들이 되풀이되는 인상이 없지 않았다. 그러나 그는 1970년대에 다른 몇몇 사실주의 작가들과는 달리 치밀한 구성과 말의 경제성이라는 예술의 원칙하에서 소재를 역사적이고 상상적인 프리즘으로 굴절하는 데 언어의 연금술사로서 뛰어난 재능을 보여 왔다.

사실 평범하고 추한 것 가운데 미를 발견하는 것은 아름다움을 묘사하는 것보다 훨씬 어렵다. 서정인은 조지 엘리엇처럼 비록 아름다운 것보다 평범한 사실을 있는 그대로 그리는 것이 가장 값지고 그것을 묘사하는 일이 작가의 의무라고 생각한 것 같다. 그가 사회의 저변을 묘사할 때는 모든 것은 그것대로의 존재의 의미를 지니고 있고 "하나님의 만든 것은 경시할 것이 아무것도 없다."는 민주적인 말을 생각했는지 모른다.

그러나 이러한 소재를 여과시켜 표현하는 그의 언어 예술은 문학의 주어진 기능을 상실하지 않고 언제나 무의미 속에서 새로운 의미를 창조하고 있다.

자아의 시선과 미망의 여로

김승옥의 문학 세계

염소는 힘이 세다. 그러나 염소는 오늘 아침에 죽었다. 이제 우리 집에는 힘센 것은 하나도 없다. 나는 때때로 홍수의 꿈을 꾼다. 오늘 아침에도 나는 홍수의 꿈을 꾸었다.

—「염소는 힘이 세다」 중에서

1960년대 초 뛰어난 감수성과 입체적인 테크닉으로 습관적이고 타성적인 언어에 젖어 있던 한국 문단에 새로운 충전을 가한 김승옥은 '평범한 의욕'이라는 그의 창작 일기에서 소설을 쓰는 데 가장 어려운 것은 그가 아직 청춘이지만 그에게 '감동한다는 일'이 쉽게 일어나지 않는 사실이라고 말했다. 그러나 역설적으로 그가 말한 이른바 '감동, 감격이 사라져간다'는 경험의 인식은 그로 하여금 '우리 젊은 시대의 불멸의 고전'을 낳게 했다.

왜냐하면 그의 소설은 일반적으로 순진한 어린이들이나 혹은 아직 삶의 현실을 충분히 경험하지 못한 순결한 주인공들의 눈을 통해서 참된 인간 가치가 시간과 존재의 부조리한 현실 및 모순된 사회 환경에 의해 어떻게 파괴되고 상실되어 가는가를 감동적으로 부각하고 있기 때문이다. 다시 말하면 그의 소설의 감동은 무감각하고 습관적인 경험을 때 묻지 않은 인상주의적인 언어의 힘을 통해 비습관적인 경험으로 변형시켜 우리 의식 세계의 지평을 또 다른 차원으로 확대했다는 데에 있다. 어떤 의미에서 그의 예술의 성공은 황폐한 삶의 현실에 대한 처절한 리얼리즘과 그것을 표현하는 일체적이고 수직적인 풍요한 서정적인 언어의 상징주의를 융합한 결과에서 얻어진 것이라고 말할 수 있다. 그래서 빨치산 전투의 포화 속에서 자라서 비정한 도시, 서울의 숲에서 젊음을 보낸 1960년대의 가난하고 살벌했던 한국의 현실은 인간 김승옥에게는 지극히 불행한 것이었지만, 그렇게 부조리한 현실에 의해 짓밟히고 파괴된 순결한 삶에 대한 슬픔과 한을 뛰어난 감수성과 불타는 시정적인 언어로서 육화할 수 있었던 김승옥에게는 하나의 비극적인 축복이었다.

이러한 그의 언어 예술의 특색은 「건(乾)」, 「염소는 힘이 세다」, 「역사(力士)」 「생명연습」 그리고 「서울 1964년 겨울」 등과 같은 탁월한 작품 가운데서 쉽게 찾아볼 수 있다. 그러나 우리들에게 그의 주제 의식과 뛰어난 시적인 감각 그리고 독특한 소설 미학을 가장 선명하게 보여준 작품은 「건」과 「염소는 힘이 세다」 그리고 「서울 1964년 겨울」 등과 같은 작품으로 축약할 수 있다.

「건」은 유년 시절의 시가 담겨 있는 그림 속에 무한히 순결하고 아름다운 것이 무자비한 폭력에 의해 무참히 파괴되는 과정을 소년의 눈을 통해서 충격적으로 묘사하고 있다. 작은 시골의 도시에 살고 있는 주인공이자 화자인 소년은 간밤에 빨치산 습격으로 검은 연기 속에 불타는 폐허 속에서 그의 시야에 들어오는 죽음과 파괴라는 절망적인 현실에 대해 처음으로 자의식적인 눈을 뜬다. 그는 궁전처럼 찬란했던 병원 건물이 불길에 싸여 있는 것을 보고, 벽돌 공장 옆에서 죽은 빨치산의 시체와 그 시체 주변에서 삶을 침식하는 우울한 죽음의 동경을 발견하고 현기증을 느낀다.

나는 고개를 얼른 돌려버렸다. 다시 시체가 있었다. 그리고 그 시체가 누운 거기에서 풀밭이 시작되었고 풀밭이 끝나는 곳에는 벽돌 만드는 흙을 파내오는 주황빛 언덕이 있었다. 그리고 그 언덕에서부터 까만색 레일이 잡초를 헤치고 뱀처럼 흐늘거리며 이쪽으로 뻗어오고 있었다. 아무래도 설명할 수 없는 감정을 던져주는 구도였다. 방금 잠깐 쑤시고 간 그 강열한 색채들 때문에 나의 눈은 눈물이 나도록 쓰리었다. 나는 한 손으로 이마를 두드려 어지러움이 가시게 하며 휘청휘청 학교로 돌아왔다.

그러나 무엇보다도 그에게 충격적이었던 것은 아버지가 형을 데리고 죽어 넘어져 있는 빨치산 시체를 아무런 인간적인 연민도 없이 돈만 받고 묻어버리는 사실과 그의 형이 아름다운 윤희 누나의 순결을 시방위대 본부로 사용했던 죽음의 집, 그 폐가에서 짓밟으려는 것이었다. 소년은 그가 살고 있는 고장의 모든 아름다움과 윤희 누나를 나이 많은 사람들과 형까지 파괴하려는 사실을 알고 삶의 현실에 대해 크게 당황한다. 소년이 비정한 어른들의 세계로 성장해 가는 데서 오는 환멸과 공포를 다룬 작품은 우리 주변에서 쉽게 찾아볼 수 있지만, 작품 「건」만큼 시정 어린 감동과 충격을 준 작품은 별로 없다. 특히 죽음과 삶의 원색 이미지들을 치밀한 구도 속에 대조시킨 것과 죽음과 파괴를 경험하지 못한 소년으로 하여금 죽음 자체에 대해서마저 호기심 섞인 애정을 보이도록 한 것은 이 작품에 한결 아름다운 인간애의 꽃을 피우게 했다.

작품 「염소는 힘이 세다」는 착하고 깨끗한 염소를 순결한 생명에 대한 이미지로 사용해서 잔혹하고 비정한 도시를 지배하고 있는 정글 법칙의 순환 제도를 추적하고 있다. 염소 고기를 먹고 힘이 세어진 남자가 귀먹은 할머니와 더불어 꽃을 파는 소년 정민이의 누나의 순결을 짓밟는 것을 자동차 홍수의 먼지투성이 도시를 배경으로 해서 적나라하게 묘사하고 있다. 염소와 할머니, 그리고 누나와 합승 정거장의 사내가 어른들의 양심에마저 무서운 충격을 주는 것은 그것이 때 묻지 않은 소년의 청순한 눈을 통해 비추어졌기 때문이다.

「서울 1964년 겨울」은 한 예술가가 그의 존재론적인 인식 과정에서 공간적으로, 그리고 시간적으로 현실과 부딪쳐 삶의 실상이 무엇인가를 처절한 경험으로 깨닫게 되는 과정을 성공적으로 나타내고 있다. 추운 겨울, 얼어붙은 황무지와도 같은 서울 거리는 시골에서 올라온 김이 부닥쳐야만 하는 현실이고 ‘1964년 겨울’은 그로 하여금 냉혹한 삶에 대해 눈뜨게 한 시간의 일 지점이다. 그리고 자연주의적인 문맥 속에서 존재의 인식 과정을 치열한 언어로써 포착한 이 작품의 무대 역시 차가운 서울 거리이다.

플롯의 전개는 육군사관학교에 지원했다가 실패하고 나서 지금은 구청 병사계에서 일하고 있다는 이야기의 주인공 김이 1964년 겨울밤 차가운 서울 거리에 있는 어느 포장 선술집에서 도수 높은 안경을 쓴 스물다섯 살의 안이라는 대학원생과 마누라 시체를 병원에다 팔고 심한 죄책감과 자의식에 빠져 있는 서른대여섯 살 돼 보이는 월부 책장수의 만남에서 시작된다. 어른으로 성장해 가는 스물다섯 살의 김과 안은 어디론가 멀리 뻗어 있는 차가운 서울의 밤거리에서 환멸로 치닫는 인생을 이니시에이션의 차원에서 경험하게 된다. 김은 이미 삶의 현실, 즉 욕망과 좌절이라는 쓰라린 경험을 어느 정도 맛본 후이기 때문에 다소 감각이 둔해진 편이다. 그가 부닥친 현실은 영웅주의적인 꿈을 실현해 보기 위해 사관학교에 응시했다가 실패한 것과 시골에서 꿈꾸었던 찬란한 서울을 더러운 미아리 하숙집에서 고독과 추억, 그리고 회의와 방황 속에서 현실적으로 수용해야만 하는 것이었다. 그러나 그는 아직 젊기 때문에 허구적인 낭만의 꿈에서 깨어나지 못하고 "밤이 되면 빌딩들의 창에 켜지는 불빛"과 버스 속에서 저만큼 간격을 두고 앉아 있는 예쁜 아가씨 때문에 도시의 밤거리로 나온다.

부잣집 아들인 듯 보이는 안 역시 서울의 밤거리에 나오는 이유는 그와 크게 다를 것이 없다. 말하자면 그들은 "서로 다른 길을 걸어서 같은 지점에 온 것"이다.

그들이 밤거리를 헤매는 것은 아직도 그들의 지각과 인식 세계에 낭만적이고 환상적인 꿈이 남아 있기 때문이다. 그러나 어둠 속에서 그들 앞에 찬란히 번쩍이는 실체는 멀리서 보는 것과는 다른 쓰레기들, 즉 약 광고판에 들어 있는 미소 짓는 '이쁜 여자'가 아니면 빌딩 옥상에서 놀란 듯이 열심히 명멸하는 소주 광고 네온사인들이다. 그러나 보다 '풍부한 생'이 있지 않을까 하고 서울의 밤거리로 나왔던 그들의 막연한 희망은 포장 선술집에서 서른대여섯 살짜리 사내를 만남으로써 절망과 실망 속에 무산되어 버린다.

김과 안은 새까맣게 구운 참새를 입에 넣고 씹으며 날개를 의식했던지 날지 못하고 잡혀서 죽는 파리에 자신들을 비유하다 말고 여자라는 이름의 적나라한 사랑의 마술적 정체에 부닥쳐보기 위해 길을 나선다. 그들이 길을 떠나기 전 계산하기 위해서 호주머니에 손을 넣었을 때 서른대여섯 살의 사내는 자신이 얼마간 돈을 가지고 있다고 말하면서 그들과 합세하겠다고 나선다. 그들 세 사람은 "거지가 돌덩이처럼 여기저기 엎드려" 있는 거리를 지나 중국집에 들어간다. 서른대여섯 살의 사내가 음식을 사주면서 자기가 가지고 있는 돈은 그날 낮에 급성뇌막염으로 죽은 아내의 시체를 병원에 팔아서 얻은 돈이라고 말하며 그것을 완전히 써버려야만 한다고 말한다.

    아내의 시체를 병원에 팔았습니다. 할 수 없었습니다. 난 서적 월부 판매 외교원에 지나지 않습니다. 돈 사천 원을 주더군요. 난 두 분을 만나기 얼마 전까지도 세브란스 병원 울타리 곁에 앉아서 병원의 큰 굴뚝에서 나오는 희끄무레한 연기만 바라보고 있었습니다. 아내는 어떻게 될까요? 학생들이 해부 실습하느라고 톱으로 머리를 가르고 칼로 배를 찢고 한다는데 정말 그렇겠지요?

중국집에서 나온 그들은 택시를 잡아탔으나 어디로 가야 할지 몰라 다시 내렸다. 이때 사내는 길 건너에서 불자동차가 질주하는 것을 보고 택시를 불러 타고 불자동차를 따라 화재가 난 곳으로 가서 미용 학원 빌딩이 불타는 것을 열심히 구경한다. 물줄기가 불타고 있는 학원으로 달려들어, 물이 닿는 곳에서 회색 연기가 날 때 김과 안은, 자기 아내가 불길 속에서 골치가 깨질 듯이 아프다고 머리를 흔들고 있다고 소리치는 사내를 본다. 얼마 후 그들은 사내가 아내를 팔아 가지고 있던 돈을 전부 집어던지는 것을 본다. 불구경이 끝난 후 김과 안은 혼자 있기가 무섭다고 한 사내와 같이 여관으로 가서 밤을 새우기로 한다. 피곤한 나머지 그들은 각각 독방에서 자기로 한다. 그런데 이튿날 아침 김과 안은 그 사내가 자살했다는 사실을 알게 된다. 그들은 1964년 겨울 서울에서 이렇게 참혹한 죽음의 광경을 보고, 자신들은 분명히 겨우 스물다섯 살짜리지만, 이제 너무나 많이 늙었다는 말을 새삼 되씹으면서 헤어진다.

스물다섯짜리 김과 안이 그해 겨울 서울에서 본 서른대여섯 살짜리 사내의 죽음은 그들 자신들이 십 년 후에 보게 될지도 모르는 삶의 현실이다. 영웅적인 인생을 꿈꾸고 사관학교에 응시했다가 실패한 김이 어둠 속에 간직한 막연한 어떤 꿈도, 아니 밤거리에서 구하려던 막연한 실체도 모두 다 죽음으로 끝난다는 무서운 사실을 발견하고 끝내 무감각한 환멸 속에서 황폐한 현실과 직면하게 된다. 그래서 김과 배운 것은 인생이란 결국 자연의 동물이고, 인간의 운명은 부조리한 자연법칙에 의해 지배된다는 사실이다. 치열한 생존경쟁의 인생 대열에서 패배한 김과 안이 성적인 욕망을 추구하려는 것에도, 비참하게 죽은 서른대여섯 살짜리 사내와 그의 아내의 죽음에도 자연법칙이 움직이고 있지 않은가. 다윈의 법칙에 의하면 사내는 인간의 밀림 지대인 서울이라는 도시의 환경에 적응하지 못한 패배자이고, 그의 아내는 생물학적인 법칙의 희생자이다. 그러나 이러한 자연주의적인 현상은 어디에서든지 나타난다. 사내의 죽음이 더욱 처절해 보이는 것은 경제적인 압박 때문에 더욱 확대되어 나타났을 뿐이다. 사내가 환경의 힘에 반항하여 화재나 난 곳을 찾아가 구경하는 것은 허위적이고 반인간적인 것으로 병든 사회가 불타는 것을 보기 위한 욕망이기도 하다. 그러나 불은 인간과 인간의 희망을 파괴시키고 소멸시키는 냉담하고 무자비한 자연의 힘에 대한 상징이라고도 말할 수 있으리라. 그래서 김과 안의 희망과 인간 존재에 대한 그들의 인식론적인 추구는 자연주의적인 도시의 현실에 의해 희생된 비극적인 사내의 죽음에서 끝나버린 듯한 느낌을 준다.

그러나 중편 「환상수첩」에 나타난 경험을 보다 치밀한 구성과 미학적인 구도 속에 담은 「무진기행」은 그의 다른 어느 작품보다 그의 소설가적인 재능과 개성을 훌륭하게 나타내 주고 있다. 이 작품은 타성적이고 일상적인 삶에 대해 항상 우리의 의식을 일깨워 주고 흐려진 마음의 감동을 새롭게 해준다. 그리고 황무지적인 현실과 잃어버린 청춘에 대한 창백한 꿈이 있는가 하면, 몽롱한 의식과 깨어난 의식, 죽음과 삶, 과거와 현재, 그리고 인간과 우주의 연속적인 만남이 안개 속에서 이루어지고 있다.

이상의 「날개」를 연상시키는 이 작품의 화자인 윤희중은 자의식이 대단히 강한 사람이지만, 첫 여인에 실패를 하고 젊고 부유한 미망인과 결혼을 해서 장인의 도움으로 어느 제약 회사에 전무님이 될 운명에 놓여 있다. 그의 아내는 자기가 처해 있는 자의식 때문인지 안색이 좋지 못한 그를 보고 어머니의 산소가 있는 고향 무진으로 내려가 며칠 동안 신선한 공기를 마시며 정신적인 휴식을 취하고 돌아오라고 한다. 그래서 그는 기차로 무진 가까운 간이역에 내려 덜컹거리는 버스를 타고 고향인 무진으로 가서 이틀 밤을 보낸다. 그러나 곧 부인으부터 '27일 회의 참석 필요 급상경 바람'이라는 전보를 받고 무진을 떠나는 버스를 탄다. 그가 고향인 무진에 다녀온 여행은 이렇게 짧지만 이 짧은 기간동안 무진에서 경험한 일들은 그의 자의식과 더불어 그의 소설 공간을 어느 소설 못지않게 밀도 짙게 하고 있다.

무진은 그의 아내가 생각한 것처럼 신선한 공기를 마시며 그의 안색을 회복할 수 있는 깨끗하고 밝은 곳은 아니었다. 우선 윤희중이 기차역에서 내려 버스를 타고 산모퉁이를 돌아 십 킬로미터를 앞두고 무진 쪽을 향해 덜커덩거리며 움직일 때부터 열려진 차창 밖으로부터 불어오는 소금기 섞인 6월의 해풍은 그의 정신을 맑게 하기보다는 오히려 그를 '반수면' 상태로 몰아넣었다. 그러나 그를 이렇게 수면 상태로 끌어넣은 것은 해풍만이 아니라 '무진의 명산물'인 안개에 대한 그의 생각 때문이기도 하다. 무진은 몇 백 리를 나가도 수평선이 보이지 않는 수심이 얕은 바다에 연접해 있기 때문에, "아침에 잠자리에서 일어나 밖으로 나오면, 밤사이에 진주해 온 적군들처럼 안개가 무진을 삥 둘러싸고 있는 것이었다. 무진을 둘러싸고 있던 산들도 안개에 의하여 보이지 않는 먼 곳으로 유배당해 버리고 없었다. 안개는 마치 이승에 한이 있어서 매일 찾아오는 여귀가 뿜어내는 입김과 같았다."

그의 버스가 무진 읍내로 들어서고 있을 때 그가 본 풍경은 활기차고 생동이 넘쳐흐르는 아름다운 시골 읍의 그것이 아니라, 권태와 단조로움 속에 졸음이 오는 죽음의 마을 풍경이었다. 뜨거운 양철 지붕은 6월의 강렬한 햇빛을 받아 은빛으로 빛났고 쇠붙이를 때리는 쇠망치 소리가 철공소에서 시끄럽게 들렸다. 그리고 상점의 스피커에서 '느려빠진 유행가'가 흘러나오는 텅 빈 거리에는 분뇨 냄새와 병원의 크레졸 냄새가 섞여 나왔다. "사람들은 처마 밑 그늘에 쭈그리고 앉아 있었으며 어린이들은 발가벗고 기우뚱거리며 그늘 속을 걸어 다니고 있었다. 읍의 포장된 광장도 거의 텅 비어 있었다. 햇볕만 이 눈부시게 그 광장 위에서 끓고 있었고 그 눈부신 햇볕 속에서, 정점 속에 서 개 두 마리가 혀를 빼물고 교미를 하고 있었다."

그가 본 무진의 밤풍경 또한 무기력한 타성과 말할 수 없는 혼미 속에 빠 져 있었다. 낮에 버스에서 내려 이모 댁을 찾아가 저녁 식사 전까지 낮잠을 자고 난 윤희중은 신문을 구독하기 위해 신문 지국을 찾아간다. 신문 지국에 이모 집 약도와 주소를 주고 돌아오는 길에 학교에서 돌아오는 어린이들이 권태에 이기지 못해서 책가방과 씨름을 하며 침방울로 더러운 장난을 하면서 거리를 번잡하게 메우는 것을 본다. 이모 집으로 돌아온 그는 미국 문학의 재즈 시대를 연 피츠제럴드를 무척 좋아하는 박이라고 하는 무진 중학교 후 배의 방문을 받는다. 신문 지국에서 그가 내려왔다는 소식을 듣고 찾아왔다 고 했다. 그는 스물아홉이나 되었지만 아직 미혼으로서 무진 중학교에서 교 편을 잡고 있었다. 사 년 만에 만난 그들은 서로의 안부를 묻다가 그와 무진 중학교 동창생인 얼굴이 무척 검었던 동창생 조가 그간 고등고시에 패스를 해서 무진읍에 세무서장으로 출세해서 와 있다는 소식을 듣게 된다. 저녁 식 사를 마친 후 한 잔의 술을 마시며 잠시 객담을 나누다 말고 세무서장 조의 집으로 간다.

그는 화투짝이 흩어진 서장 집 응접실에서 세무서 직원 몇 명과 다음 날 수치스러운 인연을 맺게 되는 여인인, 무진 중학교에서 음악을 가르치는 하 선생을 만나게 된다. 하 선생은 그와 같이 온 박 선생으로부터 구애를 받는 여자였고 서울에 있는 어느 대하에서 성악을 전공했으며 졸업 연주회 때는 「나비부인」 중에서 「어떤 개인 날」을 불렀다고 했다. 갸름한 얼굴에 콧날이 높고 눈이 큰, 개성이 매우 강해 보이는 여자였으나 병약해 보이는 데가 있 었다. 목소리는 맑고 카랑카랑 했다. 그와 박은 세무서장과 인사를 나눈 뒤 그들과 노는 자리를 같이했다. 세무서장 조는 하 선생에게 맥주를 권한 후 거기에 모인 사람들로 하여금 박수를 치게 하고 여자에게 노래를 시켰다. 하 선생이 부르는 노래는 「어떤 개인 날」이 아니라 「목포의 눈물」이었다. 그러나 여자가 부르는 「목포의 눈물」에는 작부들이 부르는 그것에서 들을 수 있는 것과 같은 꺾임이 없었고, 또 대체로 유행가를 살려주는 목소리의 갈라짐이 없었고 흔히 유행가가 내용으로 하는 청승맞음이 없었다. 여자의 「목포의 눈물」은 이미 유행가가 아니었다. 그렇다고 「나비부인」의 아리아는 더욱 아니었다. 그래서 윤희중은 여자의 노래가 끝나자 의식적으로 바보 같은 웃음을 띠고 내키지 않는 박수를 쳤다. 그러나 하 선생이 노래를 부르는 것을 듣고 있던 박 군은 견디기 어려운 듯 문을 열고 밖으로 나가 무진의 안개가 내리는 어둠 속으로 먼저 가버렸다. 그래서 윤희중이 밤늦게 그 집을 나올 때는 세무서 직원이 앞서서 뿔뿔이 사라졌기 때문에 하 선생과 단 둘이서만 밤길을 걸을 수 있었다. 그들은 어둠 속에 물빛이 내려다보이는 다리를 건너 헤어져야 할 갈림길에 왔을 때 하 선생은 무섭다고 말하며 그에게 조금만 더 데려다달라고 했다. 그때부터 그는 “그 여자가 그의 생애 속에 끼어들 것을 느꼈다.” 어두운 밤풍경 가운데 “하얀 모습으로 뻗어 있는 냇물”이 옆으로 흐르는 길을 따라 걷고 있던 그는 그 여자에게 성악 공부를 한 사람이 왜 유행가를 불렀느냐고 물었다. 그 여자는 무진의 단조로움과 권태를 이겨내기 힘들어 서장 집으로 놀러가게 되면 유행가를 부르지 않을 수 없게 된다고 말하며 “책임도 없는” 무진으로부터 자기를 서울로 데리고 가달라고 부탁한다. 그는 이때 밤안개 때문에 흐리게 떠 보이는 하늘의 무수한 별들을 바라보며 “비단조개 껍데기를 한꺼번에 맞비빌 때 나는 소리”와 같은 개구리의 울음소리를 듣는다. 어둠 속에서 조용히 나누는 이야기 도중 여자는 자기에게 관심을 보였던 박을 단순히 선량한 사람이라고만 말하고 오히려 윤희중에게 크나큰 관심과 이상한 기분을 느끼며 예쁜 아내와 귀여운 아이들이 있느냐고 물었다. 그는 다음 날 어머니 산소에 같이 가겠다는 하 선생과 헤어져 이모 댁으로 돌아와 모든 “사고(思考)와 사물을 흡수해 버리는 듯한 사이렌 소리”를 들으며 이불 속으로 들어갔다. 그러나 조금 전에 여자와 별을 보고 개구리의 교향곡을 들으며 나누었던 이야기를 생각하고 자신이 여자를 껴안고 자고 싶은 충동에 잠을 이루지 못한다. 새벽 4시 사이렌이 울렸다. 힘없이 꺾어지는 것을 듣고 "어디선가 창부와 그 여자의 손님과 교합하는 생각을 하며 잠시 후에 슬며시 잠이 들었다."

다음 날 아침은 이슬비가 내렸다. 그러나 그는 검은 우산을 받쳐 들고 읍 근처에 있는 어머니의 묘를 찾아갔다. 빗속에 바지를 무릎까지 걷어 올리고 절을 하고 나서 묘 위의 긴 풀을 뽑았다. 이때 그는 자기를 "전무님으로 만들기 위해서 전무 선출에 관련된 사람들을 찾아다니며 그 호걸웃음을 웃고 있을 장인 영감을 상상"하며 어머니의 묘 속으로 들어가 버리고 싶어 했다. 돌아오는 방죽길에서 그는 어린 학생들이 간밤에 자살을 한 읍내의 술집 여자의 시체를 둘러싸고 있는 모습을 보았다. 그는 이슬비 속에서 어린이들 사이로 그 여자의 시체를 보았을 때 "이상스레 정욕마저 끓어오름"을 느끼고 그 장소를 떠났다. 시체의 얼굴은 냇물을 향하고 있었기 때문에 그에게 보이지 않았으나 "붉은색의 얇은 스웨터에 하얀 스커트를 입고 있었다." 우산을 접어 들고 이모 집으로 돌아오는 길에 무진의 줄기찬 공기가 여자에게 수면제 기능을 해서 죽게 하지 않았나 생각하며 자신을 그녀의 일부처럼 느꼈다.

윤희중이 집으로 돌아오니 세무서장 조로부터 자기 사무실로 찾아와 달라는 쪽지가 와 있었다. 그는 조가 사무실에 앉은 자신을 자랑하고 싶다는 마음을 눈치 챘으나 그를 찾아갔다. 그는 세무서장 조에게 하 선생이 그의 "색시감"이냐고 물었을 때, 그는 그 여자가 자기를 이끌어 출세시켜 줄 고관대작의 딸이 아닌, 하잘 것 없는 시골 학교의 음악 선생이라고 일축해 버린다.

그는 얼마 후 시간이 되자 그곳을 나와 '바다로 뻗어 있는 방죽길' 위에서 하 선생을 만난다. 서로가 부드러운 분위기 속에 마음이 녹아 흐르자 여자는 윤희중에게 자기를 무진으로부터 벗어나게 서울로 데려가 주었으면 하고 말했다. 바보처럼 남의 말을 잘 믿는 혈액형 B형을 가진 여자는 윤희중을 따라 그가 몇 해 전에 "폐를 씻어 내던" 바닷가 어느 하숙집으로 찾아갔다. 그는 옛날 그 방에서 여자의 절망적인 조바심을 빼앗아 주었다. 그는 여자가 처녀가 아니란 것을 발견했다. 그들은 다시 방문을 열고 바다로 나왔다. 그 여자는 구름 낀 하늘 아래 물거품을 이루며 부서지는 파도를 바라보며 자신이 싫어진다고 말하며 다만 그가 이곳에 있는 일주일 동안만 연애를 하고 서울은 가지 않겠다고 말했다. 그는 쑥스럽지 않았으면 사랑한다는 어색한 말을 하고 싶은 충동을 느꼈다.

그 다음 날 그는 아침 늦게 일어나 앞에서 말한 아내의 전보를 받았다. 그 전보는 그로 하여금 무진에 와서 행한 자신의 행동과 사고에 대해 명료하게 생각하게 했다. 그러나 한번만 무진의 안개, 무책임함 그리고 절망적인 고독을 긍정하기로 한다. 그러나 그는 무진을 떠나기에 앞서 하인숙에게 서울에 급하게 가게 된 사유와 서울에 가면 그녀를 부를 것이라는 말과 함께 어렴풋이 사랑한다는 편지를 쓴다. 그러나 그는 그것을 몇 번 읽어보다 말고 끝내는 찢어버린다. 그는 버스로 무진을 떠나면서 심한 부끄러움을 느낀다.

「무진기행」은 이렇게 우울한 지식인 윤희중이 서울에서의 불쾌한 자신의 속물적인 주변 환경을 잠시나마 벗어나기 위해 찾아간 고향 무진에 대한 미망의 여로를 경험의 언어로서 침전시킨 것이다. 그러나 내용과 형식 그리고 스타일을 완전히 일치시킨 이 작품 속에서 적절한 미학적 거리를 유지하면서 주제를 다원적으로 보편화시킨 상징주의는 평면적으로 나타나 보이는 것처럼 그렇게 간단하지 않다.

우선 무엇보다 중요한 것은 주인공이 서울에서 무진으로, 다시 말하면 제한되고 폐쇄된 공간에서 확대되고 열려진 공간으로 일정한 패턴을 가지고 움직이는 현상이다. 윤희중이 서울에서 무진으로 내려온 것은 한 번이 아니고 여러 번이었다. 그는 무진을 떠난 후에 견디기 어려운 어려움이 마음 안팎으로 있을 때마다 다시 무진으로 내려왔다.

내가 좀 나이가 든 뒤로 무진으로 간 것은 몇 차례 되지 않았지만 그 몇 차례 되지 않는 무진행이 그러나 그때마다 내게는 서울의 실패로부터 도망해야 할 때거나 하여튼 무언가 새 출발이 필요할 때였었다.

그가 서울로 와서 첫 번째 무진으로 내려갔던 것은 6·25 동란으로 강의가 중단되었을 때였다. 그는 "서울을 떠나는 마지막 기차를 놓치고 서울에서 무진까지의 천여 리를 걸어서 갔다." 고향에 내려간 그는 전선을 택하고 싶었으나 어머니에 의해 골방에 숨어서 어두운 생활을 했다. 두 번째로 그는 어머니가 돌아가신 후 어느 해 폐가 나빠져서 무진으로 내려와 일 년을 넘게 바닷가의 어느 외딴 집에서 보냈다. 그리고 세 번째로 그가 무진으로 내려온 것은 사 년 전 그가 경리를 보고 있던 제약 회사가 좀 더 큰 다른 회사와 합병되는 바람에 일자리를 잃은 데다 그와 동거하고 있던 희가 그의 곁을 떠났기 때문에 실의에 차서 견딜 수가 없었을 때였다. 그리고 그가 지금 무진을 내려온 것은 희가 떠나가고 남편이 죽은 후 새로 결혼한 아내와 장인 영감의 덕분으로 제약 회사의 전무님이 될 자신의 운명에 대해 심한 부끄러움과 모멸감을 느꼈기 때문이다. 그가 이렇게 바다와 연접해 있는 고향 무진으로 내려와 골방 속에서 자신을 확대하고 대결하는 생활을 해왔던 것은 그 자신이 밝혔듯이 새 출발을 위한 힘을 얻기 위한 것이었다.

이러한 그의 주기적인 움직임은 죽음에서 삶으로의 재생이라는 우주의 사이클을 신화적으로 밟는 상징적인 행위가 되겠다. 달리 말하면 그의 회기적인 움직임은 타성적인 죽음의 늪에서 빠져나와 새로운 삶을 찾기 위한 갈등의 한 단계와도 같은 것이다. 이러한 경험적인 사실은 융에 의해서도 이미 지적되어 왔다. 융은 만일 어떤 사람이 자기의 힘으로 감당할 수 없는 장애물에 부닥치면, 그는 자신의 유년 시절, 아니 생명의 바다인 집단 무의식의 지대로 회귀해서 다시금 현재의 어려운 상황을 이겨낼 수 있는 길을 모색한다고 말했다.

무진은 물론 겉으로 보기에도 죽음의 그림자가 드리워져 있고 허무의 견인력이 지배하는 곳이다. 그는 버스를 타고 이곳 무진으로 들어갈 때부터 죽음의 세계를 피부로 느끼는 듯했다. 열려진 차창으로부터 불어오는 해풍은 "무수히 작은 입자로 되어 있었고 그 입자들은 할 수 있는 한, 욕심껏 수면제를 품고 있는 것처럼” 그는 생각했다. “신선한 햇볕과 아직 사람들의 땀에 밴 살갗을 스쳐보지 않았던 저온” 그리고 멀지 않은 곳에 바다가 있다는 것을 알리는 소금기 등이 이상스레 한데 어울려서 만든 공기의 수면제는 죽음과 연결된 이미지이다. 또 아침마다 무진을 덮고 있는 안개와 비, 뜨거운 6월의 살인적인 강렬한 태양볕, 철공소의 쇠망치 소리, 어느 술집 여자의 자살, 「나비 부인」 중에서 「어떤 개인 날」을 흐리게 하는 유행가, “모든 사고와 모든 것을 흡수”해 버리는 사이렌 소리 속의 섹스 심벌, 하 선생의 순결한 인간 가치를 짓밟는 세무서장 조의 타락된 가치관, 그리고 빗속에 잠자는 어머니의 무덤 등은 모두 다 죽음을 실은 상징들이며 또한 죽음의 입자들이다. 그리고 무진은 그가 떠난 지 시간적으로 오래되기 때문에 공간적인 상징으로 볼 때, 이미 죽음에 해당되는 과거의 장소이다. 그래서 윤희중은 비록 권태와 일상적인 타성, 그리고 죽음의 의지를 그의 강한 자의식을 통해 혐오했으나, 그곳에 내려왔을 때 그것에 의해 유혹은 받고 또 그것에 의해 순간적으로 지배를 받는다. 심지어 그는 어머니의 산소를 다녀오는 도중, 바다로 뻗는 방죽 길 위에 죽어 넘어져 있는 술집 여자에 대해 성적인 충동마저 느끼고, 하인숙에게서 자신의 옛모습을 발견하고 여자에 대해 무한한 애정을 느낀다.

그러나 무진은 앞에서 지적한 것처럼 심층적인 신화의 구조에서 보면, 그것은 다만 죽음의 장소가 아니라, 죽음과 삶이 만나는 곳이다. 바다와 어머니가 묻혀 있는 이곳은 상징적으로 존재의 원점에 해당된다고 볼 수 있다. 바다와 육지에 걸쳐 있는 안개와 비, 그리고 모든 것을 다 삼키는 섹스 심벌인 밤 영시에 부는 사이렌 소리 등은 죽음을 나타내는 동시에 모든 존재의 끝과 시작을 원형적으로 결합하는 영점의 시공(時空)에 대한 복합적인 상징적 가치를 지니고 있다. 주인공 윤희중이 밤안개에 흐려진 하늘이었지만, 그 뒤에 무수한 별들이 쏟아질 듯이 반짝이는 것을 보며 “비단조개 껍질을 맞부딪칠 때” 나는 듯한 개구리의 울음소리를 듣고, 그것이 “그의 감각 속에 반짝이고 있는, 수없이 많은 별들”로 바뀌지는 것을 같이 걷고 있던 하인숙과 느낄 수 있던 것은 무진이 죽음과 삶, 허무와 생명의 의지가 만나는 곳이란 점을 또한 상징적으로 증명해 주고 있다. 그래서 주인공 윤희중이 외부 세계에서 입은 마음의 상처와 외상을 이곳에 와서 씻으며 내일을 위한 재생의 꿈을 꾸었다.

그러나 그가 고통의 늪과도 같은 이곳에서 제2의 삶을 창조한다는 것은 그렇게 쉬운 일이 아니었다. 그것은 오직 죽음과 같은 아픔을 통해서야만 가능했다.

새 출발이 필요할 때 무진으로 간다는 그것은 우연이 결코 아니었고 그렇다고 무진에 가면 내게 새로운 용기라든가 새로운 계획이 술술 나오기 때문도 아니었었다. 오히려 무진에서의 나는 항상 처박혀 있는 상태였었다. 더러운 옷차림과 누런 얼굴로 나는 항상 골방 안에서 뒹굴었다. 내가 깨어 있을 때는 수없이 많은 시간의 대열이 멍하니 서 있는 나를 비웃으며 흘러가고 있었고, 내가 잠들어 있을 때는 긴긴 악몽들이 거꾸러져 있는 나에게 혹독한 채찍질을 하였었다. 나의 무진에 대한 연상의 대부분은 나를 돌봐주고 있는 노인들에 대해서 신경질을 부리던 것과 골방 안에서의 공상과 불면을 쫓아 보려고 행하던 수음과 곧잘 편도선을 붓게 하던 독한 담배꽁초와 우편배달부를 기다리던 초조함 따위거나 그것들에 관련된 어떤 행위들이었다.

그가 이렇게 외부 세계와 단절된 '골방' 속에서 수음과 같은 자살 행위를 하며 자기 학대와 대결을 한 것은 외부에서 오는 소식을 초조하게 기다리는 욕망에서 나타난 것처럼 창조와 탈출을 전제로 한 상징적 죽음이 아닌가 생각된다. 또 다소 비약된 생각일지 모르지만, 전체적인 소설의 문맥에서 볼 때 주인공 윤희중이 잠 오는 무진의 타성적 늪 속에서 벗어날 수 있었던 것은 부인이 그에게 보낸 전보 이외에 그가 한 때 "더러워진 폐를 씻어" 내던 바닷가 그 집에서 하인숙과 불유쾌한 성적인 경험을 하고, 어머니 산소에 갔다 돌아오던 길에 방죽 위에 죽어 넘어진 여자의 시체 가운데서 자신의 죽음을 보았기 때문이다. 그러나 물론 거기에는 하인숙과의 이별에서 볼 수 있는 것과 같이 죽음과 삶에 대한 처절한 대결과 치열한 자기 갈등이 있다.

「무진기행」은 위에서 말한 주제를 복합적인 경험 가운데서 구체화하고 있기 때문에, 자칫 잘못하면 이 작품이 사회와 동떨어진 수동적이고 감정적인 요소만을 다루고 있는 것으로 보기 쉽다. 그러나 그의 예술은 인간의 참된 경험을 기초로 하고 있기 때문에, 작가의 능동적인 방향 제시의 문학보다 더욱 보편적이고 탁월한 미학을 지니고 있다. 주인공이 자신이 처해 있는 상황과 하인숙의 운명에 대해 갖는 태도는 물론 수동적이다. 그러나 이것은 김승옥이 사건을 그대로 묘사하며 자신의 편견과 물리적인 의지에 의해 왜곡하지 않으려는 리얼리즘 미학에서 나온 것이다. 여기서 작가의 리얼리즘 미학이라 함은 단순한 방관자의 시점을 말하는 것은 아니다. 김승옥은 주인공 윤희중의 수동적인 태도를 묘사하고 있지만 그러한 행동을 취하는 데서 오는 그의 고통과 연민으로부터 수동적인 인물의 도덕적인 부족을 상쇄하고 극복하게 한다. 다시 말하면 작가는 우리들에게 자기의 견해를 직접적으로 설명하거나 표현하지 않지만 주인공이 수동적인 태도를 취해야만 하는 데서 오는 고통을 통해서 우리는 작가와 더불어 애증의 방향을 설정할 수 있고, 주인공이 살고 있는 시대적인 상황과 문제점에 대해 비판 의식을 가지게 된다. 리얼리즘 작품에서 시대와 시대를 사는 사람들의 고통에 대한 작가적인 연민은 다만 작중인물들의 상황과 운명으로서만 표현이 가능하다.

또 주인공 윤희중은 의식적으로 사회와 단절된 인간형으로 부각되어 있지만 그것은 어디까지나 그의 자의식 때문이란 것을 간접적으로 예시해 주고 있다. 또 작가는 그를 사회와 단절되었을 때와 단절되지 않았을 때를 상징적인 죽음과 삶으로 묘사하고 있기 때문에 개인과 사회의 관계를 극적으로 나타내고 있다.

그러나 이 작품에 있어서 또 하나의 균형미와 탁월한 도덕성을 보여주는 것은 순수한 인간 가치를 파괴하는 타락된 현실 사회를 비판하는 반면, 그것을 도피하려는 인간이 가지는 과거와 죽음에 대한 환상의 실체가 무엇인가를 밝히면서 현실을 살아가는 인간의 의무가 무엇인가를 구체적으로 제시해 주고 있다는 점이다. 주인공 윤희중이 현실적으로 서울에서 자신이 처해 있는 상황에 대해 지극히 불만족스러워 하며 고향인 과거의 공간으로 찾아가 보았으나, 그곳에는 죽음과도 같은 고독과 잠, 무책임과 배반, 감상적인 눈물과 추한 연민을 갈구하는 자살만이 있다는 것을 발견한다.

사실 우리들 모두 위에서 말한 우주적이고 자연적인 모순과 부조리한 사회 환경 속에서 살고 있지만, 그것을 깨닫지 못하고 있을 뿐이다. 그러나 우리들이 「무진기행」의 주인공 윤희중과 더불어 경험한 충격에 의해 인간 의식에 눈뜰 때, 우리들 주위에 둘러싸여 있는 모순된 상황과 비극적인 인간 조건들이 명료하게 드러나 보인다.

이렇게 우리들이 자신의 부조리한 환경에 눈을 뜨게 되면 그만큼 우리들의 삶은 괴롭고 비극적이다. 그러나 이러한 자의식을 일깨울 때만이 인간 회복을 가능하게 만드는 길이 열린다.

비록 윤희중은 비인간적인 가치가 순수한 인간 가치를 지배하고 흡수하는 상황에서 완전히 벗어나지 못했으나 그가 일찍부터 눈뜬 자의식의 힘으로 그것을 극복할 수 있는 길을 발견할 수 있는 가능성을 보여주고 있다. 그는 불만족스럽고 진실로 화려하지는 못하지만, 적어도 혼돈으로 마비된 무진의 안개 속을 벗어나는 버스를 탄다. 그는 아마 서울로 돌아와서 수면제가 아닌 병을 고치는 약을 만드는 제약 회사에서 일을 하게 될 것이다. 그러나 하인숙은 자의식에 눈을 뜨기 시작했으나 무진을 아직까지는 헤어나지 못하고 옛날 병을 앓던 윤희중처럼 그곳에 머무르게 된다. 주인공은 그 여자에게서 옛날의 자기 자신의 모습마저 어렴풋이 발견하게 된다. 그래서 그는 여자를 무진의 안개 속으로부터 구해야만 된다고 생각한다. 그러나 아내를 둔 자기로서 여자에게 미련을 가진다는 것은 자신을 또한 인간 의지를 상실하게 하는 혼미의 늪 속으로 빠뜨리게 하는 것이라는 사실을 그는 여자가 보낸 무의적인 욕망으로 쓴 편지를 여러 번 읽어봄으로서 깨닫게 된다. 그는 하인숙을 자신이 놓여 있던 과거로부터 구해 주지 못하는 마음과 한순간이나마 자신이

무책임한 순수에 빠져 그녀가 뻗힌 환상적인 죽음의 손길을 잡았다는 기억에
대해 무척 수치스러움을 느낀다. 이것은 모두 다 인간의 운명과 비극적인 상
황에 의해 표현된 자의식의 풍경화이다.

부조리 현상과 인간 의식의 진화
이청준의 문학 세계

나는 '예술' 가운데 존재하는 현실에 대해서 나 자신의 독특한 견해를 가지고 있습니다. 그래서 대부분의 사람들이 거의 환상적이고 예외적이라고 부르는 것이 나에게 있어서는 현실의 핵심적 본질을 이루고 있습니다. 일상적으로 일어나는 사건과 그것에 대한 관습적인 견해는 '리얼리즘'이라기보다 오히려 그 반대입니다.
—— 도스토예프스키

1

이청준은 오늘날 최인훈과 더불어 우리 시대를 대표할 만한 가장 지적인 작가 가운데 한 사람으로 일컬어지고 있다.

그러나 그는 어떤 의미에 있어서 최인훈의 경우와 마찬가지로 '사회적 리얼리즘'이 지나치게 강조되는 오늘날의 우리 문학 풍토에서 인간의 본질 문제와 존재의 신비를 탐색하는 상징적 색채가 짙은 '고차원적인 리얼리즘'의 작품을 써왔기 때문에, 그는 그것을 이해하지 못하는 독자들로부터 적지 않은 저항을 받아왔다. 그래서 그는 그들의 부정적인 반응에 답하기 위해서 「소문의 벽」을 비롯하여 「언어사회학서설 1·2·3」 등을 발표하기까지 했다. 그런데 이러한 작품들은 소설 형식으로 쓰였지만, 엄격한 의미에서 소설이라기보다는 작가 자신의 문학관을 밝힌 백서에 가까울 정도다. 그래서 몇몇 독자들이 그의 후기 작품 속에서 관념적이고 추상적인 요소를 많이 발견하는 것은 당연한 일이다. 그래서 필자는 이청준이 소설에 대한 자기의 주장과 의견을 이와 같이 소설 형식 속에 담지 않고, 그 자신의 '소설문학'이나 혹은 '소설론'의 형태로 발표할 수 있었다면, 그것은 훌륭한 평론으로 남게 될 것이고, 그의 작품 세계도 훨씬 더 밀도 짙고 여물게 만들어질 수 있으리라 생각한다.

그러나 이청준은 여러 가지 어려움 속에서도 습관적이고 일상적인 '하위의 리얼리즘'을 파괴하고, 상징적 요소를 곁들인 '상위의 리얼리즘'을 그의 독특한 소설 형식 속에 성공적으로 구축한 유일한 한국 소설가다. 물론 정명환이 지적하듯이,[1] 때로는 그가 부자연스럽고 불가능하며 또 주관적인 내용의 작품을 써온 것은 사실이다. 그러나 그것은 허위적인 사실에 대한 기록이 아니라, 공중 높이 떠 있는 '연'이 땅 위에 있는 실과 연결되어 있듯이, 존재의 본질적인 현실과 밀접한 관계를 맺고 있는 상상력으로 이루어진 문학이다. 다시 말하면, 이러한 그의 노력은 표면적인 현실을 초월해서 개체 가운데 있는 보편적인 인간을 찾아, '인간 영혼의 모든 심층을 묘사'하고자 하는, 이른바 그의 노력은 도스토예프스키의 '완전한 리얼리즘'에 가까운 것이라고 하겠다. 잘못이 있다면, 어느 특정한 작품에서 그가 이러한 '비전'을 삶의 문맥 속에서 밀도 짙게 구체화하는 데 성공하지 못한 것이리라.

그래서 필자는 본고에서 이청준의 작품 세계에 나타난 '고차원적인 리얼리즘'이 후기에 와서 비록 추상적이고 관념적인 요소와 섞여 있지만 그것이 결코 인간 존재의 본질과 유리되어 있지 않고 오히려 그 속에 깊이 뿌리박혀 있다는 사실을 몇몇 그의 주요 작품들의 주제를 통해서 밝힌 후 그의 소설에 나타난 '관념적인 요소'가 비록 추상적이고 교훈적인 성격을 띠고 있으나, 그것이 '격자소설 형식'과 성공적으로 융합될 때, 구체적인 현실로서의 작가적 '비전'이 될 수 있다는 사실과, 또 그렇지 못할 경우에 일어날 위험성이 무엇인가를 그의 작품 세계의 전체적 문맥과 심층 구조를 통해서 밝혀보고자 한다. 이러한 작업이 가능한 것은 그의 작품이 비록 방대하다 할지라도 상호 유기적인 관계를 구성하고 있기 때문이다.

---

1) 정명환, 「소설의 3차원」, ≪세계의 문학≫ 1976년 가을호, 29~30쪽.

2

이청준은 1972년 그의 제2의 창작집 『소문의 벽』 후기에서 다음과 같이
썼다.

나는 나의 문학이 그러한 자기 구제의 몸짓에서 시작되었고, 또 계속해서 그렇
게 많은 노력이 바쳐지고 있다는 사실을 부끄럽게 생각하지 않는다. 그러한 사실
에서 빚어진 어떤 오해나 비난이 따를 수 있다 하더라도 그것을 나의 문학 속에
서둘러 흡수하려고 하지도 않는다. 한 작가가 스스로 붓을 꺾지 않을 만큼은 자
기의 작가임을 덜 부끄러워하고, 그러면서 한 시대의 작가로서 자기의 시대를 조
금이라도 더 정직하게 살아 낼 수 있기를 원한다면 그는 동시에 그의 문학 안에
서 스스로 구원받고자 했던 자기보다 보편적인 자기로 돌아가 그것과 만나지기를
바랄 것이기 때문이다. 그것은 가장 소박하고 기초적인 문학 윤리에 속한다.

위에서 이청준이 밝힌 것처럼, 그가 그의 문학을 '자기구제의 몸짓'으로부
터 시작하였기 때문에, 치유의 의미를 나타내는 「퇴원」이란 작품이 그의 데
뷔작이 될 수 있었다는 것은 결코 우연한 일이 아니다. 그래서 우리들이 이
작품을 조심스럽게 분석해 보면, 그가 지금까지 발전시켜 온 문학 세계의 구
심이 이곳에 뿌리박고 있다는 것을 알 수 있다.

비록 치열한 언어로 표현된 의식의 '프리즘'에 의해 많은 굴절을 했지만 작
가 자신의 자화상이라고 할 수 있는 듯한 이 작품에 나타난 주인공 '나'는 무
엇인가 잘못된 사람이다. 작품 속에서 주인공이 찾아간 내과 병원 의사 '준'은
그를 위궤양 환자라고 진단하고, 또 그에게 얼굴을 비출 수 있는 거울과 각성
제를 가져다 준 흰 옷 입은 간호원은 그를 '자기망각증 환자'라고 한다.

그러면 주인공이 왜 이러한 병을 앓고 있으며, 또 어떠한 과정을 통해서
그의 병을 치료하고 있는가를 살펴볼 필요가 있겠다. 작가는 직접적으로 이
야기하지 않지만, 그의 주인공이 준의 병원에 누워 죽어가는 많은 다른 위장

병 환자들과 유사한 증세를 앓고 있다는 사실을 작품의 배경으로 나타내 보이면서, 그의 병의 원인을 다음 두 가지로 요약하고 있다. 하나는 그의 '자기 망각증' 증세와 관련이 있는 것으로서 어린 시절에 그가 아버지로부터 받은 정신적인 상처이고, 다른 하나는 위궤양병과 관계 있는 것으로서, 그가 군대와 사회에서 받은 외상적인 경험이다. 「퇴원」의 주인공은 국민학교 3학년 가을 "어머니와 누이들의 속옷을 한 가지 두 가지씩 가져다" 광에 가득히 쌓아 올린 볏섬 사이에다 깔고, "그 부드러운 옷자락을 만지작거리며, 거기서 흘러나오는 냄새를 맡으며" 어둠 속에서 낮잠을 즐기다 전짓불을 비추는 아버지에 의해 이틀이나 굶으면서 광 속에 감금을 당했다. 이틀 후 광문이 열렸을 때 "거기 있던 옷가지는 한 오라기도 성한 것이 없이 백 갈래 천 갈래로 찢기어" 있었고, 그가 들을 수 있었던 말은 "이틀을 굶겨 놔도 배고픈 줄을 모르는 놈"이라는 아버지의 꾸중이었다. 그는 가정교사로 온 준을 선생님이라 부르라는 아버지의 명령을 따르다 말고, 집을 뛰쳐나와 서울로 올라온다. 그 후 그는 어머니가 죽었다는 부고를 신문에서 보고 집으로 내려갔다가 준을 만나게 된다. 그것이 계기가 되어 주인공은 서울에 있는 준의 병원에 들르게 된다. 그러나 준에게서 멀리 가버릴 수 있는 곳을 찾다 징집 연령이 훨씬 지난 나이로 군대에 지원 입대를 하고 끝내는 '뱀잡이'라는 별명을 얻게 된다. 그러나 군에서의 그의 경험은 실로 처절하다. 그는 군에서 우연히 '꽃뱀'을 잡아 가죽을 벗기어 고운 나무토막에다 입혀서 그것을 소대장에게 지휘봉으로 바친 것이 정말 자기를 '뱀잡이'로 만들어버렸다.

그가 빛깔이 좋은 살모사를 잡아 가죽으로는 대대장의 지휘봉을 만들고 놈의 고기는 중대장에게 바쳤다. 중대장과 선임하사는 그 고기가 아주 맛이 좋다고 서로 자기에게 가져다 달라고 협박까지 했다.

제대를 하고 난 후 그가 준의 돈으로 무엇인가 좀 해보려고 했으나 '행운의 여신'이 그에게는 가까이 오지 않아 준의 돈을 나중에는 숫제 자기 "목구멍으로 먹어 삼키고나 말자는 심사가 되었다." 그러나 일 년이 지난 후 공복이 되면 배가 쓰리고 아파서 준의 병원으로 다시 찾아가게 되자, 준은 그를 위궤양 환자라고 진단하고, 준의 간호원은 그를 자기망각증 환자라고 부른다.

얼핏 보면, 국민학교 시절에 주인공이 어두운 광 속에 어머니와 누이들의 부드러운 속옷에서 흘러나오는 냄새를 맡으며 낮잠을 자는 습관을 현실 도피 내지 현실과 부딪치지 않으려는 자기 소외 현상으로 생각하기 쉽다. 그러나 이청준 문학의 전체적인 문맥 속에서 볼 때 이는 결코 좋지 않은 의미로서의 현실 도피를 위한 괴상한 버릇이 아니라 작가 자신이 『소문의 벽』에서 밝힌 바 있듯이, 한 인간이 지니고 있는 '불가사의한 내면의 비밀'을 만나, 그것을 캐고 설명하고 싶어 하는 자의적인 인간의 순수하고 원형적인 몸짓이리라. 그러자 새로운 비전과 새로운 질서를 찾아 자기탐색을 하려고 했던 그의 욕망은 기존 질서를 나타내는 아버지에 의해 무참히도 찢겨진 어머니와 누이들의 옷자락처럼 산산조각 나버린다. 아버지는 아들로 하여금 자기 스스로의 길을 찾는 것을 조금도 허용하지 않고 "이틀을 굶겨놔도 배고픈 줄 모르는 놈"이라고 비난하면서, 자신이 묶여 있는 '정글의 법칙'을 강요한다. 다시 말하면, 기계적인 외부의 힘을 상징하는 아버지는 아들이 어둠 속에서 자기와 만나, 우주에 깊숙이 묻혀 있는 어머니의 본원적인 사랑을 추구하며 자기 발전을 위한 환상적이고 원시적인 노력을 파괴해 버린다. 그래서 아들인 주인공은 인간적인 애정으로부터 뿌리 뽑힌 인간이 되어 고향으로부터 소외된 길을 걷게 된다. 드디어 그는 군대 조직 속에서, 신에 의해 '낙원'으로부터 추방된 인간의 상징적 이미지라고 할 수 있는 꽃뱀을 수없이 사냥하는 전쟁 아닌 전쟁을 치른다. 그러다 제대를 하지만, 또다시 정글의 법칙이 작용하는 모순의 경쟁 사회의 힘에 의해 인간이라는 자아를 망각해 버리고 먹이만을 추구하다 위궤양을 앓는 자기망각증 환자가 된다.

그러나 그토록 처절하게 외상을 입었던 주인공에게 사랑마저 느껴오게 한 하얀 가운을 입은 간호원 미스 윤이 인간 회복을 위해 그에게 가져다 준 거울과 각성제, 그리고 의사인 준의 도움으로 배가 부풀고 장막 밖에 물이 고여 죽어가는 환자들이 수용되어 있는 병원으로부터 퇴원하게 되는 것은 작가가 어딘가 잘못된 오늘의 현실 사회에서 인간을 구원하기 위해서 무엇이 필요한가를 우리들에게 의미 깊게 제시해 주고 있다고 할 수 있다. 그래서 이청준의 첫 작품 「퇴원」에 나타난 이러한 핵심적인 주제가 그의 작품 세계 전체를 통해 확산되고 되풀이해서 강조되어도 거기에 잘못이 결코 있을 수 없다는 느낌마저 들게 한다.

3

이청준에게 동인문학상을 가져다주고 작가로서 그의 위치를 굳히게 한 「병신과 머저리」는 「퇴원」에 나타난 주제를 미분화해서 보다 큰 소설 공간에다 확대시켜 예술적인 성공을 거둔 작품이다. 지극히 응축된 이 소설의 구조는 여러 비평가들이 이미 지적한 바와 같이 서로 다른 대립된 두 개의 인간형 위에 구축되어 있다. 즉 형은 약육강식의 현장이기도 한 6·25 동란의 전상자이고, 동생은 인생 경험을 충분히 하지 못한 '이니시에이션' 이전 단계에 있지만, 형이 치루고 있는 다원적인 삶의 궤도에 대해 침묵으로 거부 반응을 보인다.

그러나 이청준은 그의 탁월한 테크닉으로써 이 작품을 2원적으로 구성해 놓았기 때문에 주의를 기울이지 않으면 그의 마스크를 벗겨보기 힘들다. 그래서 얼핏 보면 동생은 책임 있는 선택의 행동을 하지 못하고 관념의 진공 속에서 무기력하게 살아가는 비실존적인 인간형처럼 보이고 형만이 삶을 이성적이고 합리적인 바탕 위에서 가장 능동적으로 살아가는 실존적인 인간형처럼 보인다. 물론 이 작품은 모든 훌륭한 예술 작품이 다 그러하듯이 양면적인 '엠비규티(ambiguity)' 속에서 그러한 일면도 보여줄 수 있는 가능성도 지니고 있다. 그러나 좀 더 깊이 투시해 보면, 이 작품은 그것과 다른 주제의 문맥 속에 놓여 있다. 비록 동생은 「퇴원」의 주인공처럼 전쟁 아닌 전쟁의 경험을 직접 하지는 못했지만 멜빌의 작품 「백경」의 이쉬마엘의 눈과 유사한 시점을 가지고서, 생존 경쟁과 전쟁에서 이기고 살아온 형이 삶에 대해 자신의 논리를 확인하기 위해 회상 속에서 물음으로 써온 소설을 통해서, 형의 전쟁 경험을 간접적으로 경험하고, 생존 경쟁에서 이기기 위해 다윈의 법칙을 추구했던 형이 부딪힌 벽이 무엇인가 관찰한다. 그래서 그는 거기서 얻은 경험을 통해서 인간이 삶의 현장에서 치러야 할 모순된 갈등과 싸움의 의미가 무엇인가를 심각하게 침묵으로 묻고 있다. 그래서 작가의 목소리를 대변하고 있는 동생의 이러한 노력은 곧 저주받은 인간이 황무지와도 같은 이 땅에서 어떻게 하면 올바르게 살아남을 수 있는가 하는 길을 탐색하는 것이라 하겠다.

그러면 이 작품 가운데서 형이 쓰고 있는 마스크 뒤에서 전상자(戰傷者)들이 느끼고 있는 아픔이란 궁극적으로 무엇을 의미하는가. 이것을 밝히기 위해 우리들은 이 작품의 플롯을 일별해 볼 필요가 있다.

「병신과 머저리」는 과거 삼각관계의 싸움에서 현재의 부인을 쟁취했던 의사인 형이 그의 칼로 결국은 죽게 될 불치의 병을 앓고 있는 "열 살배기 소녀의 육신으로부터 그 영혼을 후벼내 버린" 사건이 있은 후, 병원 일을 등한히 하면서 소설을 쓴다는 '기이한 일'로부터 사건은 전개된다.

형은 소설을 쓰기 시작하기 바로 전날 동생의 화실에 들어와서 윤곽만 그려 놓은 화폭 속의 얼굴을 보고 "그 새로 탄생할 인간의 눈은, 그리고 입은 좀 더 목이 흐르는 쪽이어야 할 것 같은데……." 하고 종잡을 수 없는 말을 하고 그날 저녁 술을 사겠다고 이슬비가 내리는 거리로 동생을 데리고 나간다. 앞서 가던 형이 어느 은행 신축공사장 앞에서 '흑갈색 동전 두세 닢'을 손바닥에 올려놓고 내민 어린 거지 아이의 손을 무심히 밟고 지나간다. 동생을 이것을 보고 형이 갑자기 미워졌으나, 자기 화실에서 한 이야기와 더불어, 며칠 전에 형의 칼끝에 죽은 소녀 때문에 무엇인가 확인하려고 하는 행동이라고 생각한다.

다음 날 동생은 형의 소설이 끝나지 않으면 자기 그림도 그릴 수 없을 듯한 초조한 마음으로 형이 쓰는 소설을 열심히 찾아 읽는다. 동생이 들여다본 형의 소설 서장은 어릴 때 살의와 비정이 담긴 총소리를 듣고 호기심에 끌려

고향의 마을 사람들과 노루 사냥을 따라 나갔던 이야기를 충격적인 이미지를 통해 선명하게 그려놓았다. 그런데 소설 속의 이야기의 줄거리는 형이 6·25 동란을 전후해서 군에서 자기가 겪었던 경험에 관한 처참한 이야기를 지적이고 유순한 신병 김 일병과 직업군인 타입의 무자비하고 동물적인 오관모라는 이등중사 사이에 일어난 갈등 속에 자기 자신을 직접 간접으로 관계를 지우면서 전개시켜 나가는 것이었다. 즉 형은 6·25 동란 전 의무병으로 군에 입대 했을 때 선임하사격인 관모가 새로 입대한 김 일병을 어떻게 학대했으며 또 김 일병이 관모에게 이유 없이 구타를 당했을 때 직접 반항을 하지 않았지만 그의 눈에 분노의 '파란 불꽃'이 얼마나 뜨겁게 타고 있었던가를, 그 당시 자신의 심리적인 묘사와 함께 이야기한 다음 6·25 동란 중에 자신을 포함한 세 사람이 적진 중에 패잔병으로 남아서 겪었던 전쟁 속에서의 비극적인 인간 갈등을 자기가 쓰는 소설의 핵심적인 문제가 되게 극적으로 표현했다. 형은 국군 부대가 중공군의 기습을 받은 다음 날 새벽, 부상병을 나르다 오른쪽 팔이 겨드랑 부근에서 동강나간 김 일병을 발견하고 응급 지혈을 한 후 중공군 후방 깊숙이 있는 산정으로 피신처를 찾아 올라갔을 때 동굴 속에서 관모를 만나게 된다. 동굴 속에서 세 사람이 생활을 같이 하게 되었을 때, 관모가 부상병 김 일병에게 갖은 학대를 다 하는 것을 보며, '쓸모없는' 김 일병이 언젠가는 관모에게 살해당할 것이라는 것을 예감한다. 그래서 그는 살아날 가망성이 전혀 없는 김 일병을 차라리 자기 손으로 죽여주는 것이 김 일병을 위해서 좋은 일을 해주는 일이 될 것이라고까지 생각하지만 실천에 옮기지 못한다.

　나는 좀 더 큰 소리로 말했으나 김 일병의 표정이 여전히 변하지 않는 것을 보고는 문득 손을 놀려 김 일병의 상처를 처맨 천을 풀었다. 말라붙은 피고름에 헝겊이 빳빳하게 엉겨 있었다. 그것을 풀어내자 나는 흠칫 놀라 숨을 들이쉬었다. 상처 벽이 흙벼랑처럼 무너져가고 있었다. 나는 다시 김 일병의 눈을 보았다. 아, 그런데, 김 일병은 나의 말을 알아들은 것일까. 아니면 아까 분위기가 말해 준 모든 것을 이미 알아차리고 자기의 가장 깊은 곳으로 들어가서 마지막 생명의 소리에 귀를 기울여보고 있었던 것일까. 뜻밖에도 그의 눈에는 맑은 액체가 가득히 차올라 있었다. 그리고 그것을 밀어내지 않으려는 듯이 눈꺼풀은 동작을 오래 그리고 있었다. 그러나 눈물을 다시 삼켜버린 듯 그의 눈은 다시 건조해졌다. 뜻 없이 눈동자가 진정의 한 점을 계속해서 응시했다.

그때 나는 김 일병이 죽어도 좋다고 생각했다.

이 부분까지 쓴 형의 소설을 읽고 난 동생은 관모의 잔혹한 행동에 대해서도, 김 일병의 아픔을 종식시켜 줄 일에 대해서도 형이 아무런 용기를 보이지 못하는 것을 안타깝게 생각하고, 먹이를 구하기 위해 밖으로 나간 관모가 오기 전에 형이 "김 일병을 끌고 동굴 밖으로 나와서 쏘아 버리는 것으로 자기가 일단 소설을 끝맺었다."

그 다음 날 동생은 자기를 떠나간 혜인이가 다른 의사와의 결혼식이 있었기 때문인지 묘한 흥분을 가지고서 며칠 동안 그리지 못했던 화폭에 손을 댄다. 사실 그는 자기의 애인이었던 "혜인의 결혼식을 가 보는 게 옳을지도 모른다는 생각이 잠깐 들기도 했지만, 오랜만에 손이 풀리는 것 같아서 화폭에 매달리느라고 그런 생각을 금방 잊어버리고 만다." 그때 형이 충혈된 눈을 하고 들어와서 혜인을 빼앗긴 동생에 대한 모호한 야유를 던지면서 "파르르 떨리는" 식도로 동생의 화폭을 "폭풍에 시달린 돛폭처럼" 찢어버리고는 나가버린다.

그 후 동생은 형의 방으로 들어가 원고 뭉치를 뒤져 보았더니, 형은 자기가 써놓은 부분을 완전히 어긋나게 소설을 써 나가고 있었다. 즉 형은 결국 관모가 죽어가는 김 일병을 '쓸모없는 인간'이라고 욕을 하면서 동굴 밖으로 끌고 나가 총으로 쏘아버리는 것을 본다. 그러자 형은 옛날 사냥 갔을 때 "설원에 끝없이 번져가는 핏자국"을 연상하면서 김 일병이 총에 맞아 쓰러져 있는 곳을 찾아 내려가다가 위에서 총을 겨누고 있는 관모를 의식하고, 가는 길을 멈추면서 순간적으로 그를 쏜다. 그리고 피를 흘리면서 총을 쏘는 자기의 얼굴을 지워지지 않을 '강한 선(線)'으로 그린 것을 보고 동생은 왜 형이 모처럼 화폭에 손을 댄 자기의 그림을 찢었는가를 깨닫게 된다. 그 다음 동생은 형이 술에 만취가 되어 들어와서 자기가 지금까지 써 온 소설을 불태우면서, 그 이유를 죽었으리라고 믿었던 관모가 다시 살아난 것을 보았기 때문이라고 말하며, 암초에 부딪친 사람처럼 허둥지둥 허탈해하는 것을 본다.

그러면 이렇게 '검고 무거운 것에' 부딪치기 전까지 형은 어떤 사람이었던가? 표면적으로 보면, 그는 동생보다 삶에 대해서 훨씬 더 능동적이며 과학적(?)인 생활 태도를 가지고 있으며 또 김 일병을 쏘아버릴 수 없을 정도로 인간적이며 자기의 실수로 죽은 것이 아닌 소녀의 죽음에 대해서 자의식적인 인간처럼 보인다. 그러나 그의 마스크를 벗기고 들여다볼 때, 그는 구걸을 하는 거지 아이의 손을 밟을 정도로 이타주의(altruism)의 미덕은 전혀 모르는 이기주의자이고 적자생존, 다윈이즘을 철저하게 신봉해 온 사람이었다. 거기에다 그는 또한 '카인의 후예'의 속성을 다 지니고 있는 사람이었다. 이러한 그의 속성은 자신을 그린 회상의 소설 가운데 여기저기서 나타나고 있다. 우선 어릴 때부터 "싸늘한 음향 —— 분명한 살의와 비정이 담긴" 총소리를 듣고 살생의 호기심에 끌려 노루 사냥 몰이에 나갔으며, 설원에서 피를 뿌리고 도망가는 노루를 보고 집으로 돌아와 자리에 눕기는 했으나, "망설이기만 할 뿐, 가슴을 두근거리며 해가 저물 때까지 일행에서 벗어나지 못하고 있었다. "또 형은 관모가 김 일병에 대한 복수이며 관모라는 근원적인 악의 응결체를 제거하기 위해 마지막으로 용기를 보인 것처럼 보이리라. 물론 근원적인 악의 상징인 관모를 제거하기 위해 쏘았으리라. 그러나 아이러니하게도 그것이 자신의 강박관념이 항시 말해 주듯이 동료 간의 싸움이 되었다고 후회하고 있지만, 생존의 본능에서 충동적으로 일어난 행동이고 용기라는 사실을 쉽게 부인할 수 없다. 이것은 그가 관모를 쏘고 있을 때 자신의 얼굴을 음향을 통해 그의 조상인 카인의 그것과 신화적으로 일치시켰다는 사실에 의해 크게 뒷받침이 되고 있다.

탕!

총소리는 산골의 고요를 머리까지 쫓아버리는 듯 골짜기를 샅샅이 훑고 나서 등성이 너머로 사라졌다. 그 소리의 여운을 타고 그리움 같은 것이 가슴으로 젖어 들었다. 문득 수면에 어리는 그림자처럼 희미한 얼굴이 떠올랐다. 그리고 좀 더 확실해지기만 하면 나는 그 얼굴을 알아볼 수 있을 것 같았다. 오래전부터 나와 익숙했던, 어쩌면 어머니 배 속에서 있기 이전부터 안타까웠다. 생각이 나기 전에 그 수면 위의 그림자처럼 희미하던 얼굴은 사라져갔다. 나는 눈을 감았다. 그리고 계속해서 방아쇠를 당겼다. 총소리가 다시 산골을 메웠다. 짠 것이 입으로 자꾸만 흘러 들어왔다.

탄환이 다 하고 총소리가 멎었다.

피투성이의 얼굴이 웃고 있었다. 그것은 나의 얼굴이었다.

그러나 무엇보다 중요한 것은 싸움에서 이기기 위해서 같은 형제이고 동포인 사람을 죽이고 난 후에 형에게 아픔이 왔다는 사실이다. 6·25 동란의 전상자로서의 과거의 쓰라린 경험을 자의식적으로 되살아나게 했다. 그러면 사람을 죽이면서 싸움에서 이긴 자의 아픔은 어디서 오는가. 그것은 자기 마음 속 가운데서 인간적인 양심과 동물적인 살의의 본능과의 대결과 갈등에서 오는 것이라 할 수 있겠다. 그래서 우리들이 이러한 아픔을 느낄 수 있을 때 스스로 인간임을 확인하고 그럼으로써 인간의 존재 가치를 발견한다.

형은 그 아픔 속에서 이를 물고 살아왔다. 그는 그 아픔이 오는 곳을 알고 있는 것이다. 그리하여 그것은 견딜 수 있었고, 그것을 견디는 힘은 오히려 형을 살아 있게 했고, 가치를 주장할 수 있게 했다.

그는 인간으로서 이러한 아픔을 느낄 때마다 관모를 쏜 것이 악을 제거하기 위함이라고 자신을 합리화하려 했다. 그러나 '착각이든 아니든' 악의 의인화인 관모가 죽지 않고 살아 있는 것을 보았을 때, 그의 "내부는 검고 무거

운 것에 부딪쳐…… 산산조각"이 나고 그는 부조리한 현실에 대해 당황하게
된다.

그러나 소설적인 인물로서 위대한 면을 보인 것은 그 자신 속에 있는 관모
와 같은 악을 의식하고 그것을 극복하기 위해 끝없이 갈등해 왔다는 사실이다.

그러면 위에서 논의한 형과 대조를 이루고 있는 동생처럼 나태한 인간형은
어떠한 의미를 지니고 있는가. 그는 보기에 따라 무기력하고 지나치게 순진
해 보이지만, 형과는 달리 '정글'에서 지배적으로 나타나는 질투와 싸움의 본
능을 행사하고 있는 '카인의 후예'의 대열에서 벗어나려고 하는 사람이다. 그
는 그의 형이 과거에 형수를 쟁취했던 것과는 달리 혜인이 자기를 떠나 다른
사람과 결혼한다는 사실에 대해서 담담한 태도를 나타낸다. 비록 형이 찢어
버리기는 했지만, 자기를 억제하는 초월적인 사랑의 힘으로써 자기를 떠나버
린 혜인의 얼굴의 화폭 위에 그리려고 할 만큼 용기 있는 이타주의자이다.

그래서 그는 은행 신축 공사장 앞에서 거지 소년이 내민 손을 무심히 밟고
지나가는 형을 미워했고, 소설의 관념 속이긴 하지만 이타적인 동기에서 김
일병이 관모에게 더 이상 학대를 받지 않도록 동굴 밖으로 데리고 나와 쏘아
버렸다고 생각한 후에 오랫동안 그리지 못했던 화폭에 손을 대었다. 아마 자
기를 버린 혜인의 모습을 그리려고 했었으리라.

그런데 동생과 다른 질서에서 살아왔던 형이 복잡한 콤플렉스 속에서 발작
적인 행위로 찢어버렸지만, "더 없이 많은 시간을 망설이며 아픔으로 그릴
수 있었던 그의 그림"이 지닌 의미는 실로 크다 하겠다. 왜냐하면 그가 그림
을 그리기 위해서 느끼는 아픔은 전상자의 아픔이 아니라, 국민학교 시절에
어둠의 광 속에서 발견했던 무의식의 세계로부터 새로운 질서, 즉 예술을 창
조하기 위한 아픔이기 때문이다. 예술적인 행위는 완전한 조화를 전제로 한
이상적인 질서의 창조를 전제로 하기 때문에, 비록 순간적이고 관념적이라
하더라도, 그 가운데 도덕적인 요소가 충만해 있다.

그래서 이 작품 가운데서 구조적인 '프레임'으로 사용한 형이 쓴 '소설'과
동생이 그리는 '그림'은, 그것이 예술의 형태라는 사실 때문에 내용인 주제와

삼투작용을 하는 것처럼 성공적인 융합의 결과를 가져온다. 이러한 문맥 속에서 보면 동생은 겉으로 실천적인 행동을 하지 못하고 관념 속에서만 살려고 하는 비현실적인 인간처럼 보이지만, 동생이야말로 형의 경험을 통해 모순된 삶의 형태를 꿰뚫어 보고 의미 없는 적자생존의 싸움을 침묵 속에서 비판하고, 기계적이고 비극적인 부조리한 상황에서 벗어날 수 있는 길을 모색하기 위해 '명료한 얼굴이' 없는 진통을 겪고 있는 사람이다.

4

이러한 이청준의 주제는 먹고살기 위해서 인간이 죽은 시체를 찾아다니는 장의사 직원의 생태를 그린 「임부」, 검사가 여가를 즐기기 위해 아직도 꽃피지 못한 활터의 소년 '고전동'을 사냥하는 「과녁」과 같은 작품들 속에서 짙은 페이소스를 아래에 깔고 충격적으로 그려져 있다. 똑같은 대위법을 사용하면서도 액자소설 형식 속에서 크게 성공을 거둔 작품은 삼대에 걸쳐 줄을 타야만 했던 줄광대의 죽음을 그린 수작 「줄」과 유전적으로 모순된 존재 양식에 대한 인간의 처절한 반항과 인간 의식의 진화 및 예술가의 '비전'을 3차원적인 구성으로 탁월하게 엮은 「매잡이」이다.

양면적이고 치밀한 구성을 가진 작품 「줄」은 대부분의 그의 초기 작품이 그러하듯이 이해하기 쉬운 것 같지만 대단히 '소피스티케이트'한 기교로서 쓰였기 때문에 선입견(stock memory)으로 접근하면 작품이 전달하고자 하는 핵심을 놓치기 쉽다.

어느 신문사 문화부 기자인 나레이터는 '승천한 줄광대'의 실화를 취재하기 위해 전라도의 C 읍으로 내려간다. 그는 C 읍의 어느 값싼 여관에서 '정직한 창녀'와 하룻밤을 보낸 후 이름도 기괴한 '승천 장의사'의 주인을 통해 옛날 서커스단에서 나팔을 불었기에, 피를 토하면서 죽어도 지금 나팔을 불어야만 하는 '트럼펫 신사'로부터 승천한 그 줄광대의 이야기를 듣는다.

승천한 줄광대의 이름은 운이었고, 그의 아버지 역시 줄광대였는데, 그가 두 살 때, 서커스 단장과의 관계를 의심하고 그의 어머니를 목 졸라 죽인 후, 하룻밤 꼭 줄을 타지 못하고 죽을 때까지 줄을 탔다. 그리고 운이 열 살 되던 해 학교에서 돌아오는 아들을 보고 아버지 하 노인은 "세상에 줄광대가 밟을 만한 땅"은 없다고 말하면서 도(道)에 가까운 줄 타는 법을 가르쳐 주고, 아들이 줄에 오르는 날 그는 줄에서 떨어져 죽는다. 즉 "허 노인은 줄을 지배하지 못하고 줄이 그를 지배했다."

그 후 아들은 유명한 줄광대가 되어 아버지보다 더 높이 줄을 메고 탔다. 그러나 C 읍으로 온 어느 가을, 줄에서 내려와 보니 들국화 꽃다발이 그를 위해 기다리고 있었다. 어느 여인이 가져다 놓은 것이었다. 그는 트럼펫의 안내로 그녀를 어느 벗나무 공원에서 만나 '줄에서 내려왔을 때처럼' 땀을 흘리며 그녀를 미친 듯이 안고 사랑을 고백했다. 그러나 여자는 "줄을 타고 계실 때, 그땐 그런 것 같았는데, 이렇게 옆에 오시면…… 무서워요." 하고 말했다. 그때 운은 그 여자의 목을 졸라 죽이려다, 무슨 생각을 했는지, "아버지는 어머니를 죽이고 다시 줄을 탈 수 있었지만, 아아…… 나는…….' 하고 혼자 중얼거리며 갑자기 손을 놓아버렸다. 그리고 그 다음 날 그는 단장이 "인간의 승천입니다. 인간의 승천, 얼마나 아름다운 광경입니까." 하고 관객에게 소리쳐 자랑할 만큼 줄을 높이 매고 타다 그날 밤 떨어져 죽었다. 그런데 꽃다발을 가져다 놓던 그 여자는 절름발이였고 그래서 "그 여자가 좋아한 것은 운"이라는 사람이 아니라 줄 위에 학처럼 날고 있던 "운의 다리"였다고 했다.

취재를 하고 돌아온 기자는 다시 하룻밤을 그 정직한 창녀와 잠을 잤다. 그리고 다음 날 아침 자기에게 운의 슬픈 이야기를 전해준 트럼펫이 죽었다는 소식을 듣고 그곳에 가보았을 때 창녀가 몸을 판 것은 다만 상복을 입고 트럼펫의 장례를 치러주기 위해서였다는 사실을 발견하고, 그는 정직한 창녀의 어머니가 다리를 저는 여자였을지도 모른다고 믿고 싶어 했다.

잘못 읽으면, 허 노인이 인생의 도를 닦는 강인한 실존적인 인간처럼 보이고, 그의 아들 운은 여자에게 쉽게 마음이 흔들려 자살하는 나약한 인간형으로만 보인다.

그러나 이 작품에서 이청준이 전달하고자 하는 주제의 핵심은 결국 "줄을 지배하지 못하는" 운명에 놓여 있지만, 그것과 처절한 대결을 해서 장렬하게 죽는 비극 속에 인간의 존엄성과 위대함을 이야기하려고 했다기보다는 인간 가치에 대한 의식의 진화에 있다고 하겠다. 다리를 저는 들국화 꽃다발의 여인은 그녀 자신 신으로부터 저주받은 인간이었지만, 운이라는 인간을 좋아하기보다는 하늘을 날고 있는 '학'과도 같이 줄 위에서 춤을 추는 운의 다리만을 좋아했다. 다시 말하면 다윈의 진화론과 변증법적인 과학에 대한 낙관론 때문인지 모르지만, 19세기에 속한 일대(一代) 노인과 절름발이 여인에게 가장 중요한 것은 인간적인 개체 자체보다 비인간적이고 기계적인 우주의 질서에 얽매여 줄을 타는 것이었다. 그러나 그 다음 20세기를 살아가는 삼대(三代), 운과 정직한 창녀에게 가장 소중한 것은 줄타는 것보다 인간, 돈보다 인간에 대한 순수한 사랑이었다. 운은 절름발이 여인이 자기보다 자기의 줄타는 재주를 좋아했다는 것을 알았을 때, 줄을 계속 타기보다는 극단적인 죽음의 대결로써 스스로 그 줄타기를 거절했다. 정직한 창녀는 절름발이 여인처럼 진흙 속에 살고 있지만, 가상적인 그의 어머니와는 달리, 돈을 위해서가 아니라 불쌍하게 피를 토하며 나팔을 불다 죽은 트럼펫의 장례를 깨끗이 치러주기 위해서만 몸을 파는 인간애를 보여주고 있다.

물론 인간을 사랑하고 인간 가치를 새로이 인식하고자 하는 아름다운 신화적인 표본이라 하겠다.

작품 「매잡이」의 경우도 살펴본 여러 작품과 동일한 주제가 문맥 속에 놓여 있다. 이청준은 이 작품에서 매사냥이 퇴색되어 가는 시대에 사는 매잡이 곽 서방이 우정과 애정을 바탕으로 한 인간관계가 '주고받는' 기계적인 거래 관계를 대체할 수 있다는 가능성과 현실을 발견하고, 매사냥에 대한 자기반성과 생명에 대한 의식의 변화를 일으키는 과정을 극적으로 묘사하고 있다. 매잡이 곽 서방이 버버리 소년과 함께 꿩사냥을 하다 날려버린 매, '번개쇠'

를 자기와 같이 옛날에 매사냥을 하던 친구가 금기와도 같은 관습을 깨드리고 그의 매를 그냥 자기에게 돌려주었을 때, 그는 완전히 다른 사람으로 변신한다. 매 값을 치르려고 가져갔던 돈으로 술을 마시고 마을로 돌아온 그는 버버리 소년 방에 드러누워 뒹굴면서 그를 찾아온 매와 더불어 사흘을 굶는다. 나흘째 되던 날 저녁 방문을 역고 나와 매가 어떻게 닭을 사냥하는가를 버버리 소년 중식에게 보여준다.

번개쇠가 그 닭을 호되게 때렸다…… 닭은 아직 숨이 끊이지를 않아서 목을 물리고도 푸덕거리기를 그치지 않았다. 죽을힘을 다 내뽑는 닭을 약한 번개쇠가 쉽사리 처리하지 못하고 있었다. 놈은 닭의 목 부근을 물고 흔들고 찢고 하면서 퍼덕이는 닭과 거의 함께 땅에서 뒹굴고 있었다. 닭의 목에서인지 번개쇠의 어디에서인지 드디어 검붉은 피가 튀기 시작했다. 버버리와 아버지는 손끝 하나 꼼짝하지 않은 채 끝까지 그 광경을 지켜보고 있었다. 끔찍한 번개쇠의 공격이 성공을 하여 마침내 닭의 가슴이 열렸다. 그리고 번개쇠는 마치 새귀신처럼 머리에 붉은 피를 뒤집어쓰고 닭의 내장을 쪼아 먹기 시작했다. 핏빛이 진한 가슴께 내장만 파먹었다. 그러면서 놈은 가끔 부리를 흔들어댔기 때문에 제 깃에는 물론 부근 땅바닥에도 핏방울을 뿌려 대는 것이었다. 이윽고 번개쇠는 이제 허기가 가신 듯 닭을 버리고 부리를 문질렀다. 그러나 놈은 갑자기 포식을 하여 기력이 끊어진 듯 처음보다도 더욱 몸이 비틀거렸다.

그 후 곽 서방은 매를 하늘로 날려 보내고 서 영감네 헛간에 누워 무엇이든 먹기를 거절하고 스스로 목숨을 끊었다. 그러는 동안 곽 서방과 같이 매사냥을 하며 사냥 기술을 배워왔던 버버리 소년 중식이 역시 매사냥을 다시 하지 않겠다는 결의를 무섭게 보였다. 날려 보낸 번개쇠가 다시 마을로 날아와 중식이가 사는 집에 있는 것을 보고, 액자소설의 나레이터가 버버리 소년에게 매잡이가 되겠느냐고 물었을 때, 그는 그의 증오의 눈길에서 말 못하는 벙어리의 무서운 분노가 응어리져 나옴을 느꼈다.

결국 곽 서방의 자살은 모순된 인간 상황에서 죽음으로 인간 가치를 주장하려는 철저한 도덕성을 안고 있는 것으로서, 그가 동물인 "매에게서 그 스스로는 인간으로 돌아와 지금까지 얻은 진실을 위해서 마지막으로 한 번 더, 그러나 지금까지와는 다른 싸움을 치르게 하려는" 처절하고 극한적인 인간의 노력이다.

탄식을 통한 곽 서방의 이러한 죽음은 「병신과 머저리」의 동생이 침묵 속에서 아픔으로 견디는 인내와 「줄」에서의 운의 자살과 같은 의미를 지니고 있다. 다시 말하면 곽 서방의 단식은 죽음을 위한 단식이 아니라 '환생'을 위한 단식이다. 물론 곽 서방은 그 자신 물리적으로 환생을 하지 못했지만, 그의 뒤를 이어가는 버버리 소년 중식이가 잔인한 매사냥을 다시 하지 않겠다는 깨달음을 통해서 환생하고 있다.

장편 「조율사」는 이러한 작가의 견해를 구체적으로 다루고 있다. 즉 이 작품 가운데서 배앓이를 치료하기 위해 단식을 하는 주인공은 「매잡이」에 나타난 곽 서방의 또 다른 하나의 얼굴이고, 그의 곁에서 그의 진통을 지켜보는 조카 신이는 버버리 소년 중식이의 변신이다. 그러나 이러한 문맥 속에서 우리들의 주목을 크게 요구하는 것은 주인공이 출구가 없는 조율실에 갇혀 악기를 해체하면서까지 조율하는 자기의 소리를 밖으로 전달하려는 방법을 환상적으로 모색하는 조율사에 자신을 비유한 것이다.

—친구여! 당신은 일부러 얼기를 부줬구려? —소리는 내가 가지고 있는 것이오. 그 소리를 전달할 뿐, 사람들에게 영원히 소리를 전달할 수 없는 이 조율실 안에서 악기는 필요가 없는 것이오! 바깥으로 나갈 수만 있다면 다른 악기를 구해서라도 소리를 전해 줄 수 있으련만.

이렇게 소망한 그는 다름 아닌 자기를 지켜보고 있는 어린 신이에게서 그의 '소리를 전해 줄 수' 있는 악기를 발견하고 그를 통해서 '환생'한다.

──확신을 가질 수는 없었지만 나는 지금까지 내내 환생을 기다리고 있었던 거요.

여태까지 머리를 숙이고 있던 사내가 이때 비로소 나를 쳐다보았다. 나는 또 한번 깜짝 놀랐다. 그리고 사내의 얼굴을 뚫어져라 쏘아보고 있었다. 환생, 환생…… 그리고 주름 잡히고 늙어 보이기는 했지만, 사내의 얼굴은 지금까지 조율실을 두루 구경하고 있던 바로 나의 그것이 아닌가. 이윽고 나는 목청이 째질 듯한 고함 소리를 내지르며 조율사에게 물러섰다. 그러고는 안간힘을 다해 달아나기 시작했다. 사내가 벌떡 일어나 나를 쫓아오는 것 같았다. 그리고 사내가 뭐라고 자구 나를 불러 대고 있는 것 같았다. 그런데 어느 순간 그 소리는 뜻밖에도 나의 귓전 가까이 까지 다가와 있었다.

── 삼춘!

5

그런데 이청준은 부조리한 인간 조건과 인간 상황을 묘사하는 데 있어서 위에서 살펴본 비정하고 참혹한 약육강식의 '정글 법칙'이 지배하는 풍경과 그것에 항거하는 죽음에만 한정시키지 않았다. 그는 표면과 실체가 다른 인생의 궤도, 즉 존재의 사이클이 그 속에 신의 속임수라도 숨겨 놓고 있듯이 환멸로서 끝나야만 하는 아이러니한 인간 현실을 「침몰선」, 「행복원의 예수」 그리고 「별을 보여 드립니다」 등과 같은 수작에서 짙은 페이소스 속에 격조 높게 나타내고 있다. 「침몰선」은 전통적으로 인생에 비유되는 '배'를 작품의 중심 이미지로 설정해 두고 그것이 해체되는 과정을, 낭만적인 꿈이 깨어지는 그것과 상징으로 대위시키면서 소년이 어른으로 자라는 아픔과 고난을 시정이 넘쳐흐르는 언어로 그리고 있지만, 「행복원의 예수」는 신에 대한 저항적인 풍자로 가득 차 있다. 여자 나체를 훔쳐 본 후 '행복원'을 탈출한 주인공의 죄를 용서해 준 것은 항상 죄를 사해 준다고 약속한 예수가 아니라 '최 노인'이라는 사실은, 인간이란 얼마나 중요한가를 말해 준다. 또한 작가 자신이 참된 '리얼리스트'임을 우리들에게 보여주고 있다. 또 탁월하고 치밀한 구성과 발견하기 어려운 이미지로써 존재의 모순된 구조를 웃지 못할 코믹 터치로써 확대시켜 정직하게 보여 준 「별을 보여 드립니다」라는 작품은 '리얼리스트'로서 그의 작가적인 입장을 더욱 더 뒷받침해 주고 있다. 내레이터의 친구인 민영이란 천문학도가 자기를 믿고 있는 친구를 속이고 물건까지 훔치는 것은 그가 영국으로 천문학을 공부하러 갔다 실패하고 돌아오는 것과 상징적으로 일치되어 소설의 통일성을 부여하고 있는 것이 무엇을 의미하고 있는가는 오 원씩 돈을 받아먹고 하늘의 별을 잠깐 동안 보여주기만 하는 망원경의 이미지가 잘 설명해 주고 있다. 여기서 망원경이 보여주는 별은 사막의 신기루와도 같은 비극적인 인생의 환상적인 스펙트럼을 상징하고 있다는 것은 새삼스럽게 설명할 필요가 없겠다. 그러나 신기루와도 같은 별을 포착할 수 없다는 것을 알면서도 그것을 추구해야만 하는 모순된 인간 상황을 고발하면서, 끝내는 '망원경의 장례식'을 치루는 행위에는 적지 않은 도덕적인 의미가 숨어 있다는 사실을 우리는 알아야겠다.

　"장례식을 치르란 말야. 그 새끼들은 기다리게 내버려 둬."

　그는 망원경을 쳐들어 보였다. 나는 또 한번 가슴이 서늘해 왔다. "너는 언제든지 나의 훌륭한 구경꾼이었지. 오늘도 구경꾼 노릇만 하면 돼." 하고 그는 어조를 고쳐 말했다. 파괴되지 않고 있었던 것일까. 그는 자기에 대한 나의 그런 생각이 당연한 듯 말을 이었다.

　"생각을 해본 일은 있지만…… 두 번씩이나 쫓겨 가기는 싫었어. 거짓말을 한 것은 내 자신의 배반을 맛보지 않고는 견딜 수가 없었던 때문이지."

　그러고는 이제 물결이 가라앉은 가을 더욱 깊이 내려다보았다. 내가 다시 노를 움직이자 그는 팔을 들어 나를 제지했다.

　"가만있어, 여기가 좋겠어."

　그는 어둠 속에서 나를 한번 건너다보고는, 그 눈길을 하늘로 큰 호를 그린 다

　그러나 이 작품에서 작가가 강조한 것은 삶의 궤적에 대한 이러한 이미지의 투영만이 아니라, 이러한 존재의 궤도를 반복하면서 살아가야 하는 인간이 신화적으로 지니고 있는 심리적인 연대 의식 내지 피의 인식이다. 주영훈이란 이름을 두 사람이 공유하고 있었던 것은, 즉 그들이 같은 피의 뿌리를 가지고 있다는 의미는 앞서 간 사람이 걸어간 길을 다음 사람이 똑같은 모양으로 걸어갔다는 사실로 충분히 설명될 수 있다. 그리고 그들이 죽음을 눈앞에 보았을 때 이름을 나누어 가지고, 또 영훈의 아내마저 나누어 가지는 것은 생명의 흐름을 단절시키지 않으려는 본원적인 충동에서 우러나오는 행동이다. 이것은 세대의 개체를 연결해 주기 위해 신진피스로 끊임 편지를 쓰는 제2의 영훈이라는 인물이 행하는 기능 속에서 더욱 명확히 나타나 있다. 그리고 영훈이 자살한 것은 자살을 위한 자살, 즉 생각을 포기하기 위한 자살이 아니라, 생명의 샘으로 회귀하고자 하는 충동에서 일어난 결과이리라. 이것은 제2의 영훈이가 제1의 영훈의 ‘죽음을 되찾으려는 노력’에서 죽음을 택했다는 것으로서 설명이 되고 있다.

　　그는 그곳에서 사내의 모든 흔적을 찾아 자기 것으로 만들고 그와 꼭 같은 철길을 걸어 다니며……말하자면 자기의 이름을 빼앗아 간 사내가 되어 그 생각을 자기 속에 경험시키려고 했습니다.

　　그런데 이것은 ‘가수(假睡)’ 상태가 지니고 있는 의미를 밝혀볼 때 더욱 분명해진다. 가수 상태가 눈이 잠자는 것이라면, 그것은 내면적으로 의식은 잠자고 있고 무의식이 깨어 있는 상태라고 할 수 있다. 다시 말하면 가수 상태에서 의식적인 것은 정지 상태에 있지만 생명의 본질인 무의식은 외부적인 압력을 받지 않고 움직이고 있다. 그래서 작가는 ‘가수 속에 생이라는 것을 매도’해 버리지 않고, 생을 ‘열심히 정직하게’ 살려는 형태를 가수라 본다고 이야기 하고 있다.
　수작 「이어도」는 이와 유사한 주제를 다루고 있으나 예술적으로 보다 큰 성공을 거두고 있다. 이 작품은 내용을 치밀한 구성과 독특한 언어, 그리고 탁월한 아이러니를 통해 유기적으로 결합시키는 소설 미학을 지니고 있기 때문에 주제의 포착이 평면적으로 메시지를 전달하려는 작품보다 훨씬 어려울 수 있다. 그러나 우리들이 밝은 눈으로 보면, 바다 저쪽에 있는 섬과도 같은 이어도를 찾아 바닷물 속으로 뛰어내린 천남석 기자는 「가수」의 주인공, 주영훈의 또 하나의 변신이 라는 것을 발견할 수 있으리라. 선우 중위가 천남석의 죽음의 소식을 안고 천남석의 여인을 찾아간 것은 「가수」속의 제2의 주영훈이 죽은 제1의 부인을 찾아간 것과 유사한 문맥에 놓여 있다. 이 두 작품에 나타난 해당 장면들을 비교해 보면, 다음과 같다.

……그 여자는 영원히 마르지 않을 고독의 샘을 지니고 있었다. 희고 튼튼한 여자의 두 다리는 그의 [illegible]을 영원히 마르지 않게 일 것이며. [illegible] 여자의 다리 사이로 뛰어들어 그것을 퍼내기 시작[illegible] 자기의 외로움을, 그 여자의 외로움을, 숨이 가빠지도록 쉬지 않고 퍼냈다.

……그리고 그 운명처럼 깊고 튼튼한, 영원히 마르지 않는 외로움의 샘에서 그것을 퍼낸다. 그리고 거기서 진짜 자기의 외로움과 만난다. 자기를 만나고 영원을 만나고…… 그러나 여자는 지금 그가 누군지를 모른다.

—「가수」 중에서

여자에게서 마침내 반응이 나타나기 시작했다. 선우 중위로선 참으로 상상도 할 수 없었던 기괴한 반응이었다. 여인의 입술에서 문득 희미한 웅얼거림 소리 같은 것이 흘러나오고 있었다. 신음 같기도 하고 한숨 소리 같기도 하고, 어떻게 들으면 마치 제주도의 바닷가 어디에서나 들을 수 있는 바다 울음소리나 파도 소리 같은 그 웅얼거림은, 그러나 자세히 들어보니, 이어도, 그 오랜 제주도 여인들의 슬픈 민요 가락이었다. 중위는 그만 번쩍 정신이 되돌아 왔다…… 천남석의 어머니도 남편이 수평선을 넘어오는 날이면 비로소 그 걱정스런 밤의 어둠 속에서 이어도를 만나곤 했다던가. 선우 중위는 잠시 멀어져 가는 듯싶던 환각들이 일시에 다시 방 안으로 가득 밀려 들어오는 듯한 착각 속에서 모질게 다시 힘을 모두어 여인을 학대하기 시작했다. 기분 나쁜 환각들을 쫓기 위해서는, 그리고 여인의 그 끝없는 침묵을 끝내주기 위해서는 어쨌든 다시 그 여인의 소리를 놓치고 싶지가 않았다. 그는 점점 더 많은 땀을 흘리기 시작했고, 여인의 노랫가락도 점점 더 분명하고 안타까운 가사로 여물어져 가고 있었다.

　이어도하라 이어도하라

　이어 이어……

──「이어도」 중에서

제2의 주영훈이 퍼내는 고독의 샘은 이어도의 여인이 그녀의 맺힌 한을 길러내는 생명의 샘 그것과도 같은 것이다. 그래서 작품 「이어도」에서 우리들을 대표하는 보편적인 인간인 천남석이 찾아간 섬은 실제로 존재하는 섬이 아니라, ‘이어도’ 술집 여인이 상징하는 ‘생명의 바다’ 그 자체이리라. 신화적인 의미에 있어서, 어둠 속의 바다가 생명의 고향을 상징한다는 것을 여기서 설명하지 않더라도, 작가가 인간이 언제나 그리워하는 이어도와 여인들(천남석의 어머니와 그의 여인)을 시적인 언어로써 계속 연결 짓거나 또는 일치시키는 것을 보아도 이러한 사실을 알 수 있다. 천남석이 칠흑 같은 어둠 속에서 무엇인가 열심히 찾고 있었던 것은 선우 중위가 여인의 침묵에 홀려 찾아볼 수 있었던 그 여인의 기괴한 비밀의 섬, 즉 생명의 섬 바로 그것이었다.

　이러한 시점에서 보면 한의 섬 이어도는 바다 저편, 피안에 있는 것이 아니라, 이어도가 여인과 더불어 실제로 숨쉬고 있는 현실 세계의 상징인 제주도 자체라고 말할 수 있으리라. 그의 죽은 시체가 파도에 밀려 다시 섬으로 돌아왔듯이 천남석이 섬을 떠나고 싶어 했던 것은 작가가 밝힌 것처럼 역설적으로 섬을 너무나 사랑했기 때문이다. 이것은 「당신들의 천국」에서 윤해원이 서미연을 너무나 사랑했기 때문에 문둥이의 섬으로부터 괴롭힌 것과 같은 논리에 있다고 말할 수 있겠다.

7

「당신들의 천국」은 비록 소록도라는 문둥이의 섬을 무대로 하고 있지만, 이 작품 역시 「이어도」의 주제와 연속적인 관계가 있다. 물론 「당신들의 천국」 속의 섬은 「이어도」에서의 제주도와는 다른 문둥이의 소록도이다. 그러나 소록도란 섬이 천형을 받고 낙원에서 추방된 인간이 모여서 사는 땅에 대한 상징이라고 생각하면, 크게 다를 것이 없겠다. 그런데 「당신들의 천국」에서 작가는 인간의 땅 위에 보다 나은 사회를 건설하기 위한 방법을 '지배자와 피지배자' 사이에 이루어지고 있는 현실적인 인간관계 및 그 윤리의 타당에 대한 분석과 시험을 통해서 모색하고 있다. 보다 이상적인 사회를 건설하고자 하는 개선론적인 의미를 이 작품이 지니고 있는 것은 벌써 작품의 배경이 그의 데뷔 작품 「퇴원」의 그것처럼 병원이란 것이다. 우선 병원장은 상징적인 문맥으로 봐서 나병 환자들과는 다른 건강한 사람이다. 그렇다면 그는 정신적으로도 나병 환자들과 다른 사람일 수도 있다. 그 결과 그들의 병을 정신적으로 극복할 수 있도록 하기 위해 축구 시합을 비롯하여 인간의 힘이 얼마나 위대할 수 있는가를 보여주기 위해 자연과 싸우는 간척 사업까지 벌인다. 그리고 무엇보다 중요한 것은 원장이 섬을 탈출하려는 문둥이 환자들에게 그들이 살 땅은 그 섬밖에 없다는 진리를 가르쳐주려고 한 것이다. 이러한 의미에서 볼 때 그의 부임 선물이 문둥이 두 사람이 섬을 탈출하려는 사건이 되었다는 것은 그가 해야만 하는 일이 무엇인가를 처음부터 독자들에게 암시해 주는 것이다. 그러나 과거의 여러 병원장들이 섬을 이상적으로 건설하려는 일을 하다 그들 자신의 이기심에 의해 타락된 노예가 되어 이기적인 목적의 표적이 된 배반의 동상을 세우는 광인들로 변신했기 때문에, 섬 사람들로부터 얼마나 위대한가를 보여주기 위한 그의 처절한 노력은 높이 보아주어야만 하겠다.

풍남도와 오동도 사이의 제1방조 제 작업장 일대의 해면 위에 전에는 볼 수 없던 긴 물때 같은 것이 하얗게 뻗어 있었다.

원장의 눈길에선 일순 번갯불 같은 섬광이 지나갔다. 다음 순간 그는 정신없이 산비탈을 뛰어 내려가기 시작했다. 몸을 굴리다시피 해서 산을 내려온 원장은 그 길로 곧 배를 내어 오동도 쪽으로 나아갔다.

배를 타고 보니 좀 더 분명히 떠올라 보여야 할 그 물때는 다시 눈앞에서 사라지고 없었다.

환각이었던가?

그러나 환각은 아니었다. 원장은 곧 그것을 깨달았다.

때가 마침 사리 무렵이었다. 바다는 어느 때보다도 밀물이 높아지는 대신 썰물 때는 또 어느 때보다도 바닥이 얇아진다. 지금은 그 바다 밑이 가장 얇아지고 있는 사리 때의 썰물이었다. 물때는 바다 밑에 숨어 있던 돌독이 비로소 그 얇아진 물길 속 어디쯤에서 안타까운 발돋움을 해 올라오고 있다는 신호였다.

물때로 보인 것이 바로 돌독을 아니었다.

돌독은 물 밑에서 파도를 죽이고 있었다. 넘어진 파도가 이어져서 하얗게 긴 물때를 이루고 있었다. 그 물때 밑에서 돌독이 솟아오르고 있었다. 높은 곳에서나 분별이 될 수 있는 것이었다. 배에서는 다만 파도에 가려진 다른 파도를 볼 수 있을 뿐이었다.

원장은 실성한 사람처럼 황급히 배를 몰아갔다. 그리고 그의 배가 오동도를 지나 1호 제방 축성 수면 위로 들어섰을 때 그는 그 산 위에서 내려다본 물 때 밑으로 또 하나 하얀 돌 줄기가 환상처럼 길게 뻗어가고 있는 것을 보았다. 한두 길 물 밑까지 마침내 그 진짜 돌독이 솟아올라와 있는 것이었다.

원장은 숨이 막힐 듯했다. 그는 벅찬 감동을 누르기 위해 잠시 동안 눈을 감고 기다렸다.

……

"조 원장 만세!"

"소록도 만세!"

"오마도 개척단 만세!"

　물론 이러한 작업을 하는 데 있어서 조 원장 자신의 이기적인 동상에 대한 심리적인 갈등이 없었다는 것은 아니다. 그러나 중요한 것은 그가 남다른 인간 의지로써 그것을 극복하고, 나아가서 인간 가치와 선택의 자유 및 믿음을 전제로 하지 않는 "자의적인 천국이 용납되지 않는 천국, 내일의 개선을 전제로 하지 않은 섬 안에 한정된 천국은 생각에 따라 천국이 아닌 지옥"이 될 수 있다는 결과를 시련을 통해서 깨달으며, 그 과정을 통해서 그 자신이 스스로 인간임을 의연히 주장하고 있다는 사실이다.

　비록 이러한 부분이 밀도가 짙고 설득력이 강한 것은 못 된다고 해도, 조 원장으로 하여금 자신을 극복하게 하고 인간 승리를 거두게 한 것은 이청준의 소설 공간을 통해 지금까지 확대시켜 온 주제와 밀접한 관계가 있다고 하겠다. 조백헌 원장에게 교훈이 되게 섬을 떠난 이상욱이 마지막에 섬으로 다시 돌아오고, 또 스토리의 모은 결론이 윤해원과 서미연의 결혼식으로 귀착되었다는 것은 위에서 말한 작가의 주제를 훌륭하게 뒷받침해 주고 있다. 왜냐하면 여기서 결혼은 인간의 새로운 창조를 전제로 한 사랑과 조화, 그리고 믿음의 표시일 뿐만 아니라, 인간의 믿고 의지할 것은 신이 아닌 인간 그 자체란 것을 강조하기 때문이다.

　견해의 차이겠지만, 이 작품에서 조백헌을 '성자'로 변신시키지 않고 「병신과 머저리」에서처럼 처절한 갈등과 비극적인 종말을 거두게, 계몽주의적이고 교훈주의적인 요소를 배제하면서도, 삶 그 자체의 모습을 보다 리얼하게 그렸다면 미학적이고 심리적인 강렬한 효과를 거둘 수 있지 않았을까 하는 아쉬움은 부식할 수 없다. 그러나 이청준 작품 세계가 「퇴원」에서부터 시작해서 의사와 환자라는 대립 관계를 문맥으로 한 개선론적인 주제를 중심으로 발전해 왔기 때문에 이 작품이 두 개의 스토리와 2차원적인 시점을 가진 액자소설로 이루어지지 않은 한, 그것은 불가했으리라 생각된다.

8

그러나 다행히도 이청준은 그 이후 발표한 「눈길」와 「잔인한 도시」 같은 작품에서는 「당신들의 천국」의 마지막 부분과는 달리, 작가의 신념과 희망을 계몽주의 소설 형식에서와 같이 평면적으로 표명하지 않고 밀도 짙은 삶의 문맥과 뛰어난 이미지를 통해서 전달하고 있다.

「눈길」은 어둠 속으로부터 아들을 탄생시킨 어머니가 아들을 세상에 내어 보낸 후 다시 어둠 속의 죽음의 세계로 다시 돌아오는 생명의 신화적인 패턴을 새벽 '눈길'의 이미지와 아들을 바깥 세계로 실어 보내는 시간을 나타내는 기차의 이미지 등을 통해 서정적으로 나타내고 있다. 이 작품에서 우리들의 눈길을 끄는 것은 아들에 대한 어머니의 사랑이 얼마나 위대하며, 또한 그 사랑이 우리들의 삶을 얼마나 부드럽게, 따스하게, 그리고 향기롭게 만들어 줄 수 있는가를 우리들에게 보여주고, 우리들을 태어나게 했을 뿐만 아니라 사라져가는 인간의 본원적인 줄기의 일부분이기도 한 노인들에 대한 우리들의 태도를 반성하게 한 것이다.

「잔인한 도시」 역시 속 날개가 잘려진 새와 감옥의 그림자를 짊어지고 나온 출옥자(出獄者) 사이에 이루어지는 우화적인 애정 관계를 통해 인간이 생명을 건전하게 이어갈 수 있는 길이 어디에 있는가를 상징적으로 나타내 주고 있다. 속 날개를 잘렸기 때문에 창공을 높이 날지 못하고, 제한된 범위밖에 날지 못하다가 다시 새장 속으로 잡혀 들어와야만 하는 새는, 제한된 시간과 공간 속에서, 제한된 자유밖에 누리지 못하고 살아가는 인간, 즉 지금 감옥을 나온 사내와 상징적으로 일치된다고 할 수 있다. 신이 만들었는지도 모르는 운명적인 인간의 부조리한 존재 양식에 대한 반항과 사회 비평을 곁들인 이 작품은 지금까지의 이청준의 작품이 항상 그래왔듯이 두 개의 차원을 가지고 있다. 즉 모순된 존재 양식을 나타내는 데만 그치지 않고, 인간이 의존해야 할 윤리가 무엇인가, 또 인간이 어느 방향으로 가야만 하는가를 독자들에게 제시하고 있는 것이 이 작품의 두드러진 특징이라 하겠다. 즉 사내가 감옥에 드리워진 무거운 짐을 지고 감옥을 빠져나와 새들이 사는 공원의 숲 속을 찾는 것은 곧 정글의 도시에서 벗어나 생명을 사랑으로 자유롭게 노래할 수 있는 곳으로 가고 싶은 인간의 참된 욕망을 나타낸다고 할 수 있으리라. 비록 그는 고향에서 아들이 그를 찾아오기를 기다리며 감옥 주위를 서성이지만, 감옥 속에서 자유를 그리워하고 있는 동료들을 위해 새를 사서 창공으로 날려 주고 새들이 잠자는 공원의 숲 속에서 잠을 잔다. 그러나 그는 공원 숲 속에서 잠을 자다, 잔인한 신과 생명의 자유를 압박하는 어떤 외부적인 힘을 의인화하고 있는 듯한 '하관이 빠른 백동테 안경'을 쓴 새 장수 젊은이가 방생한 새를 무서운 전짓불로 잡아가는 것을 보고 놀라움을 금치 못한다. 이때 새 한 마리가 그의 전짓불을 피해서 그의 점퍼 속으로 가슴으로 체온을 느끼며 파고 도는 것을 느낀다. 그는 깨달은 바가 있어서 새장 주인인 '백동테 안경' 젊은이를 찾아가, 방생할 새를 사 주면서, 서로 사랑하는 가족이 되라고 설득한다. 그러나 그는 실패한다.

"내 젊은이에게 바람이 있다면 다만 젊은이도 아까 말대로 내 한 가족이 되어서 그 한 가족이 된 사람의 정분으로 그걸 조금만 믿어줬으면 하는 것뿐이라오. 내게도 그럴 아들 녀석이 있고 그 아들 녀석이 미구에 제 애빌 찾아 나타날 일을 말이오……."

젊은이는 끝끝내 대꾸가 없었다.

그래서 그는 자기를 아는 듯한 새를 다시 한 마리 사서 공원의 숲 속으로 놓아 보내주려다 새의 양쪽 날개 밑에서 "무슨 가위 같은 물건으로 속 깃을 잘라 낸 자국"을 발견하고 분노와 슬픔에 잠긴다. 그리고는 그 새를 그의 따뜻한 가슴에 안고 잔인한 정글의 도시를 빠져나와, "탱자나무 울타리와 붉은색 벽돌 굴뚝이 높은 기와집…… 덧말이 넓고 뒤쪽 언덕에 대숲이" 겨울에도 푸르른 그곳 고향을 찾아 길을 떠난다. 그가 새와 함께 찾아가는 그 남쪽은 생명이 대숲처럼 푸르게 자랄 수 있는 마음의 고향이고, 이것은 또한 「퇴원」의 주인공이 어두운 광 속 볏짐 사이에 어머니와 누이들의 옷자락으로부터 부드러운 향기를 맡으며 꿈꾸던 생명의 고향이고 「병신과 머저리」에서 동생이 느끼는 아픔이 오는 곳이리라.

생명이 자유롭게 그리고 왕성하게 자라고 꽃피울 수 있는 이곳은 비록 이청준의 비전과 상상력 속에 있는 세계이지만, 결코 쉽게 얻어질 수 있는 허위적인 세계가 아니다. 이청준이 언어와 일생을 걸고 싸워온 피나는 대결에서 얻은 땅이며, 갈등과 긴장 속에서 젊음을 보내면서 처절한 체험 끝에 결론으로 도달한 휴머니즘 속에 뿌리박고 있는 인간 중심의 문학 세계이다.

9

그러나 이청준의 이러한 주제가 현대 감각이 짙은 그의 독특한 소설인 '그로테스크 시학'과 액자소설 형식을 통해서 표현되지 않았더라면, 그의 작품들이 예술적으로 큰 성공을 거둘 수없었을 것이다. 그러면 그로테스크 시학과 액자소설 형식이 그의 소설 가운데서 어떤 기능을 하고 있는가.

그로테스크 시학은 다른 말로 표현되었지만, 이미 여러 평론가들에 의해 지적되어 온 바 있다. 즉 김현은 이청준의 소설 공간 속에 '기인'들이 서식한다고 지적하고 그 이유를 작가가 유년 시절에 입은 외상과 또 유년 시절에 형성된 '기본적 불안'에 있다고 보았으며, 그 단서를 찾기 위해 이청준 자신의 유년 시절에 대한 전기적 연구와 자료 조사를 바탕으로 한 정신분석학적 접근 방법에 필요하다고 했다.[2] 김주연은 김현과 유사한 견해를 취하면서도, 기인들의 서식 현상을 시대에 뒤떨어진 장인(匠人)들의 낙조 현상과 일치시키면서, 그들이 괴상하게 보이는 것은 역사의 변천 과정과 시대 간의 갈등으로 예리하게 설명하고 있다.

---

2) 김현, 「장인의 고뇌」, 『별을 보여드립니다』, 일지사, 373~376쪽.

여기서 우리는 이청준이 즐겨 다루고 있는 장인의 문제에 관심을 가져 볼 필요가 있다 「줄」, 「바닷가 사람들」, 「과녁」, 「매잡이」 등등에서 보이는 서커스단의 줄 타는 광대, 무지한 어부, 시골의 궁사, 매잡이 등등은 요즘의 사회 —— 산업사회에서는 거의 잊혀진 바와 다름없는 장인들이다.

장인들이란 오늘날과 같은 대중사회에서는 아예 존재할 수 없는 개념으로서 가부장적 질서에 의해 움직이는 규범 사회의 산물이다. 그들은 줄을 잘 탄다거나, 활을 잘 쏜다거나, 매를 잘 잡는다거나 어떤 일정한 사업에 있어서 귀신같은 솜씨를 발휘하는 사람들인데, 그러한 그들의 생업은 대체로 출생 이후 거의 운명적이라 할 정도로 짐 지워져 있다는 사실이 주목을 요한다. 더욱이 이들 장인들은 그와 같은 직업 선택에 있어서 자기 결정의 순간을 갖지 않고, 오직 그 기술 자체만을 선험적인 당위성에 의해 훈련해 온 사람들이기 때문에 그들의 세계는 한마디로 말해서 개성의 세계라기보다도 인습과 관행의 세계라고 불러야 타당할 것이다. 그렇다면 이청준은 이미 시효가 지나간 이들 인습 세계, 관행의 인물들에게 왜 그토록 비상한 관심을 가지는 것일까? 또한 그들이 보여주는 신통한 기술에 감탄하고 있는 것일까? 아니면 이미 소멸되어 버린 그 시대에 대한 퇴고적 향수를 갖고 있는 것일까? 물론 그것은 아니다. 그것을 확인하고 싶다면 우리들은 이 소설의 구조가 그와 같은 장인들의 생활, 그 세계에 대한 일반적인 미화에 있는 것이 아니라 이미 무력해진 그들이 지금의 사회와의 사이에서 어떤 갈등과 마찰을 일으키면서 그 관계를 형성하고 있는가 하는 점을 추적해 보면 된다.[3]

그러나 그의 소설 가운데 기인들이 나타나는 현상은 위에서 말한 두 평론가들이 지적한 것 이외에, 필자가 앞에서 밝힌 생의 부조리 현상과 관련 지워진 그로테스크 시학을 유보하고 있다. 그로테스크는 19세기 낭만적 사실주의와 관련이 있는 대단히 중요한 미학에 속하지만, 그 당시 비평가들과 문학

---

3) 김주연, 「이청준의 세계, 사회 해체 속의 개인」, 『병신과 머저리』, 삼중당문고, 336~337쪽.

사가들의 눈에 쉽게 발견되지 않는 변두리 지역에 머물고 있었다. 그러한 19세기의 몇몇 작가들과 부조리 문학을 연구하는 현대 비평가들에게는 관심의 초점이 되어 왔다.

빅토르 위고는 1827년에 '그로테스크한 것과 숭고한 것이 성숙한 결합'을 하는 곳에서 다층적이고 창조적인 면모를 지닌 현대 정신이 잉태한다고 말하면서[4] 그로테스크한 것이 희극적 요소의 본질이란 것을 지적했다. 그 후 고골리와 도스토예프스키에 와서는 그로테스크 속에 숨어 있는 코믹 현상에 대해 새로운 이론이 나타났다. 고골리는 그로테스크한 현상에 대해 쉽게 초연한 태도를 취할 수 있었지만, 도스토예프스키에게 있어서 그것은 불가능했다. 즉 문학사에서의 부조리 현상을 맨 처음 이야기해서 실존주의 문학사의 길을 열어 놓은 도스토예프스키는 세르반테스, 볼테르, 그리보이에도프(Griboyedov), 그리고 고골리 등의 작품 가운데 나타난 희극적인 주인공들에게서 감정적인 요소를 제가한 '순수하고 감동적인 비극'을 발견했다. 그러나 물론 도널드 팽거(Donald Fanger)가 지적했듯이, 그는 자신의 견해를 「돈키호테」의 낭만적인 견해와도 일치시켰을 뿐 아니라, 낭만주의가 지니고 있는 반희극적인 성격과도 자신의 견해를 일치시켰다. 다시 말하면 도스토예프스키에 있어서 그로테스크한 것은 희극적인 것이 그 반대 극에 위치한 비극적인 것으로 향해 반쯤 결영(結永)된 것이었다.[5]

실로 그렇다. 웃으면 눈물이 나오듯이 희극적인 마스크 뒤에는 언제나 애환이 깃든 슬픔이 숨어 있다. 이것은 투명한 눈을 가진 사람이면 누구나 쉽게 발견할 수 있으리라.

이러한 시점에서 이청준 문학을 조명해볼 때, 특히 「매잡이」에 나오는 버버리 소년 중식이는 위에서 논의한 그로테스크 시학을 몸으로 나타내는 대표적인 예다. 말 못하는 벙어리는 겉으로 보기는 우습게 보이지만, 그 배면(背

---

4) *Préface de Cromwell*, Maurice Souriau ed., Paris, n.d., 195쪽.

5) Donald Fanger, *Dostoevsky and Romantic Realism: Study of Dostoevsky in Relation to Balzac, Dickens and Gogol*, Harvard University Press, 1967, 231쪽.

面)에는 얼마나 많은 분노와 슬픔에 싸여 있을까! 그러나 어찌 중식이뿐이랴. 「별을 보여드립니다」의 천문학도 민영, 「줄」에 나오는 줄타는 광대들은 모두 다 표면적으로는 그로테스크한 마스크를 쓰고 있지만, 모두 다 부조리한 인생 무대에서 인간 가치를 회복하기 위해서 자아와 처절하게 대결하는 희극적 비극의 주인공들이다.

이청준이 아름다운 진화론적 존재 형태 속에 있는 비극적 현상을 그의 중요 작품들의 결정적인 장면에서마다 되풀이해서 이야기한 것은 이러한 존재의 부조리 속에 숨어 있는 그로스테스크 현상을 확대해서 고발하기 위한 것이 아닌가 한다.

그것은 보시다시피 인간의 승천이니다. 인간의 승천, 얼마나 아름다운 광경입니까! 우리? 아니면 보실 수 없는 진귀한 구경거리입니다……
"그날 밤, 운은 떨어져 죽었습니다."

—「줄」 중에서

주호는 그 과녁이 지금껏 어디에 숨어 있다가 갑자기 나타나서 자기의 화살을 받는 것 같았다. 그 순간 소년이 쓰러졌다. 그리고 그 쓰러지는 모습은 묘하게 아름답고 그래서 더욱 처참한 느낌이 들게 했는데, 그것은 그가 쓰러질 때 먼저 두 다리를 꺾어 잠시 꿇어 앉아 있는 듯하다가 이내 앞으로 폭 고꾸라진 동작의 순서 때문이었을 것이다.

—「과녁」 중에서

—선생은 매가 하늘을 빙빙 돌거나 땅으로 내려 박힐 때 그 곱고 시원스런 동작을 보신 일이 있겠지요. 그건 아름답습니다. 아마 선생도 그렇게 생각하셨겠지요. 하지만 난 알고 있습니다.

나는 눈으로 다음 말을 재촉했다.

—그 아름다움이 무엇인지를 말입니다. 한데 선생은 이 일에 관해서……

272

하다가 사내는 말을 끊고 한참동안 나를 쏘아보았다. 그 눈에 이글이글 타는 것이 있었다. 그것은 나에게 이상하게 성난 매의 눈을 연상시켰다. 사내는 그 자기 눈 속의 불길을 의식하고 있는 듯 한참 더 기다리다 말했다.

　　——가시오. 당신은 나를 못 견디게 하오. 몇 번이고 당신을 죽이려고 생각했소. 가지 않으면 지금 당장이라도 당신을 죽이려 들지 모르오.

——「매잡이」 중에서

이청준이 그의 작품 어디에서나 직접 또는 간접으로 사용하고 있는 액자소설의 형식 역시 위에서 이야기한 그의 그로테스크 시학과도 관계가 있다. 내레이터는 이야기 속에서 사건과 일정한 거리를 유지하면서 지나친 감정 개입을 차단하며 사건을 객관적으로 관찰하고, 의미를 독자들에게 전달하고 있지만, 때로는 「줄」에서처럼 그 속에 참가할 때도 있고 또 그 사건을 종합하고 통제하며 도덕적인 의미를 부여하기도 한다. 그러나 이청준이 그의 소설에서 액자소설 형식을 사용하는 목적 가운데 가장 중요한 것은 다음 두 가지로 요약할 수 있다.

첫째, 이청준은 언어에 있어서 인상주의적인 스타일을 사용하지 않았지만 조셉 콘래드가 말한 인생의 의미 없는 비극적 광경을 이 소설 형식을 통해서 보다 객관적으로 '보고, 듣고, 그리고 느끼게끔' 한 것이고, 다른 하나는 작가는 액자소설 형식의 내레이터를 통해서 객관성과 작품의 통일성 및 일정한 톤을 깨뜨리지 않고, 작가 자신의 비전 내지 예언을 효과적으로 전달할 수 있다는 것이다. 「매잡이」는 이것에 대한 가장 성공적인 예인데, 이 작품에서 작가는 소설가로 통하는 민태준 형의 비전과 예언을 그 자신의 것과 미래에 일어나는 현실과 무리 없이 3차원적으로 일치시키는 데 크나큰 예술적인 효과를 보이고 있다.

10

　지금까지 살펴본 바와 같이 이청준은 주제 면에서나 소설 미학에서 한국 현대문학사에서 유일한 위치를 차지하고 있는 현대작가이다.

　그러나 그는 현대 작가 이전에, 한국 문학의 전통을 이어가야만 했기 때문인지, 정명환이 말한 계몽주의를 중심으로 한 '한국 소설의 전통적 성격'과 부조리한 존재 양상의 의미를 근원적인 차원에서 묻고 탐색하려는 현대인의 호흡과 몸짓이 그의 작품 속에서 동시에 만나고 있다.

　"소설은 바로 도덕적인 물음이다."라고 혹자는 말하지만, 도덕성을 표면적으로 지나치게 강조하다 보면, 소설이 층 밑에 묻혀 있는 보편적인 존재 핵심을 끄집어 내어 인생에 대한 깊은 이해를 증가시키기보다는, 피상적인 인간의 행동 규범이나 진부하고 낡은 습관 등을 다큐멘터리 형식으로 나열하게 될 위험성이 없지 않다. 그러므로 작가 이청준이 기회 있을 때마다 주장한 '신비스러운 인생의 탐구'를 상상력의 힘으로 수행하는 작업을 중단하지 말기를 바라고 싶다. 왜냐하면 여기서 신비스러운 인생의 탐구라 함은 폐쇄적인 자기 탐닉이나 도피주의적인 몸짓이 아니라, 토마스 만이 지적했던 인간성의 발전 가능성을 확인하는 태도이다. 일상적으로 눈에 보이는 사실이 아닌 환상 및 상상력으로 이루어진 예술적인 미에 무슨 도덕성이 있겠느냐고 많은 사람들은 묻겠지만, 예술의 미적 세계는 카오스 상태에다 순간적이기는 하지만 어떤 질서를 부여해서 이룩한 새로운 창조의 세계다. 지면 관계로 이 문제를 여기서 길게 논의할 수는 없지만, 이청준의 작품 가운데 「병신과 머저리」, 「줄」, 「매사냥」 그리고 「이어도」가 「당신들의 천국」보다 예술적으로 더 성공하고 있다는 것이 이것에 대한 간접적인 해답이 되겠다.

역사적 휴머니즘과 미학의 근거
황석영의 문학 세계

> 우리들은 화가들의 그림을 보기 위해서 박람회에 간다. 그러나 우리들은 파리의 거리 가득히 우글거리고 있는 사람들에 대해서 아무런 관심을 보이지 않는다. 그들은 지극히 다른 면에서 시적이고, 비참하고 초라한 모습 가운데 아름다움을 지니고 있으며, 표현에 있어서 아름다운 숭고한 사람들이다. 그러나 그들은 누더기를 입고 있다.
> —— 발자크

1

황석영 문학의 특징과 형태는 여러 가지 측면에서 파악할 수 있겠으나, 가장 우리들의 주목을 요구하는 것은 투철한 인간 의지와 현실, 그리고 역사의식에 바탕을 둔 건강한 리얼리즘이다. 그는 물론 염상섭, 선우휘, 오상원, 이호철 그리고 박태순 등과 같은 리얼리즘 작가들이 이룩한 한국 문학의 전통을 이어받았으나, 그는 그것을 독특한 작가 자신의 의식과 시대적인 상황, 그리고 그의 특유한 소설 미학을 통해서 새로운 차원의 휴머니즘 문학으로 확대시켜 나갔다. 이를테면 참담한 변두리 삶의 현실을 깊은 애정으로 묘사한 그의 대부분의 작품에 나오는 주인공들은 그 이전의 한국 사실주의 작품 속의 주인공들과는 다르다. 그들은 비록 부조리한 자연법칙이나 환경에 의해 말할 수 없는 어려움과 외상을 입고 있지만, 결코 그러한 힘에 의해 패배당하지 않고 굳건한 인간 의지와 인간 상호간을 얽어매는 뜨거운 유대 의식을 통해 어둠을 극복하는 '인간 승리'의 길목에 서 있다.

그러나 이러한 그의 문학적 특징 못지않게 중요한 것은 그의 주제 의식과 조화를 이루는 이른바 역사의식과 모럴리티에 기초를 둔 그의 독특한 '유기

적 소설 미학(organic aesthetics)'이다. 여기서 유기적 미학이라 함은 고리키가
말한 '미래의 윤리'와 유사한 개념으로서, '시적인 진리'와 '역사적인 진리'를
유기적으로 조화시켜 작품에다 생의 호흡과 향기를 담게 하는 미학이다. 만
일 황석영 문학이 사회 문제를 해결하기 위한 욕망으로 인해 비참한 현실을
구체적으로 리얼하게 묘사하는 고발 문학에서 끝나고, 예술 문학이 지녀야
할 영혼과 이상에 관한 면에까지 미치지 못했다면 그것은 우리들로 하여금
사회 정의를 갈망하게끔 하는 뜨겁고 숭고한 마음의 감동을 일으키지 못했을
것이다. 물론 M. 카간이 지적한 것처럼 "예술 작품은 현실을 묘사하는 데 있
어서 구체적이어야 한다. 그러나 그것은 또한 반드시 어떤 이상을 지니고 있
어야만 한다. 예술 작품은 개인 생활의 진리를 나타내어야만 한다. 그러나 어
떤 일정한 보편 타당성을 잃지 말아야만 한다. 만일 예술 작품이 전자에서
실패하면 그것은 추상적인 알레고리가 되어 아무런 감동을 주지 못하게 된다.
만일 예술 작품에 이상적이고 보편적인 차원이 없게 되면, 그것은 자연주의
로 바뀌어서 아무런 의미가 없게 된다."[1]

　황석영이 우리 시대의 고전이 된 「객지」와 「한씨연대기」 그리고 「돼지꿈」
및 「삼포 가는 길」 등을 발표한 이후, 그와 같은 시대에 활약했던 많은 작가
들이 그와 유사한 내용을 가진 작품을 쓰려고 많은 애를 써왔다. 그러나 그
것이 황석영 작품만큼 깨끗한 마음의 감동을 주지 못하고, 지루하고 무미건
조한 알레고리가 아니면, 보잘것없는 정열과 파당적인 광란성을 지닌 르포
형식의 저급한 문학이 되었다. 이것은 단편적인 사회적 경험과 소재들을 유
기적으로 엮어 생명이 있는 참된 예술 작품을 승화시킬 만한 내면적인 정신
과 확고한 소설 미학이 그들에게 없었기 때문이 아닌가 한다.

　본고에서 필자는 황석영의 리얼리즘 문학이 지닌 주제 의식이 구체적으로
무엇이며, 또한 그것이 풍부한 시정을 다분히 지니고 있는 그의 언어와 소설
미학에 어떻게 결합되어 1970년대에서 가장 훌륭한 리얼리즘 작품을 낳을

---

1) Victor Terras, *Belinskij and Russian Literary Criticism : The Heritage of Organic Aesthetics*
　(University of Wisconsin Press, 1974), 6쪽.

수 있었는가를 몇 가지 각도에서 살펴보고자 한다.

2

앞에서 지적한 바와 같이 황석영이 1970년대에 리얼리즘 작가로서 크게 각광을 받고 성공을 한 것은 「객지」를 비롯한 그의 대표작들 가운데 나타난 리얼리즘 형태가 종래의 한국 문학 작품에서 쉽게 찾아볼 수 있었던 것과는 크게 다르기 때문이다. 아울러 이것은 그가 풍자 중심이나 혹은 자연주의적 경향을 띤 리얼리즘보다 윤리적인 리얼리즘을 강조했기 때문이다.

그가 톨스토이에 크게 영향을 입은 것처럼, 그의 작품의 주인공들은 '개선론적인 리얼리즘'을 주장하고 자신의 이기주의적인 의지를 신의 의지라고 할 수 있는 역사적인 힘에 구체화된 보다 큰 휴머니티에 복종시키고 있다. 그래서 그의 문학이 우리들에게 주는 감동의 하나는 어둠을 극복하고 역사의 수레바퀴를 인간의 힘으로 움직이려는 의지와 작가와 독자가 나누는 동정심에서 생겨나는 형제의 사랑을 통해 인간을 하나로 묶게 하는 '윤리적인 커뮤니케이션'에서 일어난다.

이러한 황석영의 작가 의식과 믿음은 그의 나이 불과 열아홉에 ≪사상계≫에 입선한 그의 데뷔작 「입석부근」에서부터 잉태해서 선명하게 나타나기 시작하고 있다. 이 작품은 그의 후기 작품에 비해 인물 설정과 장면 묘사가 너무나 평면적이어서 생명력이 없고 무미건조한 점이 없지 않으나 앞에서 말한 투철한 주제 의식으로 가득 차 있다. 감상에 젖기 쉬운 사춘기에 이렇게 단단하고 여문 리얼리즘 작품을 써서 인생에 대한 자기의 철학을 투영시킨다는 것은 결코 쉬운 일이 아니리라.

작품의 소재는 지극히 평범한 작가의 등산 경험으로 이루어져 있다. 그러나 내레이터인 주인공 '나'는 그의 친구인 택이, 인섭, 영훈 그리고 기욱 등이 인간의 도시를 떠나 위험한 산 속에서 야영을 할 때, 그들이 보여주는 뜨거운 우정과 도덕적 희생 정신 그리고 새로운 등산 코스를 피땀으로 개척하며 형제의 핏줄기를 상징하는 듯한 로프에 서로서로를 묶고 가파른 낭떠러지 절벽을 타고 집념의 인간 의지로써 사선을 넘듯 험준한 바위산을 정복하는 장면은 결코 평범한 것이 아니다. 왜냐하면 이것은 리얼리즘뿐만 아니라 상징적인 문맥에서 도덕적인 삶을 크게 조명하고 있기 때문이다.

작품에서 인생을 상징하는 전통적인 이미지인 산과 산을 오르는 어려움을 묘사한 것은 결코 새로운 것이 아니다. 그러나 돌의 이미지로 구성된 「입석 부근」에서 네 사람의 친구가 똑같은 위험을 나누며 발붙일 곳이 없는 미끄러운 절벽을 타며 우리들에게 보여주는 인간 정신의 연대 의식은 그 이후에 전개되는 그의 문학 세계를 구성하는 휴머니즘으로 이루어진 튼튼한 하나의 밧줄이다. 그래서 이 작품의 작중 인물들은 위기의 순간에 전체를 구하기 위해서 밧줄에서부터 자신을 스스로 이탈시키기도 하고 또 절벽 위에 올라선 주인공은 낙오자를 구하기 위해 이 밧줄을 타고 다시금 내려가기도 한다.

영훈과 나는 새로 시작되고 있는 절벽을 올려다보았다. 약 칠십 도쯤의 비탈진 슬로프 코스였다. 절벽이 길게 길게 뻗어 올라가고 있었다. 연속 등반으로밖에 올라갈 도리가 없었다. 내 뒤의 자일을 영훈이가 메고, 그 줄을 인섭이, 그 다음으로 기욱이가 마지막 줄을 메고 일렬로 올라가야 한다. 연속 등반은 팀의 네 사람 위험을 함께 매달고 가는 일이다. 이런 코스에서 우리는 네 사람에 지워진 위험 부담을 똑같이 받아야 한다.

그러나 이러한 '자일'의 이미지 못지않게 중요한 것은 작품의 바탕과 배경이 되고 있는 돌산이다. 이것은 그의 작품 세계가 허위적인 환상이 아닌 리얼한 현실의 바탕 위에 세워져 있다는 것을 나타냄과 동시에, 인간이 처해 있는 상황이 벽과도 같은 실존적인 상황이라는 점을 상징적으로 말해 주고 있다. 또 등반대들이 아무리 위험하다 하더라도 절벽 타는 일을 포기하지 않고 퍼런 물이끼가 낀 미끄러운 바윗돌을 손에 피를 흘리면서까지 망치로 찍어 발을 올려놓을 수 있는 구멍을 파서 죽음의 낭떠러지를 정복하게끔 한 것은 그가 결코 나약한 패배 의식 속에 좌절하지 않고 인간이 역사적인 힘을 개척해야만 한다는 도덕적 정신을 나타내고 있다. 주인공이 그렇게 힘든 절벽을 오른 후에도 낙오한 벗을 구하기 위해서 다시 줄을 타고 까마득히 내려다보이는 계곡 아래로 내려가 험준한 바위산을 다시 오르는 모습은 다른 어느 작품에서도 쉽게 찾아 볼 수 없는 귀중한 모럴리티를 이 작품에다 부여하고 있다.

……
……

높은 산울림과 함께 내 몸이 떴다. 바위 절벽이 눈앞을 천천히 미끄러져 내려갔다. 영훈이가 힘차게 후려갈기기 시작한 함마 소리가 골짜기에 올려 퍼졌다. 내 마음속에서는 어둠 가운데 우뚝 서 있는 또 하나의 거대한 바위가 생겨나고 있었다.

3

또 하나의 '거대한 바위산'을 정복하려고 하는 휴머니즘적인 작가의 주제 의식은 그가 현실 사회에 대한 경험과 시대적인 상황에 대한 의식에 눈을 뜨기 시작했을 때 더욱 심화되어 갔다. 1970년에 ≪조선일보≫에 당선한 「탑」과 그의 문단적 위치를 굳혀 준 「객지」, 「한씨연대기」 그리고 「아우를 위하여」 등과 같은 그의 주요 작품들은 앞에서 살펴본 투철한 작가 정신의 바탕 위에 서 있는 것 같다. 「탑」은 작가 자신의 또 다른 얼굴일지도 모르는 어느 병사가 월남전에서 겪은 처절한 전쟁 경험을 빛과 어둠에 대한 뛰어난 감각과 회화적인 터치로 리얼하게 묘사하고 있다. 그러나 이 작품의 초점은 비록 서양의 물신주의가 동양의 정신문화를 파괴한다는 오브톤 아래 인간과 인간 정신을 상징하는 탑을 파괴하지 않고 보존하기 위해서 죽음을 무릅쓰고 투쟁하는 치열한 전투 과정에서 보인 영웅적인 인간의 용기와 싸움, 그리고 전우애를 검붉은 색채로써 그리는 데 있다.

그러나 흔들리지 않는 역사의식과 휴머니즘에 바탕을 둔 그의 대표적인 걸작인 「객지」는 개선론적인 그의 리얼리즘을 시대적인 상황 속에 가장 훌륭하게 구체화하고 있다. 이 작품은 1960년대 후반부터 국토 건설과 근대화 작업의 하나로 여기저기서 일어났던 바다를 막아 땅을 만드는 간척 사업의 현장을 무대로 하고 있다. 작품의 배경은 황량한 왕모래밭과 더럽고 질퍽한 검은 개펄이고 작중 인물들은 우리들이 외면하기 쉬운 제도차를 굴리는 피부가 거친 부랑 노무자들이지만, 황석영은 조국 건설의 진정한 역군이 된 이들의 참모습을 투명한 양심의 끌질로 깎아 새로운 차원의 밀도 짙은 리얼리즘 문학을 이룩했다. 그래서 여기에는 버림받은 땅을 낙토로 만들려는 인간의 무서운 용기와 처절한 아픔, 갈등과 고뇌, 애환과 눈물 그리고 뜨거운 휴머니즘의 드라마가 있다.

「객지」에 나타난 황석영의 휴머니즘과 역사의식은 작품의 중심적인 인물과 작품의 구조를 통해서 선명히 부각되어 있다. 여기서 역사의식을 구현한 작중 인물이라 함은 자연과 싸우는 수많은 노무자는 물론 벙어리 오가와 대위, 그리고 '개선 쟁의'를 지휘하는 지식인 동혁이다. 감독조원의 불의의 폭력을 눈으로 목격하고 참다못해 거대한 악의 힘과 대결한 벙어리 오가의 처절한 절규와 분노, 피 흘리는 전장의 기수처럼 용감한 대위의 뜨거운 정열과 초인적인 인내, 그리고 안으로 끝없이 불타는 동혁의 무서운 결의와 바윗돌처럼 흔들리지 않는 역사에 대한 신념은 보다 나은 사회로 향해 움직이는 역사의 도구이자 그것을 움직이는 힘이다. 그들의 세대 순으로 나열해 서서 악과 대결하기 위해 악의 무리들 속으로 뛰어드는 것과 그들을 중심으로 해서 파도처럼 수많은 사람들이 모였다 흩어졌다 하는 것은 이 작품의 유기적인 구조를 형성하는 역사의 물결이자 그 리듬이다. 또 작품 배경을 이루고 있는 독산 아래와 죽음의 힘으로 지키는 독산 꼭대기는 운동량이 큰 거대한 역사의 수레바퀴의 아래와 위에 대한 상징이 될 수 있으리라.

그러나 이 작품 가운데 역사의 움직임의 구조를 단층적으로 가장 선명하게 나타낸 것은 개선 쟁의에 대한 늙은 노무자와 대위, 그리고 동혁이 사이에 벌어진 신념에 대한 상호 간의 갈등이다. 장 씨는 처음과는 달리, 시간이 지남에 따라 조국의 현실을 버리고 남미로 이민을 간 동혁의 숙부처럼 그들 자신과 다음에 올 형제들의 보다 나은 환경을 위한 개선 쟁의를 포기하려고 한다. 그는 소장과 감독조원에게 매수 설득당했을지도 모르는 다른 늙은 노무자들과 더불어, 대위와 동혁이가 그렇게 힘들여 버티어 온 독산을 내려가기를 주장한다. 그러나 가장 젊은 세대를 살아가고 있는 동혁은 내일의 역사에 대한 희망과 신념을 결코 버리지 않는다.

그가 붉은 종이에 싼 남포를 입에 물고 독산 위에서 산화해서 장렬한 죽음을 했는지 안했는지 하는 문제는 그렇게 중요하지 않다. 중요한 것은 이 작품이 마지막까지 동혁이가 죽지 않고 또 그의 결의가 헛되지 않으리라고 믿는 역사의 의식을 우리들에게 보여주고 있는 자세다.

그러나 「객지」는 고백 형식으로 쓰인 「아우를 위하여」에서 그가 다음 세대를 힘겹게 살아가는 병사들에게 밝힌 '진보의 의미'와 '정의가 짓밟히는 것을 보고만 있지 말아야'만 하는 윤리적인 도덕성을 치열한 투쟁의 인간 드라마 속에 구체화시키고 있을 뿐만 아니라, 정의의 여신이 그에게 가르쳐준 '사랑의 가치' 또한 성공적으로 구체화하여 나타내 주고 있다. 비록 이 작품의 끝 부분에서 인간의 의지와 역사에 대한 신념 문제를 두고 심각한 갈등을 벌였지만 그때까지 장 씨와 대위 사이의 사랑과 존경은 더없이 깊었던 것이다.

대위는 "가죽같이 메마르고 딱딱한 손가락들이 떨려" 풍년초 담배 가루를 무릎 아래로 흘리는 장 씨를 도와서 종이 담배를 말아주지 않았던가. 벙어리 오가가 모랫벌 공사장에서 무릎에 심한 상처를 입고 운지에 있는 초라한 시골 병원에 누워 있는 목 씨를 대위와 동혁이가 찾아가는 것을 보고 그의 손수건 속에 깊이 싸서 매어 둔, 몸을 파는 동생에게서 보내온 '10원짜리' 지폐 한 장을 내어 놓는 감동적인 몸짓, 그리고 독산 위에서 동혁이가, 치명적인 외상을 입고 누워 있는 대위에게 보이는 장하고 아름다운 우정, 이것들은 사무실 소장과 십장, 심장과 감독조원들 사이에 허위적인 윤리와 금전 관계로 맺어진 그것과는 너무나도 다른 뜨겁고 진실한 휴머니즘이다.

4

「한씨연대기」는 「객지」에서 보인 이러한 휴머니즘을 또 다른 차원에서 우리들에게 보여주고 있다. 황석영은 아무런 의미 없고 무분별한 이데올로기 전쟁에 의해 희생된 외롭고 참담한 일생을 보낸 의로운 의사 한영기의 일대기를 통해 외세에 의해 분단된 민족의 비극적인 수난사를 리얼한 파노라마의 서사시 속에 전개시키고 있다. 특히 한영기가 붉은 군대를 피해 눈 덮인 차가운 북쪽의 산하에서 그의 가족들과 헤어져야만 하는 장면은 한국 문학사에 새로운 한 페이지를 남길 만큼 비극적이고 감동적이며, 톨스토이의 「전쟁과 평화」의 어느 한 장면과 비교할 만하다.

그러나 이 작품이 우리들에게 주는 가장 큰 감동은 의사 한영기가 자기의 이익과 목숨은 조금도 생각하지 않고, 죽음의 위험 속에서도 당원과 그의 가족을 위한 특병동에서 일을 하지 않고 전쟁의 포화에 맞아 피를 흘리며 신음하는 보통병동의 사람들의 생명을 구하고 그들의 아픔을 덜어주기 위해서 헌신적인 노력을 아끼지 않는 것이다. 그는 지극히 위급한 전쟁 상황에서 공산당원인 병원장의 위협적인 명령과 동료 교수인 서학준의 탈출 권유를 끝끝내 뿌리치고, 특병동을 나와 빈 방공호 속에서 복부 관통상을 입어 생명이 위급한 열서너 살짜리 계집아이를 눕혀 놓고 충혈된 눈과 푸석푸석한 얼굴에 땀을 흘리며 마지막까지 의연히 수술을 끝내어서 꽃피는 한 사람의 생명을 구하는 위대한 용기와 인간애를 보였다.

지혈 겸자를 떼어내고 혈관을 묶는 동안 피가 그 작은 몸에서 샘처럼 솟구쳐

한 씨의 손과 방공호 바닥을 적셨다. 원장이 분개한 어조로 말했다.

"고발하겠소"

"좀 비켜주시오. 어둡습네다."

한 교수의 이마에서 땀이 솟아나 볼을 타고 줄지어 흘러내렸다. 그는 마지막 부분의 봉합을 끝내고 얼굴을 들었다. 호의 통로에서 잔광이 비켜 들어왔다. 싱싱하고 아름다워 보이는 나무들의 건강한 잎새 사이로 석양이 물발처럼 퍼져 나와 여기저기 누운 환자들의 몸 위를 적시고 있었다. 그는 두 손바닥을 벌려 눈앞에 갖다 댔다. 피가 검게 말라붙은 손톱이며 손가락 틈을 뚫고 햇빛은 여전히 쏟아져 들어왔다.

한씨는 전쟁을 일으킨 공산당 경무원의 관통상보다 전쟁의 파편으로 피를 흘리며 죽어 가는 순결한 이 계집아이를 구한 것 때문에 어느 지하실로 끌려간다. 그 후 패주하는 인민군들에 의해 다른 양민들과 함께 묶여서 구덩이 속에서 총살을 당하게 된다. 그러나 그는 구사일생으로 살아남는다. 그가 살아서 돌아온 것을 보고 서학준은 대한민국 군에 입대해서 군의관이 되라고 설득을 하나, "어느 켠에든 전쟁을 돕는다는 명목으로 신분 보장이나 바라는 짓은 못 하겠다."고 한다. 우울하고 어두운 소식 때문에 이북에 처자를 두고 혼자 온 그는 전쟁 시대의 광인인 간악한 박가라는 돌팔이 의사와 이라는 가짜 치과 의사, 그리고 일제 시대부터 이북에서 밀정 노릇을 하던, 돈에다 인간 가치를 팔아버린 반인간적인 심상호에게 걸려서 감옥 속에서 견디기 어려운 온갖 고문을 다 당했지만, 그는 인간으로서 환자에 봉사하는 의사의 양심과 의무를 결코 저버리지 않는다.

그리고 이남으로 흘러온 그는, 박가가 관과 결탁해서 가짜 의사 면허증을 얻기 전 동업을 제의하여 어느 병원에서 일을 하게 되었을 때, 다방 마담인 윤미경과 결혼한 것 또한 어디까지나 남편이 이북에 납치당한 후 어린 아들과 홀로 살아가는 그녀의 아픔을 달래 주기 위한 뜨거운 동정에서 이루어진 일이리라. 그는 아무런 잘못 없이 살기 위해 남한으로 내려온 것밖에 없는데

그가 도와준, 인명을 해치는 암벌레와도 같은 돌팔이 사기한 둘에 의해 간첩
으로 무고를 당해 감옥으로 끌려가 갖은 고생을 다한다.

전쟁이 끝나자, 간첩의 누명을 벗고 세상 밖으로 나왔으나, 그는 자기 자신
보다 남을 사랑하고 믿는 마음이 아직도 변치는 않는다. 감옥을 나온 후 어
느 실업학교 앞에서 보잘것없는 문방구를 하다, 학교 서무와 직원의 금전상
의 보증을 서는 바람에, 그의 채무를 짊어지고 문을 닫게 된다. 그 다음 삼
년 동안은 친구 병원을 돌아다니며 병든 사람들을 돌보는 시간제 의사 노릇
을 한다. 그러다 어느 날 소식 없이 집을 나가 어느 지방 대학 기숙사에서
내일을 향해 자라는 학생들의 뒤를 돌보아주는 관리인 노릇을 한다.

그가 죽기 삼 년 전 어느 적산 가옥의 "맨 구석 그늘진 북향 방에 홀몸 노
인"으로 외롭게 살아갈 때에도 남을 돕는 일을 중단하지 않는다. 그가 2층
계단에서 넘어져 죽기 전 그는 결코 "대서소 앞이나 복덕방에는 얼씬도 하지
않고" 사거리, 약국 옆에 있는 장의사로 나가 죽은 시체에다 따뜻한 옷을 입
혀 관 속에 눕혀 쉬게 하는 궂은일을 도맡아 한다.

그러나 역사적인 발전을 믿은 황석영의 작품 세계에는 죽음만이 있을 수
없다. 그러므로 「한씨연대기」에서도 역사의 발전을 증명하는 내일을 위한 시
간과 생명이 있다. 6 · 25 동란의 피난민 대열을 따라 단신 월남한 주정뱅이
의사와 납북된 경찰관의 아내였던 전쟁 미망인 사이에는 혜자가 있고 그녀는
"인분에 섞여 싹이 트고 폐허의 잡초 사이에서 강인하게 성장하는 작고 단단
한 열매" 같다.

그녀는 결코 아버지의 죽음에 대해 눈물만을 흘리지 않고 "아버지의 죽음
이 아닌 — 그이가 내포했던" 또 하나의 시대를 향해 죽음의 집으로부터 벗
어나 새로운 시대를 향해 출발을 한다.

집을 나서니까 상가를 알리느라고 달아매 놓은 붉은 종이 호롱이 바람에 흔들
리고 있었다. 잔등(殘燈)의 불빛이 어둠 속으로 멀리까지 쫓아왔다. 혜자는 다시
돌아왔다. 동편 하늘에 새벽빛이 부옇게 번졌고 이층집 지붕이 어둠과 경계를 지

우며 하늘 속에 윤곽을 드러내고 있었다. 혜자는 종이 등피를 쳐들고 거의 다 타 버린 촛불을 불어 껐다. 첫차 시간이 아직 멀었는데도 그 애는 역까지 뛰어갔다.

어둠 속에서 멀리까지 비치는 불빛이 혜자를 쫓아와서, 그녀가 돌아가 촛불을 끄고 동쪽 하늘에 부옇게 밝아오는 새벽빛 속으로 첫차를 타기 위해 달려가는 장면은 역사의 한 시대의 어둠을 밝히기 위해 촛불처럼 자신을 태웠던 아버지 한영기의 연대가 그의 죽음으로 끝났으나 혜자는 아버지의 일생이 밝혀놓은 빛을 안고 있는 새 시대를 맞이하기 위해 서둘러 출발하는 상징적 의미를 지니고 있다.

5

'미명이 무척 길고 더딘' 역사의 과정에서 부조리한 사회 환경과 그것에 의해 희생된 자들의 아픔에 대한 황석영의 눈은 간척 공사장에서 자연과 싸우며 일하는 건강하고 강인한 사람들과, 분단된 조국의 이데올로기 분쟁으로 동족상잔의 갈등 속에서 희생된 지식인에게만 멈추지 않고, 산업 사회의 그늘에서 힘겹게 살아가는 사람들의 참된 모습까지도 맑고 깨끗한 회색빛으로 투명하게 조명하고 있다. 그의 예술가적인 재능을 가장 아낌없이 발휘한 「삼포 가는 길」과 「돼지꿈」은 이러한 면에서 대단히 성공한 작품이다.

특히 황석영은 「삼포 가는 길」에서 우리들이 맹목적인 편견으로 외면하는 하층 사회의 인간 풍경을 그림으로써 더없이 깨끗하고 격조 높은 시정 어린 인간애로 승화시켜 리얼리즘 문학의 진면목을 훌륭하게 보여주고 있다. 그는 이 작품에서 인생의 여정을 상징하는 듯한 추운 길 위에서 헤매고 있는 버림받은 가난한 세 사람의 이야기를 겨울의 자연 풍경과 각박한 사회 풍경을 배경으로 해서 과거와 현재의 시차를 가진 영상의 흐름으로서 재포착하고 있다.

세 사람의 작중인물 가운데 첫 번째는 착암기 기술자인 영달로 겨울철이라 공사판에 일이 없어 일자리를 찾아갈 곳이 없이 길을 나선 사람이다. 두 번째는 그가 하숙집을 도망 나와 추운 벌판을 건너다 서로 만나 동행을 하게 된 정 씨라는 말수가 적은 사내이다. 목공인 그는 도시에서 일을 하다가 살벌하고 비정적인 도시 생활이 싫어 고향이 있는 바닷가 삼포로 내려가는 길이었다. 세 번째는 그들이 길을 가다 만난 여자다. 이 여자는 '서울 식당'에서 군인들을 상대로 위안부 노릇을 하다 도망 나온 백화다. 그들은 모두 다 변화하는 사회 환경의 힘에 의해 희생되었지만 소박하고 인정 있는 사람들이다. 그들이 차가운 들판 길 위에서 아무런 조건 없이 서로 베푸는 뜨거운 인간애는 가진 자의 그것보다 한결 높고 깊다.

그러나 이 작품에서 황석영이 우리들에게 말하고자 하는 또 하나의 주제는 옛 이름을 가진 비극적인 여인 백화를 통해 사회의 어두운 그늘에서 살고 있는 버림받은 수많은 여인들의 내면 세계의 참모습이 어떠한가를 밝혀보자는 것이다. 백화는 비록 열여덟에 가출을 해서 이제 겨우 스물둘이었지만 쓰라린 세파에 시달린 결과, 삼십이 넘는 여자처럼 보였다. "화류계의 사랑이란 돈 놓고 돈 먹기 외에는 모두 사기"라고 하지만, 백화는 그렇지 못했다. 백화가 서울식당에서 도망을 쳐 고향을 찾아가는 길 위에 있을 때 그녀가 가진 것은 "하도 빨아서 빛이 바래고 재봉실이 나들나들하게 닳아 끊어"진 "속치마 몇 벌과 팬티, 그리고 화장품"밖에 없었다. 이것은 백화가 '갈매기 주점'에 있을 때, 육군 형무소에서 형을 살던 젊고 어린 병사들을 사랑하여 그들에게 옥바라지를 하는 일로써 자신의 모든 것을 다 바쳤기 때문이다.

"처음에 부산에서 잘못 소개를 받아 술집으로 팔렸었지요. 거기에 갔을 땐 벌써 될 대루 되라는 식이어서 겁나는 것두 없었구요. 나이는 어렸지만 인생살이가 고달프다는 것도 깨달았단 말예요."

어느 날 마을의 제방 공사를 돕기 위해서 삼십여 명이 내려왔다. 출감이 멀지 않은 사람들이라 성깔도 부리지 않았고, 마을 사람들도 그리 경원하지 않았다. 그들이 밖으로 작업을 나오면 기를 쓰고 찾는 것은 물론 담배였다. 백화는 담배 두

갑을 사서 그들 중의 얼굴이 해사한 죄수에게 쥐어주었다. 작업하는 열흘간 백화는 그들의 담배를 댔다. 날마다 그 어려 뵈는 죄수의 손에 몰래 쥐어 주곤 했다. 다음부터 백화는 음식을 장만해서 감옥 면회실로 그를 만나러 갔다. 옥바라지 두 달 만에 그는 이등병 계급장을 달고 백화를 만나러 왔다. 하룻밤을 같이 보내고 병사는 전속지로 떠나갔다.

"이런 식으로 여덟 사람을 옥바라지했어요. 한 달, 두 달, 하다 보면 그이는 앞 사람들처럼 하룻밤을 지내구 또 나가군 했어요."

백화는 그런 일 때문에 갈매기 집에 있던 시절, 옷 한 가지도 못 해 입었다. 백화는 지나간 삭막한 삼 년 중에서 그때만큼 즐겁고 마음이 평화로웠던 시절은 없었다. 그 여자는 새로운 병사를 먼 전속지로 떠나보내는 아침마다 차부로 나가서 먼지 속에 버스가 가리울 때까지 서 있곤 했었다. 백화는 그 뒤부터 근처를 전전하며 여러 고장을 흘러 다녔다.

그러나 백화의 사랑처럼 산업 사회로 변동하는 시대에 그들이 설 땅은 없었다. 그들이 도시에서 시달리다 지쳐 고향을 찾아가나, 그곳은 그들이 떠날 때의 그 고향이 아니었다. 백화는 비정한 거리의 우울한 생활에 지쳤을 때마다 고향을 찾아가려 했었고, 지금도 찾아가고 있지만, 아마 백화는 다시 고향에 돌아갈 수 없으리라. 또 목공 정 씨가 꿈에도 그리던 고향, 즉 물고기가 더 높이 뛰고 숲 그늘이 짙은 삼포는 옛날의 그것이 아니었다.

고향 삼포는 바다에 방둑을 쌓고 호텔 공사를 하느라고 시정 어린 옛날의 포구 풍경을 황폐하게 만들어 정 씨가 돌아갈 수 없는 곳이 되었듯이 백화의 고향도 이젠 인정이 메말라 그녀가 도시에서 묻은 때를 씻어 주고 휴식을 제공해 줄 곳이 결코 되지 못하리라. 그들은 모두 다 잔혹한 전쟁에 이어 이 나라에 산업 사회와 더불어 찾아온 물신주의에 의해 희생되어 돌아가야 할 땅을 잃어버린 자들이다.

그러나 황폐한 작품 배경과 산만하고 다루기 힘든 지극히 평범한 소재를 다양하고 시차적인 얼굴을 가진 작중 인물들을 통해 빈틈없이 엮은 「돼지꿈」

은 물신이 인간 가치를 지배하는 어두운 사회의 무서운 그림자를 리얼하게 그리고 있다. 1970년대의 그 어느 작품도 빈곤으로 인해 적나라하게 노출된, 모순된 자연법칙과 부조리한 산업 사회의 힘에 의해 파괴된 자들의 처절한 모습을 이 작품만큼 밀도 짙게 성공적으로 그리지 못했다.

가난으로 찌든 고물 엿장수 강 씨는 어느 부잣집에서 묻어달라는 죽은 셰퍼드 한 마리를 개천 둑에서 구워서 먹는가 하면, 군에 간 사내의 아이를 배 속에 가진 딸 미순이를 돈 때문에 서른다섯 살이나 되는 양아치 왕인 재건 대장에게 시집보내려고 한다. 그리고 이 작품의 또 다른 공간에는 포장마차를 하고 있는 아내 있는 늙은 덕배가 떡을 먹고 도망을 간 야근하는 공녀들 가운데 미처 달아나지 못한 쌍갈래 머리를 붙잡는다. 그리고 덕배는 네 사람의 남녀가 한곳에 자는 비좁고 어두운 방에서 받을 돈 대신으로 그녀를 짓밟는다. 포장마차에서 같이 달아난 공녀들 사이에서 술을 마시던 엿장수의 아들 근호는 공장에서 합판을 자르다 손가락 세 개를 잃고 그 대가로 돈 삼만 원을 받고 실직하여 집으로 돌아온다. 강 씨 부인은 그 돈으로 미순이를 왕에게 시집보내려고 한다. 그래서 근호는 이미 술을 마시고 들어왔지만, 그의 아버지가 모닥불을 피워 놓고 개를 잡아먹고 막걸리 술잔치를 벌이는 개천둑 너머 빈터로 가서 홧김에 술을 마시고 만취가 되어 땅바닥에 큰 대자로 떨어져 코를 골고 잔다.

경제적인 빈곤으로 악화된 비인간적이고 본능적인 충동과 산업 사회에 의한 가치의 박탈은 그들을 동물에 가깝도록 인간 이하로 전락시켰다. 그들이 개고기를 먹고 술에 만취가 되어 강 씨의 딸을 양아치 왕에게 시집보내는 일을 좋아하며 "노래하고 춤을 추고 주정을 했으며 핏대"를 올리며 싸우는 장면은 경멸하거나 외면하지 못할 우리 주변의 무서운 현실이다.

그러나 다음 세대를 살아갈 근호와 미순이가 그들의 부모인 강 씨 부부와 덕배 그리고 타락의 힘을 이겨내지 못하고, 만취 상태에만 빠져 있다면 「돼지꿈」은 그렇게 성공한 작품이 되지 못했을 것이다. 배가 부른 미순이가 날렵하게 개천을 건너와 나약하게 앓고 있는 근호를 깨우는 인간애와 인간 의

지는 황석영 리얼리즘의 특색인 동시에 역사의식을 지닌 그의 모럴로서 우리
들이 서두에서 논의한 그의 데뷔작「입석부근」에서부터 그의 작품 세계를
통해서 나타나고 있는 동일한 주제 의식이다.

6

  그러나 이렇게 탁월한 그의 주제 의식도 그의 독특한 언어와 소설 미학이
없었을 것 같으면, 효과적으로 전달할 수 없었을 것이다. 그러면 그의 언어의
특색과 소설 미학은 어떠한 것인가. 우선 그의 언어는 남달리 끌질을 한 듯
이 잘 다듬어졌고 정확하며 또한 맑고 아름답다. 그리고 또한 어디까지나 자
연스럽다. 그래서 그것은 작가의 주관적인 감정을 완전히 차단하는 평면적인
무색의 언어가 아니라 주관적인 감정이 승화된 격조 높은 시정과 깨끗하고
맑은 회색빛의 색조를 지니고 있다.
  이러한 그의 언어는 작품 가운데서 사물의 외부적인 현상만을 나타내는 것
이 아니라, 작가의 내면적인 비전, 즉 작가 정신의 이상적인 면을 동시에 표
현하고 있다. 그래서 이것은 그의 문학의 사회적 기능과 미학적 기능을 융합
하는 소설 미학의 형성을 가능하게 했을 뿐만 아니라, 그의 소설 공간에 집
요하게 나타난 도시와 산업 사회의 '현대적' 경험을 유기적으로 수용해서 표
현하게 만들었다. 사실 그의 문학은 어두운 도시의 악과 부조리한 사회의 힘
에 의해 희생된 자들의 모습을 처절하게 부각하고 있지만, 그는 이러한 예술
적인 작업 가운데서 유토피아로 가는 단서와 빛을 발견하고 있다.
  어떤 의미에서 생각하면 그의 문학의 과제는 '아무런 형태가 없는 카오스
상태의 자연'에다 인간적인 어떤 질서를 부여하는 일, 이를테면 도시의 새로
운 소외 문제와 도시와 산업 사회의 정글 가운데서 일어나는 생존경쟁에 대
한 작가 자신의 비전을 표현하는 것이라 하겠다. 이러한 문제를 취급하는 데
있어서는 물론 사건을 평면적으로 정확하게 묘사하는 '기자의 눈'이 가장 기

본적인 것이지만 그것만으로 충분하지 않다. '사물의 꿈'과 시, 그리고 '산문적인 장면의 빛'을 표현하기 위한 '제2의 눈'을 필요로 한다. 이러한 문제 해결의 열쇠는 전술한 사물의 빛을 볼 수 있게끔 하는 바로 그 기능 가운데 숨어서 나타나고 있다. 즉 "작가들로 하여금 병들어 있는 도시를 보게끔 하는 도덕적 감각은 궁극적으로 그 도시를 도덕적인 언어로 묘사하도록 만든다. 여기서 도덕적이란 말은 생명의 본질과 그 가증성을 의미한다."[2]

황석영의 작품들이 「잡초」의 풍경 묘사처럼 비록 아무도 눈을 주지 않았던 지극히 더럽고 누추하며 빈곤한 환경 속에서 비참하게 살아가고 있는 참담한 인간 모습을 그리고 있지만, 그 가운데서 우리들이 탁월한 미를 발견할 수 있는 것은 그와 같이 파괴된 모습 가운데서 '사물의 꿈'처럼 나타나는 도덕적인 빛, 즉 인간의 가능성과 이상의 빛을 포착할 수 있기 때문이다.

다시 말하면 지극히 황량한 왕모래밭과 개펄, 그리고 거칠고 황폐한 얼굴을 가진 노무자들을 중심으로 한 「객지」 낡고 비좁은 적산가옥 그늘진 북향방에서 시체에 수의를 입히면서 장의사를 돕던 불행한 노인의 일생을 밀도 짙게 담은 「한씨연대기」, 그리고 더럽고 추한 환경에 의해 희생된 자들의 여러 모습의 얼굴을 담은 「삼포 가는 길」과 「돼지꿈」이 그 작품들의 현실적인 소재와는 달리 숭고한 미를 담고 있는 것은 이들 작품 가운데 나타난 인물들이 자연과 사회악과의 처절한 대결에서 보이는 도덕성, 즉 인간의 생명이 지니고 있는 위대한 가능성과 깊은 관계를 맺고 있다.

이러한 황석영의 소설 미학을 육안으로 볼 수 있는 한 가지 예는 「객지」에 나타난 인간 동혁과 그의 내적 비전 그리고 불꽃 이미지가 유기적으로 결합된 장면이다.

그는 구부려 세운 무릎 위에 팔은 걸쳐 턱을 괴고 앉아 깊은 생각에 잠겼다. 모닥불의 윗부분은 엷은 감색 테가 둘러 있고, 그 아래편은 보다 엷은 암황의 그

---

2) Donald Fanger, *Dostoevsky and Romantic Realism: A study of Dostoevsky in Relation to Balzac, Dickens, and Gogol*, Havard University Press: Cambridge Massachusetts, 259쪽.

늘이 져 있으며 더욱 아래는 불기의 공간이 있었다. 바람이 불리는 방향으로 불꽃이 몰릴 때마다 엷은 그늘이 짙은 노랑으로 변했다. 땅바닥을 핥고 있는 부분은 정결하고 고운 푸른색이었다. 불길이 땅바닥에 부은 기름 흔적대로 타올라 위로 솟으면서 곧 땅을 떠나 날듯이 날름거렸다. 서로 핥고 비벼대는 불꽃 머리가 격랑처럼 보였다. 동혁은 폐유깡을 들어 불길 위에 조심스럽게 부었다. 불길이 확 퍼져 올라 그의 눈썹을 그슬렀다. 퍼져 오른 불꽃이 다시 낮아지며 아까처럼 끊임없이 춤추고 있었는데, 일정한 공간에 갇힌 새의 날갯짓 같았다.

여기서 폐유의 기름이 동혁을 포함한 소외된 ‘객지’ 사람들의 생명력을 상징한다면, 불꽃은 그것을 태워서 얻은 정열의 이미지이리라. 그런데 이 불꽃 가운데 땅바닥을 핥고 있는 부분이 나타내고 있는 “청결하고 고운 푸른 색깔”의 빛은 생명의 본질과 그 가능성에서 발하는 빛에 대한 이미지이다. 그것이 지극히 깨끗하고 아름다워 보이는 것은 어둠을 밝히기 위해 생명을 불태워서 얻은 가장 값진 것이기 때문이 아닌가 한다.

이러한 황석영의 소설 미학은 삶의 풍경을 흑색으로 그린 듯한 작품 전체의 무겁고 어두운 회화적인 분위기와 밝은 회색의 소설 공간과도 유기적인 관계를 맺고 있다. 왜냐하면 밝은 회색은 언제나 빛이 어둠과의 싸움에서 이기는 여명의 빛인 동시에 어둠에서 진화되어 나타나는 빛이기 때문이리라.

황석영 문학이 소외되고 그늘진 사회 저변의 더럽고 추한 환경과 그 속에서 가난하게 살아가고 있는 하층민들의 생활을 사실적으로 적나라하게 묘사하고 있지만, 그것이 지루하고 진부한 다큐멘터리나 혹은 르포 소설이 되지 않고 상류 사회를 묘사한 다른 어느 작품보다 더욱 아름답고 감동적인 작품이 될 수 있었던 것은 위에서 말한 유기적인 소설 미학 때문이다. 그는 예술 작품이란 그것이 취급하고 있는 소재와 독립해서 그것대로의 생명이 있고, 또 “예술은 인생에 대한 것뿐만 아니라, 인생 그 자체이어야만 된다.”는 사실을 알고 있었기 때문이리라. 이러한 모든 것은 황석영 작품이 비록 사회와 개인 간의 갈등 문제를 다룬 리얼리즘 문학이지만, 그것이 ‘현실적인 것’과

'이상적인 것'을 동시에 지니고 있다는 말이 되겠다. 그는 분명히 '미학이 미래의 윤리'란 사실을 작가적인 경험을 통해 경험하고, 그것을 그의 작품 속에 탁월하게 구현한 실로 찾아보기 힘든 뛰어난 리얼리스트 예술가임에 틀림이 없다.

삶의 비극성과 연민의 시각

최인호의 초기 작품들

그것은 백치가 지껄여대는 이야기, 떠들썩한 소리만 왁자지껄 높았지 필경 아무런
뜻도 없는 짓거리.
　　── 셰익스피어, 『맥베스』 중에서

지난 삼십 년 동안 우리 문단에서 최인호만큼 비평적 논란의 대상이 되었
던 작가도 드물다. 그는 1967년 ≪조선일보≫에 「견습환자」를 발표한 후 삼
사 년 동안 독특한 주제 의식과 세련된 문장으로 쓴 작품을 속속 발표함으로
써 이른바 1970년대 한국 문학의 선두주자로 불릴 만큼 문단 전체의 기대를
모았다. 그래서 평론가 김현은, 그가 데뷔한 후 "삼사 년 동안에 1930년대의
이효석, 1950년대의 손창섭, 그리고 1960년대의 김승옥이 얻은 바 있는 폭발
적인 인기를 얻는 데 성공했다."고 말했다.

그러나 산업 사회로 이행하는 과정에서 나타나게 된 부조리한 사회 상황에
저항하는 리얼리즘 문학이 문단을 지배하는 현상이 나타나자, 그의 작품들은
역사의식이 부족하다는 이유로 적지 않은 비판을 받고, 문단의 중심 무대에
서 멀어지는 듯한 인상을 보이기도 했다. 그러나 이러한 결과는 그가 리얼리
즘 측면에서 비판을 받았기 때문만이 아니었다. 실제로 최인호의 문학은 리
얼리즘과 대층 관계를 이루는 측에서도 전폭적인 지지와 옹호를 받지 못해
그의 문학의 '성실성'에 대해 회의적인 시각을 보였다. 그의 문학이 성실성의
의심을 받게 된 것은 그가 감수성이 뛰어난 문체로 『별들의 고향』, 『도시의
사냥꾼』, 『불새』, 『적도의 꽃』, 『고래사냥』 등과 같은 상업주의적인 작품을

썼기 때문이기도 하다.

그러나 이 문제의 근본적인 원인은 그의 문학에 대해 우리 문단이 갖고 있는 잘못된 이해와 편견 때문인 듯한 측면도 없지 않다. 이를테면, 그에게 문학적인 명성을 가져다준 초기의 단편에 대한 평론가들의 시각이 반드시 옳은 것만은 아니었다는 것을 예로 들 수 있다. 그의 작품을 예리하게 평가했던 김현마저도 최인호의 초기 단편들에 나오는 어린이들이 성장 소설의 주인공과는 달리 치밀하게 계산된 영악한 아이들이라고 분석하면서 부정적인 시각을 보였다. 그러나 우리가 이 작품을 그와 다른 시각에서 보면 어린아이를 주인공으로 하는 소설이 반드시 성장 소설이 되어야만 할 이유도 없다는 것을 알게 된다. 20세기 영국 작가 사키(Saki)와 같은 작가는 날카롭고 재기 넘치는 기지로써 아이들의 눈을 통해서 그들만 못한 어른들의 약점을 예리하게 파헤쳐서 문단의 갈채를 받은 적도 있다.

최인호는 일찍이 고등학교 시절에 존재 문제를 주제로 한 단편 「벽구멍」으로 ≪한국일보≫ 신춘문예에 입선했을 정도로 조숙했기 때문인지, 비록 어린아이들을 주인공으로 한 소설을 썼지만, 그것을 단순한 성장 소설로 만들지는 않았다. 즉 최인호는 그의 현실 세계의 한가운데 있었음에도 불구하고 그것에서 거리를 둔 초연한 입장에서 삶의 현실에 대해 우울한 시선을 보내면서 그것을 비판하고 풍자하는 작품을 썼던 것이다. 실제로 대부분의 비평가들은 그의 데뷔작인 「견습환자」를 아파트와 같이 닫힌 도시 공간에서 웃음을 잃고 기능적으로 변모한 현대인들에 대한 이야기로 보고 있다. 그러나 또 다른 시각에서 보면, 이 작품의 주인공이 입원한 병원의 간호원뿐만 아니라 의사들까지도 웃음을 잃고 있는 것은, 그들이 닫힌 공간에서 기능적으로 변모한 것도 원인이 되겠지만, 그들이 인간의 조건 때문에 병을 치료하며 고통을 받고 있는 환자들을 언제나 만나야만 하는 상황에 놓여 있었다는 원인 때문이 아니었을까. 다시 말해, 병실에서 간호원들과 의사들이 웃음을 잃는 것은 삶의 비극적인 현실에 대한 우울한 시선으로 인해 환자들처럼 마음이 굳어진 결과 때문일 것이다. 왜냐하면 주인공이 퇴원을 하고 병원 건물 밖을 나왔을 때, 인턴에게 "나는 그에게서 퇴원을 했고, 또 그는 내게서 퇴원을 한 셈"이었다고 말했던 것에서 알 수 있듯이, 그는 예쁜 여인과 밝은 햇살이 웃음을 잃은 그의 병을 치유해줄 것이라고 믿고 있기 때문이다.

그리고 나는 점점 멀어져 가는 병원 한 구석 코스모스 피기 시작하는 병원에서 방금 그 젊은 인턴이 웃음을 띤 것 같은 환영을 보았다. 나는 그것이 사실인가 확인하기 위하여 바짝 차창에 눈을 밀착시키고 무어라고 손짓을 해가며 얘기를 나누고 있는 나의 사랑스러운 환자를 쳐다보았다. 하지만 내가 보았던 것이 한 개의 착각이었을까. 아니면 찰나적인 웃음에 틀림없었는가 하는 문제는 이미 별스런 의미를 가질 수 없었다. 왜냐하면 이제 우리는 상대적으로 환자가 아니기 때문이었다. 나는 그에게서 퇴원을 했고, 또 그는 내게서 퇴원을 한 셈이었던 것이다.
그러나 나의 환자였던 사내가, 초추의 양광(陽光)이 분수처럼 떨어져 쌓이는 뜨락에서 언젠가 내가 보았던 것처럼 고독하게 홀로가 아니고 예쁜 여인과 둘이서 콜라를 마시고 있다는 사실이 나를 감격하게 만들었다. 나는 그 여인에게 마음속으로 그를 잘 요양시켜 주기를 기원했다.[1]

이러한 사실은 그의 대표작으로 알려져 있는 「술꾼」의 경우에서도 마찬가지로 나타나고 있다. 우리가 이 작품을 표면적으로만 읽을 것 같으면, 어린이가 술꾼이 된 것은 불우한 가정 환경으로 인해 삐뚤어지게 성장한 악동으로만 이해될 것이다. 그러나 우리는 이 작품을 「영가(靈歌)」의 경우처럼 존재 문제에 대한 입사 의식으로 읽을 수 있다. 「영가」에서 소년인 주인공이 바다와 묘지, 눈과 불 및 움터오는 매화꽃의 이미지를 배경으로 한밤중에 할아버지의 묘지를 찾는 늙은 할머니의 무섭고 비밀스러운 움직임 등을 통해 죽음과 삶이 교차하는 신비스러운 존재의 궤도를 알게 되는 것처럼 '술꾼'이 된

---

1) 최인호, 『다시 만날 때까지』(나남출판사, 1987), 28쪽.

아이는 술을 배워서 그것을 마시고 취하는 느낌을 통해 부조리한 삶의 현실과 접하게 된다. 그러나 그가 찾을 수 없는 아버지를 찾아 눈길을 걸으면서 이 술집 저 술집을 전전하는 것은, 생에 있어서 신을 찾아가는 신화적인 삶의 궤도에 대한 상징이 되고 있기 때문이다. 즉 얼굴을 보이지 않는 아버지가 신에 대한 상징이라면, 아이가 술이 취한 상태에서 아버지를 만날 것을 기대하고 방황하는 것은 삶의 현실에 대한 우의적인 표현이 될 수 있겠다.

이처럼 「술꾼」에서 보여주고 있는 입사 의식은 다른 일반적인 삶에 대한 성장 소설과는 달리, 인식을 통한 성장을 전제로 하기보다는 신에 의해서 만들어진 존재의 부조리한 현실에 대해 분노하고 말없이 저항하는 것을 나타내 주고 있는 듯하다. 그러나 「술꾼」이 삶의 한가운데에서 삶의 비극적 현실을 형상화하고 있는 반면, 「모범동화」는 초연한 입장에서 신에 의해 이루어진 부조리한 현실을 우의적으로 나타내고 있는 것으로 보인다. 비록 이 작품은 전학을 온 이상한 소년인 주인공이 학교 앞에서 진행되는 사행(斜行) 사업의 비밀을 천재적으로 알아내어, 그 일을 행하던 강 씨를 죽음으로 몰아넣는 것을 내용으로 하고 있지만, 이것은 수수께끼로 얽혀진 구성을 통해 비극적인 허무로 끝나는 인간의 존재론적인 운명을 꿰뚫어보고, 그러한 결과를 가져온 신에 대해 분노하는 우화로 읽을 수 있다. 왜냐하면 그는 비록 어린 소년에 불과하지만 "나이답지 않게 얼굴에 가득한 주름살"이 말해주듯 삶의 비극적인 현실을 꿰뚫어 보고 있어, 삶의 현실에 대해 우울하고 회의적인 시선을 던지는 어떤 철학자에 대한 상징으로 볼 수 있기 때문이다.

다음으로, 최인호의 대표작 가운데 하나로 꼽히고 있는 「타인의 방」은 T. S. 엘리엇의 「프루프록의 연가」처럼 외부와의 단절된 벽 틈에서 불모지나 다름없는 아파트 생활을 하는 현대인들의 고독한 삶을 초현실주의적으로 리얼하게 묘사하고 있다. 그러나 이 작품을 초현실주의적으로만 읽는다면, 신과 인간과의 부조리한 관계에 대한 상징성을 보지 못하는 결과를 초래할 수 있다. 물론 이 작품의 주인공이 아내와 행복한 생활을 하지 못하기 때문에, 자기가 살고 있는 아파트를 '타인의 방'으로 착각하게끔 하고 있다. 그러나 이 작품 역시 앞서 논의해온 최인호 작품 세계의 전체적인 문맥에서 우의적으로 보면, '타인의 방'은 단순히 좁은 도시 공간인 아파트에 한정되지 않는다. 즉 그것은 인간이 잠시 쉬었다 가는 제한된 공간으로 해석될 수 있고, 아내는 핏줄기를 타고 왔다가 사라지는 신에 대한 상징이 될 수 있을 듯하다. 왜냐하면 닫힌 '타인의 방'을 자유롭게 출입하는 아내가 석고처럼 굳어진 주인공을 무슨 물건처럼 다락방에 처분해 버리는 모습은 신이 자신만이 아는 목적을 위해 인간을 사용했다가 용도 폐기하는 것과 은유적으로 일치되고 있기 때문이다.

그러나 그는 다리를 움직일 수가 없었다. 이상한 일이었다. 그래서 그는 그의 손을 내려, 다리를 만져보았는데, 다리는 이미 굳어 석고처럼 딱딱하고 감촉이 없었으므로 별 수 없이 손에 힘을 주어 기어서라도 스위치 있는 쪽으로 가리라고 결심했다…… 그러나 그는 채 못 미쳐 이미 온몸이 굳어오는 것을 발견하였다. 그래서 그는 숫제 체념해 버렸다. 참 이상한 일이라고 생각하면서 그는 조용히 다리를 모으고 직립하였다. 그는 마치 부활하는 것처럼 보였다.

다음 다음 날 오후쯤 한 여인이 방에 들어왔다. 그녀는 방 안에 누군가가 침입한 흔적을 발견했다. 매우 놀라서 경찰을 부를까도 생각했지만, 놀란 가슴을 누르며 온 방 안을 조심스럽게 살펴보았는데 틀림없이 그녀가 없는 새에 누군가가 들어온 것은 사실이긴 했지만 자세히 구석구석 살펴본 후에 잃어버린 것이 없다는 것을 발견하자 안심해 버렸다.

그러나 그녀는 잃어버린 것이 없는 대신 새로운 물건이 하나 놓여 있는 것을 발견했다.

그 물건은 그녀가 매우 좋아했던 것이었으므로 며칠 동안은 먼지도 털고 좀 뭣하긴 하지만 키스도 하긴 했다. 하지만 나중에 별 소용이 닿지 않는 물건임을 알아차렸고 싫증이 났으므로 그 물건을 다락 잡동사니 속에 처넣어버렸다. 그리고 그녀는 다시 그 방을 떠나기로 작정했다.[2]

그녀가 '타인의 방'에서 발견한 새로운 물건이 주인공이 굳어진 것으로 볼 수 있다는 것은 여기서 새삼스럽게 밝힐 필요가 없겠다.

그런데 최인호는 허무 의식으로써 존재의 비극적인 현실을 풍자적으로 고발하는 것에만 만족하지 않고, 부조리한 현실 가운데서 인간의 존엄성을 어떻게 지킬 수 있는가에 대한 방법 또한 모색했다.

작품 「방생」은 치매는 아니지만 노년기에 죽음에 대한 두려움으로 인한 정신 불안정과 취약해진 신체적 조건으로 인해 인간의 존엄성을 상실해 가고 있는 현실을 형상화하고 있다. 그러나 동시에 이 작품은 주인공인 늙은 어머니가 신륵사에서 불교 신도들과 함께 물고기를 방생하는 과정에서 고통스러운 인간 조건이 육체적인 질곡에서 벗어나기 위해 안간힘을 쓰며 인간의 존엄성을 잃지 않으려는 모습을 보이고 있다.

"됐다."

어머니는 힘을 주며 일어서서 다가오려는 나를 막아 세웠다.

"이리 오지 말렴. 내가 그리로 가겠다."

"안 됩니다. 넘어지세요. 혼자서는 걷지도 못하는 분이."

"괜찮아. 나 혼자 걸어가겠다. 젠장할. 나 혼자 저 산 너머까지 걸어가겠다."

어머니는 손을 들어 봄비에 젖어 능선이 하늘과 맞닿아 지워진 먼 산을 가르쳤다. 어머니는 조금 전 그녀가 놓아준 물고기처럼 비늘을 반짝이며 서 있었다.

"젠장할. 죽은 나무에서도 꽃이 피는 봄 아니냐."

어머니는 휘청이며 몸을 바로 잡았다.

나는 그 자리에 서서 어머니를 지켜보았다. 어머니를 향해 손 하나 움직일 수 없는 이상스런 경외감을 나는 느꼈다.

어머니는 맑은 미소를 띤 얼굴로 나를 쳐다보았다. 그 얼굴은 아름다웠다. 어머니는 누구의 부축을 받지 않고 천천히 발을 떼어놓았다. 그건 내 착각에 지나

---

2) 최인호, 『타인의 방』(민음사, 1993), 80~81쪽.

지 않았다. 어머니는 보다 큰 손, 보다 위대한 힘에 의해 떠받들리고 부축을 받고 있다.

어머니는 왼발과 오른발을 번갈아 느릿느릿 떼어놓았다. 나는 이제 막 걸음마를 배우기 시작하는 돌 지난 아이처럼 걸었다.

그러나 어머니는 세 발짝도 걸음을 떼 놓지 못하셨다. 풀썩하고 자리에서 쓰러지셨다. 그러나 나는 어머니 곁으로 다가설 수 없었다. 북받쳐 오르는 슬픔이 눈물이 되어 내 얼굴에 흘러내리고 내 가슴은 형언할 수 없는 비애로 찢어지고 있었다. 나는 흐느껴 울면서 소리 질렀다.

"어머니 일어서세요. 그리고 제 곁으로 오세요. 썩어져 죽을, 저 산까지 걸어가세요. 일어서세요. 어머니는 할 수 있어요."[3]

「방생」 이후 발표한 「미개인」과 「다시 만날 때까지」 등과 같은 작품들은 신에 의해 저주받은 듯 비극적인 인간 조건을 갖고 문둥이로 태어난 아이들과 해외로 입양을 가는 고아들의 아픔과 슬픔을 극적으로 탁월하게 형상화하고 있다. 전자가 문둥이촌의 음성 나환자의 자식이기 때문에 학교 부근의 마을 사람들로부터 소외 받아 추방을 당하고 있는 사실을 고발하고, 그들의 비인간적인 행위를 휴머니즘의 차원에서 저지하기 위해 상이군인인 교사의 처절한 싸움과 노력을 담고 있는 것이라면, 후자는 부모들로부터 이유 없이 버림받고 비행기를 타고 먼 나라로 입양 가는 어린아이들의 울음을 통해 물질적인 것만 추구하는 우리의 모습이 얼마나 비인간적인가를 확인하고 있는 작품이다.

그의 대표작의 하나로 평가받고 있는 작품 「무서운 복수」는 작가가 3인칭적인 입장을 취하면서 대학 시절에 벌어졌던 데모 사태의 원인과 실태를 초연한 입장에서 바라보고 있다. 많은 비평가들은 이 작품에서 주인공 최준호가 도피적인 입장을 취하고 있다고 비판적인 입장을 취하고 있지만, 따지고

---

3) 앞의 책, 63~64쪽.

보면 최준호는 작가 자신과 일치되는 입장을 취하면서 교련 반대 운동에서 시작해서 유신 반대 데모에 이르기까지의 학원의 슬픈 실상을 객관적으로, 그러나 우울한 연민의 시각을 통해 있는 그대로 리얼하고 투명하게 조명하고 있다. 많은 비평가들은 이러한 그의 태도를 도피적으로 보고 있지만 정작 최준호는 이 작품에서 객관적인 시점에 해당되고 이야기 속의 주인공은 현실 문제에 적극적으로 참여하고 있는 오준만이다.

오준만은 최준호와는 달리 교련 반대와 학원의 자유를 유신 정권으로부터 쟁취하기 위해서 능동적인 행동을 취하다가 군에 끌려가는 모습을 보여주고 있다. 그런데 여기서 최준호가 비록 객관적인 시각을 보여주고 있다고 하더라도 그것은 우울한 회의적인 시각으로서 「술꾼」과 「모험동화」 등에서 나타난 시각과 그렇게 큰 차이가 있을 수 없다. 물론 여기서 최인호는 객관적인 시각만을 보이지 않고 그가 관찰한 세계에 대한 반항으로서 자학적인 모습을 보인다고 말할 수 있겠다. 그러나 이러한 몸짓은 퇴폐적으로 해석하기보다는 우울한 현실에 대한 연민 섞인 풍자로써 객관적인 시각 속에 담을 수 있는 것들이었다.

그런데 그가 데모에 대해 객관적 시각을 유지하면서 그것에 뛰어들지 않는 것은 남북의 갈등으로 빚어진 한국전쟁의 처절한 경험과 군대 생활에서 입은 외상(外傷)으로 인해 "무슨 일이든 할 때마다 최악의 경우만을 생각하고 그런 경우에만 자신을 맡겨 버리는 버릇" 때문이라고 말했다. 그가 여기서 교정을 점령한 군인들에게 끊임없이 우울한 시선을 보이면서도 끝없이 이어지는 데모대에 대해 얼마간의 회의적인 태도를 보이는 것은 데모 그 자체에도 폭력성이 있다고 생각했기 때문인 듯하다.

"그때 술래였던 나는 그 놀이를 생각할 때마다 무언가 섬뜩해지는 두려움을 느끼곤 해요. 그 놀이란 것은 산 것은 삼키고 죽은 것은 뱉어버리는 잔인한 본능 의식을 우리에게 가르쳐주는 것이었거든요. 데모를 할 때마다 나는 문득문득 그 놀이가 생각나고 차라리 지는 한이 있더라도 영원히 술래가 되어버리고 싶은 심정을 맛보곤 하는 거예요. 내가 죽는 것이 아니라 살아 있다는 것을 보이기 위해서라도 나는 술래를 해야 할 것 같아요. 바로 그런 점이 두려운 거예요. 우리의 용기란 것은 젊은이답지 않게 이처럼 치사하고 비열한 것이에요. 차라리 요즘엔 군대에 가서 이북을 바라보며 밤을 새우는 보초 노릇을 하고 싶어요. 난 모범 사병이 될 수 있을 것 같아요.”

오준만은 몸을 일으켰다.

“그들이 내게 술래이기를 바라고 있거든요. 그들은 내게 데모를 하라고 쉴 새 없이 요구하고 있어요. 이것은 어릴 때의 그 놀이처럼 놀이에 불과하지는 않아요. **이것은 어디까지나 싸움이에요. 난 술래 노릇을 해야 할 것 같아요. 이것은 나의 비열한 용기예요.”**

그는 내게 어두운 미소를 지어 보였다. 그리고 그는 천천히 밖으로 사라졌다. 교정을 가로질러 도서관 쪽으로 사라져 가는 것을 창문을 통해 내다보았다. 그의 그림자는 초가을 햇살로 길게 드리워져 있었다. 철 이른 낙엽이 두어 잎 그의 뒷등으로 떨어져 내렸다.[4]

그래서 그는 오준만이 이끄는 데모대의 투쟁 장면을 객관적으로 묘사하고 있지만 연민이 섞인 우울한 시선을 보이고 있다. 그렇다면 최준호가 오준만의 고독한 싸움과 좌절로 끝나는 데모에 대해서 회의적인 시각을 던지는 것으로만 이 소설이 끝났는가. 반드시 그렇지만은 않은 것 같다. 그가 군에서 제대를 하고 돌아온 교정이 데모대와 그것을 저지하기 위한 군인들의 점령으로 황폐화되는 것을 볼 때 그는 ‘황진이’를 쓰겠다고 계속 다짐을 하고 있다. ‘황진이’를 쓰겠다는 것을 두고 많은 비평가들은 그가 관능으로 도피하는 것으로 단정을 내리고 있다. 그러나 그가 ‘황진이’를 쓰려고 했던 것은 관능으로의 도피가 아니라, 극단적인 적대 관계에 있는 양극 관계를 해결하기 위해서는 D. H. 로렌스의 경우와 같이 관능이 상징하는 사랑의 힘이 필요하다는

---

4) 앞의 책, 300~301쪽.

것을 주장하기 위함으로 해석할 수 있겠다.

　위에서 언급한 주제 의식 이외에, 최인호의 소설 미학 가운데 가장 우리들의 눈길을 끄는 것은 희극적인 터치이다. 작가 자신은 이것을 재기(才氣)라고 하며 때로는 위험하기도 하다고 말했다. 그러나 이러한 그의 재능은 그의 소설에서 없앨 수 없는 미학으로 그의 작품들을 센티멘털의 늪에서 구해준다. 그러나 이러한 그의 미학은 하나의 기법으로서만 존재하는 것이 아니다. 그것은 그가 취급하고 있는 소설의 주제와 밀접한 관계를 맺고 있다. 「돌의 초상」은 이러한 그의 소설 미학을 성공적으로 구체화해 주고 있다. 우선 이 작품이 돋보이는 것은 위에서 말한 희비극을 내용으로 하는 소설 미학을 사용했다는 것뿐만 아니라, 인간의 참모습을 드러낼 수 있는 노인을 작품의 소재로 선택했다는 것이다. 어느 사진 작가의 시점을 통해, 이 작품은 표면적으로는 늙은 노인을 죽음의 휴식처와도 같은 고궁에 내다버린 사회적인 입장에서 고발하고 있다. 그러나 다른 한편 심층적인 인간 측면에서 볼 때 최인호는 사진기의 렌즈처럼 밝은 눈으로 비극적인 인간 상황과 그것에 대한 인간 서로 간의 책임 문제를 신이 아닌 인간적인 차원에서 심각하게 묻고 있다. 특히 작가가 벚꽃이 꽃비처럼 떨어지는 고궁의 벤치 위에 무감각한 정물처럼 앉아 있는 최 노인을 발견하고 그를 노망한 사람으로 설정해서 먹고 싸는 어린아이와 비교한다. 그는 생의 종말에 가서 인간의 비참하고 슬픈 상황을 확대하여 조명함으로써 노인들에 대한 젊은이들의 책임 문제뿐만 아니라 인간 상호간의 애정의 필요성을 심각하게 강조하고 있다. 그러나 인생을 경험하고 살아왔던 노인이 종말에 와서 생에 대해서 갖는 태도를 또한 균형 있게 확대시켜 비판적인 태도로 문제화하고 있다. 소설의 주인공은 고궁에 버려진 최 노인을 집으로 데리고 와서 온갖 정성과 인내로써 그를 감싸고 돌보면서 하루를 어렵게 지내지만, 노인이 새로운 생명들이 태어나 자기 자신처럼 비참하게 되는 것을 거부하기라도 하는 듯 젊은이들이 가꾸고 있는 화분의 꽃들을 가위로 모조리 잘라버리는 것을 보고는 크게 분노해서 무거운 짐처럼 생각해 오던 그를 버릴 결심을 한다. 그래서 주인공은 돌처럼 굳어져 가는 노인의 비극의 책임을 신에게 물으려는 듯 명동성당에 있는 벤치 위에 버린다. 그러나 남편의 이러한 태도에 대해 분노한 아내 경의는 실존적이고 인간적인 차원에서 최 노인을 끝까지 받아들여 돌보아주려고 한다.

그런데 앞에서도 지적한 바와 같이 이 작품 가운데서 가장 성공적인 부분은 노망한 노인을 어린아이와 비교시켜 비극을 희극화한 미학이다. 이 작품 가운데서 살아 있는 묘지와도 같은 고궁에 버려진 노인, 다시 말하면, 노망해서 용변마저 혼자 보지 못하는 할아버지 최 노인에 대한 작가의 묘사는 대단히 미묘한 것이어서 자칫하면 감상적인 수렁에 빠질 위험성을 많이 지니고 있다. 그러나 작가는 노인을 갓난아이와 비교시킴으로써 독자들로 하여금 노인의 슬픈 운명을 생각하게 하기보다는 어린아이를 떠올리게 해서 웃음으로써 감상적인 감정을 승화시켜 미학적인 감정으로 변용하고 있다.

또 희비극을 내용으로 하는 이러한 소설 구조는 작가로 하여금 두 가지 견해를 침묵 속에서 전달하도록 하고 있다. 하나는 인간이면 누구나 맨몸으로 부딪쳐야만 하는 비극적 인간 현실에 대한 책임에 관한 것이고, 다른 하나는 이러한 비극적 상황에 처해 있는 인간이 어떻게 행동해야만 가장 인간적일 수 있는가 하는 것이다. 아마 최인호는 인간이 이렇게 어려운 상황에 부딪쳤을 때 나약하게 우는 것보다는 죽음과 용감히 대결해서 참된 인간의 의연한 모습을 찾는 것을 읽을 수가 있으리라 생각한 것 같다.

일반적으로 자의식이 강한 사람은 군중 가운데서 고독을 느낀다. 이러한 현상은 어떻게 생각하면 고독을 느끼는 주체가 군중들로부터 자아를 상실하지 않고 지키려는 심리적인 갈등과 노력에서 연유한 것이다. 그러면 인간이 혼자 외로이 있을 때, 위의 경우와는 반대로 사람을 그리워하는 심리적 현상은 무엇일까? 이것에 대한 해답은 여러 가지가 있을 것이다. 그러나 우리가 쉽게 발견할 수 없는 해답 가운데 하나는 인간이 자신의 주변에서 느끼는 거대한 '시공(時空)의 힘', 즉 광대무변한 우주의 공간으로부터 엄습해 오는 어떤 힘의 무게를 자기 자신의 혼자 힘으로는 버텨내기가 너무나 무겁고 힘겹다는 이유에서일 것이다. 예를 들어, 우리가 인간이 만든 공간인 도시를 떠나 시골을 찾게 되면 얼마 동안은 휴식을 취할 수 있을 듯하지만, 곧 졸음이 오고 나태해지기 쉬운 느낌을 받는 것은 자연이 인간에게 가하는 힘의 작용 때문이리라.

그래서 우리는 가끔 사회가 지니고 있는 '구성의 모순' 때문에 어려움을 겪고 있지만, 그에 못지않게 모여서 사는 사회의 혜택과 기쁨을 알고 있기 때문에 그곳에서 떠나지 못하고 산다.

최인호의 중편 「깊고 푸른 밤」이 우리의 관심을 끌고 있는 것은 위에서 언급한 독특한 인간 경험을 특수한 상황에서 보다 현실적으로 수용하고 있기 때문이다. 이 작품은 중편의 길이를 가지고 있지만, 플롯은 지극히 간단하고 특별한 사건도 없다.

이 작품의 주인공인 화자는 자유롭지 못한 조국의 경쟁 사회에 대한 자의적인 반항과 분노를 억제하다 못해 미국으로 정신적인 '망명'을 온 사람이다. 그는 대마초를 피우다 말고 이유 없는 반항으로 미국에 와서 조국에 돌아가지 않겠다는 가수 준호와 함께 샌프란시스코에서 해안으로 뻗어 있는 1번 도로를 따라, 로스앤젤레스를 향해 '짐작할 수 없는 시간'의 거리를 죽을힘을 다해서 달리며, 이방인의 처절한 경험을 고독과 슬픔 속에 뜨거운 눈물로써 기록하고 있다. 그들이 이렇게 로스앤젤레스로 사력을 다해 달리는 것은 그곳에 가서 태평양을 건너는 비행기를 타고 조국으로 돌아오고자 하는 무서운 욕망 때문이라고 한다. 그래서 그들이 달려오는 길은 가까이에서 파도가 치고 갈매기가 나는 '깊고 푸른' 바다를 안고 있는 아름다운 관광도로이지만, 그들은 그 위에서 오직 견딜 수 없는 고독과 무서운 공포만을 느낀다. 물론 이러한 현상은 그들이 조국의 가족은 물론, 형제 자매 그리고 따뜻한 친구와도 단절된 상태에 놓여 있었기 때문이다.

그러나 중요한 것은 이 작품에서 최인호가 이방인으로서 북미 대륙에서 느낀 자서전적인 개인의 경험을 통해 인간이 우주 가운데서 느끼는 보편적인 경험을 성공적으로 형상화한 것이다.

이 작품 가운데서 주인공이 마리화나를 피우는 준호와 더불어 밤낮을 가리지 않고 대륙을 차로 달리면서 보고 느끼는 것은 자연의 아름다움이 아니라 인간의 왜소함과 거대하고 광대무변한 우주에 대한 인간으로서의 두려움이다. 그래서 그들은 자의적으로 자신들의 위치가 거대한 우주 공간 가운데 단순히 찍혀 있는 하나의 점에 지나지 않음을 느끼고, 어느 때고 시간과 공간의 압력을 받아 우주 속으로 삼켜져버릴지 모른다는 공포에 사로잡혀 있다.

더욱이 그들이 어두운 밤에 헤드라이트를 켜고, 출렁이는 파도 소리를 들으며 무한한 공간 속으로 뻗어 있는 도로를 따라 질주할 때는 더욱더 그러하다. 그래서 어떻게 생각하면 샌프란시스코에서 이 세상에 없을지도 모르는 로스앤젤레스를 향해 달리는 것은 외로운 인간의 힘이 작용할 수 없을 것만 같은 우주의 공간인 죽음으로부터의 탈출을 의미한다. 사실 그들은 우주적인 시간의 무게와의 싸움에서 패배한 자들이 마약을 먹고 잠자던 방을 벗어나서 차를 타고 로스앤젤레스로 탈출하고 있지 않았던가. 그들은 뒤에 두고 온 사람들과는 달리 인간이 만든 차 속에 있었기 때문에 어느 정도 그들 자신을 자연과 우주에서 오는 무게로부터 보호할 수 있었다. 그러나 자동차마저 움직이지 못하게 되었을 때, 그들은 외로움과 고독을 이기지 못해 마리화나 풀잎에 불을 붙였다. 그리고 벼랑 아래로 내려갔다. 그러나 그들은 곧 거기에서 자연의 거대한 힘과 시간을 상징하는 "파도소리가 북을 치며 후퇴를 모르는 군대의 발자국 소리처럼" 들려오는 소리를 듣고, 견디다 못해 차가운 바윗돌 위에 시체처럼 눕는다. 그리고 그는 자기를 이긴 한국의 승리자들에게 항복을 하고 분노에 못 이겨 외면했던 조국의 사회로 되돌아가야만 된다고 결심한다. 그는 사회가 가진 '구성의 모순'에 대한 "증오도, 적의도, 미움도, 아무것도 가질 이유가" 없다고 반성한다. 그는 그가 속해 있던 인간 사회의 구성원들인 형제자매들로부터 살아가는 아픔에 대한 위로와 격려를 받고 싶었던 것이다. 아니 받아야만 했다.

앞으로 최인호가 어떠한 주제 의식을 가지고 작품을 쓸지 모르겠지만 자서

전적인 내용을 담고 있는 듯한 이 작품은 그의 개인적인 차원을 넘어서서 우리 작가들 가운데서는 쉽게 찾아볼 수 없는 탁월하고 보편적인 경험을 가져다주고 있다. 또 어떤 측면에서 보면 이 작품은 조셉 콘래드의 대표작인『암흑의 핵심』과 유사한 면을 지니고 있다. 그러나『암흑의 핵심』의 주인공은 거대한 암흑 대륙을 식민지적인 자세로 정복하려다가 결국 어둠의 힘에 못 이겨 복종하는 나머지 그 힘의 사제가 된다. 그러나『깊고 푸른 밤』의 주인공은 적어도 그 거대한 우주적이고 공간적인 힘에 끝까지 패배하지 않고, 1번 도로 위로 죽을힘을 다해 자동차를 달릴 때 느끼는 실존적인 전율을 통해 자연의 힘으로부터 인간의 영역을 보호하며 거대한 대륙을 탈출하려고 한다.

그런데 이러한 주제 의식을 전달하기 위해 최인호가 사용한 언어 역시 대단히 효과적이고 적절한 것 같다. 이 작품을 읽는 사람이면 누구나 경험하겠지만, 최인호의 언어 그 자체가 실존적인 경험을 전개하고 있는 것처럼 마술적인 힘을 지니고서 스피디하게 진행되는 탁월한 미학을 지니고 있다. 결국, 위의 두 작품에서 보여준 소설 미학은 그의 작품을 감상적인 늪에서 구해 내고 있을 뿐만 아니라, 부조리한 인간 상황에서 인간이 존엄성을 유지하며 살아가는 방법에 대한 간접적인 거울이 되고 있다.

상황의 극복과 구원의 손길

이제하의 단편들

저마다 선택된 벽을 스스로 뚫고 솟아 나와 내려다보면
한 치나 될까 한 짧은 키들로 조그마한 얼굴을 드러내보이며
—— 조정권, 「힘」 중에서

이제하는 1958년 ≪현대문학≫에 시를 발표하고 문단에 데뷔했다. 그러나 그는 같은 해에 ≪신태양≫에 소설 「황색의 개」를 발표한 후, 1960년 ≪한국일보≫ 신춘문예에 소설 「손」이 당선되어 주목받는 작가로 활동하기 시작했다. 그 후 『초식』(草食), 『기차, 기선, 바다, 하늘』, 『밤의 수첩』 등과 같은 훌륭한 창작집을 발표했다. 그러나 어떤 의미에서 그는 응당 받아야 할 평가를 충분히 받지 못한 점이 없지 않다. 이것은 그가 작품 활동을 한 시간에 비해 과작이었다는 점이 하나의 원인이겠지만, 그의 대표작 중의 하나로 지칭되는 「유자약전」처럼 일반 독자들이 이해하기에는 적잖이 어려운 미학을 지니고 있기 때문이 아닌가 한다.

이제하가 같은 시대의 다른 작가들만큼 많은 작품을 쓰지 못한 것은 그만큼 자기 자신의 예술에 대해서 엄격했기 때문일 것이다. 사실 그는 어느 권위 있는 문학상을 거부할 만큼 자신에게 엄격한 작가로서의 위엄과 존엄성을 지녔기 때문에 1972년에 벌써 「초식」과 같은 탁월한 작품을 쓸 수 있었을 것이다.

평론가들의 시각에 따라 다르겠지만, 작품 「초식」은 김승옥의 「무진기행」, 이청준의 「매잡이」, 황석영의 「삼포 가는 길」, 그리고 이문열의 「금시조」 등

과 비교해서 조금도 손색이 없는 수작이다.

이 작품이 우리 시대 대표적인 작가들의 그것만큼 독자들에게 널리 회자되어 많이 읽히지 않은 것은 쉽게 이해되지 않는 탁월한 예술성 때문이다. 이 작품은 플롯 중심의 대부분의 한국 소설보다 이미지를 중심으로 주제를 형상화하고 있기 때문에 접근하기가 그렇게 쉽지 않다. 그러나 우리들은 그가 이 작품에서 유기적으로 엮어놓은 탁월한 여러 가지 이미지들을 통해서 그의 작품 세계를 읽을 수 있게 되면, 크나큰 미학적인 충격을 받을 것이다. 물론 작가 이제하가 남다른 통찰력으로 얻은 이미지를 통해서 작품을 전개하고 있기 때문에, 그의 작품은 난해한 경향이 있다. 그러나 그는 그것을 통해 민족적인 특수성을 세계적으로 보편화시키는 데 크게 성공하고 있다.

작품 「초식」의 주제는 그의 데뷔작인 「손」과 「황색의 개」서 보였던 것과 같이 한국적 상황 속에서의 다원주의에 관한 증오와 분노를 중심으로 하고 있다. 그래서 이 작품은 약육강식이라는 우리 시대의 부조리한 정치 상황뿐만 아니라 부조리한 존재 양식에 대한 우화로 탁월한 기능을 수행하고 있다. 이 작품의 주인공인 아버지 서광심이 선거에 두 번 낙선을 하고 세 번째 출마를 하면서 내건 구호와 정강 정책이 그 자신을 채식주의자로 부각시킨 것처럼 강한 자가 약한 자를 잡아먹는 다원주의에 대한 반대다. 그래서 아버지는 채식을 하고 부패하지 않고 깨끗함을 상징하는 얼음을 자전거에 싣고 다니면서 선거운동을 한다.

두 번씩이나 낙선한 아버지가 세 번째 휴머니즘의 기치를 들고 초라하게 출마해서 그 시대를 지배하고 있는 약육강식의 다원주의에 대해서 처절하게 저항을 한다. 그러나 아무도 그에게 표를 주지 않아 그의 외침이 공허한 메아리에 그치고, 옳다고 주장하는 그의 몸짓은 페이소스가 짙은 희비극 배우의 그것처럼 되어버린다. 그는 슬픈 웃음을 일으킬 정도로 고집은 세지만 불행한 시대를 바로잡기 위해 초식을 하며 우직하게 일만 하는 소들을 도끼로 무참하게 찍어 죽이는 도살자들에게 온몸으로 저항하는 탁월한 비극적인 인물이다.

다시 말하면, 그는 인간을 이렇게 부조리한 상황에 몰아넣는 신에 대해서 저항하지만 다니엘서에 나오는 "풀을 먹이라!"라는 말을 아무도 없는 유세장 허공을 향해 고함치며 절규하고, 닫힌 문을 두드리며 도살장 주인에게 자기를 지지하도록 호소한다. 이 우직하고 고집스러운 모습은 시대적인 상황의 범위를 넘어서 인간의 실존적인 상황에 대한 저항으로써 독자들에게 크나큰 감동의 미학을 가져다주고 있다.

주인공인 아버지가 무더위 속에서 선거운동을 하면서 자전거 뒤에 싣고 다니는 얼음 덩어리의 부패를 방지하는 것이, 그가 자주 찾아가는 물의 이미지와 더불어서 주제를 형상화하는 독특한 미학적 구조를 이룩하고 있다는 것은 새삼스럽게 밝힐 필요가 없다. 그러나 이 작품이 우리들에게 주는 충격은 승자로서의 패배를 한 아버지가 수많은 시선이 모인 광장에서 좌절만이 아니라, 우직한 소가 살해되는 비극적인 장면을 회화적으로 리얼하게 묘사하는 데서도 나타나고 있다.

어둠 속에 홀로 짐승을 죽이는 일과 명명백일하에 천의 시선 속에서 그것을 찌르는 것의 차이가 어떤 것인지를 나는 모른다. 저것은 구식이다. 어딘가 틀려먹었다……고 부지중에 속으로 있는 힘을 다하여 외치면서도, 우리는 그 솜씨의 정확함에 감탄했다. …… 도끼는 짐승의 정수리 한복판으로 녹아 들어갔다. 한 번…… 다시 한 번…… 훌륭한 도살자는 결코 두 번을 내리치지 않는 법이다. 그것은, 우리들 내장 속의 천성적인 도살자가 그렇게 절규하고 명령하는 바다. 쉽게 쓰러지지 않는 짐승을 향하여 관중의 전심전령이 질타하고 발을 굴렀다. 표를 뺏기지 마라.[1]

1984년에 발표하여 이상문학상을 수상한 작품 「나그네는 길에서도 쉬지 않는다」는 위에서 살펴본 그의 데뷔작 「손」과 「초식」에서 나타난 것과 같은

---

1) 이제하, 『초식』(민음사, 1973), 247쪽.

주제와 모티브를 추구하고 있다. 다른 것이 있다면 주어진 시대적인 상황과 인물이 같지 않다는 것이다.

작품의 주인공은 심장판막증으로 오 년이나 고생을 하다 교통사고로 죽어 화장을 한 그의 아내의 뼛가루를 삼 년 동안이나 집 안에 두었다가 아내의 기일이 되는 날 그것을 아내의 고향 부근 바다에 뿌리기 위해서 서울 터미널에서 강원도로 가는 버스를 탄다. "골덴 점퍼에 시골 면서기 같은 낡은 가방을 들고" 그는 "속초발 삼척행 일반 버스"에서 내리면서 앞서 내린 륙색을 멘 어느 중늙은이를 만난다. 버스를 타고 온 다른 일행들이 백설여관으로 가서 투전판을 벌이고 엽색 행각을 하자고 한다. 그러나 륙색의 사나이가 그를 다른 곳으로 끌고 간다.

어느 민가의 방문을 열고 간호사복 차림을 한 여인이 돌보고 있던 늙은 환자를 월산 부근까지 업어다 줄 수 있는가 하고 묻는다. 그는 그의 청을 거절하고 다시 백설여관을 찾아간다. 그곳에서 그는 뜻하지 않게 투전판에서 돈을 잃고 술집 아가씨와 그 짓을 할 기회가 주어졌으나 그녀의 요구를 거절한다. 그의 거절에 놀라서 저지른 일인지 모르지만 그녀가 죽은 것을 보고 그는 창녀의 죽음에 휘말려 조사를 받을까 싶어 그곳을 떠난다.

그는 강릉 경포대로 가서 죽은 아내와 신혼여행을 다닌 곳을 되돌아본 후 양양에서 갈리는 내설악으로 갈 생각을 하다가 뒤에 두고 온 륙색의 사내와 창녀 생각이 나서 다시 속초로 간다. 눈발이 내리는 가운데 그는 륙색의 사나이가 부탁을 하던 간호사 모습을 하고 있는 그 여인과 움직이지 못하고 누워 있는 그 늙은 환자를 찾는다.

그는 물어물어 원통의 어느 민가에서 그들을 찾는다. 그러나 그들은 그의 도움을 더 이상 필요로 하지 않았다. 늙은 환자가 회장으로 있는 S 회사의 상무가 서울에서 내려와서 자동차로 그를 서울로 실어가게 되었기 때문이다. 그러나 그는 간호사복 차림의 최라는 여자가 간호사가 아니고 노인의 시중을 들기 위해 회사 병원에서 보내 온 여인이라는 사실을 알게 된다. 회사 사람들은 빈사 상태에 있는 노인을 벤츠에 태워 서울로 떠나면서 그를 보고 같이 가지 않겠느냐고 말을 한다. 그러나 그는 떠나지 않고 뒤에 남아서 미세스 최라는 간호사와 이야기를 나누면서 그녀가 회사 측으로부터 심한 유린을 당했다는 사실을 알게 된다.

미세스 최는 "서른에 물가에서 관(棺) 셋 짊어진 사람"을 만난다는 무당의 예언을 이야기하며 그에게 간접적인 구혼을 하게 된다. 마침 바다에 떠 있는 배 위에서 오구굿을 하던 무당이 죽은 아내의 혼을 간호사복 차림의 미세스 최에게 내리게 함으로써 그녀가 그의 운명적인 배필임을 나타내준다. 그래서 그들은 칼자국이 아닌 칼자국과 같은 손금을 다 같이 갖고 있는 것을 알고 앞으로 남은 생을 같이 보내기로 약속한다.

이 작품의 플롯은 위에서 살펴본 것처럼 이 시대를 살아가는 가난하고 고통받는 사람들의 운명적인 이야기를 그 내용으로 하고 있다. 그러나 이 작품은 플롯 이외에 주제 및 그것과 연관된 감정 구조를 형상화하는 이미지 내지 모티브를 중심으로 한 또 하나의 치밀한 구조를 가지고 있다. 그것은 휴머니즘과 양극 관계를 이루고 있는 약육강식의 다원주의를 구체화하는 억압과 살해의 이미지이다. 억압과 살해, 그리고 죽음의 모티브는 대부분의 이제하 소설에서 약한 자인 여성을 중심으로 하여 나타나고 있다.

우선 주인공이 서울 버스 터미널에서 허름한 일반 버스를 타고 강원도 물치에 내려 푸른 동해 바다에 뿌리려고 하던 아내의 뼛가루와 황폐한 휴전선 부근의 소란스러운 백설여관의 술집에서 서울에서 내려온 문화부 공무원들에게 엽색 행각을 당하는 창부들, 그리고 그들과 연장선상에 있는 미세스 최의 슬픈 사연과 비극적인 운명 또한 이제하가 일생을 두고 탐색해 온 부조리한 상황에서 억압당하고 살해당하는 페미니즘적인 모티브이자 이미지들이다.

고개를 들지 않더라도, 부르짖는 사람들과 떠들며 그쪽으로 몰려가는 아이들의 모습이 떠올랐다. 코밑으로 두 가닥 핏줄기를 매단 채 죽어 넘어진 간밤의 여자와 그 위로 방수포를 덮는 순경의 커다란 손이 보였다.[2]

"팔순 노인이 그 짓 할 기운이 있소?" 노여운 것인지 심술궂은 것인지 그런 기분이 어느덧 들어 그가 물었다. "더구나 중풍 아뇨?"

"핫빽이란 거 아세요? 왜…… 환자 찜질하는 물주머니…… 유담뽀라구두 하죠. 일본애들 것은 핫빽하군 좀 다르긴 하지만…… 유담뽀 노릇을 2년 동안 했어요. 특별 간호라고 계약서엔 그렇게 적혀 있죠. 그것도 제가 우겨서 못박아 놓은 말이긴 해도…… 이제 와서 그 계약서가 마음에 걸리기 시작한 거예요, 사장이. 저는 잊고 있었는데 하도 덜 떨어진 인간이 돼나서……."[3]

이 작품에서 나타난 황무지적 상황에서 억압과 살해의 이미지는 여인들에게만 한정된 것이 아니다. 서울 문화부에서 왔다는 사람들이 백설여관에서 창녀들과 섹스를 하면서 벌이는 투전판에도 있고, 그가 십여 년 전 방문했을 때 깨끗하게 보였으나 지금은 더럽기만 한 경포대 바닷가 횟집 아낙이 "주둥이를 싹둑싹둑 잘라 놓은 물고기"에는 물론, 난도질당한 듯한 여인의 손금에도 있다. 그가 쇼크사로 죽은 창녀에 대한 뒷이야기와 어느 고가(古家)의 툇마루에서 간호사 차림을 한 여인과 병든 노인에 대한 생각 때문에 진부령을 넘어 원통으로 갈 때까지 산하를 뒤덮는 눈에서도 죽음의 이미지가 나타나 있다.

그러나 이 작품은 이전 작품들과는 달리 순진하고 연약한 생명을 살해하는 죽음의 이미지들로만 가득 차 있는 것이 아니라, 상처받은 사람이나 짓밟히고 유린당한 채 죽은 사람의 원혼을 위무하고 달래는 재상과 부활의 이미지도 있다. 그것은 주인공이 아내의 재를 뿌린 바다의 이미지와 아내의 원혼을 상처 입은 간호사복 차림의 여인에게 신 내리게 해준 오구굿 무당이 탄 배를 죽음의 눈 속에서 벗어나 생명의 길로 인도하는 물길의 이미지들이다. 왜냐하면 바닷물은 언제나 죽음과 동시에 재생과 부활을 나타내는 이미지이기 때

---

2) 이제하, 『나그네는 길에서도 쉬지 않는다』(1985년 이상문학상 수상작품집, 문학사상사, 1985), 26쪽.

3) 앞의 책, 37쪽.

312

문이다. 이어령이 이 작품을 두고 지적한 다양성의 울림은 앞에서 살핀 여러 이미지들에서 연유해 나온 미학적인 침묵의 소리와도 같은 것이다.

그러나 이 작품을 높은 수준의 예술 작품으로 만든 것은 위에서 언급한 것과 같은 섹스와 죽음, 그리고 물의 이미지만은 아니다. 그것은 작가의 인간적인 움직임과 능동적인 사랑 그리고 이해가 없으면 결코 이룩될 수 없는 것이다. 이름마저 없거나 나타내지 않는 주인공이 죽은 지 일 년이나 되는 아내의 영혼을 위무하기 위해 그녀의 고향 바다를 찾아 뼛가루를 뿌리는 일들로부터 시작해서, 뭇사람들에게 짓밟힌 술집 창녀에게는 물론 병들어 누운 늙은이와 물신주의에 의해 무참히도 짓밟혀 심하게 상처를 입은 간호사복 차림의 여인에게 구원의 손길을 보내어 그녀로 하여금 과감하게 일어서게 하는 것은 이러한 사실을 말해 주고도 남음이 있다.

그동안 작가 이제하는 자신의 독특한 언어의 힘으로 연약한 사람들을 억압하고 파괴하는 황무지적인 상황을 고발하고 처절하게 저항해 왔다. 그러나 그는 대표적인 창작집 『초식』의 후기에서 밝힌 것처럼 예술가로서 자기 자신에 대해 한계점을 느끼지 않았던 것은 아니다.

처용의 그것이라고 이름을 붙이면 되겠지만, 역신(疫神), 상실, 체념, 승화로 이르는 모티브의 표면적인 전이(轉移)보다도 그 바닥에 깔린 광막한 침묵의 부분에 나는 매료됐던 것이고, 그것이 광맥인 동안은 시추(試錐) 깊이와 폭을 조금씩 넓혀 가는 일밖에는 도리가 없을 것 같다. 실상 시작과 끝이 동일선상에 있는 이 모티브를 불안과 씨름하려고 각오한다는 일 자체가 혹은 완전한 난센스일지도 모르겠다. 어쨌든 국산적인 한계를 벗어나지 못하게 하는 가장 큰 벽의 하나로서 이 문제를 대하고 있고, 그것의 극복이 거기서 해방되는 첩경이라고 생각하고 있다.[4]

그러나 그는 자신의 한계를 벗어나는 길이 "국산적인 한계를 벗어나지 못

---

4) 이제하, 『초식』(민음사, 1973), 415쪽.

하게 하는” 문제와 대결하는 길이라고 생각하고 자신과 처절한 대결을 벌여
왔다. 그래서 그가 한국 단편소설의 벽을 뛰어넘는 작품 「나그네는 길에서도
쉬지 않는다」를 쓸 수 있었던 것은 저급한 단계의 다원주의가 아직도 지배하
고 있는 한국적인 상황에 나타내는 모티브의 표면적 전이에만 만족하지 않고
“그 바닥에 깔린 광막한 침묵의 부분”을 휴머니즘 차원에서 샤머니즘의 광맥
과 연결시켜 탐색했기 때문이다.

역사의 물결과 생명력의 흐름
한승원의 문학 세계

금강석과 석탄은 다같이 탄소라는 순수한 단일 원소로 되어 있습니다.

보통 소설은 금강석의 역사를 찾아갈 것입니다 — 그러나 저는 "금강석이란 것은 무엇입니까? 그것은 탄소입니다."라고 말하고 싶습니다. 그래서 나의 금강석은 석탄이나 혹은 검은 숯일지도 모릅니다. 그래서 나의 주제는 탄소입니다.

— D. H. 로렌스

1

한승원은 1968년 「목선」을 ≪대한일보≫에 발표한 이래, 바닷가 갯마을 사람들의 원시적인 삶의 모습을 대상으로 밀도 짙은 검은 목탄화를 그려왔다.

그 결과 그의 작품은 많은 독자들에게 적지 않은 관심의 대상이 되어 왔으나, 아직까지 이렇다 할 비평적인 평가를 받아보지 못했다. 물론 적지 않은 그의 작품이 동일한 주제를 되풀이해서 평이하게 다루어온 것은 사실이다.

그러나 「목선」과 「무적(霧笛)」 그리고 「민담시대」 등의 단편과 중편 「폐촌」은 언어적인 면에 있어서나 주제 면에 있어서 한국 현대문학에 혁명적인 새로운 생명의 의식을 가져다 주었다. 그는 오영수의 「갯마을」과 김동리의 「무녀도」와 「황토기」 등에서 영향을 받아 이정환의 「까치방」 세계에다 영향을 끼친 듯하나, 그의 개성은 그들보다 강렬하고 대담하며 힘찬 생명력이 넘쳐흐르고 있다.

그래서 필자는 한승원이 지금까지 생각해 온 주제 의식과 작가적인 재능을 결집해서 발표한 『해일』을 중심으로 그의 작품 세계를 새롭게 분석해서 재조명해 볼 필요가 있다고 생각된다. 비록 『해일』은 상당한 부피의 장편이지

만 그 속에 담겨 있는 여러 가지 복합적인 주제는「목선」이래 그의 중심 되
는 여러 작품 가운데 흩어져 나타난 것이었다.

한승원 소설 세계의 뿌리는「출렁거리는 어둠」처럼 거센 파도로 움직이는
생명력과 리듬 및 자연 그리고 역사적인 힘에 구체화된 보다 큰 인간 의지에
있는 것 같다. 그러나 그의 작품 세계의 특색은 이러한 자연주의적 리얼리즘
에만 있는 것이 아니라, 이것을 구체적으로 형상화할 수 있는 그의 독특한
언어에도 역시 존재한다. 그의 언어는 문명에 의해 퇴색된 언어가 아니라, 생
명력이 넘쳐흐르는 자연이 지닌 언어 그것과도 같다. 그의 언어가 그의 사유
및 표현 대상인「자연의 어법」을 얼마나 성공적으로 리얼하게 수용하고 있
는가 하는 것은 작가「자신의 말」에 선명히 나타나 있다.

갯바닥 사람들은 화가 끌면, 바위에 부딪쳐 하얗게 물방울을 날리는 물결같이
장쾌한 욕설을 퍼부은 다음에 할 말을 한다. 나는 갯바닥에서 나고 자란 탓으로,
바닷바람이 곰솔숲을 흔들고, 높은 물결이 모래톱이나 바위 끝을 두드리며 아우
성치는 것을 보면서 그 사람들의 말법을 익혔다. 말은 곧 생각이요, 생각은 모든
짓거리의 근원이라면, 나는 갯바닥스러울 수밖에 없을 것이다.

비록 그의 소설 세계에는 가끔 평면적이고 박진감의 문제를 안고 있으나
생명의 바다를 중심으로 한 주제 의식과 그것을 소설 공간에다 성공적으로
담을 수 있는 그의 독특한 언어의 힘은 한승원만이 가진 예술적 몫이 아닐
수 없다.

2

그의 데뷔작이자 그의 개성을 짙게 풍겨준「목선」이 우리들에게 던져준
충격과 문제성은 그 당시까지 아무도 취급하지 못했던 생명력에 충만한 뜨거

운 육체적인 정열을 원시적인 검은 색채로 대담하게 묘사한 것에 있다고 하겠다. 「목선」의 주인공인 석주는 마빈 무드릭이 D. H. 로렌스의 「무지개」의 독창적인 면을 이야기하면서 설명한 「안나 카레니나」 혹은 「백치」 그리고 「적과 흑」의 작중인물들과 매우 유사하다.

다시 말하면 한승원은 「목선」에서 석주라는 주인공을 단순히 희화적인 인물 혹은 규범과 도덕의 희생자 혹은 그 중개자로 묘사하지 않고 삶의 제1의 원칙인 생명력을 주장하는 정열적인 인물로 묘사하고 있어서 기계문명 시대에 사라져 가는 참된 인간관계에 대한 새로운 인식을 가져왔다. 작품 「목선」의 플롯은 고기잡이를 위한 목선을 가지고 있으나 사용하지 못하는 과부 양산댁과 그 목선을 빌리기 위해서 양산댁에 머슴을 사는 도망간 아내를 가진 석주, 그리고 마을 유지인 남성답지 못한 태수와의 삼각관계의 갈등을 중심으로 이루어지고 있다.

그러나 이 작품의 성공은 앞에서도 밝힌 바와 같이 말초적이고 퇴폐적인 성관계에 있는 것이 아니라, 건강하고 원시적인 생명의 흐름과 분출을 숨김없이 정직하게 묘사한 것과 목선이 지니고 있는 상징주의에 있다. 석주가 양산댁과 김을 뜯으러 바다로 갔을 때 붉게 타오르는 석양을 배경으로 두 사람이 차례로 상대편을 의식하면서 "붉고 푸른 물감을 온통 칠해 놓은" 듯한 바다 물결을 바라보며 오줌 줄기 소리를 내는 것은 강렬한 성적 분위기를 나타내고 있지만, 추한 기분을 우리들에게 가져다주기보다는 건강한 생명력의 소리를 듣게 해준다. 특히 사람의 오줌과 바닷물의 융합이 피의 상징인 석양의 붉은 노을과 원색적으로 섞이는데, 피와 물의 이미지를 통한 자연과 인간과의 관계가 그 조화의 아름다움을 회화적인 시정으로 나타내고 있다.

날이 저물면서 썰물이 지곤 할 때, 어두워지기 전에 두 사람이 힘을 모아 욕심껏 김을 뜯어 오겠다는 심산이었을 것이다. 그날은 저녁놀이 유독 붉었다. 바다의 물결이 붉고 푸른 물감을 온통 칠해 놓은 듯 찬란하게 빛나며 출렁거렸다. 멀지 않게 바라보이는 하라지 끝의 시절 바위는 한쪽이 새까맣게 물들었는데, 다른 한쪽은 피에 젖은 듯 빨갛게 불타고 있었다. 김발에 채취선을 붙이고 뱃전 앞에 쭈그리고 앉아 바쁘게 김을 뜨고 있던 이쪽은 갑자기 채취선이 한쪽으로 기우뚱하기에 깜짝 놀라 고개를 들었다. 옆에 앉아서 김을 뜨던 양산댁이 벌떡 일어서 이물〔船頭〕쪽으로 걸어가고 있었다. 덕판 앞까지 간 그거는 물 묻은 손을 깻두루마기 자락에다 닦으며 돌아섰다 고물〔船尾〕로 갔다. 사방을 둘러보았다. 양식장 여기저기에는 마을 사람들이 김을 뜨고 있었다. 그녀는 이물로 달려갔다. 덕판 앞에서 우뚝 섰다. 잠시 망설이며 이쪽을 바라보았다. 얼굴을 잔뜩 찌푸린 채 엉거주춤 옆으로 돌아앉으며 통 넓은 갯바지를 끌어내렸다. 그녀의 얼굴이 저녁놀에 빨갛게 물들어 있었다. 고개를 떨구고 김을 뜨었다. 갑자기 이쪽도 오줌을 누고 싶어졌다. 참았다가 조금 어두워지면 누리라 했다. 파란 물결을 들여다보며 김을 뜨기는 뜨지만 머릿속에는 자꾸 그녀의 저녁놀에 빨갛게 물든 얼굴이 그려졌다. 뱃전을 찰락찰락 두드리는 물결 소리에 섞여, 뱃바닥에 괸 물로 내리뻗치는 그녀의 오줌 줄기 소리가 쉬이 하고 들렸다. 그 소리를 들으며 김을 한줌 뜨었다. 다시 한줌 뜨었다. 아직 그 소리는 줄곧 줄기차게 뱃바닥을 울리며 이쪽의 가슴 속으로 전류처럼 울리어 왔다. 그 울림이 배꼽 아래로 번져 갔다.

머슴 석주와 양산댁 그리고 태수가 갈등하는 것은 그들을 아름답고 자유로우며 싱싱한 생명의 바다로 실어다 주는 목선 때문이다. 목선은 기계적인 현대 문명에 의해 거세된 태수와 같은 병든 인간들에 의해 황폐해진 땅을 떠나 인간의 생명력을 건강하게 그리고 자유롭게 무한히 발전시킬 수 있는 신세계로 떠나기 위한 하나의 수단이리라. 석주가 목선을 얻기 위해서 모든 어려움과 싸우는 것은 오징어잡이를 해서 새로운 삶의 터전을 마련하기 위한 것이라고 말하고 있지만 또 다른 한편 무수한 생명들이 자유롭게 잉태하는 광활한 바다로 나아가 "흙딸기처럼 빛나는 별"들을 바라보며, 바닷바람을 마시며 광막한 바다 위에서 자유로운 세계를 발견하려 하는 욕망 때문이기도 하다.

　　"배 가져가씨오."

양산댁이 체념을 한 듯 풀 죽은 소리로 말했다. 배는 둥실 바다로 떠밀려 갔다. 서풍이 건들건들 불고 있다. 양산댁이 먼 바다를 바라보며 말을 이었다.

"그런디 나는 배 없이 어떻게 살 것이오? 한시도 못 살어라우. 배 없이는 죽어도……"

양산댁의 눈에 물이 괴고 있었다. 석주는 양산댁의 저고리 앞섶을 움켜쥔채 바닷물이 흘러들어 쓰린 눈알을 껌벅거렸다. 여우같은 양산댁이 또 자기를 꾀고 있다 싶었다. 양산댁을 물 속에 처넣어 주어야 한다고 생각했다. 그러면서도 그는 멍청히 양산댁이 바라보는 먼 바다의 한 점을 바라보고만 있었다. 먼 바다에는 한가로운 잔물결의 이랑들이 햇빛을 받아 금빛 고기비늘처럼 반짝거리고 그 반짝거림 속에 오징어잡이 배들이 장난감처럼 조그맣게 보였다.

이렇게 뱃사람인 석주의 의식 속에 바다가 항시 살아 있고 바다에서 언제나 새로운 힘을 얻으려고 하는 것은 바다가 단순한 물리적인 바다 이상의 것이 되기 때문이 아닌가 한다. 틀림없이 한승원의 바다는 생명의 근원이 되는 무의식과 자연의 의지와 깊은 관계가 있는 형이상학적인 상징의 바다이기도 하다.

「무적」은 간결한 구성으로 이루어진 작품이지만 이러한 주제를 성공적으로 나타내고 있다. 국민학교에서 근무를 하는 여교사 주영은 어렸을 때 소꿉놀이를 하면서 같이 지내온 용이라는 애인의 전사 소식을 가져온 폐병을 앓는 김주일을 택한다. 그래서 주영은 왼쪽 눈을 잃고 제대로 한 후 학교 청소부로 일하는 건장한 노총각 홍식이가 실어다 주는 배를 타고 바다를 건너와 죽창 문을 열고 닫는 어두운 흙방 속에서 입가에 피거품을 물고 죽어가는 주일의 모습을 보고 자기가 이곳에 온 것을 후회하고 바다의 안개 속을 돌아다본다.

그때 주영은 안개 속이라 배는 보이지 않지만 건강하고 생명력이 넘쳐 흐르는 홍식이가 배를 저어 오는 노 젓는 소리와 안개 속의 무적을 듣는다.

“홍식이.”

목이 멘 소리로 외쳐 불렀다.

“네에.”

안개 속 어디선가 홍식의 대답이 들려왔다. 그녀는 하루 전 배에서 뛰어내렸던 자리라 생각되는 모래밭 위에 우뚝 멈추어 섰다. 모래톱을 핥는 잔물결 소리가 살브락살브락 귓속을 간지럽게 우벼댔다. 칙칙하게 안개가 끼인 바다를 향해 다시 외쳐 불렀다. 섬의 저쪽 모퉁이에서 홍식의 대답 소리가 들려왔다.

그녀는 섬의 모퉁이를 향해,

“홍식이.”

미친 듯이 외쳐 부르며, 이때껏 괴인들의 손에 붙들려 실컷 괴롭히다가 빠져나와 구원을 청하는 소년처럼 허겁지겁 달려갔다

“주 선생님.”

안개 속의 물결을 헤치면서 온 홍식은 이윽고 뱃바닥에서 주영을 거센 힘으로 정복하고 그녀에게 죽음이 아닌 새로운 생명을 부여하고 그녀의 한을 풀어 주며 메꾸어 준다.

3

한승원의 대표작이자 그의 작가적인 위치를 굳혀주었다고 할 수 있는 중편 「폐촌」은 하룻머릿골이라는 갯마을에 살았던 변강쉬와 미륵례의 이대에 걸친 비극적인 이야기로서, ‘바닷속에서’ 태어난 뱃사람들의 생명력이 얼마나 건장하고 강한 것이며, 그것이 전쟁과 기계문명에 의해 어떻게 말살되어 가고 있는가를 비극적인 민족사의 문맥 속에서 충격적으로 부각시킨 작품이다.

일제 식민지 정책의 압박과 해방 후 이데올로기 싸움, 그리고 동족상잔의 6·25 동란이라는 무서운 사건들로 인해서 폐촌이 되기 전의 하룻머릿골 갯마을은 정열에 넘쳐흐르는 마을이었으리라. 이 마을을 둘러싸고 있는 해송숲

이 우거진 언덕과 산세는 새로운 생명을 잉태시키는 모태와 거인의 남근의 형상을 하고 있다. 그래서 봄이면 각시봉 언덕 기슭에 진달래가 붉게 불타고, 서방봉 발아래의 푸른 모래밭에는 "구물구물, 푸른 물결이 윤기를 내며 일고" 있었다.

그리고 "너럭바위 앞 갯바닥에서 김이 풍성하게 생산되고, 바지락, 굴, 우뭇가사리, 해삼, 문어, 낙지 따위가 줄줄이 잡히고 멸치 어장이 성했다." 그러나 이렇게 힘찬 자연의 정기를 받고 태어나 아름답고 풍성한 자연 속에서 살고 있던 사람들은 이 마을을 올바르지 못한 낡은 봉건주의적인 사회 체제와 무자비한 전쟁, 그리고 반인간적인 기계문명 등에 의해 폐촌으로 만든다. 쌀돈으로 고리대금을 했던 미륵례 아버지 비바우 영감은 배 한 척을 가지고 있었고 변강쉬 아버지는 그 배를 부리는 뱃사람이었다. 비바우 영감은 일제 말기에 징용을 피하기 위해서 숨어 있는 사람들을 일본 순경들에게 고발하고, 높은 이잣돈으로 갯마을 사람들을 착취했기 때문에 해방이 되자 젊은이들에 의해서 모래밭에서 짓밟혀 죽게 되고 그의 집은 불태워졌다. 이들 젊은이들 가운데는 '변강쉬' 형이 끼어 있었다. 우시다 배가 불타던 밤에 도망을 간 비바우 영감의 두 아들은 도망을 가서 순경이 되었다. 그리고 변강쉬를 비롯한 비바우 영감 살인 사건에 관계된 젊은이들은 국방 경비대에 들어가 여수 순천 반란사건이 일어나자, 이 마을을 점령하고 아버지에 대한 복수로서 비바우 영감네 집으로 달려가기가 무섭게 그 영감을 쏘아 죽이고 미륵례 언니 야실의 가슴에도 총알을 박았다. 변강쉬 형은 그때 열네 살 난 미륵례마저 죽이려고 했으나 아버지와 마을 사람들의 만류로 그들을 뿌리치고 모래밭을 달려 갯마을 쪽 어둠 속으로 사라져버렸다. 여수 순천 반란사건이 지난 후 얼마 있다가 그는 토벌군에 의해서 죽었다. 얼마간 시간이 지난 후 순경으로 갔다던 미륵례 오빠들이 검은 순경복을 벗고 한복 차림을 하고 갯마을로 돌아와 평화스러운 새마을을 건설하려는 의향을 울음 섞인 목소리로 갯마을 사람들에게 호소한다.

저도 우리 아부지나 여동생의 웬수를 갚을 수는 있었어라우. 그라제마는, 참았습니다. 혹시 제 동생 껌칠구가 엉뚱한 짓거리를 할까만이, 이틀 사흘 걸어 꼭꼭 전화를 했어라우. 고향 사람들한테 복수를 할 생각은 꿈에도 가져서는 안 된다고 말이요. 어르신들, 생각해 보시오. 우리 그래서 쓰겠소? 저는 우리 아부지나 어무니나 야실이를 죽인 것은 동네 청년들이 아니라고 생각하요. 우리가 잘못 만난 시국 탓이지라우. 그 시국이 죽인 것이지라우. 그렇게 우리 일단 과거지사를 쌱 쓸어다가 잊어 뿝시다. 그리고, 그런 일이 씨도 없었던 것으로 치고, 다시 옛날맹이로 오순도순 정답게 삽씨다. 어르신들, 어짜요? 제 말이?

그러나 그로부터 사흘 뒤, 붉은 완장을 두른 인민군들이 이 갯마을에 들어와 미륵례 아버지와 더불어 미륵례 오빠 들독이와 껌칠구를 기침고개 돌자갈밭에서 살해했다. 수복이 되고 후퇴했던 순경들이 하룻머릿골로 다시 밀려들어오면서부터 스물다섯 집의 남정들이 죽거나 군대엘 가 버렸다. 그 후 갯마을 사람들은 한두 집씩 다른 마을로 이사를 가버리고 겨우 다섯 집 남아 있다가 이 섬의 양 옆에 둑이 막히고 새로운 간척지가 생기고 여수 쪽에서 세워진 공장들로부터 흘러나오는 폐유가 이곳 앞바다로 흘러 들어오자 몇 집 남아 있는 사람들마저 큰몰 아니면 갯마을로 떠나가 버리고, 그렇게 풍성했던 마을이 폐촌이 되고 말았다.

그러나 이러한 비극적인 역사를 어린 눈으로 보고 자라온 변강쉬는 비록 비바우 영감이 과거에 몹쓸 짓을 했다고 하더라도 그의 형이 미륵례의 식구들을 살해하는 데 대해서는 비판적인 태도를 보여 왔다. 비록 그의 아버지는 비바우 영감과 원수에 가까웠지만, 그는 비바우 영감의 아들에 대해서 형제애를 느꼈고 미륵례에게는 사랑을 느끼며 그와 결혼까지 생각을 했었다. 변강쉬는 하룻머릿골이 폐촌이 된 후 사라져 버렸던 미륵례가 송아지만 한 개를 데리고 다시 폐촌인 하룻머릿골에 나타났다는 소식을 듣고 그를 찾아가 구혼을 한다. 그러나 미륵례는 변강쉬를 원수라 생각하고 완강히 반항을 하나, 변강쉬는 남성다운 힘으로써 미륵례를 끝내 정복한다. 그러나 다음 날 큰

몰 사람들은 미륵례가 짐승과 같이 살며 또한 그 여자에게는 횡액이 붙어 다닐지도 모르고, 또 변강쉬는 너무나 성적으로 강한 사내이기 때문에 언제 어디서 마을의 아낙이나 남의 집 처녀를 겁탈할지도 모른다고 생각하고 변강쉬와 미륵례를 쫓아내기로 결정을 한다. 그래서 다음날 변강쉬와 미륵례는 폐촌의 헛간에서마저 쫓겨, 그들의 형제자매들이 죽으며 쏟은 핏덩이 같기도 한 태양이 시푸른 물결을 물들이고 있는 바다가 내려다보이는 하룻머릿골 폐촌 옆에 있는 산언덕 찬샘골에서 원시인과도 같은 생활을 시작하기 위해 연기를 피운다.

지금까지 보아 온 바와 같이 「폐촌」은 비인간적인 이데올로기 분쟁의 틈 사이에 끼인 우리 민족의 불행한 역사적 상황을 하룻머릿골이란 섬마을을 축도로 해서 성공적으로 묘사하고 있다. 그러나 한승원이 작가적인 재능을 보인 것은 비극적인 민족의 역사적 상황을 작품에 성공적으로 수용한 것보다, 그것을 극복하기 위한 방법으로 생명력에 대한 새로운 의식을 제시하였다는 것에 있다. 중요한 것은 이데올로기의 갈등과 기계문명으로 폐촌이 된 마을 하룻머릿골을 다시금 구원하려고 찾아온 사람들은 건강하고 생명력이 넘쳐흐르는 변강쉬와 원시적 여인인 미륵례라는 것이다. 변강쉬도 거인이었지만 그와 조화를 이룰 수 있는 미륵례의 육체적인 욕망과 생명력 또한 무서우리만큼 놀라운 것이었다.

미륵례가 횡액이 있다고 묘사함과 동시에 신이 들려 있고, 또 그에게 큰 굿을 한 번만 하면 「절세에 영한 점장이」가 될 수 있다는 샤머니즘적인 문맥과 풍수지리설을 이야기한 것은 미륵례의 생명력이 『해일』에서 볼 수 있는 자연 내지 우주의 힘에 깊이 뿌리를 박고 있다는 것을 상징적으로 표현한 것이었다.

바다와 같이 살고 원시의 바다를 떠나서 살 수 없는 변강쉬의 경우도 마찬가지다. 그러나 한승원이 「폐촌」에서 강조하고 있는 점은 인간과 인간의 단절된 관계를 조화롭게 재결합시킬 수 있는 것은 강한 육체와 생명력에 바탕을 둔 사랑이라는 것이다. 그래서 한승원이 변강쉬와 미륵례를 거세된 듯한 현대인들과는 달리 거인으로 만들어 핏덩이같이 붉은 태양이 비치는 자줏빛 바다가 내려다보이는 푸른 송림숲 속으로 도피시켜 원시인으로 대담하게 환원시켜 버린 것은 오늘날의 현대사회가 이데올로기나 혹은 근대화라는 이름으로 우리들에게 가장 소중하고도 값진 인간 가치인 생명력과 역사적인 인간의 잠재력을 파괴하고 있다는 것을 고발하기 위한 것이라 하겠다.

4

　　장편 『해일』은 지금까지 논의한 몇 개의 작품에 나타난 것과 크게 유사한 주제들을 보다 넓은 소설 공간에서 폭넓은 역사적인 진폭을 가지고 확대시켜 나가고 있다. 『해일』은 「폐촌」보다 강렬한 역사의식을 띠고 있고 구성 면에서 보다 치밀한 짜임새를 보이고 있다. 그러나 「폐촌」에 비해서 구성이 너무나 완전하기 때문에 오히려 자연스럽지 못한 면이 있어서 박진감이 부족한 인상마저 준다. 이를테면 이 사건이 일어난 시간은 그렇게 멀지 않은 최근에 가까운 과거인 것 같다. 그런데 작품에서 묘사한 것과 유사한 싸움이 큰동네와 새텃몰이라는 두개의 갯마을 사이에서 일어날 수 있겠는가 하는 것이 의문이다. 그리고 작품을 너무나 인위적으로 만들었기 때문에, 비극적인 작품이 되기보다 보기에 따라 희화적인 느낌을 준다.

　　그러나 『해일』은 이러한 취약점을 지니고 있음에도 불구하고 주제의식이 대단히 강하다는 점에 있어서 주목을 요하는 작품이라 생각된다.

　　『해일』은 앞에서도 지적한 바와 같이 「폐촌」에서처럼 원만하고 의롭지 못한 지배자와 피지배자, 즉 바다처럼 건강한 인간과 바다보다 "훨씬 천박한 쪽으로 힘자랑을 하는 병든 인간들" 사이에서 일어난 갈등 문제를 그가 집요하게 생각하고 있는 역사의식과 해일처럼 들끓는 생명력의 움직임을 통해서 보다 극적으로 취급하고 있다. 다른 것이 있다면, 「폐촌」은 같은 마을에 살면서 조화를 이루지 못하는 계급이 다른 두 개의 집안 사이에서 일어난 이대에 걸친 비극적인 갈등 문제를 다루고 있는 것에 반해, 『해일』은 지금은 평등해졌지만 혈연적으로 신분의 차이가 있는 두 개의 마을이라는 집단 사이에서 일어난 반역사적인 반목과 갈등 문제를 삼대에 걸쳐 취급하고 있으면서, 역사적인 발전의 가능성을 보이고 있다는 것이다.

비록 주인공인 서민 출신의 칠보가 건전한 사회를 이룩하겠다는 목표를 단번에 관철시키지 못하고 좌절하는 듯하지만 시간과 역사의 흐름에 따라 보다 나은 사회를 건설하기 위한 영역을 크게 확보할 수 있는 가능성을 심어 놓고 있다.

그리고 『해일』의 작품 배경이 「폐촌」의 그것과 크게 유사한 "배일성(背日性)의 바다", 즉 생명의 원천이며, 성적인 상징주의를 나타내고 있다는 것은 한승원의 관심이 무엇이며, 그의 소설 세계의 심층 구조가 어디에 있는가를 명확히 제시해 주고 있다.

'기침고개' 그 잔등은 새끼를 한 번도 낳지 않은 암소의 늘씬한 허리처럼 잘록해 보였는데, 그것은 그 잔등 가운데 두고 동과 남으로 우뚝 솟은 봉우리 둘이 있기 때문이다. 남에 있는 것은 검푸른 해송숲이 우거져 민틋하고 처녀 유방같이 고운 흐름새로 솟아 있으며, 그 모양이 어딘지 모르게 암팡진 데가 있는 데다, 그 봉의 계곡은 어쩌면 여인네의 가장 깊숙한 곳처럼 우묵하고 음침한 후릇머릿골로 이어지는데, 그 옆은 사철 내내 이가 시리도록 차가운 물을 펑펑 내쏟는 찬 샘이 있으므로 각시봉이라 하였다. 동에 있는 것은, 봉 위에 '사마귀 바위'라고 불리는 큰 바위가 한 개 놓여 있는데다 계곡이 가파르고 험준하며, 바다 쪽에 깎아지른 듯한 벼랑이 있어 바다 멀리서 보면 거북의 머리가 불끈 일어서는 듯한 모양을 하고 있으며, 건너다보이는 각시봉보다 더 우뚝하고 우람하고 늠름하다 하여 서방봉이라 하였다.

——「폐촌」 중에서

응달개포는 뱃사람들이 오짓개라고 이름해 부르는 자그마한 연안이었다. 검푸

르 해송숲이 빽빽하게 들어선 두 개의 산굽이가 자줏빛 바위를 디딘 채 바다 깊
숙이 묻히면서 연안을 만들고 있었다. 두 산굽이 사이에는 흰 모래밭이 있으며
모래밭 너머로는 솔숲 짙은 계곡이 새텃몰로 넘어가는 잔등의 메밀씨 같은 바위
밑으로 음험하게 패여 들어가 있었다. 음험하게 패여 들어간 거기서 검푸른 전나
무 숲이 이루어진 조그마한 산모퉁이 하나를 돌아 안골로 접어들면 더욱 깊은 계
곡이 열리는데, 그 계곡은 진초록의 잡나무숲으로 덮여 있었다. 거기에는 여기저
기 옹달샘들이 많고, 샘이 없는 곳이라 하여도 질척질척한 습지가 많았다. 그래서
그런지 몰라도 사람들은 그곳을 붓골이라고 불렀다. 아깃붓골이라는 말이었다. 그
붓골에는 큰 동네 청도댁의 소유인 네댓 배미의 논다랑이들이 있었다. 언제부터
인가 옹달숲에는 야릇한 금기의 말이 전해 오고 있었다. 남자들이 그 숲속엘 들
어서면 자기도 모른 사이에 음심이 동한다고 했다. 묘하게도 여자들은 그 숲에
들어서서 남자를 만나면 마음이 물러져 버리곤 한다고 했다. 때문에 여자들은 혼
자 몸으로 그 숲길을 다녀선 안 된다는 것이었다. 그것은 노룻골의 길다란 산줄
기가 옹달의 계곡 속으로 깊숙하게 파고들어가 있는 산의 형국 때문인지 몰랐다.
노룻골의 산줄기에는 메밀씨 같은 세모꼴 바위를 향해 줄기차게 뻗어 있었는데,
그것이 그렇게 뻗어 들어간 것은 어쩌면 옹달과 교섭을 하려고 서두르고 있는 형
국이라고 했다. 이러한 산의 형세 때문인지 옹달은 물이 좋았다. 메밀바위 밑에서
흘러내리는 시냇물은 사철 어느 한때도 마르지를 않았다.

——『해일』 중에서

그러나 『해일』은 「폐촌」과는 달리 위에서 묘사한 생명의 근원과도 같은
갯마을 사람들의 생활의 터전인 풍요한 황금 해태(김) 어장인 '옹달개포'를
서로 쟁취하기 위해 분단된 우리 민족처럼 갈라진 두 개의 갯마을, 즉 큰동
네와 새텃몰 사이의 숙명적인 갈등 속에 나타난 물빛보다 짙고 핏빛보다 강
렬한 남도 사람들의 뜨거운 감정을 생명력 있는 언어로 리얼하게 포착하고
있다.
　옛날에는 새텃몰의 연안 어장이며 지금은 김 양식장인 이 옹달개포는 옛날

에는 이 마을 소유였는데 일본말을 좀 했던 큰동네 최칠만의 아버지가 일본 식민지하 마을의 '총대' 노릇을 할 때 조합에 말을 해서 큰동네의 것으로 만들었다는 것이다. 최칠만 할아버지 시대에는 이 개포가 누구의 소속인지 몰랐지만, 지배 계급이었던 최만호 집의 허락을 받고 돈을 빌리고 해서 응달개포에서 고기를 채취할 수 있었던 것이다. 또한 그들이 채취한 대부분은 만호 양반 댁에 가져다 주어야했던 것이다. 칠보의 아버지는 할아버지가 해오던 일을 물려받아 이 갯마을 앞바다에서 고기를 잡았으나, "두몰 때에 잡은 고기를 모두 희령 최영만네 집과 큰동네 최칠만네 집에 가져다가 바치고도, 그물 사느라고 내어온 돈에 대한 이자는 이자대로 물고" 하다 보니, 빚이 눈덩이처럼 불어나서 할아버지 때부터 내려오던 논 여섯 마지기를 최칠만네에게 넘기고 홧김에 술을 먹고 아무나 붙잡고 싸움을 걸다 큰 동네 어느 초상집에서 벌 떼같이 덤벼드는 최씨네 몽둥이에 초죽음을 당해 돌아왔다. 집에 돌아와 한 달을 자리에 누워 있다 배를 타러 간다고 집을 나간 후 다시 소식이 없었다. 그 후 어머니는 칠보를 부칠의 집에 맡겨 두고 실과 바늘, 비누 및 화장품을 파는 행상 장수를 하며 아버지를 찾아 나섰다. 한 달이 훨씬 지나 돌아온 어머니는 어디서 무슨 말을 듣고 왔는지 누르퉁퉁한 광목으로 치마저고리를 지어 입고, 머리에 흰 댕기를 넣어 비녀를 찌르고, 아버지가 나간 날을 받아 물을 떠놓곤 했다. 그러나 어머니마저 칠보가 열 네 살 되던 해에 생활을 위해 응달개포에 김 이식을 주우러 나갔다가 최칠만에게 겁탈당한 일로 해서 퉁퉁 부어 죽었다.

이러한 비극적인 과거를 가진 칠보는 군대에 갔다가 돌아온 후, 새텃몰을 큰동네에 있는 최칠만의 착취에서 벗어나도록 굳건히 싸워 나갈 것이라고 결심한다. 최칠만은 무서운 사람이어서 샛개 간척지 농장에 모포기가 꽂히던 해부터 새텃몰에 김양식이 끝난 늦은 봄에서 여름 사이에 쌀돈을 깔았다가 가을에 배로 받아들였다. 칠보가 형제 아우하고 지내던 부칠이네 논이 넘어간 것은 이 쌀돈 때문이었다. 그래서 부칠은 바다에 고기떼가 없어져가는 지금 응달개포에 김 양식을 해서 그 돈으로 조합을 만들어 고리대금업자나 다름없는 최칠만의 사촌인 희령의 최영만에게 흘러들어가는 돈을 조합을 만들어 마을을 위해 막으려고 했던 것이다. 그 결과 칠보를 비롯한 새텃몰 사람들은 옛날에 새텃몰에 속해 있던 응달개포를 정의로운 원칙을 주장하면서 다시 찾으려는 결의를 한다.

응달개포의 소유권 문제를 옛날로 거슬러 올라가 따지기로 한다면, 그 개포가 구태여 객주인 큰동네 최씨집의 소유여선 안 된다는 것이었다. 객주는 돈만 대었을 뿐 응달개포의 모래밭 한번 발디딤하지 않았을 게 뻔하니 말이었다. 새텃몰의 장정들과 함께 통나무를 깍아 만든 배에다가 말목과 그물을 싣고, 물굽이를 주름잡으며 밤이나 낮이나 살았던 자기 증조나 조부의 소유라고 해야 옳을 것이었다. 객주는 돈을 낸 것만큼, 돈을 댄 만큼, 돈에 해당하는 고기를 가졌으니까 그것으로 끝난 것이었다. 이 개포는 모래언덕과 새포의 물굽이를 끌어안고 비벼대며 살아야 했던 새텃몰 사람들의 것이여야 마땅한 일이었다. 그런데 일제 때 왜말을 알고 왜글자를 판독할 줄 알 뿐만 아니라, 왜식 법률을 꿰뚫은 최씨네가 선수를 쳐서 그 개포를 큰동네에서 관리할 수 있도록 만들어버렸을 뿐인 것이었다.

그래서 칠보는 지금 일제 때 먼저 얻어낸 양식권이 해방과 더불어 소멸된 것이라는 생각을 하고, 응달개포의 김 양식권을 실제 바다로 나가서 김을 양식해 왔던 새텃몰 앞으로 양식권을 넘겨 달라고 조합에 진정서를 내었다. 이러한 사실이 알려지자 최칠만은 칠보를 불러 응달개포에 손을 대지 못하도록 회유와 위협을 한다. 그러나 칠보와 새텃몰 청년들의 결의는 조금도 굽혀지지 않게 되어 갯벌과 응달개포 앞 모래밭은 싸움터가 된다. 그래서 주어진 환경을 개선하는 데 인간 승리를 믿고 있는 강인한 칠보는 인간의 가능성을 자유롭게 충족시키거나 역사의 흐름을 방해하는 정의롭지 못한 낡은 제도를 개인적인 욕심과 기만으로서 지키려는 최칠만과의 긴장된 숙명적인 대결을 한다. 그러나 소위 양반이란 최칠만을 중심으로 한 큰동네 청년들과 칠보를 중심으로 한 새텃몰의 청년들간의 싸움은 힘의 대결로까지 번졌으나 아무런 해결을 보지 못하고 팽팽한 대결로 치닫고 있다. 그러나 이러한 적대관계의 무서운 벽을 깨고 분쟁을 해결할 수 있는 방법은 다름 아닌 사랑의 힘이란 것을 작가는 「폐촌」의 경우와 유사한 방법으로 제시하고 있다. 그것은 새텃 몰 사람으로서 최칠만 집안에 오래 머슴을 살았던 새텃몰 사람 들독과 최칠 만 사이의 한스럽게 묵혀온 사랑과 칠보의 아들 수진과 최칠만의 딸 희심 사 이에 맺어진 운명적인 비련의 관계를 말한다.

이러한 의미에서 볼 때 한승원이 낡고 퇴색되어 버린 사회제도 가운데서 계급을 달리하는 '두 집안 두 마을'에서 일어난 사건을 다루고 있었다. 걸맞 지 않는 이유지만 「로미오와 줄리엣」의 극적인 프레임을 연상시킨다. 새텃몰 상두꾼들이 부모들의 무서운 적대 관계로 빚어진 환경의 힘에 항거해서 희생 된 수진과 희심의 상여를 메고 슬프고 한이 서린 상여 소리를 내면서 큰동네 칠만이 집을 돌아서 사위가 왔다고 상여 소리를 매긴 후 무덤으로 발인 행렬 을 해갔다. 상두꾼들의 발걸음과 그들의 상여 소리는 생명의 물결이 역사 속 으로 흐르는 방향과 그 아우성을 형상화하고 있음은 물론, 꽃도 피워 보지 못한 채 아버지의 고질적인 적대 감정 때문에 젊어서 죽어야만 했던 아들딸 이 최칠만에 대한 처절한 소망과 한을 노래하고 있는 것이리라.

"널 멘 사람 몸에 손을 대기만 하면 피볼 줄 아씨요잉."

영돈이 소리쳤다.

"우리 조용히 합시다잉."

하고 난 철돈이,

"원 세상에, 딸은 자기가 죽여 놓고 송장은 칠보보고 쳐 내라고 하는 이런 놈 의 법수가 어디 또 있다요?"

하면서, 기왕 이렇게 된 바에 마지막 가는 길에 장인 장모를 뵙고 가는 게 도 리 아니겠느냐는 생각에서 이렇게 내려왔노라고 설득을 했다. 사립 밖으로 밀려 나간 큰동네 사람들은 철돈의 말에 수긍이 가서인지, 새텃몰 젊은 패들의 위세에 질려서인지 더 들어서려고 하지를 않았다.

"우리 동네는 사람도 안 사네에."

칠만은 마루 위에서 젊은 패 두 사람에게 붙잡힌 채 모두 발길질을 하면서 악을 쓰고 있었다. 널을 멘 상두꾼들이 마당을 돌다가 칠만 앞으로 갔다. 널 둘이 나란히 섰다.

"장인 앞에 인사를 하고"

하는 광언의 선소리에 따라 상두꾼들이,

"어라 넘차."

하고 받으면서 허리를 굽히고 널을 땅바닥 가까이 대었다가 들어올렸다.

두 개의 널이 세 번 거푸 절을 하듯 내려갔다가 올라왔다가 했다.

"여보시오, 쟁인 어른 내 말 잠깐 들어 보시오."

하고 광언이 중머리로 선소리를 메기자, 상두꾼들이 "이어라 너엄차"로 소리를 바꾸었다.

"상녀러새끼 사위라고 괄씨 너머 하지 말고, 어어라 너엄차, 우리 둘이 가는 길에 명복이나 빌어 주오……."

광언이 관을 이끌고 마당을 돌았다.

그러나 중요한 것은 『해일』이 「로미오와 줄리엣」의 비극과 달리, 수진과 희심의 죽음이 최칠만과 그의 마음에 뿌리박혀 있는 사회악을 순화해서 완전히 해소하지 못하고 있지만, 운명이라는 초인간적인 도덕 질서에 의해 최칠만 집과 그 주변 사람들은 적절한 응징을 받을 가능성을 역사적인 시간의 문맥 속에서 보여주고 있다는 것이다. 들독이 두 마을을 화해시키려는 노력은 청도댁과 맺어진 사랑의 한을 풀기 위한 몸짓인 동시에 인간의 가능성 및 자유를 속박하는 잘못된 사회제도를 파기하고 인간의 생명력을 충족시킬 수 있는 사회제도를 모색하고자 하는 새로운 의식을 실현시키고자 하는 것이리라.

한승원이 들독과 거인인 칠보를 통해서 보여 준 힘은 결코 개인적이고 이기적인 의지만은 아니다. 그들의 인간 의지는 역사를 움직이는 보다 큰 인간

의지를 총체적으로 수용한 무의식과도 연관성을 가진 우주에 내재해 있는 어떤 신과도 가까운 의지를 실현하는 도구와도 같은 것이 아닌가 생각한다.

어떤 의미에 있어서 생명력의 흐름은 그것이 구체화된 역사의 흐름과 평행으로 움직여 가고 있다고 말할 수 있겠다. 한승원은 생명력의 움직임과 비유를 한 파도의 움직임을 차단했을 때 그 해일의 분노가 얼마나 무서운가를 온몸으로 경험해 왔다. 그래서 한승원은 그의 첫 창작집 후기에서 "파도가 내 의식의 뱃전과 모래밭에서 열광하고 아우성칠 때, 내 하늘은 공포와 위축과 항거를 은밀히 앙금처럼 다지고 있었습니다."라고 말하고 있다. 다시 말하면, 한승원은 역사를 움직이는 자연의 힘의 거대한 하나의 줄기이며, 또 그 속에 깊이 뿌리박고 있는 생명력이 얼마나 신비롭고 거대한 것인가 하는 것을 깊이 깨닫고, 역사를 이어주는 생명의 분출과 흐름을 자유롭게 하기 위해 수로를 열고, 기계적인 힘에 의해 지금까지 그 흐름이 막혀서 쌓인 한을 풀기 위해, 또 "해와 달과 별과 바람과 물결의 뜻을" 익히기 위해 언어와 싸우고 있다.

혹자는 성적인 문제를 대담하게 취급하고 있는 한승원 작품을 두고 피상적인 의미에 있어서 도덕성을 이야기하겠지만, 위에서 살펴본 바와 같이 한승원은 인간에게 있어서 진정으로 필요한 도덕이 무엇인가를 본원적인 차원에서 용기 있게 묻고 있다.

D. H. 로렌스가 말한 바와 같이, 한승원 소설 전편에 흐르는 검붉은 빛깔의 무의식의 바다는 만일 추상적인 개념을 가지고 억압하거나 일그러뜨려 분노하게 만들지 않는다면, 복잡하지만 신비로운 균형을 유지하면서 창조적인 기능을 다할 수 있으리라. 물론 무의식적인 힘은 인간에게 피할 수 없는 비극적인 점이 되고 있지만, 그것은 인간의 선을 창조하는 무한한 근원임에는 틀림없기 때문이다.

생명을 억압하는 어두운 그림자들

오정희의 단편들

南天과 南天 사이 여름이 와서
붕어가 알을 깐다.
南天은 막 지고
내년 봄까지
눈이 아마 두 번은 내릴 거야 내릴 거야.
── 김춘수

1

오정희는 현대 우리 문단에서 마치 예술을 위한 성처녀처럼, 작품에 대해 언제나 한결같이 결곡하고 단아하며 치밀한 태도를 보이고 있다. 그래서 그녀의 작품을 접해 본 사람이면, 오정희가 자신의 순수한 예술의 흰 깃폭을 더럽히지 않고 자신의 목소리를 지키며 '소설의 집'을 짓기 위해 어느 쪽으로도 고개를 돌리지 않고서 언어의 무게를 수십 번씩 가늠하고, 선택된 이미지를 끌질하는 데만 여념이 없는 작가라는 사실을 쉽게 알 수 있다. 그래서 비록 그녀의 작품은 과작이지만, 어떤 작품은 세심한 끌질로 조각한 상징적 이미지로 가득 차 있기 때문에 때로는 그것이 소리 없이 진행되는 인생의 묵극(默劇) 같기도 하고, 또 때로는 입체적 삶의 풍경을 넓고 단조로운 화폭 속에 담고 있는 샤갈의 그림과도 같은 인상을 주기도 한다.

여기에 수록된 「별사(別辭)」는 오정희의 두 번째 창작집 『유년의 뜰』에 실려 있는 작품의 하나로서 그녀의 작가적 재능과 소설 미학을 가장 탁월하게 나타내고 있는 작품이다.

오정희는 이 작품에서도 우리 주변에서 쉽게 찾아볼 수 있는 모순된 존재의 형태와 신비 그리고 그 현실에 대한 전통적인 허무 의식을 사용하고 있으나, 그것을 의식의 흐름과 대위법을 지닌 오버랩 등의 형식이 혼합된 독특한 구성과 산문시에 가까운 압축된 언어 및 상징적 이미지를 통해서 새롭고 신선한 작품으로 만드는 데 성공하고 있다. 오정희의 작품의 특색은 교훈적인 것과는 달리 우리에게 삶의 방향을 제시하고, 또 사회 비위를 풍자하기보다는 삶 그 자체를 있는 그대로 보여줌으로써 우리들로 하여금 참된 삶의 현실에 눈을 뜨게 하는 데 있다. 비록 「별사」는 단편보다 다소 긴 중편에 가까운 작품으로 특이한 하루 동안의 원유회의 경험을 그 내용으로 하고 있으나, 삼대에 걸친 인물들을 통해 인생 무대에서 일어나고 있는 보편적이고 신화적인 사건을 미세한 부분까지 다루고 있다.

결혼한 지 다섯 해밖에 되지 않는 주인공 정옥이 낚시를 나간 남편을 여름 장마에 잃은 후, 아이를 업고 친정으로 왔다가 원유회를 가는 어머니를 따라 묘원으로 간다. 돌아오는 길에 그들은 소낙비를 만났으나 정옥은 아무 말 없이 새로 생긴 어떤 타인의 무덤 앞에서 어머니와 헤어져서 어두운 밤중에 아무도 기다리지 않는 P 시의 빈 집으로 돌아온다.

앞에서도 말한 바와 같이 이러한 사건 가운데서 오정희는 삶의 여정에서 일어나는 현실의 애환과 인생의 하오이면 그곳에 언제나 나타나는 모순된 죽음의 그림자와 허무 의식을 잔무늬까지 포착하고 있다.

정옥은 어머니와 더불어 묘원으로 떠나기 전날 저녁부터, 마당의 잔디밭에서 흰 페인트가 벗겨져서 빗물 속에 썩어가는 나무판자의 울타리를 등지고 앉아 클로버의 잡초를 뽑고 있는 늙은 아버지의 등 뒤에서 선명하게 움직이는 죽음의 그림자를 보고, 이어서 장미꽃 향기로 더욱 짙어 가는 죽음의 상징인 어둠 속으로 고요히 "물 흐르듯 풀려 흐르는" 아버지의 모습을 보고 현기증을 느꼈다. 또 정옥은 묘원으로 떠나기 전 아침 초인종을 울리고 거센 힘으로 문을 밀고 들어왔다가 백동전 하나를 오므라든 손으로 받고 쫓겨나는 문둥이의 얼굴에서 원죄 때문인지 추방된 저주받은 인간의 얼굴을 발견하고 놀라움과 측은한 마음에 소리 없이 웃었다. 이윽고 정옥은 어머니와 더불어 아이의 손을 찾아 쥐고 밀리는 만원 버스를 타고 가다 도중에 내려 묘원까지 먼지 나는 길을 따라 걸어간다. 그들이 걸어가는 길은 서해의 작은 섬으로 떠나갈 '갈매기', '창랑', '금파' 등과 같은 이름을 가진 배들의 이미지와 더불어 생의 어느 지점에서 죽음으로 가는 길에 대한 탁월한 상징적 은유를 형성하고 있다. 대낮에 먼지 나는 황토길 위로 비정한 불을 밝히고 지축을 울리며 열을 지어가는 군용차와 석회질의 재, 혹은 낙진 같은 먼지를 뒤집어쓰고 산허리를 돌아가는 군인들의 행렬, 적요한 길모퉁이에서 "깊이 박힌 돌을 찍어 내는 인부들의 곡괭이 날에서" 번쩍이는 섬광 등은 모두 다 죽음으로 가는 길 위, 삶의 현장에서 일어나고 있는 시시포스 신화를 닮은 실존적인 어려움과 그곳에서 역설적으로 일어나는 희열의 불꽃에 대한 탁월한 상징들이다. 길 위에 그리고 사람들 위에 떨어지는 먼지는 '낙진'이라고 말한 것처럼 '서릿발 같은 햇빛'과 더불어 정옥의 마음과 의식의 표면 위에 떨어지는 시간의 에너지를 지닌 죽음의 입자와도 같은 것이리라. 그래서 정옥은 아이와 함께 펌프 물로 먼지를 씻어 내면서, 곱게 염색하고 빗질해서 단장한 어머니의 얼굴 위에 떨어진 먼지로 어머니의 화장한 모습에서 죽은 자의 얼굴을 발견하고 마음속으로 놀란다.

어머니는 찬물에 적신 손수건으로 조심스럽게 목덜미를 문지르고 옷 속에 넣어 가슴팍의 땀을 훔쳐 냈다. 운동화를 신은 채로 발에 물을 들이부으며 정옥은, 세수를 하면 한결 시원해요, 물이 차가와요, 라고 말하려다 입을 다물었다. 두껍고 희게 분 발려진 얼굴과…… 입술선을 뚜렷이 강조한 립스틱의 진한 빛깔로 어머니의 얼굴은 염(殮)을 한 것 같았다. 어머니는 죽으면 아마 미이라로 남을 것이다. 정옥은 문득 떠오른 객쩍은 생각에 피식 웃었다.

그래서 묘원을 찾는 황톳길 위에서 일어나는 현상에 대해 대에 걸친 세 사람의 작중인물이 보이는 반응은 하나같이 다르다. 아직 인생을 체험하지 못한 아이는 총을 어깨에 무겁게 메고 먼지와 햇살 속에 산굽이를 돌아가는 병사들의 고된 행군을 호기심에 가득 찬 눈으로 바라보고 있는 반면, 그의 어머니 정옥은 남편을 얼마 전에 잃은 사십 대에 가까운 여인이었기 때문에, 그들의 고통과 아픔을 이해하고 무서워한다. 그러나 정옥의 어머니는 그러한 삶을 이미 모두 다 뒤에 두었기 때문에 그들의 고역에 대해 무관심하며 죽음의 휴식처를 찾기에 바쁘다.

그러나 무엇보다 중요한 것은 그들이 산꼭대기에서 정옥 아버지와 어머니가 묻힐 네 평짜리 좁은 공간 'D블럭 9-3'을 찾은 후, 저 멀리서 그때까지 이어지고 있는 군대 행렬을 바라보며 나누는 대화와 그때 정옥이가 산 밑에 어떤 영구차가 관을 싣고 와서 탈관을 한 후 망자의 길을 애환 속에 위무해 보내는 징소리, 바라 치는 소리를 은은히 들으면서 자기가 왜 그곳에 와 있는가 하는 이유를 말하지 않고 속으로만 깊이 생각하는 장면에 따르는 미학이다. 정옥의 어머니는 딸이 멀리 지방에 살기 때문에 자신이 묻힐 곳을 가르쳐주기 위해 딸을 데려왔다고 말하지만, 정옥은 "죽은 자의 절대적인 평화와 외로움을 만나리라는 환상 때문이었던가" 하고 의미 깊은 생각을 한다. 그러면 그 뜻은 무엇일까. 그녀가 당한 모든 슬픔과 분노에서 오는 감상적인 늪에서부터 자기를 구하기 위해 내색은 하지 않았지만, 이 세상에는 없는 '하늘재 신들내'로 낚시를 나갔다가 홍수에 몸을 던져 흘러가 버린 남편을 마음속으로나마 묻어주고 구럭에 넣어온 삶은 달걀과 참외로 은밀히 제의를 올리기 위함이었으리라. 그리고 어머니와 더불어 산을 내려올 때, 산자락 끝에 '삼색 단청빛'으로 갓 단장을 한 어떤 절의 명부전에서 징과 북을 치며 재를 올리는 곳을 소낙비를 긋는 장소로 택한 것 또한 자취도 없이 죽음의 시간을 상징하는 강물 속으로 흘러가 버린 남편에게 남모르게 간접적으로 재를 올리기 위한 마음 때문이 아니었을까.

정옥의 남편은 사고가 자주 나는 저수지에서 넋을 잃고 낚시질을 하다가 갑자기 내린 비로 떠내려 갔다고 하지만, 그는 현실에 대한 절망 끝에 물속으로 자신을 던져 자살했으리라. 여기서 낚시질은 헤밍웨이의 소설에서처럼 비정한 공포와 잔혹함으로 가득 찬 부조리한 현실을 도피하는 몸짓이다. 그러나 그가 이렇게 된 것은 어떤 사회적인 힘 때문인지, 어느 날부터인가 그에게는 모든 것이 금지되었고 아무런 권리도 없는 금치산자가 된 후로는 전화선까지 끊고 외부와 단절된 생활을 하며 낮에는 입을 벌리고 잠을 자고 여명에는 죽은 자의 평화와 고독을 즐기듯 어둠에 대한 제의의 행위처럼 새벽마다 산책을 나가거나 일찍 낚시를 떠났다. 그가 저수지에서 익사 아닌 자살을 한 것은 여관집 처녀와 본 낡은 필름에서 "고깔모자를 쓰고 미친 듯 춤을 추던 검고 흰 사람들, 초라하고 피로에 지친 만삭의 임부, 울고 있는 아이"를 보고 슬퍼했다는 점, 개여울에 발을 담그고 투명한 수면 위에서 자기의 모습을 발견한 후 물속에 비친 돌의 아름다움과 그것을 물속으로부터 건져 올렸을 때 그 아름다운 돌의 빛이 죽는다는 사실을 발견했다는 점, 그리고 아이에게 들려주는 정옥의 환상적인 동화 등에서 잘 나타난다.

지금까지 살펴보아 온 것같이 이 작품에 나타난 주제가 모순된 존재의 비극적 상황과 거기에서 오는 허무주의에 관한 것이기 때문에 오정희의 독특한 소설 미학과 남모르게 수없이 다듬어 긴장 없이는 쉽게 읽어 내려갈 수가 없는 여물고 단단한 언어가 아니었다면, 감상주의의 수렁에 빠져버리는 위험을 면할 수 없었을 것이다. 우선 화자인 정옥은 자기 남편을 잃고 미망인이 되어버린 슬픔을 스스로 삼키고 밖으로 표현하지 않으면서 앞에서 말한 독특한 대위법과 내면적, 심리적 상황과 외면적 장면을 병렬적인 방법으로 일치시키는 오버랩을 통해서 자신의 감정을 그림자만 남겨놓고 안으로 깊이 침윤시켜 여과하거나 혹은 '객관적 상관물'을 통해서 승화시키고 있다. 정옥이 자기의 시야에 들어온 어떤 망자의 하관식과 삼우를 지낸 또 다른 망자의 무덤 앞에 '시든 꽃묶음'과 '먹물이 번진 흰 종이' 그리고 '음식 찌꺼기'를 보았을 때, 그녀는 죽은 남편을 위한 의식을 생각하고 있었으리라. 또 그녀의 언어는 자기 주변에 묻은 감정을 배제하고 차단할 만큼 단단하지만, 일상적인 언어가 아니라, 생의 아름다움과 슬픔, 그리움과 페이소스 등 여러 가지 감정의 요소를 결합하여 하나의 결정체로 만든 예술의 언어이다.

혹자는 이 작품을 두고 삶이 아닌 죽음만을 이야기하고 있는 듯하기 때문에 도덕적인 문제가 결핍되어 있다고 할 것이다. 그러나 정옥의 아이는 언제나 생명의 상징으로서 비석 뒤에서나 혹은 무덤 뒤에서 영혼의 상징인 까치와 친숙하게 놀고 있기 때문에 그러한 문제를 극복하기에 충분하다. 정옥이 새로 만든 어느 사자(死者)의 무덤 앞에서 어머니와 헤어져 "망자의 날", 만월의 달밤에 "이미 추억으로 떠오르는 P 시의 가파르고 어두운 길"을 죽어버린 남편의 환상과 더불어 걸어가게 되더라도, 틀림없이 그녀의 등에는 낮에 무덤 뒤에서 뛰어오던 아이가 내일을 꿈꾸며 잠들고 있었기에 말이다.

2

그러나 오정희는 「별사」에서처럼 죽음의 그림자만을 시정적으로 다루고 있지 않다. 후기에 올수록 한국학의 기층을 이루고 있는 생명력과 깊은 관계가 있는 여성의 정체성이 어떻게 파괴되어 가는가 지속적으로 탐색하고 있다. 오정희가 그의 작품에서 보여주고 있는 근본적인 시각에 의하면, 여성은 우물과도 같이 생명의 근원과 맞닿는 존재일 뿐만 아니라, 생명의 우물에서 물을 퍼 올리는 두레박과 같은 존재다. 작가 자신이 "나이와 더불어 자라고 변화하며 심화되어 가는 여성성의 내적인 모습과 의미를" 담고 있는, 한 권의 선집을 엮으면서 작품 「옛우물」을 첫 번째에 놓았는데, 그것이 그의 작품 세계의 구심이 되고 있는 듯한 느낌을 주고 있다. 이 작품에서 화자는 옛 우물을 생명의 근원에 대한 상징으로 삼고, 그것과 관련된 전설과 기억 그리고 삶의 현상들을 객관적이면서도 통시적인 시각으로 관찰하고 명상하는 일면을 보이고 있다. 「옛우물」이 삶과 죽음을 초월하고 있는 신화적인 생명의 근원이 되고 있다는 것은, 생명력을 나타내는 금붕어와 시간을 나타내는 물의 이미지가 작품의 전편에 걸쳐 흐르고 있기 때문이다. 이러한 사실은 죽음을 남달리 의식하는 화자의 옛 동네 친구인 정옥이가 물을 긷다가 두레박을 빠뜨린 후 옛 우물에 빠져 죽었다는 사실, 옛 할머니가 우물 속에 생명을 상징하는 금붕어가 영겁의 시간을 두고 존재한다고 말한 것에서 설명될 수 있겠다. 이것은 또한 물의 이미지가 우물을 상징하는 듯한 여성의 이미지와 보이게 또 보이지 않게 연결되고 포개져 있다는 것으로 뒷받침되고 있다.

사우나 실에서 나와 미지근한 물로 땀을 닦아낸다. 동네 목욕탕치고는 시설이 좋고 물이 깨끗해서 사람이 많았다. 젊은 처녀들로부터 둥글고 기름진 몸매의 중년 여자, 만삭의 임부, 다산의 주름이 겹겹이 늘어진 노파들이 열심히 때를 밀고 비누칠을 하고 마사지를 한다. 남편이 지난해 가을 러시아 여행에서 민속 인형을 사왔다. 얇은 나무로 만든 것으로 볼이 붉은 처녀의 얼굴이 그려지고 민속 의상의 무늬와 채색을 입힌, 얼핏 오뚜기처럼 단순한 모양이었지만 그 안에는 똑같은 모양의 인형들이 크기의 차례대로 겹겹이 들어 있었다. 그것은 내게 인생의 중첩된 이미지로 받아들여졌다. 앙상한 뼈 위로 남루하고 커다란 덧옷을 걸친 듯 살가죽이 늘어진 한 늙은 여자 속에 얼마나 많은 여자들이 들어있는 것일까. 보다 덜 늙은 여자, 늙어가는 여자, 파괴기의 소녀, 이윽고 누군가, 무엇인가가 눈 틔워 주기를 기다리는 씨앗으로, 열매의 비밀로 조그맣게 존재하는 어린 여자 아이.

옆자리에서 배가 붕긋이 부른 젊은 여자가 아이를 씻기고 있었다. 제 엄마에게 몸을 맡기고 있는 너덧 살 된 여자아이는 끊임없이 플라스틱 인형의 몸을 씻기고 있었다. 여자에게 모성이란 생리적인 본능인가. 결혼을 하자 나는 재빨리 모성의 자리로 옮겨 앉았다. 마치 방과 방 사이의 마루를 의심 없이 건너듯.[1]

그런데 우리가 주목해야 할 것은 작가가 생명력의 원천이자 근원인 여인이 억압받고 파괴된다는 사실을 전통적인 옛것과 자연을 파괴하는 사실을 통해 고발하고 있는 것이다. 생명력의 닻줄이자 우물인 여성에 대한 억압은 두레박을 빠뜨려 매를 맞던 순옥이가 우물에 빠져 죽었다든가, 장마가 져서 우물물이 더럽혀졌다는 사실보다는 기계 문명이 우물을 막아버리고 펌프를 막아

---

1) 오정희, 「옛우물」, 『불꽃놀이』(문학과지성사, 1995), 34~35쪽.

물을 길러 다니지 않아도 두레박을 빠뜨려 매를 맞는 일이 없어졌다는 것으로 표현되고 있다. 이러한 사실은 화자가 우물의 이미지와 일치되던 연당집이 허물어지고 그 자리에 생선을 잡아 날것으로 먹는 횟집이 생긴다는 것으로도 증명될 수 있겠다. 연당집이 우물의 이미지와 같은 문맥 속에 있다는 사실은 그곳에 금빛 잉어를 키우듯이 생명을 상징하는 아름답고 신비로운 연꽃을 피우는 연못이 있었기 때문이다. 생명을 보존하고 잉태시키는 근원을 상징하는 연당집을 허물고 '금빛 잉어'와 같이 생명의 이미지를 지니고 있는 물고기를 살해하는 횟집을 만든다는 것은 생명력에 대한 억압인 동시에 여성을 억압하는 상징적 움직임으로 받아들일 수 있다.

남편이 낚시를 다니기 시작할 무렵 나는 잉어가 흐리고 더러운 물, 썩은 수초와 이끼 속에 산다는 것을 알았다. 잡아온 물고기를 손질하는 것은 늘 내 몫이었다.
밀봉된 것을 뜯을 때의 모독감과 긴장으로 살아 있는 물고기의 배를 가를 때면, 피융 하는 약한 소리가 났다. 우리와 마찬가지로 창조되고 봉인된, 그리고 아무도 볼 수 없었던 내부가 드러났다. 밀폐된 공간의 어둠이 있고 최초의 빛의 순간이 있었다. 갑작스런 외기에 놀란 붉고 푸른 내장들이 푸르르 경련하고, 찬피동물의 어둡고 축축한 몸속에서, 의지하고 있는 세계의 무너짐을 감지한 더 작은 생물체들이 고래 배 속에 들어간 요나처럼 고통의 몸부림으로 흩어졌다.[2]

연당집에 살고 있던 '바보'가 횟집을 짓기 위해 자기 집을 허무는 것을 보고, 연당집 주변의 울타리를 철거하는 일에 앞장을 서서 나무둥치를 끌어안고 안간힘을 다하면서도 수도에 연결된 호수로 채소밭에 물을 주는 것은 생명을 억압하고 파괴하는 현대 문명에 대한 역설적인 반항이다. 이 작품 속의 주인공인 화자가 철망을 자르다가 피를 흘리고 있는 '바보'의 아픔을 보고 안타까운 마음과 애정 어린 동정으로 스카프를 풀어 그의 상처를 메어주는 것

---

2) 앞의 책, 43쪽.

은 '바보'의 속마음을 그녀가 깊이 읽고 그와 뜻을 함께하고자 하는 것을 나타낸다고 해도 지나침이 없다.

바보뿐만 아니라 주인공이 둥치를 안고 회의적인 의문부호와 함께 역설적인 백색 분노를 느끼는 것은 그것이 생명력의 근원과 닿아 있을 뿐만 아니라, 그것에 대한 상징이 되고 있기 때문이다. 이러한 사실은 비록 위치와 장소가 다르지만 화자인 주인공 역시 그 속에서 숨쉬는 생명의 체온과 향기를 느끼려는 몸짓을 보이는 것이 바보의 그것과 유사한 것으로도 알 수 있다. 바보가 연당집을 해체할 때 둥치를 껴안고 몸부림을 치듯 화자가 나무를 끌어안거나 매달리는 것은 표면적으로는 어떻게 보일지 모르지만 영속적인 생명의 모태인 여성적인 이미지를 상징하는 나무를 파괴적인 행위로부터 보호하려는 처절한 몸부림으로 해석할 수 있다. 오정희와 일치되는 시각을 보여주고 있는 화자인 주인공이 옛 우물과 대지 위에 서 있는 나무를 같은 문맥 속에 일치시키면서 나타내 보이는 상징주의는 여성적인 것이 크리스테바가 말한 '고다'처럼 시간뿐만 아니라, 성별을 초월한 근원적인 그릇이라는 점이다. 주인공이 죽은 남성을 그리워하면서 시작한 화두가 우물의 이미지와 심층적으로 연결되어 나무의 이미지를 함께 수용되는 것은 이러한 사실과 깊은 관계가 있다고 하겠다.

오동의 보랏빛 꽃이 어둠 속에서 나울나울 피고 있었다. 별과 꽃이 난만한 밤에 그는 죽었다. 내가 존재하지 않을 어느 시간대에도 이 나무에는 꽃이 피고 잎이 피고 새가 깃들이겠다.

나는 나의 생보다 오랠 산과 나무 별들을 바라보았다. 비로소 먼 옛날 증조할머니가 내게 해준 말을 정확히 기억해 내었다. 옛날 어느 각시가 옛 우물에 금비녀를 빠뜨렸는데 각시는 상심해서 죽고 금비녀는 금빛 잉어로 변해⋯⋯[3]

---

3) 앞의 책, 52쪽.

각시와 상징적으로 일치하는 듯한 금비녀를 '금빛 잉어'로 변하게 만들어 생명을 영속하게끔 만드는 것이 우물이라면, 그것은 곧 여성 이미지와 함께 생명과 존재의 근본임을 나타낸다. 그러나 금빛 잉어가 살고 있는 우물은 옛 우물이 되고 오직 화자의 기억 속에만 남아 있는 과거다. 그래서 남편이 그녀만의 방이 있는 연당집 부근 숲 속의 아파트를 팔아버리려고 하듯, 현대 문명이 우물이나 다름 없는 연못이 있는 연당집을 파괴하는 현상을 보고 화자인 주인공은 깊은 슬픔을 드러낸다.

오정희의 소설 세계에서도 여성은 비록 남성의 억압을 받지만, 성별을 초월한 생명의 근원과 깊이 관계될 뿐만 아니라, 남성의 가부장적인 억압에도 가정을 지배하고 이끄는 중심적인 역할을 한다. 이러한 사실은 오정희가 비극적인 역사 속에서 불행한 삶을 살아오면서 유년 시절부터 성인이 되기까지, 그리고 성인이 되고 난 이후, 자의식적인 삶을 살아가면서 우울한 시선으로 관찰해서 얻은 경험 속에서 지속적으로 나타난다.

「유년의 뜰」에서는 남성적인 지배 이데올로기가 파괴적인 형태로 나타나고 있는 전쟁터에 아버지가 끌려 간 후, 가정을 실질적으로 이끌어 가는 사람들은 여성인 어머니와 할머니이다. 어머니는 장터에 나가 일을 하면서 아버지 대신에 가정의 호구지책을 이어가는 주인공의 역할을 하고 있다. 이러한 사실은 어머니가 영어 공부를 하는 아들을 보고 "온 식구가 한뎃잠을 자는 한이 있어도 학교를 보내마."라고 말한 부분에서도 엿볼 수 있다. 비록 어머니가 도덕적인 약점을 가지고 있다고 하더라도, 그것은 자연주의적인 시각에서 보면, 남성적인 이데올로기가 빚어낸 전쟁과 깊은 관계가 있다. 남성이 아닌 여성이 온갖 어려움을 헤치고 가정을 이끌어 간다는 것은 함께 피난을 왔던 할머니가, 생활 터전에 나가고 없는 어머니를 대신하여 집안에서 어른으로서 위엄을 지키면서 우는 아이를 달래고 화자를 학교에 보내는 모습에서 다시금 나타난다. 비록 할머니는 돈에 팔려 할아버지의 소실로 들어왔지만, 끝까지 깨끗한 몸가짐을 유지하면서 집안의 질서를 유지하기 위해 헌신적인 노력을 기울이는 장면은 어머니의 역할과 포개져서 그들의 노력이 지닌 의미를 제시해 주고 있다.

그런데 어렵고 힘겨운 피난 시절 여인들은 훼손된 가정을 지키면서 힘겨운 삶을 어렵게 살아가기 위해 처절하게 노력하는 양상을 보이고 있지만, 오빠는 아버지 대신에 현실을 도피하려는 부도덕하고 위선적인 삶을 살면서도 밥집의 어머니에 대한 반항이라는 구실로 여자인 언니에게 심한 폭력을 행사한다.

나는 오빠가 또 언니를 때릴 거라고 생각했다. 지금 저렇게 묵묵히 있는 것도 아마 트집을 잡을 궁리에 골몰한 탓일 것이다. 어머니가 돌아오지 않는 밤이면 오빠는 언니를 때렸고 할머니는 말릴 염도 없이 동생을 업고 나가 개울가를 서성거렸다.

오빠의 매질은 무서웠다. 오빠는 작은 폭군이었다. 아버지가 떠난 이래 오빠는 은연중 가장의 위치로 부상했고, 더욱이 어머니가 읍내 밥집에 나가게 되면서부터, 그리고 수상쩍은 외박으로 우리에게서 비켜서고 있음을 시사하자 오빠는 암암리에 대행 가장의 위치를 수락하였음을 공공연히 자행되는 매질로 나타냈다.[4]

여성에 대한 남성의 가부장적인 폭력은 이 작품의 배경이자 제2의 플롯을 구성하고 있는 목수와 그의 딸 부네에 대한 이야기로 뒷받침되고 있다. 피난 온 화자와 같은 집에 살고 있던 목수는 그의 딸이 바람이 났다는 이유로 방에 가두고 못질을 해버렸다.

저 문의 안쪽에 정말 머리를 깎이고 벌거벗긴, 귀신처럼 예쁘다는 부네가 있는 걸까.

사람들은 그녀, 부네의 아비, 그 늙고 말없는 외눈박이 목수가 어떻게 그의 바람난 딸을 벌건 대낮에 읍내 차부에서부터 끌고 와 어떻게 단숨에 머리칼을 불밤송이처럼 잘라 댓바람에 골방에 처넣고, 마치 그럴 때를 위해 준비해 놓은 듯 쇠

---

4) 오정희, 『유년의 뜰』(문학과지성사, 1981), 25쪽.

불알통 같은 자물쇠를 철커덕 물렸는지에 대해 오랫동안 이야기했다. 또 그녀가 들창을 열고 야반도주를 하려 하자 발가벗기고 들창에 아예 굵은 대못을 쳐버렸다고, 그 통에 안집 여자는 어찌나 혼이 나갔던지 목수가 벗겨 던진 딸의 옷이 창 앞 석류나무에 사흘씩이나 걸려 있었는데도 모르더라는 얘기도 했다. 더욱이 얘깃거리가 된 것은 읍에서부터 개처럼 끌려오는 과정이 부네 편에서도, 아비 쪽에서도 있을 법한 아이고 아버지 용서해 주오, 한마디 말도 분노의 씨근거림도 없이 시종 묵극으로 일관되었다는 것이다.[5]

아버지의 압박에 대한 저항으로 딸은 혀를 물고 자살을 한다. 「중국인 거리」에서도 화자가 석탄 가루가 날고 제분 공장이 있는 우울하고 암담한 곳으로 이사온 후, 연민의 눈으로 관찰하는 대상이 된 것은 들창문이 닫혀 있는 차옥의 이층집에서 흑인에게 유린을 당하는 매기 언니다. 그런데 중요한 것은 화자가 매기의 아픔을 바로보며 일생 동안 집안을 정갈하게 돌보다가 쓰러지게 된 후에, 작은 동생이 살고 있는 시골로 보내어진 할머니의 고독과 산고(産苦)를 연장선에서 깊은 공감을 가지고 묘사하고 있다는 점이다.

오정희는 가부장으로서의 할아버지와 아버지 등에 대해서는 아무런 묘사가 없다. 오정희가 난폭했던 오빠를 제외하고 그의 가정에서 남성을 묘사하지 않았다는 사실은 그들에 대한 저항감이라기보다 실제로 가정을 이끌어 갔던 사람들은, 가부장으로 군림하며 여성을 착취하던 남성이 아니라 그들에게서 아픔과 억압을 받던 할머니와 어머니라고 생각했기 때문이다. 오정희가 산고만큼이나 고통스럽게 핏줄기를 이어갔던 어머니에 대해서뿐만 아니라, 생산을 하지 못하지만 소실로 팔려 와서 남성이 부재한 집안을 조심스럽게 그리고 현명하게 이끌어 갔던 할머니를 남다른 관심과 애정으로 묘사한 것은 가문의 생명과 질서를 유지한 쪽이 여성이란 점을 강조하고 그 실체가 무엇인가를 깊이 탐색하기 위함이다.

---

5) 앞의 책, 21~22쪽.

화자는 여성이 남성의 억압과 폭력의 대상이 되는 것을 어머니의 산고를 통해 의식하고 있다. 화자가 석탄 가루가 날고 제분 공장이 있는 어둡고 우울한 빈민가에서 보냈던 유년 시절을 회상하면서 같은 여성으로 자신이 겪을지 모르는 어머니의 아픔에 대해 눈을 뜨게 되었다는 「중국인 거리」의 이야기는 이러한 사실과 밀접한 관계가 있다. 중국인 거리에서 양갈보가 되겠다는 치옥이와 더불어 의붓자식이나 고아의 이미지가 지배적으로 나타나고 있는 것도 무절제한 남성의 가부장적인 폭력과도 깊은 관계가 있는 듯하다.

가부장인 아버지가 가정을 일탈해서 무절제한 방탕한 생활을 추구한 반면, 여인이 생활의 주체로서 가정을 지키면서 아버지에 대해 비판적이고 연민의 정을 보이는 것은 「저 언덕」에서도 지속적으로 나타난다. 이 작품의 주인공 이름이 원단(元旦)이듯이, 화자는 자신의 가정을 착실하게 꾸려가는 주인공이다. 어느 날 원단의 집에 가정을 버리고 어머니와 동생을 가난의 고통 속에 죽게 만들었던 무절제하고 방탕했던 늙은 아버지가 찾아와 머물기를 원한다. 그러나 원단은 비록 혈육은 나누었지만, 동생에게 젖을 물린 채 어머니를 죽게 하면서 첩과 더불어 새살림을 차렸던 아버지의 과거를 이야기하면서 내색하지 않지만 탐탁지 않은 모습을 보인다. 그 결과 아버지는 원단의 집을 떠나고 원단은 집을 지킨다.

그러나 「저녁의 게임」은 아버지의 거식증과 폭력이 너무나 클 때에는 여성이 가정 밖으로 추방되는 양상을 보이고 있다. 아버지가 파충류를 넣어서 끓인 비약(秘藥)으로 장복을 하고 파괴적이고 살인적인 정복을 나타내는 화투치기를 불행하게 된 딸과 행해서 이기듯이, 여성에 대해서 너무나 심한 폭력을 행함으로써, 어머니를 정신병자로 만들어 병원으로 실려 가게 할 뿐만 아니라, 딸로 하여금 공사장에서 일하는 남자에게 옷을 벗게끔 한다. 물론 공사장에서 만난 남자 역시 화자에게, 그의 아버지가 어머니에게 행했던 것처럼, 폭력을 행사한다.

여성에 대한 남성의 가부장적인 폭력에 대한 두려움과 의식적인 저항은 아버지와 어머니의 관계에서만 점검되는 것이 아니다. 탁월한 이미지들이 자연스럽게 엮여 있는 서정적인 수작 「비어 있는 들」에서는 화자가 그의 남편에 대해서도 보이지 않는 저항을 나타내고 있다. 한 폭의 수채화와 같은 이 작품에서 화자는 새벽 일찍 일어나서 낚시터로 가서 날이 밝을 때까지 남편이 낚시하는 옆에 앉아서 낚아 올리는 붕어들과 강 건너 철길 위로 지나가는 기차를 바라보면서 비극적인 삶의 현실에 대해 명상을 한다. 화자인 여인은 시간의 흐름을 상징하는 지나가는 기차를 의식하면서 남편이 낚아 올린 붕어와 피라미가 광주리 속에서 숨을 헐떡이며 죽어가는 것을 본다. 그녀는 연민을 느끼고, 남편에 대해 보이지 않는 두려움을 느낀다. 남편이 잡아 올린 물고기와 선착장에서 끌어 올린 익사체가 유사함을 지니고 있다고 생각하면, 여인의 마음은 더욱 우울할 수밖에 없겠다.

생명 의식과 리얼리즘 문학의 실현
김준성의 문학적 자리 매김

봄은 여느 때보다 늦게 찾아왔다. 그러나 그러므로 더욱 눈부셨다.
—— 보리스 파스테르나크

문학 작품 속에 나타난 김준성의 언어는 시대의 벽을 초월할 수 있을 만큼 여물고 단단하다. 이는 그가 치열한 사색과 의식의 불꽃 속에서 자신의 언어를 끊임없이 제련시켜 왔기 때문이다.

1

"인생은 짧고 예술은 길다."라는 말이 있다. 이 말은 역사 속에서 예술적인 성취의 소중함을 이야기한 것이지만, 그것은 또한 값지고 뜻있는 일을 하기에는 우리에게 주어진 시간이 너무나 짧다는 의미도 되겠다.

평범한 대부분의 사람들은 일생 동안 한 가지 일을 하기에도 시간이 너무나 짧다고 느낀다. 그러나 김준성은 우리 시대의 한 분기점에서 자신에게 부여된 역할을 다할 수 있을 만큼 경제인으로서 성공했을 뿐만 아니라, 작가로서도 정전(正典, canon)에 들어갈 수 있을 만큼 적지 않은 업적을 남겼다. 그럼에도 그동안 작가로서 그의 모습이 우리 앞에 크게 부각되지 않았던 것은 경제인으로서의 그림자가 너무 컸기 때문인지도 모른다.

우리가 편견 없이 그의 작품 세계를 자세히 들여다보면, 김준성은 현대 문학사 속에서 작가로서의 그의 몫을 주장할 권리가 있다는 것을 발견하게 될 것이다. 사실 그는 전업 작가가 아니었고 또 경제 개발과 산업화 시대를 이끌었던 경제 주역으로서 많은 일을 했지만, 우리 시대의 어느 작가 못지않게 많은 작품을 썼다. 좀 더 구체적으로 말하면 그는 1953년 ≪현대문학≫에 「닭」과 「인간 상실」을 발표한 후 최근 ≪문학사상≫에 발표한 가작 「사랑」에 이르기까지 전집 다섯 권 분량에 해당되는 수천 장의 원고를 써왔다. 더욱이 문학 작품 속에 나타난 김준성의 언어는 시대의 벽을 초월할 수 있을 만큼 여물고 단단하다. 이러한 현상은 그가 그의 언어를 치열한 사색과 의식의 불꽃 속에서 끊임없이 달구어 왔기 때문이다. 그래서 김준성은 자신이 말하고 있지는 않지만, 영문학사뿐만 아니라 세계문학사에 커다란 획을 긋고 지나간 은행가 시인 T. S. 엘리엇이 그러했던 것처럼 작가로서 문학사 속에 기억되기를 바라고 있을지도 모른다.

만일 김준성이 글 쓰는 일에만 전념하였더라면 더욱더 큰 기념비적인 작품을 썼을 것임에 틀림없다. 그러나 그가 인간의 물질적인 구원 문제를 직접 다루는 경제인으로서 능동적으로 사회에 참여한 경험은 그의 문학을 결코 빈곤하게 만들지는 않았다. 그것은 오히려 그의 문학을 도덕적인 차원에서 사회와 밀접한 관계가 있는 유니크한 것으로 이끌어 올리는 데 기여했다. 비평적인 시각에서 볼 때 그의 작품 하나하나는 도덕적인 의식과 미학적인 의식, 즉 내용과 형식이 장인적(匠人的)인 수준에서 성공적으로 융합되지 않는 것이 없다. 혹자는 그의 몇몇 작품이 추리 소설 형식을 취하고 있고 너무나 관념적이라고 불만스러워 할지도 모른다. 그러나 그의 소설의 일부가 추리적인 경향을 띠고 있는 것은 과학적인 소설 구성과 밀접한 관계가 있다. 사실 그의 예술의 약점이면서도 강점인 추리적인 소설 구성은 에드가 포의 그것에 비견할 수 있으리만큼 과학적으로 치밀하게 계산되어 이루어진 것이다. 그리고 대부분의 다른 작품들 역시 여러 가지 탁월한 상징적 이미지를 통해서 내용과 형식이 성공적으로 융합되었기 때문에, 인위적으로 보이는 과학적인 소설 구성은 부자연스러움을 완전히 극복하고 무질서한 카오스 상태에다 새로운 미학을 부여하여, 이를 작품으로 환치시키는 데 성공하고 있음을 알 수 있다.

그의 작품의 주제는 관념적인 것과 부조리한 현실에 대한 풍자적인 비판으로 나눌 수 있다. 일부 비평가들이 지적한 바와 같이 그의 몇몇 작품들은 관념적인 성격을 띠고 있는 점이 없지 않다. 그러나 그것은 관념의 덩어리로 남아 있지 않고 삶의 현실과 탁월하게 결합해서 이상적인 현실로서 작품 속에 투영되고 있다. 물론 관념이 작품 속에서 덩어리로 남아 있는 것은 결코 바람직하지 못하다. 그러나 따지고 보면 어느 작품이든지 그것이 훌륭한 것이라면 관념적인 색채를 배제할 수 없다. 왜냐하면 예술 작품은 불완전한 현실을 단순히 복사하는 것이 아니라, 관념적인 요소를 현실적인 문맥 속에 형상화하여 무질서한 현실에 새로운 질서를 부여할 뿐만 아니라, '미래의 문'을 여는 비전을 제공하기 때문이다.

2

김준성의 주제는 관념적인 것이든 현실적인 것이든 간에, 자연주의적인 상황과 기계적인 물질 문명에 희생되거나 억압받고 있는 생명력과 인간 가치에 관한 것이다. 그의 소설은 경우에 따라 「인간 상실」과 「문명인쇄소」에서처럼 분노와 페이소스가 짙은 풍자적인 성격을 띠기도 하고, 또 때로는 「돈 그리기」와 「달빛은 무거워」 등과 같은 작품에서 볼 수 있듯 새로운 미학적인 질서를 찾는 회화적인 형식을 택하기도 하지만, 그의 예술 세계의 구심은 데뷔작에서 나타난 날개를 가진 닭이 상징하는 생명의 경이와 구원 문제에 닻을 내리고 있다.

그래서 이러한 그의 생명 의식은 「닭」 이후에 그가 쓴 「인간 상실」을 비롯해서 「비둘기」, 「햇빛 속으로」, 「똥개 수난기」 등과 같은 일련의 작품들의 밑바탕에 지속적으로 흐르고 있다. 「인간 상실」은 자연주의적인 조직 세계의 비리와 폭력, 그리고 분노에 관한 것이지만, 그것은 「닭」의 경우처럼 질병의 덫에 걸려 생명을 위협받고 있는 딸을 구원하기 위한 문제와 구조적으로 연결되어 있다. 그리고 작품 「비둘기」에 나타난 인물이 비둘기를 총으로 쏘아 죽이지 않고 날려보내 주는 것도 그것이 사랑과 생명력을 상징하고 있기 때문이다.

현대 사회에서 억압받는 생명에 대한 작가 의식은 '거세'라는 은유적 이미지를 통해서 「햇빛 속으로」와 「똥개 수난기」, 그리고 「무대 위의 의자」 등과 같은 작품에서 굴절되고 확대되어 나타나고 있다. 이질적인 물질문명 때문에 시달리는 현대인의 모습을 독특한 이미지를 통해 탁월하게 형상화하고 있는 「열쇠」의 경우도 건망증과 허무 의식이 상징하고 있는 인간 의식과 자아의 상실 문제를 당혹스러운 애환 속에 다루고 있지만, 이 작품의 심층적인 뿌리는 생명을 억압하는 피임약을 먹는 아내에게 있다.

치밀하게 계산된 작품 구조를 만드는 김준성의 탁월한 재능을 유감없이 나타내 주고 있는 「돈 그리기」 역시 회화적인 그림을 프레임워크로 하고 있지만, 이 작품의 심층에 흐르고 있는 작가 의식은 생명력과 깊은 관계가 있다. 이 작품은 돈의 참된 가치가 무엇인가를 탐색하면서 허위적인 돈의 가치가 지배하고 있는 부조리한 사회 현실을 고발하는 어느 예술가의 비극적이 초상화를 밀도 있게 그리고 있다. 그러나 이 작품의 플롯을 움직이게 하는 근원적인 모티베이션은 생명력이 거세된 주인공의 좌절과 그것에 대한 갈망에서 비롯되고 있다. 주인공인 임철환이 비록 화가로서는 실패했지만, 돈 그림을 그리기 이전에 그가 '색깔의 주체할 수 없는 범람'에 시달리면서 찾으려 했던 것은 '생명의 불꽃 튀는 대상'이었다. 그런데 그는 돈 그림을 그리면서 그의 "예술이 부딪히고 있는 캄캄한 벽을 뚫을 수 있는 원초적인 힘"을 얻을 수 있는 듯한 인상을 우리에게 안겨주고 있다. 이 작품은 그가 비판하는 잘못된 현실을 반영하고 있지만, 그의 궁극적인 희망이 '생명의 불꽃이 튀는 대상'을 그리려는 화폭 속에 있었다는 점을 고려한다면, 작가가 이 작품에서 추구하려는 것이 허위적인 물질적 욕망에 억압받는 진정한 인간 가치인 사랑과 건강한 생명력을 되찾는 일이라는 사실을 쉽게 알 수 있다.

물질문명 속에서 때 묻지 않은 생명력을 추구하는 모습을 화폭 속에 담으려는 그의 노력은 「달빛은 무거워」에서 더욱 확대되어 나타나고 있다. 이 작품의 주인공은 생명을 다루는 의사지만, 그의 경험을 그림 속에 담는 화가로서 더욱더 부각하고 있다는 점이 이러한 사실을 잘 뒷받침해 주고 있다. 그는 병을 고치고 생명을 구하려는 순수한 목적으로 의사가 되었지만, 경제적인 부를 추구하기보다 고통을 받는 사람의 아픔을 치유함과 동시에 원초적인 사랑을 추구하는 일을 그림으로 옮겨 놓는 일에 온갖 정열을 쏟는다.

그는 수술 도중 여태까지 겪어보지 못했던 경험을 했다. 메스가 환자의 환부에 닿는 순간 그 환자가 느낄 통증이 그에게 전달되는 것이다. 그러자 그림을 그리는 대상이나 그 대상을 바라보는 시각이 전과는 달라졌다. 살아서 움직이는 삶의 신음 소리가 담겨 있지 않은 대상에는 흥미가 없어졌다. 그렇게 신비롭고 황홀하게 느껴졌던 파리 시대의 화폭들이 이제 그에게는 한낱 벽걸이로밖에 의미가 없어졌다.

그는 지금처럼 외과의에다 화가라는 이중적인 환경 속에서 살기보단 단순한 삶이 그리웠다. 학벌도 직업도 염외과 병원도 심지어 애라도, 자기에게 속하는 모든 것 다 버리더라도 단순해지고 싶었다.

그러나 그는 그가 본 고통 받는 사람들의 처절한 모습을 화폭 위에 그리는 일에 만족하지 않고, 그들의 아픔을 치유함은 물론 물질 더미 속에 묻혀 있는 가난한 생명을 구하기 위해서 성자처럼 도시를 떠나 섬으로 가서 실종하게 된다. 부패하고 타락한 문명 세계로부터 그의 실종은 『먼 시간 속의 실종』의 경우처럼 단순한 소멸이 아니라, 부조리한 현실에 대한 분노고 저항이자 충만한 생명력을 잉태하는 자연으로의 귀의다. 그런데 그에게 있어서 자연으로의 귀의는 영원한 탈출이 아니라, 부조리한 현대 사회의 자연주의적인 상황에 대한 비극적인 저항이다.

김준성이 냉혹한 도시적인 상황에서 인간을 구원하는 사랑의 힘과 깊은 관계가 있는 생명을 추구하려는 노력은 작품 「들리는 빛」에서도 계속되고 있다. 이 작품의 중심인물인 마 선생이 귀에 이상이 생겨 '환청' 현상을 일으키고 있는 것은 「햇빛 속으로」의 경우처럼 현대적인 불모의 상황 속에서 다른 것에 대한 지각이나 의식을 단절해 버리고 생명력만을 갈구한 나머지 환상적으로 그것을 현실화하려는 현상에서 비롯된 것임을 의미한다. 이러한 사실은 그가 소설 속의 소설에서 도시 문명의 세계로부터 멀리 떨어진 대관령을 찾아갔을 때, 원시림 속에서 들려오는 전원 교향악과 함께 나타난 임효진이라는 여인을 만나게 되고, 그의 한이 유년 시절에 가졌던 원초적인 사랑과 깊은 관계가 있다는 것으로서 증명이 되고 있다.

그러나 「달빛은 무거워」와 「들리는 빛」 등은 작가 자신이 밝힌 바와 같이 너무나 '사변적'이기 때문에 때때로 부자연스럽고 박진감이 부족하게도 나타나고 있다. 그러나 그가 빈번히 화가를 주인공으로 삼고 있다는 데서도 알 수 있듯이 이 작품은 예술의 근본 문제를 다루고 있다는 점을 고려해야만 하겠다. 왜냐하면 예술은 근본적으로 무질서한 현실에 미학적 질서를 부여하는 인위적인 작업이기 때문이다.

3

그러나 그는 추상적인 관념에만 얽매이지 않았다. 후기 장편 『먼 시간 속의 실종』에서 볼 수 있듯이 시대적인 상황에 치열하게 저항하는 모습을 보이고 있다. 피카레스크 소설 형식을 가진 이 작품의 주인공인 태진은 「달빛은 무거워」의 경우처럼 자연 속 어딘가로 실종되지만, 1980년대 한국 사회의 무질서하고 혼돈된 현실에 저항하기 위해 바흐친이 말한 그로테스크한 환자의 모습을 하고 오디세우스의 길을 걷는다. 비록 그는 정신 이상자로서 패배한 희생자처럼 보이지만, 무질서한 갈등 속에 있는 우리 사회의 현실에 대한 말 없는 저항자로서 대학 강단과 아파트와 같은 좁은 공간으로부터 넓은 공간으로 자신을 밀어내면서 실종된 순간까지 1980년대 우리 사회의 어두운 곳을 만화경처럼 환하게 조명하고 있다. 그가 자연 속 어디론가 사라진 것은 어리석은 이념적인 갈등과 물질문명이 가져온 황무지적인 상황을 고발하고 그것에 의해 파괴되어 가는 생명력과 자연의 소중함을 확인하려는 저항적이고 비극적인 몸짓이다.

파고가 높은 이념의 계절이었던 1980년대의 사회 상황을 배경으로 하고 있는 『무화과나무에 핀 꽃』은 사랑의 힘이 이념의 공간 속에 갇혀 끝없이 갈등하는 인간에게 어떻게 작용하는가를 구조적으로 밝히고 있다. 이 작품의 중심인물인 기철은 저항적인 이념의 미체로서 역사의 물결 속에 희생되고 있지만, 그와 같이 캠퍼스에 머물고 있던 지수는 사랑의 힘으로 그 이념의 덫에서 벗어나 보다 넓은 현실적인 공간에서 자아를 실현하려는 모습을 보인다. 지수는 이념과 인간적인 사랑이라는 두 개의 힘 사이에서 처절하게 갈등하지만, 분열과 파괴를 가져오는 폐쇄적인 이념보다는 사랑을 중심으로 한 결합과 창조적인 생명의 길을 택한다.

부조리한 사회적 현실에 대한 그의 리얼리즘 예술은 일본에까지 소개된 「문명인쇄소」와 「양반의 상투」 등에 와서 절정의 꽃을 피우고 있다. 농담 짙은 리얼리즘과 극적인 구성으로 위기에 처해 있는 현실을 우의적으로 묘사하고 있는 「문명인쇄소」는 그의 탁월한 소설 구조의 미학뿐만 아니라, 성숙한 지성으로 세심하게 끌질한 서정성 짙은 언어를 통해 우리에게 적지 않은 울림을 가져다주고 있다. 찰스 디킨스의 작품을 연상시킬 정도로 암울한 분위기와 거미줄처럼 복잡하게 얽힌 플롯을 지닌 이 작품의 무대이자 중심적인 대상이 되고 있는 '문명인쇄소'는, 그 이름이 말해 주듯 오늘의 우리 사회가 그것을 움직이는 구성원들의 반인간적인 동물적 갈등과 욕망으로 붕괴될 위기에 있다는 사실을 충격적으로 리얼하게 보여주고 있다. 그러나 김준성은 현실에만 관심이 있는 것이 아니라, 오늘의 상황과 깊은 관계가 있는 전환기적인 과거의 역사적인 상황에도 많은 관심을 나타내고 있다.

「양반의 상투」는 박경리의 『토지』 1부를 연상시킬 정도로 부도덕하고 허위적인 양반의 몰락상을 인간성 상실로 인한 계급 간의 희비극적인 갈등을 통해 서정적으로 부각하고 있다. 이 작품에 등장하는 이 진사의 몰락은 무엇보다 진정한 의미에서 인간으로서 존엄성을 지키지 못하고 양반이라는 허식에만 의존해서 반인간적이고 허위적인 행동을 자행하는 데서 일어난다. 그래서 이 작품은 한편으로 낡고 병든 허위적인 가치관에 매달려서 몰락해가는 양반 계급의 어리석은 행동을 신랄하게 풍자하고 비판하는가 하면, 다른 한편으로는 양반 계급의 몰락과 중산 계급의 대두라는 역사적 변천 과정을 사회적인 차원에서 희화적으로 묘사하고 있다. 그런데 여기서 그의 리얼리즘 소설 미학으로 주목할 만한 것은 양반 계급의 몰락을 경제적인 측면에서만 나타내지 않고, 혈연적인 측면 또한 나타내고 있다는 것이다. 다시 말해, 고루한 양반의 물질적인 너울인 상투만을 고집하고 있는 이 진사의 핏줄이 끊어져버리는 것은 딜타이나 혹은 슈팽글러의 유기론적인 관점에서 역사가 닫혀지고 열리는 기복 현상과 그 운동 방향을 개체 속에서 압축해서 나타내고 있는 듯하다.

그러나 무엇보다 중요한 것은 이 작품에서 김준성이 핏줄기로 상징되는 생명력에 대해 가지는 남다른 관심은, 그가 그의 문학 세계의 구심인 「닭」에서 출발해서 원심에 해당되는 최신 작품인 「사랑」에까지 지속적으로 나타나고 있는 생명과 자연에 대한 인간 의식으로 이어지고 있다는 점이다.

그동안 김준성은 우리 시대의 어느 작가 못지않게 사랑과 생명의 경이에 대해 눈을 뜨면서부터 그것을 황무지적인 상황에서 구원하고 지키기 위해 혼신의 노력을 기울여 왔다. 한편으로 참된 인간 가치가 무수한 시간 속에 구체화된 문화 속에서 허물어지는 현상이 체제 문제 이전에 도덕적인 문제라는 것을 자연주의적인 시각에서 분석하고 고발해 왔다. 그러나 그는 경제인으로서 드리워지는 그림자가 너무나 컸기 때문에, 작가로서의 그의 위상이 감추이져버린 점도 없지 않다. 서두에서 언급한 것처럼 내면적으로 그는 경제계의 거인으로 기억되기보다 이 시대의 도덕적 리얼리즘 문학을 실현한 일급 작가로서 문학사 속에 기억되기를 바랄지도 모른다.

그의 문학적인 수준을 자리 매김하는 것이 그가 아니라 우리의 몫이라고 하더라도, 결코 근거 없는 것이 아니다. 우리가 이 시점에서 "풍자는 우리의 적이 아니라 의사다."라는 조나단 스위프트의 말을 기억할 때 김준성 문학에 대한 비평적 당위성은 더욱더 설득력을 지닌다. 우리가 이 시점에서 김준성 문학을 다시 읽을 때, "깊이를 헤아릴 수 없는 바다 밑 동굴에는 지극히 맑은 수많은 보석들이 조용한 빛을 발하고, 아무도 가지 않는 들판에는 수많은 꽃들이 향기를 발하며 얼굴을 붉힌 채 피고 있다."라는 어느 시인의 말이 새삼 절실하게 느껴진다고 해도, 그것은 결코 지나친 말이 아니겠다.

비극과 비장미

이문열의 문학 세계

햄릿과 리어는 행복하다.
── 윌리엄 버틀러 예이츠

1

이문열은 '무성하던 1970년대'가 저물어갈 무렵, 그동안 오랫동안 외면해 왔던 인간의 자아와 존재 문제를 독특하고 탁월한 문장을 통해 새롭게 부각하면서 작가로서 발돋움한 지 십 년이 지난 오늘날, 우리 시대에 가장 주목받는 작가로서 위치를 굳건히 하고 있다. 그러나 그동안 자신의 문학 속에서 중요한 주제 가운데 하나인 '자아 문제' 때문에 스스로 적지 않은 갈등과 어려움을 겪어온 것은 숨김없는 사실이다. 그래서 그는 '불혹의 나이에 얻은' 이상문학상 수상 소감에서 다음과 같이 말했다.

나는 작가가 한 어릿광대나 장인(匠人)이 되는 걸 승인하지 않는 것처럼 예언자나 개혁자가 되어야 한다는 요구도 완강히 거부해 왔다. 단순한 기록자가 되기를 마다한 것처럼 무책임한 설계자가 되는 것 또한 경계해 마지않았다. 틀림없이 그런 기능들은 문학, 특히 소설이란 동아줄을 꼬아 나가는 데 필요한 가닥들이긴 하지만, 나는 어느 한 가닥이 무분별하게 비대해져 내 동아줄을 허약하고 못 미더운 것으로 만들까 늘 걱정했다. 그리하여 '초월적 사인성(私人性)'이란 애매한 이름으로 내 문학의 성채를 마련하고, 어떤 때는 내면의 유혹과 싸웠으며, 또 어떤 때는 외부로부터 오는 비난이나 소외에 저항해 왔다.

그러나 그가 '초월적 사인성'이라는 '애매모호한' 이름 아래 흔들림 없이 글을 써온 노력은 역사적 흐름과 일치된 면을 보이면서, 우리 문학사에 하나의 전기를 마련하는 데 결정적인 역할을 하고 있다. 우리 시대에 있어서 그의 글쓰기의 역할이 얼마나 큰 것이 되고 있는가는 다음 문학사를 기술하는 사람들의 판단과 평가에 달려 있겠지만, 그의 글쓰기의 진면목은 양과 질에 있어서 실로 거인의 그것과 비유된다고 해도 지나친 말이 되지 않겠다.

물론 어떤 원로 비평가는 그의 소설을 두고, "왜 이런 소설을 자꾸 쓰는지 모르겠다"고 말했는가 하면, 또 다른 젊은 비평가는 "그의 문학의 가장 큰 한계점은 작품들의 세계관 유형이 닫힌 구조화 되어 있어서 미래에 대한 전망을 획득하지 못하며, 그로 인하여 자족적인 세계에 그치고 만다는 점"이라고 지적했다.

그러나 이들 비평가들이 지적하는 이문열 문학의 한계가 그의 특성이자 새로운 전기의 지평선을 열 수 있는 가능성이 될 수도 있다. 문제는 성급한 비평에 앞서 그의 작품 세계와 그것의 닫힌 구조가 지닌 의미가 무엇인가를 한 번 더 정확히 살펴보는 작업이 필요하겠다. 영문학의 경우, 문학사 속에서 큰 변혁을 일으킨 토머스 하디, D. H. 로렌스, 제임스 조이스와 같은 작가들이 처음 작품을 발표했을 때, 그것들이 주제 면이나 형식 면에서 전통적인 소설과는 너무나 달랐기 때문에, 그들의 노력을 올바르게 이해하지 못한 비평가들로부터 많은 공격을 받았다. 이러한 점을 고려해 볼 때, 미국의 현대 작가 존 바스가 지적한 바와 같이 "어떤 미학적 양식에 있어서든지 간에 천부적인 작가의 정말 훌륭한 작품은, 마치 기선이 뒤쫓아 오는 갈매기들을 데리고 항해하듯 비평적 이념을 그 뒤에 데리고 간다"는 것도 사실이다. 또 바스는 20세기 후반에 베케트와 더불어 우리 시대의 위기를 가장 탁월하게 형상화한 보르헤스의 소설적 주제 즉 "히스트리오네스(Histriones)의 목적은 역사를 끝내버림으로써 예수가 다시 올 수도 있도록 하는 것이며, 셰익스피어의 영웅적 변신은 신의 현신(現身)뿐 아니라, 완전히 신성화되는 것에서 절정에 다다른다."라고 말했다. 그래서 우리가 전통적인 소설 양식과 일치된 보수적인 고정관념에서 조금이라도 벗어날 수 있다면, 이문열의 소설 구조가 지니고 있는 독특한 의미를 새롭게 인식할 수 있을 것이다.

이 글에서 필자는 몇몇 평론가들이 불만스러워 하는 그의 몇몇 소설이 지닌 양식 내지 미학이 지닌 의미가 무엇이며, 그것이 그의 주제와 어떠한 관계가 있는가 살펴보고자 한다. 그에게 대해 부정적인 시각을 가진 평론가들이 지적한 그의 소설적 문제점은, 첫째 그는 단순한 '이야기꾼'으로서 도식에 가까운 알레고리와 '베끼기 문학'에서 비롯되는 '이야기 형식'을 그의 소설에 사용한다는 것이고, 둘째는 앞에서도 지적한 바와 같이 닫혀진 소설 '구조화'를 사용한다는 것이다.

그러나 이문열이 왜 이와 같은 소설 형식을 사용하고 있고 또 그것이 그의 주제와 얼마나 밀접한 관계가 있는가를 올바르게 파악하게 되면 그것대로의 훌륭한 타당성을 지니고 있다는 점을 깨닫게 될 것이다. 다시 말하면, 만일 우리가 그의 작품을 스쳐가듯 읽지 않고, 좀 더 주의를 기울여 창의적으로 읽으면, 그의 소설 양식과 구조는 비극적인 삶의 경험 및 세계관을 반영해 주는 소설적인 주제와 밀접한 관계가 있다는 것 또한 발견하게 될 것이다.

그는 우리 문단에서 유일하게 보르헤스나 베케트처럼 인간이 어떤 의미에서 "극한적인 최후의 결론 시대 — 무기에서부터 신학에 이르기까지, 또 사회의 비인간화 경향과 소설의 역사에 이르기까지 모든 분야에서 적어도 극한을 느끼는 시대"에 살고 있다고 느낀 것 같다. 시대에 대한 그의 이러한 인식은 그의 과거의 비극적인 경험과 결코 무관하지 않다. 실명한 보르헤스나 벙어리처럼 완전히 입을 닫아버린 베케트만큼은 참혹하고 처절하지 않았지만, 이데올로기적인 갈등과 전쟁, 그리고 그것에서 비롯된 가난으로 점철된 역사가 유년 시절부터 이문열의 몸과 마음에 지울 수 없는 심한 상처를 입혔다. 그래서 그는 목적을 잃은 듯한 잔혹한 역사적인 힘보다 개인적인 인간의 실존적인 삶의 소중함에 대해 남다르게 눈뜨게 되었다.

2

　그 결과 그는 많은 작품들 속에서 맹목적인 듯한 역사적인 힘과 싸우는 인간의 비극적 현실을 과거를 배경으로 형상화하고 있다. 표면적으로 볼 때, 과거에 대한 짙은 향수를 배경으로 비극적 주제를 펼치고 있는 『그대 다시는 고향에 가지 못하리』는 그가 그것 이전에 발표한 수작 『세하곡(塞下曲)』, 『사람의 아들』 그리고 『그해 겨울』 등과는 대단히 다르다. 그러나 이 작품 역시 앞의 작품들과 마찬가지로 '자아의 문학'에 속한다고 말할 수 있으리라. 물론 이 작품에는 낭만적인 색채가 짙게 깔려 있지만, 이것의 중심적 주제는 '자아의 문학'과 깊은 관계가 있는 비극적 비장미에 그 기저를 두고 있는 것 같다. 다시 말하면, 이 작품 속에 나오는 중심적인 인물들은 역사적인 시간의 힘에 의해 파괴되어 가지만, 그들은 유교적인 전통 속에 담겨 있는 인간 가치는 물론 인간의 위엄을 지키기 위해, 그것과 비극적인 대결을 펼친다. 『그대 다시는 고향에 가지 못하리』에서 작가가 짙은 향수를 가지고 묘사하고 있는 이른바 선비 정신과 혈연으로 엮어진 공동체 의식, 그리고 삶의 규범은 인간으로서 마땅히 가져야만 하는 인간 가치에 기초를 두고 있다. 그래서 작가는 이것을 지키기 위한 현실과의 대결에서 오는 장엄한 비극미를 형상화해서 우리들에게 전해 주고자 한다. 독자에 따라서는 이렇게 행동하는 인물을 병적이라고 보겠지만, 그것은 인간이 극한 상황에서 인간 가치를 지키기 위해 현실과 대결하는 데서 오는 비극적인 현상에서 연유한 것이다. 많은 비평가들이 주장한 바와 같이 비극은 주인공이 세상을 그 자신의 입장에서 바라보며, 자기의 주의 주장을 조금도 흔들림 없이 지키기 위해 어떠한 타협도 받아들이지 않고 자신의 삶을 너무나 치열하게 살아가기 때문에 일어난다.

그래서 비극적인 주인공들은 대부분 극한적인 상황 속에서 조수처럼 밀려오는 어떤 거대한 힘에 의해 파괴될 위기에 처해 있지만, 죽음과도 같은 고독 속에서도 자신들의 독립과 자존심을 위해 끝까지 투쟁하다가 조금도 굽힘이 없이 사멸한다. 이때 우리는 그들의 장렬하고 의연한 태도에 대해 남다른 비극미를 발견한다. 이를테면, 『그대 다시는 고향에 가지 못하리』에 실려 있는 「롤랑의 노래」에서 교리 어른이 고향 마을의 전통적인 자존심인 성역에 가까운 바윗돌을 지키기 위해서 국도가 그것을 비켜가도록 왜인 건설업자와 비장한 대결을 할 때 비극미의 서곡이 발견된다.

이미 고령으로 자리 보존을 하고 계시던 교리 어른——그는 아마도 이조의 마지막 교리였을 것이다. ——은 그때껏 해방 않고 있는 문중의 모든 종들과 인근의 소작인들을 무장시키고 막 어림대에 착암기를 들이대려는 현장으로 달려가셨다. 앞장서신 당신의 손에도 한 자루 환도가 번쩍이고 있었다. 당신의 12대조께서 임진창의(壬辰倡義) 때 하사받은 전가의 보도였다.

(중략)

그리고 그때 교리 어른께서 막아서신 것도, 이미 퇴색된 전설이 아니라 그 국도 위로 일인(日人)들이 싣고 올 색목문명(色目文明)이나 아니었을까. 우리들의 주거를 안락하게 하고 몸을 살찌우는 데는 어느 정도 도움이 되겠지만, 인간의 본질적인 행복과는 무관한 그 육질의 문명, 순결한 웅녀의 딸들을 능욕하고 선량한 환웅의 아들들을 그들의 총알받이로 내몬 그 약탈의 문명, 민족의 찬연한 역사를 아득한 무력함과 자기비하 속으로 밀어 넣어버린 그 오만한 문명——그리고 무엇보다도 우리의 옛 영광을 끝 모를 역사의 어둠 속으로 침몰시켜 버린 그 욕스런 색목문명을……

그런데 이 작품에서 나타나고 있는 비장미는 주인공이 외부적인 힘과 대결하는 데서만 나타나는 것이 아니라, 존엄성을 가진 한 사람의 인간으로서 시켜야 할 지조와 도덕률을 실천하는 데 있다. 또 다른 작품에서 화자는 그의 스승인 정산 선생이 엄격한 유교적인 도덕관에 바탕을 두고, 자신이 옳다고 생각하는 것에 대해서 한 점의 부끄러움 없이 실천하고 의롭게 살다가 일생을 마친 것에서 장엄한 비극미를 발견한다. 화자가 그들의 유럽의 전형적인 왕당파에 비유함이 옳은지 또는 그른지 간에, 그는 군자로서 왕에게 예를 지키고 의를 다하는 자세에는 시대 변천에 지나치게 아부하는 현대인들을 부끄럽게 하는 엄숙한 비장미가 있다. 혹자는 옛 정신을 나타내는 정산 선생과 같은 수호부(守護符)에서 '가렴구주와 부패의 기록'을 읽어야만 한다고 하지만 군자의 모습을 그와 같은 부정적인 측면과 바로 일치시키는 것은 작가의 의도와 너무나 상치된다고 하지 않을 수 없다. 정산 선생이 요순시대의 예로 들면서 왕정을 찬양하는 것은 보수주의적인 시각이지만, 이것은 『황제를 위하여』에서도 나타나고 있는 바와 같이 칼라일의 '영웅 숭배론'과 비유되는 것이다. 다시 말하면, 이것은 이문열이 맹목적인 역사의 힘보다는 사람의 힘, 즉 그가 말하는 이른바 '사인성(私人性)'의 중요성을 간접적으로 나타내고 있다. 이러한 사실은 「지서(支署)―세 개의 에피소드」에서도 분명히 나타나고 있다. 이 작품은, 격동하는 한국 근대사 속에서 '족인(族人)'이라고 불리는 문중 사람들이 모순된 역사의 산물인 일본 제국주의의 외세를 등에 업은 출세주의와 이데올로기보다는 같은 피를 나누는 사람들을 훨씬 소중하게 생각한 것이 결국 그들로 하여금 무서운 살상을 피하도록 하는 결과를 가져왔다고 이야기하고 있다.

태평양 전쟁 말기에 '못난 족인' 한 사람이 임정의 밀명을 띠고 국내에 잠입한 독립 투사를 경찰에 밀고해서 그 공로로 순사로 특채되었으나 그들에게 체포된 그가 사형을 받게 된다는 무서운 사실을 발견하고 뜨거운 동포애를 느끼면서 심한 죄책감에 빠진다.

……피투성이의 망명 지사가 세 명의 형사에게 이끌려 주재소에 들어서는 순간 그는 원인 모를 전율과 함께 무서운 죄책감에 젖어들었다. 나중에 그 자신도 그 순간 차가운 얼음 조각이 심장에 대인 것 같았다고 술회했을 정도였다.

사실 그는 그 망명 지사에게 개인적으로 뿌리 깊은 원한을 가지고 있었다. 자기가 가난하고 외로운 세월을 보내고 있는 동안에도 사각모자에 망토를 펄럭이며 거만하게 지나치던 속인(族人)에 대한 선망이 악의로 비뚤어져 이루어진 원한이었다. 그러나 그 망명 지사의 피를 보자 그토록 갈망하던 자신의 영달도, 오랜 원한도 눈 녹듯 사라져 버린 것이다. 같은 조상에게 물려받은 그 피는 그 순간 자기 몸에도 흐르고 있다는 자각 때문이었으리라.

그래서 그는 결국 다른 형사들이 보지 않는 틈을 이용해 그를 석방하고 그 마을에서 자취를 감춰버린다. 해방이 되어 일본인들이 물러난 주재소는 민주 경찰의 지서가 되었으나 문중 사람들은 좌우익으로 나뉘어 심한 갈등을 겪고 동족상잔의 6·25를 겪었다. 그러나, 이 고장이 다른 곳과는 달리 억울하다고 생각되는 피해를 피할 수 있었던 것은 혈족이라는 '피의 윤리' 때문이라고 작가는 말한다.

물론 작가의 고향인 듯한 암포 마을에서 일어난 사건들은 긍정적인 전통적 가치를 지키기 위한 것만이 아니라, 봉건적인 지배계급이 하층계급에 가하는 지나치게 비인간적인, 억압 과정에서도 일어난다. 그러나 우리가 주목할 것은 작가가 그러한 사건에서 발견한 비극성이다. 「상처」는 셰익스피어의 『로미오와 줄리엣』을 연상시키는 작품으로서, 지배계급과 피지배계급 간의 비극적 갈등을 소재로 하고 있다. 즉, 2대에 걸친 반상(班常)의 갈등을 소재로 하고 있는 이 작품의 초점은 희(姬) 아주머니를 중심으로 하고 있는 비극이다. 양반 문중의 규수인 희 아주머니는 장터 거리의 타성받이 청년인 만득이와 사랑하게 되었으나 '가족과 문중의 맹렬한 반대'에 부딪치게 되자 한 줌의 수면제로 스스로 목숨을 끊고 만다. 그녀의 죽음에 대해 문중 사람들은 거의 예의 없이 그것을 그녀의 천품 깊이 스며 있는 반가(班家)의 자존심과 긍지가 천한 일시의 색정을 이겨낸 것으로 받아들였다. 즉 한때의 실수로 장터 거리의 상것과 어울렸지만 끝내는 자기로 인해 더럽혀진 일문의 명예와 위신을 괴로워하다 스스로 목숨을 끊고 사죄했다는 것으로 해석한 것이다. 그런데 희 아주머니가 자결한 원인은 죽은 자만이 알 것이고, 또 그녀의 저항적인 죽음의 이유가 어디에 있든지 간에 자신을 극한적인 죽음의 상황으로 몰고 가면서까지 자신의 주장과 명예, 인간적인 위엄을 잃지 않았다는 점에서 비장미가 있는 주인공을 형상화하는 데 성공하고 있다. 「방황의 넋」과 「기상곡」의 예술적 가치도 다른 곳에 있는 것이 아니라, 그것이 지닌 비극성에 있다. 「방황의 넋」에서 종갑 씨가 모든 가산을 탕진하고 자신을 폐인으로 만들만큼 '이조 풍류의 잔영'과도 같은 옛 애인 옥선을 죽음의 끝까지 방황하듯 찾아 헤매는 데도 비극이 있다. 그리고 「기상곡」 또한 민중의 한을 담은 전설을 비극으로 끌어올린 작품이다. 여러 평론가들이 사회학적인 측면을 다분히 담고 있다는 이 작품의 비극은 가진 자들에 의한 잔혹한 억압과 학대로 말미암아 스스로 목숨을 끊었거나 또는 타살된 천민들의 처절한 원한으로부터 비롯된다. 민요체로 씌어진 이 작품에서 벌어지는 비극적인 상황은 「리어왕」 그것만큼이나 참혹하다. 그런데 이 작품은 모든 훌륭한 비극이 다 그러하듯이 「오이디푸스왕」이나 「햄릿」과도 같이 시간의 한계를 초월한 '한'을 이용한 인과응보의 관계를 틀로 사용하고 있는 것이 그 특색이다. 그래서 이 작품의 비극성은 많은 독자들이 잘못 이해하고 있는 것처럼, 부패한 지주계급에 의해 학살당한 하층계급의 원혼의 복수극에 있는 게 아니라, 그들에게 비인간적이리만큼 잔혹한 학대를 했던 어떤 지주의 후손인 늙은 거지가 살인을 하고 스스로 목숨을 끊는 행위에 있다. 비록 '늙은 거지'는 그의 조상과 자신의 잘못으로 인해 이곳저곳으로 방황을 해야만 하는 떠돌이가 되었지만, 그리고 「맥베스」처럼 원무를 하는 원한 맺힌 귀신들에 의한 조작으로 귀금과의 근친상간을 하지만, 그는 자신의 비윤리적인 잘못을 발견하고, 양반으로서, 아니 인간으로서, 남은 마지막 인간적인 위엄을 지키기 위해 죽음과 대결해서 비극적인 종말을 거둔다.

순간 뒹굴고 있던 늙은 거지가 몸을 일으켰다. 일그러진 얼굴에는 두 눈만 이상한 살기로 번득였다. 갑작스레 공포에 질린 여인이 놀라 몸을 빼다 뒤로 자빠졌다. 노인의 갈퀴 같은 손이 그런 여자의 목을 잽싸게 눌렀다. (……)

여인은 저항하는 듯 몇 번 몸을 움찔하다가 서서히 조용해져 갔다. 늙은 거지는 그녀가 전혀 미동도 않게 된 후에도 한동안 더 목을 조르고 있었다. (……)

그때 서서히 손을 뗀 늙은 거지는 시체 위에 엎드려 흐느꼈다. 잠시 후 고개를 든 그는 무얼 찾는지 주위를 찬찬히 살폈다. (……)

돌연 늙은 거지의 눈에 그 새끼가 들어왔다. 알맞게 젖어 질긴 것을 확인한 그는 다시 주위를 살폈다. (……)

늙은 거지도 그 서까래를 본 듯 올가미를 만든 새끼를 거기에 걸었다. 그리고 메고 다니던 보퉁이를 딛고 올라가서 목을 걸고 보퉁이를 걷어찼다.

발이 방바닥에 닿을락말락 늘어진 그의 몸이 한동안 경련처럼 흔들리더니 이윽고 축 늘어졌다. 갑자기 홀로 깜박이던 촛불이 쓰러지며 방바닥에 흩어진 짚검불에 옮아 붙었다.

별스런 연료가 없었음에도 불은 기이하게 밝고 뜨겁게 타올랐다. 그리고 너울거리는 그 불꽃을 타고 마지막 인과의 끈에서 벗어난 영혼들이 손에 손을 잡고 하늘로 솟아올랐다.

만일 '늙은 거지'가 남은 인간 가치와 자존심을 구하기 위해 스스로 목숨을 끊는 죽음과의 대결이 없었더라면, 허공을 떠도는 귀신들의 원한의 고리를 끊지는 못했을 것이다. 아무튼 그가 비극적인 죽음을 택하는 처절한 자기와의 싸움의 과정에서 우리는 인간 가치를 구원하는 비극미를 발견한다.

「폐원(廢苑)」의 비극성은 위에서 살펴본 작품들과 유사한 문맥에 있다고 하겠다. 화자가 「폐원」의 사랑방에서 발견하고 있는 우울하지만 깊고 우아한 분위기는 그것이 지니고 있는 선비 정신은 물론 절제 있는 인간의 위엄과 연관되는 전통적인 숭고미와 깊은 관계가 있다.

그런데 이 「폐원」의 유서 깊은 전통적인 멋과 유현한 분위기에 깊은 향수를 느끼는 이유는 그 속에서 실었고 지금도 살고 있는 여인들이, 눈물겹도록 힘들지만, 그들 자신이 동물 아닌 인간임을 증명하기 위해 윤리적인 가치와 함께 비극적인 ‘여왕’으로 남았기 때문이다.

「폐원」의 역사 속의 첫 번째 여인, 즉 화자의 사랑하는 여인의 어머니는 방탕한 남편이 세상을 떠난 후, 그 집 사랑방을 문중의 젊은이들에게 개방했다. 일제 말 징병을 피해온 문중의 한 젊은 동경 유학생과 말없는 숨은 사랑을 느꼈으나, 유교적인 금단의 윤리적인 계율 때문에 그녀는 온갖 인고 속에 옷깃을 여미고 아무런 마음을 보이지 않았다. 그는 전쟁터인 남양 군도로 가서 영원히 소식이 없게 되었다. 그녀의 딸 셋도 어머니와 똑같은 운명을 지니고 태어난 것처럼 비극적인 사랑을 하게 되지만, 그들은 낭만적인 사랑으로 그들 자신을 해체시키지는 않는다.

첫째 딸 현숙, 그러니깐 「폐원」의 두 번째 여인은 시를 쓰는 재능이 있는 화자의 큰형과 깊은 정신적 사랑을 나누었으나, 동성동본이라는 운명과 연결된 ‘윤리의 언덕’ 때문이지만, 그것을 넘지 않기 위해서 그를 영원히 떠난다. 장래에 여류 사학자가 된 둘째 딸의 경우도 마찬가지다. 또 도시에서 돌아와 슬픔의 눈물 속에 어린 회상의 술잔을 나누는 화자의 애인도 마찬가지다. 비록 화자는 그 이전에 사랑을 호소하는 기사들과는 달리 “불륜이라도 좋을 그 애를 영육 공히 소유하고 싶은 욕망” 때문에 금단의 문 앞과 ‘기묘한 정념’ 앞에서 불면의 밤을 보냈으나, 불륜에 저항하는 그녀의 강인한 인간 의지 때문에 비극적인 사랑으로 끝난다. ‘그 애’가 화자와의 결별이 얼마나 힘들었고, 또 그가 얼마나 쉽게 도시로 도망갈 수 있었던가는 감시가 아닌 작별하러 나온 언니의 말에서도 쉽게 파악할 수 있다.

“큰 언니”

칠흑 같은 어둠 속에서도 희끗희끗한 두 그림자가 하나로 합쳐지는 것이 뚜렷이 보였다.

이어 불행한 자매의 숨죽인 오열이 그대로 내 심장을 찢어왔다.

“왜 가지 않았니? 바보같이…… 나는 그저 작별하러 나왔을 뿐인데…….”

나는 달렸다. 그 애로부터 운명의 오랜 저주로부터 영원히 도망할 때라고 느꼈다.

이렇게 「폐원」의 비극미는 작품에 나오는 인물들이 다른 비극적인 주인공들처럼, 비록 순간적으로 '운명적인 저주'의 사랑에 빠졌으나, 그곳에서 인간의 정신적인 가치와 존엄성을 지키기 위해 죽음과도 같은 극한적인 상황 속에서 끝끝내 자기와의 싸움에서 이기는 데서 변함없이 나타난다. 그들이 낭만적인 사랑의 주인공이 되지 않고, 의미심장한 비극의 주인공으로 남아 있는 것은 유서 깊은 '폐원'의 가문과 깊은 관계가 있다는 것은 결코 우연한 사실이 아니다.

"그 집에는 무언가 우리를 유혹시키는 그 무엇이. 하지만 또한 기억해야 해. 그들에게는 우리가 도저히 흉내낼 수 없는 어떤 냉철함과 꿋꿋함이 있다는 걸. 우리가 나머지 인생을 상처입고 피 흘리는 동안에도 그들은 무엇 하나 손상당하지 않고 제 갈 길을 갈 수 있는 비정과도 흡사한 그 무엇이……"

스승인 정산의 유교적인 가르침에 큰 영향을 입은 화자가 고향 마을에서 일어나는 비극에 대해 이렇게 연민과 향수를 보내는 것은 이상 사회란 서양의 물질문명과 사회 제도로만 이루어질 수 없다는 것을 나타내 주고 있는 듯하다. 근대화가 반드시 이상 사회를 가져오지 않는 것은 그것이 낙원의 이미지뿐만 아니라 그 실체를 담고 있는 공동체 의식인 모둠, 화전, 채미, 서리, 천렵, 잿봉다리 싸움 그리고 벽계 학교 등과 같은 미풍양속을 파괴하고 '경마장 가는 길'과도 같은 경쟁 사회를 만들었다는 것으로 증명이 되고 있다. 그래서 「종손」과 「장자의 꿈」의 주인공들은 한때 고향을 등지고 도시로 나와 얼마 동안 살다가 전통적인 삶의 가치가 지닌 소중함을 새삼스럽게 깨닫고 비장한 결심을 한 다음 고향으로 돌아간다. 「종손」은 '몰락해 가는 문중을 구하신 분'으로 사임당 신씨의 격을 가진 장씨 할머니, 즉 벽계공의 정부인의 화강암 묘비를 '질좋은 오석(烏石)'으로 바꾸는 과정에서 뼈대 있는 선비 가문의 후손으로서 의연히 지조를 지키지 못하고, 객지에 나가 걸부가 된 성대 씨가 비정스럽게도 조강지처를 버리고 과거가 어둠 속에 숨겨져 있는 정숙하지 못한 둘째 부인의 묘비를 장씨 할머니 묘비 곁에 세우려는 일을 돕는다. 그 결과 그는 서울에 있는 성대 씨의 회사에서 과장 자리를 얻어 비교적 풍요로운 생활을 한다.

그러나 그는 시간이 지남에 따라, 자신이 처해 있는 입장이 옳지 않음을 느끼고 도덕적인 인간으로 변신해서 다시 고향에 돌아온다. 그래서 그는 다시 유서 깊은 종손으로서, 아니 인간다운 사람으로서 격을 '소인적인 사고에 흘려' 떨어뜨린 것을 깊이 반성한다. 그래서 그는 성대 씨 회사를 떠나서 다른 사업을 하나 실패한다.

종손이 오래전에 황폐해진 고향에서 퇴색된 문중을 지키기 힘들어서, 명문 유가(儒家)의 종손으로서의 의무는 물론 위엄이 있는 한 사람의 인간으로서의 격을 저하시키는 길을 걸었던 것은 큰 실수였지만, 뒤늦게나마 온갖 시련과 어려움은 물론 패배자라는 무서운 현실과 혼신의 대결을 하는 것은 비극이며 그곳에는 말로 표현하지 못할 비장미가 있다.

「장자의 꿈」 역시 우리들에게 적지 않은 비극미를 가져다주고 있다. 주인공 윤호는 서울에서 여러 가지 궂은일을 통해 어렵게 모은 모든 재산을 청산하고, '산업사회라는 괴물에 의해 유린된' 전통적인 가치관을 구원하기 위해 시골인 고향으로 내려와서, 근대화된 영농 방법을 통해 농촌 사회를 부흥하고, 청빈하고 지조가 있는 선비 문화를 복원해서 엄격한 도덕률을 바탕으로 한 사람다운 삶을 누리는 이상 사회를 이룩하는 꿈을 새로이 꾼다. 그러나 그는 이른바 그의 꿈이 정부의 잘된 농촌 정책과 거칠고 각박한 농촌 현실로 말미암아 산산조각으로 깨어지는 것을 보게 된다. 윤호는 파산을 해서 말 못할 어려움을 겪고 있지만, 자기에게 부닥친 비극적인 현실을 꿋꿋이 받아들이면서, 그것과 의연히 대결하는 모습을 보인다.

「에필로그」에 쓰여 있는 것처럼, 저자인 '나'는 고향에 다시는 돌아가지 못

하지만, 그것이 그의 기억 속에 언제나 살아 있는 것은 아마도 고향에서 본
비장미 때문이다.

3

　이문열의 대표적인 장편으로서 그에게 중앙문화대상을 가져다 준『황제를
위하여』가 지니고 있는 중심적인 주제 역시 앞에서 우리가 살펴본 것과 크게
유사한 비극과 비장미에 관한 것이다. 물론 이 작품은 몇몇 비평가들이 불만
스럽게 지적한 것처럼, 톨스토이나 도스토예프스키 혹은 플로베르나 발자크
의 소설과는 다른 구성을 가졌다. 그러나 시각을 조금 달리해 보면, 20세기
후반에 와서 꼭 19세기의 고전적인 소설 양식을 반드시 따라야만 할 이유가
없다. 작가는 누구든지 삶에 대한 자신의 경험과 시각을 가장 잘 표현할 수
있는 양식을 창안하거나 개발할 수 있다. 이를테면, 전후 미국 소설의 문예
부흥을 일으킨 이른바 '유태계' 소설가들은 자연주의와 상징주의만으로 복잡
하고 다양한 현대적인 삶의 경험을 충분히 표현할 수 없다고 생각했기 때문
에, 소설이 일종의 딜레마에 빠져 있다고 말했다. 그래서 그들은 전통적인 소
설 양식에 나타난 자연주의를 상징주의나 로망스 혹은 익살스러운 블랙 코미
디 또는 신 피카레스크 양식을 통해 변형시켰다.
　또 금세기에 조이스와 카프카를 계승할 만한 위대한 작가인 보르헤스와 베
케트, 그리고 마르케스 역시 전통에서 벗어난 다른 소설 양식을 사용했다.
'극한과「최후의 결론」시대' 즉 소극(笑劇)이나 비극으로 되풀이되는 역사적
이고 우주적인 상황에 대해 할 말을 잃은 베케트는 침묵을 주조로 한 소설을
썼는가 하면, 보르헤스는「피아르메나르, 돈키호테 저자」와「미로」등과 같
은 작품에서 볼 수 있듯이 전통적인 소설 양식은 오늘날과 같은 모든 것이
극에 달하고 벽에 부딪친 상황에서의 인간 경험을 나타내기에는 '고갈'되었다
고 생각하고,「돈키호테」와 같은 기존 작품에 나타난 백과사전적인 지식을

새로이 재구성하고 있다. 마르케스는 리얼리즘적 경향의 글을 썼으나, 19세기의 전통적이고 부르주아적인 리얼리즘과는 달리, 극한 상황에 처한 인간의 '자의식적인 표출'이나 '자아 반영'을 중심으로 한 리얼리즘적인 글을 썼다. 이것에 대한 예를 들어보면 다음과 같다.[1]

행복한 가정이란 다 비슷하다 그러나 모든 불행한 가정은 각기 나름대로 불행한 이유가 있는 법이다.
　　　—레오 톨스토이, 「안나 카레니나」 중에서

여러 해가 지난 후, 그가 사형장에서 소총수들 앞에 섰을 때, 아우렐리아노 부엔디나 대령은 언젠가 기억이 아스라한 어느 날 오후, 그의 부친이 그를 데리고 얼음을 찾으러 갔던 일을 생각해 낼 것이다.
　　　—가르시아 마르케스, 「백 년 동안의 고독」 중에서

다시 말하면, 전통적인 소설 형식만을 주장하는 독자들과 비평가들은 『황제를 위하여』와 같은 작품에 대해 다소간 거부감을 느낄 수 있겠지만, 작가 이문열이 위기 상황에 놓여 있는 우리 민족의 희비극적 현실과 그것에서 오는 자의식적인 주제를 효과적으로 전달하기 위해서 보르헤스와 같이 그의 독특한 소설 형식을 사용하고 있다는 것을 이해한다면, 그것대로의 값이 있고 소중하다는 것을 발견하게 될 것이다. 이문열이 이 작품에서 치열하게 현실을 묘사하기보다는 우의적으로 중국의 고전을 백과사전만큼이나 해박하게 인용하고 있는 것을 두고 관념적이라고 말할 수 있겠지만, 보르헤스의 소설 이론을 기억하면 그것이 중요한 의미를 가지게 될 것이다. 왜냐하면, 세잔이 "자연으로 가는 길은 루브르로 통해 있고, 루브르로 가는 길은 자연으로 통해 있다."라고 말한 것처럼 소설가에게 있어서 인생으로 가는 길은 도서관으

---

1) 존 바스, 「소생의 문학」, 『소설의 죽음과 포스트모더니즘』(김성곤 편), 31~48쪽 참조.

로 통해 있고, 도서관으로 가는 길은—즉 자신이 책이 꽂혀 있는 서가로 가
는 길은—곧 인생으로 통하고 있기 때문이다.[2]

작품 『황제를 위하여』에 나타난 주제 가운데 하나는 부조리한 역사적 현
실과 인간과의 대결에서 오는 비극미에 있다. 이 작품은 풍수지리설로 유명
한 계룡산 부근에서 태어난 어떤 사람이 자신을 『정감록』에 나오는 정진인
이라 믿고, 계룡산 밑 백석리를 중심으로 남조선이라는 왕국을 동양의 노장
철학에 바탕을 두고 세우려다가 실패한 편력을 현대사에 병렬시키면서 우의
적으로 취급하고 있다.

여기서 비록 이문열은 허구적인 환상과 예언에 불과한 『정감록』에 바탕을
둔 시대착오적인 인물의 허무맹랑한 희망과 좌절, 그리고 죽음에 이르는 처
연한 삶의 여정을 담고 있지만, 그것은 허황한 거짓 꿈을 꾸는 자의 일생을
단순히 희화적으로 묘사하고 있는 것이 아니라, 현대사의 거친 물결 속에서
우리 민족이 걸어온 길을 우의적으로 축조해서 조명하고 있다. 많은 독자들
이나 비평가들은 '황제' 정진인이 소설 공간 속에서 움직이는 것을 보고, 시
대에 뒤떨어진 기상천외의 인간으로 생각하며 비판적인 조소와 쓴웃음을 금
하지 못하겠지만, 그에게서 우리 자신의 과거와 현재의 모습을 발견하고 동
정어린 어떤 신비스러운 공감을 느끼지 않을 수 없을 것이다. 왜냐하면 발터
벤야민을 논하는 프레드릭 제임슨이 지적한 바와 같이 "우의는 현대인이 시
간을 살아가는 가장 주도적인 양식으로 순간순간마다 서툴게나마 그 의미를
해독해 내는 것이며, 이질적이며 단절된 순간들에 연속성을 회복시키려는 힘
겨운 시도"이고, 또 이 "우의적인 양식에는 상징법적인 표현의 자유도 전무
하지만 여기서는 인생 전반의 성격뿐만 아니라, 개인의 전기적 역사성까지도
그 자연스럽고 유기적으로 부패된 형태로서 수수께끼 형태 속에서 불길한 조
짐처럼 표현"되기 때문이다. 사실 우의적인 지각의 정수는 역사를 세계의 수
난으로 보는 바로크적인 현세적 설명이다. "역사는 고통과 쇠락의 정거장에

---

2) 존 바스, 「보르헤스와 나」, 잎의 책, 50쪽 참조.

서만 그 의미를 띤다. 그 의미가 얼마나 있는지는 죽음의 존재와 쇠락의 힘에 정비례한다. 죽음이란 자연과 의미 사이에 고르지 못한 궤적을 남기는 것이기 때문이다."[3]

그래서 필자는 이 작품에 나타난 황제의 성공과 좌절, 실패와 죽음에서 독특한 비극적인 의미를 발견한다. 만일 주인공이 시간의 흐름에 휩쓸려 무의미한 수동적인 삶을 살다가 죽음을 맞는다면, 이 작품은 아무런 비극적인 의미를 지니지 못할 것이다. 그러나 그는 끝까지 인간이 지닌 존엄성의 상징인 황제로서, 자신의 믿음과 신의를 잃지 않는다.

표면적으로 보면, 작가는 이 작품에서 쇄국정책을 쓴 대원군과도 같은 황제의 아이러니한 몸짓을 이곳저곳에서 패러디적인 기법을 통해서 풍자한 것처럼 보인다. 그러나 보다 깊은 또 다른 측면에서 보면, 황제의 이러한 희극적인 모습 뒤에는 비극적인 그림자가 짙게 드리워져 있다. 그러면 황제의 비극미는 어디에 있을까. 그것은 비록 황제가 주변 상황이 자신에게 지극히 불리하게 작용하더라도 그것에 전혀 굴복하지 않고, 자신이 옳다고 생각하는 동양적인 지혜와 믿음을 끝까지 버리지 않고, 인간으로서 믿음을 의연히 지키면서 파도치는 역사의 흐름과 끊임없이 대결하다가 사멸한다. 황제가 서양의 과학과 정치사상을 조금도 받아들이지 않고, 계룡산 밑에서 동양적인 도덕 정치를 바탕으로 한 새로운 왕국을 건설하는 것은 정신착란을 일으킨 자의 시대착오적인 발상임에 틀림없어 보이지만, 우의적으로 그곳에는 황제가 외세에 항거해서 요순시대와 같은 목가적인 이상 세계를 세워 전통적인 자존심을 지키려는 처절한 노력이 있다. 그래서 시대에 뒤떨어진 황제의 노력은 실패로 끝났지만, 그가 극한적인 상황 속에서도 자신의 위엄을 지키면서 거대한 외부적인 힘에 끝까지 저항하는 모습에서 우리는 인간적인 의미와 존경을 발견하지 않을 수 없다.

이렇게 이 작품의 진정한 가치이자 중심적인 주제인 비극적인 비장미가,

---

3) Fredric Jameson, *Maxism and Form* : *Twentieth Century Dialectical Theories of Literature* (Princeton, New Jersey: Princeton University Press, 1972), 72~73쪽.

맹목적으로 흐르는 듯한 역사의 흐름에 저항하는 데서 비롯된다고 볼 때, 작가 이문열의 의도는 모든 것을 파괴하고 지나가는 역사적인 흐름보다 인간이라는 개체가 지니고 있는 위대함과 사인성을 영웅 숭배론자인 칼라일처럼 강조하는 데 있는 것이 아닌가 한다. 비록 황제가 아나크로니스트로서의 시대적인 흐름에 역행하는 위인이지만, 한때는 방랑아이자 부랑아였던 미숙아, 우발산, 방량, 신기죽, 두충, 변박유 등과 같은 사람들이 그를 끝까지 따른 것은, 그에게는 다른 어떤 것과도 비유할 수 없는 군자로서의 인간적인 무게와 도덕적인 덕목은 물론 그 실천 의지를 지니고 있기 때문이다.

4

이미 여러 비평가들이 지적한 바와 같이 「칼레파 타 칼라」는 『황제를 위하여』와 같이 우리 현대사의 움직임과 그 모순된 현상을 희랍 시대의 '아테르타 비사(悲史)'를 통해서 우의적으로 조명한 작품이다. 후자가 일제에 나라를 잃은 시기부터 해방을 거쳐 6·25 전란까지의 비극적인 우리 민족의 역사를 우의적으로 다룬 것이라면, 전자는 그 이후부터 1980년대 초까지 일어났던 사회·역사적 현실을 시간적으로나 공간적으로 멀리서 가져온 역사적 움직임을 통해 우의적으로 비추고 있다.

작가가 현실과는 거리가 먼 희랍 시대의 이야기를 하고 있지만 그것이 우리들에게 단순히 먼 현실로만 받아들여지지 않는 것은 역사의 형태와 모드가 소극(笑劇)처럼 반복되기 때문이다. 이 작품의 무대가 되고 있는 아테르타는 아테네와 스파르타 사이에서의 독립을 유지하고 있지만, 문화적으로나 정치적으로 항시 인접 국가들의 지배를 받을 위험성을 지니고 있다든가, 또는 많은 사람들의 지나친 권력 지향, 군중들의 속성, 독립성을 잃은 예술가들의 자세, 현실과는 적지 않은 거리가 있는 무력한 지식의 배움, 그리고 지도자인 영웅이 지닌 비극적임 결함 때문에 스파르다에 의해 침략을 당한다. 이 역사는 근자에 우리 주변에서 일어났던 사건들과 우의적으로 많은 유사성을 지니고 있다.

그런데 이 작품이 지니고 있는 핵심적인 주제는 앞에서 다루어온 작품들과 같은 비극미다. 여기에 나타난 비극미는 나라의 주권을 잃은 아테르타의 민중들이나 예인들의 투쟁적인 움직임에 있는 것이 아니라, 영웅적이었던 집정관 티라나투스의 처절한 죽음에 있다. 앞에서도 누누이 밝힌 것처럼, 비극은 어떤 영웅이나 인물이 그가 지닌 인간적인 약점으로 말미암아 실수를 하고 피할 수 없는 죽음의 상황에 처해 있다고 하더라도, 끝끝내 인간적인 위엄을 잃지 않고 부딪친 현실과는 물론 자신과도 치열한 대결을 하는 데 있다.

작품의 주인공 티라나투스는 살아 있을 때나 죽을 때 결코 인간적인 존엄성을 잃지 않는다. 원래 그는 비록 귀족 출신이었지만 자기에게 주어진 구제도의 온갖 특권과 혜택을 그의 굳건한 인간적인 의지로써 용감하게 포기하고 자유와 안전을 갈망하는 시민 편에 섰다.

그러나 시민들에 의해 집정관으로 뽑힌 그는 높은 샌들이 나타내는 것처럼, 다소간의 정치적인 불균형을 보였다. 그래서 절대적인 자유와 이상향을 꿈꾸는 소피클레스의 자의식적인 의심과 반항의 목소리가 어느 실패한 정객과 삼류 시인에게 신탁의 소리로 되울려서 집정관을 넘어뜨리기 위한 하늘의 메시지로 받아들여지고, 그것이 민중들에게 전달되어 분노의 물결을 일으키게 한다. 이는 티라나투스를 경직되게 만드는 결과를 가져와 결국 민중들이 그를 살해하게끔 만든다. 그런데 여기서 주목할 것은 명문의 후예로서, 일찍부터 학식 깊은 노예의 보살핌을 받았고 자라서는 여러 이름 있는 수사학자며 예지자들을 찾아 더욱 많은 것을 배운 소피클레스가 스스로 판단에 혼란을 일으켜 새로이 선출된 집정관이 시민의 자유를 억압하려 한다는 의구심이 섞인 도전적인 말을 스스로 시민들 앞에 직접적으로 하지 않고 신의 힘을 빌리듯이 신전의 메아리를 이용했다는 것이다. 또 티라나투스의 정적과 그 중년의 비극 시인이 국민을 선동하는 것도 확고한 자기 주장과 판단에 의한 것이 아니고, 신전에서 들려오는 메아리 소리를 신의 목소리로 잘못 판단하고 그것에 의존했다는 것이다.

"아테르타 시민이여, 우리는 압제받고 있는 것이 아닌가!"
마침 그 소리를 지른 지점은 언덕 높은 곳이었고, 그 맞은편에서는 포세이돈 신전이 서 있어 그의 목소리는 그 텅 빈 신전을 울리고 메아리로 되돌아왔다. 그리고 두 번째의 사건이 개입되었다.
소피클레스가 서 있는 곳에서 멀지 않은 중턱에 사는 아주 예민한 귀를 가진 두 시민이 그 때 아닌 외침에 새벽잠에서 깨어나버린 일이었다. 그러나 그들은 **처음의 목소리를 잠결에 들었기 때문에, 뒤에 들려온 메아리와 처음의 목소리가** 같은 사람의 목청에서 나온 것이라는 것을 알아채지 못하고 서로 다른 곳에서 들려온 두 개의 목소리로 파악해 버렸다. 그래서 둘이라는 복수 개념에 사로잡힌 그들은 그것을 언제부터인가 긴가민가하던 자기들의 의혹을 확신으로 바꾸는 데 근거로 사용해 버렸다. (중략)
거기다가 그들 두 사람이 그 놀라운 소리가 들려온 쪽을 가늠해 보니 신전 쪽이었다. 불편한 심기 때문에 잠이 깊이 들지 못했고, 깊은 잠이 들지 않았으니 잠귀가 밝을 수밖에 없었지만, 두 사람은 모두 그 목소리가 자기들만을 향한 일종의 신탁임에 틀림없다고 생각했다.

그리고 그들의 선동을 받아 티라나투스를 무너뜨리는 피비린내 나는 대재난을 일으킨 많은 시민들은 물론 티라나투스에 귀속되어 있던 일종의 친위대들마저 뚜렷한 확실을 갖지 못하고 혼돈에 빠져 그 저의가 확실치 않은 선동가들에 의해, 자신의 인간적인 중심을 잃고 파괴 본능의 노예가 되어 모반의 칼을 휘두르게 된다. 우리는 스스로의 확실한 판단과 결심에 의해 움직이지 못하고 타자의 힘에 의한 조정에 움직이는 위인(爲人)들이나 군중들에 대해서는 아무런 비극적인 성격을 발견하지 못한다.
그래서 이 작품의 비극은 비록 스스로 완전하지 못해서 인간적인 실수를 저질러 죽음 앞에 서 있게 되지만, 주인공 티라나투스가 인간적인 위엄을 터

끝만치도 잃지 않는 의연한 태도에 있다.

군중은 티라나투스마저도 자기들이 어지러이 날려 보낸 비행 무기에 숨을 거둔 것으로 알았다. 그러나 아니었다. 습관이 된 방화와 파괴로 그 거대한 저택의 방실(房室)을 하나하나 점령해 가던 그들은 뜻밖에도 한 곳에서 마지막 독배를 들고 있는 티라나투스와 마주쳤다. 두터운 벽과 청동판을 씌운 겹문으로 거의 장갑(裝甲)되다시피 한 어느 화려한 방실에 힘들여 난입했을 때의 일이었다. 이미 모든 것을 잃었지만, 무언인가 깊은 회상에 잠겨 있는 듯한 티라나투스에게는 그래도 한때 이 도시의 최고 지도자로 군림했던 인물의 용자(容姿)가 남아 있었다. 이상한 위엄이 침중한 비극감과 함께 무슨 후광처럼 그의 주위를 감싸고 있었으며, 산악처럼 태연한 자세와 조금도 위축된 기색이 없는 목소리로 죽음을 초월한 어떤 당당함으로 군중을 압도했다.

비록 그의 정적과 내통한 여인을 잘못 믿고 사랑하는 다소 균형 잃은 인간적인 약점이 그를 파국으로 몰고 왔지만, 끝까지 그녀를 믿고 죽음까지 같이 할 정도로 한 치도 흔들림이 없는 결의에 찬 굳은 표정을 보이던 그는 광분한 군중들에 의해 난자당한다. 우리는 티라나투스가 어리석게도 그를 배반한 애첩을 사랑하다가 처참한 죽음을 당하는 모습에서 감동적인 비극미를 발견하지만, 자기를 그토록 사랑했던 정부(情夫)의 참혹한 죽음에 대해 아무런 연민의 눈길을 보내지 않는 "신부처럼 단정한 '그' 여인"에게서는 아무런 비극성을 읽을 수 없다. 적진 앞에서 무릎을 꿇지 않고 독배를 마신 후 애첩이 휘장 밖으로 나오기를 얼마 동안 기다려달라고 하는 집정관의 요청을 거부하고 그를 단번에 살해하라는 비인간적인 선동가와 인간적인 연민과 이성적인 판단 없이 "거의 어떤 강박관념이나 습관과도 같아진 분노와 흉포성의 발작"에 지배되어 살인행위를 스스럼없이 행하는 군중들의 공허한 분노에서 우리는 아무런 용기도 비극성도 발견할 수 없다.
이 작품 역시 앞에서 논의한 『황제를 위하여』처럼, 맹목적으로 움직이는 것과도 같은 역사의 흐름에 저항하는 티라나투스의 인간적인 용기는 이문열이 주장하고 있는 '사인성'이 무엇인가를 다시금 확인시켜주고 있다.

5

「우리들의 일그러진 영웅」 또한 「칼레파 타 칼라」처럼 자유당 정권 때부터 오늘에 이르기까지 우리 사회에서 일어났던 선량한 개인과 정의롭지 못한 지배자에 의해 지배되는 집단 사이에 일어난 불행한 갈등의 역사를 화자인 주인공의 국민학교 생활 경험을 통해서 우의적으로 탁월하게 형상화하고 있다. 주인공 한병태는 서울의 어느 명문 국민학교에 다니다가 공직에서 바람을 맞은 아버지를 따라 어느 작은 읍에 있는 Y 국민학교로 전학 온다. 그런데 그는 자기가 속해 있는 교실이 무서운 힘을 가진 엄석대의 옳지 못한 요구에 지배를 받고 있는 것을 발견하고 그에게 저항을 한다. 그러나 그는 그 일 때문에 교실에서 견디기 어려운 소외와 핍박을 받는다. 이를테면, 그는 이유 없는 벌을 받으며 어두워질 때까지 교실 청소를 혼자서 해야만 했다. 그것뿐이 아니었다. 비록 그의 실력은 반장인 엄석대보다 우위에 있었으나, 나타나는 성적의 결과는 그보다 하위에 머물러야 했다. 이러한 무서운 결과는 담임선생의 흐린 판단과 엄석대의 철권 주먹으로 이어지는 부도덕한 권력의 지배 때문이었다. 한병태가 얼마 동안 시간을 보내면서 이러한 숨겨진 사실을 발견하고, 무모하게 저항한다는 것이 어리석다고 생각하여 표면적으로 그에 대한 저항을 중단하고 얼마간 굴종을 했을 때, 그에 대한 엄석대의 억압이 사라졌다.

그러나 엄석대와 가까웠던 담임선생이 다른 학교로 전근을 가고 새로 부임해온 담임선생이 예리한 통찰력과 혁명적 의지로써 엄석대의 비행을 현명하게 파헤치면서, 학생들로 하여금 스스로 자정 능력을 길러준다.

이 작품이 우리들에게 던져주고 있는 문제성은 크게 두 가지로 나눌 수 있다. 하나는 엄석대와 같은 지도자로서의 자질과 능력을 가진 사람이 악에 물들어 국민학교 교실을 폭력으로 지배하는 사실이고, 다른 하나는 교실 전체가 악과 불의의 상징인 엄석대가 무서워 그렇게 오랫동안 저항다운 저항을 못하고 굴종을 했다는 점이다. 그러므로 우리가 이 작품에서 발견할 수 있는 것은 의지적인 인간의 능동적인 행위에서 오는 비극이 아니라, 수동적인 행위에서 오는 '파토스'이다. 이러한 사실을 가장 극적으로 보이는 것은, 화자인 주인공이, 새로 부임해 온 담임선생에 의해 Y 국민학교에서 추방되었던 엄석대가 26년이 지나서도 끝끝내 의롭고 용기 있는 영웅이 아닌 '일그러진 영웅'으로 전락해서 피 묻은 얼굴에 수갑을 차고 있는 모습을 보고 눈물을 흘릴 정도로 인간적인 연민을 보일 때이다.

형사 한 사람이 차갑게 내뱉으며 허리춤에서 반짝반짝하는 수갑을 꺼냈다. 그걸 보자 붙잡힌 남자는 더욱 거세게 몸부림쳤다.

"이 새끼 아직도 정신 못 차려?"

보다 못한 다른 형사가 그렇게 쏘아붙이며 한 손을 빼 남자의 입가를 쳤다. 그 충격에 선글라스가 벗겨져 날아갔다. 그러자 비로소 온전히 드러난 그 남자의 얼굴, 아 그것은 놀랍게도 엄석대였다. 삼십 년 가까운 세월이 지나갔건만 한눈에 알아볼 수 있는 그 우뚝한 콧날, 억세 뵈는 턱 그리고 번쩍이는 눈길…… 나는 못 볼 것을 본 사람처럼 질끈 두 눈을 감았다. 그런 내 눈앞에 교탁 위에서 팔을 들고 꿇어앉아 있던 26년 전 그날의 석대가 떠올랐다. 몰락한 영웅의 비장미도 뭐도 없는 초라하고 무력한 우리들 중의 하나가.

작가가 여기서 묘사하고 있는 것처럼 지금의 엄석대는, 삼십 년 전 새로 부임해 온 담임선생 앞에 무릎을 꿇었을 때처럼 자기가 처해 있는 딜레마 속에서 인간으로서 새롭게 태어나기 위해서 자신의 잘못을 깊이 뉘우치는 인간적인 용기와 위엄으로써 자기 자신과 의연히 대결하지 못하고 어떻게 해서든지 도망을 치기 위해 몸부림을 치다가 수갑에 채워진 채 주먹으로 얻어맞아

376

피를 흘리는 것은, 우리가 앞에서 살펴본 여러 작품에 나타난 주인공들의 비극적인 모습이 아니고 우리가 인간에 대해 연민만을 느끼게 하는 '일그러진 영웅'의 모습이다. 화자인 한병태가 그의 딱한 모습에 대해 '눈물까지 두어 방울 떨군 것'은 그가 삼십 년 전 Y 국민학교의 교실을 지배하던 엄석대에게서 발견한 남다른 지도력이, 해를 가리는 먹구름처럼 그가 운명적으로 가지고 있는 비굴하고 부정직한 성격 때문에 파괴되어 낭비된다고 생각했기 때문이다.

어떻게 생각하면, 이 작품의 또 하나의 중요한 사실은, 오늘날과 같은 시대적인 상황이나 기계 문명이 인간으로부터 위엄과 도덕 및 의리와 같은 인간 가치를 박탈해 가고 있기 때문에 비극적인 영웅이 존재할 수 없다는 것에 대해 적지 않은 슬픔을 나타내고 있는 것이다.

그러나 이러한 슬픔은 그로 하여금 과거로 거슬로 올라가서 정신문화의 꽃을 수없이 피우게 했던 전통적인 서화 풍경을 배경으로 해서 「금시조」와 같은 훌륭한 비극적 작품을 쓰도록 했다.

6

작품 「금시조」의 비극은 앞에서 논의한 작품처럼 얼마간의 우의적인 요소를 지니고 있으나, 불행한 정치적인 상황에서 비롯된 것이 아니라, '사인성'을 강하게 지니고 있는 한 예술가가 미로 속에서 길을 찾는 과정에서 일어나고 있다.

즉 이 작품이 지닌 플롯의 갈등은 예술가로 상징되는 고죽과 그의 스승 석담 사이에서 일어난다. 서도(書道)에 있어서 고매한 정신세계를 남달리 강조하는 석담은 고죽이 서예가로서 "재기는 뛰어났으나 도근(道根)이 막힌" 사람으로 생각한다. 그래서 "퇴계의 학통을 이은 영남 명유(明儒)의 후예이며, 추사를 흠모했다는" 춘강 선생의 제자로서, 선비 정신에 투철했던 그는 고죽을 만나자, 그에게 무엇이 부족한지 말로써는 표현하지 않지만, 날카로운 통찰력이 담겨 있는 침묵으로 말한다.

사실, 고죽 역시 석담이 발견한 '도근'의 문제를 지니고 있다는 것을 직접적으로 말하지는 않지만, 그가 처해 있던 운명적인 상황과 그의 '낭만적'인 성격이 그것을 충분히 말해주고도 남음이 있다. 고죽의 피에는 그의 어머니와 같은 성격의 피가 흐르고 있고, 또 그것이 그의 서예(예술) 속에 나타나고 있다는 점을 석담은 일찍부터 감지한 듯하다. 물론 작가는 이러한 사실을 직접적으로 말하지 않았지만, 그가 석담과 고죽의 관계를 이야기할 때마다 그의 삶의 환경과 방황의 편력을 빠짐없이 엮어놓고 있다. 고죽의 숙부가 그를 석담에게 맡길 때, 비록 그를 받아들였지만, 그를 바로 서도에 입문시키지 않고, 동양의 도덕 정신과 수신의 요체를 담은 『소학』을 읽으라고 말하고는 그에게 별다른 관심을 보이지 않는다. 이것은 석담이, 고죽의 어머니가 지아비를 여의고 탈상도 하지 않은 채 불쌍한 어린 자식을 뒤에 두고 개가를 했다는 사실을 그의 숙부에게 듣고, 어머니의 피가 아들에게도 흐르고 있을 것이라고 직감적으로 느꼈기 때문에, 그것을 잠재우도록 하기 위해서 그에게 글을 배우도록 함은 물론 어려운 시련의 시간을 부여했으리라. 이러한 정황은 고죽이 『소학』을 끝마쳤을 때도 그를 못 본 체하고 받아들이려 하지 않음은 물론 세상이 바뀌자 신학문을 배우도록 소학교에 보낸 것으로 뒷받침되고 있다.

또 고죽의 '낭만적'인 성격에 대해 석담의 판단이 옳았다는 것은 그가 스물일곱 살 때 "좋게 말하면 자기 확인을 위해서, 나쁘게 말하면 자기 과시 기회를 찾기 위해서" 그의 스승에게도 알리지 않고, 그의 문하를 빠져나온 일이 있었다는 것으로도 증명이 되고 있다.

그래서 석 달이 지난 뒤 고죽이 적파의 백일장에 장원을 하고 내령, 청하, 두산 등 몇 군데 남아 있는 서당에서 진객이 되어 산해진미와 부호의 사랑에 묻혀 유숙하다가, 그의 그림과 글씨 값으로 준 곡식을 받아가지고 돌아왔을 때 석담은 다음과 같은 말로 그를 꾸짖었다.

"네 숙부의 부탁도 있고 하니 한 식객으로 내 집에 붙여두겠다. 그러나 그 선생님이란 말은 앞으로 결코 입에 담지 말아라. 아침에 붓을 쥐기 시작하여 저녁에 자기 솜씨를 자랑하는 그런 보잘것없는 환쟁이를 나는 제자로 기른 적이 없다."

고죽에게 도근과 자기 억제력이 부족하다는 것은 이것뿐이 아니었다. 또 다른 사실이 그가 죽음 앞에서 자신을 정리하고 반성하는 회상 속에서도 나타나고 있다. 즉 그가 석담의 문하생이 되어 글씨와 그림 공부를 하는 동안 시회(詩會)에 나갔다가 서화를 아는 동척의 간부가 벌인 주연 석상에서 만난 **기생 매향과 넉 달 동안 몸을 같이 섞다가 헤어진 후, 그녀가 추수라는 딸을** 두고 자살을 했다는 소식을 들었을 때도 별다른 슬픔을 느끼지 못했다. 하기야 고죽이 매향을 만나 살림을 차리던 해, 그에게 한학을 가르쳤던 윤곡 선생의 먼 질녀뻘인 그의 아내는 남편의 무관심과 생활고로 인해 "집을 나선 지 오 년 만에 어린 남매와 함께 친정으로 의지해 갔었"지만 말이다.

어찌 이것뿐이랴! 그가 다시 석담의 문하로 들어와서 팔 년 동안 갖은 시련 속에 참담할 정도의 자기 수련을 쌓았지만, "석담 선생의 말없는 꾸짖음을 외면한 채 서화와 관련이 없으면 어떤 것도 보지 않았고, 어떤 말도 듣지 않았다." 고죽은 이렇게 자기 나름대로 수련을 한 후 자기의 기법에 난숙해졌고, 거기에 비례해서 그의 명성이 차츰차츰 알려졌으나, 자신의 작업에 대한 궁극적인 의미와 '봉우리 너머의 무지개'와도 같은 성공에 대한 불확실성 때문에 허망감을 느끼고 무엇이라고 이름 붙일 수 없는 절망에 빠져 다시 석담과 예도의 의미와 그 효용성에 대해 심한 논쟁을 하고, 노년에 있는 스승의 심한 분노를 쌓은 후, 그의 곁을 떠나 "서화를 흩뿌리는 대가로" 술과 여자에 파묻혀 살면서 자신의 공허감을 메우려고 했다. 고죽의 이러한 방황은 앞에서도 지적한 바와 같이 그의 피 속에 흐르는 무절제한 유전적인 성격과 깊은 관계가 있을 것이다.

그런데도 그를 유탕(遊蕩)이며 낭비와도 같은 그 세월에 그토록 잡아둔 것은 그런 깨달음과 공허감 사이의 묘한 악순환이었다. 저열한 쾌락이 그의 공허감을 자극하고, 다시 그 공허감은 새로운 쾌락을 요구했다.

거기다가 그때까지 억눌리고 절제당해 왔던 그의 피도 한몫을 단단히 했다. 역시 그 무렵에 고향을 들러 알게 된 것이지만, 그의 부친은 천석재산을 동서남북 유람과 주색잡기로 탕진하고 끝내는 건강까지 상해 서른 몇에 요절한 한량이었고, 그의 모친은 망미(亡未)의 탈상을 기다리다 못해 이웃집 홀아비와 야반도주를 해버린 분방한 여자였다. 소년 시절에는 엄격한 스승의 가르침과 그 길밖에는 달리 구원이 없으리라는 절박감에, 그리고 청장년 시절에는 스스로 설정한 이상의 무게에 눌려 잠들어 있었지만, 한번 깨어난 그 피는 걷잡을 수 없게 그를 휘몰았던 것이다. 그는 미친 듯이 떠돌고, 마시고 사랑하였다.

그러나 석담이 고죽을 천박한 '환쟁이'로 끝나게 만들지 모르는 그의 오만 방탕한 성격을 정화시켜, 그의 서예가 인내와 절제를 통하여서 오는 숭고한 정신적인 힘을 가지도록 하기 위해 노력하였다. 석담이 고죽에 대해 가졌던 노기를 이 년 만에 풀고 이상적인 서도에 관해 이야기하면서 "글을 씀에, 그 기상은 금시조가 푸른 바다를 쪼개고 용을 잡아 올리듯 하고, 그 투철함은 향상(香象)이 바닥으로부터 냇물을 가르고 내를 건너듯 하라……."라고 가르친 것은 스승이 제자에 대해 가지고 있던 뜻이 무엇이었던가를 충분히 말해 주고 있다.

이렇게 석담과도 같은 강직한 유자(儒者)가 고죽에게 보이지 않는 남다른 애정을 보인 것은, 그가 서예가로서 뛰어난 재능과 부족하지만 온갖 시련 속에서도 자신을 억제하려는 노력을 보였기 때문이다. 그 결과 고죽의 예술과 인생은 언제나 원심과 구심, 즉 방종에서 오는 육체적인 쾌락과 정신적인 절제 사이에서 움직이고 있었다. 그가 낭비적인 방탕한 생활 속에서 공허함과 쾌락이라는 악순환 속에서 지칠 대로 지치면, 다시금 정신적인 서도의 세계로 돌아오는 길을 마련한다.

결론적으로 말해, 고죽이 석담과의 오랜 갈등 끝에 친일 지주 허참봉 집 식객노릇을 하는 등 이곳저곳을 방황하지만, 석담이 그가 돌아오기를 희망한다는 말을 듣고, 스승을 다시 만나기 위한 '자기 정화'를 위해 오대산에 있는 어느 산사에 잠시 머문 후, 비록 시신(屍身)이 되어 관 속에 누워 있었지만 스승에게로 돌아온다.

그는 고가(古家)가 된 석담의 집으로 돌아온 후, 생의 종말이 올 때까지 두문불출하면서 추사를 중심으로 한 석담 선생의 서도를 집중적으로 연구한다. 그러나 그는 결국 그것에 만족하지 못하고 한걸음 더 나아가서 자기 나름대로의 독자적인 예술 세계를 구축해 간다. 그가 일생을 두고 추구한 예술관은 추사의 그것과는 달리, "문자향이나 서권기가 미를 구현하는 보조 수단 또는 미의 한 갈래일 수는 있어도 그것이 미의 본질적인 요소이거나 바탕이 될 수 없"다는 것이다. "추사에게 그토록 큰 성취를 볼 수 있었던 것은 다만 그 개인이 천재에 힘입었을 뿐"이라고 생각했다.

고죽의 서화론을 다시 요약해서 말하면 다음 두 가지로 구분할 수 있다. 그 하나는 전통적인 견해가 글씨로써 그림까지 파악한 데 비해 그는 그림으로써 글씨를 파악하려는 것이다. 그리고 둘째는 '물화(物畵)와 심화(心畵)'의 구분이다. "……고죽은 전통적인 서화론에서 두 가지가 묘하게 혼동되어 있음을 지적하면서…… 서화가에 있어서 그 둘의 관계는 우열의 관계가 아니라 선택적일 뿐이며, 문자향이나 서권기 같은 것은 심화에서의 한 요소이지 서화 일반의 본질적인 요소일 수는 없다"는 것이다. 그래서 고죽이 생각하고 있는 이상적인 서화의 형태는 위에서 말한 서화론에서 출발하여 미적인 완성으로 향해 솟아오르는 금시조와 같은 '관념의 새'와도 같은 모습이다.

그러나 주의해야 할 것은 대부분의 독자들이 쉽게 읽고 넘기는 것처럼, 석담의 예술론과 고죽의 그것이 서로 완전히 분리되어 있지 않고 거미줄처럼 서로 엮어져 있다는 것이다. 고죽은 그의 스승인 석담에 대해 반항적인 자세를 보여왔지만, 그는 항상 그를 필요로 했다. 또 석담이 고죽의 피 속에 흐르는 무절제한 성격을 못마땅하게 생각했지만, 제자인 그로 하여금 관상명정(棺

上銘㫌)을 쓰도록 해서 그의 글을 지하에까지 가지고 가겠다는 유언을 남긴 것처럼, 그의 재기를 소중하게 생각했다. 다시 말하면, 고죽은 생전 내내 석담을 격렬하게 미워하면서도 그의 스승에 대해 형언할 수 없는 사모함을 지니고 있었다. 그가 서화에서 가장 이상적인 상징으로 생각하고 있던 금시조를 볼 때마다 그가 "일평생 싫어하면서도 두려워하고 이르고자 하면서도 넘어서고자 했던 스승의 가르침이 거기에 들어" 있다고 생각했다. 이것뿐이 아니었다. 석담이 세상을 떠난 후, 그는 허물어져 가는 고가인 스승의 집으로 돌아와, 그 집을 지키면서 스승의 가르침을 바탕으로 해서 그의 예술론을 완성했다. 고죽이 죽음의 문턱에서 그의 예술에 대한 서원의 꿈을 형상화한 금시조를 보았을 때, 그것은 변용된 금시조였지만, 석담이 말한 금시조에 바탕을 두고 있는 것이었다.

그렇다면 고죽이 그의 일생에 걸친 작품에서 단 한 번이라도 보고자 했던 것은 무엇일까. 그것은 바로 그 새벽의 꿈에서 본 새와 같은 금시조였다. 원래 새가 스승 석담으로부터 날아올 때는 굳센 힘이나 투철한 기세 같은 동양적 이념미의 상징으로서였다. 그러나 고죽이 추사에 의해 집성되고 그 학통을 이은 스승 석담에게서 마지막 불꽃을 태운 동양의 전통적 서화론에서 벗어나게 되면서 그 새 또한 변용되었다. 고죽의 독자적인 미적 성취 또한 예술적 완성을 상징하는 관념의 새가 되어버린 것이었다.

이렇게 말한 다음 또 고죽이 그가 남다른 애정을 느낀 제자 초헌의 글씨가 스승 석담의 서법을 연상케 하는 데가 있어서 그윽하게 느낀다고 말한 사실과 그를 배반한 그의 첫 번째 수호제자(受號弟子)가 되는 난정 역시 고죽을 두고 석담 선생 밑에 함께 수련을 받았다고 말하는 것은, 고죽과 석담이 불가분의 관계에 있었다는 것을 보이지 않게 강조하고 있다.

그렇다면 고죽이 생각하고 있던 예술론의 완성은 심화와, 사물을 있는 그대로 표현하면서 거기에다가 사람의 정의(情意)를 담은 물화를 유기적으로 완전하게 결합하는 데서 나타날 수 있을지도 모른다. 고죽이 일생을 두고 그린 그림을 불태울 때 그 불길 속에서 그토록 보고 싶던 '찬란한 금빛 날개'의 금시조와 그 '힘찬 비상'을 볼 수 있었던 것은 위에서 말한 사실 때문이 아닌가 한다.

지금까지 고죽이 그린 그림을 모두 불태워 버린다는 것은 다음 두 가지의 의미를 지니고 있는 듯하다. 하나는 그가 집성한 예술론에서 볼 때 그의 그림은 모두 다 불완전하다는 것이다. 즉 그것은 그가 석담으로부터 많은 가르침을 받고 있었지만, 그것을 보다 높은 차원에서 자기 것으로 수용해서 승화시켜 완성하지 못했음은 물론, 자신의 피에 흐르는 무절제한 낭만적 성격이 아직 어떤 아름답고 성숙한 질서 속에 성숙되게 잠재워지지 못했음을 나타낸다.

"지금부터 그걸 하나씩 내게 펴보도록 해라."

초헌은 여전히 말없이 고죽이 시키는 대로 했다.

첫 장은 고죽이 오십 대에 쓴 것으로 우세남(虞世南)의 체를 받은 것이었다.

"우백시(虞伯施)의 글인데, 오절(五節)(덕행, 충직, 박학, 문사)을 제대로 본받지 못했다. 왼쪽으로 미뤄놓아라."

그 다음은 난초를 그린 족자였다.

"이미 소남(정사초)을 부인해 놓고 오히려 석파(대원군)의 그늘을 벗어나지 못했구나. 산란(山蘭)도 심란(心蘭)도 아니다. 왼쪽으로 미뤄놓아라."

고죽은 한 폭 한 폭 자평을 해나갔다. 오랜 원수의 작품을 대하듯 준엄하고 냉정한 평이었다. 글씨에 있어서는 법체를 본받는 경우에는 그 임모나 집자의 부실함을 지적하며, 그리고 자기류의 경우에는 교졸과 천격을 탓하면서 모두 왼편으로 제쳐놓았다. 그림에 있어서도 마찬가지였다. 옛 법의 엄격함에다 자기의 냉정한 눈까지 곁들이니, 또한 오른편으로 넘어갈 게 없었다.

또 다른 하나는, 자기가 부족하다고 생각한 것을 완전히 부정하는 것이 완전한 경지에 도달하는 길이 된다는 것이다.

그렇지만 또 다른 한편으로 생각해 볼 때, 고죽이 일생 동안 그린 자신의 그림에 대해 불만족스러움을 느끼고 그것들을 완전히 태워버리는 것은, 석담의 가르침을 철저히 따르는 것도 아니다. 이것은, 고죽이 제자인 초헌에게 자신의 모든 그림을 태우도록 명했을 때, 그의 내면에 지니고 있던 "석담 선생적인 기질"이 그의 스승의 "철저한 자기 부정 또는 자기비하에 반발"해서 노한 얼굴로 고죽을 노려보고 말리려는 사람들을 뿌리치고 그것에 불을 지른후, 그를 사이비라고 극언까지 하게 만들었다는 것으로 증명이 된다.

그러나 초헌이 고죽에 대해 이러한 시각을 나타내었음에도 불구하고, 고죽이 도덕적으로 자랑스럽지 못한 자기의 전체적인 삶이 담긴 서화를 부정하고 그것을 전부 불태우는 것은, 무절제하고 본능적인 자기를 거부하라는 석담 선생의 가르침을 전혀 수용하지 않은 것도 아니다. 다시 말하면, 그는 그것을 부정하면서도 받아들인 것 같다. 왜냐하면 그가 자신의 서화를 불태우는 것은 "태양이 그림자 속에 숨어 있고…… 진리는 오류 속에 숨어 있는 것"이라고 주장한 폴 드 만의 말처럼, 그가 배운 석담 선생적인 요소를 거부하는 듯하지만 그것은 또한 서화에 담긴 자기 유의 미성숙을 함께 부정하는 것이 되어, 석담 선생의 가르침을 수용하는 것이 되기 때문이다.

그런데 앞에서도 언급한 것처럼 고죽의 예술관에는 초헌이 생각한 것처럼, 직선적인 것이 아닌 복합적인 여러 가지 의미가 유기적으로 함께하고 있다. 그의 철저한 자기 부정은 순간적으로 볼 때 단순히 '자기 비하'처럼 보이지만, 그 이면에는 타자의 힘이 아닌 치열한 자기반성의 결과로서 오는 뜨거운 용기와 불굴의 의지로써 자기와의 싸움에서 이긴 결과를 나타낸다. 이것에 대한 최종적인 마지막 증거는, 비록 초헌이 고죽의 행위를 비겁한 것이라고 말했지만, 그가 그의 서화를 완전히 불태우는 그 마음이 얼마나 힘겹다는 것을 말해 주듯, 그가 그 속에서 일생을 두고 그렇게 보기를 갈망했던 '금시조'가 나타났다는 것이다. 또 고죽이 그 '금시조'를 발견하는 과정이 자기의 삶과 마지막 대결, 아니 자기와의 마지막 대결을 의미하는 비극이 될 수 있는 것도, 그가 자기의 불완전한 삶이 담긴 서화를 불길 속에 던지는 과정이 자신의 인간적인 위엄을 상실하게 하는 것이 아니라, 오히려 그것을 지키는 처절한 노력이 되기 때문이다.

나목(裸木)의 꿈
박완서의 구심적 세계

잎새를 떨어뜨리며
서 있는 나무
저 허허로운 낭만의 둘레
── 김남조, 「나무」 중에서

우리는 전위적인 비평 이론에서 독자의 책읽기가 텍스트만큼 중요하다는 것을 알고 있다. 사실 아무리 훌륭한 작품이 씌워졌다고 하더라도 독자들이 그것을 올바르게 읽어주지 않으면, 아무런 가치가 없다는 것이다. 그래서 이탈리아의 기호학자이자 작가인 움베르토 에코는 주어진 작품을 읽고 비평하는 독자를 고전음악에 생명력을 불어 넣는 훌륭한 연주자에 비유하면서 독서의 중요성을 강조하고 있다. 그러나 음악에도 악보가 있듯이, 작품에도 그것을 구성하고 있는 구조 및 여러 개의 기호가 있다.

만일 어떤 성급하고 미숙한 독자가 텍스트 속에 숨어 있는 기호를 올바르게 읽어내지 못하고 비평적인 글을 쓰게 되면, 그것은 훌륭한 음악을 서투르게 연주해서 화음을 찾지 못하는 것처럼, 작품을 손상시키는 것은 물론 앞뒤가 맞지 않는 웃지 못할 슬픈 결과를 가져오게 될 것이다. 그래서 '독자의 반응에 관한 이론'의 세계적인 권위자인 스탠리 피쉬는 문학 비평에 있어서 독자와 문학 작품과의 만남을 '해석의 경험'이라고 말하면서, 독서 활동 및 독서 경험을 작품, 즉 텍스트 자체 못지않게 중요시했지만, 이러한 비평 활동을 하기 위해서는 전문적으로 지적인 훈련을 쌓은 '성숙한 독자'가 필요하다고 했다.

스탠리 피쉬의 이러한 말이 얼마나 타당한 것인가를 깨닫게 된 것은 필자가 최근 십여 년 만에 박완서의 처녀작 「나목」을 다시 읽고 난 후였다. 이미 우리 현대문학사에 고전이 되고 있는 이 작품을 지금 읽었을 때 그것의 의미는 십 년 전에 읽었을 때 이해했던 것과는 전혀 다른 것으로 나타났기 때문이다. 더욱이 내가 작가 박완서 자신이 쓴 다음과 같은 글을 읽었을 때, 나는 한 사람의 글 쓰는 초라한 독자로서 너무나 큰 부끄러움을 느꼈다.

호평에도 혹평에도 일리가 있게 마련이지만 작가가 전혀 의도하지 않은 뜻으로 해석된 평론도 읽는 방법에 대해 심각하게 생각할 수 있는 계기를 마련해 준다.[1]

작품 「나목」을 다시 읽은 것은, 비록 내가 아직도 비평적인 지식이 부족하고 감수성이 십 년 전보다 무디어졌고, 시력마저 나빠졌지만, 작품의 숨은 뜻을 해석하는 마음의 눈은 그때보다 밝아졌다는 느낌과 또 "오류 속에 진실이 있고 진실 속에 오류가 있다"는 폴 드 만의 통찰력 있는 의미 깊은 말과 그 지침 때문이다.

아무튼 이 글의 목적은 내가 십 년 전에 시도했으나 찾지 못했던 「나목」의 근본적인 코드를 찾아, 달무리처럼 지니고 있는 그것의 주제 의식을 새로운 차원에서 밝혀보는 데 있다.

박완서는 1976년 출간한 「나목」의 후기에서, 우리나라 현대화에 크나큰 획을 그은 고 박수근 화백이 이 작품의 주인공의 모델이라고 밝히고 있다.

이 작품에서 표면적으로 나타나는 갈등적인 요인은 이경, 또는 경아라고 부르는 스무 살 전후의 젊은 여인이 전후의 어려움 속에서 아무리 가도 만날 수 없는 평행선처럼, 결코 결합될 수 없는 옥희도라는 아버지와 같은 화백을 사랑하는 데서 비롯된다.

그러나 이 작품은 대부분의 훌륭한 리얼리즘 작품이 그러하듯이, 남녀 간

---

1) 『박완서론』의 머리글, 삼인행, 1991, 5쪽.

의 미묘한 사랑과 전상(戰傷)의 아픔 이외에 또 하나의 보이지 않는 주제가 그것과 깊은 유기적인 관계를 맺고 심층적으로 전개되고 있다. 이것은 남녀 간의 사랑의 아픔과 이 작품의 중심적인 상징인 나목은 물론 허물어져 가는 한옥인 고가에서도 잘 나타나 있다. 옥희도 씨가 그리고 있는 고목이나 나목은 겉으로 보기에는 죽어가는 듯하지만, 내면적으로는 작품 전체를 통해서 눈으로 보이는 어떤 것 못지않게 강렬하고 집요하게 숨쉬고 있다.

그러면 「나목」에서 독자들의 눈에 쉽게 보이지 않는 주제 의식은 무엇인가. 그것은 기계적이고 자연주의적인 힘과, 우리들의 전통적인 유교적인 도덕과도 깊은 관계가 있는 인간 가치 및 의식과의 치열한 싸움에 관한 것이다. 치밀한 구도 속에서 거미줄처럼 얽어져 있는 이 작품 속에는 어느 것 하나 이러한 숙명적인 갈등에 관여되지 않는 것이 없다. 그래서 독자들은 이 작품을 읽을 때마다, 마음을 태우는 긴장을 가지게 된다.

「나목」의 무대에서 경아를 비롯하여 가난하고 불우한 예술가들, 그리고 비극적인 기지촌 여인들이 전후의 혼돈된 상황 속에서 죽지 않고 살아남기 위해서 '환장한다'는 말과 어원이 같은 '환쟁이' 노릇을 한다든가 혹은 몸을 팔아서 살아가고 있는 것은 거시적으로나 미적으로 볼 때 모두 다 다윈의 법칙 때문인 듯하다.

그래서 전후의 황량한 공간에 서 있는 주인공 경아의 갈등은 전쟁과 전쟁이 남긴 황무지적인 인간 풍경에 반항하는 치열한 인간 의식이라고 부를 수 있는 자아의식에서부터 시작된다. 경아가, 외인부대 병사들이 지닌 사진 속에 있는 관능적인 미국 여인들의 초상화를 그려서 돈을 버는 사람들을 '환쟁이'라고 보이지 않게 능멸을 한다든가, 또 기지촌에 서식하는 여인들에 대해 애정 있는 슬픔과 분노를 함께 보이며 증오하는 것은 그녀가 처해 있는 황량한 현실에 대해 느끼는 참을 수 없는 인간 의식 때문이다.

그러나 무엇보다 중요한 것은 경아의 내면에서 일어나고 있는 본능적인 욕구와 인간 의식의 치열한 갈등이다. 생기발랄한 여자 경아가 정태수와 같은 남자에 대해 느끼는 충동은 지극히 자연적이고 당연한 것이다. 그러한 충동은 이성에 대해 느끼는 반인간적인, 아니 본능적인 감정이지만, 그것은 자연의 일부임을 부인할 수 없는 인간이 지닌 숙명적인 것이다. 다시 말하면, 그것은 인간이 자연법칙에 따라 종족을 보존하면서, 생존해 갈 수 있도록 신이 부여한 우주적인 생명력과 깊은 관계가 있을 뿐 아니라, 생명력 그 자체를 나타내는 표현이기도 하다. 그래서 박완서는 정태수라는 인물을 우리들에게 처음 나타내어 보이면서, 진화의 상징인 듯한 사다리 위에 올라서서 성적인 이미지인 전구로서 화실의 불을 밝히는 것으로 설정해 놓고, 경아로 하여금 야릇한 성적인 충동을 통해 그를 떠받치게 하고 있다.

> 목에 두드러져 있는 남자 특유의 목뼈와 완강한 턱밑의 푸르른 면도 자국은 예기치 않은 감미로운 파동을 나에게 일으켰다. (……)
> 그의 푸른 턱에 내 이마를 대보고 싶어진 것이다. 상상만으로도 이마에 아릇한 간지러움이 오며, 싱싱한 기쁨이 전신에 흘렀다.

그러나 경아는 자신의 내면세계에 또 하나의 자아, 즉 비록 자연적인 것이지만, 동물적인 욕구와 같은 성적인 충동에 저항하는, 인간적인 자아가 있다는 것을 발견하고, 그것의 소중함 때문에 슬퍼하리만큼 치열한 갈등을 보인다. 경아가 자신이 안고 있는 자연주의적인 욕망과 동물적인 충동에서 벗어나려고 하는 심각한 고뇌 속에 힘겨운 인간 의지를 보이는 것은, 그녀가 '환쟁이들' 가운데서 인간의 정신적인 이상과 현실을 예술로써 승화시켜 구상화하는 화가로서의 비전을 가진 위엄 있는 인간, 옥희도 씨를 만나 사랑을 느끼고부터였다.

경아가 보여주는 이러한 마음에 응답이라도 하듯 옥희도 씨는 자신의 마음을 아버지 같은 사랑으로 승화시키는 듯하다. 경아는 이러한 옥희도 씨의 마음에 대해 야릇한 교감을 느끼지만 이성의 힘으로 절제한다.

그러나 다른 한편 경아가 사랑할 수 없는 사람, 화가 옥희도를 사랑하게 되어 안타까움을 나타내는 데 대해 그로부터 이성적인 반응이 전혀 없었던 것도 아니었다. 옥희도 씨는 처자가 있었지만, 그 역시 초인이 아닌 사람이었기 때문에, 경아에 대해 설명할 수 없는 사랑을 보인다.

그래서 그들은 퇴근 시간이 되면 밀어를 나누면서 밤거리를 걸으며 낭만적인 기분을 나눈다. 비록 그들은 웃고 있었지만, 그들 자신들이 자연주의적인 법칙에 의해 지배되는 듯한 슬프고 불쌍한 존재임을 순간적으로 깨닫고 그들 자신이 투영된 모습을 보기 위해 위스키를 따라 마시는 동물, 그 침팬지가 춤을 추는 완구점 앞으로 간다.

침팬지만이 사람들에게 아첨 떨기를 멈추고 한껏 외롭게 서 있었다. 그의 고독이 가슴에 뭉클 왔다. 사람과 동물로부터 함께 소외된 고독과 절망.

가게 주인이 조작하는 장난감 침팬지의 재롱을 보고 나서 나는 옥희도 씨를 쳐다보았다. 그는 하염없이 화필을 놓고 잿빛 휘장을 바라볼 때처럼 그런 시선으로 침팬지를 보고 있었다.

문득 나는 그도 역시 침팬지의 고독을 앓고 있음을 짐작했다. 그리고 나도 그를 도울 수 없음을.

좀 전의 충족감이 포말처럼 꺼졌다. 나는 그에게서 소리없이 밀려나 있었다. 침팬지와 옥희도와 나……, 각각 제나름의 차원이 다른 고독을 서로 나눌 수도 없는 자기만의 고독을 앓고 있음을 나는 뼈저리게 느꼈다.

경아와 옥희도 씨가 보고 있던 침팬지가 술을 마시고 징을 치며 춤을 추게 하는 것은 태엽의 힘인데, 그것은 앞에서도 지적한 바와 같이 남녀 간의 본능적인 사랑의 욕구는 물론 전쟁마저 일으키게 하는 자연주의적인 법칙에 비유된다. 그래서 그 불쌍한 동물, 침팬지에게서 그들의 모습을 발견하고 참담한 절망에 빠진다. 전쟁은 자연법칙에 지배되는 우주에 내재해 있는 어떤 무의식적인 힘에 의해 일어나는 현상이고, 그들 모두 다 전쟁의 희생자들이기 때문에, 의식 있는 예술가인 옥희도는 그 침팬지와 자신이 서 있는 모습을 보고 절망한 나머지 그러한 굴레에서 벗어나고자 한다.

이러한 일이 있은 후, 그 다음날 옥희도 씨는 매장에 나타나지 않았다. 그리고 그 다음 날도. 그런데 경아는 옥희도 씨에 대한 그리움을 정태수와의 만남을 통해서 달랜다. 다시 말하면, 이 작품의 구조처럼, 경아는 옥희도 씨와 정태수를 두 개의 축으로 해서 갈등하듯 움직이며 그 삶을 진행해 가고 있다. 그래서 어떻게 생각하면, 경아가 정신적으로는 싫지도 좋지도 않은 정태수를 충동적으로 만나면서 옥희도 씨에 대한 그녀의 불가능한 정염을 승화시키고 있는 듯하다. 어두운 밤 옥희도 씨가 경아와 외부에서 처음 만나 함께 부드러운 술을 마시고 그녀를 안아주면서 사랑한다고 말한 후, 자신의 마음속에서 움직이고 있는 자연법칙이 싫었기 때문인지, 미군 병사들의 관능적인 얼굴을 그리기 위해 매장에 계속 나오지 않게 되자, 경아는 정태수를 눈속에서 만나 눈길을 걸으면서 데이트를 하듯 옥희도 씨 집을 찾는다. 이 순간 시간적·공간적 배경이 되고 있는 눈발 날리는 거리의 풍경은 곧 옥희도 씨에 대한 경아의 승화되고 절제된 사랑의 빛을 나타내는 듯하다.

그의 집을 찾아가서, 학처럼 목이 긴 그의 부인과 붉은빛 사과처럼 건강하고 싱싱한 그의 아들들을 보았을 때, 질투심이 섞인 슬픔 속에서 절망한다. 그러나 또 다른 한편, 경아의 수면 밑 속마음은 그녀로 하여금 그들에게 저항할 수 없는 깊은 애정을 느끼게 만들었다.

나는 좌절감과 초조로 아랫입술을 자근대며 앉음새를 이리저리 고쳤다. 그녀를 내 감정으로 도저히 선명하게 처리할 수 없어서였다. (중략)

가야 할 시간이 된 것 같았다.

제일 어린 아이가 드디어 장지문을 열고 아랫방으로 내려와 사과 봉지를 만지작거렸다. 비위 좋게 생긴 건강한 사내아이였다.

나는 그를 사뿐히 끌어다 무릎 위에 앉히고 사과를 하나 들려줬다. (중략)

나는 아이를 자꾸자꾸 세게 안았다. (중략)

드디어 옥희도 씨가 보이자 나는 오열이 터질 것 같았다.

　　"가봐야겠어요."

　　이러한 옥희도 씨 집의 가정 풍경을 보고 난 후 경아는 자신의 내면에서 일어나는 영과 육 사이의 갈등을 감당할 수가 없었다. 그래서 추(錘)는 또다시 움직이기 시작했다. 그녀는 정태수가 머물고 있는 숙소에까지 가서 그에게 안겨 그의 '가슴의 심한 동계(動悸)'마저 느끼고 그에게 입술을 주었지만, 마음만은 줄 수 없는 슬픔을 발견한다.

　　이와 유사한 감정의 파도는 명암을 교차하면서 계속해서 파장을 넓혀가고 있다. 경아와 옥희도 씨는 전후의 황량한 길 위에서 자연주의적인 굴레에 얽매여 있지만, 그것에서 벗어나기 위해 처절한 갈등을 한다. 두 사람 사이에 다른 것이 있다면, 경아는 젊었기 때문에 생명의 흐름과 밀접한 관계가 있는 성적인 충동을 극복하지 못하고 그것에 순응하는 모습을 보이지만, 옥희도 씨는 그것에 대해 뼈아픈 저항을 보인다. 이러한 그의 태도가 절정에 이른 것은 얼마 동안 심한 감기를 앓고 PX 매장으로 다시 나와 달러에 얽매인 의미 없는 초상화를 그리다가 눈이 오는 창밖을 내다보며, 자신의 일과 주변의 관계에 회의를 느끼고 심한 자의식을 보일 때다. 이것에 대한 표현은 작품의 중심적인 상징이자 기호가 되고 있는 명동의 완구점에 있는 침팬지의 풍경을 바라보는 그의 의식적인 눈에서 또다시 나타나고 있다.

　　즉 황량한 전후 상황에서 고아같이 된 경아가 이성 문제와 관련된 혼미한 상황 속에서, "들꽃과 갓난 짐승의 냄새를 합친 것 같은 비릿하고 향긋한 냄새가 나는 싱싱한" 미숙이란 동료가 미군 일병으로부터 구원을 받았다는 사실에 자극을 받아, 옥희도 씨로부터 "사려 깊고도 자애로운, 착하고도 어리석지 않은 눈매"를 받고 싶었으나, 별처럼 아득함을 느끼고, 또다시 '물구나무'를 서고 싶은 반작용 때문에, 정태수와 미묘한 만남을 가진 후, 그들이 항상 만났던 그곳으로 갔으나, 시간이 너무 늦었기 때문인지 그는 그곳에 없었다. 그 후 그녀는 완구점 앞에서 다시 옥희도 씨를 만나 이성적인 불안 때문에 환상적인 소꿉장난 같은 행위를 그만두고 보다 현실적인 생활을 그에게 강요했을 때, 그는 다음과 같은 말을 했다.

“나도 경아도 침팬지가 돼가는 느낌이 들지 않았어?”
“어떻게 진화가 거꾸로 됐네요.”

경아는 전쟁 때문인지 그녀의 내면세계에서는 낡고 병든 것, 다시 말하면, 죽음을 극복하려는 의지로써 옥희도 씨에게 자연주의적 욕망과 관계가 있는 사랑이란 이름의 열정을 강요한다. 옥희도 역시 경아처럼 생명력이 있는 사람이 되고자 한다. 그러나 그는 치열한 갈등 속에서도, 자연주의적인 법칙에 지배되는 동물적인 상태에서 벗어나서, 인간 가치를 유지하면서 비전을 가진 완전한 인간이 되어보고자 한다. 어떤 의미에서 자연인은 자연법칙과 맥을 같이하고 있는 동물적인 성적인 충동에 의해 지배되는 경우가 많다. 더욱이 전후의 상황에서는 더더욱 그러하다.

그러나 인간이 자연의 도움 없이 스스로의 힘과 상상력, 그리고 탁월한 비전을 가지고 그린 그림은 자연과는 관계가 없는 독립된 인간의 산물이며, 또 완전한 인간의 꿈, 아니 도덕적으로 완전한 인간의 이상 자체를 나타내는 것이 될 수 있겠다. 옥희도 씨가 PX에서 미군 병사들 애인의 초상화를 그렸지만, 그것의 대상은 자연법칙을 극복한 의연한 인간의 얼굴이 아니라, ‘잡것의 쌍판’이라고 이름 부르고 있는 역으로 진화된 타락하고 추한 인간의 얼굴인 듯하다. 그래서 그는 PX 매장에서 ‘환쟁이’ 노릇을 하며 경아와 정을 나누는 자신을 태엽에 감겨 위스키를 마시며 슬퍼하는 침팬지와 일치시키면서, 그것과 같은 상태에서 벗어나고자 한다.(작가가 이러한 의도로 글을 쓴 것은 그 다음에 경아가 그 완구점에 갔을 때 침팬지를 볼 수 없었다는 것으로 증명된다.)

그래서 옥희도 씨는 경아에게 자신으로 하여금 그림다운 그림을 그리는 화가가 되도록 며칠 동안만의 시간을 가지도록 부탁했다. 사실 ‘돈’이란 것도 정글 법칙 속에서는 ‘먹이’와도 같은 의미를 지니고 있기 때문에, 경아가 “달러 냄새만 맡으면”, 자신의 인간적인 가치와는 관계가 없는 어떤 힘의 조작에 의해 움직이는 꼭두각시나 혹은 완구점의 침팬지처럼 "그 슬픈 엉터리 영어를 한다"는 것도 이러한 의미를 나타내고 있다고 하겠다.

그래서 옥희도 씨는 경아와 처절하고 슬픈 대화를 나눈 후, '잡것들'의 초상화를 그려서 파는 매장으로 나오지 않고 집 안에 칩거해서 그림을 그리고 있었다. 그러나 경아는 옥희도 씨가 그림을 그리다가도 그 완구점까지 자기를 만나러 나올 것으로 생각했다. 그러나 그녀가 그곳으로 가보았을 때 그는 보이지 않았고 태엽을 돌리면 위스키를 마시며 슬픈 표정을 짓던 침팬지도 사라지고 없었다. 그래서 그녀는 옥희도 씨가 일한 급료를 가지고 그의 집을 방문했을 때, 아이들이 열어주는 장지문을 통해, 그동안 그가 그린 그림을 보고 크게 놀란다.

무채색의 불투명한 부우연 화면에 꽃도 잎도 열매도 없는 참담한 모습의 고목이 서 있었다. 그뿐이었다.

화면 전체가 흑백의 농담으로 마치 모자이크처럼 오톨도톨한 질감을 주는게 이채로울 뿐 하늘도 땅도 없는 부우연 혼돈 속의 고목이 괴물처럼 부유하고 있었다.

경아는 옥희도가 그린 고목 그림을 보고 그 그림에서 "빛과 빛깔의 빈곤, 즉 삶의 기쁨에의 빈곤"이 절망적이리만큼 짙게 스며 있는 것을 보고, 그의 부인이 그가 처한 빈곤에 대해 방파제 노릇을 하지 못한 것에 대해 분노하면서, 그로 하여금 '죽은 나무둥걸'을 그리기보다는 생명력이 있는 그림을 그리기 위해서 그의 캔버스 앞에서 스스로 옷을 벗겠다는 생각을 한다. 경아는 옥희도 씨가 생명력이 없는 것을 그리게 된 것은 생명과 인간의 비전을 살해하는 전쟁 때문이라 생각하고, 자신이 생명력과 깊은 관계가 있는 성에 대한 미군 병사의 갈증은 채워줄 수 있으면서도 그가 그토록 사랑하는 옥희도의 갈증을 채워줄 수 없음을 슬프게 생각한다.

경아는 초췌한 모습을 한 옥희도 씨와 고사(枯死)하는 듯한 그림을 보고 난 후, 그와 같은 현실에 대한 반항과 옥희도 씨에 대한 사랑의 표현으로, 성적인 갈증을 보이던 미소년과도 같은 병사가 머물고 있는 호텔과 유사한 곳을 찾아가서 옷을 벗는다. 그러나 그녀는 분홍빛 침대에서 성적인 행위가 생명력과 깊은 관계가 있지만, 핏빛이 전쟁에서 볼 수 있는 파괴 행위와도 깊은 관계가 있다는 것을 직접적으로 깨닫고 위기의 순간에 그곳을 탈출한다.

그러나 경아는 이러한 연상 속에서 전쟁에서 일어나는 파괴 행위가 부조리하고 비민주적이지만 역사 발전과 깊은 관계가 있다는 것을 직감적으로 흐릿하게 느끼는 듯하다.

박완서가 의도적으로 쓴 것인지 아닌지는 정확히 모르지만, 경아가 한쪽 모퉁이가 날아가 버린 고가(古家)에 대해 무서워하면서도 그것에 대해 남다른 경외감을 느끼고, 또 그 속에 살면서 집을 지키려고 했던 것도 그것이 역사의 뿌리에 대한 상징으로 작용했기 때문인 듯하다. 이것에 대한 하나의 상징적인 증거는, 전쟁의 포탄이 날아왔을 때 고가의 본채 천장에 숨어 있던 종가(宗家)의 둥치에 해당되는 큰아버지와 민이, 그리고 군에 입대한 큰댁 장손인 진이는 살아남고 가지에 해당되는 행랑채에 숨어 있던 욱이와 혁이 오빠가 포탄에 맞아 낙엽처럼 떨어져 죽은 것이다. 경아의 가문을 역사에 대한 하나의 상징 내지 은유로 생각할 수 있는 또 하나의 예는 경아가 자기 집안을 이야기할 때, '나'라는 자기의 개체를 '우리'라는 집단 속에서 생각하지만, 그것에 대해 개체로서의 슬픔을 잃지 않고 있다는 것이다.

우리는 물론 큰아버지와 민이를 감춰 주는 것을 당연한 일로 알았다. 어머니는 그들의 참담한 몰골을 보고 진작 우리집으로 오지 않은 것을 거듭거듭 섭섭해할 지경이었다.

경아의 가문의 문맥 속에서, 고가와 그 속에서 살아남은 큰아버지와 진이 오빠, 그리고 모태에 해당되는 여인들이 무서운 역사의 진행 속에서도 살아남은 것은 그들이 가족 나무의 둥치에 해당되고 욱이와 혁이 오빠는 작은집을 상징하는 나뭇가지에 매어 달렸던 잎새들에 해당되기 때문인 듯하다. 경아가 심한 마음의 시련을 겪고 난 후 그녀가 그토록 무서워하던 낡은 기와집의 숭고한 가치를 인식하고, 욱이와 혁이 오빠를 본재가 아닌 행랑채에 숨겨 두도록 만들어, 그들을 죽게 만들었다고 후회의 눈물을 흘리는 것도 이러한 사실과 결코 무관하지 않은 듯하다. 그러나 또 다른 한편 경아가 파괴와 죽음 속에서 역사 발전이 일어난다는 진화론을 믿었는지 아닌지 모르지만, 나무에서 떨어진 나뭇잎새들의 아름다운 희생의 모습에 가슴 아픈 애정을 보이고 자기도 그것과 함께 하고 싶은 충동에서 그 위에 뒹굴고자 하는 유혹마저 느낀다.

문득 전쟁이나 다시 휩쓸었으면 싶었다.
오빠들이 죽은 후에도 내 인생이 있다는 건 참을 수 있어도 내가 죽은 후에 타인의 인생이 있다는 참을 수 없다.

경아는 다윈의 진화론을 나타내는 듯한 은행나무에서 떨어지는 잎새들을 욱이와 혁이 오빠의 죽음과 비유하고, 그들의 희생을 노란 은행잎처럼 찬란하게 빛난다고 생각하면서도, 그러한 현실이 자연주의적인 법칙과 깊은 관계가 있는 전쟁에 대해서 절망하리만큼 처절히 저항한다. 그래서 경아는 푸른 가을 하늘을 향해 자라고 있는 은행나무를 보고 살고 싶다고 말하면서 죽고 싶다고 수없이 되풀이한다. 그래서 경아는 '어머니의 저주와 핏빛 시트의 추억'을 썩어간 낙엽들의 것으로 생각하고 난 후에도, 그것이 지니고 있는 모순에 대해 스스로 찢기고 있음을 발견한다.

그러나 경아는 끝없이 계속되는 절망에 의해 분명히 살아 있으면서도 죽은 것이나 다름없는 '부우연 눈'을 가진 어머니에 대한 반어적인 증오와 함께 자연주의적인 모순으로 빚어진 감상적인 늪에 얼마 동안 빠져 있었으나, 그곳에서 빠져나와 강인한 독립된 인간으로 발돋움하고자 한다. 그래서 경아는 그 미소년같이 생긴 미군 병사와 핏빛 침상에서 벗어나서 어둠의 '야기(夜

氣)’ 속에서도 꿋꿋이 서 있는 가로수에 뺨을 부비며 의존하다 말고, 생존하
고자 하는 의지를 잃은 어머니가 있는 집으로 가지 않고, 쓰라린 가난 속에
서도 온갖 어려움을 이기고, 인간의 존엄성과 아름다움을 잃지 않으면서 라
마르크의 사슴처럼, 보다 높은 세계를 추구하는 옥희도 씨 부인의 긴 목에
매달리고 싶어 그 화가의 집으로 간다.

　나는 목이 긴 여자를 생각했다. 그 긴 목이 어깨가 되어 흐르는 그 유려하고도
따스한 고장에 내 얼굴을 묻을 수 있었으면.

그래서 경아는 그날 밤 옥희도 씨가 살고 있는 단칸방에서 여러 아이들 틈
에 끼어 잠을 자면서, 자신이 “꽃잎에 묻힌 부분 외에는 거의 전라의 몸”으
로 옥희도 씨의 모델로서 그의 그림 속에 들어가고자 하는 꿈을 꾸었다. 그
러나 경아는 어둠 속에서 화사한 자신의 나신보다는 목이 긴 백자를 어루만
지는 것을 보고 자못 실망을 하지만 경이로운 신비감에 사로잡힌다.
　그렇다면 옥희도 씨가 그의 화폭에 담으려 했던 이상적인 대상은 무엇인
가. 그것은 백자처럼 영겁으로 흐르는 시간 속의 어려움 가운데서도 자신의
우아함을 잃지 않고 자신의 실체를 침묵으로 의연히 말하고 있는 백자를 닮
은 목이 긴 그의 부인과도 같은 여인상이다. 경아가 꿈결 속에서 보았다고
말하는 옥희도 씨의 백자에 이상하게도 피가 돈다고 말함은 이러한 대상을
가리키는 듯하다.

　이윽고 나는 방 한구석에 웅크리고 있는 옥희도 씨를 보았다. 그는 그 구석에
경건히 꿇어 앉아 무엇인가 열심히 어루만지고 있었다. 그가 쓰다듬고 있는 건
목이 긴 백자 술병이었다.

경아가 옥희도 씨 집에서 하룻밤을 지새우면서, 그 예술가가 자기 그림의
대상으로 화사한 꽃과 같은 나신이 아니라, 이조 백자와 같은 정숙하고 의연

한 한국의 여인상이란 것을 발견하고 돌아와서 그녀가 살고 있는 고가의 유현한 아름다움을 새롭게 인식하게 된다. 이것은 그녀의 아버지와 어머니, 그리고 사랑하는 욱이와 혁이 오빠가 함께 살았던 한쪽이 날아간 낡은 기와집의 이미지가 옥희도 씨가 어루만지는 이조 백자의 그것과 유사한 코드와 상징성을 지니고 있었기 때문이리라.

어쨌든, 경아는 옥희도 씨가 그림을 구상하는 화실 현장을 온몸으로 체험하듯 보고 온 후 얼마 있지 않아 공허한 시간을 보내고 있었던 어머니가 폐렴으로 돌아가시는 것을 보고 장례식을 치른 후, 뜨겁게 사랑하지도 않았지만, 그렇게 싫어하지도 않았던 정태수와 희극적인 슬픔 속에서 결혼을 한다.

그러는 동안 경아는 가족의 생계를 위해서 PX 매장에 초상화를 그리기 위해서 나왔던 옥희도 씨와 다시 만나는 일이 있었다. 그래서 경아는 그가 깊은 마음으로 그 자신을 사랑하면서도, 그의 가족을 부족함 없이 사랑하는 도덕적인 사람이라는 것을 알게 된다.

그런데 불우한 예술가인 옥희도 씨가 죽음과도 같이 황량한 전후 상황 속에서도 희망을 잃지 않고 살아남아 그림을 그릴 수 있었던 것은 경아와 같은 생명력 넘치는 여인을 만났기 때문이다. 옥희도 씨가 정태수와 삼각관계에 있듯 서글픈 논쟁을 벌일 때, 경아를 두고 '신기루'라고 표현한 것은 이러한 사실을 증명해 주고도 남음이 있다. 현실적인 삶을 살아가는 정태수가 신기루를 물거품이라고 말했지만, 물은 생명은 물론 생명력을 상징적으로 나타내고 있기 때문에, 옥희도에게 경아라는 이름의 신기루는 생명력과도 깊은 관계가 있는 희망에 대한 상징도 될 수 있으리라.

그러나 중요한 것은 옥희도 씨가 나목처럼 그것을 인간 의지로써 절제해서 인간의 위엄을 잃지 않았다는 것이다. 비록 오해의 여지가 없지 않지만, 그는 일찍 아버지를 여읜 경아에게 아버지와 같은 사랑을 베풀었고, 때가 되었을 때, 경아를 성숙된 여인으로서 그의 품에서 떠나게끔 했다. 또 그가 한 사람의 인간으로서뿐만 아니라 예술가로서 사막과도 같은 황량한 풍경 속에서 경아에게서 신기루와도 같은 싱싱한 생명력을 발견하고 그것에 의해 위안을 받아 인간과 삶에 대한 믿음을 잃지 않았다는 것은 다행스러운 일이지 결코 부도덕하거나 수치스러운 일이 아니다.

또 비록 옥희도 씨가 경아에게 이성적인 애정을 품었었다고 하더라도 그것은 가정적인 사람으로서가 아닌 예술가로서, 다시 말하면, 우주적인 차원에서 끝없이 이어지고 있는 역사적인 힘에 복종하는 한 사람의 개체로서뿐만 아니라 태양이 어둠 속에서 다시 떠오르는 것처럼, 전쟁과 같은 황무지 속에서도 온갖 시련을 이기고 희망과 비전 속에서 생명력을 이어가는 인간의 모습을 간직해서 표현하기 위함이라 하겠다. 경아가 맨 처음 옥희도 씨의 어두운 단칸방의 장지문을 열고 바라본 캔버스에 나타난 그림이 고목이었던 것이, 얼마 동안 시간이 지난 후, 그의 종가집의 표상이기도 한 고가의 뒤뜰에 서 있는 잎이 진 은행나무가 그 집의 변신처럼 보이는 나목으로 보인 것은 이와 같은 이유 때문이리라.

경아가 그렇게 나목이 된 은행나무를 두고 아파하는 것은 발터 벤야민의 이론을 빌려오지 않더라도 역사적인 과거가 사라지지 않고 현재에 살아 있는 때문이다. 역사와의 단절은 곧 유기체인 생명과의 단절을 의미하기 때문에, 벤야민은 과거를 파괴되고 부서진 것이라고 생각하면서도, 그것에 대한 기억과 그 잔해를 소중하게 생각했다.

결혼을 해서 새집을 짓고 행복하게 살아가는 경아와 태수가 어느 해 가을 노란 은행잎을 바라보다 말고, 옥희도 씨의 유작전에 가서 나목의 그림을 보고자 한 것은, 그림 속에 나목이 된 은행나무와도 같이 살다가 간 옥희도 씨의 견인력 있던 모습뿐만 아니라, 황량한 역사 속에서 의연히 살아가고 있는 그들 자신의 모습, 아니 인간의 모습을 찾아보고 싶었기 때문일지도 모른다.

정말이지, 화가 옥희도 씨는 추운 겨울에 하늘을 이고 서 있는 나목과도 같은 존재였을 뿐만 아니라, 다른 나목들을 자라게 하도록 나무에서 떨어진 찬란한 빛깔의 황금 잎새와도 같은 존재가 아니었던가. 경아가 나목에서 떨어진 노란 은행잎들 위에 뒹굴고 싶어 하는 것도, 진화론에서 비롯된 우주적인 인력 때문이기도 하겠지만, 그녀가 젊은 시절 그토록 사랑했던 옥희도 씨의 아픔과 함께 하기 위함일지도 모른다. 또 경아가 특히 이러한 마음을 가지는 것은 옥희도가 살아 있을 때 살아가기가 힘겨워 부질없이 그의 마음을 괴롭혔다는 뉘우침 때문일지도 모른다.

김장철 소스리 바람에 떠는 나무, 이제 막 마지막 낙엽을 끝낸 김장철 나목이기에 봄은 아직 멀건만 나의 수심엔 봄에의 향기가 애닯도록 절실하다. (중략)
덕수궁 속의 은행의 낙엽은 한층 더 찬란했다. 우리는 은행나무 밑 벤치에 앉아서 황금빛 세례에 몸을 맡겼다.

자연적인 힘이 파괴적인 죽음을 가져오지만 역설적으로 그것은 또한 그 속에서 새로운 생명을 잉태하고 있기 때문에, 우리는 슬퍼하지만 자연현상을 있는 그대로 받아들여 수용해야만 한다. 그러나 우리는 자연인이면서도, 인간이기에 인간 가치를 지키기 위해 자연의 힘과 싸우면서 의연히 서 있는 작은 거인을 사랑하고 존경한다. 왜냐하면 인간의 역사와 문명은 그들에 의해 창조되고 이어지고 있다는 것을 알기 때문이다.

그 어느 누구라도 만일 그가 성숙한 독자라면, 죽음과 삶의 명암이 모자이크처럼 쌓여서 교차되는 탁월한 구도를 가진 박완서의 걸작품 「나목」의 주인공, 옥희도 씨는 물론 그와 평행선상에서 그에게 생명력을 불어넣어 주었던 여인 경아를 이해하고 남다른 인간적 애정을 보내지 않을 수 없을 것이다.

아직 미숙한 독자인 필자가 옥희도 씨의 그 유명한 그림에서 "여인이 없는 나목은 예술작품으로 생각할 수 없다"라고 말한다 할지라도, 그것은 결코 지나친 일이 되지 않을 것이다. 왜냐하면 예술의 나무는 겨울나무처럼 그 토양이 아무리 척박하더라도, 현실적인 인간 세계의 조화 속에서 자라는 것이지, 결코 천국에서 자라는 것이 아니기 때문이다.

생의 미로와 열림의 미학

최윤의 단편들

눈은 살아 있다
떨어진 눈은 살아 있다
마당 위에 떨어진 눈은 살아 있다
—— 김수영,「눈」중에서

치밀하게 계산된 기하학적 구도와 엄밀하게 끌질한 서정적인 언어로써 미로 속 삶의 풍경을 그리면서 1990년대를 앞서가는 작가 최윤. 그가 이상문학상을 타게 된 것은 결코 우연이 아니다. 어쩌면 그는 이상(李箱)과 가장 가까운 작가일지도 모르기 때문이다. 여기서 최윤을 두고 이상과 가깝다고 하는 말은 그가 이상처럼 난해한 지성을 가지고 있다는 것만이 아니라, 그가 일상적인 권태로운 현실에 대해 이상만큼이나 치열하게 저항해 왔다는 의미이기도 하다.

이러한 사실은 그가「푸른 기차」의 표제어에 다음과 같은 이상의「권태」를 인용하고 있는 것으로도 충분히 증명이 되겠다.

아 — 이 벌판은 어쩌라고 이렇게 한이 없이 늘어놓였을꼬?
어쩌자고 저렇게까지 똑같이 초록색 하나로 되어먹었노?

사실 그는 "너는 더 이상 너가 아니다"라는 그 자신의 말과 같이, 또 자서전적인 이야기를 우화로 만든 듯한「판도라의 가방」속의 여주인공처럼 새장 속에 갇혀 있는 자신을 해방시키기 위해, 또 진부한 일상적인 삶으로부터 자신을 벗어나게 하기 위해 '말하는 그림'을 수없이 그려왔다. 그가 그린 그림이 그의 「판도라의 가방」 속에 있는 그것과 얼마나 일치하는지는 모르겠지만, 한국 문학사에 분명히 하나의 획을 긋게 될 「회색 눈사람」, 「아버지 감시」 그리고 이상문학상을 수상작 「하나코는 없다」 등은 모두 변신하고 싶어 하는 그의 희망을 나타내는 '판도라 가방' 속의 여인이 그린, 탁월한 '말하는 그림'들이다.

내가 바로 내가 그린 그림 속의 여인과 사랑에 빠진 사람입니다. 나는 그 거대한 여객선의 선실의 벽을 잊지 못합니다. 그 여명 속에서 밤새 내가 그린 그림 속의 여인이 드러나던 순간의 전율을 한시도 잊지 못할 것입니다. 그 여인이 드러나던 순간의 전율을 한시도 잊지 못할 것입니다. 그 여인이 바로 새장을 든 여인이었어요. 나를 향해 신비의 미소를 짓고 있는 가방의 임자이기도 하구요. 나는 사람들이 깨기 전에 선실 칸막이의 벽에서 그림이 그려진 부분을 잘라냈습니다. 그때서야 내가 아무렇게나 잘라낸 그림이 얼마나 정확하게 내가 맡고 있는 007가방에 들어가는지를 알고 놀랐지요. 단언하건대 나는 가방의 크기를 염두에 두고 그림을 오려내지도 않았으며 가방 안의 우단의 천이 만들어내는 곡선이 그림의 모서리와 부합한다는 것을 그때서야 알아차렸을 뿐입니다. 늘 그랬듯이, 내가 그린 그 그림이 결국 나의 여행 행로를 바꾸어놓고 말았습니다. 다른 모든 그림이 그랬던 것처럼 말이죠. 나는 오랫동안 가방 속에 들어간 그림을 바라보았습니다.[1]

'판도라의 가방' 속에 들어간 그림은 말할 것도 없이 그의 성공작을 의미한다. 그리고 그것은 그의 인생 행로를 바꾸어놓았다. 그런데 '판도라의 가방' 속에 들어간 그림, 아니 자신이 그린 그림에 언제나 새장의 문을 열어줄 수 있는 여인을 담고 있다는 것은 그의 소설 세계에서 실로 중요한 의미를 나타내고 있다. 비록 여러 비평가들은 작가 최윤의 주제가 다양한 변주를 이루고

---

1) 최윤, 「판도라의 가방」, 『저기 소리 없이 한 점 꽃잎이 지고』(문학과지성사, 1992), 93쪽.

있다고 말하지만, 그것은 표면적인 현상이고 그의 작품 세계 밑바닥에는 지금까지 작가의 삶이 그래 왔듯이 지루한 일상적인 삶을 극복하려는 자기와의 치열한 싸움이, 이지적인 틀 속에서 진행 중에 있다.

그의 데뷔작 「저기 소리 없이 한 점 꽃잎이 지고」는 비록 한국전쟁 이후 가장 비참했던 민족적 비극인 광주 민주화 운동을 그의 독특한 문체와 상상력을 통해서 형상화하고 있다. 그러나 이 작품의 심층에는 타성에 젖은 일상적 삶과 일치해서 생각할 수 있는 '검은 휘장'을 찢으려는 작가의 숨은 의도가 치열하게 숨쉬고 있다. 이 작품은 튼튼한 객관적 시점을 가지고 있지만, 그것이 작가의 손에 의해 씌어졌기 때문에 작가 자신의 의식을 반영하고 있다는 것은 새삼스럽게 밝힐 필요도 없겠다.

「아버지 감시」와 「회색 눈사람」과 같은 그의 대표작이 우리에게 큰 감동을 주는 것은 그의 절제된 언어와 잘 만들어진 소설 구조 때문이기도 하겠지만, 이들 작품들은 권태롭고 진부한 우리네 삶을 의연한 인간 의지로써 찢어놓았거나 뒤집어놓았기 때문이다. 이를테면, 「아버지 감시」의 소재는 보기에 따라 다르지만, 소설 앞부분에서 주인공인 아버지가 정물처럼 앉아서 들여다보고 있는 생명이 없는 식물도감만큼이나 진부하다. 그러나 이 작품을 성공작으로 만든 것은 독자의 기대를 뒤엎는 아버지의 흐트러짐 없는 인간적인 신념과 의연한 자세이다. 여기서 심리적으로 심한 갈등을 지니고 있던 아들이 아버지에 대해 가졌던 말할 수 없는 증오와 멸시를 존경으로 바꾸고 아버지의 바람막이가 되고자 하는 것은, 아버지가 식물학 연구만 하던 아들의 기대를 뒤엎으며 자기의 남은 삶을 어떻게 살 것인가를 말하듯이 "프랑스 코뮌 당시 147명의 위대한 인민 혁명 전사들이 마지막 순간까지 싸우다가 무참히 사살된 역사적"인 현장 페르 라 셰즈 묘지를 찾아가고 있을 때였다.

나는 한바탕 들이닥치는 바람에 잠바의 깃을 올릴 생각도 잊고 70대의 노인답지 않은 빠른 걸음으로 저만큼 앞서가시는 아버지의 구부정한 뒷모습에서 시선을 뗄 수가 없었다. 마치 십여 년 전 그 불편하던 여름날 이곳에서 아버지 생각을 한 이후부터 줄곧, 행여 아버지를 만날 수 있을지도 모른다는 기대 속에서 하루하루를 살아오기라도 한 것 같은 감정의 착각에 사로잡혀 나는 뛰다시피 아버지에게 나가갔다. 정말 추우신지 바람에 온통 붉어지기까지 한 얼굴을 돌리시며 아버지께서 다시 물으셨다.

"거 참 바람 한번 극성스럽구나. 아직도 멀었냐?"

나는 길 저쪽 끝에서부터 또 한차례 몰려오는 바람을 막을 양으로, 아버지의 어깨를 껴안으면서 대답했다.

"이젠 거진 다 왔습니다. 아버지."[2]

동인문학상을 받은 「회색 눈사람」의 경우도 마찬가지다. 이 작품이 우리에게 그렇게도 큰 감동을 준 것은 남다르게 지적으로 끌질을 한 절제된 서정적 언어도 언어려니와, 일상적인 삶을 살아가는 사람들의 기대를 뒤엎은 가난한 여대생 강하원이 온갖 아픔과 어려움을 극복하면서 우리에게 보이고 있는 때 묻지 않은 초극적인 사랑과 실천 의지 때문이다. 그러나 이 작품이 "술병 밑바닥 유리의 어두운 두께로 다가오는" 우리의 일상성을 뒤엎는 것은 이것만이 아니다. 작품의 무대가 되고 있는 인쇄소뿐만 아니라, 이모의 돈을 훔쳐 대학에 진학해서 학교에 나가지 않고 있던 강하원이, 자기가 가졌던 모든 것을 바쳐서 연탄 가루를 뒤집어쓴 '회색 눈사람'이 상징하는 '안'이라는 사람을 희생적으로 사랑한 것도 들 수 있다. 안에 대한 화자인 강하원의 사랑은 겉으로 보기에는 단순히 지나간 상처에 지나지 않는 듯이 보이지만, 그의 마음 속으로 들어가 볼 때, 안과 함께 인쇄소 사무실에서 어둠을 태우는 조개탄의 불빛만큼이나 뜨거웠던 것이다. 강하원의 아픔이 아름다움으로 변신할 수 있었던 것은 일상적인 것을 거부하고 그것을 밤하늘의 별처럼 승화시키려는 그의 숨은 노력 때문이다.

진부하고 안이한 현실에 저항하고자 하는 작가의 의도를 가장 선명하게 그

---

2) 앞의 책, 145~146쪽.

려낸 작품은 아마도 무미건조한 현재의 삶을 상처로써, 아름다웠던 과거에 대한 짙은 향수로써 여과시킨 '한여름 낮의 꿈'일 것이다. 한여름이 얼마나 무덥고 지루한 시간인가는 여기서 새삼스럽게 밝힐 필요가 없다. 최윤은 '한 여름 낮'을 진부한 일상적인 삶과 일치시키면서, 소설 속의 화자로 하여금 사계 중에 여름이라는 계절의 일순간만이라도 일상적인 삶에서 벗어나 자기가 추구하고자 하는 삶을 영위하도록 한다. 이 작품의 화자는 어릴 때 집을 나가서 이웃집의 미모의 여인과 더불어 사군자를 치던 아버지의 모습을 자신과 일치시키면서 일상에서 벗어난 자기만의 창의적인 삶을 살고자 한다. 그런데 문제는 그의 아내가 그의 이러한 노력을 단순히 고칠 수 없는 병으로만 인식하려는 것이다. 그래서 그는 '한여름 낮의 꿈'이 필요했던 것은 현실이 그만큼 물질에 오염되었고 참된 인간 가치를 외면하고 있다고 여기는 듯하다.

그러나 최윤은 타락하고 병든 현실을 도피하는 풍경만을 그리지는 않았다. 그는 그것을 치유하고 인간이 인간으로서 살아남을 수 있는 방법을 분명히 제시하는 일을 잊지 않았다. 「당신의 물제비」는 겨울 안개와도 같은 진부한 현실의 회색 휘장을 찢고 시간의 강물을 의연하게 건너는 모습을 돌팔매질하는 이미지를 통해 미묘하게 제시하고 있다. 이 작품은 알레고리적인 성격을 많이 지니고 있지만, 그의 작품 세계를 가장 선명히 비춰주는 거울이 되고 있기도 하다. 이 작품 속에서 화자는, 삶의 여정을 나타내는 고속도로 위를 이름 모를 정부(情婦)와 함께 달리다가 참혹한 교통사고를 일으켜 죽은 남편의 얼굴에 스며 있는 미소를 보고, 심한 충격을 받아 일종의 정신병을 앓는다. 그러나 그를 구해준 사람은 그의 치료를 맡은 병원의 정신과 의사가 아니라, 정년 퇴임을 한 민주환 박사였다.

작가는 복잡하고 불가사의한 인생을 묘사하듯 작품의 긴장감을 위해 상징적 미스터리의 연막을 치면서 언어로 만든 미로의 그림자를 가면처럼 두껍게 던지고 있다. 그러나 민 박사가 그를 정신병으로부터 구해준 것은, 수면 위에 던져진 돌처럼 도덕적인 인간 가치를 잃지 않고 자기 자신을 꿋꿋이 지키면서 적극적으로 생의 강물을 건너라는 무언의 가르침이었다.

어느새 나는 민 박사와 스스럼없이 가까워져 있었고, 임종 얼마 전 나는, 할아버지에게 어리광을 부리듯이, 한 학자의 반생을 뒤흔든 그 돌 조각의 행방을 물은 적이 있었다. 그는 대답 대신 딴청을 부리며 나들이나 가자고 했다. 우리가 간 곳은 그의 고향 근처, 복동 씨의 집이 있는 한 강가 마을이었다. 그는 강가의 길을 걷다가 길 위에 널브러진 여느 조약돌 중의 하나를 집어 들었다. 그리고 그것을 내게 건네주며 강물 멀리 멀리까지, 가능한 한 멀리 던져 보라고 했다. 내 손을 떠난 그 납작한 조약돌은 한 번, 두 번, 세 번 매끄러운 수면 위를 스치며 날아갔다. 물차는 제비처럼 날렵하게. 내 짧은 생애에 가장 멋지게 띄워 본 물수제비였다.[3]

민 박사의 이러한 가르침은 한국전쟁 때 그를 구해준 돌팔매에 실린 종이쪽지는 물론, 외과 의사로서의 봉사 생활 및 은퇴 후 약초를 캐면서 인간을 치유하기 위해 노력한 그의 연구 업적과 밀접한 관계가 있다고 볼 수 있겠다. 주인공인 화자는 민 박사의 서재를 정리하면서 자신의 병을 치유하는 것 또한 이것과 깊은 관계가 있다고 생각한다. 왜냐하면 연구하는 삶이란 생의 강물을 건너는 데 있어 돌을 가슴에 품고 살아가는 것과도 같은 것이기 때문이다.

그는 돌을 가지고 있었다. 누구나 심장 한 구석에 깊이 박혀 있는 돌을 가지고 있을 것이다. 그것에 물을 주고 그 주위를 가꾸며, 어느 날 많은 시간이 지난 후에 그 돌이 아주 하찮은, 여느 들길에서 흔히 발견되는 그런 조약돌에 불과하지 않는다는 것을 알아차릴 때까지. 돌을 심고 가꾸는 것은 삶의 행로에 닥쳐드는 아픔을 이겨내기 위함이다.[4]

이 작품에서 최윤은 돌을 강물 위에 물수제비로 던지듯 살아가는 것이, 적극적이고 능동적인 삶이 반드시 '계산된' 결과와 똑같이 나타나지 않더라도

---

3) 앞의 책, 30~31쪽.
4) 앞의 책, 8~9쪽.

그것은 그것대로의 뜻이 있다고 말한다. 돌을 가슴에 안고 그것의 무게를 추적하며 일생을 살았던 민 박사는 일생을 돌과도 같이 남다른 의지를 가지고서 보통 사람으로서 해내기 어려운 도덕적인 일생을 성실하게 살았다. 그러나 교통사고로 참혹한 죽음을 당한 화자의 남편은 적극적이고 도덕적인 삶으로부터 도피하려고 하다가 죽음을 당하지 않았던가? 화자가 죽은 남편의 얼굴에서 본 그토록 선명히 남아 있는 미소는 힘겨운 '삶의 미로'를 적극적으로 수용하지 않고 부정하는 일종의 쓴웃음과도 같은 것이리라. 남편과 정부는 삶을 출구 없는 미로로 잘못 보고 생을 '왜곡된 미로'로 보았기 때문에, 삶에 대해 부정적인 미소를 던지면서 그것을 도피하려다가 사고를 당해 죽어갔던 것이리라.

삶의 미로를 농담(濃淡) 짙은 서정적인 언어로 회화적으로 형상화한 「하나코는 없다」의 주제는 「당신의 물제비」의 그것과 유사하며, 또 그 연장선상에 있다고 하겠다. 작가는 이 작품의 주제를 작품의 시작 부분에서 다음과 같이 선명하게 제시하고 있다.

폭풍이 이는 날에는 수로의 난간에 가까이 가는 것을 금하라. 그리고 안개, 특히 겨울 안개를 조심하라…… 그리고 미로 속으로 들어가라. 그것을 두려워할수록 길을 잃으리라.[5]

새삼스러운 해석이지만, 수로의 난간은 삶을 살아감에 있어서 자기의 힘이 아닌 다른 사람에 의존하는 것이고, 겨울 안개는 퇴폐적인 감상에 빠지는 것을 말한다. 그리고 미로 속으로 들어감은 출구가 없을 것만 같이 보이는 삶 속으로 뛰어 들어가서 적극적인 삶을 살아가는 것을 말한다. 작가에 의하면 삶은 길이 없는 미로 같지만, 그것을 피하지 않고 그 속으로 뛰어 들어갈 때 역설적으로 그 속을 헤쳐 갈 수 있는 길을 발견할 수 있다는 것이다. 그래서

---

5) 최윤, 『하나코는 없다』(1994년 이상문학상수상작품집, 문학사상사, 1994), 11쪽.

이 작품은 복잡한 미로 속을 걸으면서도 ‘돌’과도 같이 흔들리지 않는 단단한 인간 의지와 자긍심을 가지고 시간의 강을 건너는 하나코라는 여인을, 그렇지 못한 인간형인 남자 주인공과 치밀하게 대조해 놓고 있다.

페미니즘적인 성격을 강하게 나타내는 이 소설에서 남성들은 고독의 순간에 자신을 혼자 힘으로 굳건히 지탱하지 못하고 현실을 도피해서 죽음과도 같은 퇴폐적인 감상의 늪에 빠져 하나코에게 의존하려는 모습을 보이고 있다. 모자를 취급하고 있는 무역 회사 직원인 작품 속의 화자는 물 위의 도시인 베네치아에 도착했을 때 심한 고독을 느끼고, 대학 시절부터 알고 있던 하나코를 만나서 밀회를 하고 싶은 유혹을 느낀다. 다시 말하면, 그는 베네치아에서 죽음처럼 내다보이는 물이 무서워서 하나코와 같은 ‘난간’이 필요했을지도 모른다. 아니 그는 ‘돌’이 아닌 ‘물’이 나타내는 퇴폐적인 죽음의 유혹에 몸을 던지고 싶었을지도 모른다.

이처럼 강박적으로 하나코에 대한 기억이 떠오르는 것은 이상한 일이었다. 강박적? 그보다도 고집스럽게라고 말하는 편이 낫겠군, 하고 그는 중얼거렸다. 그녀가 산다는 곳에서 멀지 않은 곳까지 와 있기 때문일까, 아니면 안개와 미로 같은 좁은 길과, 길을 따라가다 보면 어김없이 한끝이 드러나는 물 때문일까. 그렇지. 이상하게도 하나코 하면 물이 연상되었었다. 그래서 모두 마지막으로 자연스럽게 그 강변으로의 여행을 생각했는지도 몰라.[6]

그러나 하나코는 그에게 ‘소로의 난간’이 될 수 없는 여인이었고, 물의 유혹에 빠질 사람은 더더욱 아니었다. 하나코는 삶의 미로 속을 걸어가지만 언제나 그의 잘생긴 코처럼 의연하게 자기를 지킬 수 있는 인물이었다. 혼자만의 고독을 지키며 허무주의의 늪 속으로 빠지는 사람이 결코 아니었다. 그가 ‘미로 속을 들어가듯’ 남자 친구들의 초대를 거절하지 않고 받아들인 것은 생

---

6) 앞의 책, 23~24쪽.

의 미로 속으로 들어가는 것이 자신을 구원하는 방법이라는 것을 알았기 때문이다. 자신을 지킬 줄 알았으므로 남자 친구들이 부르면 언제나 그들에게 자연스럽게 다가가서 자신의 고독을 물리쳤다. 이러한 사실은 하나코 옆에 언제나 그녀의 여자 친구 한 사람이 머물고 있는 것으로도 충분히 증명될 수 있겠다. 보다 구체적으로 말하면, 갈대밭 근처의 늪지대 같은 술집에서 남자들은 수렁에 빠진 듯이, 혼자 힘으로 스스로 설 수 없는 듯이 하나같이 하나코에게 의존하려고 싸움을 하듯, 광란적으로 팔을 흔들면서 웃지 못할 희비극을 연출한다. 그러나 그녀는 담담한 표정으로 늪 속의 술집을 빠져나가 어둠의 미로를 헤쳐 나갈 만큼의 단단한 용기를 가진 사람이었다.

반면에 남자 주인공은 베네치아에서 겨울 안개와도 같이 위험한 센티멘털에 대한 집요한 강박 관념에 빠져서 하나코를 전화로 부른다. 그러나 그녀가 예나 지금이나 누구에게나 똑같이 친절하게 대하는 것으로써 자기 자신을 지킨다는 사실을 깨닫자 그는 '실망의 자유'를 느끼면서 하나코에 대한 자신의 마음을 단념한다. 그 결과 그는 그녀에게로 가지 않고, 로마로 가는 침대차 속에서 물 위에서 자기를 비추고 서 있는 등불을 바라보면서, 하나코라는 여인이 자신을 어떻게 지키고 살아가는 여인인가를 깨닫고 환상 같은 이상한 물의 도시, 베네치아가 던지는 위험한 그림자로부터 자신을 구출한다.

이 작품의 주제적인 측면에서 중요한 것은 두 가지다. 하나는 하나코가 남자 주인공과는 달리 고독과 슬픔, 그리고 죽음의 유혹이 있는 이탈리아에서 자기를 지키며 세계적인 디자이너로 코를 높이면서 성공할 수 있었다는 것이고, 다른 하나는 남자 주인공이 하나코가 자신을 지키면서 그를 초대하는 그 목소리 때문에 자기를 잃어버릴 몽상의 미로 속으로 빠져 들어가지 않고 자기의 삶을 건강하게 개척할 수 있었다는 것이다. "그렇게 날 몰라요?" 하는 하나코의 전화 목소리는 얼핏 들으면, 그를 유혹의 세계로 초대하는 듯한 목소리 같지만 그것은 틀림없이 그녀가 모든 유혹에서 자기 자신을 지킬 수 있다는 것을 나타내는 말이었다. 아무튼 이 작품의 끝 부분에서 남자 주인공이 하나코가 던지는 인간적인 미로의 수수께끼를 풀 수 있었기에 늪으로부터 자신을 구할 수 있었던 것은 고마운 일이다. 남자 주인공은 수상 도시 베네치아의 유혹에서 벗어나면서 자신을 지켰고, 하나코는 이탈리아와 같은 미로의 도시 속으로 들어갔지만 능동적인 삶으로 자신을 의연히 지키면서 성공했다.

김승옥의 「무진기행」을 연상시키면서도 여성의 인격과 존엄성을 한껏 부각시킨 이 작품은 1990년대를 장식할 수 있는 수작이라고 하지 않을 수 없다. 결국 하나코는 생의 미로 속에 있으면서도 일상적인 것의 늪 속에 빠지지 않고 그것과 싸우면서 적극적인 삶을 살았기 때문에, 세계적인 독립된 디자이너로서 그녀 자신의 코를 그렇게 높일 수가 있었다. 이제 하나코를 언제나 유혹의 대상으로 삼았던 남자 주인공에게는 그녀의 존재는 없지만, 여성으로서 하나코는 뚜렷이 존재하고 있는 것이다.

하나코의 얼굴은, 옆에서 웃고 있는 친구의 얼굴 쪽으로 반 정도 돌려져 있어서 오똑하게 돋아 난 코가 더욱 부각되어 보였다.[7]

「하나코는 없다」가 최윤이 소유한 희망을 나타내는 '판도라의 가방' 속에 있는 그것과 일치하는지 그렇지 않은지는 우리로서는 모를 일이다. 그러나 이 작품이 미로의 인생길을 의연히 살아가고 있는 최윤의 자화상의 일부인 듯한 인상은 씻을 수가 없다. 비록 이 작품의 그림이 그의 '판도라의 가방' 속에 있는 것과 일치한다고 하더라도, 최윤이 이 작품을 발표한 이상 그 가방은 자연적으로 열쇠가 채워져서 열리지 않으리라. 그래서 그는 자신을 새장과도 같은 가방 속에서 해방시키기 위해 또 열심히 글을 써야만 할 것이다. 그가 이 다음에 어떤 그림을 그릴지는 모르지만, 우리는 그가 지금까지 소설 속에 그린 그림보다 더 크고 광활한 벽화를 그릴 수 있기를 기대한다.

---

7) 앞의 책, 41쪽.

우울한 기억 속의 풍경들

신경숙, 『겨울우화』와 『풍금이 있던 자리』

언제부턴가 갈대는 속으로
조용히 울고 있었다.
그런 어느 밤이었을 것이다. 갈대는
그의 온몸이 흔들리고 있는 것을 알았다.
—— 신경림, 「갈대」

1

신경숙은 1985년 ≪문예중앙≫ 신인문학 공모에서 중편 「겨울우화」가 당선되어 문단에 나왔다. 그러나 우연인지 필연인지 몰라도 신경숙의 출현은 결코 평범한 것은 아니었다. 왜냐하면 많은 비평가들은 신경숙 문학을 분기점으로 해서 1980년대까지 뜨겁게 전개되었던 서사적인 리얼리즘 중심의 한국문학의 흐름이 개인의 자유와 그 내면 세계를 탐색하는 쪽으로 그 방향을 전환하는 현상을 보였다는 진단을 내렸기 때문이다. 실제로 많은 독자들이 읽고 느낄 수가 있듯이 의식의 흐름으로 이루어진 그의 문체가 삶에 대한 투명한 통찰력과 결합된 시적인 색채를 지니고 있기 때문에 그의 작품이 ‘메마른 산문체’로 쓰인 종래의 전통적 리얼리즘 작품들과는 적지 않은 차별화를 보이고 있다. 더욱이 상당수의 비평가들은 이러한 상황을 두고 ‘신경숙 신드롬’이라고 말하면서 그의 작품이 한국 문학의 전통에서 나타난 ‘낭만적인 허무 의식’ 내지는 한(恨)을 심층적으로 이어가거나 복원하는 양상을 보이고 있는 것으로 지적하고 있다.

이런 평가는 두 번째 창작집 『풍금이 있던 자리』에만 적용되고 있을 뿐,

첫 번째 창작집 『겨울우화』에는 적용되지 않은 것이다. 비록 그는 첫 창작집에서 시적인 색채가 짙은 문체를 통해 삶의 미세한 현실을 현미경으로 투사시켜 보듯 맑고 투명하게 관찰하는 모습을 보이고 있지만, 그 주제와 내용의 차원을 편견 없이 곰곰이 들여다보면, 그의 문학은 리얼리즘의 전통을 이어가는 것이지 결코 그것에 역행하는 것은 아니다. 왜냐하면 신경숙은 그의 시선을 어려운 역사의 길 위에서 고통받는 이들에게 머물도록 하며, 그들의 아픔을 함께 하고자 하는 욕망을 감동적으로 나타내고 있기 때문이다. 실제로 신경숙이 보이고 있는 이러한 작가적 태도는 리얼리즘의 대표적인 주창자였던 톨스토이가 "인간을 하나로 묶는 윤리적인 감정의 커뮤니케이션이 예술이고 그것의 가치는 인간애에 대한 감동을 얼마만큼 서로 나눌 수 있는가에 달려 있다."라고 말한 것과 많은 공통점을 지니고 있다.

그런데 두 번째 창작집 『풍금이 있던 자리』에 나타난 페미니즘 성격의 작품들은 위에서 언급한 리얼리즘의 연속선상에 있다고 파악할 수도 있겠지만, 『겨울우화』와는 대단히 다른 사소설의 성격을 지니고 있다. 즉 그의 두 번째 창작집에 실려 있는 많은 작품들은 서사성을 잃고 추억에 기초를 둔 내면적 독백 형식을 통해 삶의 아름다움과 그것이 무너지는 비극적인 슬픔을 환상에 가까우리만큼 파편적으로 그리고 있다.

물론 신경숙 문학의 이러한 변화는 작가가 외부적인 시대 상황에 영향을 받은 결과일 것이다. 그러나 분명한 것은 그의 문학의 중심축은 부조리한 사회적 현실을 고발하는 단순한 사회적 리얼리즘에서 벗어나 개인적인 삶의 비극적 현실을 의식의 흐름과 비넷트(vignette) 형식을 통해 파편적으로 표현하는 방향으로 옮겨가고 있다는 사실이다.

제 글쓰기가 대체로 저의 비사회성을 전시해 놓은 건 아닌가, 여러 가지 결함들을 문학이라는 이름으로 미화시켜 온 건 아닌가, 하는 생각을 하면서도 삶은 사랑이라고 일러주었던 것이기에, 제게 주어진 시간들을 반추해 보고 지키고 살게 해주는 통로이기도 하기에, 멈추지 못했습니다.

가끔 혼자 방안을 서성이거나 무슨 일에 골똘해 있다가 거울 속에 얼굴을 비쳐볼 때가 있습니다. 제 뺨과 눈, 코, 입, 이마를 멀거니 들여다 볼 때가 있습니다. 문득 콧볼을 검지로 튕겨보기도 합니다. 그러고 나면 피식 웃게 되거나 눈물이 핑 돌게 되거나 둘 중 하나입니다. 웃어버리거나 울어버리는 그것 말고 제 얼굴을 견디는 다른 해찰이 필요했습니다. 그저 제 식으로 짜여진 삶의 생김새라고 여겨주십시오.[1]

이러한 신경숙의 노력은 사회적 리얼리즘의 압력에 억눌린 반작용으로 나타난 현상일지 모르지만, 남다른 허무 의식으로 진부한 일상적 삶에 내재해 있는 '아름다운 슬픔'을 새로운 감수성과 날카로운 시선으로 바라보는 사소설의 한계를 벗어나지 못하는 경향을 보이고 있다.

2

신경숙이 첫 창작집에서 타인과의 고통을 나누고 있는 주제는 그의 데뷔작이자 신경숙 문학의 구심이라고 할 수 있는 「겨울우화」에서부터 나타나고 있다. 의식의 흐름과 치밀한 구성 그리고 아름다운 시적 문체로 이루어진 이 작품의 플롯은 그 제목이 말해 주듯 불행한 가정환경에서 자라나 역사적으로 억압받던 암담한 시절에 대학 생활을 보내야만 했던 초등학교 교사인 명혜가 대학 재학 시절부터 사랑했던 혁규라는 불운한 청년의 어머니에게 아들의 소식을 전해 주기 위해 정읍에 있는 시골집을 찾아가는 것에서 출발하고 있다.

추운 겨울날 노인을 찾아가는 길 위에서 그녀가 보여주고 있는 의식의 흐름에 따라 전개되는 과거에 의하면, 혁규는 학교에서 제적을 당한 후, 포장마차로 고단한 생계를 꾸리기도 하고, 온 세상이 검은 탄가루로 뒤덮인 사북의

---

1) 신경숙, 『풍금이 있던 자리』(문학과지성사, 1993), 304쪽.

탄광촌에 들어가 광부로 일을 하기도 한다. 그런데 마지막으로 하게 된 자동차 운전 중에 어린 소년을 심하게 다치게 하여 감옥살이를 하게 된다. 비록 혁규의 친구인 창규가 자신에게 미묘한 감정을 보이지만, 명혜는 그의 도움을 받아 감옥에 갇혀 있는 혁규를 찾아가서 면회를 한다. 명혜는 거기서 혁규로부터 그의 어머니를 찾아가서 자기가 감옥에서 복역하고 있는 것이 아니라 외항선을 타고 바다로 나갔다고 전해 줄 것을 부탁 받는다. 그래서 명혜가 혁규의 고향을 찾아가서 아들에 대한 허위적인 소식을 전해 주었을 때, 노파가 갑자기 눈 위에 쓰러지는 것을 보고 장갑을 끼지 않은 두 손으로 끌어안아 일으키는 감동적인 풍경을 보여주고 있다.

우울한 마음으로 정주로 가는 기차 안, 화사하지만 의식이 없어 보이는 임신한 여인과 명혜가 나눈 대화 속에 나타난 명암이 교차하는 삶의 무늬, 소설 전편에 내리는 눈, 추위를 감싸주는 장갑을 끼지 않은 손, 그리고 명혜가 가르치는 천진난만한 어린이들과 나누었던 삶의 경험에 대한 기억 등이 의식의 흐름을 통해 씨줄과 날줄처럼 냉혹한 현실 세계와 교차하면서, 고통스러운 삶에 있어서의 진실을 밀도 짙은 인간애를 배경으로 감동적으로 부각하고 있다.

토속적인 전원을 배경으로 한 작품 「지붕과 고양이」 역시 고통받는 사람들을 사랑의 힘으로 구원하는 내용을 담고 있다. 아버지를 일찍 여의고 홀어머니와 함께 살고 있는 주인공 원희는 가뭄 속의 햇볕으로 지붕이 뜨겁던 날 국화꽃이 가득 꽂혀 있는 성당에서 한국전쟁 당시 곰배팔이가 된 갑현의 삼촌에게 성폭행을 당한 후, 한쪽 다리의 발육이 정지된 불구자다. 그러나 원희는 가뭄 뒤에 떨어지는 빗방울 소리와 함께 밤나무 숲 속에서 만났던 곰배팔이의 조카 갑현으로부터 구혼을 받게 되어 독자들에게 적지 않은 감동을 준다. 이처럼 「겨울우화」의 경우와 마찬가지로 치밀한 구조를 가진 「지붕과 고양이」 역시 부조리한 사회적 힘이 개인적인 삶을 어떻게 파괴하고 얼마만큼 큰 고통을 주는가를 고발하며, 고통받은 자에게 구원의 손길을 내밀고 있다.

작품 「밤길」 또한 작가인 듯한 화자가 친구인 이숙이가 죽었다는 충격적인 소식을 듣고 방황 끝에 J시까지 기차 여행을 하면서 그녀의 죽음이 어릴 때 입었던 외상과 거식증으로 나타나는 소외감 때문이었다는 것을 회상하며 그녀에 대한 사랑이 부족했다는 것을 나타내고 있다. 그러나 이 작품의 핵심은 이숙이의 괴로움과 아픔을 함께 나누지 못한 것에 대한 후회를 기록하는 데 있다고 하겠다. 여기에 나타난 후회는 현실적인 것은 되지 못하지만 소설 공간에서는 이숙의 아픔을 함께 나누는 것으로 나타나고 있다.

그런데 신경숙 소설에서 타인의 고통을 함께 하려는 노력은, 그의 주인공들이 「겨울우화」와 「지붕과 고양이」에서처럼, 고통받는 자에게 구원의 손길을 뻗치는 경우로 드러난다. 그런가 하면, 자연주의적 리얼리즘 소설이 언제나 그러하듯 고통을 가져다주는 부조리한 상황을 고발해서 사회로 하여금 동정심을 불러일으켜, 고통받는 자들이 처한 환경을 개선하도록 하는 방향으로 나아가고 있다. 아름답고 슬픈 삶의 무늬를 투명하게 읽어내는 시적인 감수성을 지닌 문체도 이런 목적 달성에 중요한 역할을 하고 있음은 여기서 새삼 밝힐 필요도 없겠다. 이러한 측면에서 볼 때, 독특한 시적 호소력을 가진 「성일(聖日)」과 같은 작품은 우리들에게 의미심장한 문제점을 던져주고 있다.

작품 「성일」은 신경숙 소설의 구성이 항상 그러하듯이 추억을 통해 현재와 과거를 연결지어 포개놓으면서 부조리한 사회적 현실뿐만 아니라 신이 사라진 세계에서 기습적으로 닥쳐오는 삶의 폭력을 낭만적인 색채가 짙은 시적 스타일로써 섬세하게 그리고 있다. 이 작품에서 실제 인물로서 나타나지는 않았지만 전용수라는 이름을 가진 사람이 방송국의 음악 프로그램 담당자 앞으로 보내는 엽서를 통해 조국을 분단시킨 이념의 갈등 속에서 개인이 얼마나 처절하게 상처를 입고 있는가를 소박한 언어를 매개로 진실하게 고발하고 있다.

　──붉근 완장을 두른 사람드리 마을에서 쓰러 모은 양식거리를 마을 청년 몇 사람에게 질머지게 하고 뒤에다 총을 겨누고 마을을 빠져 나간 하루 마네 이번에는 푸른 철모의 병사드리 마을로 드러왔따. 푸른 철모의 병사드리 사람드를 모아

노코 마냥 한 사람이라도 불근 완장을 숨겨노은 사람이 있따면 큰일이 있슬꺼라고 했다. 푸른 철모의 병사드른 집집마다 수색에 나섰따. 실지로는 정희의 비명을 듣지 못했지만 정희가 얼마나 크게 비명을 질렀는가는 주거서도 뜨고 있는 눈이 말해주었따. 나는 불근 완장을 두른 사람들도 무서웠지만 푸른 철모의 병사들도 무서웠따.[2]

    ──내가 살던 고향은 강원도 깊은 산골이었따. 외부 사람의 발길이 거의 끈긴 고시었따. 아페도 산, 뒤에도 산, 여페도 산, 마을을 둘러싸고 있는 건 온통 산뿐니었따. 이장집 딸 정희바께는 내 또래의 친구도 없썼다. 정희의 얼굴엔 늘 하얀 버즘이 피어 이썼따. 나는 정희의 얼굴만 보면 자꾸 상여꽃시 생각나 슬퍼젓따.[3]

    ──불근 완장을 두른 사람드른 무척 초조해 하였따. 그드른 지친 듯 어깨를 내려뜨리고 있섰지만 마을 사람드른 그드리 두른 불근 완장만 보면 몸을 사려따. 그드른 정희네 집을 빼았아 버려따. 정희네가 마을에서 집이 가장 컸기 때문이다. 갈곳이 업서진 정희네는 우리집 뒷방으로 몸만 옴겼따. 정희와 나는 매일 함께 잇게 되어따.[4]

    ──푸른 철모의 병사드리 우리집을 수색할 때 말 못하는 정희가 가마니로 역근 변소에서 오줌을 누고 잇섯따. 이 아네 아무도 업지? 내가 말릴 틈도 없이 그는 불근 완장이 남겨 놓고 간 죽창으로 변소 안을 쑤셨다. 정희의 눈은 올챙이처럼 튀어 나왔따. 정희의 주머니 아네서는 어머니 옷고름으로 만든 리본이 나왔따. 병사드리 무서워…….[5]

그런데 전용수의 편지를 독자들에게 읽어주고 있던 이 작품의 화자이자 프로그램의 진행자는, 엽서에 나타난 이념의 갈등에 희생된 정희라는 이름과 붉은 완장의 이미지를 통해 연상된 목가적인 유년 시절에 붉은 댕기 때문에

---

2) 신경숙, 『겨울우화』(고려원, 1990), 13~131쪽.
3) 앞의 책, 133쪽.
4) 앞의 책, 139쪽.
5) 앞의 책, 148쪽.

갈등을 빚었던 사랑하는 정희의 갑작스러운 죽음을 기억하면서, 삶에 편재해 있는 기습적인 폭력을 부조리하고 비극적인 현실과 함께 충격적으로 묘사하고 있다. 그러나 여기에서 화자는 방송국에서 그녀가 진행하던 프로그램을 그만둔 후, 사회적이고 존재론적인 비극적 현실만을 고발하는 데 그치는 것이 아니다. 상처를 입은 전용수를 찾아서 사랑이 담겨 있는 위로의 손길을 뻗으려는 처절한 노력을 보인다. 비록 전용수의 주소가 실제와 틀려서 화자가 그를 찾지 못했지만, 소설의 주인공이 엽서에 쓰인 주소까지 찾아갔다는 것에 큰 의미를 부여하는 것은 이러한 사실을 말해 주고 있다.

작품 「어떤 실종」은 사회에서 고통받는 하층계급에 속하는 사람들의 비참한 삶을 생생하게 부각하면서 그들이 처해 있는 환경을 개선하도록 독자의 관심을 불러일으키고 있다. 보다 구체적으로 말하면 작가는 "철물점과 중국 음식점 장가가 있는 2층 편물공장 여직공"으로 일하고 있는 **희옥의 불행한** 가정생활의 어제와 오늘을 사실적으로 묘사하고 있다. 특히 이 작품에서 우리를 슬프게 하는 것은 습기 찬 지하실 방에서 살면서도 집안의 희망이었던 희옥의 오빠가 대학에서 데모를 주동했다는 이유로 군에 끌려가서 죽었다는 소식을 듣고, 가족들이 절망의 늪에서 헤어나지 못하고 있는 풍경이다. 물론 희옥과 혼자 남아 있는 아버지가 미궁 속을 헤매듯 절망의 늪에서 벗어나지 못하고 있는 것에 대한 묘사는 센티멘털하게 흐르는 점이 없지 않다. 하지만 1980년대 당시 산업 사회의 그늘에서 상처를 입은 희생자들의 삶을 이해하고 고발하기 위해서는 필요한 것이었다고 할 수 있겠다.

아들은 아내의 소망대로 남다르게 자랐다. 용모에서부터 행동거지까지 눈에 띄었다. 또래들과 섞여 있으면 아들은 조숙해 보여서 윗형 같았다. 아내가 원하는 대로 법학을 선택했고 여자에겐 관심이 없었다. 손 씨는 그런 아들을 위태위태하게 바라보았다. 아내는 법전을 덮어두는 대신 시위에 가담하는 것만은 원하지 않았을 것이었다. 1학년을 못 마치고 휴학, 2학년을 못 마치고 휴학…… 기어이 강제징집 되어 갔다……그리고는 다시 돌아오지 않았다. 아내의 소망대로 아들은 분명 남과 다른 사람이 되었다. 분명히 말이다. 아내는 성질답게 뼛가루도 없이 사망통지서와 소지품만 돌아온 아들의 죽음을 절대로 받아들이지 않았다. 총맞은 모습이라도 상관없응게 내 눈앞에 보여주소!……[6]

중편 「밤고기」 역시 위의 작품과 같은 문맥에서 씌어졌다. 다른 것이 있다면 전자가 암울하던 시대에 도시 빈민층인 하층계급의 실상을 묘사한 것이라면, 후자는 도시 사람들에 의해 황폐화된 어느 농촌 가정의 비극적인 실상을 리얼하고 충격적으로 묘사하고 있다는 점이다.

아름다운 농촌 풍경 속에서 행복하게 살던 화자 양희는 그의 언니가 마을의 교회당을 짓던, 아내가 있는 목수의 유혹에 빠져 순결을 잃고 절망한 나머지 가출한다. 그리고 장래가 촉망되는 오빠는 대학에서 시위를 주동한 후 고향으로 돌아와서 집 안에 숨어 있다가 도시에서 찾아온 형사들에 의해 붙잡혀 감옥에 투옥된다. 그래서 뒤에 남아 있는 양희와 그의 아버지는 견디기 어려운 고통 속에서 힘겨운 삶을 살아간다.

혼자서 타박타박 걸어가는 여자의 뒷모습에 *끈끈*이 묻어 있는 아버지의 그림자가 손바닥을 더 아프게 한다. 한 걸음 물러앉아 무릎을 싸안고 얼굴을 묻는다.
달달달…… 여전히 들판에서 양수기 돌아가는 소리가 지루하게 돌아가는 소리가 들려오는데도, 처음 와보는 아주 낯선 곳에 혼자 버려진 듯한 외로움이 답답하게 가슴을 조여와, 싸르륵 아파 오는 아랫배의 통증과 메슥거림을 참고 저녁볕을 등지고 앉아 꽤 오랫동안 운다. 초경(初經)이다.[7]

농작물을 말라 죽는 지루한 가뭄으로 파괴되어가는 농촌의 아픔이 위에서 인용된 결말 부분에서 타는 목마름과 초경의 통증을 통해 미학적으로 승화되어 있는데, 그것이 얼마나 고통스러운 것인가는 여기서 새삼 강조할 필요도

---

6) 앞의 책, 164~165쪽.
7) 앞의 책, 218쪽.

없겠다.

「등대댁」과 『외딴방』은 자연주의적 성격을 강하게 나타내고 있는 작품이다. 「등대댁」은 우주에 내재해 있는 부조리한 생물학적인 상황에 의한 희생자인 반면, 하층계급에 속해 있던 『외딴방』의 희재 언니는 불평등한 사회적 모순에 의해 희생되고 있다. 다시 말해, 아들 형철이가 뒷집에 살던 언청이 남주가 일으킨 산불에 의해 타 죽는 것을 보아야만 했던 등대댁은 살고자 하는 강렬한 욕망을 가졌음에도 불구하고 자궁암으로 쓰러진다. 반면 외딴방에 살며 희미하게 웃기만 하던 착한 공녀(工女)였던 희재 언니는 그가 사랑했던 진희 의상실 재단사의 유혹에 빠져 임신을 한 후, 그로부터 아이를 지우라는 말을 듣고 그녀가 기거하던 외딴방에 자물쇠를 채워두고 스스로 목숨을 끊는다.

> 그녀는 돌아오지 않았고 남자는 문을 부쉈다.
>
> 냄새 때문에, 기다림 때문에.
>
> ……아무도 그 방에 들어가지 못했다…….
>
> 공터에 건물이 다 지어지기 전 오빠는 방위 제대를 했고, 방위 제대하기 한 달 전 과외 금지로 학원은 폐원되었다. 우리는 그 방, 그 다락방에 가발을 그냥 걸어놓고 이사를 했다…… 이후 오랫동안 다락방 천장이 무너지는 꿈을 꾸고…… 그 남자의 공포와 슬픔이 엇갈린 절망을 기억했다가…… 잊었다. 아이를 떼라 했지요, 헤어지는 게 아니라 아직은…… 아직은…… 그러나 남자의 그 말이 그녀를, 너무나 그리워 지금 가슴이 쥐어뜯기는 것 같은 희재 언니를, 구더기 밥이 되게 했다는 생각은 들지 않는다. 그녀의 희미한 웃음이…… 한 줌이나 될까 한 허리가…… 유품으로 나온 백 몇십만 원의 저축액이…… 그 남자는 아이를 떼라, 했고…… 나는 희미하게 웃고 있는, 어쩌면 그때는 희미하게 울고 있었을지도 모를 그녀를 안에 두고, 그 선반 위 육 개월도 채 못 신은 학생화를 안에 두고…… 열쇠를 채웠었다.[8]

---

8) 앞의 책, 304~305쪽.

3

앞서 살핀 초기 작품 세계에 이어 외부 세계의 사회적 환경이 변화한 후, 신경숙이 발표한 두 번째 창작집은 탈역사적이지만 페미니즘적인 의식을 강하게 나타내고 있다. 그의 대표작으로 알려져 있는 「풍금이 있던 자리」는 그 제목이 말해 주듯 사랑하면서도 사랑할 수 없는 여인이 가지는 고통스러운 감정을 부치지 않은 편지 속에 전음계(全音階)로 담고 있다. 그래서 이 작품은 천천히 키를 누르는 풍금 소리처럼 긴 파장을 일으키는 여운을 남긴다. 그런데 이 작품이 사용한 서간문 형식은 마음의 거울처럼 감정을 직접적으로 나타낼 수 있으나, 흐르는 감정을 강물처럼 담고 있기 때문에 자칫 센티멘털리즘의 늪에 빠질 위험성을 지니고 있다.

그러나 작품 속에 나타난 화자는 서간문 형식을 사용하고 있지만 부치지 못한 편지의 독백 형식을 취하고 있고, 자신의 불륜 관계를, 아버지를 사랑해서 집으로 들어왔지만 어머니에 대한 죄스러운 심정으로 인해 떠나야만 했던 여인의 비극적인 상황에 대한 기억과 포개어놓고, 그것을 전달하기 위해 우아하고 격조 높은 객관적 상관물을 서정적으로 사용하고 있다. 그래서 고통스러운 사랑의 파장이 풍금소리처럼 긴 여운을 남기고 있다. 또 넘치는 미래에 대한 감정을, 절제되고 도덕적인 아픔이 있는 미학으로 승화시킨 것은 신경숙만의 몫이다.

이 글을 당신께, 이미 거기 계시는 당신께 부칠 필욘 이제 없겠지요. 그래도…… 까치, 까치 얘기는 쓰렵니다. 이 마을에 온 첫날 그렇게 부지런히 둥지를 틀던 까치가 새끼 세 마리를 낳았더군요. 옥수수 씨를 심을 구덩이를 파느라고 산밭에 다녀오다가 봤어요. 먼발치라 자세히는 못 봤지만, 그중 어느 새끼도 눈먼 새는 없는 듯 했어요. 세 마리 모두 다 어미가 먹이를 물어 오니까 서로 밀치며 소란스럽게 한껏 입을 벌리는데, 입속이 온통 빨강…… 새빨갰어요. 그 새끼 까치들이 날갯짓을 할 무렵이면 이곳도 여기 이 고장에도 초여름, 여름…… 이겠지요.

저기 저 순한 연두색들이 짙어, 짙어져서는 초여름이, 진초록이…… 될 테지요. 그때쯤엔, 은선이란 당신 아이 이름도 제 가슴에서 아련해질는지, 안녕.[9]

이 작품이 우리들에게 보여준 미학적인 특색은 부치지 않은 편지의 문체에만 있는 것이 아니라, 그것이 지니고 있는 페미니스트적인 주제의 측면에서도 긴 파장을 일으키고 있다는 점이다. 다시 말해, 이 작품의 화자는 물론 편지를 쓰는 대상의 남자와 불행한 관계를 맺고서 처절한 도덕적 갈등을 겪고 있기 때문이기도 하겠지만, 어머니를 가출하도록 했던 아버지의 첩이 당해야만 했던 수난에 대해 같은 여성으로서 동정적인 태도를 보이면서 아버지에 대해 비판적인 시각을 드러내고 있다. 실제로 화자는 어머니가 집을 나간 후 어머니 대신에 들어온 여인이 자신이 직접 낳지도 않은 아이들을 정성껏 돌보며 착실한 살림을 살았으나, 집을 나갔던 어머니에 대해 같은 여인으로서 아픔을 지각한 후, 항상 칫솔질을 하듯 눈물을 흘리면서도 열흘 만에 깨끗하게 집을 나갔던 기억을 하고 있다. 그래서 아버지에 대해서는 줄곧 잔인하고 비열한 사냥꾼으로만 묘사하면서 눈먼 송아지를 다루듯 불륜의 정으로 여인을 불행하게 만든 그의 원시적인 행위를 은유적으로 조용히 보이지 않게 비판하고 있다.

작품 「직녀들」은, 가까이 지내던 몇 명의 여인들이 사랑했으나 죽은 이숙이와 함께 지냈던 해변으로 여행을 갔다가 돌아오는 길에 음주 운전으로 교통사고로 당해 죽게 되는 내용을 담고 있다. 정체성을 나타내는 이름은 없고 기호만 가졌던 그들이 세상을 떠난 이숙이와 함께 지냈던 해변을 찾아간 것은 거식증까지 일으키며 세속에 물들지 않고 순수한 인간성을 지닌 여성으로서 자신의 정체성을 지키려고 했다가 죽은 그녀에 대한 그리움 때문이었다.

그들은 이름을 잃어버리고 각자 늘 저기에 대한 말을 하는 P, 담배를 피우는

---

9) 『풍금이 있던 자리』(문학과지성사, 1993), 42~43쪽.

C, 강아지를 사랑하는 S, 운전대를 잡고 있는 O…… 주차를 마친 O…… 말이 없는 O가 되었다. 그들에게 남아 있는 이름이란 이숙이었다. 그들이 이름을 잃어버린 것이 이숙을 잃기 전인지, 이숙을 잃고 난 후인지는 모르지만, 아무튼 이숙은 죽어서 이름을 남겼다.[10]

직녀들이 죽은 것은 이숙과는 달리 남성들의 억압 속에서 정체성을 지키지 못하고 일상적인 삶에 갇혀 있는 상태로부터 해방되고자 했으나 현실에 뿌리를 둔 성실한 그리고 인간적인 삶을 살지 못하고 도피적이고 퇴폐적인 삶을 살았기 때문인 것으로 나타나고 있다.

「배드민턴 치는 여자」는 이보다 한 걸음 더 나아가서 남자가 여자를 성폭행하는 문제를 비극적으로 다루고 있다. 글을 쓰고자 하는 문학 소녀인 주인공 여자는 화원에서 일을 하면서 화원 주인의 소개로 만난 '최'라는 사진 기사의 유혹에 빠져 그를 사랑하게 된다. 그러나 주인공 여자는 '최'가 아내가 있는 남자란 것을 알고 고민에 빠지게 되어 한때 글을 쓰고자 했던 욕망마저 상실할 정도의 정신적 방황을 겪게 된다. 그러던 어느 날 사진 기사 '최'가 거리에서 그녀를 만나 후미진 곳으로 끌고 가 옷을 찢어가면서까지 성폭행을 하는 사건이 일어나게 된다. 그때 그녀는 배드민턴을 치듯 그에게 저항을 했지만, 결국은 그에게 정복을 당하고 만다. 그 결과 그녀는 글을 쓰고자 하는 간절한 욕망을 가졌음에도 불구하고 포크레인이 파놓은 땅속으로 몸을 숨기면서 절망적인 죽음의 늪 속으로 빠져들어 간다.

가슴살이 찢겨 나갈 때 스며든 피, 그 피비린내가 바싹 말라갔을 때쯤이었을까? 꼭 한번 힘껏 눈을 떠보는 것도 같았다. 그리고 밤 별들이 질 무렵, 그녀가 겨우 한 일은, 꾸물꾸물 웃옷 주머니에서 노트를 꺼내 아무 장이나 펼치고서, 해사하게 웃기까지 하며, 뭔가 꾹꾹, 눌러 적어 넣을 양을 하다가는, 힘이 팽기는지

---

10) 앞의 책, 65쪽.

눈물 젖은 얼굴을 푹, 수그리는 일이었다.[11]

여기서 그녀가 '최'의 폭력에 저항하다가 몸을 눕히는 흙구덩이를 파는 포크레인과 그를 파괴한 남자를 비유한 것은 충격적이라 하지 않을 수 없다. 그러나 신경숙의 문학적 시각 변화를 나타내는 작품 「멀리 있는 산」은 중동 지역에 나가 있던 두 젊은이가 삶의 신비와 닮은 사막에 피어나는 신기루를 찾아 끝없이 뻗어 있는 모래벌판을 달리다가 모래바람이 일으키는 사구(砂丘)에 묻혀버리는 장면을 시대적인 배경과 함께 선명하게 부각하고 있다. 그리고 「그 여자의 이미지」는 농촌을 배경으로 힘겹게 살다가 죽은 여인에 대한 우울한 기억을 통해 비극적인 삶의 여정의 실체를 이미지 중심으로 묘사하고 있다. 「해변의 의자」역시 '나'라는 화자가 한 장의 사진을 통해, 피서지 해변에서 함께 머물렀던 '너'라는 친구와 함께 했던 삶의 부침을 회상하는 모습을 드러내고 있다. 그래서 이 작품의 초점 역시 해변에 부딪치는 파도소리처럼 시간 속에서 마멸되고 부서지는 삶의 슬픈 현실을 시적으로 표현하는 데 모아지고 있다고 하겠다.

결과적으로, 1990년 한국문학에 적지 않은 영향을 끼치면서 등장해 이제는 그 한가운데 서 있는 신경숙의 문학이 어떠한 지점에 도달할 것이며, 그것이 지향하는 방향이 궁극적으로 우리 문학사에 어떠한 결과를 가져올 것인가는 앞으로 시간을 두고 지켜보아야만 하겠다.

---

11) 앞의 책, 180쪽.

전통과 개인의 재능
이상과 최인훈의 경우

우리는 만날 때에 떠날 것을 염려하는 것과 같이 떠날 때에 다시 만날 것을 믿습니다.

아아, 님은 갔읍니다마는 나는 님을 보내지 아니하였습니다.

—— 한용운, 「님의 침묵」 중에서

문학사 속에 전통이라고 하는 하나의 시스템은 역사의 내면 구조인 신화처럼 시간과 공간을 초월해서 영원히 존재한다. 그래서 T. S. 엘리엇은 "새로운 예술작품이 창조될 때 일어나는 일은 그 이전에 존재한 모든 예술작품에도 동시에 일어나는 것이다."[1]라고 말했다. 또 예술이라는 신화를 창조하는 기능은 인간이면 누구든지 모두 다 공통적으로 가진 요소이며 시간을 초월한 영속적인 생명의 기초적인 바탕이 되기 때문에 그것은 어떤 시대에만 특정한 것이 될 수 없다. 그래서 어떤 소재를 신화(전통)를 통해서 이야기할 때 그것은 개인의 것이 아니고 모든 사람의 것이 되며, 비록 옛 신화라도 새로운 작가의 의식을 통해서 읽혀지거나 혹은 다시 쓰이면, 그것은 옛 신화만으로 머물지 않고 현대의 신화로 변형된다. 왜냐하면 우리들은 생명의 흐름과도 같은 전통이라는 신화의 도식을 되풀이하면서 살아가기 때문이다. 예술을 창조하는 기능도 생명체를 통해서 이루어지기 때문에 이와 같은 역사의 흐름과 일치된다고 할 수 있겠다.

---

1) *Selected prose of T.S. Eliot*, ed., by Frank Kermode, 38쪽.

　　기존하는 우수한 예술작품들은 그들 스스로 하나의 이상적인 질서를 형성하고 있다. 그리고 그 질서는 (진정한 의미에 있어서 새로운) 예술작품이 도입됨에 따라 수정된다. 기존 질서는 새로운 예술작품이 출현되기 이전까지는 완전한 것이다. 새로운 것이 첨가된 뒤에도 그 질서를 유지하기 위해서는 전체적인 기존 질서는 다소나마 변해야 하고, 따라서 전체에 대한 각 개인의 예술작품의 관계, 비율, 가치 등이 다시 조정되는 것이다. 그런데 이것은 낡은 것과 새로운 것 사이의 순응인 것이다.[2]

　　엘리엇의 이러한 견해나 혹은 문학을 하나의 시스템으로 보고자 하는 현대 구조주의자들 및 문학 기호학파의 관점에서 보면 과거의 예술작품 구조가 현재의 작품 속에 나타난다는 질서의 문제는 매우 중요한 것이라 할 수 있겠다. 그래서 앞에서도 지적한 바와 같이 전통의 맥락 속에서 작품을 쓰는 것은 과거의 것을 그대로 반복하는 것이 아니라, 과거의 질서를 새로운 의식 속에서 확대하고 발전시켜 나간다는 의미를 가지고 있다. 셰익스피어의 위대함도 그가 자신의 개인적인 재능의 힘을 통해서 과거에 묻혀 있던 역사적 사실과 신화에 새로운 충전을 가할 수 있었다는 데 있다.

　　이러한 역사의식의 바탕에서 볼 때, 비록 부분적이지만 최인훈이 이상의 날개의 작품 구조와 몇몇 핵심적인 이미지를 그의 수작 「수(囚)」 가운데서 창조적으로 수용하고 있다는 사실(필자의 독서를 통해 발견한 사실을 작가에게 확인했을 때 그는 침묵으로 시인했다.)은 중요한 발견이 아니라고 할 수 없겠다. 그러나 무엇보다 중요한 것은 최인훈이 「날개」를 모방하고 있는 것이 아니라 「날개」가 지니고 있는 존재와 생(生)에 대한 보편적인 시스템을 자신의 재능의 힘으로 변경시키고 있다는 것이다.

　　그래서 필자는 본고에서 이상의 「날개」의 작품 구조가 최인훈의 「수」 가운데서 어떻게 변용되어 나타나고 있는가를 두 작품을 비교해 보면서 살펴보

---

2) 앞의 책, 38쪽.

고자 한다. "현재의 작가를 죽은 작가와 비교하고 대조시키는 것은 단순히 역사적 비평의 원리뿐만이 아니라 일종의 심미적 비평의 원리와 관계되는 것이기도 하다."[3]

그런데 이러한 비평 작업은 지극히 난해한 이 두 작품의 다층적인 내면 구조를 서로 조명하는 결과를 가져와 최인훈은 「수」라는 작품을 통해 간접적이지만 이상의 「날개」에 대한 필자의 시선을 침묵으로 뒷받침하고 확인해 주고 있다.[4]

최인훈이 부분적으로 시인한 바와 같이 그의 단편 「수」 속에 나타난 작품 구조와 몇몇 중심되는 이미지들은 이상의 「날개」 속의 그것과 크게 유사하다. 「수」의 주인공 '나'는 「날개」의 '박제가 되어버린 천재'라고 말하는 방에 갇힌 '나'처럼 아내에 의해 여물고 단단한 참나무로 만들어진 창틀과 도어가 있는 방 속에 갇혀 있다. 그러나 「수」의 주인공은 「날개」의 주인공이 그렇게도 증오한 생의 전 영역에서 언제나 일어나고 있는 이상한 '가역반응' 현상을 긍정적으로 수용해서 아름다움을 창조하고 있다. 그래서 그는 「날개」의 카운터 파트와는 달리 창밖에 아름다운 세계가 있다는 것을 발견하고 그것을 경탄하는 마음으로 보고 즐긴다. 그가 창밖에 가득히 흐르는 7월의 햇빛과 하늘로 자라는 나무들을 동경하고 좋아하는 것은 자기가 갇혀 있는 방으로부터 벗어나고자 하는 처절한 욕망 때문만이 아니라 그렇게 아름다운 창밖의 자연 현상 가운데서 자신의 이미지를 발견할 수 있었기 때문이리라.

내 창 앞에는 키높은 포플러가 한 그루 서 있다. 그 옆에는 플라타너스다. 지금은 7월달이니까 잎이 무성하다. 그래서 굉장히 넓은 그림자가 뿌리를 가운데로 땅에 자리 잡고 있다. 하지만 새까만 먹으로 박박 칠한 것처럼 된 건 아니다. 그림자는 진한 곳과 여린 곳과 그렇게 있다. 어룽어룽하다. 옛날일이지만 내 누님이 늘 입던 윷동치마라는 것과 비슷하다.

---

3) 앞의 책, 38쪽.
4) 이태동, 「자의식의 표백과 반어적 의미」, 《문학사상》, 1979년 9월호, 265~273쪽.

......

  그 옆에는 플라타너스가 있다. 이 플라타너스는 아주 몸매가 반듯하다. 곧곧하
다. 히야. 너는 볼 때마다 혀를 내두른다. 그렇게 미끈하다. 미끈할 뿐이다.

  보얗다. 어떤 땐 보얗고 어떤 땐 뽀얗고 어떤 땐 부우옇다.

  어스름녘엔 부우옇고 한낮엔 보얗고 아침결엔 뽀얗다. 빛의 모양에 따라 다르
다…… 플라타너스도 그림자가 있다. 물론 잎사귀도 있다. 하지만 무어니 해도 줄
기다. 또 가지다. 보얗다…… 플라타너스는 백인종이다. 진짜 백인종은 그닥 좋지
않지만 플라타너스는 좋다. 껍질이 군데군데 벗겨졌으나 흉하지는 않다…… 플라
타너스는 껍질 벗어진 자리마저 즐겁다. 천사는 피부병을 앓아도 역시 이쁘거나
마찬가지다. 천사는 그렇다.

  다리
  탄탄한 부피가
  보얗게 익으면
  天使는
  덕지투성이

  7월의 밝은 햇빛을 받아 땅 위에 아름다운 그림자를 지우는 포플러는 분
명히 인간인 그 자신의 이미지이다. 그 옆에 백인종처럼 미끈하게 하늘을 향
해 서 있는 플라타너스 또한 그렇다. 다시 말하면 영원의 세계를 상징하는
‘개방된 시공’에서 오는 빛을 받아서 고운 그림자를 지우는 포플러는 초월적
인 세계로부터 오는 빛을 상상력과 감각이라는 창을 통해 받아들여 아름다운
인생의 장을 열고 있는 시적인 인간에 대한 이미지이다. 그래서 인간의 내면
세계는 영원의 빛이 부드럽게 드리워진 그림자의 세계가 된다. 그러나 또 다
른 한편 「수」의 주인공은 어스름녘과 대낮, 그리고 아침의 조도에 따라 색깔
을 변화시키는 플라타너스의 흰색 줄기와 가지에서 신화적인 인간의 제한된
자유와 역사적인 변증법의 의미를 읽는다. 그는 플라타너스가 7월의 뜨거운

태양빛을 받아 자신의 피부를 태워 껍질을 벗고 아름다운 흰 다리를 보인다고 생각한다. "플라타너스는 껍질 벗어진 자리마저 즐겁다." 이것은 인간이 용광로와 같은 어려움을, 아니 너무나 뜨거운 사랑을 받았을 때 그것은 곧 죽음과도 같은 상태이나 그 과정을 거쳐서 인간은 탈바꿈하며 자신을 진화시켜 나간다는 데 대한 하나의 훌륭한 아날로지가 된다. 창밖의 뜨거운 햇빛, 포플러 그림자, 그리고 플라타너스, 흰 다리의 이미지들은 방에 갇혀 있는 주인공의 내면세계와 이어지고 주인공은 그 속에서 그것을 인간적인 문맥을 통해서 역사적으로 재현시킨다.

그래서 「수」의 주인공 '나'는 놀랄 만한 감각으로 뜨거운 7월의 한낮을 "벗은 여자", 혹은 백치처럼 "능욕당하면서도 웃는 여자"라고 의인화시켜 말하고 또 "지친 잠자리의 여자" 혹은 "게게 풀려 있는" 아코디언에 비유하고 있다. 그래서 풍성함이 권태로움을 가져오고 권태로움은 다시금 빈곤을 가져오듯, 그는 뜨거운 태양이 가득 찬 (불의) 대낮 속에서 죽음을 상징하는 얼음이 있음을 느낀다.

따뜻한 햇빛 속에서 포플러가 얼어붙는다. 나무 그림자가 얼음판이 된다. 창틀도 언다. 플라타너스 줄기가 언다. 공기도 언다. 햇빛도 언다…… 슬퍼진다. 그래서 기쁘다.

이렇게 모순된 인간 상황 속에서 최인훈의 주인공은 풍요와 권태로움이란 죽음의 상황에서 자신을 다시금 소생시키기 위해서 새로운 출발을 위한 비전을 찾는다. 그래서 그는 이상의 주인공이 아내가 외출하고 나면 돋보기를 가지고 얼른 아랫방으로 와서 동쪽으로 난 들창을 통해 평행으로 오는 햇빛을 굴절시켜 보는 것과 유사한 몸짓으로 프리즘이라는 '장난감'을 가지고 장난을 친다. 그는 프리즘을 통해서 아직도 자기의 감각 세계 가운데는 시처럼 아름다운 세계가 있다는 것을 발견한다.

창가에서
프리즘 장난을
하다
나는
다 아노라
다 아노라

　수인(囚人)은 마치 「날개」의 주인공이 돋보기를 가지고 놀자 싫증이 나면 아내의 손잡이 거울을 가지고 놀고 거울이 싫증이 나면 아내의 화장품 속에서 "센슈얼한 향기"를 맡듯이, "프리즘을 그만 동댕이치고" 인간의 모양을 한 원색 오뚝이를 가지고 논다. 그는 오뚝이 가운데서 "아버지 하나님"인 신을 배반한 죄로 타락하게 된 인간의 신화적인 이미지를 찾고, 그것을 고문하듯 학대한다. 그러나 그는 이러한 생활을 아이러니한 표현으로 풍성하다고 말한다.
　그러나 이렇게 수인이 불쌍한 오뚝이에게 가한 형벌은 인간이 가진 신비스러운 감각적 희열, 즉 창(窓)의 의미와 관계 지워진 것이리라.
　수인이 창에 대해서만 이야기하는 것은 창틀처럼 참나무로 된 도어가 열쇠로 잠겼기 때문이라고 한다. 그런데 그는 자기가 갇혀 있는 방문을 열어줄 수 있는 사람은 애인이라고 한다. 그리고 애인이란 말을 생각하면 아직도 가슴이 뛴다고 한다. 그러나 그는 아직 애인이 와서 문을 열어 줄 시간이 되지 않았다고 말하고 침대에 누워서 마술사처럼 눈을 감고 어두운 공간 속에 열린 밤거리를 걸어 나간다. 어두운 밤길을 걷다 그는 어느 전봇대 밑에 나체화에 나오는 여인처럼 알몸으로 가로등 밑에 누워 있는 여인을 다른 구경꾼들 어깨 너머로 바라본다.
　다음 순간 그녀가 마네킹이 아닌가 생각하고 그곳을 벗어나와 세계에 한국의 밤처럼 아름다운 곳이 없다고 생각하고 "세계일주처럼 바보 같은 짓은 없다."라고 말한다. 그리고 붉은 칸나 한 송이를 꽃집에서 사서 들고 그 전봇대 밑에 누워 있는 여자에게로 간다. 그러나 아직 두 사람의 다른 남자가 남아 있는 것을 보고 또 밤거리를 한바퀴 돌면서 "막전차와 막전차에 앉은 여인의 귀밑머리에서" 아름다운 시를 발견한다. 그러고는 다시 길 위에 누워 있는 아름다운 여인에게로 돌아와 그녀가 마네킹이 아닌가 회의한다. 그러나 그는 "저어 여보세요. 실례합니다. 저어" 하면 그녀가 대뜸 일어나서 자기의 뺨을 후려갈길 건가 생각하고 "그 수에 속지 않는다."고 하면서 손에 든 꽃으로 "그녀의 아래를 가려 준다." 그 후 그는 자정이 가까워오는지라 그녀를 밤거리에 둘 수가 없다 생각하고 그녀를 안아 일으켜 업고 자기 방으로 돌아온다. 그러자 아내는 슬픈 눈으로 그를 본다. 그러자 그는 이것은 "마네킹이 아니에요?" 하고 웃는다. 그렇지만 거리에서처럼 그는 곧 입에다 손을 대고 그녀가 어떤 음모를 꾸미고 있다고 설명하고, 만일 마네킹이 들으면 일어나서 "이 편의 뺨을 후려갈길 것이다." 하고 말한다. 그리고 그가 "이런 방에 살게 된 건 이 일 때문이다."라고 말한다.

그렇다면 그에게 방문을 열어줄 애인이 아직 오지 않았다는 말은 무엇이며, 애인이 찾아올 때까지 마술사로 변신해서 밤거리로 거니는 의미는 무엇이며, 그가 어두운 길을 걷다 만난 마네킹과도 닮은 여자는 또한 무엇을 의미하는가.

여기서 애인은 「수」의 주인공이 얼마간의 시간을 보내면서 성인으로 자란 후 느끼게 되는 사랑의 감정을 의인화한 것이다. 우리는 성숙한 사랑이 가져다주는 제한된 낙원의 '뜰'을 거닐 수 있을 때까지 사춘기를 애인에게 건내줄 꽃을 가꾸면서 살아간다. 그러나 이러한 계절을 보내고 난 사람이면, 밤의 공간이 가장 아름답고 쾌적하다고 느낀다. 그러나 우리는 최인훈의 「수」의 주인공처럼 자정이란 성숙의 시간이 올 때까지 어두운 시간을 보내면서 인생의 길 위에서 아직 성의 분화구를 잠재우고 있는 여인을 만나 붉은 사랑의 꽃다발로 "그녀의 아래를 가려"주며 슬프게 그리고 아름답게 살아간다. 그래서 인훈은 가로등 아래 여인이 마네킹같이 움직이지 않고 누워 있는 밤의 공간이 가장 아름답고 쾌적하다고 느낀다. 그러나 우리에게는 자정이라는 성숙의 시간까지 이러한 "어둠의 시간"을 보내면서 생의 길 위에서 아직 성을 잠 재우고 있는 여인을 만나 사랑의 붉은 꽃다발로 "그녀의 아래를 가려"주듯 슬프게 그리고 아름답게 전해진다. 그래서 가로등 아래 누워 있는 여인이 마 네킹처럼 움직이고 있지 않지만 무슨 음모를 꾸미고 있다고 함은 우리들이 아직 이성(異性)의 본질을 모르고 머릿속에서 혹은 거리를 두고 보아왔던 여 인과 실제로 만나 육체적인 접촉을 했을 때 그녀가 우리들에게 가하는 횡포 를 환멸 섞인 해학 속에서 상징적으로 묘사한 것이 되겠다. 그래서 수인인 주인공이 창만이 있는 방에 갇혀서 살게 된 것을 이러한 현실 때문이라고 함 은 이 지점의 인생 좌표에서 그는 아직 이성과 성관계 경험을 가지지 않았다 는 뜻으로 해석할 수 있겠다.

나는 아내더러 말한다. "여보, 저 여자하구 당신하구 어디가 다르단 말이요." 사실 아내는 다를 것이 없다. 아내는 내가 보는 데서는 절대로 옷을 벗지 않지만 나는 안다. 둘이 꼭같다. 되려 아내가 못하다. 자? 아내가 혹시 마네킹인지도 모 른다. 아내는 그렇게 차다.

작품 「수」의 아내는 이상의 「날개」 속의 아내처럼 인간이 결혼한 것처럼 그 속에 묶여서 살고 있는 육체(자연)와도 같은 것이다. 「수」의 주인공의 이 러한 자아 발견을 위한 움직임을 「날개」의 주인공과 비교해서 조명해 볼 때 그 뜻은 더욱 명백해진다.

「수」의 주인공이 프리즘과 오뚝이 장난을 그만두고 방문을 열어줄 애인의 그림자를 의식하고 여인에 대해서 꿈을 꾸는 지점은 「날개」의 주인공이 돋 보기와 거울을 집어던지고 "아내의 체취의 파편"인 화장품 속의 "센슈얼한 향기"를 폐로 스며들게 할 때이다.

나는 도로 병마개를 막고 생각해 본다. 아내의 어느 부분에서 요 내음새가 났 던가를…… 그러나 그것은 분명치 않다. 왜? 아내의 체취는 여기 늘어섰던 가지

각색 향기의 합계일 것이니까.

아내의 방은 늘 화려해졌다. 내 방이 벽에 못 한 개 꽂히지 않은 소박한 것인 반대로 아내 방에는 천장 밑으로 쫙 돌려 못이 박히고 못마다 화려한 아내의 치마와 저고리가 걸렸다. 여러 가지 무늬가 보기좋다. 나는 그 여러 조각의 치마에서 늘 아내의 胴체와 그 동체가 될 수 있는 여러 가지 포우즈를 연상하면서 내 마음은 늘 점잖지 못하다.

그렇건만 나에게는 옷이 없었다. 아내는 내게 옷은 주지 않았다. 입고 있는 골덴양복 한 벌이 내 자리옷이었고 통상복과 나들이옷을 겸한 것이었다. 그리고 하**이넥크의 세타가 한 조각 사철을 통한 내의다. 그것들은 하나같이 다 빛이 검다.**

왜냐하면 이렇게 「날개」의 주인공이 '검은 옷'을 입고 햇빛이 들지 않는 '자기 체온을 위해서 쾌적한 방'에서 잠이 잘 오지 않으면 '여러가지 발명'도 하고 '아무 제목으로나 제목을 하나 골라서' 연구를 하고 논문을 쓰며 시를 짓는 것은 곧 「수」 주인공이 애인이 올 때까지 밤거리를 거닐며, 자기가 위치하고 있는 제한된 영역(한국)이 쾌적하다고 만족해하면서, '파란 불꽃'을 일으키며 지나가는 '막전차'와 거기에 탄 여인의 '귀밑머리' 등과 같은 밤의 아름다운 대상 등에서 변증법적인 생성 과정에 빛을 발견하는 시를 얻는 것과 평행선상에 놓여 있기 때문이다.

막電車에 앉은 女人의
귀밑머리

빗발
타이어
鋪道에 붙은
新聞조각

　　7월의 저녁
　　흰 종이 위에서

　　펜을 잡은
　　하얀 손

　　날아온
　　여름벌레의
　　비치는
　　날개

　　파닥거리다

　　발레리나
　　발끝으로 선
　　다리
　　푸른 照明

　　자정으로 향해 어둠 속에서 파란 불꽃을 일으키며 지나가는 마지막 전차, 그 전차를 타고 가는 여인의 새로 돋은 고운 귀밑머리, 뜨겁게 굴러가는 타이어 바퀴에서 일어나는 빛의 상징인 종잇조각, 그리고 투명한 여름 벌레의 파르르 떠는 날개처럼, 수많은 시간의 단련과 시련 속에서 얻어지는 무희의 발끝에 생겨난 '푸른 조명'들은 동일한 문맥에 놓이는 시적인 이미지로서, 비록 그것이 '비누거품'처럼 풀려나가 버리지만 이상의 주인공이 어두운 방에서 육체의 노역을 통해서 발견한 은화의 빛과 같은 의미를 지니고 있다고 할 수 있겠다. "육신이 흐느적 흐느적 하도록 피로했을 때만 정신은 은화처럼 맑소. 니코틴이 내 회배앓는 뱃속으로 스미면 머릿속에 으레히 백지가 준비되는 법이오.”

그렇다면 최인훈의 작품 「수」의 아내는 무엇이며 그것은 애인과 어떻게 구별되는가. 최인훈 역시 아내를 이상처럼 인간이 그 속에 묻히거나 혹은 묶여서 살고 있는 자연현상을 인간 가치와 더불어 형상화하고 있다. “이런 여人의 반── 그것은 온갖 거의 반이요── 만을 영수하는 생활을 설계한다는 말이오. 그런 생활 속에 한 발만 들여놓고 흡사 두 개의 태양처럼 마주 쳐다보면서 낄낄거리는 것이오.”

그래서 「수」의 주인공은 자기가 살아가는 길 위에서 밤에 발견한 애인을 아내와 비교하면서 아내 역시 차가운 돌과 같은 마네킹이라고 말한다. 그리고 그는 이어서 「날개」의 주인공과 같은 태도로 자기의 아내와 '목신의 아내'를 비교하면서 아내의 속성이 무엇인가를 우리들에게 밝혀주려고 하고 있다. 그는 목신인 PAN 그 자체가 사람과 말[馬]로 이루어져 있듯이 목신의 아내 역시 낮이면 아름다운 여인으로 보이지만 밤이면 돌로 변한다는 이야기를 한다. 이것은 아내가 밤에는 의식(儀式) 행위의 대상인 자연(돌)이지만 낮에는 인간적이고 정신적인 영역에 머물고 있는 대상이 된다는 뜻으로 해석할 수 있겠다. 인간의 마스크를 쓴 PAN이 돌이 된 아내의 몸뚱어리 위에 올라가 자신의 운명을 저주하고 그것을 이기기 위해서 술을 마시며 춤을 춘다는 것은 영과 육이 합쳐지는 섹스 현장에 대한 상징인 동시에 자연에 대한 인간의 분노를 상징적으로 표현한 것이 되겠다. 그래서 주인공이 아내에게 '목신의 아내' 이야기를 할 때 그녀는 듣기 싫어하고, 영육의 싸움이 일어났던 폐허의 전쟁터에서 옛날에 체온을 가졌을 때의 벽돌 이야기를 할 때 아내가 슬픈 표정을 짓는 것은 인간이 '지식의 열매'를 따먹었을 때 신이 슬퍼하고 싫어하는 것과 같은 의미를 지니고 있다고 할 수 있으리라.

이렇게 볼 때 「수」의 아내는 「날개」의 아내(자연)처럼 그의 몸속에 신의 언어를 담고 있고 그 육체를 통해서 신의 말을 우리들에게 전해 주고 있다. “여왕봉과 미망인── 세상의 하고 많은 여인이 본질적으로 이미 미망인이 아닌 이가 있으리까?” 그래서 「수」의 주인공은 돌로 변신하는 아내를 수벌을 살해하는 여왕벌처럼 생각하고 있지만, 아내는 또한 신의 마스크를 동시에 쓰고 있기 때문에 '7월의 공간에 아름다운 이미지'들을 설명하면서 존재의 모순된 현실에 대해 그의 주의를 돌리려고 한다. 그는 "7월의 한낮이 얼마나 풍성한가를. 포플러 그림자. 보얗게 익은 플라타너스. 낙타. 부푸른 계절의 젖가슴. 마네킹 PAN의 아내. 돌. 숯덩이. 먼 과수원의 능금 알알들. 아코디언의 흐느낌까지도. 파앙. 다 설명한다." 그리고 그의 생의 가운데 있는 "막전차에 탄 여인의 귀밑머리" 등의 이미지가 가지고 있는 시와 7월의 창으로 보이는 "따뜻이 익은 계절의 젖가슴"에 담겨 있는 생의 아름다움을 이야기하고 자신을 이곳에 머물러 있도록 해달라고 초조한 마음으로 부탁한다.

최인훈의 「수」에서 아내가 형상화하고 있는 것이 위에서와 같다면, 이것은 아내와 다른 개체로 존재하는 애인의 실체에 대한 앞에서의 논리를 더욱 명백하게 만들어 준다. 작품 속에서 수인의 병실로 간호원처럼 흰옷을 입고 찾아온 애인은 마치 죽음처럼 존재하는 데서 오는 아픔을 덜어주기 위해 하느님인 의사가 보낸 부드러운 손길의 기능을 한다. 그래서 그는 애인을 간호부라 부르고 아내와 구분해서 이야기하고, 닫힌 그의 방문을 열어줄 사람은 아내가 아니라 애인이라고 말한다. 작품 속에서 애인이 아내가 보는 앞에서 수인의 손을 잡고 그를 제한된 자유의 공간이지만 방에서 '뜰' 아래로 인도하는 것은 이와 같은 사실을 뒷받침해 주고 있다. 분명히 "군데군데 나무 수풀"이 있는 방 앞의 '뜰'은 시원한 낙원의 색채를 짙게 풍기고 있다.

    7月의 뜰에 앉아
    木蓮보다 부드러운
    時間을 씹는다.

    人生에
    이처럼 悠久한
    순간이 있는 것은

얼마나 고마운 일인가.

내 곁에는
戀人의 純情과
主婦의 親切을 한아름 안고
아름다운 女神이
그저 다소곳이 앉았다.

우리
슬픔을 지그시
어금니에 씹을 줄 아는
우리만이
이 뜰에 이르는
오솔길을 안다
서로의 서로 다른
길을 거쳐서

부채의 사북같이
누리가
닫히고 열리는 곳
먼 과목밭에서
능금 알알이 익어갈 때
누리가
숨숨히 익어가고

뜰은 휘영청
맑아 간다.

7월의 뜰을 아는 이는
슬퍼도 미치지 못하는
그래서 다정한
우리의 동무.

  따뜻한 정성과 사랑이 어우러져 "숨숨히" 익어 가는 이들의 관계는 돌의
아내 혹은 마네킹의 아내와 수인인 주인공 사이에 존재하는 기계적이고 물리
적인 관계와는 다른, 목련보다 부드러운 시정이 있는 고마운 인생의 관계이
다. 그래서 「수」의 주인공은 '뜰'에서 "연인의 순정과 주부의 친절을 한 아름
안고" 있는 "아름다운 여신"과 더불어 슬프고 감미로운 삶을 순순히 맛보고
씹으며 "부채의 사북같이…… 닫히고 열리는" 생명의 시원으로 내려가 생명
이 능금처럼 알알이 익어가는 "7월의 뜰"이 지니고 있는 숨은 뜻을 체험을
통해 헤아려 보려고 한다. 그래서 그는 애인을 두고 사람이란 말을 쓰지 않
고 '여신'이라고까지 부른다.
  그러나 "이상한 가역반응"이 존재의 어디에서나 일어나듯, 이 여신마저 곧
육체를 가진 자연의 여인처럼 변신해서 그에게 입술을 맞추고 성의 의식에
해당되는 기계적인 '전기요법'을 강요한다. 그래서 그들은 '뜰'에서 떠나 다시
그가 갇혀 있던 방으로 돌아와야만 한다.

  내가 방으로 들어서자 등 뒤에서 도어가 쾅 닫힌다. 찰칵. 오뚝이. 프리즘. 아
코디언. 방 안 풍경은 여전하다. 전기요법. 나는 몸을 떤다. 역사(力士)같이 튼튼
한 장정이 둘. 내 몸을 꽉 붙잡는다. 전깃줄에 맨 부젓가락 같은 걸 의사가 들고
있다. 간호부는 메타를 본다. 의사가 젓가락을 내 다리에 댄다. 찌르륵. 나는 죽는
소릴 친다. 이게 전기요법이라는 거다.

  「수」의 주인공은 뜰에 폐허를 가져오는 이러한 육체적인 고문을 스스럽게
생각하나 그것은 신이 그를 사랑하는 역설적 사랑의 표현이라고 생각한다.

436

그러나 이렇게 아이러니한 신의 계시를 받아들이면서도 이것만은 잘못이라고 생각한다.

다음 순간 또 다시 하나의 생명을 탄생시키듯 닫힌 방문이 열리고 아내와 간호부, 그리고 의사들이 그에게로 걸어온다. 그러자 그는 그를 태어나게 해서 세상에 보내주듯 "여기에 살게 한 아내"에게 삶의 아름다운 이미지를 또다시 보여주며 흐느끼는 아코디언의 슬픔까지도 합쳐서 설명하며 존재의 장 속에 살고 있는 그의 생활이 행복하다고 하며 그를 창이 있는 방 속에(현세에) 그대로 남겨두어 달라고 말한다. 그리고 아내가 자연의 머리숲처럼 많은 아름다움을 풍성히 가지고 있다고 지적한다. 그러나 '귀밑머리'와 같은 새로운 생명과 신비로운 시의 아름다움, 그리고 모든 생명의 가능성을 지니고 있는 아내, 즉 자연은 또 다시 신의 부름을 받아 산 그림자처럼 신이 머무르는 곳으로 되돌아가야만 된다고 한다. 아내는 그것이 그를 사랑하는 길이라고 한다면 잔인한 아이러니지만, 인간의 조상인 아담이 신의 말을 듣지 않은 죄 때문이라고 한다.

그러자면 의사 선생 말을 잘 들어야 한단다. 나는 알 수 없다. 나는 어른이다. 어른이 누구 말을 잘 들어야 한다는 건 우습다. 아내 말이라면 또 모른다. 어른은 아내 말을 잘 들으니깐. 사실이지 나는 잘 들었다. 사랑했기 때문이다. 그런데 아내는 그렇지 않다고 한다. 내가 그녀 말을 안 들었다는 것이다. 그래서 여기서 살게 됐다고 한다. 나는 뭐가 뭔지 통 알 수 없어진다.

이러한 아내에게 수인은 만일 그녀가 자기를 사랑한다면 가혹하게 형벌을 받는 인간의 오뚜기 부분만은 이 방을 떠나 하느님의 집으로 갈 때(하느님 —— 의사 —— 에게 이야기하지 말고) 영원으로부터 인간을 안고 온 치마폭 속에 숨겨서 감방에서 탈출시켜 달라고 부탁한다. 그러나 우리들의 인생의 과정처럼 아내는 처음에는 약속을 하는 듯하지만, 간호부와 의사와 속삭인 후 그를 뒤에다 두고 방문을 닫고 사라져버린다. 그래서 창밖으로 쏟아지는 햇빛을 따라 영원히 하늘나라로 비상하고자 하던 꿈은 산산이 부서진다.

　　문이 닫힌다. 찰칵. 내 손에서 아코디온이 떨어진다. 파앙. 그렇게 아름답던 7
월의 한낮이 구열(龜裂)한다. 포플러 그림자가 부서진다. 플라타너스는 쪼개진다.
발레리나는 찢어진다. 마네킹은 깨진다. 금이 간다. 파앙. 파앙. 7월의 한낮은 소
리 날카롭게 금이 간다. 모두 이그러진다. 프리즘. 유리처럼 투명한 7월은 두껍게
나를 싼다. 싼 채 균열한다. 파앙.
　　나는 갇[囚]혔다.

　그러나 병원이라는 부조리한 현실 속에 갇혀진 그는 「날개」 마지막 부분
의 주인공처럼 다시금 영원의 빛이 오는 창문으로 가서 사라져 버린 신의 그
림자인 아내와 그 남자가 다시 창밖의 길 위에 모습을 보여줄 것을 기대한다.
그리고 그는 그들의 움직임은 역사의 수레를 타고 언제나 영원으로부터 오는
길 위에 있을 것이라 생각한다.
　지금까지 살펴온 바와 같이 최인훈은 이상의 「날개」의 작품 구조, 특히
'아내'의 복합적이 이미지를 자기의 작품 「수」의 아내에다 포개듯이 일치시
켜 새롭게 발전시켜 나가고 있다. 이를테면 최인훈은 인간을 태어나게 만든
자연의 기계적인 움직임과 그 움직임 속에 인간에 대한 신의 숨은 의지를 모
체의 '아내'라는 이미지를 통해서 형상화시켜 생의 무대와 무대 뒷면을 연결
하고 있다.
　그러나 인생에 대한 최인훈의 태도는 이상의 그것과 적지 않는 편차를 가
지고 있다. 이상은 아내를 순수 자아와 비순수 자아, 즉 인간적인 요소와 자
연적인 요소로써 완전히 이분해 놓고 인간적인 자아를 역사적인 자연현상에
서 완전히 탈출시키려고 처절하게 갈등하고 있는 반면, 최인훈은 자연에 결
합되어 있거나 묶여 있는 인간을 역사적인 변증법의 기초 위에서 이해하려고
한다. 역사의 반복 과정을 시와 산문, 아름다움과 더러움, 그리고 시정과 해
학 및 아이러니의 혼합체로 표현했지만, 그의 투명한 문장과 밝은 톤은 모순

으로 가득 찬 인생이라 하더라도 그것이 지니고 있는 아름다운 시에 대해 뜨거운 애정을 나타내고 있다. 그는 언제나 아내에게, 아니 신에게 포플러와 그림자가 드리워진 창틀 주변의 아름다움을 이야기하면서 제한된 영역이지만 현실에 머물 수 있도록 간청한다. 그가 아내에게 가혹하게 매 맞는 불쌍한 오뚝이만을(치마폭에 숨겨) 현실 밖으로 가져다 달라고 하는 것은 인간에게 가해진 신의 지나친 형벌과 아픔만은 중단시켜 달라는 뜻이리라.

다시 말하면 최인훈의 주인공은 생의 많은 부분을 긍정하고 역사의 움직임에 희망을 가진다는 점이 이상의 주인공과 다르다. 비록 부정이 곧 긍정이라는 역설의 논리가 성립된다고 하더라도 이상의 주인공은 생을 처음부터 완전히 부정하는 데서 그의 생활을 시작했고, 최인훈의 주인공은 생을 처음부터 '사랑'하는 데서부터 그의 예술을 출발시켰다. 이상의 주인공은 신이 인간을 항시 속이는 것처럼 아달린을 아스피린이라 속여서 먹인 후 빛이 들어오지 않는 방에서 나오지 못하게 하려는 사실을 발견하고, 자기 '아내'의 세계로부터 완전히 벗어나기 위해 인간이 낙원의 세계에서 추방되기 이전에 지니고 있었던 불가능의 '인공의 날개'가 그의 자의식적인 인간의 시공 속에서 다시 돋아나기를 갈망한다. 그러나 최인훈의 주인공은 그의 아내가 그의 뜻을 배반하고 다시금 그를 오뚝이와 더불어 방 속에다 가두어 버렸지만 「날개」의 주인공처럼 그렇게 그의 삶을 부정적으로 저주하지는 않는다. 다시 말하면 아내와 간호원, 그리고 의사라는 복합적인 마스크를 쓴 신이 그를 다시 그의 방 속에다 가두어 버렸으나, 그의 방에는 아직도 병원을 벗어나는 길을 볼 수 있는 '창'이 있다는 것을 발견하고 그 창문을 통해 또다시 그에게 문을 열어주고 고통을 덜게 해줄 수 있는 '아내와 그 남자'가 전쟁터처럼 뜨거운 철길을 넘어 존재하는 영원의 세계로부터 다시 찾아올 것이라 기대한다.

나는 창가로 뛰어간다. 7월달 햇빛에 이글이글 눈부신 철로와 나란히 기름진 국도가 바라보이고 국도에 직각으로 마주치는 좁은 길이 보인다. 이 병원에서 국도로 나가는 길이다. 나는 기다린다. 좀 있으면 볼 수 있을 것이다. 나란히 움직이는 아내와 그 남자의 어깨를. 그 길 위에 언제나처럼.

이상은 26세 때 존재의 비극적인 현실에 대한 자의식의 표백을 「날개」라
는 짧은 소설 공간 속에 압축시키는 데 그의 천재성을 보였다. 그러나 최인
훈은 1961년 그의 나이 25세 때 벌써, 오늘날까지 형안의 평론가들마저 오리
무중을 헤매게 하고 있는 「날개」의 작품 구조와 상징적 이미지를 놀라운 직
관으로 꿰뚫어보고, 자신의 개인적인 재능의 힘으로 이상이 발견한 존재의
신화를 새롭게 발전시키면서 건전한 방향으로 확대시켜 나갔다. 이 두 작품
을 두고 생각하면 분명히 이상과 최인훈은 평범한 사람들과는 다른 천재들이
다. 다른 점이 있다면 이상은 자기 자신을 비록 작품 속에서지만 '천재'라고
했고, 최인훈은 자신을 우리들에게 천재라고 말하지 않았다는 사실 그것이다.

나목의 꿈

한국 현대소설의 지평

1판 1쇄 찍음 • 2005년 1월 25일
1판 1쇄 펴냄 • 2005년 2월 1일

지은이 • 이태동
펴낸이 • 박맹호
펴낸곳 • (주) 민음사

출판등록 • 1966. 5. 19. (제16-490호)
서울시 강남구 신사동 506 강남출판문화센터 5층 (135-887)
대표전화 515-2000 • 팩시밀리 515-2007
www.minumsa.com

값 23,000원

ISBN 89-374-1196-2 03810